GERTI

BRITTA HASLER

Das Sterben der Bilder

DIE KUNST DES TODES Wien, 1906. Julius hat eine faszinierende Gabe: Er verfügt über ein Bildgedächtnis und merkt sich jede Einzelheit eines Werks, das er längere Zeit studiert hat. Sein Blick für Details lässt ihn bald erkennen, dass im Kunsthistorischen Museum nicht alles mit rechten Dingen zugeht. Was macht die schöne, geheimnisvolle Luise von Schattenbach tagein, tagaus im Museum? Und was ist mit dem mysteriösen Dr. Grimminger, der seine Tage damit zubringt, Bilder abzumalen? Gleichzeitig leben die Bewohner Wiens in Angst vor einem Serienmörder, der seine Opfer scheinbar ganz zufällig auswählt …

Foto © Thommy Mardo

Britta Hasler, Jahrgang 1982, studierte Germanistik und Kunstgeschichte in Stuttgart. Dies inspirierte sie zu ihrem ersten Kriminalroman »Das Sterben der Bilder«, dem weitere erfolgreiche Werke unter dem Pseudonym Nora Schwarz folgten. Britta Hasler arbeitet als freischaffende Autorin und lebt an der Deutschen Weinstraße.

BRITTA HASLER

Das Sterben der Bilder

Thriller

GMEINER SPANNUNG

Besuchen Sie uns im Internet:
www.gmeiner-verlag.de

Genehmigte Lizenzausgabe für die Gmeiner-Verlag GmbH
Im Ehnried 5, 88605 Meßkirch
Telefon 07575/2095-0
info@gmeiner-verlag.de

2. Auflage 2016

Lektorat: Claudia Senghaas, Kirchardt
Herstellung: Mirjam Hecht
Umschlaggestaltung: U.O.R.G. Lutz Eberle, Stuttgart
unter Verwendung eines Fotos von: © https://commons.wikimedia.org/wiki/File:Alexandre_Brun_-_View_of_the_Salon_Carré_at_the_Louvre.jpg
Druck: CPI books GmbH, Leck
Printed in Germany
ISBN 978-3-8392-1818-1

Für Bettina G.,
die unsere gemeinsame Seele
aus der Michaelergruft in Wien gerettet hat.

TEIL 1: BILDERFLUT

I

Von den frierenden Menschen, die an diesem kalten, nebeligen Novembertag in Wien hastig ihren Besorgungen nachgingen, ahnte keiner, dass der unscheinbare Mann, dessen Weg sie kreuzten, ein Mörder war. Nicht der Kaffeehausober, der ihm in aller Frühe einen schwarzen Kaffee servierte. Nicht der jüdische Juwelier in der Leopoldstadt, der ihm seine Bestellung aushändigte. Nicht die Apothekersfrau, die ihm ein braunes Fläschchen über die Ladentheke reichte, und auch nicht der Schaffner der elektrischen Straßenbahn, der ihn in der Mariahilfer Straße aussteigen ließ. Aber wie sollten sie es auch ahnen? Er war so gewöhnlich, dass kein Wiener ihn überhaupt hätte beschreiben können. Er verschwand wie ein einzelnes Wesen in einem Heringsschwarm, und selbst die Apothekersfrau, die ihm zulächelte, als sie ihm das Ätherfläschchen in eine braune Papiertüte gepackt hatte, vergaß sein Gesicht, sobald der Mann aus dem Laden verschwunden war.

Der jüdische Juwelier wäre der Einzige, der sich an ihn erinnern würde. Aber nicht wegen dessen Aussehens, sondern wegen dem, was der Mann bei ihm bestellt hatte. Es war wirklich etwas ganz Besonderes, und Efraim Efrussi hatte in seinem ganzen Leben als Juwelier wahrscheinlich niemals etwas derart Außergewöhnliches hergestellt. Er fand, dass ihm das Schmuckstück bemerkenswert gut gelungen war, und er hatte es seinem Kunden mit einem gewissen Bedauern ausgehändigt.

Der Mann wusste, dass der Juwelier die Schwachstelle in seiner Tarnung war. Irgendjemand würde das Schmuckstück zurückverfolgen und vielleicht, wenn das Schicksal ihm übel mitspielen sollte, denjenigen finden, der es angefertigt hatte. Doch es war mehr als unwahrscheinlich, dass die Wiener Polizei jeden gottverdammten Juwelierladen durchforsten würde. Dazu gab es einfach zu viele. Und zu viele in der Leopoldstadt, wo die jüdischen Goldschmiede hinter ihren staubigen Schaufenstern ausharrten wie schlafende Sphinxe.

Der Mann empfand keinerlei Bedauern, als er die zarte, perfekt gearbeitete Silberkrone aus der Schachtel nahm. Er befühlte die matten Perlen auf den zierlichen Zacken. Er nahm sein verschwommenes Spiegelbild in der schimmernden Rundung wahr und lächelte. Er liebte es, ein Stück gute Arbeit in Händen zu halten. Und Efrussi hatte wahrhaft meisterlich gearbeitet. Er atmete tief und lange ein, hob die Krone hoch und setzte sie der Frau auf das Haupt. Ein wohliger Schauder durchfuhr ihn, als er ihr das filigrane Kunstwerk auf das Haar drückte und ihr ein paar lose Strähnen hinter die Ohren strich. An ihrem Ohrläppchen baumelte eine einzelne Perle, die er ebenfalls im Laden von Efrussi erstanden hatte. Die Frau wehrte sich schwach. Doch der Äther hatte seine Wirkung getan. Sie war bei Bewusstsein und hatte noch ein gewisses Maß an Körperspannung, was ihm sehr entgegenkam. Das Gift hatte sie jedoch so weit gelähmt, dass der Mann sie mühelos in die von ihm bevorzugte Haltung bringen konnte.

Er trat zurück und bewunderte sein Werk.

Die Frau saß auf einem Lehnstuhl, auf den er zuvor ein rotes samtenes Tuch gebreitet hatte. Ihre nackten Brüste waren ein wenig zu groß für seinen Geschmack. Sie hätten kleiner sein müssen, mädchenhafter und weniger hängend. Aber er durfte nicht allzu wählerisch sein. Das Alter stimmte, die Figur, selbst ihre Haarfarbe war perfekt. Er freute sich besonders über ihren leichten Bauchansatz. Darunter hatte er ein weißes Tuch drapiert, an dessen Faltenlegung er eine halbe Stunde hatte arbeiten müssen, bis es perfekt lag. Lange betrachtete er sein Werk, während die Frau leise stöhnend den Kopf hin und her schaukeln ließ und versuchte, sich aus der Betäubung zu lösen. Der Mann tupfte noch etwas Äther auf einen Lappen und presste ihn der Frau auf die Nase. Ihr Kopf sank auf die rechte Schulter, und danach bewegte sie sich nicht mehr. Jetzt konnte er damit beginnen, ihre Arme richtig anzuwinkeln. Den linken Unterarm legte er auf die Armlehne des Stuhls, den rechten Unterarm ließ er locker über die Seite der anderen Lehne hängen. Er zupfte noch ein wenig an den Tüchern herum und begutachtete sein Werk.

Dann ließ er die Schlange frei.

Er nahm sie aus der Pappschachtel mit den Luftlöchern, in der sie auf ihre Bestimmung wartete. Die Beschaffung der Schlange war so verblüffend einfach gewesen! Ein Schlag mit einem kurzen Holzknüppel gegen das dünne Glas des Terrariums in der Menagerie von Schönbrunn. Dann hatte er die kleine Viper aus dem Besitz des Kaisers einfach mit einem Kettenhandschuh, wie die Fleischer ihn benutzen, gepackt und in die Schachtel gesteckt. Dort wartete das kleine, hochgiftige Reptil nun schon seit drei Tagen auf das Ende seiner Vorbereitungen.

Das Tier krümmte und wand sich in seinem Griff. Der winzige flache Kopf schoss vor und zurück, und der Mann hielt sie weit von sich, damit sie nicht ihm ihre Zähne in die Haut bohrte. Rasch richtete er den züngelnden Schlangenkopf auf den rechten, lose herabhängenden Arm der Frau und setzte das Tier dort ab.

Es biss augenblicklich zu. Ein leises, scharfes Reißen ertönte, als die wütende Schlange ihre Giftzähne direkt in die Armbeuge der Frau schlug.

Der Mann konnte sein Glück kaum fassen. Es war vollbracht. Eine prickelnde heiße Welle des Triumphs flutete durch seinen Körper. Er trat einen Schritt zurück und starrte mit angehaltenem Atem auf die Anordnung. Die Frau bäumte sich leicht auf und zuckte ein wenig. Die Schlange mäanderte immer noch in ihrer Armbeuge.

Er wusste, dass für das endgültige Resultat eigentlich der rechte Unterarm die Viper einklemmen musste, sodass diese dort immer noch schlängelte, wenn man die Frau fand. Aber das war wohl nicht zu erreichen. Der Arm lag zu locker über der Lehne, und die kleine Schlange würde sich mühelos darunter befreien können. Nein, auf dieses hübsche kleine Detail würde er verzichten müssen. Sollten sich diejenigen, die in ein paar Tagen den Tod der Frau untersuchen würden, ruhig ein bisschen anstrengen, um den richtigen Zusammenhang herzustellen. Mit einem entrückten Grinsen stellte er sich vor, wie die Polizei im Dunkeln tappen würde. Ohne eine Spur zu finden zu seinem künstlerischen Genie. Ohne eine Ahnung zu haben, was das alles bedeutete.

Er würde verkannt werden. Wie immer. Das war er längst gewohnt. Aber diesmal konnten sie ihn wenigstens nicht mehr verleugnen. Diesmal hatte er sich ein Denkmal gesetzt. Endlich. Seit Jahren wartete er schon darauf, dass man ihn endlich sah. Hier war der unumstößliche Beweis für sein Genie. Und das würden die blasierten, verwöhnten Wiener niemals vergessen. Dieses Werk hier war viel langlebiger und beständiger als jede schnöde Leinwand.

Er riss sich los von seinem Meisterwerk und räumte seine Utensilien zusammen. Bevor er ging, hebelte er eine der Bodendielen auf und legte etwas in den Hohlraum zwischen Holzfußboden und Untergrund. Dann verschwand er aus der kleinen Wohnung in der Eggerthgasse. Als er auf die Straße trat, war es, als fiele ein Steinchen in eine Schubkarre voller Kies. Nichts, was irgendjemand bemerkt hätte.

II

VOR DEN TOREN des Wiener Zentralfriedhofs stand der Tod, der Einlass in sein eigenes Haus begehrte.

Bei genauem Hinsehen war es jedoch nur ein junger Mann, dem man ansah, dass es nicht mehr lange dauern konnte, bis er ein Teil der verwesenden Fundamente dieser Totenstadt werden würde. Sein fadenscheiniges Hemd umflatterte ihn wie dünner Nebel. Seine letzte Mahlzeit lag drei Tage zurück, und in seinen eingefallenen Wangen lauerte eine Müdigkeit, die über sein eigenes Leben hinausging.

Der Mann hieß Julius Pawalet, und er hatte sich diesen eisigen Novembertag ausgesucht, um einen letzten Versuch zu wagen, doch nicht aus dem Leben der Menschen verschwinden zu müssen.

Er war an einem toten Punkt angekommen, und sein Magen knurrte so laut, dass er das eintönige Klopfen der Steinmetze übertönte. Das Geräusch holte ihn in die Wirklichkeit zurück.

Wenn er gewusst hätte, dass genau in diesem Moment eine Frau im Herzen der Stadt am Gift einer ägyptischen Viper starb, hätte er sich vielleicht noch elender gefühlt. So aber nahm er seine letzten Kräfte zusammen, um sich selbst dem zu entreißen, was er an diesem Morgen mit erschreckender Deutlichkeit gespürt hatte: dem endgültigen Verblassen. Er fand, dass er dafür noch zu jung war.

»Herr Pawalet, wenn Sie nicht bald Ihre ausstehenden Raten zahlen, muss ich Ihnen nicht nur das Frühstück streichen; dann werden Sie auch bald zusehen müssen, dass Sie einen Platz im Obdachlosenasyl bekommen!« Er hörte noch immer die Worte seiner Wirtin, Frau Hanak. Sie war eine geldgierige Hyäne, die ungerührt zugesehen hätte, wie er verhungert und erfroren wäre.

»Wenn das Ihr Vater wüsste, pfui!«, sagte sie mit einem empörten Glucksen in der Kehle, das sich anhörte wie der Balzruf eines Truthahns.

»Sie wissen, dass er alles über mich weiß, obwohl ich seit zehn Jahren kein Wort mit ihm gesprochen habe«, antwortete Julius. »Weil er mich verfolgt wie eine Ratte das Abwasser.«

»Na, wenn Sie so eine hohe Meinung von Ihrer Familie haben, dann sollte ich Sie am besten gleich rausschmeißen!«

Das war die Antwort der Wirtin Hanak gewesen. Und deswegen stand Julius Pawalet jetzt zögerlich vor den Toren des Friedhofs und wartete, dass seine steif gefrorenen Beine den ersten Schritt taten. Kurz nach Vollendung seines 16. Lebensjahres hatte sein Vater ihn verlassen, weil er hemmungslos an der Flasche hing, in der Hoffnung, an der scharfen Flut zu ertrinken. Was ihm nicht gelungen war, denn in den folgenden Jahren erholte er sich von diesen Dämonen und versuchte verzweifelt, wieder Kontakt zu seinem einzigen Sohn aufzunehmen. Julius Pawalet hatte auf seinen Vater reagiert wie ein verschuldeter Großanleger auf seine Gläubiger. Er war davongerannt und hatte sich versteckt.

Hätte Inspektor Rudolph Lischka, ein Agent des k. u. k. Sicherheitsamtes, der in den nächsten Tagen den eigenartigen Tod der Frau mit dem Schlangenbiss untersuchen würde, ein kurzes Profil von Julius Pawalet erstellen sollen, wäre es folgendermaßen ausgefallen: mangelnder gesellschaftlicher Umgang aufgrund eines schlechten, haltlosen Lebenswandels.

Der zitternde Mann vor den Friedhofstoren machte nicht nur seinen Erzeuger verantwortlich für seinen elenden Werdegang. Aber er war sich bewusst, dass vielleicht alles anders wäre, hätte seine Mutter nicht bei seiner Geburt ihr Leben verloren.

Julius Pawalet hatte vor einigen Tagen in einer alten Zeitung in einer Anzeige des Friedhofamtes gelesen, dass der Wiener Zentralfriedhof dringend Bestattungshelfer brauchte.

Kaum hatte Julius sich mit schlotternden Beinen in das kleine Büro des Bestattungsdirektors geschleppt, wurde er auch schon nach seinem Namen gefragt.

»Pawalet?«, echote der beleibte Mann mit dem schwarzen Samtanzug, »Den Namen kenn ich doch irgendwoher …«

»Ist, glaube ich, ein häufiger Name in Wien«, antwortete Julius, während er begierig auf den dampfenden Teekessel auf dem Schreibtisch des Mannes starrte. Er stellte sich vor, wie es wäre, heißen, starken Tee in seine erfrorene Magengrube rinnen zu lassen. Er hätte sich mit Freude die Zunge an heißem Tee verbrannt, Hauptsache, er bekäme endlich einmal wieder etwas zum Runterschlucken. Etwas Warmes, das den abgehackten Totentanz in seinen Eingeweiden auflösen würde.

»Nein, heut' erst hab ich diesen Namen irgendwo gelesen …«, sagte der Bestattungsdirektor und blickte zerstreut auf seinen Schreibtisch. »Ah, da ist es ja!«, rief er und zog ein beschriftetes Blatt Papier hervor. Die Buchstaben darauf waren klein und eng gesetzt wie Ameisen in einer Warteschlange. Der Finger des Mannes fuhr auf dem Blatt nach unten, ehe er ein lautes »Da!« hervorstieß. Und dann: »Sind Sie vielleicht verwandt mit einem Joseph Pawalet?«

Julius zuckte zusammen. Er schwanke kurz und murmelte: »Nein, den kenne ich nicht.«

Da hob der Bestattungsdirektor den Kopf und starrte ihn an. »Er sieht Ihnen aber ziemlich ähnlich, finde ich.«

»Was soll das?«, fragte Julius in schroffem Tonfall. »Arbeitete der Herr etwa auch hier auf dem Zentralfriedhof?«

»Sie sind zerstritten mit ihm, was?«, fragte der Mann hinter der dampfenden Teekanne. »Na, es gibt viele, die mit ihrem alten Herrn nicht zurechtkommen. Ist nicht ganz selten in dieser zerrissenen Zeit. Das ist er doch, oder? Ihr Vater?«

Julius Pawalets Schultern sanken nach unten. So hatte er sich sein Einstellungsgespräch nicht vorgestellt.

»Er liegt noch in der Aussegnungshalle«, klärte der Direktor ihn auf. »Die Beerdigung ist um die Mittagszeit. Ich an Ihrer Stelle würde da hingehen. Ist Ihre letzte Möglichkeit.«

»Für was?«, fragte Julius.

»Das müssen Sie selber wissen.«

Dann wandte er sich wieder seinen Papieren zu und tat so, als wäre Julius Pawalet nur ein lästiger Windhauch gewesen, den man durch das Schließen des Fensters ausgeschlossen hatte.

»Ich bekomme sie nicht, was?«, fragte Julius, durch die Hoffnungslosigkeit seiner Lage gleichgültig geworden.

»Was, bitte?« Der Mann hob kaum den Kopf.

»Die Anstellung als Bestattungshelfer?«

»Nein, also die Anstellung kann ich Ihnen nicht geben. Leider. Wir haben zwar Personalmangel hier, aber … man braucht Würde für diese Arbeit, wissen Sie? Erhabenheit, Ruhe, Trost. Das alles sollen Sie ausstrahlen und nicht selber bitter nötig haben. Also, ich kann Ihnen nicht weiterhelfen.«

Die letzten Worte des Direktors hörte er nur noch gedämpft durch die Bürotür, die sich dumpf hinter ihm schloss. Draußen fragte er einen Gärtner nach dem Weg zur Bestattungshalle.

Hätte Julius Pawalet gewusst, dass zur selben Zeit zahlreiche Menschen in Wien ihre schwarzen Kleider anlegten, um sich in wenigen Stunden zur Beisetzung seines Vaters einzufinden, hätte er schnell das Weite gesucht.

Als er durch die Tür der Aussegnungshalle trat, fragte er sich, wer wohl für die Beisetzung seines Vaters hier auf dem Zentralfriedhof aufkommen würde. Wer vergeudete so viel Geld an diesen, während sein Sohn vor Hunger fast die Blumen von den Gräbern gefressen hätte?

Ein Bestattungsdiener zog an einer Kordel, ein Vorhang glitt zur Seite, und Julius Pawalet sah in das Gesicht seines Vaters. Es war so weiß wie ein Ziegenkäse und faltig und erschlafft. Sein Kopf war fast kahl, und die geschlossenen Augen lagen tief in den Höhlen. In dem schwarzen Anzug und dem steifen weißen Hemd wirkte er hölzern, und seine gefalteten Hände sahen aus, als hätte man ihm jeden einzelnen Knöchel gebrochen, um sie so friedlich hinzudrapieren.

Wütend wandte Julius sich ab und fragte sich, warum sich das Schicksal diesen Scherz mit ihm erlaubte. Er war hergekommen, um die letzten kümmerlichen Reste seines Lebens zu bewahren, und stattdessen musste er sich nun mit etwas befassen, was ihn überhaupt erst in diese elende Lage gebracht hatte.

»Du widerlicher Kerl«, flüsterte er gegen die Glasscheibe, hinter der seine Worte ungehört blieben.

»Junger Herr, so sollten Sie wirklich nicht reden«, sagte plötzlich eine Stimme hinter ihm. Julius fuhr herum. Vor ihm stand ein junger Mann in der schwarzen Uniform, die Julius selbst angestrebt hatte. Der Friedhofsdiener trug ein kleines Tablett mit einer dampfenden Teetasse und einem Stück Brot.

»Das hier lässt Ihnen der Herr Direktor bringen. Er meinte, Sie könnten was im Magen brauchen.«

»Ich brauche Arbeit, Mann, und nicht die Almosen des Herrn Direktor!«, rief Pawalet und stürmte an dem Mann mit dem Tablett vorbei. Am liebsten hätte er es dem milde lächelnden Mann aus der Hand geschlagen.

Eine Glocke schlug zwölf. Auf dem Friedhof waberten immer noch die Reste des Morgennebels, und die Sonne war ein eisweißer Kreis hinter den starren Wolken. Es wäre für Julius Pawalet nun die letzte Gelegenheit gewesen, zu verschwinden und seinen Vater endgültig zu vergessen. Doch kurz darauf stand eine Traube Schwarzgekleideter am ausgehobenen Grab, Blumen in den Händen und … nein, er täuschte sich nicht: Einige von ihnen weinten.

Wie kann das sein?, dachte er, verborgen hinter einer Eibenhecke. Diese vielen feierlich gekleideten Menschen mit betrübten Gesichtern am Rand des Grabes passten einfach nicht zu dem undurchsichtigen, lieblosen, selbstsüchtigen Trunkenbold, der Julius, als der 15 war, sein erstes selbst verdientes Geld abgeknöpft hatte, um es zu versaufen.

Mindestens 30 Menschen standen um das Grab. Ein Pfarrer hielt eine Rede, in der es hieß, mit Joseph Pawalet sei ein wertvoller Freund und liebenswerter Zeitgenosse heimgegangen.

»Und insbesondere das Kunsthistorische Museum verliert einen geschätzten Mitarbeiter, der über seine Anstellung hinaus dem Museum ein treuer Freund war. Er hat mit seinem unermesslichen Wissen über die Kunst, trotz seiner niederen Position, Tausenden Besuchern ein lehrreiches und freundliches Geleit durch die Galerie gegeben, wofür wir ihm sehr dankbar sind. Mit ihm verliert das Kunsthistorische Museum einen alteingesessenen Experten, einen verlässlichen Wachhabenden und, um Herrn Direktor Kinsky zu zitieren, ›einen Teil des Inventars‹. Wir alle sind unendlich traurig, dass Joseph Pawalet gehen musste. Möge er in Frieden ruhen …«

Julius Pawalet erstarrte. Das war es also, was seinen Vater gerettet hatte.

Eine Anstellung im Kunsthistorischen Museum. Die Wut schoss ihm in den Mund wie bittere Galle. Er lenkte seine Aufmerksamkeit krampfhaft von diesem Gedanken fort und beobachtete die Menschen am Grab. Plötzlich bemerkte Julius Pawalet einen hochgewachsenen Mann, der von zwei Polizisten mit Pickelhaube flankiert wurde, die sich aufmerksam umsahen.

Der Mann war Inspektor Lischka, und der wusste noch nichts von der jungen Frau in der Eggerthgasse, die in diesem Moment mit Schaum vor dem Mund in ihrem Lehnstuhl erstarrte und mit erlöschendem Blick der kleinen Giftschlange hinterher sah, die unter einer Kommode verschwand. Im Moment ging er nämlich der Frage nach, wer Joseph Pawalet getötet hatte.

Als der Sarg in die Grube gesenkt wurde, erhoben sich ein paar dünne Stimmen zum »Ave verum«. Dann zogen die Trauergäste am Grab vorbei und warfen ein Schäufelchen Erde und Blumensträuße hinab, die leise pochend auf dem Sargdeckel aufschlugen.

Niemand schien den jungen Mann in dem dünnen Hemd hinter der Eibenhecke zu bemerken. Die Menschen entfernten sich allmählich, und der Totengräber begann, Erdschollen in die Grube zu schaufeln.

Da berührte plötzlich jemand Julius am Arm. Erschrocken fuhr er herum und sah vor sich einen beleibten Mann mit einem ausladenden Backenbart. Er hatte bei der Trauerrede ganz vorn am Grab gestanden, und etwas sagte Julius, dass das der Direktor des Kunsthistorischen Museums war. Er trug einen hohen Zylinder. Dieser Zylinder und vor allem der spitze Bauch in einer engen, schimmernden Weste gaben ihm eher das Aussehen eines Zirkusdirektors. Auf den Schultern seines Samtfracks lag der Schnee einer hartnäckigen Schuppenflechte. Auch sein Gesicht machte einen vertrockneten, ungesunden Eindruck. Seine Augen hingegen waren das genaue Gegenteil. Klein und eisblau und wie zwei nasse Murmeln steckten sie in seinem wüsten Gesicht.

»Sie sind der Sohn?«, fragte er Julius geradeheraus. Seine Stimme stand in einem seltsamen Missverhältnis zu seiner Körperfülle. Weich und kindlich hörte sie sich an, wie von einem sanften Jungen vor dem Stimmbruch.

»Wer will das wissen?«, murmelte Julius erschrocken.

»Der Einzige, dem Pawalet anvertraut hat, dass es Sie überhaupt gibt. Also – sind Sie's?«

»Woran haben Sie das erkannt?«, flüsterte Julius. Ein Schwindel hatte ihn plötzlich ergriffen, und er hätte sich gern hingesetzt.

»Niemand schleicht sich sonst so verstohlen und heimlich auf eine Beerdigung als der Mörder oder der verlorene Sohn«, sagte der Mann. »Also?«

Julius nickte wortlos. Der andere streckte seine breite Pranke aus und sagte: »Dr. Gustav Kinsky, wenn Sie gestatten. Generaldirektor der Gemäldegalerie des Allerhöchsten Kaiserhauses. Mein Beileid erspare ich mir wahrscheinlich besser.«

Julius ergriff seine Hand, die sich anfühlte wie ein hohler, morscher Baumstamm.

»Was wollen Sie von mir?«, fragte er. »Hat mein alter Herr Sie beauftragt, meine Seele zu retten?« Er stieß ein Lachen aus, das sich eher anhörte wie ein hilfloses Quaken.

»Die müssen Sie schon selbst retten …«, knurrte Kinsky. »Joseph hat mir schon gesagt, dass Sie eine ganz harte Nuss sind. Deswegen will ich gar nicht lange darum herumreden.«

»Haben Sie mein Erbe in der Jackentasche dabei?«, fragte Julius. Er wollte das leise Gefühl der Hoffnung mit aller Macht zurückdrängen. »Wenn ja, stiften Sie es lieber einem Kloster oder dem Zoologischen Garten. Ich will es nicht.«

Im nächsten Moment hätte er sich am liebsten geohrfeigt für diese Worte. Kinsky sah Julius Pawalet mit ernstem Ausdruck an und presste die Lippen aufeinander. Dann griff der Museumsdirektor tatsächlich in seine Jackentasche und zog etwas hervor, das er ihm in die Hand legte. Es war ein Briefumschlag.

»Das hier wird Sie wahrscheinlich trotzdem interessieren«, sagte er. »Es ist ein Brief von Ihrem Vater an Sie. Ich kann Ihnen nur raten, ihn zu lesen.«

Damit drehte er sich um und wollte gehen. Der Briefumschlag fühlte sich an wie etwas Fremdes in Julius' klammen Händen. »Warten Sie, Kinsky!«, rief er ihm hinterher. »Warum haben Sie gerade gesagt, dass nur der Mörder sich so anschleichen würde? Ist er ermordet worden? War deswegen die Polizei da?«

»Ah, das werte Interesse ist also doch geweckt!« Kinsky sah Julius triumphierend an und zuckte die Schultern. »Darauf kann ich Ihnen leider keine Antwort geben. Abgesehen davon gibt es noch eine Menge andere offene Fragen. Aber das werden Sie dann schon selbst sehen. In diesem Brief steht etwas, das Sie interessieren wird.«

»Woher kennen Sie mich so gut?«, wollte Julius wissen.

Kinsky lachte. »Ihr Vater war mein Freund, Julius. Man erzählt einem Freund ziemlich viel, meinen Sie nicht?«

»Sehe ich so aus, als hätte ich Freunde?« Julius hustete.

Der Direktor schüttelte bedauernd den Kopf, als hätte er es schon gewusst. Dann trat er eilig den Rückzug an, als wollte er die anderen Trauergäste einholen. Seine plumpe Gestalt verschwand im winterlichen Nebel.

Julius betastete den Briefumschlag in der Hoffnung, dass vielleicht doch ein paar Geldscheine darin lägen. Doch bevor er ihn öffnen konnte, lenkte ein Geräusch ihn ab. Es war eine Frau, die mit der Eile von jemandem, der zu spät kommt, auf das Grab zulief und rasch einen kleinen Kranz neben das Holzkreuz legte. Der Totengräber nickte ihr ernst zu und beachtete sie nicht weiter. Julius jedoch ließ seinen Brief sinken und spähte durch die Äste auf die Gestalt, die nun neben der halb zugeschütteten Grube kniete und über die Kranzschleife streichelte wie über ein krankes Kaninchen. Die Frau war nicht älter als 25. Sie trug einen schlichten grauen Hut, und auch ihre übrige Garderobe war vollkommen farblos, so als wollte sie eins werden mit dem trüben Wintertag. Julius konnte ihr Gesicht unter dem Hut nur von der Seite erkennen. So jung und rein, wie diese Frau auf den ersten Blick aussah, schien es seltsam unpassend, dass sie vor dem Grab seines alten, versoffenen Vaters kniete. Julius fühlte eine heftige Abneigung in sich hochsteigen. Am liebsten wäre er hinter der Hecke hervorgesprungen und hätte die Frau gefragt, in was für einer Beziehung sie zu Joseph Pawalet gestanden hatte. Doch er tat nichts dergleichen. Im nächsten Moment erhob sie sich und schlug ein nachlässiges Kreuzzeichen. Sie wandte sich mit gesenktem Kopf zum Gehen, und Julius konnte einen raschen Blick auf ihr Gesicht erhaschen. Ein blasses Gesicht, helle, klare Augen, aber ein schmaler und trauriger Mund. Alles in allem wirkte sie nicht reizlos. Aber ihre Zartheit war hart an der Grenze zum Verhärmten. Ihre graue Gestalt verschwand rasch zwischen den Büschen wie eine Dunstschwade.

Erst jetzt sah Julius sich imstande, hinter der Hecke hervorzutreten.

Der Totengräber begann mit dem Spatenblatt, den Erdhügel glatt zu klopfen. Julius beugte sich über den Kranz neben dem Kreuz und las, was auf der Schleife stand: ›Meinem unbekannten Geliebten. Ein letzter Gruß von Mitzi‹.

Er spürte, wie die Wärme ihm in die Wangen schoss. Hastig sah er sich nach der Frau in Grau um, konnte sie aber nirgends entdecken.

Wenn Julius Pawalet gewusst hätte, dass die junge Frau nicht die Geliebte seines Vaters gewesen war, sondern dass der Schriftzug auf der Schleife einen viel komplizierteren Sinn hatte, wäre er ihr vielleicht nachgeeilt, um zu erfahren, wer sie war. So aber schüttelte er nur ratlos den Kopf und suchte sich einen Weg durch das Friedhofslabyrinth zurück.

In seinem kalten, zugigen Zimmer unter der Dachschräge eines baufälligen Hauses am Spittelberg öffnete er mit flatternden Fingern die letzte Nachricht seines Vaters.

Lieber Julius,

wenn Du diesen Brief in Deinen Händen hältst, heißt das, dass Du doch wissen willst, was ich Dir zu sagen habe. Schade, dass ich erst sterben musste, um die Möglichkeit zu bekommen, Dir zu helfen. Ich habe diesen Brief schon vor langer Zeit geschrieben und bei meinem treuen Freund Doktor Gustav Kinsky deponiert, für den Fall, dass ich sterbe. Jetzt hat er ihn Dir also übergeben.

Schon bei diesen Zeilen fühlte Julius das unangenehme Gefühl von Leere in seinem Kopf aufsteigen wie eine Seifenblase, die einfach nicht platzen wollte. Wie hatte dieser Doktor Kinsky wissen können, dass Julius überhaupt zu der Beerdigung kam? Wie hätte er vom Tod seines Vaters erfahren sollen? Was für ein unheimlicher Zufall hatte ihn ausgerechnet heute auf den Friedhof geführt? Mit trockenem Mund las er weiter.

Ich will nicht lange um den heißen Brei herum schreiben. Ich versuche auch nicht, Deine Verzeihung zu erbitten. Ich habe mich benommen wie der letzte Unmensch, das weiß ich. Es ist leider so, dass ich, als Du noch klein warst, in ziemlichen Schwierigkeiten gesteckt habe, die sich bis zum heutigen Tag nicht aufgelöst haben. Ich habe zu saufen angefangen, weil ich ständig Angst hatte. Wovor, kann ich Dir leider nicht sagen, denn das würde alles noch viel schlimmer machen.

Aber ich habe nun doch das arge Bedürfnis, es wiedergutzumachen, was ich Dir angetan habe. Erinnerst Du Dich, als wir damals kurz nach Deinem 13. Geburtstag ins Kunsthistorische Museum gegangen sind? Weißt Du noch, wie begeistert Du von den ganzen schönen Gemälden warst? Ich habe die letzten Jahre dort gearbeitet. Es ist eine trockene, angenehme Arbeit. Um es kurz zu machen, Julius – jetzt, wo ich tot bin, kannst Du diese Anstellung übernehmen. Ich habe dem Direktor das Versprechen abgenommen, dass er Dir diese Stelle gibt, sobald ich unter der Erde bin. Vielleicht ergreifst Du diese Chance. Mir hat sie jedenfalls das Leben gerettet.

Es grüßt Dich zum letzten Mal
Dein Vater

Nach einer Nacht, in der Julius nicht wusste, ob sein knurrender Magen ihn am Schlafen hinderte oder die Zeilen seines Vaters, die in seinen Gedanken vorüberzogen wie Nebelschwaden, entschied er sich zu einem schweren Weg. Dem schwersten, den er bisher gegangen war. Seine Hand krampfte sich um das dünne Blechgeschirr wie um den Hals eines Todfeindes. Er starrte angestrengt zu Boden, wo sich sein Blick in den aufgeplatzten Schuhen seines Vordermanns verlor. In seine Nase kroch unaufhörlich der Gestank von Urin und alten, feuchten Kleidern. Stinke ich mittlerweile auch so, fragte er sich verschämt und schob die Nase noch tiefer in den Kragen seines fadenscheinigen Hemdes. Er roch nichts als seinen eigenen abgestandenen Hungeratem. Hinter ihm erklangen das vorsichtige Scheppern der

Blechschüsseln und ein aus Dutzenden Nasen kommendes Schniefen.

An diesem Morgen war der erste Schnee gefallen, und Julius Pawalet hatte sich auf den Weg zur wahrhaft letzten Haltestelle begeben. Mit gesenktem Kopf stand er in der Schlange einer Suppen- und Teeanstalt und hoffte, dass es schnell vorbei war. Der qualvoll langsam vorwärtskriechende Zug der Wartenden löste eine solche Scham in ihm aus, dass er sich überlegte, ob er das Blechgeschirr nicht wegstellen und schnellstens das Weite suchen sollte. Doch der Hunger und die Schwäche hatten ihn unerbittlich im Griff. Wenn er nicht bald etwas zu essen bekam, würde er auf der Straße umkippen und einfach liegen bleiben.

Er wagte einen Blick über die Schulter des stinkenden Mannes vor ihm. Etwa zehn Menschen trennten ihn noch von dem Topf und der großen Schöpfkelle, die einen unbestimmbaren braunen Brei in die Schüsseln klatschen ließ. Unter den widerwärtigen Gestank seiner hungernden Mitbürger mischte sich der Duft von Linseneintopf, und Julius wäre gestorben für dieses Essen. Er hatte keine Ahnung, wie es weitergehen würde, wenn er erst einmal wieder etwas im Magen hatte. Er hatte keinen anderen Wunsch mehr als diesen: essen.

Den Brief seines Vaters hatte er in den nächsten Abfalleimer geworfen, nachdem er sich im Morgengrauen auf den Weg machte. Was bildete dieser alte Schmarotzer sich eigentlich ein! Glaubte er allen Ernstes, Julius würde auf dieses gefühlsduselige Angebot eingehen?

Hatte er so seine Angst vor der ewigen Verdammnis gemildert, indem er seinem Sohn dieses großzügige Angebot machte? Wut und Ablehnung schossen immer wieder in Julius hoch und machten ihn schaudern.

Doch seit er den Brief zerknüllt hatte, hörte er immer wieder eine zarte, schwache Stimme in seinem Kopf, die nun wieder ertönte. Dem alten Mann konnte es gleichgültig sein, ob Julius die Anstellung im Museum annahm. Und zugleich war Julius es nur sich selbst schuldig und nicht seinem Vater, diese allerletzte Chance zu ergreifen.

»Sie sind an der Reihe, mein Herr«, sagte in diesem Moment eine weibliche Stimme.

Von hinten kam ein grober Stoß, sodass Julius drei Schritte nach vorn taumelte. Er blickte sich um.

»He, beeil dich mal, wir haben auch Hunger!«, beschwerte sich ein bärtiger Obdachloser mit überraschend dicker Wampe. Julius sah wieder nach vorn und erschrak bis ins Mark.

Hinter dem dampfenden Topf stand die junge Frau, die gestern am Grab seines Vaters gewesen war. Sie lächelte ihn auffordernd an und streckte die geöffnete Hand in Richtung seines Blechgeschirrs.

»Sie sind zum ersten Mal hier, nicht wahr?«, fragte sie. Ihre Stimme war so leise in dem beständigen Geklapper der Schüsseln und Löffel, dass er sie kaum hören konnte. Wortlos hob Julius den Arm mit dem Blechnapf und starrte sie an.

»Hör auf, das Mädel anzuglotzen, und komm zur Sache. Wir warten hier doch nicht auf dich!«, schnauzte der Mann hinter ihm.

Die Frau füllte die Schüssel bis zum Rand mit Linseneintopf und reichte sie Julius über den Tresen. Er hob die Hände ganz langsam und kniff die Augen zusammen.

»Mitzi?«, fragte er.

»Wie bitte?« Die Frau sah ihn verwirrt an und griff bereits nach der Schüssel seines Hintermannes. Eine einzelne Schweißperle rollte dicht an ihrem Ohr herab und rann in eine krause Haarsträhne, die unter ihrer Haube herausschaute.

»Sie sind Mitzi, nicht wahr? Ich habe Sie gestern auf dem Friedhof gesehen.«

»Das muss eine Verwechslung sein«, wich sie aus und senkte den Kopf.

»Aber ja doch. Sie haben einen Kranz auf das Grab von Joseph Pawalet gelegt, ich habe Sie gesehen.«

»Und wenn es so wäre, mein Herr«, sagte die Frau, »hier ist wohl kaum der richtige Ort, um darüber zu sprechen. Außerdem halten Sie alle auf. Nehmen Sie sich noch eine Semmel aus dem Brotkorb und suchen Sie sich einen Platz.« Ihre Stimme klang immer noch sanft und freundlich, aber irgendetwas hinderte Julius daran, hartnäckig zu bleiben, obwohl ihm die Fragen im Mund brannten wie Pfeffer.

Julius trug seine heiße Schüssel vorsichtig zu einem freien Platz. Er suchte sich einen Tisch aus, von dem aus er die Frau beobachten konnte. Beim ersten Löffel verbrannte er sich die Zunge. Der Eintopf war erstaunlich gut. Sein Blick ruhte auf dem grauen Kleid hinter den Dampfschwaden aus dem Topf. Er täuschte sich nicht. Das war die Frau, die er gestern hinter der Eibenhecke beobachtet hatte. War sie tatsächlich die Geliebte seines Vaters gewesen? Hatte der sie vielleicht vor Jahren genau hier kennengelernt, hungrig und am Ende seiner Kräfte so wie Julius selbst?

Er bemerkte kaum, wie das Essen seine Glieder wieder wärmte. Als die Schüssel leer war, fühlte er sich, als hätte er einen Stein im Magen. Er war so erschöpft, dass er am liebsten auf der Stelle eingeschlafen wäre. Aber Julius wusste, dass die Bestimmungen in den Hilfseinrichtungen Wiens sehr streng waren. Zum Schlafen hätte er in eine Wärmestube gehen müssen, und dort bekam er auch nur dann einen Platz, wenn er im Besitz einer Polizeianweisung war. Der Weg zurück in den zugigen Verschlag, den Frau Hanak an ihn vermietete, war weit, und so blieb er wie betäubt sitzen und starrte durch die Dampfschwaden auf das geheimnisvolle Geschöpf hinter dem Tresen. Wie eine Ringeltaube, die von einem Schwarm zerzauster Krähen eingekreist wird, dachte er.

»Mein Herr! Sie können hier nicht schlafen!« Eine Hand rüttelte an seiner Schulter.

»Lauter Extrawürste will der Neue, was?«, schnauzte der dicke Obdachlose wieder, der einen Tisch weiter saß. Hinter Julius aber stand die junge Frau und sah ihn besorgt an.

»Kommen Sie mit«, sagte sie und zog ihn von der unbequemen Bank hoch. Julius wunderte sich über ihren erstaunlich harten, kräftigen Griff. Die Frau bugsierte ihn in einen schmalen Gang und öffnete eine Tür. Dahinter lag ein Raum voller alter Möbel und Kisten und mit einer Garderobe, an der abgetragene Kleider hingen. Eine Chaiselongue mit fadenscheinigem Bezug stand vor einem Fenster, gegen das der Schnee flog.

»Sie sehen krank aus. Was ist mit Ihnen?«, fragte die Frau und führte ihn wie einen willenlosen Jungen zu dem Sofa.

»Wer sind Sie?«, fragte Julius, ohne auf ihre Frage einzugehen.

»Ich weiß nicht, was Sie nur haben mit mir … Ich habe eigentlich keine Zeit für Ihre seltsamen Fragen.«

»Bitte sagen Sie es mir. Es ist wichtig«, drängte Julius.

Die Frau setzte sich auf einen klapprigen Stuhl und verschränkte die Arme vor der Brust.

»Ich bin nicht diejenige, die diesen Kranz gestiftet hat. Ich habe ihn nur im Namen von jemandem dorthin gebracht, der zu schwach war, um selber zu kommen.«

»Dann sind Sie nicht die Mitzi?«, fragte Julius verwirrt.

Die Frau schüttelte bestimmt den Kopf.

»Nein. Mein Name ist Johanna Kowak. Ich habe ihn für eine Dame dort abgelegt, die selbst nicht zur Beerdigung kommen konnte.«

»Und wer ist diese Dame?«

»Und wer sind Sie, dass Sie Ihre Neugierde nicht im Zaum halten können?«

Sie hob das Kinn und musterte ihn streng. Julius senkte den Kopf. Dann sagte er etwas, was er in seinem ganzen Leben noch nie gesagt hatte: »Ich bin sein Sohn, Julius Pawalet.«

»Pawalets Sohn?«, fragte Johanna.

Plötzlich ging eine Veränderung in ihr vor. Sie rutschte auf ihrem Stuhl nach vorn und ergriff seine Hand. Sie sah ihn mit gerunzelten Brauen und einem Ausdruck von Schmerz an. Ihr Mund öffnete sich, als würde sie nach Worten suchen, doch die wollten nicht kommen. Dann schüttelte sie den Kopf und sagte bedauernd: »Es tut mir sehr leid für Sie.«

»Das muss es nicht«, murmelte Julius und starrte auf seine Hände, die plötzlich von anderen Händen umschlossen waren. Er fühlte die heißen, feuchten Ballen und die schlanken Finger dieser Hände und schluckte. Es war das erste Mal, dass eine Frau seine Hände hielt.

»Von wem kommt der Kranz?«, fragte er leise.

Ruckartig zog Johanna Kowak ihre Hände weg und richtete sich kerzengerade auf. »Es ist eine kranke, pflegebedürftige Dame, die mir diesen Auftrag gegeben hat. Ich kann Ihnen nicht sagen, wer sie ist. Es ist auch nicht wichtig für Sie, denke ich. Wichtig ist, dass Sie wieder auf die Beine kommen. Haben Sie keinen Ort, wo Sie hinkönnen?«

Doch, den habe ich, dachte Julius mit einem plötzlichen Anflug von Freude.

»Diese Kleider da«, – er zeigte auf die abgetragenen Mäntel und Anzüge, die an der Garderobenstange hingen wie greise Gespenster, »wem gehören die?«

»Wir unterhalten hier eine Art Kleiderkammer, wo Sie keine Bescheinigung brauchen, wenn Sie etwas bekommen. Es sind Spenden von gutherzigen Menschen.«

Sie stand auf und sah sich die Sachen prüfend an. »Sie werden erfrieren, wenn Sie nichts Anständiges anziehen. Nehmen Sie das hier.«

Johanna reichte ihm einen dunkelbraunen, grob gewebten Anzug und eine Weste.

»Und hier, das Hemd hier ist etwas wärmer.«

»Hören Sie, das kann ich nicht annehmen«, sagte Julius. Die Tatsache, dass heute sein Glückstag zu sein schien, machte ihn verlegen.

»Diese Sachen wurden aber hier abgegeben, damit sie jemand anderem helfen«, sagte sie bestimmt. »Los, nun zieren Sie sich nicht. Ich habe nicht den ganzen Tag Zeit.«

»Ach, diese groben Kerle da draußen«, wandte Julius ein, dem der Gedanke, sie gehen zu lassen, gar nicht gefiel.

Johanna Kowak schüttelte ernst den Kopf und sagte: »Das da draußen ist nicht meine richtige Arbeit. Das mache ich nur ehrenamtlich. Ich muss gleich ins Allgemeine Krankenhaus. Da arbeite ich als Krankenschwester.«

Julius nahm das Kleiderbündel und sah sie an. Sie verströmte den Geruch nach Linseneintopf. Aber irgendwo dahinter schwebte versteckt ein anderer Duft. Eine feine Seife und etwas, das roch wie Leinen, glaubte Julius. Er stellte sich Johanna Kowak in einem hellblauen Schwesternkleid vor, und etwas in seiner Brust wurde enger.

»Danke für den Anzug, er kommt mir wirklich sehr gelegen«, sagte er und drückte den Stoff an sich. »Ich habe morgen ein Vorstellungsgespräch, wissen Sie? Und ich hatte nichts zum Anziehen. Mit ein bisschen Glück habe ich heute zum ersten und letzten Mal in der Suppenanstalt gegessen.«

»Das würde mich sehr freuen«, sagte Johanna und ging zur Tür.

»Dass ich nicht mehr komme?«, fragte Julius und zwang sich zu einem Lächeln.

»Nein«, erwiderte Johanna und öffnete die Tür. Um ihre schmalen Lippen spielte ein verschmitztes Lächeln. »Sie werden wiederkommen. Sie haben sich nämlich gerade verliebt.«

»Seit wann bekommt ein Faulenzer wie Sie Post?!«, fragte Frau Hanak verächtlich und hielt ihm ein Päckchen entgegen, als Julius das Haus in der Fassziehergasse zu Füßen des Spittelberges betrat. Es war ein handtellergroßes Ding, eingewickelt in braunes Packpapier. Julius hatte noch nie in seinem Leben ein Päckchen bekommen und hielt es erst einmal von sich, als wäre es eine tote Maus.

»Von wem ist das?«, fragte er erstaunt.

»Woher soll ich das wissen?«, blaffte die Wirtin. »Die Leute, die glauben, Ihnen etwas schicken zu müssen, schreiben ja nicht mal einen Absender drauf.«

Julius drehte das Paket um. Er konnte tatsächlich keinen Absender entdecken. Nur seine eigene Adresse in einer krakeligen, schiefen Schrift, die aussah, als hätte sie jemand mit zitternder Hand geschrieben. Er beeilte sich, auf sein

Zimmer zu verschwinden. Auf der Treppe hörte er noch die nörgelnde Stimme der Hanak: »Eigentlich müsste ich Ihnen das Paket abnehmen und schauen, ob etwas drin ist, mit dem Sie Ihre Schulden begleichen können!«

Der Inhalt des Päckchens war mehrmals mit Packpapier umwickelt, innen noch einmal mit einer Schnur zusammengebunden, und es dauerte quälend lang, bis Julius endlich zu dem verpackten Gegenstand vordrang.

Es war eine Lupe. Eine kleine Lupe, die schön und edel gearbeitet war, das Lupenglas gerade einmal so groß wie das Rund einer Mokkatasse und in einer Einfassung aus ziseliertem Silber. Der Stiel sah aus wie der Griff eines Teelöffels aus den habsburgischen Speisezimmern. Warum schickte jemand Julius eine Lupe? Und noch dazu eine, die beim Pfandleihhaus eine hübsche Summe bringen würde?

Julius wühlte in dem Papierhaufen. Auf einem Fetzen des Packpapiers entdeckte er schließlich Worte. In der gleichen schiefen, unsicheren Schrift, in der auch seine Adresse geschrieben war, wurde ihm Folgendes mitgeteilt:

Julius, diese Lupe hat mir gehört. Sie ist alles, was ich Dir vermachen kann, und Du solltest sie stets bei Dir tragen, wenn Du im KHM arbeiten wirst. Sie passt hervorragend in die Tasche einer Uniformjacke. Sie soll Dir dabei helfen, dem auf die Spur zu kommen, was ich in meinem Brief an Dich schon angedeutet habe.

Es grüßt Dich ein allerletztes Mal Dein Vater.

Julius ließ sich auf die Kante des Bettes sinken und starrte auf das zerknitterte Packpapier. Er las die Worte ein zweites und drittes Mal und fühlte einen unheimlichen Verdacht in sich aufsteigen.

Diese Schrift war eine ganz andere als die in dem Abschiedsbrief. Der Abschiedsbrief, den er vor wenigen Stunden in einen Mistkübel am Straßenrand geworfen hatte ... Julius wusste, dass der Mann, der ihm den Brief geschickt hatte, ein anderer war als der, der ihm die Lupe vermachte. Er hatte das Schriftbild des Abschiedsbriefes ganz genau vor sich.

Was waren das für merkwürdige Andeutungen? Was bedeutete diese kryptische Botschaft, die keinerlei Zusammenhang mit dem Brief herstellte, den Kinsky ihm ausgehändigt hatte? Und was für eine Spur meinte der Schreiber?

Julius fragte sich plötzlich, wie es kam, dass dieses Päckchen ihn erreichte, nachdem sein Vater bereits seit Tagen tot war und seit gestern unter der Erde lag.

Er wurde unruhig. Was war da in sein Leben getreten? Was waren das für eigenartige Zufälle? Er lenkte sich ab, indem er den Anzug und die Weste anprobierte und versuchte, sein Spiegelbild im Fenster zu sehen. Doch er konnte nur verschwommene Umrisse wahrnehmen. Er schnupperte am Stoff des Ärmels, aber er roch nur Mottenpulver. Keine Seife und kein Leinen.

In dieser Nacht träumte er, dass er in einem riesigen Suppentopf voll zähem, klebrigem Linsenbrei ertrank. Als er sich schreiend und händeringend nach oben strampelte, sah er die grinsenden Gesichter seines Vaters und des Museumsdirektors, die gemeinsam den Deckel über ihm schlossen.

III

Kinsky sass hinter einem riesigen Schreibtisch. Über ihm hing ein gewaltiger Lüster, der es fast mit der Kuppel des Sezessions-Gebäudes hätte aufnehmen können. Inspektor Lischka musterte den Museumsdirektor verstohlen, der sich aus einer Kristallflasche einen großzügigen Schuss Cognac eingoss. Nur dieses Plätschern war in dem Raum zu hören.

»Nehmen Sie auch einen!«, forderte der Direktor ihn auf und schwenkte ein zweites Glas.

»Ich bin im Dienst«, antwortete Lischka unwillig.

»Ach seien Sie nicht so asketisch!«, rief Kinsky und goss das Glas voll. Er erhob sich schwerfällig und quetschte sich hinter dem Schreibtisch hervor.

»Falls Sie glauben, Sie könnten mich mit diesem großzügigen Angebot davon abbringen, Ihnen noch ein paar sehr unangenehme Fragen zu stellen, Dr. Kinsky, dann täuschen Sie sich.« Der Museumsdirektor stellte nur wortlos grinsend den Schwenker vor Lischka auf einen niedrigen Tisch, auf dem allerlei hochwertige Kunstdrucke lagen.

In diesem Moment klopfte es an der Tür, zaghaft, wie von einem Kind, das sich nicht traut, ins elterliche Schlafzimmer zu treten. »Herein!«, brüllte Kinsky und hüllte Lischka in seinen warmen Cognacatem. Die hohe Flügeltür öffnete sich, und ein abgemagerter junger Mann in einem rührend schlecht sitzenden Anzug betrat das Büro des Direktors.

»Pawalet junior!«, krähte Dr. Kinsky dem Mann entgegen. »Nur nicht so schüchtern! Ich habe mich schon gefragt, wann Sie endlich den Weg hierher finden würden.«

Inspektor Lischka straffte sich. Das war also der Sohn

des Toten. Kinsky hatte ihm vorhin verraten, dass der junge Julius sich während des Begräbnisses hinter einer Hecke versteckt hatte, und Lischka dachte verärgert an seine beiden Assistenten, die nach verdächtigen Personen hätten Ausschau halten sollen.

Reichlich abgerissen sah er aus, geradezu erbärmlich. In seinem offensichtlich geliehenen Anzug versuchte Pawalet junior wohl, einen guten Eindruck zu machen.

»Darf ich bekannt machen?«, rief Kinsky, »das hier ist Herr Julius Pawalet, der Sohn des Verstorbenen.« Und an den Neuankömmling gewandt: »Wissen Sie, der Herr Inspektor und ich, wir sprachen gerade von Ihrem Vater.«

Lischka erhob sich aus seinem Ledersessel und streckte Pawalet die Hand hin. »Rudolph Lischka, Polizei-Inspektor vom Schottenring.« Die Hand des Mannes fühlte sich an wie ein unterkühltes, nacktes Kaninchen. Er zog sie schnell zurück und musterte Joseph Pawalets Sohn. Er erinnerte sich an die Vorstellung in einem serbischen Landzirkus, den er vergangenes Jahr besucht hatte. Dort war ihm ein Jongleur aufgefallen, der mit nacktem Oberkörper brennende Fackeln über seinem Kopf hin und her geworfen hatte. Der Mann war ausgezehrt und gleichzeitig sehnig gewesen, und in seinem Gesicht hatte der angestrengte, verbissene Ausdruck eines Menschen gelegen, der eher im Überleben ein Künstler war als im Jonglieren. Julius Pawalet erinnerte ihn an diesen Artisten.

»Inspektor Lischka beschäftigt sich mit den Umständen des Todes Ihres Vaters«, sagte Kinsky und bot Julius einen Sessel an.

Lischka bemerkte, dass der junge Mann irritiert die Garderobe des Museumsdirektors musterte, und er musste schmunzeln.

Kinsky erinnerte ihn an einen Ansager im Kabarett. Er trug eine rosa Seidenkrawatte, die er bauschig in eine gelbe Samtweste gestopft hatte, dazu einen hellbraunen Anzug mit goldenen Knöpfen. Er schien in seinem Museum so fehl am Platze wie eine Nonne auf dem Riesenrad des Praters.

»Also«, sagte der Museumsdirektor schließlich mit fröhlicher Stimme und schenkte ein drittes Glas Cognac ein, bevor er sich selbst ein weiteres genehmigte. »Sie kommen genau richtig, Pawalet. Wir haben gerade über die seltsamen Todesumstände Ihres Herrn Vaters gesprochen.«

»Deswegen bin ich eigentlich nicht gekommen«, sagte Julius. Lischka fand, dass dessen leise Stimme irgendwie zu rau klang für sein junges Alter. So, als benutzte er sie nicht sehr oft.

»Jaja, ich weiß«, winkte Kinsky ab. »Sie kommen wegen der Anstellung. Warum waren Sie denn so abweisend auf dem Friedhof?«

Der junge Mann runzelte die Stirn. »Vielleicht kannten Sie nur das sonntägliche Benehmen meines Vaters.«

»Ich weiß, dass Sie ein sehr schwieriges Verhältnis zum Joseph hatten«, beschwichtigte Kinsky ihn, »aber versuchen Sie doch, das einmal zu vergessen, und sehen Sie, was er Ihnen jetzt ermöglicht.« Er breitete die Arme aus. »Eine Anstellung als Saaldiener, sozusagen als sein Nachfolger.«

Pawalet presste die Lippen aufeinander. Er schien von diesen Aussichten nicht sonderlich begeistert zu sein. Lischka nahm nun doch einen kleinen Schluck von seinem Cognac und sagte: »Sie wissen, wie Ihr Vater gestorben ist?«

Der junge Mann stieß ein tonloses Lachen aus. »Es muss wohl so eine neuartige Todesart zwischen Mord und Suizid sein, oder?«

Lischka wusste nicht, ob er belustigt sein sollte oder alarmiert. »Das ist wahr. Tatsächlich können wir nicht sagen, ob Ihr Vater wirklich Selbstmord begangen hat.«

»Und was sagt Ihnen das?«, fragte Julius.

Inspektor Lischka bemerkte verwundert den großen Ernst, der von dem jungen Mann ausging. Er schien scharfsinniger zu sein, als sein Äußeres vermuten ließ.

»Nun, als wir ihn fanden, war er bereits seit drei Tagen tot. Zuerst nahmen alle an, dass es Selbstmord war. Dr. Kinsky hat uns verraten, dass Ihr Vater unheilbar an Magenkrebs erkrankt war. Wir haben vermutet, dass er einfach diese Leidenszeit nicht durchmachen wollte …«

»Ja, schlimm ist das«, schaltete sich Kinsky ein, »meine arme Mama hatte auch Krebs im Magen, und sie hat gelitten, als wäre sie schon zu Lebzeiten in der Hölle.« Er schenkte sich noch einmal großzügig aus der Cognacflasche nach.

»Und wieso kamen Ihnen Zweifel?«, wollte Julius von Lischka wissen.

Dieser stellte sein Glas weg und faltete die Hände. »Haben Sie schon einmal einen Menschen gesehen, der durch Erhängen starb, Herr Pawalet?«, fragte er.

Julius schüttelte den Kopf.

»Sehen Sie, wenn ein Mensch aufgehängt wird oder sich erhängt, dann entsteht durch die Schlinge eine Ligatur – eine Art strangförmiger Bluterguss – am Hals des Toten. Dieser verläuft bei einem Erhängten in jedem Fall senkrecht bis hinter die Ohren, je nachdem, wo der Knoten sitzt und wie der Hals beschaffen ist. Bei einem Menschen, der erdrosselt wurde, sagen wir mit einer Schnur, verläuft dieser Bluterguss waagrecht. Bei Ihrem Vater wurde beides festgestellt. Eine waagrechte Ligatur über dem Kehlkopf und eine senkrechte über den seitlichen Halssträngen. Was sagen Sie dazu?«

»Das klingt nach einem …«

»… vorgetäuschten Selbstmord, um einen Mord zu vertuschen?«, kam Lischka ihm zuvor.

»Ihr Vater hätte niemals Selbstmord begangen«, sagte Kinsky und unterstrich seine Überzeugung durch einen tiefen Schluck aus seinem Glas.

»Man weiß nie, was einem Mann einfällt, der so an sich leidet«, warf Lischka ein.

»Aber ich kannte Pawalet!«, rief Kinsky. »Er hat mir geschworen, dass er sich nicht umbringt, sondern dass er wartet, bis der Herr ihn selbst zu sich holt. Er hatte große Angst vor der Verdammnis.«

»Dann ist er auf seine alten Tage auch noch gläubig geworden?«, fragte Pawalet. Seine erstaunten Augen passten nicht so recht zu den spöttisch gekräuselten Mundwinkeln.

»Das sind alles nur Vermutungen«, sagte Lischka rasch. »Die beiden unterschiedlichen Verläufe der Blutergüsse sind für uns Grund genug, zu vermuten, dass er tatsächlich ermordet wurde. Und ich habe mich gerade mit Herrn Dr. Kinsky unterhalten, um herauszufinden, ob Pawalet irgendwelche Feinde hatte.«

Kinsky schüttelte entschieden den Kopf. Julius blieb stumm.

»Ist es richtig, dass Sie nichts über Ihren Vater wissen und wussten?«, wandte Lischka sich wieder an ihn.

Julius Pawalet hob in scheinbarer Gleichgültigkeit die knochigen Schultern. »Er war ein Säufer, als ich von ihm wegging. Und als ich ihn zum letzten Mal gesehen habe, lag er in einem Sarg.«

Lischka nickte bedächtig, doch Kinsky fuhr aus seinem Sessel hoch und rief: »Das ist nicht wahr, Pawalet! Sie verschweigen dem Inspektor, dass Ihr Vater in all den Jahren immer wieder versucht hat, mit Ihnen zu sprechen. Aber Sie haben ihn zum Teufel geschickt!«

Lischka beschwichtigte: »Dr. Kinsky, ich denke nicht, dass die Ablehnung eines Sohnes den Vater in den Selbstmord treibt.« Er griff ein zweites Mal nach seinem Glas und trank einen großen Schluck, stellte es aber rasch wieder ab, als er sah, dass Julius seines noch nicht angerührt hatte.

»Wissen Sie, es wäre nicht das erste Mal, dass jemand einen Mord als Suizid darstellt. Erst heute Morgen haben wir eine Frauenleiche gefunden, die aussah, als hätte sie sich mit einer Giftspritze umgebracht. Sie saß in einem Sessel, halb nackt, schön hindrapiert. Der Leichenbeschauer fand heraus, dass sie von einer Giftschlange gebissen worden war, die ein paar Tage zuvor aus der Menagerie in Schönbrunn gestohlen wurde. Es wird heute in allen Abendzeitungen zu lesen sein.«

Kinsky sagte: »In unserer schönen Monarchie sind widerliche Subjekte unterwegs, wahrlich …«

Lischka erhob sich. »Aber Herr Pawalet, Sie sind ja wegen etwas ganz anderem hier, nicht wahr? Ich will Ihre Zusammenkunft nicht weiter belasten. Ich muss ohnehin weiter.« Er gab Julius wieder die Hand und sagte: »Ich kann Ihnen allerdings nicht versprechen, dass Sie mich für immer los sind. Falls es neue Erkenntnisse wegen Ihres Vaters gibt, muss ich wieder auf Sie zukommen.«

Er setzte seinen Hut auf und wandte sich zum Gehen. Doch in der Mitte des Raumes blieb er stehen, als wäre er gegen ein unsichtbares Hindernis gelaufen. Er drehte sich noch einmal um und fragte: »Ach, was war das für ein Brief, den Sie vorhin erwähnt haben?«

Kinsky atmete nervös ein und machte Anstalten, etwas zu sagen. Doch Pawalet kam ihm zuvor: »Ein Abschiedsbrief an mich, in dem mein Vater mir mitteilt, dass ich seine Stelle hier im Museum übernehmen könnte. Ich wusste gar nicht, dass er so großzügig ist.«

Lischka runzelte die Brauen, und Kinsky fragte: »Was ist daran so ungewöhnlich, Herr Inspektor?«

»Nun, als ich mit meinen Männern in der Wohnung des Toten ankam, lag da gar kein Brief. Und das wundert mich schon, denn das Erste, wonach man sucht bei so einem Fall, ist doch ein Abschiedsbrief.«

Kinsky stellte geräuschvoll sein Glas ab und sprang auf. »Nein, nein, Herr Inspektor, dieser Brief lag nicht offen herum. Er lag zwischen den Seiten eines Buches. Nur ich wusste davon und habe dafür gesorgt, dass ausschließlich Julius diesen Brief zu sehen bekommt.«

»Aber warum das alles?«, hakte Lischka nach und kam wieder ein paar Schritte zurück. Kinsky griff nach seinem Glas.

»Warum hat er den Brief in einem Buch versteckt? Wenn er davon ausgegangen ist, dass er eines normalen Todes sterben würde, also an seiner Krankheit, dann wäre das doch gar nicht nötig gewesen.«

»Nun …«, begann Kinsky, »er wollte eben, dass niemand diesen Brief liest, in dem ja lauter liebevolle Worte, Entschuldigungen und allerlei Sentimentalitäten an seinen Sohn standen. Er bat mich, dafür zu sorgen, dass nur Julius diese Zeilen zu Gesicht bekommt. Vielleicht … hat er sich geschämt.«

Lischka warf Julius Pawalet einen raschen Blick zu. Er

schien mit dieser Aussage nicht zufrieden zu sein. Er musterte Kinsky mit kaum verhohlenem Misstrauen.

»Sie meinen also, dass Herr Pawalet vielleicht wusste, dass seine Leiche unter ungewöhnlichen Umständen gefunden würde und dass er den Brief deswegen versteckt hat? Bevor ihn vielleicht … die Polizei findet und liest? Wenn ein Mann weiß, dass er an Magenkrebs sterben wird, dann stellt er sich doch darauf ein, das in einem Hospital zu tun und nicht elend und einsam im eigenen Bett, nicht wahr? Dr. Kinsky, Sie müssen zugeben, dass das alles sehr eigenartig, wenn nicht sogar haarsträubend klingt.«

»Aber so war es!«, rief dieser. »Herr Inspektor, ich bin aber auch wirklich ein Dummkopf!« Er schlug sich mit der flachen Hand an die Stirn, sodass ein paar Hautschuppen auf seinen Kragen rieselten wie abgeklopfter Staub, der sein Denken überzogen hatte. »Das ist ja nun vielleicht doch ein Hinweis darauf, dass er sich umgebracht hat. Natürlich! Nur Selbstmörder schreiben Abschiedsbriefe. Ich hätte es merken müssen, als er mir von dem Brief erzählt hat! Oh Gott, ich hätte Verdacht schöpfen müssen. Ich hätte es verhindern können!«

Lischka sah Kinsky an wie einen alten Mann, der das plötzliche Hinscheiden seiner Gattin beweint und gleichzeitig eine junge, hübsche Dame im Arm hat. Hinter seiner Stirn arbeitete es. Er straffte sich und atmete einmal tief aus.

»Ich will diesen Brief sehen!«

»Ich habe ihn in einen Abfalleimer geworfen«, sagte Pawalet.

Lischka seufzte. »Das trifft sich natürlich gut, nicht wahr, Dr. Kinsky?«

»Herr Inspektor, Sie beleidigen mich … wirklich! Ich war Pawalets bester Freund. Mich zu verdächtigen, dass ich an seinem Tod auch nur den geringsten Anteil, ja, dass ich auch nur die geringste Kenntnis davon hatte, ist … ist einfach infam.«

»Ja, ich gebe zu, die Umstände sind in der Tat nicht ganz koscher, Herr Direktor. Aber das macht nichts. Wenn es so ist, wie Sie sagen, wird man das auch nachweisen können. Wir wissen ja alle, dass in unserer schönen Monarchie alles seinen Sinn und Zweck hat und alles den rechten Gang geht, nicht wahr? Es wäre doch bedauerlich, wenn einem kleinen Museumsangestellten nicht das gleiche Recht geschähe wie allen anderen auch, und sei es nur post mortem.«

Julius Pawalet sah dem glatt rasierten Inspektor in dem steifen braunen Zweireiher hinterher, bis dessen harte Schritte hinter der Tür verklungen waren.

Nur die leise Ironie seiner letzten Worte blieb in dem Zimmer zurück wie giftiger Staub in der Luft.

Kinsky seufzte. »Ach, diese Polizei! Man fühlt sich ganz beengt, wenn einer von denen da ist.« Er sank zurück in seinen Sessel, als könnte er sich keine Sekunde länger auf den Beinen halten.

»Also was auch immer dieser Inspektor Lischka an dem Brief Ihres Vaters seltsam oder verdächtig findet …«, er lachte einmal kurz ungläubig auf, »alles, was darin steht, gilt selbstverständlich. Sie sind eingestellt, Pawalet junior.«

Seltsamerweise fühlte Julius keinerlei Freude in sich aufsteigen. Seine Kiefer begannen zu mahlen, ohne dass er es recht merkte.

»Freuen Sie sich denn gar nicht?«, polterte Kinsky.

Julius hob den Kopf und blinzelte. »Ist es sehr unhöflich zu fragen, warum Sie das tun? Er war ein Trinker. Ich bin ein Herumtreiber. Bezahlt der Kaiser Sie dafür, dass Sie so jemanden einstellen?«

Der Museumsdirektor riss die Augen auf. »Wie reden Sie denn über Ihren armen Vater, Julius? Der Mann hat schreckliche Dinge erlebt, und die Menschen greifen oft zu Flaschengeistern, wenn sie nicht mehr weiterwissen.«

»Warum haben Sie ihn aber eingestellt?«

»Ach, das ist so lange her, dass ich es schon gar nicht mehr weiß.« Er fuchtelte mit den Händen in der Luft herum, als wollte er das Thema verscheuchen. »Ihr Vater hatte sich eine Jahreskarte für unser Haus gekauft, das muss wohl so ... hm ... 1896 gewesen sein. Er war jeden Tag hier. Und ich habe erkannt, in was für einer Misere er steckte, und zugleich wie viel Potenzial er hatte. Er stand damals vor einem Rubens und hat irgendetwas sehr Philosophisches, sehr Kluges gesagt. Dabei hat er gestunken wie ein Müllsammler und ausgesehen wie ein Griasler, der im Kanal übernachtet.« Kinskys Augen schweiften in die Ferne.

Julius schüttelte den Kopf. »Und da haben Sie ihn in die Badewanne gesteckt und ihm eine Anstellung als seltsames Maskottchen gegeben.« Er fand es immer noch skurril, dass ausgerechnet sein unzuverlässiger Vater ein seriöser Museumswächter gewesen sein sollte.

Kinsky setzte eine strenge Miene auf. »Pawalet, es ist mir egal, wie böse Sie über Ihren Vater denken. Er war ein ehrenwerter Mensch, und er wird sehr vermisst. Ich habe ihm das Leben gerettet und habe es keinen Tag bereut.«

»Schon gut«, winkte Julius ab. Er hatte keine Lust, Kinskys ausschweifenden Worten noch länger zuzuhören. Irgendetwas sagte ihm, dass der Mann vielleicht etwas gutzumachen hatte. Nun, ihm sollte es recht sein. »Aber ich bin für diese Stelle gar nicht geeignet. Wissen Sie, wie lange ich in der Schule war? Jeder Kanarienvogel ist gebildeter als ich.«

Kinsky brach in schallendes Gelächter aus. »Ja was denken Sie sich denn, Pawalet? Was ist schon Kompliziertes an diesem Beruf? Es ist nichts anderes als die Arbeit eines Friedhofswärters. Sie passen auf, dass sich ein paar alte Mütterchen nicht verirren. Sie müssen nichts über Kunst wissen, außer dass man ein Ölgemälde von Tizian eben nicht anfassen darf. Das ist alles.«

»Sie meinen das wirklich ernst?«, fragte Julius immer noch ungläubig. Irgendetwas störte ihn. »Warum halten Sie sich an den Wunsch meines Vaters?«, fragte er. »Er würde es nicht mehr erfahren, wenn Sie ihn nicht erfüllen.«

Kinsky fuhr sich nachdenklich durch den Backenbart.

»Weil ich es Ihrem Vater eben versprochen habe«, antwortete er ungeduldig. »Er hat mir dieses Versprechen unter Tränen abgenommen. Und ich bin abergläubisch. Sehr sogar. Wenn ich Sie nicht anstelle, kommt sein Geist und straft mich.« Er kicherte in sein fast leeres Glas. »Aber abgesehen davon – er war nun mal mein Freund und hat mir von Ihrer unglücklichen Verbindung erzählt.«

»Hat mein Vater Ihnen erzählt, dass er mit mir bei der Eröffnung des Museums war?«, fragte Julius.

»Ja, und auch von diesen billigen Kunstdrucken, die Sie sich als Kind so gern angeschaut haben. Herrgott, er ist geradezu sentimental geworden, wenn er davon erzählt hat. Aber hören Sie, Pawalet: Es ist mir wurscht, ob Sie Kunst mögen oder nicht. Oder ob Sie etwas darüber wissen. Sie müssen, wie gesagt, nur aufpassen, dass alles seinen Gang geht. Niemand wird Sie an Ihrem Vater messen.«

»Messen?«

»Na, Sie haben's doch bei der Grabrede gehört. Joseph war ein Kenner. Er war sozusagen Kunsthistoriker. Er hat diese Bilder studiert und alles darüber gelesen, was er in die Finger bekommen konnte. Das hier«, er machte eine weit ausholende Geste zu den deckenhohen Bücherregalen ringsum, »das hier war seine Bibliothek. Er hat viele dieser Bücher gelesen. Ach, was sag ich! Gefressen hat er sie. So wissbegierig war Ihr Herr Vater, wie es sonst nicht mal meine Kuratoren sind. Und trotzdem ist er immer ein ganz bescheidener kleiner Saaldiener geblieben. Aber die Besucher haben ihn geliebt. Weil er ihnen alles erklären konnte und weil seine Begeisterung ansteckend war. Manchmal hab ich ihn Museumsführungen übernehmen lassen, wenn einer vom Personal krank war. Und das hat er immer sehr, sehr kompetent gemacht. Manche Besucher sind nur wegen ihm gekommen. Er war ... etwas ganz Besonderes.«

»Ich hab schon verstanden. Er war ein ganz wunderbarer, reizender, herzlicher Mann, nicht wahr?«, fauchte Julius jetzt, der die Beweihräucherung seines Vaters nicht länger ertragen konnte. Doch sofort bereute er seine Gereiztheit. Er wollte diese Arbeit. Unbedingt. Insgeheim empfand er eine widerwillige Dankbarkeit. Er griff jetzt zum ersten Mal nach dem Glas mit Cognac und nahm einen großen Schluck. Wie brennende Lakritze legte sich die Flüssigkeit innen über die Kehle und die Magenwände. Und in diesem Moment konnte er die verfluchte Sauferei so vieler Männer plötzlich verstehen. Manchmal stand man vor einer Antwort, die man nicht geben wollte, vor einer Frage, die man nicht stellen konnte, oder vor Gedanken, denen man keine Taten folgen lassen wollte. Dieser scharfe Sud war es, der zwischen all diesen unvollständig verbundenen Teilen der menschlichen Seele eine Brücke schlagen konnte, wenn auch nur eine trügerische. Er stellte das Glas weg und sagte so ruhig, wie es ihm möglich war: »Kinsky, ich würde sehr gern in diesem Museum arbeiten. Aber eins will ich nicht.«

Kinsky reckte herausfordernd das Kinn vor.

»Ich will, dass Sie aufhören, in mir den Sohn von Joseph Pawalet zu sehen. Ich habe nichts gemein mit ihm. Glauben Sie nicht, dass Sie mich retten.« Er versuchte, sanft und doch bestimmt zu klingen.

»Aber Sie haben Rettung … nötig, wenn man Sie sich so anschaut!«, sagte Kinsky tadelnd.

»Vergessen Sie das«, sagte Julius müde. »Wenn Sie mich einstellen, dann will ich Sie als Arbeitgeber betrachten und nicht als gnädigen Engel.«

Der Museumsdirektor schien die Worte abzuwägen und betrachtete Julius eine scheinbare Ewigkeit. Dann lächelte er, stemmte sich mühsam aus seinem Sessel hoch und reichte Julius die Hand. Sein weinbrandgeschwängerter Atem hüllte ihn ein wie eine Dunstwolke.

Als Julius kurz darauf über das kunstvolle Marmormuster der Eingangshalle ging, musste er an das denken, was der Inspektor erzählt hatte. Von der Frau, die von einer Giftschlange getötet worden war. In seinem Kopf tauchte ein Bild auf. Er wollte es festhalten, doch es verdämmerte sofort wieder in den Weiten seiner wirren Gedanken. Was hatte der Inspektor gesagt? *Halb nackt und schön drapiert?* In diesem Augenblick prallte er gegen etwas Weiches.

Erschrocken starrte Julius auf die Frau, die durch seine Unachtsamkeit gestürzt war. Bevor er ihr den Arm reichen konnte, hatte sie sich auch schon wieder aufgerappelt und starrte ihn vorwurfsvoll an. Julius' Mund wurde ganz trocken. Einen Wimpernschlag lang huschte das Bild von Johanna Kovac vor seinem inneren Auge vorbei. Julius streckte die Hand aus. Er wusste nicht, warum er das tat. Unwillkürlich fing er an, die Samtjacke der Frau glatt zu streichen.

Sie schlug ihm auf die Finger wie einem Schuljungen.

»Was fällt Ihnen ein?«, zischte sie.

Er starrte auf den Mund der Frau. Der war klein und rund, und ihre Augen blitzten ihn aufgebracht an. Es waren sehr dunkle Augen, braun mit einem Stich ins Violette.

Er bemerkte die pochende Schläfe unter einem eleganten Hut, der ganz der Mode der Zeit verpflichtet war und aussah wie eine Sachertorte, die von einer abgestürzten Krähe erschlagen worden war.

Ihm war plötzlich heiß vor Scham und Verwirrung. Die Frau wandte ruckartig den Kopf ab und ging an ihm vorbei. Er schnappte den Hauch eines teuren Parfums auf. Als er sich stammelnd entschuldigte, war die Frau längst oben an der Prunkstiege verschwunden.

An diesem Nachmittag ging Julius noch einmal in die Suppenküche. Er hatte zwar nun eine Anstellung, aber immer noch kein Geld, um sich etwas zu essen zu kaufen. Johanna Kovac war nicht da, und der Eintopf schmeckte nach aufgeweichtem Papier. Er ließ die Hälfte stehen. Als er sich an diesem Abend zum Schlafen hinlegte, zogen neue, merkwürdige Bilder an ihm vorüber. Schwarz gekleidete Frauen wandelten über endlose Treppen, Bilder von Rembrandt schwammen in riesenhaften Cognacgläsern, und der Inspektor sah ihn mit geweiteten Augen durch ein wagenradgroßes Lupenglas an.

IV

An diesem Abend war die Dunkelheit in den Hauseingängen und Torwegen des Spittelbergs so tief und so undurchdringlich, als wäre die Nacht aus Teer. Es war, als hätten die Gaslaternen nicht mehr die Kraft, ihren Schein weit genug zu schicken, um die Finsternis ein wenig aufzuhellen. Die Kutscher der Fiaker bemerkten es am Schnauben der Pferde, wenn sie an einer solchen Insel der Dunkelheit vorüberfuhren. Die Huren hielten sich in dieser Nacht alle in der Nähe der Laternen auf, und selbst die spät heimtorkelnden Trinker empfanden ein seltsames Widerstreben und mieden diese schwarzen Tunnel, deren Abgründe ihnen so bedrohlich wie ihr baldiger Schlaf vorkam.

Und so kam es, dass niemand bemerkte, wie zwei farblose Gestalten in einem dieser nachtüberschwemmten Durchgänge verschwanden. Die beiden Schemen verschmolzen mit den Mauern wie dunkler Wein, der in ein Tintenfass tropft.

Die Geräusche vermochte die Nacht jedoch nicht zu schlucken, und so hätte man die Schritte der beiden von den feuchten Wänden einer heruntergekommenen Passage widerhallen hören können. Es hörte sich an wie zwei Melodien, die sich überlagerten. Die Schritte des einen waren rhythmisch und hastend und gaben den Takt vor begleitet von einem schleppenden und schleifenden Geräusch. Ein erfahrener Polizist hätte vielleicht gehört, dass ein kräftiger Mann einen leblosen Körper über die Pflastersteine schleifte. Aber niemand war in der Nähe der Passage, und so hörte auch niemand, wie der schwere Körper sich vorwärtstastete und vor sich hin murmelte und immer gegen die bröckelnden Mauern stieß. Ein feines Ohr hätte das Surren eines Seils wahrgenommen. Ein aufmerksamer Nachtmensch wäre stehen geblieben und hätte sich über das erregte Atmen gewundert. Doch nichts dergleichen war möglich, denn in dieser Nacht standen alle Elemente, alle Zufälle und Möglichkeiten im Dienst eines großen Künstlers. Die Dunkelheit hielt dicht wie eine Bande verschworener Diebe. Kein Lichtstrahl verirrte sich zu der Szenerie. Kein Mensch kam die Gasse entlang. Es schien, als wäre alles Leben umgelenkt worden, fort vom Schauplatz einer großen Vision. Dann war es still. Der Künstler wartete auf das Licht.

Wie auf das Signal eines überirdischen Dirigenten brach die Wolkendecke auf, und der pralle, kalte Vollmond schleuderte sein fahles Licht zwischen die Hauswände. Die Kraft des Mondes, der schon immer der Komplize aller heimlichen Mörder gewesen ist, vollendete den letzten Feinschliff an diesem nächtlichen Meisterwerk. Und wieder fehlte ein feines Ohr, das an dem dunklen Durchgang gelauscht und sich über ein sehr merkwürdiges Geräusch gewundert hätte. In der hallenden Stille der Häuserschluchten erklang ein Sirren. Ein pfeifendes Peitschen in der Luft. Ein stumpfes Reißen von etwas Weichem. Niemand hätte dieses Geräusch einordnen können, denn es kam aus einer längst vergangenen Zeit. Es ertönte genau 15 Mal.

V

Louis Kranzer, der Leiter der Saaldienerschaft des Kunsthistorischen Museums, wunderte sich wieder einmal, was für abgerissenen, traurigen Gestalten sein Vorgesetzter Kinsky eine Anstellung gab. Er senkte den Kopf, als er sah, wie die nagelneue Uniform an dem Neuen schlackerte. Der Portier Prohaska hatte hinter der Glasscheibe seiner Loge missbilligend den Kopf geschüttelt, als Kranzer den Neuen seinen Arbeitsvertrag unterschreiben ließ. Draußen dämmerte der Morgen.

»Lassen S' sich vom *Logenbruder* nicht ärgern. Der wär am liebsten Friedhofswärter, da müsst er sich nicht so mit den Lebendigen abplagen. Das kann er nämlich nicht besonders gut, wie S' gesehen haben«, sagte er zu Julius Pawalet, als sie gemeinsam die gigantische Prunkstiege hinaufgingen. Er starrte irritiert auf den hektisch pumpenden Brustkorb Pawalets, der bereits auf dem Treppenabsatz stehen blieb und sich nach Atem ringend die bunten Deckenfresken ansah. Der junge Mann sah aus, als gehörte er in ein Sanatorium. Kranzer bemerkte, dass Pawalet einen verstohlenen Blick auf seinen breiten Brustkorb warf, über dem sich die Uniform spannte.

»Waren Sie früher Muskelprotz im Varieté?«, fragte der Neue doch tatsächlich und grinste Kranzer jungenhaft an. Auch wenn der diese Frage äußerst unverschämt fand, fühlte er sich doch geschmeichelt. »Ich helf meinem Schwager ab und an in seiner Brauerei aus. Fässer schleppen und all so was«, log er. Er führte den Neuen in den Saal gleich links von der großen Prunkstiege, über dessen Tür die Nummer IX prangte und der die deutsche Malereischule beherbergte. Er wollte schon seinen Rundgang antreten, als Pawalet zielstrebig auf ein winziges Bild zutrat. Kranzer blickte zu Pawalet. Das Bild hing wie eingekerkert zwischen den wuchtigen Rahmen größerer Gemälde ringsum. Pawalet stand davor und starrte es mit einer Mischung aus Überraschung und Freude an.

Kranzer runzelte die Brauen. Er trat neben ihn und ging mit der Nase ganz nah an das Bild heran.

»An dem bin ich bis jetzt immer vorbeigegangen. Ist ja auch eher was fürs Puppenstuberl, nicht?« Er fand das Bild ziemlich unspektakulär und fragte sich, wer sich für so einen Kram interessieren konnte, wenn ein paar Säle weiter die tollen Schinken von Rubens und Rembrandt hingen. Das hier war nur wieder eine der ewig gleichen Szenen mit Maria und dem Jesuskind und einem Haufen Trauben und einem einsamen Joseph im Hintergrund, der seine göttliche Familie betrachtete. Aber Pawalet schien völlig hingerissen zu sein von dem Bildchen.

»Wer hat das denn gemalt?«, wollte Kranzer wissen. Auf dem Rahmen gab es kein kleines angelaufenes Messingschild, auf dem der Name des Malers gestanden hätte.

»Martin Schongauer«, sagte Julius Pawalet.

In diesem Moment begann eine kleine Glocke in Kranzers Kopf zu läuten.

»Woher … äh, wissen S' das denn?«, fragte er den Neuen erstaunt.

»Das … ich … ich habe in der Zeitung mal etwas über dieses Bild gelesen«, antwortete Pawalet ausweichend.

»Aha, na, dann weiß ich das jetzt also auch.« Kranzer setzte sich wieder in Bewegung. Woher wusste ein Hungerleider wie der Neue, was ein alter Maler namens Schongauer gemalt hatte?

Es war der Freitag vor dem ersten Advent, und niemand vergeudete seine Zeit im Museum. Die Geschäfte auf dem Ring nahmen allmählich die Anstürme der Weihnachtseinkäufer auf. Nur eine Klasse der Akademie kam ihnen entgegen, deren Professor mit wichtiger Miene durch die Säle schritt. Ein paar alte gelangweilte Männer kreuzten ihren Weg und eine französische Gouvernante mit zwei kleinen Kindern.

Er führte Julius Pawalet durch die zwei Säle mit deutschen Gemälden und zeigte ihm die dahinterliegenden Kabinette, die an der Fensterseite lagen und wesentlich kleiner waren als die Säle. Dann bogen sie in den Flügel ein, der die zahlreichen niederländischen Künstler beherbergte.

»Wir kommen jetzt in den Rubens-Saal«, sagte Kranzer. »Und da drin lernen S' auch unseren Stammgast kennen, den Herrn Otto Grimminger. Er ist Kopist und kommt schon seit vielen Jahren jeden Tag hier ins Museum. Ist ein wahrer, echter Meister, müssen S' wissen.«

Sie betraten den Rubens-Saal, doch anstatt interessiert auf den arbeitenden Mann in der Mitte des Saals zuzulaufen, blieb Julius Pawalet wieder stehen. Mit einem erschrockenen Ausdruck im Gesicht starrte er Otto Grimminger an.

Oder war es die fast vollendete Kopie von diesem Schlangenweib, auf die Pawalet schaute?

Kranzer wusste nicht, wie das Gemälde hieß, das Otto Grimminger schon seit Monaten kopierte. Er wusste nur, dass er es nicht leiden konnte. Er fand es widerlich und grauenerregend. Dieser totenbleiche abgeschlagene Kopf mit dem blutig roten Halsstumpf. Und dann die wimmelnden, sich windenden Schlangen und Eidechsen überall. Aber am schlimmsten waren die aufgerissenen, schreckensstarren Augen der Frau, der der Kopf abgeschlagen worden war.

Kranzer fragte sich, warum Grimminger ausgerechnet dieses hässliche Bild kopierte. Plötzlich fiel ihm etwas ein. Hatte der seltsame alte Maler ihm nicht einmal verraten, um wen es sich bei dem Schlangenweib handelte? Er überlegte eine Weile, und schließlich brachte ihn Pawalets versteinerter Anblick darauf. Ja, natürlich! Das bedauernswerte Weib war irgendeine Gestalt aus der Mythologie, die alle in Stein verwandelte, die sie ansahen. Ihren Namen hatte Kranzer vergessen.

Kranzer sah, dass Pawalet mit seinen Gedanken sehr weit weg war. Er schien in einer fernen Erinnerung zu verweilen. Er räusperte sich und sagte: »Bitte erschrecken Sie nicht, Herr Grimminger!« Dann nahm er Pawalet am Arm und führte ihn zu der Staffelei. Grimminger hielt einen Augenblick inne, ließ Pinsel und Palette sinken und sah ihnen entgegen.

»Ich wollt' Ihnen nur kurz unseren neuen Saaldiener vorstellen. Das ist der Herr Julius Pawalet, der Sohn unseres alten Kollegen.«

Grimminger legte den Pinsel langsam auf die kleine Ablage unter der Staffelei und hob die Rechte ganz langsam zu dem Neuen hoch, als hätte er Schmerzen im Arm. Er trug eine Brille mit Gläsern, die so dick waren wie die Butzenscheiben eines Heurigenlokals. Mit eulenhafter Eindringlichkeit sah er Julius Pawalet an, räusperte sich ausgiebig und sagte: »Ah, ich habe mich schon gefragt, ob Sie tatsächlich kommen würden, Herr Pawalet.«

»Wie bitte?«, fragte Pawalet.

»Nun, wenn man so viele Jahre hier verbringt, kommt man nicht umhin, eine Art Freundschaft zu knüpfen oder zumindest eine Komplizenschaft«, er stieß ein hohles Lachen aus, »und da hat mir Ihr Vater versprochen, einen Nachfolger zu schicken, der ein bisschen auf mich aufpasst.«

Grimminger senkte den Kopf und starrte in das feucht

glänzende Relief der Ölfarben auf seiner Palette. Kranzer räusperte sich erneut. »Gehen wir doch weiter, Herr Pawalet.«

»Ich hoffe, Sie bekommen keine Kopfschmerzen von dem Geruch der Farbe!«, sagte Grimminger.

»Ähm … nein, ich denke nicht«, erwiderte Pawalet.

»Na dann, auf eine gute, friedliche und vor allem – stille Zusammenarbeit.« Grimminger ergriff seinen Pinsel wieder und erklärte damit das Gespräch für beendet.

Kranzer schob Pawalet rasch an ihm vorbei, durchquerte mit ihm die beiden nächsten Säle und setzte sich dann auf eine der blauen Samtbänke, die in einer Art Rondell aufgestellt waren, sodass man von dort alle Wände im Blick haben konnte.

»Passen S' auf den Grimminger auf. Der hat hier gewisse Privilegien«, sagte Kranzer.

»Warum kopiert er Bilder?«, wollte Pawalet wissen.

»Warum? Das tun doch alle. Die Studenten von der Akademie kopieren, um die verschiedenen Techniken zu lernen. Die kommen für ein paar Monate oder für ein Jahr regelmäßig hierher, mit Zeichenblock und Tusche oder mit Kohle, und kopieren fleißig. Manchmal bringt auch einer ein paar Tuben Ölfarbe mit. Der Grimminger kommt, seit es das Museum gibt. Am ersten Tag der Eröffnung hat er vom Dr. Kinsky schon eine Lizenz ausgestellt bekommen, dass er hier jeden Tag arbeiten darf. Gegen ihn sind alle Kunststudenten von der Akademie Stümper. Der kann ein ganzes Jahr vor einer Miniatur zubringen, und am Ende kommt er mit einer Kopie, die niemand vom Original mehr unterscheiden kann. Er ist wohl ein Genie.«

Pawalet schien nicht sehr beeindruckt zu sein. Im Gegenteil, er sah sogar ziemlich skeptisch aus, fand Kranzer.

»Ich habe selbst gesehen, dass er ein meisterhafter Maler ist«, sagte der Neue. »Aber warum macht er das? Verkauft er die Bilder? Und ist es nicht verboten? Wer weiß, ob er sie nicht als Fälschungen verkauft.«

Kranzer schüttelte den Kopf. »Haben S' das Format gesehen, auf das er kopiert? Der Rubens ist um ein paar Quadratzentimeter größer. Nur wenn er das gleiche Format benutzen würde, wär's eine Fälschung. Aber Dr. Kinsky segnet es jedes Mal ab, wenn Grimminger ein neues Gemälde kopiert. Er schaut sich die Leinwand an und misst sie höchstpersönlich ab.«

Der Neue nickte stumm und ließ den Blick über die Gemälde ringsum schweifen. Kranzer sah, dass Otto Grimminger diesem ziemlich unheimlich war, und er konnte dieses Gefühl sogar verstehen. Ihm war es beim ersten Mal nicht anders ergangen. Es hatte ihn erschreckt, dass dieser Maler beim Arbeiten aussah wie ein Chirurg, und dass er den Pinsel führte wie ein Skalpell. Aber Kinsky hatte Kranzer dazu angehalten, sich möglichst keine Gedanken um den Kopisten zu machen und ihn bloß nicht zu stören.

»Und was für ein Verhältnis hatte mein Vater zu ihm?«, fragte Pawalet plötzlich. Kranzer räusperte sich. »Nun, Ihr Vater hat eigentlich nur darauf aufgepasst, dass niemand Grimminger belästigt. Manchmal hat er niemanden in den Saal gelassen, wenn Grimminger gerade an einem schwierigen Teil gearbeitet hat. Er hat die Leute von ihm ferngehalten und ihnen untersagt, ihn anzusprechen. Und manchmal hat er dem Grimminger etwas zu trinken gebracht. Er ist der Einzige, der hier im Saal etwas zu sich nehmen darf.«

»Und von mir wird das auch erwartet, nehme ich an«, fragte Pawalet gleichmütig.

Kranzer nickte und erhob sich eilig. Ihm war unangenehm heiß geworden in seiner Uniform. Wie der Zufall es wollte, begegnete ihnen bei diesem Rundgang noch eine zweite Person, in deren Nähe er sich eigentlich nicht aufhalten wollte. In deren Nähe er es nicht einmal alleine aushielt.

»Guten Tag, Frau von Schattenbach«, grüßte er die Dame in Schwarz, die wie jeden Tag versunken durch die Säle schwebte, so lautlos wie eine herumwehende Daunenfeder. Eine Daunenfeder von einem schwarzen, seltenen, hinreißend schönen Vogel. Er tippte sich an den Hut und musterte Pawalet. Und schon wieder schien dieser merkwürdige Mensch innerlich zu versteinern. Er neigte kurz den Kopf, und seine Wangen wurden schlagartig rot. Seltsamerweise war auch die Reaktion der Dame keineswegs die übliche. Sie nickte kurz und unverbindlich, wobei das kühle Lächeln, das sie gerade aufgesetzt hatte, erlosch, als wären die beiden Männer unanständig gekleidet. Kranzer merkte sofort, dass ihre plötzliche Missbilligung dem Neuen galt. So schnell er konnte, schob er Pawalet in einen angrenzenden Saal.

»Was haben S' denn?«, fuhr er ihn an. »Sie können sich doch nicht so auffällig gebärden. Warum sind S' denn so angespannt? Stimmt was nicht?«

»Ich habe diese Dame gestern angerempelt«, murmelte der Neue. »Sie ist sogar gestürzt, und ich war so erschrocken, dass ich mich nicht mal entschuldigt habe. Das ist mir peinlich.«

Kranzer atmete erleichtert aus. »Ja, das verstehe ich. Die würde ich auch gern einmal anrempeln …«

»Wie kommt es, dass sie heute schon wieder hier ist?«, wollte Pawalet wissen.

»Sie kommt fast jeden Tag hierher. Wie der Grimminger«, sagte Kranzer ausweichend. Wenn dieser Neue doch nur nicht so viele heikle Fragen stellen würde. Grimminger und von Schattenbach – sie beide waren zwar Stammgäste des Museums, aber nicht aus den Gründen, die Kranzer Pawalet erzählt hatte. Verdammt, dachte er, der Neue war so neugierig und so aufmerksam.

»Sie sieht aus wie eine Witwe«, sagte Pawalet.

»Ja, Pawalet«, sagte Kranzer. »Sie führt auch fast das Leben einer Witwe. Ihr Mann, der Hofrat von Schattenbach, ist 30 Jahre älter als sie, und sie sieht ihn so gut wie nie. Sie hat ein stattliches Vermögen, aber anstatt es auf der Ringstraße zu verprassen wie ihre Standesgenossinnen und in den teuren Konditoreien Kuchen zu essen und fett zu werden, verbringt sie ihre Zeit lieber hier. Immer allein, immer in Schwarz.«

»Woher wissen Sie das alles, Kranzer?«

»Ich bin Wiener. Wiener tratschen gern.«

»Gibt es noch mehr solche Gestalten im Museum, über die ich Bescheid wissen sollte?«

Kranzer blieb stehen und schüttelte den Kopf. »Jetzt, wo Sie es sagen – eigentlich nicht. In diesem ganzen großen Museum gibt es nur den Grimminger und die Schattenbach, die so oft hier sind und die … na ja, wie soll ich sagen …«

»… ein Geheimnis umgibt?«

Als Pawalet das sagte, verengten sich seine Augen, und einen winzigen Moment lang war Kranzer sich sicher, dass er es wusste. Doch dann verschloss sich das Gesicht des Neuen, und er wandte sich wieder den Gemälden zu. Sie standen im Tizian-Saal. Kranzer schwitzte und fühlte sich gereizt. Er würde nach diesem Rundgang einmal mit dem Direktor über Pawalet reden müssen. Der Kerl war ihm nicht geheuer. Doch dann dachte er mit einer gewissen Erleichterung, dass Grimminger und die Schattenbach sich schon um Julius Pawalet kümmern würden, wenn er zu neugierig werden sollte. Sie würden sein Leben belasten wie Mühlsteine und ihn auf den Grund des Sees ziehen, wo es nichts mehr zu glotzen gab.

Kranzer gähnte so herzhaft, dass Julius Pawalet seine schlechten braunen Backenzähne und die Speisereste dazwischen sehen konnte. Es war noch früh am Vormittag, aber der erste Rundgang war vorüber. Viel hatte er dabei nicht gelernt, dachte Julius etwas enttäuscht. Sein neuer Vorgesetzter hatte sich nicht sonderlich viel Mühe gegeben, etwas zu erklären, sondern nur fahrig und zerstreut auf die unterschiedlichen Themen der Räume verwiesen und ihm gezeigt, wann und wo er seinen Rundgang zu machen hatte. Nun, dachte Julius, dann werde ich mir den Rest eben selbst aneignen müssen. Der Gedanke beruhigte ihn keineswegs. Ihm steckte noch immer der Schreck in den Gliedern, den die *Medusa* in ihm ausgelöst hatte.

Einen Moment lang fühlte er wieder die Starre, die ihn beim Anblick der Gorgone gebannt hatte, und er wäre auf der Marmortreppe fast gestolpert. Ihm war bewusst, dass Kranzer ihn für seltsam hielt, weil er in der Tür zum Rubens-Saal stehen geblieben war, als traue er sich nicht, weiterzugehen. Die Vergangenheit schlug über ihm zusammen wie eine ungeheure Welle. Er spürte das Wiedererkennen wie eine Krankheit, die in der Kindheit nicht ausbricht und die im Alter mit voller Wucht zuschlägt. Er fühlte die Bilder von seinem 13. Geburtstag auffliegen und zerfetzen, als wäre er der Wellenbrecher dieser Erinnerungen. Sein Vater hatte ihn an diesem Tag mitgenommen ins Kunsthistorische Museum. Es war der erste Tag gewesen, an dem es der Öffentlichkeit zugänglich war, der 22. Oktober 1891. Auf seinen Schultern hatte er Julius durch die Menschenmassen getragen, die an diesem großen Tag ins Museum geströmt waren, um endlich die wertvollen Gemälde in ihrer neuen Umgebung zu betrachten. Das Kunsthistorische Museum war eigens gebaut worden, um die habsburgische Bilderflut aus den Räumen des Belvedere-Schlosses zu holen, das allmählich zu klein geworden war.

Julius erinnerte sich an die Angst und an die scheue Hoffnung, als sie vor dem Kartenabreißer zwischen den anderen Besuchern fast zerquetscht worden waren. Joseph Pawalet hatte von einer Überraschung gesprochen. Aber bis er ihn endlich auf die Schultern hob, wurde Julius von der Sorge gequält, dass sein Vater wieder gelogen hatte. Zu oft gab es Andeutungen, Versprechen und Überraschungen, die sich immer wieder in der Ödnis einer armseligen, langweiligen Kindheit auflösten. Zu oft waren diese Überraschungen im Schnaps ertrunken. Aber an diesem Geburtstag verließen sie ihre muffige, elende Behausung, um mit all den feinen Leuten in dieses schlossartige Gebäude zu gehen.

»Was zappelst denn so rum, Julius? Du musst dich schon benehmen im Museum des Kaisers, hörst?«, sagte der Vater.

»Was ist ein Musenum?« Julius beugte sich zu seinem Vater hinunter, um ihn besser zu verstehen. Er roch den Tabak in seinen Haaren.

»*Museum* heißt das. Weißt nicht mehr, was ich dir über unsere Bilder erzählt habe?«

»Die in der Kiste auf deinem Regal?«

»Ja, genau die. Ich hab dir doch erzählt, dass es die gleichen Bilder in groß gibt und dass sie alle dem Kaiser gehören.«

»Und der Kaiser zeigt sie uns? Wirklich?«

»Ja, wirklich.«

Wenig später trug er Julius durch das Meer von Zylindern und Hüten der Besucher auf den Schultern, damit der die Gemälde besser sehen konnte.

Julius legte den Kopf in den Nacken und hielt den Atem an. Er hatte noch nie etwas so Schönes gesehen. Er wusste von seinem Vater, dass die Hofburg und das Schönbrunner Schloss üppig und prachtvoll eingerichtet waren. Aber seine Augen kannten nur das wurmstichige Holz in der Dachschräge über seinem Bett, kannten nur die schmutzigen Straßen am Spittelberg und das finstere, muffige Treppenhaus, das zu ihrer Behausung hinaufführte. Und im ersten Moment glaubte er, er müsse verrückt werden oder in Tränen ausbrechen. An der gewölbten Decke im Stiegenhaus schwebten Menschen auf Wolken. Überall waren Gold und strahlendes Weiß. Als sie oben waren, führte der Vater ihn in einen weiteren Saal, in dem helles Licht durch die Decke fiel. Ungläubig starrte Julius in ein bekanntes Gesicht. Das Gesicht eines Toten.

»Schau, das ist der kleine spanische Prinz, der so früh gestorben ist«, sagte der Vater und zeigte auf das Velazquez-Gemälde, das sie in der zerfledderten Ausgabe eines billigen Kunstdrucks besessen hatten. Auf den Schultern des Vaters wurde Julius nun durch eine Welt getragen, die ihn verzauberte. An den Wänden hingen riesige wunderschöne Bilder in goldenen Rahmen. In der Mitte der Räume standen Vitrinen, in denen geheimnisvolle Gegenstände schimmerten. Verzauberte Menschen standen vor den Gemälden, wiesen einander auf irgendetwas hin, was sie in dieser ölig glänzenden Welt entdeckt hatten. Winzige Figuren, Engel, herrliche Gewänder, geheimnisvoll strahlende Frauen. Wie auf einem Schiff glitt Julius durch die hohen Räume und betrachtete, verwirrt von all der Pracht, ein Bild nach dem anderen. Sein Vater hielt immer wieder inne und erklärte ihm die prunkvollen Szenen. Julius streckte die Hand aus. Er wollte den Samt berühren, der die Körper in den Rahmen einhüllte, er wollte die weißen, weichen Gesichter befühlen. Doch der Vater stieß seine Hand weg und sagte: »Nicht anfassen. Die hacken dir die Hand ab, wenn du sie anfasst.«

Das war der schöne Teil der Erinnerung. Der andere Teil war der Grund, warum der Kopist Otto Grimminger für ihn ein böser Magier war, ein dunkler Zauberer mit Fähigkeiten, die niemandem zustanden.

Eine scheinbare Ewigkeit schwebte Julius durch das Museum und konnte sich nicht sattsehen. Sie gelangten in einen Saal, in dem sich besonders viele Menschen drängten. Ein ehrfürchtig gerauntes Wort hörte er immer und immer wieder: *Rubens*. Als er sich umsah, entdeckte er ein Bild an der Wand, und er presste die Knie erschrocken gegen den Hals des Vaters. Auf dem Bild lag ein blutiger Kopf in todesbleicher Starre, umwimmelt von unzähligen Schlangen. Zwei steinerne, ungläubige Augen blickten nach unten zu dem blutigen Stumpf. Gleich neben dem Gesicht wanden sich zwei kleinere Schlangen umeinander, und die eine biss der anderen in den Kopf.

Julius bekam solche Angst vor dem Bild, dass er zu wimmern anfing. Er hatte noch die mitleidigen Blicke der Besucher in Erinnerung und das ungeduldige, verächtliche Schimpfen seines Vaters. Dann war ein hohläugiger Mann neben das Bild getreten und hatte irgendetwas getan, irgendetwas Unbegreifliches, das Entsetzen auslöste. Er erinnerte sich an schreiende Menschen, wütende Gesichter und an einen Tumult. Dann riss das Bild ab. Und die glasklare, schmerzhafte Erkenntnis erfasste ihn, dass der alte Schreck ihm nach 15 Jahren immer noch in den Gliedern steckte.

Julius schüttelte das unangenehme Gefühl ab und fragte sich, wie sein erster Arbeitstag noch verlaufen würde. In der Eingangshalle nahm eine weitere Akademieklasse Aufstellung und wartete auf ihren Professor. In diesem Augenblick wurde die große Tür mit lautem Knarren aufgedrückt, und Prohaska steckte neugierig den Kopf aus der Loge.

Es war Inspektor Lischka, der mit knallenden Schritten auf Julius zuging, ihn am Arm packte und zischte: »Mitkommen.«

Lischka sah heute aus wie ein Mann, dessen Zweifel und Ahnungen sich über Nacht verdichtet und in reinen, kalten Tatendrang verwandelt hatten. Seine glatt rasierten Wangen wirkten hart wie Porzellan, und in seinen gestern noch so aufmerksamen, freundlichen Augen lag ein unbarmherziger Zug.

»Moment mal, was ist denn los?« Julius wollte sich aus dem Griff des anderen losreißen.

Die Akademieklasse verstummte und starrte zu ihnen herüber. »Wir müssen reden, Pawalet. Sofort!«, herrschte Lischka ihn an. Der ganze Mann war ein Befehl. Rasch führte er Julius an dem zufrieden nickenden Prohaska vorbei und fort von den bohrenden Blicken der Museumsbesucher.

Vor dem Gebäude flatterte ein Schwarm Tauben auf, als Lischkas Schuhe den Kies knirschen ließen.

»Was soll das, Inspektor? Machen Sie das immer so, wenn Sie jemanden sprechen wollen? Ihn am Arbeitsplatz aufsuchen und dastehen lassen wie einen Verbrecher?«

Lischka sagte nichts, schaute nur grimmig auf den Boden und strebte auf die Kreuzung am Getreidemarkt zu. Dort hielt er einen Fiaker an und öffnete Julius die Tür.

»In die Kastnergasse, bittschön!«, rief er dem Kutscher zu. Dann schob er Julius in das dämmrige Innere der Kabine, stieg selbst ein, setzte sich Julius gegenüber und schlug die Tür zu. Durch den plötzlichen Ruck beim Anfahren wurde Julius in die ledernen Polster gedrückt. Er war noch nie zuvor in einem Mietfiaker gesessen und spürte nun zum ersten Mal das holprige Kopfsteinpflaster gedämpft durch gummierte Wagenräder unter sich. Durch die gelblichen Scheiben fiel nur wenig Licht. Lischkas Knie drückte gegen ihn. Er roch nach Kampfer und ganz leicht nach einem erst kürzlich heruntergestürzten Kaffee.

»Wieso fahren wir in die Kastnergasse?«

»Raten Sie mal, wer da gewohnt hat?«

»Mein Vater?«

»Ganz recht«, knurrte Lischka knapp.

»Was soll das? Und warum schleifen Sie mich mit wie einen Gauner, Herrgott! Wollen Sie, dass ich wieder arbeitslos werde?«

Lischka presste die Lippen zu einem schmalen Schlitz aufeinander. Julius sah, dass ihm irgendetwas sehr unangenehm war.

»Ich sehe schon – Diskretion ist nichts für einen Kiberer wie Sie!«

»Es tut mir leid, Pawalet!«, presste der Inspektor hervor. »Der Eifer ist mit mir durchgegangen. Aber wenn Sie gleich sehen, was ich gesehen habe, dann werden Sie's verstehen. Oder wissen Sie bereits, was passiert ist?«

Er sah Pawalet lauernd an, wie eine Katze, die in ein Mauseloch starrt, wohl wissend, dass dort der zitternde Nager hockt.

»Ich habe keine Ahnung, was Sie von mir wollen!«, zischte Julius ihn an.

»Nein? Dann riechen Sie mal. Riechen Sie nichts?«

Julius schnüffelte. Durch den Geruch von durchgesessenem Leder und Holz in der Kabine drang etwas Scharfes. Verkohltes. Rauch. Kurz darauf hielt der Fiaker an der Einmündung zur Kastnergasse, und er sah es. Zwischen den sauberen, hellen Zinshäusern klaffte eine Brandruine wie ein ausgeschlagener Zahn. Kohlschwarze Wände, leere Fensterhöhlen und unzählige Rauchsäulen erhoben sich hinter einer gaffenden Menschenmenge und einem Dutzend Feuerwehrmänner, die mit einer Druckspritze versuchten, zu retten, was nicht mehr zu retten war. Lischka schob Pawalet wortlos aus der Kutsche. In diesem Moment öffnete sich die Tür des Nachbarhauses, und zwei Sanitäter der Rettungsgesellschaft kamen mit einer Trage heraus, auf der eine hustende alte Frau lag. Auf dem Trottoir kümmerte sich ein Arzt um zwei junge Leute, die mit rauchgeschwärzten Gesichtern nach Luft rangen. Dann schob sich ein Leichenwagen an ihnen vorbei. Julius fing an zu zittern. »Was …?«

»Vorläufige Bilanz, mein Lieber – drei Tote und mehrere Leute mit Rauchvergiftung. Das Feuer ist wohl heute Morgen gegen neun im hinteren Teil des Hauses ausgebrochen. Der Feuerwehrhauptmann ist sich sicher, dass eine brandbeschleunigende Flüssigkeit verwendet wurde. Im dritten Stock, ganz nebenbei bemerkt. Dort lag ja die Wohnung eines gewissen Joseph … Joseph – na, wie hieß er doch gleich mit Nachnamen …?«

»Die Wohnung meines Vaters …«, flüsterte Julius.

»Ja, ganz genau. Und der Zeitpunkt ist ja wohl mehr als verdächtig. Gestern noch ging es um den Brief, den Sie verschwinden ließen, und heute liegt alles, was dieser Mann je besessen hat, in Schutt und Asche. Finden Sie das nicht auch merkwürdig, Pawalet?«

»Aber …«

»Nun fragen Sie sich natürlich, wie es dazu kam. Sagen Sie es mir.«

»Sie glauben doch nicht etwa, dass ich … nein, das können Sie mir nicht anhängen!« Julius machte Anstalten, auszusteigen.

Mit festem Griff schob Lischka Julius zurück in den Fiaker und gab dem Kutscher ein Zeichen. »Na, na, was denken Sie denn über die Wiener Polizei, Pawalet? Ich will Ihnen nichts anhängen. Nur ein paar Fragen stellen. Und dazu ist kein Ort besser geeignet als der Schottenring.«

Der Fiaker fuhr an, und schon rumpelten sie weiter. Allmählich verlor sich der Geruch des Feuers hinter dem Gestank von Julius' eigener Angst. Was, wenn Lischka ihn für den Brand verantwortlich machen wollte? Verdächtig genug war er in dessen Augen allemal.

»Was glauben Sie«, fragte Lischka in einem provozierend unbekümmerten Tonfall, »wozu steckt jemand eine Wohnung in Brand?«

»Um etwas zu vernichten? Beweise?«

Julius zwang sich, ruhig zu antworten. Er versuchte, den Blick des Inspektors festzuhalten. »Ich habe diese Wohnung nicht in Brand gesteckt.«

»Dieses Haus. Sie meinen das ganze Haus.«

»Verdammt, ich war es nicht!«

»Das werden wir herausfinden. Damit wird der Fall Ihres armen Vaters in eine nächsthöhere Dringlichkeitsstufe beim Sicherheitsamt eingehen, ob Sie wollen oder nicht. Erst die Sache mit dem Erhängen, dann der Brand. Jemand versucht, etwas zu verwischen. Und Sie, mein lieber Pawalet, sind nicht gerade die Unschuld vom Lande. Das weiß ich spätestens, seit ich mich gestern über Sie informiert habe.«

»Über mich gibt es nichts zu wissen.«

»Ach nein?« Lischka lächelte ihn verschlagen an.

Julius wurde schlagartig übel. Er würde doch nicht …?

»Und was war mit dem Einbruch in diese Buchhandlung vor fünf Jahren? Glauben Sie, so ein aus intellektuellem Durst begangenes Verbrechen zählt nicht?«

Julius war verblüfft. Wie konnte Lischka das herausgefunden haben?

»Ich … ich bin nicht eingebrochen.«

»Nein, Sie sind nur nachts durchs Fenster eingestiegen, nachdem man den verstorbenen Besitzer gerade abtransportiert hatte. Dachten sich wohl, jetzt gehört das Zeug ja niemandem mehr, dann kann man es sich auch gleich nehmen. Der Nachmieter des Buchladens hat den auffälligen Schwund kunsthistorischer Sachbücher beklagt und den Diebstahl bei der Polizei angezeigt. Es waren sehr wertvolle Bücher. Die *Freie Presse* hat sogar einen kleinen Artikel darüber geschrieben damals.«

»Ich lese keine Zeitung«, murmelte Julius. Es war also nicht im Verborgenen geblieben, was er seinerzeit in einer Mischung aus guter Gelegenheit und fehlender Vernunft getan hatte.

»Aber diese Bücher – die haben Sie gelesen, was?«, fragte Lischka.

Julius starrte ihn wortlos an. Er hätte auch schuldbewusst nicken können.

»Was war das doch gleich? Eine Rubensbiografie. Ornamentkunde. Geschichte des Stilllebens. Velazquez und seine Zeit. Techniken der Ölmalerei. Habe ich etwas vergessen?«

Pawalet fuhr auf »Hören Sie, was soll das? Woher wissen Sie das alles?« Eine eisige Hand schloss sich um seinen

Magen. Lischka konnte das alles nur wissen, wenn er ... nein, das konnte nicht sein. »Sie sind in meiner Wohnung gewesen!«, fuhr er ihn an.

Lischka lächelte milde und nachsichtig. »Nun übertreiben Sie mal nicht. Diese traurige Abstellkammer kann man kaum Wohnung nennen. Aber die Bücher! Wie liebevoll eingeordnet die da auf ihrem Fensterbrett stehen.« In seinem Mundwinkel zuckte ein süffisantes Lächeln.

Julius hätte es ihm am liebsten aus dem Gesicht geschlagen. Doch er knurrte nur: »Machen Sie aus einem Bücherdieb keinen Brandstifter, Herr Inspektor.«

»Ich weiß, dass Sie es nicht waren. Und unsere kleine Kutschfahrt hat keinen anderen Zweck gehabt, als das herauszufinden.«

»Das ging ja schnell mit Ihrer Erkenntnis. Beschaffen Sie mir jetzt auch eine neue Anstellung?« Die Wut über Lischkas Auftritt im Museum übermannte ihn wieder.

»So schnell wird niemand entlassen«, winkte der Inspektor ab. »Aber eines sollten Sie wissen: Passen Sie auf Dr. Gustav Kinsky auf. Der Mann hat eine Vorliebe für schillernd bunte Westen, um zu überdecken, dass er keine weiße vorzuweisen hat. Er weiß etwas. Glauben Sie ihm nicht alles.«

»Woher wissen Sie das?«

»Ich weiß es nicht. Mein Instinkt sagt mir das. Und das sind zwei völlig verschiedene Dinge.«

In diesem Moment blieb der Fiaker stehen, und Lischka öffnete die Tür. Julius stieg aus und fand sich vor einem lang gestreckten Gebäude, in dem das Bezirkspolizeikommissariat untergebracht war. Lischka drückte dem Kutscher eine Münze in die Hand, und der tippte daraufhin seine Pferde mit einer langen Reitpeitsche an und fuhr weiter.

»Und was soll ich jetzt hier, wo Sie mich doch gerade so huldvoll freigesprochen haben?«

Lischka lachte. »Ja, ein kleiner Bücherdieb scheint mir tatsächlich nicht in der Lage, so etwas … Aber lassen wir das. Erzählen Sie mir etwas über Ihren Vater.«

»Und was, wenn ich keine Lust dazu habe? Für einen Toten hat mir der Alte entschieden zu viel Einfluss auf mein Leben.«

»Da sind Sie nicht der Einzige.« Lischka stieß eine riesige Tür auf, und sie betraten das Polizeigebäude. In der Eingangshalle bat er Julius, hinter einer hölzernen Absperrung zu warten. Da öffnete sich eine Tür an der Seite der Halle, und ein Polizeiagent in einer blauen Uniform und mit Pickelhaube stürmte auf Lischka zu.

»Herr Inspektor!«, rief er und hatte Mühe, Haltung anzunehmen vor Aufregung.

»Was gibt's denn so Schlimmes, Schindl?«, wollte Lischka wissen und betrachtete den rotgesichtigen Agenten von oben herab.

»Wir haben schon überall nach Ihnen gesucht, Inspektor Lischka!«, rief der andere. »Ein scheußlicher Mord am Spittelberg. Männliche Leiche … Die Kollegen sind schon dort und …«

»Schindl!«, schrie Lischka ihn da an und stieß ihn mit der flachen Hand heftig vor die Brust. »Halten Sie sofort den Mund! Da steht ein Zivilist!« Er zeigte auf Pawalet. »Wie kommen Sie dazu, vor unbeteiligten, nicht internen Personen über so etwas zu reden? Und selbst wenn der Kronprinz persönlich ermordet worden wär – Sie haben darüber den Mund zu halten! Trompeten Sie's der Presse doch auch gleich aus, Sie Dilettant!«

Der andere zog den Kopf ein und murmelte eine Entschuldigung. Lischka wandte sich ab, sah Julius an und sagte: »Pawalet, ich bedaure das sehr. Ich hab Sie wahrscheinlich ganz umsonst hierher geschleppt. Wie Sie sehen, muss ich gleich weg und mich um einen *scheußlichen Mord* kümmern. Seien Sie so gut und halten Sie wenigstens den Mund darüber, wenn er es schon nicht kann.«

VI

Hofrat von Schattenbach wusste, dass er das Reich seiner Frau niemals betreten durfte. Kein anderer Mann seiner Stellung in Wien hätte seiner Ehefrau ein derartiges Maß an Geheimnissen erlaubt. Aber kein anderer Mann in Wien hatte Luise zur Gattin. Sie war keine von den Frauen, die man an der kurzen Leine hielt und mit kostspieligen Vergnügungen bei Laune hielt. Sie legte keinen Wert darauf, in einem prachtvollen Gespann durch den Prater zu fahren, um sich hinterher über die Hüte ihrer Standesgenossinnen lustig zu machen. Luise konnte man nicht zufriedenstellen, indem man sie mit Torten und Gebäck fütterte und ihr gestattete, auf Bälle zu gehen. Das alles waren Dinge, über die der Hofrat schon lange nicht mehr in ihrer Gegenwart sprach. Deren Banalität machte Luise wütend. Nein, seine Gattin war anders, und der Hofrat dachte stets mit einem kleinen schmerzhaften Zittern an sie.

Er musste nicht befürchten, dass Luise sich ihm dann verweigern würde. Ach, die Banalität *dieser* Sache war schon lange nichts mehr, worum sie sich kümmerte. Der Hofrat war nämlich ein Freund langer und ausgiebiger Bankette, und die Folgen der reichhaltigen Wiener Küche waren schon seit Jahren eine große Freude für die Schneider, die ihm seine Garderobe jedes Jahr weiter machen oder neu anfertigen mussten. Luise hatte ihm zu Beginn ihrer Ehe offenbart, dass sie nichts so sehr verabscheute wie einen runden, hängenden Bauch. Sie hatte ihn vor die Wahl gestellt: entweder die Freuden des Gaumens oder jene, die sie für ihn bereithielt. Doch im Laufe der Zeit hatte der Hofrat herausgefunden, dass es neben den Dingen des Schlafzimmers noch etwas viel Exquisiteres gab, das Luise ihm bieten konnte. Etwas, wobei sein massiger Ranzen nicht störte. Und so hatte er die biegsame Frau in den Laken eingetauscht gegen eine köstliche Distanz, die ihn weit mehr erregte und ihm gleichzeitig erlaubte, so viel zu schlemmen, wie er nur wollte. Luise hatte das Interesse an dem Körperteil, das von seinen Fettmassen verborgen wurde, längst verloren. Manchmal befahl sie ihm, eine Hure aufzusuchen. Und der Hofrat tat es, nur um in den feuchten Armen einer gespielten Lust an den kühlen Blick seiner Gebieterin zu denken.

Er dachte mit diesem ängstlichen Flattern in der Brust an ihre harten, kleinen Hände, die ihn schlugen, und an ihre körperlos hallende Stimme, wenn sie ihm befahl, zu quieken wie ein Schwein. Er erinnerte sich an die wochenlang sichtbaren blauen Flecke und Striemen auf seinem Gesäß, nachdem sie ihn mit einem Rohrstock gezüchtigt hatte. Vielleicht, so dachte er, esse ich deswegen so viel. Um die Fläche zu vergrößern, auf der sie spielen kann. Um möglichst viel Platz zu haben, auf dem ich sie empfinden kann.

Aber wenn er die Grenze zu Luises Reich übertreten würde, wären all diese Wonnen vorbei, das wusste er. Dann würde sie ihre gemeinsame Hälfte des Hauses nicht mehr betreten. Der Hofrat hatte keine Ahnung, was seine Gattin in einem solchen Fall milde stimmen konnte. Geschenke fand sie albern. Einladungen langweilten sie. Und seine Unterwürfigkeit ärgerte sie meistens so sehr, dass sie ihn ignorierte. Deswegen vermied er es, in diesen Teil des Hauses zu gehen.

Denn dort gingen andere Männer ein und aus. Sie kamen, um für das zu bezahlen, was der Hofrat insgeheim sein Eigen nannte. Sie kamen, um etwas zu bekommen, was keine Kurtisane in ganz Wien zu bieten hatte. Nicht, dass sie eine Hure war, nein! Aber diese sonderbaren Genüsse kannte nur Luise. Und sie gab sich längst nicht damit zufrieden, sie an ihrem dicken Gatten auszuleben. Sie wollte unabhängig sein. Gefährliche Worte hallten ihm in den Ohren: »Wenn du mich auf die Straße setzt, Viktor, werde ich keine Not leiden. Du ahnst ja gar nicht, wer gestern bei mir war. Du kennst ihn …«

So hielt sie ihn bei sich, und der Hofrat hielt sich für den glücklichsten Mann der Welt.

An diesem Tag aßen sie gemeinsam zu Mittag. Luise kam immer um halb eins aus ihrem Reich und setzte sich zufrieden lächelnd an den Tisch im Speisezimmer. Der Hofrat erwartete sie ungeduldig und sehnsüchtig. Er verspürte den Stachel der Eifersucht, als er ihre leicht geröteten Wangen sah. Doch diesen Stachel hatte er im Lauf der Jahre gestutzt und abgeschliffen. Jetzt war sie hier bei ihm und nicht mehr bei irgendeinem reichen Jüngling, der jetzt mit wund geschlagenem Sitzfleisch in einer Kutsche davonfuhr.

Die Köchin servierte ihnen eine Suppe aus Kürbis und Tomaten. Bevor der Hofrat seinen Löffel in den Teller senkte, sah er zu, wie Luise genüsslich die Augen schloss und einen ersten Löffel von der Suppe nahm. Hingerissen betrachtete er ihre schlanken, weißen Finger und fragte sich, was sie gerade getan hatten. Hielt sie den Griff des Löffels nicht genauso wie den der afrikanischen Lederrute, die sie vor einigen Jahren von einem fahrenden Händler gekauft hatte und die unter dem Bett des Hofrats wartete?

»Ist sie gut?«, fragte er.

»Sie ist perfekt.«

Schweigend betrachtete er seine Frau. Das Rollen ihres kleinen Kehlkopfs, wenn sie schluckte, und die winzige Wellenbewegung, die durch ihr silbernes Halsband fuhr. Anschließend wurde der Tafelspitz serviert, die Lieblingsspeise des Hofrats. Luise, die kein Fleisch aß, bekam gestampfte Kartoffeln und gedünstetes Gemüse.

»Was hast du heute gemacht, meine Liebe?«, fragte er nach den ersten butterweichen Bissen.

»Ich war im Museum heute Morgen«, antwortete sie. »Warum fragst du immer wieder? Ich bin fast jeden Tag dort, das weißt du doch.«

»Entschuldige, mein Schatz, ich tue mir manchmal so schwer, mit dir zu sprechen, wenn du gerade … na, du weißt schon.«

»Wenn ich Besuch hatte? Ja, ich verstehe. Und deswegen stellst du lieber die ewig gleichen Fragen, um einen höflichen Einstieg in unsere Konversation zu suchen, nicht wahr?« Ihre Stimme war durchaus liebevoll und freundlich. Aber dahinter klang etwas Metallisches durch, das den Hofrat wohlig einschüchterte.

»Es ist jemand Neues angestellt worden im Museum. Ein neuer Saaldiener«, sagte sie. Jetzt klang sie lauernd. Der Hofrat sah von seinem Teller auf.

»Wie heißt der Mann?«

»Ich sage es dir nur, wenn du nicht aus der Haut fährst.«

»Warum sollte ich aus der Haut fahren?«, fragte er verblüfft.

»Weil es der Sohn vom alten Pawalet ist.«

Der Silberlöffel des Hofrats knallte auf das Porzellan.

»Reg dich bloß nicht auf. Ich esse!«, zischte Luise und sah ihn streng an. Doch diesmal wirkte es nicht. Der Hofrat schob seinen Stuhl zurück und schleuderte seine Serviette zu Boden.

»Was?«, rief er, »Was hat dieser Dummkopf Kinsky getan? Warum stellt er den Sohn von Pawalet ein?«

»Das ist doch nicht wichtig«, beschwichtigte Luise. »Der Mann ist ein Wrack. Er ist irgendwie recht verwirrt und unsicher. Er läuft durch die Gegend wie ein Geist. Gestern hat er mich unten in der Halle fast umgerannt. Er sieht aus, als käme er aus der Gosse.«

»Ja, aber er ist *sein* Sohn! Wie kommt es, dass Kinsky ihn einstellt, nach allem, was wir mit Pawalet durchgemacht haben?«

»Er hat es ihm wahrscheinlich versprochen. Ich glaube, dass dieser Julius ganz harmlos ist.«

»Wer sagt das? Kranzer?«

Luise nickte und schob ein Stück Brokkoli zwischen ihre perfekten Zähne. Wenn doch nur alle Schwierigkeiten von diesen hübschen Kiefern zermalmt werden könnten so wie dieses Gemüse, dachte Viktor von Schattenbach.

»Was weißt du noch?«, fragte er. Sein Magen begann zu schmerzen. Aber das war kein Schmerz, den er genossen hätte.

»Kranzer hat mir erzählt, dass Joseph jahrelang keinen Kontakt mit seinem Sohn hatte und wohl schon lange geplant hat, ihm seine Stelle zu hinterlassen. Die beiden kannten sich eigentlich gar nicht.«

»Du meinst, er hat ihm nichts erzählt? Und wenn er nun einen Abschiedsbrief geschrieben hat an seinen Sohn, in dem die Wahrheit steht?«

Luise schüttelte lächelnd den Kopf. »Viktor, ich bitte dich. Kinsky ist nicht so dumm, wie du denkst. Er hat diesen Abschiedsbrief natürlich nicht an Julius weitergegeben. Darin stand nämlich genau das, was du befürchtet hast. Er hat einen anderen Brief geschrieben, in dem nichts Verfängliches stand. Glaub mir, dieser Junge ist harmlos. Der hat sein Leben in den bescheidensten Verhältnissen verbracht; was versteht er schon von unserer Sache? Es würde mich wundern, wenn er überhaupt irgendetwas über Kunst weiß. Dass Kinsky diesen Julius eingestellt hat, bedeutet nur, dass er dem Alten gegenüber ein schlechtes Gewissen hat. Du kennst doch Kinsky. Er ist sentimental.«

»Und warum informiert mich Kinsky nicht selbst über diese Neuerung?« Der Hofrat war immer noch aufgebracht.

»Weil er wahrscheinlich denkt, dass das nicht nötig ist. Er sieht keine Veranlassung, dich zu informieren, wenn Pawalets Sohn so unbedeutend ist.«

»Du denkst also, dass es keine Schwierigkeiten gibt?«

»Viktor!«, rief seine Frau lachend aus. »Warum so ängstlich?«

Der Hofrat seufzte und errötete vor der Stärke seiner Gattin. »Entschuldige, Luise. Ich bin immer noch etwas auf der Hut wegen der Sache mit dem alten Pawalet. So etwas können wir uns in Zukunft nicht mehr leisten.«

»Keine Sorge«, tröstete Luise ihn, »Julius Pawalet ist nur ein schlafwandelnder Schwächling. Er kann uns nichts anhaben.«

Mit Erleichterung sah Viktor von Schattenbach die Palatschinkentorte, die die Köchin zum Nachtisch hereinbrachte. Als die Tür wieder geschlossen war, sah er Luise mit schräg gelegtem Kopf an. »Mein Liebes, meinst du, ich könnte …?«

»Was?«, fragte sie und starrte ihn abschätzig an.

»Also, wenn es dir recht ist, dann würde ich gern …«

»Was?«, rief sie ihm über die Kristallgläser, Blumenvasen und Kerzenleuchter hinweg zu. Ihre Stimme klang kalt und doch süß, wie das Kirschsorbet, das es zu der Palatschinkentorte gab.

»Bitte, ich möchte so gern …«

»Komm und hol es dir!«, sagte Luise und schob ihren Stuhl zurück.

Der Hofrat zuckte zusammen vor lauter Freude. Er rutschte vom Stuhl und nahm seinen Dessertteller vom Tisch. Auf Knien schob er sich ins Reich seiner Frau.

Er schlüpfte unter die Tischdecke und näherte sich ihren Beinen. Wie zwei Ausrufezeichen aus Strumpfseide ragten sie vor ihm auf. Mit zitternden Fingern machte er sich daran, die Lackstiefeletten aufzuschnüren und sie ihr vorsichtig von den Füßen zu ziehen. Darunter kamen ihre zarten Zehen in der schwarzen Seide zum Vorschein. Selbst im Dämmerlicht unter dem Tisch sah er ihre perlmuttfarbenen Zehennägel schimmern, so dünn war die Seide. Behutsam strich er an ihren Waden empor und lauschte auf das behagliche Schnurren Luises. Er liebkoste ihre Knöchel, die Fußsohlen und den Ballen und stellte sich vor, der Strumpf wäre aus den Flügeln von Nachtfaltern gemacht. Dann nahm er nacheinander die Füße seiner Gattin in den Mund, leckte und küsste die Innenseite ihrer Sohle, saugte an jedem Zeh, als wollte er sie alle einzeln begrüßen, und drückte seine Nase in die kleine Mulde ihrer Ferse. Über der Höhle der Tischdecke hörte er das gedämpfte Klappern ihres Bestecks. Das war das Zeichen. Der Hofrat senkte behutsam Luises Füße auf seinen Nachtischteller. Ließ sie das halb weiche Sorbet zerdrücken, ließ sie die Palatschinkentorte zertreten und sah zu, wie unter den wunderbaren Rührlöffeln ihrer Zehen sein Nachtisch zu einem süßen, matschigen Brei wurde. Dann legte er sich auf die Seite und begann zu essen. Er hörte noch ein Leises: »Wehe du beißt ein Loch hinein!«, von oben, dann gab er sich keuchend und schmatzend seinem Genuss hin. Er schlürfte und leckte so lange, bis Luises Strümpfe nur noch feucht glänzten und der Teller leer war. Erschöpft streichelte er ihre Schienbeine und murmelte immer wieder: »Danke, Herrin … vielen Dank, mein Liebes … danke … danke …« Dann schlief er unter der Tischdecke ein, glücklich wie ein kleiner Junge, während über ihm das Hausmädchen das Mittagsmahl abtrug.

VII

Es gab nichts, was Inspektor Lischka mehr hasste als einen schweren Fall, den er wegen eines noch schwereren Falles ruhen lassen musste. Als er mit seinem Assistenten Schindl in der Gutenberggasse ankam, überkam ihn die Gewissheit, dass er den Tod von Joseph Pawalet nicht weiter untersuchen konnte.

Als Rudolph Lischka begriff, was in der vergangenen

Nacht geschehen war, fühlte er sich, als wären ihm alle Zähne auf einmal gezogen worden. Sein Assistent Schindl, der sich bei schweren Fällen manchmal übergeben musste, stand neben ihm wie eine Eisskulptur, nachdem er und andere Gendarmen vor einer Stunde von einem Gassenjungen zu der grausigen Entdeckung geführt worden waren.

Ein Polizeifotograf, der sich nicht um die Anwesenheit des Inspektors kümmerte, schwängerte die Luft des schäbigen Hinterhofs mit Magnesiumpulver. Es blitzte, und das grelle Licht hüllte die Gestalt vor ihnen in ein groteskes, eisiges Licht.

Der Mann war an einen frei stehenden Pfeiler unter dem Tordurchgang gefesselt. Die Blitze erhellten das Dämmerlicht in der Passage, sodass Lischka jedes Detail genau erfasste. Jemand musste einen unbändigen Hass auf den armen Teufel vor ihm gehabt haben. Das Schlimmste waren nicht die vielen Wunden und das Blut, das die Leiche überzog wie ein rostiger Vorhang. Das Schlimmste war die archaische Art, mit der man den Körper ins Jenseits geschickt hatte. Er war nackt bis auf ein Tuch, das wie bei den Christusdarstellungen um die Lenden geschlungen war. Seine Füße waren mit einem festen Seil an den Steinpfeiler gebunden worden, ebenso die Hände. Die Schutzlosigkeit des Körpers erschütterte Lischka. Er dachte an eine menschliche Zielscheibe. Dann begann er zu zählen.

Es waren 15 Pfeile, die da aus dem farblosen Fleisch ragten. Auch seitlich in der Wade und im Hals des Mannes steckte ein Pfeil. Lischka schnippte vorsichtig gegen einen Pfeilschaft. Der wippte leicht hin und her wie der Schwanz einer Libelle.

»Sind das gewöhnliche Pfeile?«, fragte er, ohne sich an jemand Bestimmten zu wenden.

»Sie sehen selbst geschnitzt aus«, sagte Schindl. »So dünne Pfeile gibt es wahrscheinlich nicht zu kaufen.«

»Wer ist der Mann?«, wollte Lischka wissen.

»Die Anwohner werden noch befragt«, verkündete Schindl.

Der Polizeifotograf hatte aufgehört zu blitzen. Ein leises Tropfen war zu hören. Die Wände in der düsteren Passage rochen nach Moos, und Lischka verfiel in eine seltsam traumartige Stimmung. Er hatte plötzlich das Gefühl, als wäre er an einem Ort unter Wasser, wo die Gesetze, die er kannte, nicht galten. Das klägliche Tropfen wuchs an zu einem Platschen, das ihm in den Ohren dröhnte. Und auf einmal hatte der Inspektor Angst, dass aus irgendeiner dunklen, feuchten Ecke eine kleine Giftschlange kriechen könnte. Hatte sie ihn vielleicht schon gebissen und gelähmt mit ihrem Gift? Er schüttelte hastig den Kopf und starrte den Leichnam an. Da wusste er es plötzlich.

In diesem Moment überfiel es ihn mit schmerzhafter Klarheit. Inspektor Lischka wusste plötzlich, dass der Mörder, der in der vergangenen Nacht den Bogen gegen diesen nackten Körper gespannt hatte, sein Geschick im Umgang mit einer giftigen Schlange beweisen konnte.

Angst – das war etwas, was Rudolph Lischka normalerweise nicht kannte. Zum ersten Mal hatte er Angst empfunden, als ein Arzt kopfschüttelnd aus dem Zimmer von Charlotte gekommen war. Das war jetzt viele Jahre her. Doch nun überfiel ihn dasselbe Gefühl von stumpfer Machtlosigkeit und einem Wahnsinn, der dahinter lauerte. Inspektor Lischka spürte die Nähe zu diesem Wahnsinn immer, wenn ihm etwas widerfuhr, was er nicht verstand. Er hatte nie verstanden, warum Charlotte sterben musste, nachdem sie ihr Kind zur Welt gebracht hatte. Die höhere Logik dahinter war ihm verschlossen, und er hätte damals fast aufgestampft wie ein wütender, verschreckter Bub.

»Wir müssen uns auf einen Serienmörder einstellen«, murmelte er.

»Wie ... wie bitte?«, fragte Schindl. »Wie meinen Sie das?«

»Die Frau, die vor drei Tagen mit der Giftschlange ermordet wurde. Es ist derselbe Täter.«

»Aber das war doch etwas ganz anderes«, erwiderte Schindl verständnislos.

»Ja, schon. Aber irgendetwas daran kommt aus demselben Antrieb. Ich weiß nur noch nicht, was.« Er warf einen Seitenblick auf Schindl. »Finden Sie nicht, dass etwas sehr Theatralisches in beiden Morden liegt? Etwas Pompöses?«

Schindl nickte, aber der Inspektor wusste, dass der andere ihn nicht verstand.

Lischka betrachtete nachdenklich die Leiche und sah schon die Schlagzeilen der *Neuen Freien Presse* vor sich: ›Schon wieder versetzt unheimlicher Mörder Wien in Angst und Schrecken.‹

Der Inspektor hatte im Laufe seiner Zeit beim k. u. k. Sicherheitsamt schon zwei Mal einen Serienmörder aufspüren müssen. In dieser Zeit war er manchmal nachts aus dem Schlaf geschreckt und hatte sich gefragt, ob er es überhaupt verdiente, zu schlafen, solange der Täter nicht unschädlich gemacht war. Und wenn Inspektor Lischka die Schlagzeilen der *Neuen Freien Presse* las, schlich sich eine zweite Schlagzeile in seine Gedanken: ›Inspektor Lischka verschuldet neues Opfer.‹

Mit jedem weiteren Leichenfund hatte er sich mehr als Handlanger des Mörders gefühlt. Und mit jeder neuen Schockwelle, die nach einer solchen Tat durch die Stadt rollte, fühlte Lischka sich gleichsam als kaltblütiger Mörder. Die Rätsel, die solche Fälle aufwarfen, stürzten ihn in die Angst, er sei unfähig und damit mitschuldig an dem Bösen, das in solchen Zeiten in die Stadt kam.

Und jetzt war es wieder so weit, dachte er und wischte sich den kalten Schweiß von der Stirn.

Wer bist du diesmal, dass du dich so grausam verkünstelst?, dachte er. Wer bist du, dass du es schaffst, dass ich mich schon wieder so hilflos fühle? Lischka drehte sich um und hoffte, dass Schindl ihm nicht ansah, wie schwach er war. Er wollte die Leiche nicht mehr sehen, die in diesem Moment von dem Steinpfeiler gelöst wurde, um ins pathologische Institut gebracht zu werden.

Die halb offenen, starren Augen des Mannes – Lischka glaubte, dass sie ihn verhöhnten.

VIII

Der Winter fiel über Wien her, drückte die Menschen nieder mit seinem Gewicht und nahm ihnen den Atem. Die Pflastersteine glänzten wie poliertes Silber, die Luft stand, als wäre sie aus Glas. Die Menschen in ihren Mänteln schoben sich über die Straßen, steif wie Blechspielzeug, und die Kaffeehäuser waren überfüllt.

Alles schien stillzustehen, und Julius Pawalet bekam bei seiner neuen Arbeit als Saaldiener einiges zu tun. In der Kälte fanden immer mehr Menschen den Weg ins Kunsthistorische Museum, während die Gärten und Parks im Winterschlaf versanken.

Julius Pawalet trat von hinten an Otto Grimminger heran und räusperte sich. Das Blut aus dem Halsstumpf der Medusa war dunkler und glänzender geworden, und die Schlangen sahen aus, als könnten sie jeden Moment über den Rand der Leinwand fliehen. Mit Schaudern betrachtete Julius den Ausdruck der toten Gorgone. Er stimmte ganz genau überein mit dem im Original. Als hätte das Genie Rubens aus dem Jenseits eine ausführende Hand gebraucht und sie in Otto Grimminger gefunden. Die kleine Lupe, die an einer Schnur von der Staffelei hing, schien nur als kleine fadenscheinige Rechtfertigung für dieses fast unmenschliche Meisterwerk herzuhalten.

»Ja, was ist denn?«, erwiderte der Kopist. Seine Stimme klang mühsam beherrscht. Er sah nicht auf von seiner Arbeit.

»Ich wollte Sie darauf aufmerksam machen, dass gleich eine Delegation der Hofburg kommt, die heute einer Gruppe ausländischer Diplomaten eine Führung hier angeboten hat.«

»Und jetzt wollen Sie mich warnen, dass es laut und voll wird, was?«, entgegnete der Kopist ungerührt.

»Nein, ich wollte Ihnen raten, vielleicht für eine halbe Stunde Pause zu machen, damit Sie niemandem im Weg sitzen.«

Jetzt drehte der Kopist sein bebrilltes Gesicht zu Julius um und starrte ihn aus zusammengekniffenen Augen an.

»Oh, geben Sie sich keine Mühe, sie schafft es nicht, mich einzuschüchtern.«

Julius deutete lächelnd auf die Medusa, deren Bannstrahl wirkungslos geworden war. Sein Spott floss aus einer unsinnigen Laune heraus, das wusste er. Er konnte sich nicht erklären, warum er Grimminger erzürnen wollte. Er redete sich ein, dass es nicht das Talent des Mannes war, das er so heftig verabscheute, und doch war es so. Aus ihm völlig schleierhaften Gründen widerte Grimminger ihn an. Der siegessichere Griff dieser Hand zu diesem Pinsel, der etwas Einzigartiges zu schänden schien, löste eine tiefe Feindseligkeit in ihm aus. Wenn er wenigstens ein mittelmäßiger Kopist gewesen wäre! Aber die Genialität dieses Mannes kam Julius vor wie ein teuflischer Hohn gegen Rubens.

Grimminger sah zu Julius auf und zwang seine Lippen zu einem Lächeln. Falls man das Entblößen seiner stumpfen Zähne zwischen den ausgetrockneten Lippen so nennen konnte.

»Sie verhalten sich sehr verräterisch, mein lieber Pawalet. Dieser Anflug von Spott legt nichts anderes bloß als Ihre Eifersucht. Ihr Vater konnte mich auch nicht leiden. Er ist um mich herumgeschlichen wie ein kranker Hund. Ich glaube, er dachte, dass ich etwas Böses im Schilde führe. Das ist den gemeinen, niederen Menschen allen gleich. Sie verdammen die Ursprünge der wahren Schönheit, indem sie sie mit ihren billigen Ansichten in den Schmutz ziehen. Wirklich, es wundert mich nicht, dass Sie ganz genauso sind.«

Julius trat einen Schritt zurück und legte den Kopf schief. Auf diese Worte gab es nichts zu erwidern. Er sagte nur: »Ich glaube, unter den ausländischen Gästen ist einer, der mit Vorliebe Dinge anrempelt und umstößt.«

Damit drehte er sich um und entfernte sich von der Staffelei. Nur, um im nächsten Moment gleich wieder zu erstarren. In der Tür zum Rubens-Saal stand Luise von Schattenbach. Schwarz und schimmernd lehnte sie am Türstock, mit verschränkten Armen und mit dem Ausdruck einer Mutter im Gesicht, die beobachtet, wie zwei Kinder sich zanken. Hinter ihr näherte sich allmählich das Geräusch einer großen Menschengruppe. Die Frau tat nichts. Sie sah nur den Kopisten an und machte eine kleine ruckartige Bewegung mit dem Kopf. Und Grimminger stand auf, nahm seine Staffelei und verschwand aus dem Saal.

Noch ehe Julius sich wundern konnte, waberte auch schon die große Besuchergruppe in den Saal, und er verlor Luise von Schattenbach aus den Augen. Der Parkettboden knarrte laut unter den vielen Füßen. Die Abordnung blieb vor einem riesigen Rubens-Gemälde stehen, das die Erdteile der Welt bebilderte. Während der Kustos die Einzelheiten des Bildes erklärte, bemerkte Julius, dass von den anderen Museumsbesuchern ein Mann zu der Gruppe trat, um mitzuhören. Julius schlenderte an ihnen vorüber und kam sich dabei vor wie ein eifersüchtiger Schäferhund, der darüber wachte, dass nur ja kein Mantelärmel die kostbaren Gemälde streifte.

»Es ist doch sicher erlaubt, mitzuhören, oder?«, raunte der Fremde Julius zu.

Pawalet nickte nur gleichmütig. Die dunklen Anzüge vor ihm verschwammen zu einer wogenden Masse. Die aufragenden Hüte wuchsen zu einem tristen, entlaubten Wald an, und das Gescharre der Lackschuhe auf dem Holzboden wurde zum fernen Getrippel Hunderter Mäuse. Julius war auf einmal sehr müde und sehnte sich danach, auf einer der samtenen runden Bänke Platz zu nehmen. Plötzlich wurde aus der Menschenmasse vor ihm ein Gemälde. Ein in Ölfarbe erstarrtes Gruppenbild, aus dessen Mitte ein helles Gesicht strahlte. Wie bei Rembrandts *Nachtwache,* dachte Julius träge. Und das geheimnisvolle Gesicht der blonden Frau in der Mitte hatte in diesem Moment die Züge von

Johanna. Die Ereignisse der vergangenen Tage hatten sie ganz in die Tiefe seines Bewusstseins gedrängt, wo sie nun lag wie ein heller Stein in brackigem Wasser und bis hoch zur Oberfläche schimmerte.

Wenn Julius abends frierend im Bett lag und darauf wartete, dass er sich mit seinem ersten Monatslohn eine bessere Unterkunft leisten konnte, wanderten seine Gedanken zurück in die Suppenanstalt und verloren sich in den dunstigen Schleiern der Töpfe, hinter denen irgendwo Johanna war. Er hatte seitdem keine Gelegenheit gefunden, sich ihr wieder zu nähern. Außerdem war er immer noch zutiefst verwirrt von ihren letzten Worten. Aber Johanna hatte recht: Falls das seltsame Kitzeln in seinem Nacken, sobald er an sie dachte, bedeutete, dass diese letzten Worte der Wahrheit entsprachen, dann war er wohl verliebt.

Julius versuchte, diesem Gefühl nicht allzu viel Bedeutung beizumessen. Es war ihm fremd, und er fühlte sich seltsam getrieben, seit Johanna ihm mit mitleidigem Blick die gespendeten Kleider gegeben hatte. Als wäre in seinem Innern irgendwo ein Taubenschwarm, der raschelnd aufstob, sobald er an sie dachte.

Allmählich verlor sich vor seinem Auge die Masse der Museumsbesucher, und hinter den verschwimmenden Menschen kam das leuchtende Gemälde von Rubens zum Vorschein, auf dem halb nackte Flussgötter mit fülligen Nymphen in Eintracht beisammensaßen, während im Vordergrund drei kleine Kinder mit einem Alligator spielten.

»Glauben Sie, dass es die Leute erregt, wenn sie so viel nackte Haut sehen?«, fragte plötzlich eine Stimme neben ihm.

Julius musste sich nicht umdrehen, um zu sehen, von wem die geflüsterten Worte kamen. Sein Mund schien plötzlich wie mit Sand gefüllt zu sein.

Luise von Schattenbach nahm auf einer der Bänke Platz, ihren Hut in der einen Hand, und klopfte mit der anderen Hand auf das Polster neben sich. »Setzen Sie sich, Herr Pawalet. Sie vernachlässigen nicht Ihre Arbeit, wenn Sie es tun.«

Ihre Worte erlaubten keine Widerrede.

Julius trottete wie ein gehorsamer Hund zu ihr und setzte sich neben sie auf die Samtpolster. Ihr Haar war ein üppiger Turm aus hochgesteckten glänzenden Flechten, die so dunkel waren wie türkische Schokolade. Julius sah ihr verwirrt in die Augen, die jetzt so nah waren wie damals bei ihrem Zusammenstoß. Er konnte diesem Blick nicht standhalten. Etwas darin war gleißend wie Sonnenlicht auf frischem Schnee. Julius senkte die Augen und fragte leise: »Kommen Sie deswegen jeden Tag hierher? Wegen all dem nackten Fleisch?«

Luise von Schattenbach stieß ein Lachen aus, das man auch als anzüglich bezeichnen konnte. Ein älteres Paar warf ihr einen empörten Blick zu.

»Dafür, dass ich dachte, Sie wären ein verschreckter kleiner Neuling, sind Sie ganz schön frech.«

»Ich bin sogar so frech, Sie zu fragen, was Sie von diesem Kopisten halten, der ebenfalls jeden Tag hier ist. Sie beide haben sicherlich schon eine Art Freundschaft geschlossen.«

Ein maliziöses Lächeln spielte um ihre Lippen. »Er macht nur seine Arbeit. Übrigens war Ihr Vater erheblich weniger an den hier verkehrenden Menschen interessiert als Sie«, sagte sie, und ihre Stimme klang zwar so zart wie venezianisches Glas, aber ebenso hart.

»Wie meinen Sie das, Gnädigste?«, wollte Julius wissen und spürte nun wieder Ärger in sich hochsteigen, dass sein toter Vater immer wieder erwähnt wurde von den Menschen, die ihm seit dessen Beerdigung begegnet waren.

»Nun, ich spüre Ihren Blick in meinem Rücken. Man könnte meinen, dass ich, ebenso wie diese ganzen Gemälde, etwas bin, was Sie jeden Tag sehen. Daraus habe ich geschlossen, dass man sich an mich gewöhnt und mich gar nicht mehr richtig wahrnimmt. Aber mir scheint, dass Sie aufmerksamer sind als die übrigen Angestellten hier, nicht wahr?« Ein Lauern lag in ihrer Stimme.

»Das gehört zu meiner Arbeit, Frau von Schattenbach.« Julius hoffte, dass sie ihm nicht anmerkte, wie beengt er sich auf einmal fühlte in seiner Saaldieneruniform.

»Sagen Sie, verwirre ich Sie?«, fragte sie.

»Sie wissen, dass es auf diese Frage keine Antwort gibt«, murmelte Julius und ließ den Blick auf dem nackten Fleisch ringsum verweilen, weil das Rascheln neben ihm ihn nervös machte.

Luise von Schattenbach musterte ihn mit katzenhafter Aufmerksamkeit. »Herr Pawalet!«, sagte sie in gespielter Empörung. »Ich wollte nicht wissen, ob Sie sich von mir angezogen fühlen. Also nein, so eine Frage würde ich Ihnen niemals stellen. Ich wollte nur wissen, ob es Sie verwirrt, dass eine Frau jeden Tag allein in dieses Haus kommt und sich immer wieder dieselben Bilder ansieht, ohne jemals gelangweilt zu sein!«

Sie schien belustigt wie eine Mutter, deren kleiner Sohn rot wird, wenn er sie nackt in der Badewanne antrifft.

Julius räusperte sich. »Nun, das stimmt – ich habe mich des Öfteren gefragt, was eine … Frau wie Sie dazu bringt, jeden Tag hier zu verweilen. Ich habe mich gefragt, ob es keine anderen Dinge gibt, mit denen sich jemand wie Sie die Zeit vertreiben kann.«

»Offensichtlich langweilt mich jeder Zeitvertreib, den man einer Dame von Adel nachsagt, so sehr, dass ich mir etwas anderes suche.«

»Also keine Spaziergänge in Schönbrunn und keine Kaffeekränzchen mit Ihresgleichen?«

Sie schüttelte den Kopf, und ihr Gesicht wirkte einen Augenblick viel älter vor Verachtung und Abscheu.

»Ihr Ehegatte muss sich dann wenigstens keine Sorgen um Sie machen, und er muss auch keine Angst haben, dass Sie in schlechte Gesellschaft geraten«, sagte er.

»Machen Sie sich keine Gedanken über meinen Gatten. Er lebt ganz und gar für seine Aufgaben bei Hofe.«

Sie sagte das mit solcher Endgültigkeit, dass sie Julius irgendwie leidtat. Wollte sie damit andeuten, dass sie zutiefst einsam war? Verdammt dazu, immer wieder hierherzukommen, weil sie sonst eingehen würde vor Stumpfsinn?

»Was fasziniert Sie so am Kunsthistorischen Museum, wenn ich fragen darf?«

Sie fasste sich an ihr glänzendes Haar und nestelte an einer Haarnadel.

»Das ist nur ein Ort von vielen, wo man in dieser Stadt sein kann. Und zwar noch einer von den angenehmeren.«

»Wegen dem nackten Fleisch?«

Da beugte Luise von Schattenbach sich zu ihm herüber, bis ihre Augenbrauen fast sein Kinn berührten, und flüsterte: »Die Wahrheit, Julius, ist viel komplexer, als es jetzt den Anschein hat. Finden Sie es selbst heraus.«

Damit öffnete sie ihren kleinen Samtbeutel, fuhr mit der Hand hinein und zog eine kleine weiße Karte heraus, die sie ihm reichte. Darauf standen ihr Name und eine Adresse.

»Wenn Sie Lust haben, einmal außerhalb dieser Mauern zu reden … Vielleicht über Kunst. Vielleicht auch nicht.

Vielleicht erzähle ich Ihnen, warum ich hier bin. Und keine Angst – Sie werden meinem Mann nicht begegnen.«

Mit diesen Worten setzte sie ihren Hut auf, erhob sich und ging.

Julius blieb so lange sitzen, bis das spitze, harte Klacken ihrer Schuhe im Labyrinth der Galerie verklungen war. Dann erwachte er langsam aus der überraschten Starre, in die er gefallen war.

Über ihm deckte der Schnee das Glasdach zu und dämpfte das Licht, als wäre Milch in die Lampenschirme gegossen worden.

Julius beendete seine Schicht mit dem seltsamen Ziehen einer ängstlichen Vorfreude auf etwas Ungewisses in den Eingeweiden. Danach streifte er noch eine Weile ziellos durch die Galerie. Er hatte keine Lust, in das zugige Loch bei Frau Hanak zurückzukehren. Und er hatte auch keinen Grund, sich wieder in der Suppenanstalt anzustellen. Denn der Museumsdirektor hatte Julius in dieser Woche diskret einen Umschlag mit einem bescheidenen Vorschuss auf den ersten Monatslohn überreicht, damit er wenigstens etwas Anständiges essen konnte. Sich trotz dieses Geldes unter die Obdachlosen einzureihen wäre Julius vorgekommen wie Diebstahl.

Als er schon auf dem Weg zum Ausgang der Abteilung für italienische Meister war, blieb er plötzlich stehen. Etwas, woran er gerade vorbeigegangen war, hatte seine Aufmerksamkeit erregt. Julius ging ein paar Schritte zurück und betrachtete die Gemälde. Er wusste augenblicklich, was ihn hatte stutzen lassen. Zwischen den wuchtigen Goldrahmen hing ein kleines Bild, nicht höher als 70 Zentimeter und nicht breiter als sein Unterarm. Etwas an diesem Bild war wie ein leiser Schrei, der durch sämtliche Gänge seines Bewusstseins hallte. Es warf ein völlig neues Licht auf die Schlagzeile über einen neuen Mord, die er am Morgen in der *Neuen Freien Presse* gelesen hatte. Vor ihm hatte der Maler Andrea Mantegna den halb nackten Heiligen Sebastian gemalt, an eine Steinsäule gebunden, der wehrlose, bleiche Körper mit Pfeilen gespickt, als wäre er ein lebendes Nadelkissen. Julius erkannte sofort, dass es 15 Pfeile waren.

IX

Die Hand des Malers lag so ruhig am Rand der Leinwand wie eine sonnenverliebte Eidechse auf einer warmen Mauer. Mit kaum wahrnehmbaren Bewegungen strichelte er den Schein des kostbaren Tageslichts auf das flaumige Haar des Stammhalters der Familie Juristoff. Der Säugling war in den Armen seiner Mutter eingeschlafen. Diesen glücklichen Umstand galt es zu nutzen. Es erwies sich nämlich als äußerst schwierig, einen zappelnden, lebhaften Säugling zu porträtieren, der nicht verstand, warum sein Bewegungsdrang ständig unterbunden wurde. Und deswegen ließ Frau Emilia Juristoff die Kleinen einzeln und auch erst dann kommen, wenn ihre Kinderfrau verkündete, dass sie schläfrig waren. Jetzt lag der knapp einjährige Michail Juristoff still an der Schulter seiner Mama, und der Maler tupfte mit einem hellen Ockerton die Lichtreflexe in das blonde Haar des Kindes.

Das große Porträt war fast beendet. Es war begonnen worden, als Emilia Juristoff gerade mit Michail und seinem Zwillingsbruder Kilian niedergekommen war. Ein weiterer Sprössling der Familie, die fast dreijährige Anna, hatte im Laufe dieses Jahres gelernt, still zu sitzen. Die Eitelkeit dieses Kindes war bemerkenswert. Die Mutter hatte ihm eingeredet, dass es eine Prinzessin sei, die gemalt werden würde, um dem Volk eine Freude zu machen und damit jeder sie sehen könne. Die verwöhnte Anna glaubte diesem Schwindel und saß mit gerecktem Kinn und entrücktem Gesichtchen auf dem Stuhl, wie man es wohl von einer Prinzessin erwarten würde. Der Maler konnte sehen, dass das Selbstverständnis des Adels bei ihr bereits Früchte trug, und darum verabscheute er das kleine blonde Mädchen zutiefst. Nein, dachte er, während er die weißen Rüschen an ihrem Kleid malte, dich wird niemand mehr sehen, sobald du erst einmal meinem richtigen Kunstwerk Modell gestanden hast. Und ebenso deine quengelnden Brüder.

Manchmal redete er sich ein, er würde diese Kinder vielleicht sogar beschützen, indem er plante, ihnen die Zukunft zu nehmen. Wer konnte schon wissen, wohin diese aufgeplusterte, aber im Kern verrottete Monarchie in den nächsten Jahren trieb? Wer konnte ahnen, was in zehn oder 15 Jahren mit russischen Adeligen geschah, die in Wien lebten und zu deren Haushalt sicherlich 50 Bedienstete zählten? In gewisser Weise ersparte er diesen drei ahnungslosen Geschöpfen eine düstere Zukunft, indem er sie anderweitig verewigte.

»Irma, bringen Sie Herrn Lanz noch ein Glas Punsch, bitte!«, rief Emilia Juristoff dem Dienstmädchen zu. Das Mädchen eilte hinaus und brachte dem Maler ein Glas heißen Punsch, auf dessen Boden Kandiskristalle schimmerten wie Glasstücke. Lanz nahm einen kräftigen Schluck und machte sich daran, den feinen Häkelkragen des kleinen Michail zu verewigen.

»Sie sind ja gewissermaßen ein Teil der Familie geworden, nicht wahr?«, säuselte die Hausherrin und streichelte über den Rücken ihres Kindes. Der Maler Lanz lächelte verkniffen. Am liebsten hätte er die Frau gefragt, warum er dann bei jeder Sitzung das Haus über den Dienstboteneingang betreten und wieder verlassen musste.

Aber in gewisser Weise hatte sie recht. Das vergangene Jahr bei den Juristoffs hatte dem Maler einen sehr genauen Einblick in den Alltag der Familie gegeben. Er kannte ihren gewöhnlichen Tagesablauf so genau wie seinen eigenen. Er wusste, wann sie ihre Mahlzeiten einnahmen, an welchen Tagen der Klavierlehrer der gnädigen Frau kam, wann die Kinder geweckt wurden und er kannte jede Freundin der Hausherrin beim Namen. Doch dieses Wissen war nutzlos. Wirklich wichtig war ein anderes Ritual dieser Familie. Er hatte erfahren, dass die Kinderfrau Anette die drei Kleinen jeden Donnerstag zu einem Spaziergang in den Schönbrunner Park mitnahm. Und da die Juristoffs gesunde, kräftige Kinder heranziehen wollten, galt diese Tradition zu jeder Jahreszeit. Nur Schneestürme und Dauerregen erlaubten ein Abweichen von diesem Ritual. Das bedeutete, dass Anette auch in der nächsten Woche die Zwillinge dick einpacken, in den doppelten Kinderwagen legen und die kleine Anna an der Hand nehmen würde, damit der blaublütige Nachwuchs frische Luft schnappen konnte. Fast noch wichtiger als diese Information war die Tatsache, dass die Eltern der Kinder am Wochenende zu einer mehrwöchigen Reise nach Russland aufbrechen würden.

Er hatte sehr viel Zeit.

»Wo werden Sie das Bild aufhängen, wenn es fertig ist, gnädige Frau?«, fragte der Maler Emilia Juristoff.

Sie lächelte und deutete mit strahlenden Augen auf die mit Seide bespannte Wand über dem großen Marmorkamin.

»Dorthin. Damit jeder es gleich sieht, wenn er den Salon betritt. Ich will, dass es aufgehängt wird, bevor wir zurückkommen. Das wird eine wunderbare Überraschung! Es wird doch fertig sein bis dahin?«

X

Die Visitenkarte von Luise von Schattenbach lag in Julius' Hand wie eine Verheißung auf ein anderes Leben. Einem Leben, von dem er nie gedacht hätte, dass er jemals einen Blick hineinwerfen würde. Es war wie ein geflüstertes Versprechen, das ihn den ganzen Weg von seiner schäbigen Wohnung bis zu der feinen Gegend in der Nähe der Hofburg umwehte wie der Atem dieser geheimnisvollen Frau.

Er betrat den Michaelerplatz, auf dem es von livrierten Dienern und hohen Herrschaften nur so wimmelte. Vor dem hinteren Eingang der Burg drängten sich die Fiaker. Die Glocken der Michaelerkirche läuteten zwei Uhr.

Julius schlug den Weg in die Herrengasse ein und versuchte, seinen Blick nur auf die Hausnummern zu richten und den fein gekleideten Menschen auf den Gehwegen nicht allzu viel Beachtung zu schenken. Irgendwo im Gewirr der gepflegten Straßen und prunkvollen Häuser hatte diese merkwürdige Frau eine Tür für ihn geöffnet, und irgendwo in seinem Innern, wo die feigen Gedanken sich duckten, hoffte er, dass sie nicht da war, um ihn zu empfangen. Sie hatte ihm keinen Tag und keine Uhrzeit genannt, und obwohl Julius mit Frauen so viel Erfahrung hatte wie mit Börsenkursen, wusste er, dass dies mehr als ungewöhnlich war. Staunend ging er durch die Passage des Palais' Ferstel, vorbei an den gut gekleideten Männern, die hier ihren Bankgeschäften nachgingen. Eine verschüchterte innere Stimme wollte ihm einreden, dass er hier nichts zu suchen hatte, dass er sich irrte und dass es diese verwirrende Einladung niemals gegeben hatte.

Für einen Hofrat war es verpflichtend, dass seine Stadtresidenz in der Nähe der Hofburg lag, damit der Weg zum Kaiser nicht weit war, und auch, um exklusive Zugehörigkeit zu zeigen.

Das Haus von Schattenbach war ein dreistöckiger Bau in der Nähe des Schottenstifts, dessen Fassade ganz dem aufgewärmten Zuckerguss eines typischen Ringstraßenarchitekten verpflichtet war. Mit marmornen Karyatiden am Portal und mannsdicken Säulen neben jedem Fenster. Julius starrte an der prunkvoll ausladenden Fassade hinauf, die in einem gläsernen Kuppelaufbau gipfelte, in dem sich die schweren Winterwolken spiegelten. Auf der Visitenkarte stand der geheimnisvolle Hinweis, den Eingang um die Ecke zu nehmen und die Klingel mit dem Namen Gruber zu betätigen.

Julius betrat die Straße, die seitlich am Haus vorbeiführte, und stand vor einem Gebäude, das das genaue Gegenteil zu dem Haus daneben darstellte. Es passte so gut in diese Umgebung wie ein rostiger Nagel in die Auslage eines Juweliers. Das Holz der Eingangstür, in dem eine gesplitterte Glasscheibe die letzten Zacken bleckte, war rissig und feucht.

Julius erschrak, als die Tür aufschwang wie durch Zauberhand, obwohl er den Knopf auf dem rostigen Klingelschild gar nicht berührt hatte. Jemand musste wissen, dass er hier war.

Mit Beinen, die sich anfühlten wie schmelzendes Wachs, betrat er die dämmrige Eingangshalle. Die Kacheln im Vestibül schienen ein mittleres Erdbeben überstanden zu haben, so brüchig und unregelmäßig waren sie. Von der Decke hing ein Kronleuchter wie eine tote Spinne, mit Staubfäden behangen.

Die feinen Herrschaften, die hier einst gewohnt hatten, mussten das Haus schon seit Langem verlassen haben, ohne dass es einen Nachbewohner gefunden hatte. Und seitdem herrschten nur noch Stille und Verfall in diesem Haus.

Er betrat eine ausgetretene Steinstiege und tastete sich an einem wackeligen Eisengeländer hinauf. Niemand begegnete ihm, und außer seinen zaghaften Schritten war nichts zu hören. In dem Haus roch es dumpf und modrig wie auf einem alten Dachboden.

Wie kam es, dass dieses Haus im von Wohnungsnot geplagten Wien leer stand? Was machte Luise von Schattenbach in diesem verfallenen Anwesen? Und was noch viel wichtiger war: Was machte er hier? Bei der Ehefrau eines Hofrats! War hier nur Langeweile und Einsamkeit im Spiel? Oder noch etwas anderes, etwas Gefährliches, das er nicht verstand?

Noch bevor Julius sich das ganze Ausmaß seines Wagemuts bewusst machen konnte, stand er bereits im vierten Stock des Hauses vor einer weiß gestrichenen Tür. Krampfhaft bemühte er sich um einen ruhigeren Atem. Die Stille in diesem Treppenhaus war unnatürlich. Es war eine sphärische Stille wie auf einem hohen Berg.

In diesem Moment öffnete sich die Tür, und Julius stand vor einer Frau mit tiefschwarzer Haut. Dass sie eine gestärkte Dienstmädchenuniform trug, minderte seinen Schrecken nicht. Schwarze Murmeln sahen ihn aus dem arktischen Weiß zweier großer Augen an. Julius schämte sich für seinen Schrecken. Die Frau lächelte nicht, sondern trat nur zur Seite und machte eine einladende Geste. Er zögerte.

»Frau von Schattenbach erwartet Sie schon«, sagte sie mit der gemessenen Würde eines Hausmädchens in einer Kaiserstadt.

Die Frau war fast einen Kopf größer als er, und Julius wünschte sich inständig, sie möge nicht auch noch knicksen. Sie tat es nicht, sondern schloss die Tür.

Julius stand in einem riesigen Flur, von dem so viele Türen abgingen wie Säle oben im Rondell des Kunsthistorischen Museums. Einige davon waren geöffnet und gaben den Blick frei auf weitere Gänge und Zimmer. Gleich vor ihm schien sich eine Art Halle zu öffnen. Von irgendwoher vernahm er ein gedämpftes Rufen: »… zu mir …«, hallend wie in einem Traum.

Hinter sich spürte er die einschüchternde Anwesenheit der Dunkelhäutigen, und er wandte sich zu ihr um. Sie wies auf die mittlere Tür und sagte: »Hier entlang bitte gehen.«

Ihre weiße Schürze raschelte wie trockenes Gras. Julius gehorchte und trat durch die Tür zuerst in einen schmalen Gang und anschließend in einen riesigen Raum. Sein Blick flog nach oben, wo sich eine gigantische Glaskuppel wölbte, die mit Metallstreben verstärkt war. Das müde Licht des Winters sickerte von hier aus in die Halle. Julius hatte genau auf die Richtung geachtet, die er in dem schäbigen Nebengebäude genommen hatte. Dieser Raum musste eindeutig wieder zum Haus des Hofrats gehören. Aber warum empfing Luise von Schattenbach ihren Besuch über derart seltsame Nebenwege? Einen Moment lang vergaß er, nach ihr Ausschau zu halten, so sehr beeindruckte ihn das Interieur.

Ringsum waren die Wände mit violetten Tapeten ausgekleidet, die im Licht schimmerten wie die Flügel von exotischen Vögeln. Der Boden war ein filigranes Muster aus dunklen Mosaiken, hier und da lagen dicke rote Teppiche.

Der riesige Raum sollte wohl ein Salon sein, doch es gab keine Sitzgruppen und Tischchen, keine Bücherschränke, keinen Flügel und auch keine Anrichte mit Porzellan und Glas.

In der Mitte des Raumes, unter der Glaskuppel, stand ein rotes Möbelstück, das ihn zutiefst beunruhigte. Ein flaches, ausladendes Polster auf goldenen Füßen, einem Bett ähnlicher als einem Sofa, bedeckt mit einer Hügellandschaft von Kissen.

Die einladende Schwülstigkeit dieses Lagers verwirrte ihn so sehr, dass ihm das Herz gegen die Magenwand schlug. Luise von Schattenbach hätte ihn auch gleich in ihr Schlafzimmer bitten können, die Wirkung wäre keine andere gewesen. Neben dem Polster duckte sich ein großer, niedriger Tisch, auf dem allerlei fremdartige Dinge lagen, die er noch nie zuvor gesehen hatte.

Am anderen Ende des Raums stand ein mannshoher, ausladender Vogelbauer aus verschnörkeltem weißem Metall, der aus einem orientalischen Lustgarten zu stammen schien. Julius entdeckte darin allerdings keinen einzigen Vogel. Etwas in diesem Raum beunruhigte ihn zutiefst. Nichts darin schien nach Wien zu gehören, angefangen bei dem schwarzen Dienstmädchen. Jedem Ding, ja dem ganzen Haus schien etwas Fremdes, Fernes und Ungreifbares anzuhaften. Doch zugleich wurde ihm klar, dass er von Luise von Schattenbach natürlich keinen plüschigen Damensalon mit Schoßhündchen, Kuchenplatte und Ahnengalerie erwartet hatte.

Von irgendwoher jenseits der Wände hörte er Schritte, nah und fern zugleich. Und da ertönte hinter ihm auf einmal ihre Stimme wie aus dem Nichts.

»Sie haben sich einen guten Tag ausgesucht, Herr Pawalet.«

Julius fuhr herum. Wo war sie so plötzlich hergekommen? Hinter ihr gab es keine weiteren Türen oder Durchgänge mehr. Sie war aufgetaucht wie durch den Willen eines Magiers. Doch die Frau, die vor ihm stand, hatte nichts mehr gemein mit Luise von Schattenbach. Diese Frau schien geradewegs einem schwülen, verwirrenden Traum entstiegen zu sein. Sie hatte nichts mehr von der etwas zerbrechlichen, distanzierten Frau, die an den alten Gemälden im Museum vorbeiwanderte. Vor Julius stand eine Königin, die nicht mehr wirkte wie eine Frau aus der Wiener Gesellschaft, sondern die die einschüchternde Aura einer ägyptischen Zauberin ausstrahlte.

Luise von Schattenbach zeigte sich nicht mehr in einem eng geschnittenen Kostüm, mit zugeknöpfter Bluse und Hut, sondern in der betörenden Ungezwungenheit einer Haremsdame. Sie trug das Haar offen. Ihr Körper war vollständig verhüllt, aber der Stoff war so durchscheinend, dass Julius sich in atemlosen Ahnungen verlor und wünschte, sie hätte doch lieber etwas Strengeres gewählt.

Sie trug einen fließenden bodenlangen Mantel, der mit einem langen Gürtel gebunden wurde. Das Licht, das vom Dach hereinfiel, meißelte ihre Arme, Beine, Hüften und Brüste aus dem Stoff heraus und verwandelte den Mantel in reine, herausfordernde Überflüssigkeit. Plötzlich fühlte er sich schäbig in seinem Anzug aus der Bedürftigenspende, und fast hatte er das Gefühl, als würde Johanna ihn am Ärmel zurückhalten.

Luise von Schattenbach kam langsam auf ihn zu. Dieses Wesen schien nicht der Gattung Frau anzugehören. Dies war ein anderes Wesen, geformt aus Geheimnis, Verachtung und Wissen, geformt von den Händen eines alten Gottes, der es auf der Erde zurückgelassen hatte, damit es Unheil brachte wie die Büchse der Pandora.

Luise von Schattenbach streckte eine Hand aus und fasste die seine mit kühlem Griff.

»Aber Herr Pawalet, ist Ihnen nicht wohl? Sie sehen krank aus!«

Er räusperte sich die Sprachlosigkeit aus der Kehle. »Nein ... ich ... ich bin nicht krank. Mir scheint, ich habe Sie in einem ... ungünstigen Moment aufgesucht ...«

Sie lachte ein sorgloses, wegwerfendes Lachen. »Aber nein! Sie kommen gerade richtig! Was bringt Sie zu dieser Annahme?«

»Ihr Aufzug. Ich habe Sie offensichtlich beim Baden gestört.«

Sie machte ein gespielt peinlich berührtes Gesicht, dann lächelte sie breit und zeigte ihm ihre ebenmäßigen Zähne. »Seien Sie nicht so einfältig! Haben Sie etwa gedacht, eine Dame würde ewig in Korsett und Hut stecken? Ich bitte Sie – gönnen Sie mir ein wenig Bequemlichkeit!« Sie winkte ihn zu dem prachtvollen Sofa hin. »Kommen Sie, setzen Sie sich. Colette wird uns eine Erfrischung bringen.«

In diesem Moment erschien die schwarze Frau mit einem zweistöckigen Servierwagen in der Tür. Auf dem ersten Tablett des Wagens befanden sich verschiedene Flaschen,

Gläser, Tassen und eine dampfende Teekanne. Oben stand ein Teller mit aufgeschnittenen Früchten, die mit Gebäck und Konfekt verschwenderisch garniert waren, dass Julius sich fragte, wer das alles essen sollte, außer die Gäste eines Kindergeburtstags.

Neben ihm machte Luise ein genießerisches Geräusch, streckte die Hand aus und sagte: »Danke, Colette. Ich liebe es, wenn du diese verrückten amerikanischen Kunstwerke baust.«

Colette lächelte ihre Herrin an und sagte: »Das hat keine Mühe gemacht.«

Luise ergriff die Hand ihrer Dienerin, sah ihn an und sagte mit gespielter Besorgnis: »Sie hat Ihnen doch keinen Schrecken eingejagt, Julius?«

Julius schüttelte den Kopf und begegnete den reglosen Augen der dunkelhäutigen Frau.

»Aber Sie haben in Wien noch nie eine Frau wie sie zu Gesicht bekommen, nicht wahr?«

Er verneinte abermals. Luise von Schattenbach drückte einen Kuss auf die Ebenholzhand der Frau und sagte: »Ich war vor drei Jahren in den Vereinigten Staaten. Die Dame, bei der ich zu Gast war, ist überraschend gestorben, und Colette, die damals ihre Bedienstete war, drohte arbeitslos zu werden. Können Sie sich vorstellen, was jemanden wie sie in Amerika für ein Leben erwartet? Sie wäre dort drüben nichts als ein zum Schuften geborener Untermensch. Und hier, sogar in unserem geliebten Wien, werden Menschen ihrer Rasse bisweilen im Kuriositätenkabinett ausgestellt wie exotische Tiere. Haben Sie das gewusst, Julius? Ich weiß nicht, was daran zivilisiert sein soll. Ich habe sie ohne Wissen meines Mannes auf demselben Schiff, auf dem wir gereist sind, hierhergebracht.«

Luise von Schattenbach lächelte spitzbübisch, als freute sie sich über einen gelungenen Streich. Colette wirkte in dem großen Zimmer jedoch nur wie eine weitere außergewöhnliche Sehenswürdigkeit, und Julius konnte nicht umhin zu sagen: »Zweifellos macht sie sich sehr gut in der exotischen Welt, in der Sie hier leben.« Es klang ironischer, als er es beabsichtigt hatte.

»Es freut mich, dass Sie Ihre Kühnheit wiedererlangt haben«, flötete Luise. »Colette, du kannst gehen.«

»Danke, Herrin«, sagte die Frau.

»Hör auf, mich *Herrin* zu nennen! Ich hasse das!«

»Ja, Herrin«, antwortete Colette und verschwand.

Luise von Schattenbach schien für einen winzigen Augenblick verstimmt zu sein. Sie nahm ein Stück Apfel und biss ungehalten hinein und drehte sich dann mit ihrer unergründlichen Zuwendung wieder zu ihm um.

»Warum sind Sie gekommen, Julius?«

»Sie haben es mir mehr oder weniger befohlen.«

»Wenn Sie das so verstehen wollen ...« Sie lächelte belustigt und goss aus einer hohen Flasche einen rötlichen Likör in zwei Gläser. Julius nahm eines und trank einen Schluck. Sofort legte sich ein Nebel über seine Gedanken.

»Und was gedenken Sie jetzt zu tun, Julius?«

»Das liegt ganz bei Ihnen. Sie haben anscheinend beschlossen, diesem Treffen eine unübersehbar provokante Note aufzudrücken. Na gut, Sie haben gewonnen – ich bin verwirrt und körperlich erregt. Was wollen Sie mehr?« Julius erschrak ein wenig über seine Kühnheit. Vielleicht hatte die verwirrende Umgebung seine Schüchternheit fortgeblasen.

Luise sah ihn erstaunt an. »Sie sind ein außergewöhnlicher Mann. Sie sind wie ein Einsiedlerkrebs. Man denkt von Ihnen, Sie würden sich andauernd verstecken und auf dem Meeresboden verschwinden. Und doch stecken Sie immer wieder Ihre Scheren heraus und werfen mit Sand. Das ist verblüffend.«

»Das wissen Sie natürlich besonders gut, weil Sie vielleicht mit Colette auch noch ein paar solche Krebse aus Amerika mitgebracht haben, was? Ich bin sicher, in diesem verrückten Haus gibt es irgendwo ein Aquarium, wo Sie sich daran erheitern.«

Luise von Schattenbach wich nicht zurück. Aber in ihre Augen kroch ein milchiger Schleier. Ein Ruck ging durch ihr langes Gewand, als sie sich aufrichtete.

»Ich gehe sofort, wenn Sie es wünschen«, sagte Julius und griff demonstrativ nach einer weiß gepuderten Praline. Es war das erste Mal in seinem Leben, dass derart köstliche Dinge in greifbarer Nähe lagen. Luise von Schattenbach straffte sich und sagte: »Nein, ich wünsche, dass Sie bleiben. Machen Sie die Augen zu.«

Wenn ihm vor Jahren jemand prophezeit hätte, dass er eines Tages im Boudoir einer solchen Frau sitzen würde und sie ihn auffordern würde, die Augen zu schließen, Julius hätte nur traurig gelacht. Und er wusste nicht, was ihn dazu veranlasste, tatsächlich die Augen zu schließen. Sie musste ihn verhext haben. Er fragte sich, warum sie überhaupt noch redete und warum er ihr nicht einfach mit einem Ruck diesen verlogenen Gürtel herunterriss. Sie drückte ihn beiläufig gegen eines der großen Kissen, und er hörte sie im Raum umhergehen.

»Ich will wissen, was Sie sehen, Julius. Ich habe den Verdacht, dass Sie mehr sehen als andere Menschen.«

»Bis eben habe ich auch jede Menge gesehen, Gnädigste. Aber Sie sind zu faul, sich umzuziehen, daher muss ich wohl die Augen schließen.«

»Schscht!«

Über ihm knarzten die Metallstreben der Kuppel.

»Ich werde Ihnen jetzt eine Frage stellen. Im Kunsthistorischen Museum hängt ein Bild, auf dem es eine aufgeregt schnatternde Gans gibt. Sagen Sie mir, wie viele Menschen auf dem Gemälde abgebildet sind.«

Julius öffnete die Augen wieder und sah Luise von Schattenbach verständnislos an.

»Wie bitte?«

»Sie haben meine Frage verstanden, Julius!«

»Ich habe Ihre Worte verstanden, aber nicht den Sinn dahinter.«

Sie setzte sich ans Ende der Récamiere und legte ihre Hand auf sein Knie, als wäre es ein Kissen, das man zufällig berührt.

»Julius!«, sagte sie, und ihr Blick wurde bannend. »Sie werden jetzt die Augen schließen und mir meine Frage beantworten.«

»Sonst?«

»Nichts sonst«, sagte sie. Und mit erschreckender Beiläufigkeit schob sie ihre Hand höher und verbreitete eine schreckliche Hitze in den Muskeln seines Schenkels. Ihr kleiner Finger stieß gegen das pochende Fleisch in seiner Hose. Sie betrachtete ihn streng, als wäre er ein ungehorsames Kind, dessen Widerstand so leicht zu brechen war wie ein Streichholz. »Also – wie viele Menschen gibt es auf dem Bild mit der schnatternden Gans, Julius?«

Jetzt stieg er ein in ihr Spiel. Vor seinen geschlossenen Augen tauchte das gewürfelte Feld der Bilder auf. Landschaften und Gesichter zogen an ihm vorbei. Es war still um ihn. So musste es sich anfühlen, wenn man hypnotisiert wurde. Dann sagte er: »Vier. Es sind vier Menschen auf dem Bild.«

Seine Gastgeberin zog überrascht die Luft ein.

»Und … wie viele Ringe trägt Jane Seymour auf dem Porträt von Holbein?«

»Zwei.«

Ihre Finger begannen, sein Bein zu kneten. Julius war kurz davor, sich vollkommen zu entspannen, sich aufzulösen. Warum er sich auf dieses Spiel eingelassen hatte, wusste er nicht. Vielleicht befriedigte es einen niederen, kindischen Trieb, anerkannt zu werden. Bei der häufigsten Besucherin des Museums nachträglich eine Aufnahme- und Tauglichkeitsprüfung abzulegen. Doch vielleicht war es auch die unausgesprochene mögliche Wendung dieser seltsamen Prüfung, die im Raum lag. Vielleicht bildete er sich ein, von ihr eine erlesene Belohnung zu bekommen, wenn er ihre Fragen richtig beantwortete.

»Dann gibt es da noch ein Bild von einem Triumphzug. Was befindet sich im linken Vordergrund des Bildes?«

Seine Antwort kam mit der Heftigkeit eines Niesens, das man nicht unterdrücken kann: »Ein Marmorfragment, ein Fuß … von einer Statue.«

»Und jetzt nennen Sie mir ein Bild, auf dem ein kleiner Hund, ein Springbrunnen und zwei steinerne Delfine zu sehen sind.«

Julius tauchte mit seinem inneren Auge immer tiefer hinab in das Labyrinth exakter Erinnerungen und fand auch diese Antwort. »Ein Bild mit dem Thema *Susanna im Bade* – der Maler ist Chimenti.«

Nach dieser Antwort herrschte sie ihn plötzlich an: »Genug jetzt!« Sie stand ruckartig vom Polster auf, und Julius hörte das Rascheln ihres Gewandes. Widerstrebend und enttäuscht öffnete er die Augen, wie nach einem tiefen, traumvollen Schlaf.

Luise von Schattenbach war fort. Julius hörte ihre Schritte irgendwo hinter der Wand. Dann sah er Colette, die ihn an der Schulter fasste und sanft aufrichtete. Wenige Augenblicke später stand er wieder allein auf dem Treppenabsatz, die Tür fiel zu, und unter ihm lag der Abgrund des stillen Hauses. Es war, als hätte Julius die Wohnung hinter der weißen Tür niemals betreten. Als wäre alles, was dahinter geschehen war, nur in seiner Einbildung abgelaufen.

Er stieg die Treppe hinab wie ein abgewiesener Bettler. Benommen und wund trat er den Heimweg an und versuchte, des Ansturms seiner Fragen Herr zu werden. Doch Julius spürte in sich ein saugendes schwarzes Loch, in das sein Leben gezogen wurde, um darin auf immer verwandelt zu werden. Er spürte seine körperliche Enttäuschung wie den Beginn einer Krankheit. Sie hatte ihn verführt. Aber auf eine Art, die seinen Ehrgeiz angestachelt hatte. Sie hatte gesiegt, und Julius' Männlichkeit kauerte mit unterdrückter Wut daneben.

Gleichzeitig spürte er in der Brust einen Hauch jener alten, grenzenlosen Verunsicherung. Sie war eine vertraute Gefährtin, die ihn schon als Kind begleitet und gequält hatte. Es war ihm unerträglich, wenn er Dinge nicht verstand, in die er verwickelt war. Er hatte nie verstanden, warum sein Vater tagelang verschwunden war und bei seiner Rückkehr behauptete, er habe gearbeitet, nur um einen Tag später zu verkünden, dass sie kein Geld mehr zum Essen hätten. Und er würde nicht verstehen, warum Luise von Schattenbach ihn zu sich lockte, nur um dann zu erfahren, wie gut er sich im Kunsthistorischen Museum auskannte. Was war der Sinn dieses Treffens gewesen?

In diesem Moment rannte ein Zeitungsjunge auf ihn zu, schwenkte einen Stapel mit der Abendzeitung und schrie:

»Extrablatt! Extrablatt! Geheimnisvoller Mörder schlägt wieder zu! Drei tote Kinder! Extrablatt!«

Der Junge sah ihn mit leuchtenden Augen an. »Wollen Sie eine Zeitung kaufen, mein Herr?«

Julius drückte ihm ein paar Münzen in die Hand, nahm sich eine Zeitung von dem Stapel und schlug sie noch im Stehen auf.

Der Zeitungsjunge rannte weiter und verkündete weiterhin die beunruhigende Nachricht, unter der ganz Wien wieder einmal ein paar Tage zittern würde. Er erstarrte, als er die Schlagzeile und darunter den Artikel las. Jetzt gab es keinen Zweifel mehr. Julius stopfte sich die Zeitung in die Jackentasche und machte sich unverzüglich auf, um Inspektor Lischka zu suchen.

Inspektor Rudolph Lischka fühlte sich, als würde er einem dieser verrückten modernen Maler für eine Grafik Modell sitzen, die den Titel trug: *Mann, sich die Haare raufend.* In einem herumliegenden Magazin hatte er einmal Zeichnungen gesehen, auf denen Menschen abgebildet waren, die nur noch entfernt als solche zu erkennen waren. Er dachte an den leisen Schrecken, den er beim Anblick der eckigen, ausgemergelten Körper empfunden hatte, deren Konturen eher an Opfer von Verkehrsunfällen erinnerten. Lischka hatte sich gefragt, wie ein Maler die Menschen sehen musste, wenn er sie so wiedergab, als würden sie sich gerade auflösen. Er schauderte bei dem Gedanken an die leichenhafte Verschwommenheit ihrer Umrisse, an das verwesungsgleiche Grün ihrer Züge. Der größte Schrecken allerdings lag darin, dass der Inspektor wusste, dass er in diesem Moment aussah wie eine dieser Figuren auf den Bildern.

Zusammengekrümmt saß er an seinem Schreibtisch im Kommissariat am Schottenring und krallte die Finger in die Haare. Seit zwei Tagen hatte er kaum etwas gegessen und sich beim Anblick seiner leeren Wohnung am Abend zuvor daran erinnert, dass ihm das mit Charlotte niemals passiert wäre. Die Lust am sentimentalen Schmerz hatte ihn aufschluchzen lassen wie ein kleines Kind, und er war, ohne zu essen, auf dem Sofa eingeschlafen. Der Anblick der drei kleinen Körper verfolgte ihn wie ein Schwarm Hornissen, die seine Haut zerstochen hatten und bis in sein wundes Gehirn vorgedrungen waren. Der letzte Rest Vernunft in ihm hoffte, dass nicht sein Vorgesetzter oder ein Amtsdiener hereinkommen würde und ihn so sehen konnte. Doch im nächsten Moment klopfte es an die Tür, und Lischka hatte gerade noch Zeit, sich die Haare glatt zu streichen, als sie auch schon aufging und Julius Pawalet in sein Bureau kam. Den hatte er fast vergessen, und seine Anwesenheit löste eine ungeduldige Wut gegen den Mann aus. Er erinnerte ihn daran, dass es ihm nicht gelungen war, die Sache mit dem alten Pawalet zu klären.

»Was wollen *Sie* denn von mir, Pawalet?«, fragte er bissig.

Doch statt einer Antwort zog sein Gegenüber eine zerknitterte Abendzeitung aus seiner Tasche und legte sie vor Lischka auf die verkratzte Lederoberfläche des Schreibtischs. Die Schlagzeile *Drei tote Kinder in Schönbrunner Menagerie. Archaisches Opferritual!* sprang ihn an wie ein wütender Hund. Lischka konnte nicht verhindern, dass er abermals zurückwich, wie vor wenigen Stunden, als er tief unten die toten Körper der Kinder im Tiergehege hatte liegen sehen.

»Ich kenne diesen Bericht, Pawalet!«, schnauzte Lischka den Besucher an.

»Glauben Sie, dass es derselbe Täter ist wie bei diesem Mord mit der Giftschlange und bei dem Mann, der letzte Woche mit den Pfeilen im Körper gefunden wurde?«, fragte Pawalet.

»Ich weiß es nicht, Herrgott noch mal! Ich weiß nur, dass die Menschen allmählich unruhig werden, und dass ich keine Ahnung habe, wo ich einen Mörder finden soll, der solche Szenarien … äh inszeniert!«

»Was für Szenarien?«, bohrte Pawalet nach.

»Ja, nun … irgendwie historisch angehaucht, brutal, schockierend. Weiß der Teufel, was er uns damit sagen will …« Lischka stierte vor sich hin und ließ die schreckliche Schlagzeile vor seinen Augen verschwimmen. »Warum erzähle ich Ihnen das eigentlich, Pawalet? Was wollen Sie von mir?«

»Ich will Ihnen einen Vorschlag machen, Inspektor.«

»Lassen Sie hören, Pawalet. Schlimmer als dieser Tag kann's ohnehin nicht mehr kommen.«

Doch anstatt ihm seine Theorie vorzutragen, las Pawalet ihm seelenruhig noch einmal den Artikel aus der Abendzeitung vor.

Heute ereignete sich in der kaiserlichen Menagerie zu Schönbrunn ein schrecklicher Vorfall. Vor den Augen der entsetzten Besucher warf ein Mann ein in Stoff gewickeltes Bündel in eine Käfiganlage, in welcher die bengalischen Tiger seiner Majestät untergebracht sind. Die Besuchermenge vor diesem Käfig war an diesem Tage besonders groß, da die Tigerin vor wenigen Tagen Junge zur Welt gebracht hat und diese gut sichtbar säugt. Vielleicht aufgrund ihres Nachwuchses gebärdete sich das Tier daraufhin äußerst gereizt und umkreiste das hineingeworfene Stoffbündel. Wie sich kurz darauf herausstellte, waren zwei kleine Kinder darin eingewickelt, welche nun vor den Augen der Besucher von der Tigerin angegriffen wurden. Ein herbeigeeilter Wärter konnte das Tier mit einer Eisenstange dazu bringen, dass es von seinen Opfern abließ, und zog die Säuglinge aus dem Käfig. Doch ihr Leben konnte nicht mehr gerettet werden. Die Bisswunden der Raubkatze hatten sie sofort getötet. Eine Stunde später vermeldete ein anderer Wärter, dass die Leiche eines dritten Kleinkindes in den Becken des Krokodilkäfigs aufgefunden worden war. Man geht davon aus, dass der schändliche Mörder auch dort sein Unwesen getrieben hatte. Niemand hat den Verdächtigen erkannt, und auch eine sogleich eingeleitete Suche nach ihm durch die Polizei verlief erfolglos. Die Menagerie zu Schönbrunn wird in den nächsten Tagen für die Öffentlichkeit gesperrt sein. Über die Herkunft der toten Kinder ist noch nichts bekannt.

Pawalet ließ die Zeitung sinken und wartete im verklingenden Rascheln auf Lischkas Reaktion.

»Ich *weiß*, was in der verdammten Zeitung steht, Pawalet!«, schrie der. »Ich war an diesem verfluchten Tatort! Warum zum Teufel lesen Sie mir das vor?«

»Weil ich mich frage, ob dieses Szenario Sie an etwas erinnert.«

»An was soll es mich denn erinnern? An die Bräuche irgendwelcher afrikanischen Ureinwohner? An barbarische Rituale vom Amazonas? Was soll mir dieser Wahnsinn sagen, Pawalet?« Er raufte sich die Haare. »Und jetzt machen Sie endlich den Mund auf, sonst vergesse ich mich!«

Doch Julius Pawalet legte nur den Kopf schief und sah ihn ein wenig versonnen an.

»Es gibt nur eine Erinnerung, die in mir wach wird, wenn ich an drei Kinder in der Nähe von Krokodilen und Tigern denke«, sagte er nachdenklich.

»Ja bitte, ich höre!«, schnauzte Lischka.

»Sagen Sie mir zuerst, wie die Kinder aussahen, wie alt sie waren.«

»Warum sollte ich?«

»Weil ich Ihnen wahrscheinlich einen sehr interessanten Hinweis geben kann.«

Lischka seufzte. »Klein … vielleicht eineinhalb Jahre alt. Blonde Locken. Und sie waren nackt. Die beiden im Tigergehege waren Jungen, Zwillinge … Das Kind, das von dem Krokodil getötet wurde, war ein dreijähriges Mädchen …« Er fühlte die Nachwirkungen des Schocks, die durch seine Worte wieder wachgerufen wurden.

Pawalet zog sich einen Stuhl heran und sah den Inspektor eindringlich an. Dann murmelte er: »Ja, genau so müssen sie ausgesehen haben. Alles stimmt …«

Lischka stöhnte auf. »Sind Sie das Orakel von Wien oder was? Vergeuden Sie gefälligst nicht meine Zeit mit derartigen Rätseln!«

Da sagte Pawalet: »Die einzige Erinnerung, die ich an kleine Kinder habe, die in der Nähe von Krokodilen und Tigern auftauchen, ist ein Gemälde. Ein Gemälde von Peter Paul Rubens. Es heißt *Die vier Erdteile*. Darauf sieht man Allegorien der vier damals bekannten Flüsse, also Ganges, Nil und so weiter, vier bärtige Männer, die mit Nymphen irgendwo am Wasser, an einem kleinen Strand sitzen. Im Vordergrund taucht ein großes Krokodil aus den Fluten auf. Direkt vor ihm steht eine Tigerin im Sand. Unter ihrem Bauch ihre Jungen. Und direkt bei diesen beiden wilden Tieren sind drei kleine, nackte Kinder. Eines liegt auf dem Rücken des Reptils. Das zweite schaut hinter ihm hervor, das dritte steht direkt vor dem aufgerissenen Maul. Alle drei Kinder sind nackt, blond gelockt, pausbäckig, gesund – und, sagen Sie, trug eines der Kinder ein rotes Korallenhalsband?«

Lischkas Kopf ruckte hoch. »Woher wissen Sie das?«

»Auf dem Bild trägt eines der Kinder eine Korallenkette. Die legte man zur Zeit von Rubens den Kindern als Amulett um. Das Bild hängt übrigens im Kunsthistorischen Museum.«

Lischka fühlte das Adrenalin in seinen Adern wie ein Gift, das ihn schlagartig aus seiner Betäubung riss.

»Ist das Ihr Ernst, Pawalet?«

Pawalet nickte.

»Und warum haben Sie mir das nicht schon früher gesagt? Ich meine ... der letzte Mord.«

»Nun, die Tatsache, dass der Mann mit 15 Pfeilen durchbohrt wurde, hat mich nachdenklich gemacht. Wissen Sie, es gibt viele Gemälde über diesen Heiligen, aber nur *ein* Maler hat seinen Heiligen Sebastian mit exakt 15 Pfeilen durchbohrt, zumindest soweit ich weiß. Guido Reni hat ihn mit zwei Pfeilen gemalt, Perugino ebenfalls. Francesco Bonsignori hat fünf Pfeile verwendet, und Botticelli sechs. Und dann war da ein gewisser Andrea Mantegna; von ihm gibt es zwei Bilder mit diesem Motiv. Auf einem stecken zehn Pfeile in dem Heiligen, auf dem zweiten 15. Es hängt im Kunsthistorischen Museum. Wenn Sie mir den Obduktionsbericht der Leiche zeigen, kann ich Ihnen genau sagen, ob der Mord ein Bildzitat ist.«

»Woher zum Teufel wissen Sie so etwas? Sie arbeiten doch erst seit einer Woche im Kunsthistorischen Museum! Kein normaler Mensch weiß so ein Zeug. Nicht einmal ein kunsthistorischer Bücherdieb.«

Pawalet nickte nur stumm und machte ein ratloses Gesicht.

Der abgerissene Taugenichts war Lischka schon vom ersten Moment an seltsam vorgekommen. Jetzt aber war er ihm geradezu unheimlich. Wortlos nahm er eine Akte vom Tisch, wühlte eine Weile darin herum und holte ein paar Blätter heraus. Er suchte die betreffende Stelle, dann las er vor. Seine Stimme klang hohl und trocken: »Die Einstiche im Körper der Leiche stammen von langen, schlanken Pfeilen, die höchstwahrscheinlich selbst geschnitzt wurden. Zu zählen sind insgesamt 15 Einstiche. Einer in der linken Wade, zwei im rechten Oberschenkel oberhalb des Knies. Ein vierter im linken Oberschenkel nah bei der Hüfte. Vier weitere waren im Unterbauch des Opfers, jeweils im Abstand von etwa zehn Zentimetern. Ein Pfeil durchbohrte die Bauchdecke in der Mitte und drang in die Lunge ein. Relativ symmetrisch dazu steckten zwei Pfeile links und rechts davon im seitlichen Brustkorb. Ein weiterer 20 Zentimeter unter der rechten Achsel. Der vermutlich tödliche Pfeil war direkt ins Herz gedrungen, während der Mörder jedoch auch noch mit zwei von unten und oben abgeschossenen Pfeilen in den Kopf des Mannes zielte, außerdem steckte ein Pfeil in der Stirn, ein anderer im Hals rechts unter dem Kinn.«

Der Bezirksarzt Dr. Precher hatte in diesem Fall die Leichenschau vorgenommen.

Pawalet atmete tief durch und nickte widerstrebend. »An genau denselben Stellen befinden sich die Pfeile auf dem Bild von Andrea Mantegna. Es entstand im 15. Jahrhundert. Ich habe es mir vor ein paar Tagen einmal angesehen und mich gewundert. Aber die Vorstellung, dass dieses Bild als Vorlage für einen Mord diente, kam mir irgendwie abwegig vor. Aber als ich gerade das mit den Kindern in der Menagerie gelesen habe, war es mir klar.«

»Woher wissen Sie das alles?«, fragte Lischka ihn erneut tonlos.

Julius Pawalet machte eine ausweichende Geste. »Ich weiß nicht – ich habe ein gutes Gedächtnis für Bilder.«

»Und was ist mit der Frau, die von der Schlange gebissen wurde?«, fragte Lischka lauernd.

»Ich weiß nicht, wie die Leiche aussah. Aber natürlich ist der Tod durch eine Giftschlange ein ziemlich verdächtiges Kleopatrazitat.«

Lischka suchte weiter in seinen Akten und knallte eine Fotografie auf den Tisch.

Es war das Bild, das der Polizeifotograf vom Tatort gemacht hatte. Darauf war eine Frau zu sehen, die mit nacktem Oberkörper in einem hohen Lehnstuhl saß. Der übrige Körper war mit weiten Tüchern verhüllt, einem weißen um die Hüfte, einem dunkleren über den Beinen. Ihr Kopf war auf die rechte Seite gesunken, während ihre Hände leblos auf den Lehnen des Stuhls lagen. Auf ihrem hochgesteckten Haar waren die Zacken einer kleinen Krone zu erkennen. Julius Pawalet atmete tief ein. »Das ist genau dieselbe Haltung wie auf dem Bild von Cagnacci aus dem frühen 17. Jahrhundert«, sagte er. Seine Stimme klang so, als wollte er sich für etwas entschuldigen.

»Lassen Sie mich raten, Pawalet.« Lischka rückte näher. »Dieses Gemälde hängt auch im Kunsthistorischen Museum, habe ich recht?«

Julius Pawalet nickte. Lischka stand auf und fasste Pawalet am Arm.

»Kommen Sie mit. Ich pflege derartige Durchbrüche normalerweise zu feiern. Sie sind eingeladen.«

Der Inspektor nahm sich für den Rest des Tages frei und zog sich mit Julius in ein Kaffeehaus zurück, wo er in beängstigender Geschwindigkeit Unmengen von schwarzem Kaffee in sich hineinschüttete. Julius trank zum ersten Mal in seinem Leben eine heiße Schokolade und versuchte, sich auf den Inspektor zu konzentrieren. Es fiel ihm ausgesprochen schwer. Luise von Schattenbach schien ein Netz um ihn gesponnen zu haben, in dem er sich nur noch langsam und träge bewegen konnte. Ihm war, als tobte in seinem Körper ein Orkan, der ihn jederzeit vom Stuhl fegen konnte. Er blickte in Lischkas ernstes Gesicht und sah, dass ein ähnlicher Orkan hinter dessen Stirn wütete. Dann sagte der Polizeiagent: »Wir haben keine Ahnung gehabt, wo wir anfangen sollen. Wir haben Priester und Nonnen befragt, ob ihnen ein verrückter Heiligen-Verehrer aufgefallen ist. Wir haben wahrscheinlich sämtliche Juweliere und Goldschmiede von Wien nach dieser Krone befragt. Keiner hat sie angefertigt und verkauft. In der Menagerie sind sogar seit diesem ersten Mord Agenten abgestellt, die das Schlangenhaus bewachen sollen. Und jetzt schlägt dieser Wahnsinnige noch einmal im Zoo zu, ohne dass jemand es bemerkt hat!«

»Wie hat er es gemacht?«, fragte Julius.

»Er hat die Gouvernante der Kinder in der Nähe der Menagerie überfallen und betäubt. Er hat sie in ein dichtes Gebüsch gelegt, wo sie erst Stunden später halb erfroren gefunden wurde. Dann hat er das Mädchen ebenfalls betäubt und zusammen mit den beiden Säuglingen über den Zaun zum Tiergarten geworfen. Der Leichenarzt hat festgestellt, dass einer der Jungen bereits bei diesem Sturz ums Leben gekommen ist. Dann muss er selbst über den Zaun gestiegen sein und die Kinder in Laken gewickelt haben. Das Mädchen hat er hinter einem Gerätehaus abgelegt und zuerst die Zwillinge weggebracht. Das Raubtiergehege liegt in einiger Entfernung zu den Krokodilen. Während bei den Tigern das Geschrei groß war und alle Menschen dorthin stürmten, konnte er in aller Ruhe das Mädchen holen und über die Brüstung zu den Reptilien werfen. Sie ist höchstwahrscheinlich auch schon durch diesen Sturz gestorben, bevor das Krokodil … sie gebissen hat.«

Julius konnte kaum glauben, was Lischka ihm da erzählte. »Aber … dieser ganze Hergang ist unglaublich riskant!«, sagte er fassungslos.

Der Inspektor nickte. »Ja, das ist allerdings wahr! Es hätte schon bei dem Überfall auf das Kindermädchen für ihn vorbei sein können.«

»Warum hat niemand im Park etwas mitbekommen?«

»Die Gouvernante hat ausgesagt, dass das kleine Mädchen sich erleichtern wollte. Und da hat sie es hinter dieses besagte Gebüsch geführt und ihm geholfen. Was ich übrigens nicht verstehe, denn es gibt im Schlossgarten öffentliche Bedürfnisanstalten. Wenn sie mit den Kindern dorthin gegangen wäre … Kurz danach hat sie einen Schlag auf den Kopf bekommen und ist ohnmächtig geworden.«

Julius fühlte einen trägen Schmerz in sich aufsteigen. Was für eine traurige Geschichte.

»Außerdem«, fuhr Lischka fort, »ist jetzt Mitte Dezember. Es waren nur sehr wenige Spaziergänger in Schönbrunn unterwegs. Es ist einfach zu kalt. Der Mörder hatte relativ leichtes Spiel.«

»Aber woher wusste er das?«, fragte Julius. »Es gibt so viele Faktoren, die er niemals dem Zufall überlassen konnte. Woher wusste er, dass ausgerechnet, wenn die Tigerin in der Menagerie Junge hat, eine Gouvernante mit drei kleinen blond gelockten Kindern in Schönbrunn spazieren geht?

Woher wusste er, dass es diese drei Kinder überhaupt gab und dass sie geeignet waren, um dieses Rubens-Gemälde nachzustellen? Es muss ein Bekannter der Familie sein.«

Lischka schüttelte bedauernd den Kopf. »Wir haben die Gouvernante und die Hausangestellten gefragt. Die Eltern sind unglücklicherweise am Wochenende nach Russland abgereist. Ihnen wurde bereits telegrafiert. Wir vermuten eher, dass es jemand ist, der entweder in der Menagerie arbeitet oder sich zumindest sehr gut auskennt. Wie hätte er sonst die Schlange finden und entwenden sollen? Diese Tiere sind ungeheuer giftig. Er musste genau wissen, wie er an sie herankommt, ohne selbst gebissen zu werden.«

Julius schüttelte den Kopf. Er konnte sich nicht vorstellen, dass ein einfacher Zooangestellter den Ehrgeiz hatte, Bilder aus dem Kunsthistorischen Museum nachzustellen.

Als hätte der Inspektor seine Gedanken gelesen, musterte er Julius plötzlich mit zusammengekniffenen Augen. »Sie werden verstehen, Pawalet, dass auch Sie nicht gerade unverdächtig sind, oder?«

»Was? Schon wieder?«

»Na, Sie müssen doch zugeben, dass Sie, der Sie über solch profunde Kenntnisse verfügen, durchaus verdächtig sind.«

»Sie scheinen mich zu mögen, Lischka. Ich bin mir nur nicht sicher, ob ich Sie auch mag«, murmelte Julius und senkte den Kopf über die Tasse, aus der der süße Duft der heißen Schokolade stieg.

Der Inspektor winkte ungeduldig ab und betrachtete Julius weiterhin zweifelnd und irgendwie fasziniert. »Wissen Sie, Pawalet, ich frage mich, wie es kommt, dass so ein armer Schlucker wie Sie ohne jede künstlerische Ausbildung ein derartiges Wissen haben kann.«

Julius sah ein, dass dieser Umstand tatsächlich sehr merkwürdig war. Er zuckte die Schultern und murmelte mit einem schiefen Grinsen: »Ist wohl eine besondere Begabung«, um von der Tatsache abzulenken, dass er Lischkas Frage nicht beantworten konnte. Er wusste selbst nicht, wie es kam, dass er all diese Details kannte und immer wieder abrufen konnte. Dann gab er dem Drängen seines aufgeschreckten Gewissens nach. »Ich muss Ihnen etwas gestehen, Lischka.«

Der Inspektor lehnte sich zurück und verschränkte die Arme vor der Brust.

Dann erzählte Julius ihm von seinem Besuch bei Luise von Schattenbach. Er ließ nichts aus, bis auf die Tatsache, dass seine Lenden immer noch enttäuscht pochten bei dem Gedanken an ihre Nacktheit unter dem durchsichtigen Gewand, bei der Erinnerung an ihre betörenden Hände an seinem Körper. Er hatte sich tatsächlich eingeredet, dass Luise von Schattenbach ihn einweisen würde in die vernebelten Kapitel eines Wissens, von dem Julius nur träumen konnte.

»Glauben Sie, dass die Dame so eine Art bizarre Liebesdienerin ist?«, fragte der Inspektor ungläubig.

»Nicht, dass ich fähig wäre, das zu beurteilen …«, murmelte Julius. Er wand sich in seinem Sessel.

»Und diese Frau hat Sie nach Details von Gemälden aus dem Museum gefragt, ja? Hatten Sie den Eindruck, dass auch sie ein sehr genaues Bildgedächtnis hat, so wie Sie? Wer weiß, vielleicht hat sie in Ihnen ja so eine Art Bruder im Geiste erkannt?« Lischka hob schnell seine Tasse.

Julius war sicher, dass der Inspektor verstohlen in seinen Kaffee grinste.

»Die Fragen, die sie gestellt hat, legen jedenfalls nahe, dass sie sehr genauen Einblick in die Gemälde hat«, beeilte

Julius sich zu sagen. »Was wahrscheinlich daran liegt, dass sie offenbar jeden Tag ins Kunsthistorische Museum geht.«

Der Inspektor faltete die Hände unter dem Kinn. »Wäre sie in der Lage, diese Morde zu verüben? Bisher hatte ich den Eindruck, dass ein starker Mann vonnöten ist, um diesen besonderen Tathergang zu bewerkstelligen.« Während er das sagte, wanderte sein Blick über Julius' schmale Schultern und über die Falten, die dessen Hemd am Körper schlug, und er lächelte leise. »Aber Sie haben recht, Pawalet. Was Sie da mit dieser Luise von Schattenbach erlebt haben, ist äußerst seltsam. Wie erklären Sie sich aber, warum sie Sie ausgefragt hat? Warum wollte sie wissen, wie gut *Ihr* Auge ist? Was aber noch viel wichtiger ist, was denken Sie, wie viele Bilder gibt es im Kunsthistorischen Museum, die man derart umsetzen kann?«

»Hunderte«, antwortete Julius. »Denken Sie an all die Kreuzigungsbilder. Warum sollte er nicht auch unseren lieben Heiland zitieren?«

Am Nachbartisch drehten sich zwei ältere Männer zu ihnen um und starrten sie empört an. »Sprechen Sie leiser, Pawalet«, raunte Lischka.

»Werden Sie Luise von Schattenbach verhören?«

Lischka erhob sich und wandte sich zum Gehen. »Überlassen Sie mir die Ermittlungsarbeit. Aber machen Sie sich darauf gefasst, dass ich Sie jederzeit aufsuchen werde, um Ihnen Fragen zu stellen.« Er wischte sich über die Augen und verschwand.

Julius lehnte sich zurück und schloss die Augen. Sein Herz pochte laut und hart gegen den schmalen Brustkorb. Er fühlte sich unbehaglich in der Nähe des Inspektors. Etwas an diesem verunsicherte ihn zutiefst. War es Lischkas Stimme, die so kühl und tief war wie das Gewölbe eines

Großstadtgefängnisses? Die tiefen, nachdenklichen Falten auf der Stirn, die verrieten, wie alarmiert er war? Oder lag es daran, dass er wusste, wie merkwürdig er dem Inspektor vorkommen musste? Er war immerhin der Sohn eines Mordopfers, dessen Wohnung angezündet worden war. Und genau zur gleichen Zeit beginnt ein offensichtlich kunstbesessener Mörder in Wien eine Serie grausiger Morde.

Sein Kopf fühlte sich dumpf an. Das Kaffeehaus war von einer Art Trägheit durchdrungen, von einer Stimmung wie kurz vor dem Schlafengehen. Seit er aus dem unheimlichen Treppenhaus auf die Straße getreten war, verspürte er eine unbestimmte Angst, die sich mit keiner genauen Vorstellung verknüpfte. Es war nicht die Furcht vor etwas Bestimmtem. Nur ein tiefes Unbehagen, das ihn erfasst hatte. Es war die Angst, die er immer empfand, wenn er das Herannahen einer Krankheit spürte. Die Angst, dass sich etwas an seinem Zustand ändern würde, ohne dass er etwas dagegen tun konnte.

Als er später in seinem Bett lag, fiel Julius schlagartig etwas ein. Die Lupe!

Vielleicht war sie ihm in die Hände gefallen, damit er etwas ans Licht brachte, was bislang verborgen geblieben war. Und plötzlich wurde ihm klar, dass eine solche Lupe auch an der Staffelei von Otto Grimminger gehangen hatte. Natürlich! Ruckartig setzte Julius sich im Bett auf. Ein Kopist brauchte eine Lupe, um die feinsten Striche eines Alten Meisters zu studieren. Ohne Lupe konnte ein geniales Meisterwerk wie Grimmingers Kopie niemals gelingen! Doch was hatte *er* damit zu tun? Was sollte er mit einer Lupe entdecken können, was man mit bloßem Auge nicht erkannte? Hatte sie etwas mit dem Mörder zu tun?

Und in diesem Moment durchfuhr es Julius wie ein Stromstoß. Was hatte Lischka ihn gefragt? *Wie viele Bilder gibt es im Kunsthistorischen Museum, die man derart umsetzen kann?* Erschrocken sah er wieder den abgeschlagenen Kopf im Gewimmel der Schlangen vor sich. Morgen würde er Lischka raten, dass seine Kollegen das Terrarium in der Menagerie auch weiterhin bewachen sollten.

XI

»Es könnte sein, dass wir ein Problem haben«, sagte Luise und stieg aus ihrem Kleid, das zu Boden sank wie ein erlegter Pfau und als schillernder Hügel vor ihren Beinen liegen blieb. Der Hofrat zog behaglich die Bettdecke bis unters Kinn und starrte versonnen auf ihre Gestalt, die im angrenzenden Badezimmer verschwand. Er beobachtete, wie sie ihre Strumpfbänder löste, und verfolgte die herabgleitende Seide mit dankbarem Entzücken. Er hatte von Ehepaaren gehört, bei denen der Mann seine Gattin niemals nackt sah und wo sich das Wesentliche nur im Dunkeln abspielte. Ihn schreckte die Vorstellung, neben einer Frau zu leben, die sich nur hinter Korsetts und Kleidern verschanzte. Und er schätzte sich glücklich, dass Luise sich mit dieser ungezwungenen Schamlosigkeit vor ihm bewegte. Doch bei der

Vorstellung, sie zu berühren, regte sich nichts in seinen Lenden. Es war eher die Aussicht, dass sie gleich neben ihm ins Bett steigen würde; ein kühles Wesen aus Elfenbein. Und es gab keinerlei Aussicht, sich ihr zu nähern. Das erregte ihn unendlich.

»Hörst du nicht zu?«, rief Luise aus dem Badezimmer, und der Hofrat schreckte aus seinen wohligen Betrachtungen auf.

»Was meinst du, meine Liebe?«

»Ich habe ihn heute gesehen«, verkündete sie und begann sich die Haare zu kämmen.

»Wen?«

»Julius Pawalet.« Sie verlieh dem Namen einen unangenehmen Klang, der den Hofrat hellhörig machte. Er stemmte sich im Bett hoch.

»Er war hier. Kam angeschlichen wie ein hungriger Kater. Ich habe ihm ein wenig auf den Zahn gefühlt, und was ich erfahren habe, bedeutet nichts Gutes.«

Der Hofrat fühlte einen heftigen Stich in der Brust. »Wie meinst du das?«

Plötzlich war die betörend schöne nackte Frau im Badezimmer nur noch eine Übermittlerin schlechter Nachrichten. Neulich hatte sie ihm vorgeschlagen, den neuen Saaldiener einmal zu sich zu locken. Er hatte nicht gedacht, dass sie es tatsächlich tun würde. Doch seine Frau war den wichtigen Ereignissen schon immer einen Schritt voraus gewesen.

»Unter anderen Umständen hätte er niemals preisgegeben, was es mit seinem Sehvermögen auf sich hat.« Ihre Worte kamen im Plauderton, so als erzählte sie ihm von einem neuen Paar Schuhe. »Ich musste leider feststellen, dass er die gleiche Krankheit hat wie der alte Pawalet. Wahrscheinlich sogar noch schlimmer.«

»Wie hast du das herausgefunden?«, fragte er mit erstickter Stimme.

»Ich habe mir vor ein paar Tagen ein paar Bilder herausgesucht und mir haargenau angesehen, mir alle Details gemerkt und sie mir eingeprägt.« Sie tippte sich mit der Haarbürste an den Kopf. Ihr Haar leuchtete im Schein der Lampe wie das Fell eines urzeitlichen Tieres, fremd und betörend. Der Hofrat begann zu schwitzen.

»Und?«, keuchte er.

»Nun, ich habe mir solche Bilder ausgesucht, an denen die üblichen Besucher normalerweise vorbeigehen. Unspektakuläre Gemälde, auf die sich niemand konzentriert. Aber weißt du was? Dieser Julius hat sie alle gekannt. Ich habe ihn gefragt, auf welchem Bild ein bestimmtes Detail zu finden ist, und er wusste es. Stell dir vor, er geht wahrscheinlich an den Gemälden vorbei, und sein Kopf ... bildet alles ab wie eine Fotografie.«

»Sei still!«, brach es auf einmal aus ihm heraus, und er krallte die Finger in das Laken.

Luise drehte sich um und sah ihren Gatten erschrocken an.

»Ich will das nicht hören! Ich wusste es! Es geht alles wieder los!«, jammerte er.

Luise lehnte sich mit ausdruckslosem Gesicht an die Tür und stemmte eine Hand in die Hüfte. »Du schreist mich an, Viktor? Mich? Nur zu, aber dann beschaff dir deine Informationen beim nächsten Mal selbst, du fetter Zwerg!«

Der Hofrat zuckte zusammen. Da war sie. Diese wütende, unversöhnliche Kälte in ihrer Stimme. Wenn er sie nur dazu bewegen könnte, ihn zu bestrafen für seine Ungeduld und für seine Lieblosigkeit. Er rang sich ein Lächeln ab und klopfte auf die andere Bettseite. »Entschuldige, ich wollte dich nicht anschreien. Ich rege mich nur so auf, weil diese Geschichte gar kein Ende nehmen will.«

Luise griff nach ihrem Hausmantel und zog ihn an. Der Hofrat seufzte traurig, denn er wusste, was das bedeutete.

»Es ist mir egal, ob es dich aufregt«, stieß sie hervor. »Reg dich gefälligst allein auf. Dazu brauchst du mich nicht.«

Und damit verließ sie das gemeinsame Schlafzimmer und schloss die Tür. Leise und ohne Wut. Der Hofrat wusste, dass sie diese Nacht in ihrem Reich verbringen würde, auf jenem schrecklichen roten Polster, das er nur ein einziges Mal gesehen hatte. Er verscheuchte das Bild und hieb mit der Hand einmal gegen das Kopfteil des Bettes. Das war alles die Schuld dieses Julius Pawalet! Er zerstörte alles, dieser Abkömmling eines alten, hartnäckigen Feindes. Er würde etwas gegen ihn unternehmen müssen. Kinsky, dieser sentimentale Idiot! Der Hofrat würde ihm sagen, dass er ihn entlassen sollte. Und wenn das nicht funktionierte, würde er selbst dafür sorgen müssen, dass der Junge unschädlich gemacht wurde.

Es war gut, dass Luise jeden Tag ins Museum ging, um Grimminger zu überwachen.

Sie war so eine kühl denkende Frau, die ihn auch beim letzten Mal rechtzeitig gewarnt hatte. Wie kam er nur dazu, sie anzuschreien? Er würde sie morgen auf Knien erwarten und um Verzeihung bitten. Sie hatte seine unbeherrschte Wut nicht verdient. Dieser Julius hatte sie verdient. Der Hofrat löschte das Licht und starrte in die Dunkelheit. Er fasste einen Entschluss. Diesmal würde er nicht so lange warten wie beim unsäglichen Vater dieses Jungen. Wie schnell konnte man einen Unfall haben, bei dem man das Augenlicht verlor, dachte er befriedigt. Schon morgen würde er Louis Kranzer Bescheid sagen. Mit dem angenehmen Schmerz seiner Scham vor Luise schlief er ein.

XII

Der Künstler fühlte sich trunken. Vor ihm lagen die Zeitungen der letzten Tage und Wochen. Die Schlagzeilen nahmen bei jedem neuen Fund einen größeren Platz ein.

Als wären die Buchstaben der Überschriften ein erschrockener Aufschrei, der alle anderen Neuigkeiten an den Rand drängte.

Er hatte die Artikel mit roter Farbe eingerahmt und konnte nicht anders, als sie immer wieder zu lesen. Er hatte erreicht, was er wollte. Man redete über ihn.

Ganz Wien redete über ihn. Und man fürchtete ihn.

Bis jetzt sah es nicht so aus, als hätte die Polizei eine Ahnung, wer er war, geschweige denn, wo sie ihn suchen musste.

Natürlich schrieb die Presse nichts darüber, wie verzweifelt das k. u. k. Sicherheitsamt war; das wäre äußerst schädlich für den Ruf dieser Institution. Aber der Künstler brauchte keine sogenannten *Tintenstrolche*, um zu wissen, dass der gesamte Wiener Polizeiapparat in höchster Alarmbereitschaft war. Er wusste, dass das, was er getan hatte, die hilflosen Gesetzeshüter in einen Schockzustand versetzen würde.

Zufrieden lehnte er sich zurück und dachte an das Gefühl, als ihm der weiche, leicht zappelnde Körper der kleinen Anna aus den Händen geglitten und auf den Steinen des Krokodilhauses aufgeschlagen war. Er hatte gerade noch zusehen können, wie das wütende Reptil das Maul aufsperrte und auf das Bündel zuhastete. Der eigentliche Tod des kleinen Mädchens war nicht mehr so wichtig. Er wusste, dass er das Bild perfekt umgesetzt hatte, und damit war seine Aufgabe beendet.

Jetzt nahm er den Applaus entgegen. Den wohlverdienten Applaus.

Gleichzeitig wusste der Künstler, dass er bei seinem letzten Geniestreich vielleicht ein wenig übertrieben hatte. Dieses *Tableau vivant* hätte er sich noch aufheben können. Der Tod dreier kleiner Kinder war etwas Besonderes, etwas Schreckliches. Es stellte gewissermaßen jetzt schon den Höhepunkt seines Schaffens dar. Alles, was jetzt noch kommen konnte, würde hinter diesem Meisterstück zurückbleiben. Was waren tote, arrangierte Erwachsene gegen tote Kleinkinder in einem Raubtiergehege? Und leider gab das Kunsthistorische Museum keinerlei Inspiration, die seine letzte Tat noch übertreffen konnte.

Außerdem, dachte er mit plötzlichem Missbehagen, fehlte es ihm derzeit an Perspektiven. Er hatte nämlich gerade keine Aufträge mehr. Das Porträt der Familie Juristoff war das letzte große Projekt gewesen. Er fragte sich, ob die Familie der Polizei von ihm erzählen würde. Sie würden ihn dennoch nicht finden.

Der Name, den Lanz bei seinen Gönnern angegeben hatte, war sein alter Name. Der Name seines Genies. Der, mit dem er in Wien gemeldet war, war ein anderer. Sie würden nie den richtigen Zusammenhang herstellen.

Aber es musste irgendwie weitergehen. Er brauchte dringend neue Modelle. Aber niemand hatte ihm einen Auftrag erteilt. Kein verliebtes junges Mädel, das ein Porträt für ihren jungen Liebhaber bestellte. Kein frisch verheiratetes Paar, das den Moment des Glücks festhalten wollte.

Wenn das so weiterging, musste er sich eine neue Strategie überlegen. Es musste einen Weg geben, sich Modelle zu beschaffen, ohne sie vorher zu malen. Er würde sich umsehen.

Ganz Wien war voll von Modellen.

Aber zuerst, so dachte der Künstler, würde er sich im Kunsthistorischen Museum noch einmal umsehen. Er würde sich neue Lust verschaffen, Inspiration holen. Vielleicht stach ihm ein Gemälde ins Auge, das seinen Schaffensdrang neu beleben würde. Und dann galt es, sich auf der Straße nach den lebendigen Ebenbildern dieser Ölfiguren umzusehen.

In der zweiten Dezemberwoche war es endlich so weit.

Julius Pawalet bekam seinen ersten Monatslohn und kaufte sich ein Extrablatt mit Wohnungsanzeigen. Ihm fiel eine Wohnung in der Nähe der Gumpendorfer Straße ins Auge. Er überquerte den Naschmarkt mit knurrendem Magen und achtete nicht auf die Auslagen der Fratschlerinnen und Händler, die trotz des Winters bunt leuchteten wie Laternen im Nebel und köstlich rochen.

Die Brücke der Kettenbrückengasse war verstopft mit Fiakern und Kutschen. Er wich dem aufspritzenden Schneematsch aus und wandte sich nach rechts, wo er einen schüchternen Blick auf die Fassaden der Linken Wienzeile warf. Ein eigenartiger Schmerz zog an seinem Magen, als er die zarten, farbenfrohen Ornamente auf den Otto-Wagner-Häusern sah. Sie wirkten wie märchenhafte Blumen und Ranken aus einem traumartigen Gewächshaus. Er konnte es kaum erwarten, seine zugige Dachkammer und die zänkische Hauswirtin hinter sich zu lassen.

Die ausgeschriebene Wohnung befand sich in einem einfachen Zinshaus in der Eggerthgasse. Irgendetwas regte sich in Julius' Gedanken, als er das Straßenschild betrachtete. Wieso kam ihm der Name dieser Straße so bekannt vor?

Der Vermieter, ein grauhaariger Alter, sah seinen Interessenten misstrauisch an.

»Und Sie san sicher, dass S' hier einziehen wollen?«, fragte er und wies auf die beiden kleinen, aber ordentlichen Zimmer.

»Warum nicht?«, sagte Julius. »Sehe ich so anspruchsvoll aus?«

Der Wohnungswirt schüttelte den Kopf. »Na, aber i hab mir denkt … bittschön, wegen dem, was hier passiert ist. Sie san der Erste, der die Wohnung wirklich mieten will.«

Julius wurde hellhörig. »Was meinen Sie damit, was hier passiert ist?«

»Na, wegen der armen Frau Kromichl. Die is genau dort g'funden worden, genau da, wo Sie grad stehen. Den Sessel hab ich auf den Mist 'bracht, da drin will sicher keiner mehr sitzen.«

»Ich dachte, in Wien herrscht Wohnungsnot«, sagte Julius. »Da dürfte es doch eigentlich niemanden scheren, wenn hier jemand gestorben ist?«

Der Alte musterte Julius ungläubig. Dann zuckte er die Schultern.

»Sie wissen das gar net? Und ich dacht schon, Sie san ein ganz Abgebrühter. Die Frau Kromichl is nicht einfach g'storben. Die is ermordet worden. Von diesem Ungeheuer, das auch die armen Kinder auf dem G'wissen hat. So steht's in der Zeitung. Glauben S' denn, da will jemand einziehen? Seit sie die Leiche weggebracht haben, hab ich keinen mehr g'funden, der hier leben will. Also bittschön, wollen S' die Wohnung jetzt oder nicht?«

Julius erschauerte. Das also war der Ort, an dem der Mörder das Kleopatrabild umgesetzt hatte. Hier hatte er der wehrlosen Lieselotte Kromichl eine Giftschlange angesetzt und sie zurückgelassen. Er sah sich in den beiden Zimmern um. Dort stand ein schmales Metallbett, in dem die Frau geschlafen hatte. An der Spiegelkommode hatte sie sich gekämmt und ihr Essen in der engen Küchennische zubereitet. Wollte er hier leben, nachdem er wusste, wie das Leben dieser Frau geendet hatte?

Ja, ich will, dachte Julius und verspürte eine seltsame Erregung. Er legte den Umschlag mit der ersten Monatsmiete auf den Tisch und sagte: »Ich bin ganz sicher.«

Der Wirt seufzte auf vor Erleichterung.

»Wechseln S' nur das Namensschild unten an der Tür aus«, sagte er noch. Dann übergab er Julius den Schlüssel.

Noch am selben Tag verließ Julius die Pension bei Frau Hanak. Als er seinen leichten Kleidersack und die schwere Kiste mit den gestohlenen Büchern in die nächste elektrische Straßenbahn hob, empfand er eine derart leichte Heiterkeit, dass er fast aufgelacht hätte. Plötzlich schien ihm ein neues Leben möglich. So musste es sich anfühlen, wenn man eine Abzweigung genommen hatte und der Weg in eine bessere Gegend führte, dachte er und tastete nach dem Schlüssel in seiner Tasche.

Er besaß nicht viel, was er in seine neue Behausung mitnahm. Nur ein paar Blechschüsseln, einen Kamm und einige Kleidungsstücke. Und die Kiste, die sein ganzes bisheriges Leben enthielt.

Als es Abend wurde, stellte er seine Bücher auf die Kommode und tastete nach der Papierschachtel, die ganz unten in der Kiste lag. Er nahm den Deckel ab und schaute nach seinem Schatz. Es war ein Stapel stockfleckiger, zerknitterter Kunstdrucke. Er fuhr mit den Fingern über die raue, speckige Oberfläche und starrte in die Zeit zurück.

Diese Bilder waren alles, was sein Vater ihm hinterlassen hatte. Alle paar Monate hatte er damals eine der schäbigen Reproduktionen mit nach Hause gebracht und Julius verboten, sie anzurühren. Nur manchmal war er bereit, seine Schätze mit ihm zu teilen, und breitete sie auf dem Küchentisch aus, um sie gemeinsam mit seinem Sohn zu betrachten. Es waren Exemplare von schlechter Qualität gewesen. Eingerissene Ränder, nachgedunkelte Farben und verwischte Konturen. Ein Antiquar in der Josefstadt verkaufte sie für ein paar Münzen, und in seltenen Fällen hatte sich Joseph Pawalet sogar *gegen* eine Schnapsflasche und *für* ein solches bunt bedrucktes Blatt entschieden. Was er nicht wusste – Julius kletterte, wenn sein Vater nicht da war, was manchmal tagelang der Fall sein konnte, auf einen Stuhl und angelte die verbotene Kiste vom Regal herunter. Stundenlang konnte er auf ein und dasselbe Blatt starren und sich fragen, wie es wäre, unter den Figuren darauf zu leben. Die Bilder wurden lebendig unter seinen Händen, und Julius hätte alles dafür gegeben, aus seiner armseligen, langweiligen Kindheit verschwinden zu können und von der faszinierenden Dimension der Miniaturdrucke eingesaugt zu werden.

Sein Vater hatte ihm erzählt, dass diese schäbigen Blätter nur Abziehbildchen von weitaus größeren, prächtigeren Gemälden seien, die allesamt in dem Museum hängen würden, das gerade gebaut wurde. Als Joseph Pawalet auf Nimmerwiedersehen verschwunden war, hatte er die Kiste mitgenommen.

Julius verteilte die Drucke auf der Kommode und lehnte einige davon gegen ein Wandsims, auf dem eine einsame Uhr tickte.

Warum tust du das, fragte er sich, als er die alten Drucke betrachtete. Was wollte er mit einem schlechten Druck von Lucas Cranachs *Judith mit dem Kopf des Holofernes,* wenn er das Original dieses Bildes jeden Tag im Museum zu sehen bekam?

Er wusste es nicht. Er wusste nur, dass er sich von diesen Bildern nicht trennen konnte. Wie Mumien zerfielen sie langsam vor seinen Augen, und Julius hatte Angst vor dem Tag, an dem sie nichts mehr mit dem gemein hatten, was er einst daran geliebt hatte.

Da fiel ihm die Lupe wieder ein. Morgen würde er sie mit ins Museum nehmen und sehen, was er damit entdecken konnte.

Dann saß er ganz still da und starrte in die Schatten seines neuen Zuhauses. Die Luft hier drinnen war von einem Mörder geatmet worden, den die gesamte Wiener Polizei jagte.

Die wahre Offenbarung der Lupe entdeckte Julius am nächsten Tag, als er sie in einem der fast menschenleeren Säle hervorholte und sie ganz dicht an ein Ölgemälde aus der Barockzeit hielt. Niemand konnte ihn dabei beobachten. Nur eine Putzfrau wischte den Boden und achtete nicht auf ihn. Nicht einmal Otto Grimminger war an diesem Tag im Museum. Der Platz vor dem Original der Medusa war leer.

Auf dem Barockbild entdeckte Julius etwas, was niemand malen konnte, nicht einmal ein genialer Kopist wie Grimminger.

Er hatte den Fachbegriff für das vergessen, was sich unter dem Lupenglas abzeichnete. Ein feines, geometrisch anmutendes Netz aus Linien überzog das Gemälde, war aber an den weißen Stellen am deutlichsten zu erkennen. Mehreckige, manchmal runde Flächen hatten sich gebildet, die von haarfeinen dunklen Rissen umgeben waren. Ihm war das filigrane Gitternetz an winzigen Sprüngen, das durch die Trocknung des Firnisses entstand, nie bewusst aufgefallen. Als Kind hatte er gedacht, dass die alten Maler sie nachträglich auf die Gemälde aufgetragen hatten, um ihnen dieses betagte Aussehen zu geben. Jetzt fiel ihm auch wieder der Fachausdruck dafür ein: Die Krakelüre war der Fingerabdruck der Zeit. Und sie war auf jedem Gemälde einzigartig. Die Zeit hatte dem getrockneten Firnis diesen Stempel aufgedrückt. Plötzlich legte sich eine schwere Hand auf Julius' Schulter.

»Pawalet! So in Gedanken versunken?«, dröhnte Kinskys Stimme durch den Saal.

Julius zuckte zusammen wie unter einem Stromschlag, und die Putzfrau verschwand augenblicklich im nächsten Saal.

Er drehte sich zu seinem neuen Arbeitgeber um, der so unbemerkt aufgetaucht war wie eine Katze, obwohl sein Körperbau sein Nahen doch eigentlich hätte ankündigen müssen. Kinsky trug heute einen blauen Anzug und dazu eine rote Samtkrawatte.

»Was bannt Sie denn so, wenn ich fragen darf?«, fragte er mit einem Anflug von Spott. Julius schwieg. Die wässrigen Augen des Museumsdirektors blickten strafend, und das joviale Lächeln auf seinen Lippen konnte kaum verbergen, dass Gustav Kinsky wütend auf etwas war, das mit Julius zu tun haben musste. Als der nicht antwortete, sagte Kinsky: »Jaja, Ihr Vater hat das genauso gemacht.«

»Was meinen Sie?«, fragte Julius vorsichtig.

»Seine Aufgabe zu ernst genommen.«

»Wie kann man die Aufgabe eines Saaldieners zu ernst nehmen?«

»Nun, Ihre Arbeit besteht im weitesten Sinne aus Bereitschaft und Aufmerksamkeit. Sie sollen hier für Ruhe sorgen und den Besuchern den Weg weisen. Sie sollen aufpassen, dass den Gemälden nichts passiert.«

»Gibt es eine Beschwerde, dass ich bei meinen Aufgaben etwas versäumt habe?« Julius wurde die Kehle eng.

»Im Gegenteil«, sagte Kinsky freundlich. Doch im nächsten Moment wurde seine Stimme kalt. »Sie übertreiben es. Ihr Vater war genauso. Er klebte auch immer mit der Nase an den Gemälden und hat mit seiner lächerlichen kleinen Lupe hantiert. Ein Erbstück, nehme ich an?«

Julius wunderte sich, dass der Museumsdirektor auf einmal so abfällig über den Alten sprach. Er ließ die Lupe in seiner Jackentasche verschwinden. Kinskys Augen flackerten. Julius hatte nur eine Vermutung. »Hat Otto Grimminger sich über mich beschwert?«, fragte er zaghaft.

Kinsky nickte knapp. »Ich weiß, dass Sie den Kopisten nicht ausstehen können, auch wenn mir schleierhaft ist, warum. Vielleicht stört es Sie, dass er ein Talent hat, das Sie auch gern hätten. Und ich weiß auch, dass Sie nicht einfach bloß jemand sind, der die alten Meister schätzt. Sie wissen wesentlich mehr über Kunst, als Sie zugeben!«

»Was gibt es da zuzugeben?«, fragte Julius unschuldig. Diese absurde Anklage hätte ihn belustigt, wenn Kinsky nicht so böse ausgesehen hätte.

»Sie!«, rief der Direktor und bohrte Julius seinen wulstigen Zeigefinger in die Brust. »Sie müssen nicht länger so unschuldig tun!« Dann presste er plötzlich die Hände an die Schläfen, als müsste er mit aller Macht seine Würde zurückerobern. Er sah Julius an und sagte mit gesenkter

Stimme: »Sie haben mir nicht gesagt, dass Sie mehr mit Ihrem Vater gemeinsam haben als nur das Blut und den Hang zum Unglück.«

»Darf ich fragen, warum … warum Sie mich für etwas rügen, was Sie an ihm … geschätzt haben?«, stammelte Julius.

Kinsky verzog das Gesicht. »Ich habe ein Recht zu wissen, *wie* gut Sie sich auskennen!«

Er hörte sich an wie ein Kind, das seine Eltern anklagt, weil sie ihm verschwiegen haben, dass es in Wahrheit gar keinen Weihnachtsmann gab. Kinskys Augen bekamen wieder einen lauernden Ausdruck. »Glauben Sie bloß nicht, dass Sie mich an der Nase herumführen können!«

Die Putzfrau steckte den Kopf zur Tür herein und fragte, wann sie den Saal reinigen dürfe.

»Reiten Sie auf Ihrem verdammten Besen woanders hin, Weib! Sehen Sie nicht, dass Sie hier stören!«, schrie Kinsky die Frau an, die augenblicklich den Kopf zurückzog wie eine Maus, die zwischen den Bodenbrettern verschwand.

Julius hatte Kinsky noch nie zuvor so aufgebracht erlebt. Das Blut schoss diesem in die Wangen, und seine wässrigen Augen schienen überzulaufen.

»Dann entlassen Sie mich jetzt sicher, oder?« Er hoffte, dass Kinsky ihm seine Furcht vor einem Rauswurf nicht anmerkte.

»Nein, nein!«, winkte der Direktor beschwichtigend ab. Doch sein Gesicht war kurz davor, die Farbe seiner Krawatte anzunehmen. »Es gibt keinen Grund, Sie zu entlassen, Pawalet. Allenfalls verbanne ich Sie in die ägyptische Sammlung im ersten Stock! Dann müssen Sie die antiken Statuen und die Mumien bewachen und nicht mehr die Gemälde.« Jetzt lächelte er jovial und schlug Julius auf die

Schulter. Es sollte wohl eine freundschaftliche Geste sein, doch Julius wich zurück. Der Museumsdirektor räusperte sich umständlich. »Ich kann es einfach nur nicht leiden, wenn man mich im … Ungewissen lässt. Ich wüsste gern, wer von meinen Mitarbeitern nur ein einfacher Saaldiener und wer ein halber Kunsthistoriker ist, so wie … Ihr Vater.«

»War es das, was Sie an meinem Vater nicht leiden konnten? Musste er deswegen sterben?«, brach es aus Julius heraus.

Eigenartigerweise blieb Kinsky ganz ruhig. Gleichzeitig schwand jegliche Farbe aus seinen fleischigen Wangen. Jetzt sah er aus wie ein dickes Gespenst in einem Clownsanzug. Er seufzte tief und sah Julius erschöpft an.

»Pawalet, ich freue mich, dass Sie hier an einem Ort sind, der Ihren Neigungen entspricht. Entschuldigen Sie bitte. Ich habe mich überrumpelt gefühlt durch Ihre wahre Kenntnis.«

»Hat Kranzer Ihnen das gesteckt?«

»Das tut nichts zur Sache. Ich weiß nur, dass Sie sehr wohl in der Lage sind, ein spanisches Barockstück von einem italienischen Renaissancegemälde zu unterscheiden.«

Julius lachte. »Na, dann befördern Sie mich doch zum Kustos!«

Kinsky ging nicht ein auf den Scherz. Er sank in sich zusammen. Er schien plötzlich von einer tiefen Müdigkeit übermannt zu werden. »Sie sind ein Idealist, Pawalet junior«, sagte er, jetzt wieder mit freundlicher Stimme. »Ich weiß nichts über Sie, aber offensichtlich bedeutet Ihnen die Kunst sehr viel. Joseph hat mir oft erzählt, wie sehr Sie diese schäbigen Kunstdrucke geliebt haben, die er damals gesammelt hat. Sie sehen hohe und reine Werte in der Kunst …« Sein Blick wurde ganz weich und väterlich.

»Und dann kommt ein Genie wie der Grimminger und relativiert all das Meisterliche und Großartige, an das Sie glauben, mit ein paar Pinselstrichen. Muss schlimm für Sie sein, ihm zuzusehen.«

Kinsky schüttelte traurig den Kopf und starrte weiter zu Boden. Dann murmelte er plötzlich: »Mein Gott, was für ein Wahnsinn …«

Er hielt kurz inne, dann fuhr er fort: »Ich will Ihnen etwas sagen, mein lieber Pawalet.« Kinskys Stimme klang jetzt so weich wie zerfließende Butter. »Ich weiß, dass Sie sich ein bisschen besser mit der Kunst auskennen als ein gewöhnlicher Saaldiener, und darüber freue ich mich auch. Es ist nur so … bitte machen Sie nicht den Fehler, sich zu überschätzen. Sie glauben vielleicht, dass Sie alles durchblicken, alles verstehen, nur weil Ihre Sinne die Magie der Kunst verstanden haben. Aber das wäre ein großer Fehler, Pawalet. Es gibt Dinge in diesem Museum, die Sie mit Sicherheit nicht begreifen werden.«

»Was denn zum Beispiel?«, drängte Julius, den Kinskys merkwürdige Andeutungen aufbrachten. »Ich habe mich zum Beispiel gefragt, warum Grimminger Gemälde kopiert?«

Kinsky seufzte. Sein Gesicht zuckte kurz, als hätte er Zahnschmerzen. »Sie wissen nichts über den Mann, und weil Ihnen sein Talent unheimlich ist, vermuten Sie vielleicht etwas Schlechtes, Unlauteres hinter seinem Werk. Aber abgesehen davon – ich fordere Sie auf, einfach nur Ihre Arbeit zu tun. Sie sind ein kleiner Saaldiener. Sie kommen in unserer Hierarchie gleich nach der Putzfrau.«

»Danke, ich kenne meinen Platz auf der Welt«, sagte Julius mit gefasster Stimme. Seine Hand tastete nach der Lupe in seiner Uniform. »Aber vielleicht helfen Sie mir, dass ich meine niederen und schändlichen Gedanken etwas ordnen kann. Was geschieht mit Grimmingers Bildern? Verkauft er sie?«

Kinsky zuckte mit den Schultern. Dabei wanderte sein wässriger Blick hoch zum Glasdach. »Ehrlich gesagt, weiß ich nicht, was mit diesen Bildern geschieht. Der Grimminger hat keine andere Arbeit. Er besitzt ein anständiges Erbe seiner Familie, das es ihm erlaubt, seiner Lieblingsbeschäftigung nachzugehen. Es geht uns nichts an, was er damit macht. Woher kommt nur Ihr Misstrauen gegen ihn?«

Julius antwortete nicht, sondern fragte: »Warum glauben Sie, hatte mein Vater eine Lupe bei sich und hat sich die Gemälde so genau angeschaut?«

Kinsky lächelte. »Nun, das war ein kleines Faible von ihm. Er hat sich eben gern die Details angesehen. Man kann mit der Lupe den Pinselstrich der alten Meister studieren, und das hat ihn fasziniert. Er war der Meinung, dass nicht die bemalte Leinwand, sondern der einzelne Pinselstrich des Malers das Persönlichste ist, was er uns hinterlassen hat. Ihr Vater war ein guter Mann, aber er war wunderlich. Sehr wunderlich …«

So wunderlich, dass er mir diese Lupe mit sonderbaren Andeutungen hinterlässt, dachte Julius.

Der Museumsdirektor fuhr fort: »Übrigens wird der Grimminger demnächst ohnehin eine längere Pause bei der *Medusa* einlegen müssen. Das Bild wird abgehängt und restauriert.«

»Warum?« Julius fühlte ein leichtes Ziehen hinter der Stirn.

»Weil es beschädigt ist. Es muss dringend etwas Pflege bekommen.«

Julius schaute hinüber zu dem Gemälde und runzelte die

Brauen. »Ich finde nicht, dass es beschädigt aussieht. Es ist doch in hervorragendem Zustand.«

»Pawalet!« Kinsky hob drohend den Zeigefinger. »Maßen Sie sich darüber kein Urteil an! Wenn Sie Fragen dazu haben, dann wenden Sie sich an Franz Kittelberger, er ist unser Restaurator. Und nun zügeln Sie Ihre Neugierde und tun Sie Ihre Arbeit!«

»Sonst?«, fragte Julius mit dem verspäteten Trotz seiner Kindheit.

Die Augen des Direktors blitzten auf. »Die Freundschaft zu Ihrem Herrn Vater lässt sich nämlich nicht über Gebühr strapazieren«, zischte er.

Mit diesen Worten drehte er sich um und ließ Julius stehen.

Julius war immer noch verwirrt von der unterschwelligen Drohung, die er aus Kinskys Worten herausgehört hatte.

Da fiel es Julius wie Schuppen von den Augen. Nicht Kranzer hatte Kinsky etwas über ihn erzählt. Wie könnte er auch? Es gab zu diesem Zeitpunkt nur eine Person, der er leichtsinnigerweise Einblick gegeben hatte in die seltsame Dimension in seinem Bewusstsein, in der jedes Bild haften blieb wie eine Fliege am Leim. Und das war Luise von Schattenbach. Fast hätte er ein angewidertes Stöhnen ausgestoßen. Jetzt ergab auch ihre inquisitorische Befragung einen Sinn. Hübsch verpackt im Gewand der Verführung, um den ausgehungerten Trottel zum Reden zu bringen. Und plötzlich ergab es auch einen Sinn, dass Luise von Schattenbach seit diesem Tag nicht mehr im Museum aufgetaucht war.

Was führten diese Menschen im Schilde, die Julius immer mehr vorkamen wie Schauspieler, die ihn in ein Theaterstück hineinzogen, dessen Text er nicht kannte?

Als die Putzfrau wieder gegangen war und Julius den Ansturm einer Schulklasse überstanden hatte, die mit ihren Lehrern im Gleichschritt an den Gemälden vorbeimarschiert war wie eine kleine Armee, zog Julius seine Lupe aus der Tasche. Dann trat er vor Rubens' Gemälde der Medusa und betrachtete die Oberflächenstruktur des Bildes zum ersten Mal in vollkommener Schärfe und Klarheit. Er konnte die glatte, feucht glänzende Textur der verknoteten Schlangenkörper erkennen. Die Leiber schienen so wirklich zu sein, als würden sie sich bewegen. Er konnte den schrecklichen Halsstumpf der Enthaupteten in seiner ganzen blutigen Röte sehen. Er sah das im Tode erblasste und erstarrte Antlitz des Kopfes, dessen Haut so gespannt wirkte, als würde man mit aller Macht an ihrer Kopfhaut ziehen. Er schauderte einmal mehr vor der gnadenlosen Meisterschaft von Rubens und seinem Kollegen Snyder, der als Tierspezialist die Schlangen gemalt hatte.

In diesem Moment brach ein kleines Lachen aus ihm hervor. Was bildete Grimminger sich denn ein? Er würde es niemals schaffen, die Oberflächenspannung von Medusas Haut so perfekt wiederzugeben! Es würde ihm nicht gelingen, die grausame Dynamik der entfliehenden Schlangenleiber in ihrem feuchten Schimmer und dem fast hörbaren Kriechen und Biegen zu kopieren. Niemals!

Die schollenförmigen Risse der Krakelüre waren auf dem hellen Steinplateau deutlich zu erkennen, ebenso auf Medusas leichenblasser Haut und über dem schneeweißen, faltigen Tuch im rechten Hintergrund.

Als Julius von dem Bild wegtrat, hatte sich die Landkarte der Krakelüre in sein Gedächtnis eingebrannt wie ein Geruch oder wie ein Gesicht. Nichts und niemand würde das Gesehene wieder löschen können.

XIII

Inspektor Lischka verfluchte sein Schicksal, in dieser Stadt und zu dieser Zeit ein Agent des k. u. k. Sicherheitsamtes zu sein, während ein derart unheimlicher Mörder sein Unwesen trieb. Ein Mörder, der unsichtbar zu sein schien, der keine Spuren hinterließ und zu dem es keinerlei Hinweise gab.

Der letzte Mord an den drei Kindern des russischen Botschafters hatte jedoch eine Wende in der Ermittlungsarbeit herbeigeführt. Allerdings nicht zum Guten.

Inspektor Lischka hatte eine Woche nach dem schrecklichen Ereignis eine Einladung in die Hofburg erhalten. Nicht etwa vom Kaiser, damit der dem ratlosen Inspektor Mut zusprechen konnte, sondern von Leutnant Tscherba, dem Leiter der kaiserlichen Sicherheitsabteilung der Hofburg. Tscherba war der persönliche Sicherheitsberater des Kaisers und Vorsteher der Schlosspolizei. Er war zwar kein Vorgesetzter Lischkas, aber in diesem Fall konnte der Kaiser über seinen Sicherheitsberater Anweisungen an die gesamte Polizei Wiens übermitteln. Die Frage war nur, warum er es tat. Der Leiter der Sicherheitsabteilung der Hofburg oder von Schönbrunn schaltete sich eigentlich nur ein, wenn die Sicherheit von Franz Joseph selbst infrage stand.

Lischka fragte sich, worauf das Gespräch hinauslaufen konnte. Mit Mühe unterdrückte er seinen Groll, als er vor der Hofburg aus der Droschke stieg. Die Straßen waren vereist, und auf den Laternen saßen die Tauben wie festgefroren. Aufgeplusterte Zuschauer, die rotäugig auf ihn herabblickten, wie um ihn an seine Unfähigkeit zu erinnern.

Der Besuch passte Lischka überhaupt nicht. Er hatte sich für diesen Tag vorgenommen, die Frau von Hofrat von Schattenbach zu befragen, doch das würde warten müssen. Wenn die Stimme des Kaisers nach ihm verlangte, musste man ihr folgen.

Ein livrierter Diener führte den Inspektor in die Sicherheitsabteilung des Schlosses, wo er ihm in einem prunkvoll eingerichteten Bureau einen Stuhl anbot und ihn dort zu warten hieß. Nach einer Weile öffnete sich eine Seitentür, und ein junger Mann erschien. Er konnte kaum älter sein als 30, und Lischka erkannte mit einem unangenehmen Ziehen im Bauch, dass es Männer gab, die schon früh an einer Stelle auf der Karriereleiter gelandet waren, die er niemals erreichen würde. Er selbst war fast 40, und wenn es so weiterging, dann würde man ihn höchstwahrscheinlich bald entlassen.

Der Mann trug eine dunkle Uniform mit allerlei Abzeichen, deren Bedeutung Lischka unbekannt war, die ihren Träger aber dazu veranlassten, den Gast anzuschauen wie eine Kakerlake vor seiner Schuhspitze. Er war glatt rasiert, nur zwei akkurat gestutzte Koteletten ragten in seine Wangen wie Ausrufezeichen für einen aufgeworfenen, fleischigen Mund. Seine Augen hatten dieselbe blassgraue Farbe wie der Revolver, der an seinem Gürtel hing.

»So wie Sie aussehen, müssen Sie Leutnant Tscherba sein«, sagte Lischka, ohne sich zu erheben. Er wusste, dass er schlechte Chancen hatte, weil er noch nie herausfinden wollte, was am Geschmack von fremdem Speichel so besonders reizvoll war.

»Ach ja?«, kam es aus dem breitlippigen Mund. »Demnach kennen Sie mich schon?«

Seine Stimme hätte Löcher in den Stein bohren können.

So wie Tscherba aussah, schätzte er ausschließlich Menschen, die unter seinem Haifischblick kleiner wurden. Dass er seinen rangniederen Kollegen nicht ausstehen konnte, war so klar wie die beißende Winterluft vor den Fenstern. Er setzte sich an einen wuchtigen Schreibtisch und verschränkte die Hände unter dem Kinn. Seine Fingernägel waren akkurat gefeilt und peinlich sauber.

»Also«, sagte er auffordernd zu Lischka, »was haben wir?«

»Ich habe bislang eine Einladung von Ihnen, Leutnant Tscherba. Vielleicht sagen Sie mir, warum.«

Der k. u. k. Polizeiagent verzog den Mund und richtete die farblosen Kieselaugen auf sein Gegenüber. »Na kommen Sie, das können Sie sich doch sicher denken.«

»Hat der Kaiser eine Morddrohung erhalten?«

»Nein!«, rief Tscherba fast empört aus. »Wie kommen Sie darauf?«

»Warum bin ich dann hier?«

»Sie sind hier, weil ich mir ein umfassendes Bild von Ihren Ermittlungsergebnissen machen will. Gibt es denn welche?«

Lischka atmete tief ein. Der Mann würde ihn demütigen, darauf musste er gefasst sein. Höchstwahrscheinlich hatte er ihn nur aus diesem Grund herbestellt.

»Es gibt verschiedene Erkenntnisse, doch«, sagte er und verfluchte seinen verbissenen Tonfall.

»Tatsächlich?«

»Ich habe unlängst eine sehr interessante Information erhalten, die eine wichtige Spur zu unserem Mörder ist. Ein Angestellter des Kunsthistorischen Museums hat mich darauf aufmerksam gemacht, dass die Szenarien des Mörders alle an Gemälde aus der kaiserlichen Galerie erinnern. Ich habe mich selbst überzeugt. Alle drei Tatorte zeigen starke

Parallelen zu drei bestimmten Gemälden. Der letzte mit den drei Kindern des Botschafters Juristoff ist an ein eigentlich recht schönes Bild von Rubens angelehnt.«

Leutnant Tscherba beugte sich vor und lächelte herablassend. »Wie heißt der Mann?«

»Ist sein Name von Bedeutung?« Lischka empfand den Gedanken als sehr unangenehm, Tscherba über Julius Pawalet zu informieren. Doch sein Gastgeber zückte einen Stift und richtete ihn wie die Spitze eines Bajonetts auf Lischka.

»Überlegen Sie doch mal, Inspektor. Alle Informationen, die man in einem derartigen Fall erhält, können gefährlich sein. Sie können in die Irre führen. Und wer führt andere schon gern in die Irre? Der Mörder natürlich. Haben Sie Ihren Informanten überprüft? Ist er sauber?«

»Sie meinen, ich müsste ihn verdächtigen?«, presste Lischka hervor und wand sich innerlich.

»Im Moment müssen wir alle verdächtigen, nicht wahr?«

»Und warum Sie, Leutnant Tscherba? Was geht diese Sache die Schlosspolizei an?«

Tscherba lehnte sich zurück und besah sich seine sauberen Fingernägel. »Sehen Sie, Lischka, mit den letzten drei Todesfällen in der Menagerie ist das Ganze keine Sache der städtischen Polizei mehr. Der gesamte Nachwuchs des russischen Botschafters wurde ausgelöscht. Meinen Sie nicht auch, dass diese betrübliche Angelegenheit nun auf eine ganz andere Stufe rückt? Meinen Sie nicht, dass der Kaiser jetzt erst recht ein Interesse daran hat, dass dieser Irrsinnige so schnell wie möglich gefasst wird?«

»Die Morde werden nun also zum Gegenstand des kaiserlichen Interesses? Zu einer Staatsaffäre?«

»Sie brauchen gar nicht so abschätzig zu reden, Lischka. Mit den letzten drei Opfern ist diese Mordserie zu etwas geworden, was an allerhöchster Stelle Rechenschaft verlangt. Vielleicht sucht sich der Mörder noch weitere Opfer in diplomatischen oder gar adeligen Kreisen. Wer garantiert uns, dass nicht der Kaiser selbst betroffen ist?«

Tscherba sah seinem Gast den Widerwillen offenbar an und lächelte gönnerhaft. Aus seinem Blick hätte man Schmierseife machen können. »Inspektor Lischka, ich verstehe, dass Ihnen dieser Gedanke fremd ist, aber *ich* muss so denken. Die Sicherheit des Kaisers ist *meine* höchste Aufgabe. Ich bürge mit *meinem* Leben dafür. Ich werde mich entleiben müssen, sollte dem Mann etwas zustoßen.«

»Machen Sie nicht mich dafür verantwortlich, dass Sie Selbstmord begehen müssen, nur weil es so im Protokoll steht!«, herrschte Lischka den Leutnant an, doch der lächelte nur milde.

»Mir ist klar, dass Sie bei Ihrem Posten keinerlei Verständnis für die ungeheure Wichtigkeit dieser Angelegenheit haben. Es wird Zeit, dass sich Männer einschalten, die mehr von den komplexen Verwicklungen verstehen, was meinen Sie?«

»Was für komplexe Verwicklungen, Herrgott!«, rief Lischka. Er konnte es nicht fassen, dass dieser Lackaffe ihn derart maßregelte. »Sie glauben doch nicht im Ernst, dass der Täter jetzt anfängt, sich bis zu Franz Joseph hochzumorden, nur weil drei russische Botschaftskinder zufällig in sein ‚künstlerisches' Schema gepasst haben!«

»Und wer sagt Ihnen, dass es nicht so ist?«, antwortete Tscherba seelenruhig. »Haben Sie denn nicht bedacht, was das Kunsthistorische Museum – sollte der Hinweis Ihres Informanten stimmen – dabei für eine Rolle spielt? Es ist die Galerie des Kaiserhauses. Die Gemälde darin stammen allesamt aus der Familie der Habsburger. Kein Museum der

Welt ist so eng mit einem Herrschergeschlecht verbunden wie unseres in Wien. Wer sich Bilder aus dem Kunsthistorischen Museum heraussucht, um sie in blutige Morde umzusetzen, mordet nicht einfach nur Menschen. Es ist gleichzeitig ein Anschlag auf das Haus Habsburg.«

Lischka wurde fast schwindelig von den gedanklichen Kapriolen Tscherbas. Gleichzeitig musste er sich eingestehen, dass dieser recht haben könnte. Die Morde verwandelten Gemälde in Tatorte. Vielleicht war es aber noch mehr. Ein verstecktes Attentat auf eine repräsentative Einrichtung der Monarchie. Und dann musste Leutnant Tscherba natürlich in letzter Konsequenz an die Sicherheit des Kaisers denken. Zerknirscht nickte er.

»Schön, dass Sie das verstehen!«, fuhr der andere fort. »Dann wird es Ihnen sicherlich auch einleuchten, dass ich diese neuen Erkenntnisse dem Kaiser zutragen muss. Er soll erfahren, was in seinem Museum vorgeht. Wahrscheinlich wird er die Schließung des Hauses befehlen. Zeitweise, versteht sich. Bis wir den Mörder haben. Bis *Sie* den Mörder haben, Lischka. Woran scheitern die Ermittlungen denn bisher?« Tscherba beugte sich vor und sah Lischka interessiert an. Sein Gesicht wurde hart, und plötzlich fühlte der Inspektor sich alt und krank.

»Leutnant, wir können erst jetzt, wo wir diese Informationen haben, in die entsprechende Richtung ermitteln. Bisher haben wir angenommen, dass der Mörder …«, er suchte nach Worten, »… dass er eine Art rituell vorgehender Täter ist. Es scheint keine Verbindung zu geben zwischen den Opfern. Die Frau, die er mit der Schlange getötet hat, war eine alleinstehende, ärmliche Putzmacherin …«

Tscherba schüttelte ungeduldig den Kopf. Er zückte

seinen Stift erneut und begann, ein paar Stichworte auf ein Blatt Papier zu schreiben.

»Die Wiener sind äußerst beunruhigt über diese grausigen Ereignisse. Und mit den Kindsmorden ist endgültig eine Stufe erreicht, wo die Menschen sich nicht mehr mit ein bisschen Polizeiarbeit und reißerischen Zeitungsartikeln zufriedengeben. Letztendlich ist doch unser Kaiser für alles verantwortlich, und die Menschen werden verlangen, dass er, wenn möglich, Verantwortung übernimmt.«

Lischka fragte sich, wie diese Verantwortung aussehen sollte. Er schätzte Franz Joseph als einen altersstruren und verbohrten Herrscher ein, dessen Handlungsfähigkeit längst in seinem dichten weißen Bart verwoben war, und der lediglich von den ewig Gestrigen unterstützt wurde. Ein Mann, der die Zeitenwende verschlafen hatte. Ein Kaiser, der so erstarrt war in seinem Anspruch zu herrschen wie ein ausgestopfter Fasan. Wie sollte ein Monarch, der nicht einmal wusste, wie er die Bedürfnisse seines Vielvölkerreiches befriedigen sollte, sich um einen verrückten Serienmörder kümmern?

»Sie werden verstehen, dass sich etwas tun muss!« Tscherbas Stimme klang, als würde er Gesetze herunterbeten. »Das Volk verlangt, dass sein Kaiser es schützt, wenn eine derartige Gefahr droht.«

»Und wie soll dieser Schutz aussehen?«, fragte Lischka müde.

»In erster Linie will ich, dass Sie diesen Mann finden. Sie sind der zuständige Inspektor. Ich glaube zwar, dass es weit fähigere Männer gibt als Sie, aber das ist meine Sache.« Er bedachte Lischka mit einem knappen entschuldigenden Lächeln und fügte hinzu: »Das Kunsthistorische Museum wird bis auf Weiteres geschlossen, sollten Sie in fünf Tagen keine entscheidenden Fortschritte gemacht haben. Und ich brauche den Namen von diesem Museumsangestellten. Außerdem will ich, dass Sie einen umfassenden Bericht schreiben, in dem Sie die bisherigen Ermittlungen darlegen.«

»Was wollen Sie noch alles?«, fragte Lischka aufgebracht.

Der Leutnant lächelte müde und steinkalt. »Oh, es wird nicht mehr lange dauern, bis der Polizeiminister ebenfalls den Eindruck gewinnt, dass Sie eine Gefahr für die Öffentlichkeit darstellen. Erinnern Sie sich an Ihre vergangenen Fälle? Wo es schon einmal darum ging, einen Serienmörder zu fassen? Ich habe mich ein wenig in Ihren Akten umgesehen, Lischka, und konnte mich des Eindrucks nicht erwehren, dass Sie sich gern Zeit lassen mit der entscheidenden Verhaftung. Sollte das auch diesmal der Fall sein, wird man Sie von Ihrem Posten entfernen.«

Rudolph Lischka erhob sich wortlos und ging zur Tür. Bevor er die Hand auf die Klinke legte, drehte er sich noch einmal zu Leutnant Tscherba um, der gespreizt und selbstgefällig wie eine satte Elster hinter seinem Schreibtisch hockte.

»Wenn Sie so ein guter Polizist sind, wie Sie zu sein glauben, dann beschaffen Sie sich Ihre Informationen selbst. Und danke für die motivierende Rede. Das wird die Suche nach dem Mörder ungemein beschleunigen.«

Er ging aus dem Bureau und beeilte sich, die Hofburg zu verlassen. Er hatte plötzlich das Gefühl, als hätte er einen Dolch im Rücken. Mit schmerzenden Gliedern setzte er sich in den nächsten Fiaker und wies den Fahrer an, ihn zum Schottenring zu fahren.

Als er sich in die weichen Polster der Sitze sinken ließ, überkam ihn die Gewissheit, dass Tscherba recht hatte.

Lischkas Karriere als Kriminalinspektor war nicht gerade glänzend verlaufen. Der Tod von Charlotte hatte ihm die Lust an der Jagd nach Mördern und Gewalttätern genommen. Irgendwo auf diesem langen Weg war er müde geworden. Und auch jetzt hätte er am liebsten eine schwere Bettdecke über diese Müdigkeit gebreitet. Vielleicht sollte er die Leitung der Ermittlungen wirklich abgeben. Er wollte diesen Menschen nicht jagen. Er wollte überhaupt nichts mit diesem Wesen zu tun haben.

Lischka legte die Stirn gegen das eisige Glas des Droschkenfensters.

Sei vernünftig, sagte er sich. Mach einfach weiter. Plötzlich wurde ihm bewusst, dass er eigentlich gar keine Angst hatte – zumindest nicht vor Leutnant Tscherbas Strafmaßnahmen. Da war etwas anderes. Stirnrunzelnd erkannte er, dass er sich auf gar keinen Fall vor Julius Pawalet blamieren wollte.

Als Rudolph Lischka sein eigenes Bureau am Schottenring betreten wollte, wurde er von seinem Assistenten Schindl aufgehalten. Der nervöse junge Mann räusperte sich und sagte: »Inspektor Lischka, vor einer Stunde wurde jemand verhaftet, den Sie kennen. Ich dachte, das würde Sie vielleicht interessieren.«

»Was meinen Sie, Schindl? Sie wollen mir doch nicht sagen, dass der Mörder gefasst wurde?«

»Nein, nicht der Mörder. Aber Ihr kleiner Protegé, der Julius Pawalet. Man hat ihn vor einer Stunde in die Roßauer Lände gebracht. Er ist irgendwo eingebrochen; mehr weiß ich auch nicht …«

Lischka sprang die Treppe hinunter und bestieg einen Polizei-Fiaker. Bis ins Gefangenenhaus in der Roßauer Lände war es zwar nicht weit, aber Lischka hatte es plötzlich eilig.

Er hastete in die Eingangshalle des Gefängnisses und fragte sofort nach Julius Pawalet. Ein Wachmann führte ihn in den Gefangenentrakt und deutete auf eine kleine Zelle, in der zehn Männer zusammengepfercht waren. Die meist betrunkenen Übeltäter saßen schimpfend und lallend auf den Pritschen und fingen an zu fluchen, als Lischka auf die vergitterte Zelle zutrat. Angestrengt hielt er Ausschau nach Pawalet. Als er ihn sah, erschrak er. Zuerst hatte Lischka gedacht, der zusammengerollte Mann auf dem Boden sei ein Betrunkener, der seinen Rausch ausschlief. Jetzt aber erkannte er das dunkle wellige Haar Pawalets und die abgewetzte, einfache Jacke, die er bisher jedes Mal an ihm gesehen hatte. Der junge Mann lag reglos auf dem nackten Steinboden. Dann bemerkte Lischka die dunklen Flecken hinten auf der Jacke. Der Anblick von Pawalets blassen, schlaffen Händen neben dem Körper machte ihm Angst. War er zu spät gekommen?

»Was ist hier vorgefallen?!«, fuhr er den Wachmann an. »Warum stecken Sie diesen Mann in eine Zelle mit lauter Säufern? Haben die ihn zusammengeschlagen?«

Der Wachmann zuckte mit den Schultern, und einer der Betrunkenen lallte: »Wir ham dem nichts übergehauen. Der is schon so hier angekommen.«

»Was ist mit ihm?«, rief Lischka und rüttelte den Wachmann an der Schulter, als wollte er ihn aus einem tiefen Schlaf reißen.

»Ich weiß nix. Die Kollegen haben ihn hier unterbringen wollen. Er ist anscheinend in ein Atelier eingebrochen und wurde von einem Angestellten niedergeschlagen. Der hat dann die Polizei gerufen, und die haben ihn hierhergebracht.«

»Schließen Sie die Zelle auf. Und zwar sofort!«

Der Wachmann holte einen Schlüsselbund hervor und öffnete die Gittertür der Zelle. Lischka betrat den stinkenden Raum und kniete sich neben Julius hin. Er drehte ihn auf den Rücken und erschrak. Pawalets Gesicht war grau wie Asche, und an seiner Schläfe trocknete eine dicke Schicht Blut. Einen Puls konnte Lischka kaum noch fühlen.

»Rufen Sie die Rettungsgesellschaft. Der Mann muss sofort ins Spital!«, schrie er, und der Wachmann verschwand eilig.

Lischka packte Julius unter den Achseln und zog ihn aus der Zelle. Bevor sich ein paar der Säufer erheben und ebenfalls in die Freiheit torkeln konnten, warf er die Gittertür wieder zu und achtete nicht auf die obszönen Beschimpfungen.

Julius Pawalet war ohnmächtig. Plötzlich wurde Rudolph Lischka von der unbestimmten Angst erfasst, der junge Mann könnte sterben. Er zog seinen Mantel aus und deckte Julius damit zu.

»Was haben Sie sich nur dabei gedacht, Sie verdammter Dummkopf …«, murmelte er und rieb die Hände des Bewusstlosen.

»Los, küss ihn!«, krakeelte ein Besoffener und machte eine obszöne Geste in Lischkas Richtung. In diesem Moment flatterten Julius' Lider, und er wurde wach.

»Pawalet, Gott sei Dank!«, flüsterte Lischka. »Ich dachte schon, Sie sterben mir hier weg!«

Pawalet blickte ihn aus trüben Augen an. Auf dem Gang ertönten die Schritte mehrerer Menschen.

»Was haben Sie getan?«, fragte Lischka. Julius stöhnte auf.

»Ich weiß es jetzt ganz bestimmt …«, murmelte er.

»Was wissen Sie? Etwas über den Mörder?«

Da stieß Julius ein bitteres Lachen aus und hauchte etwas, das sich anhörte wie: »Nein, nein … aber auch eine Art von Mord …« Lischka sah, wie Pawalet wieder hinüberglitt in die Leere. Dann erschienen zwei Sanitäter der Rettungsgesellschaft, hoben Julius Pawalet auf eine Bahre und trugen ihn hinaus.

»Wo bringen Sie ihn hin?«, fragte Lischka.

»Ins Allgemeine Krankenhaus«, entgegnete einer der Sanitäter. Lischka beeilte sich, im Fiaker dem Rettungswagen hinterherzufahren. Während der ganzen Fahrt zum größten, fortschrittlichsten und berühmtesten Krankenhaus der Monarchie fragte er sich, warum seine Sorge um Julius Pawalet sich anfühlte wie die Sorge um einen eigenen Sohn.

XIV

Doktor Wilhelm ging schon wieder so dicht hinter Johanna vorbei, dass sie eine Bewegung in ihren Röcken spürte. Das Vorratsmagazin, in dem die Krankenschwester an diesem Tag Inventur hielt, war nun keineswegs so eng und schmal, dass Doktor Wilhelm sich derart dicht an ihr hätte vorbeischieben müssen. Nein, der leitende Arzt der Notfall-Ambulanz hatte schon seit Längerem ein Auge auf sie geworfen, das wusste Johanna. Sie hatte mit ihren 22 Jahren zwar noch keinerlei Erfahrung mit Männern, aber sie erkannte, wenn jemand versuchte, sich an sie heranzumachen. In einem Krankenhaus, in dem hochgestellte Ärzte und niedere Krankenwärterinnen auf engstem Raum zusammenarbeiteten, war das Teil ihres Alltags. Das Gute am Beruf der Krankenschwester war der Hauch von ständiger Beschäftigung, der Nimbus der immerwährenden Bereitschaft und Hast, der sie umgab wie ein Schutzschild. Sie hatte sich einen raschen Gang und eine gesenkte Kopfhaltung angewöhnt. Manchmal berichtete sie ihren Eltern von den Nachstellungen der Mediziner.

»Du bist einfach zu schön, mein Kleines«, pflegte ihre Mutter darauf zu sagen.

An diesem Tag war sie in das Magazin im Erdgeschoss eingeteilt worden, weil die zuständige Schwester eine Grippe hatte. Seit drei Stunden sortierte Johanna Kovac nun Verbandspäckchen, Flaschen, Instrumente und Gummischläuche in die vorgesehenen Fächer und führte Buch über deren Bestand. Und Doktor Wilhelm kam alle halbe Stunde herein und gab vor, irgendetwas zu suchen.

Dabei tat er so, als wäre es vollkommen unvermeidbar, sie dabei zu berühren, ihre Röcke zu streifen und ihr in den Nacken zu atmen. Johanna knallte ein kleines Ätherfläschchen auf die Stahlablage, sodass ein schepperndes Echo durch den Raum hallte, fuhr herum und starrte den Arzt an.

»Hat Ihnen noch niemand gesagt, dass Frauen diese Art der Annäherung plump und widerlich finden?«, fuhr sie ihn an. »Stellen Sie sich vor, sogar kleine, ahnungslose Krankenschwestern empfinden das so. Also, wenn Sie hier drinnen etwas suchen, dann sagen Sie es mir, anstatt hier herumzustreichen wie ein Dieb!«

Dr. Wilhelm riss die Augen auf. Er war es wohl nicht gewohnt, gemaßregelt zu werden, erst recht nicht von einer ihm untergebenen Person. Im gleichen Moment wurde Johanna sich auch bewusst, dass er ihre Abfuhr persönlich nehmen konnte. Es kam oft vor, dass Schwestern, die sich gegen aufdringliche Vorgesetzte wehrten, schon am nächsten Tag entlassen wurden. Manchmal aus fadenscheinigen Gründen. Doch dann schien Dr. Wilhelm belustigt zu sein über ihre Gegenwehr. Er grinste herablassend und legte die Hände aneinander, als wollte er beten.

»Bittschön verzeihen Sie, Schwester Johanna. Aber diese weiße Schürze und das Häubchen schmeicheln Ihrer Schönheit derart, dass ich mich kaum …«

Sie ließ ihn nicht ausreden. »Es ist mir gleich, ob Sie eine Schwäche für weiße Häubchen haben. Lassen Sie mich einfach meine Arbeit tun!«

Mit Nachdruck knallte sie eine Schublade zu und fuhr mit der Inventur fort. Sie war stolz auf ihren Beruf. Erst seit Kurzem gab es im Allgemeinen Krankenhaus das Pflegerinnen-Institut der *Blauen Schwestern,* den ersten Krankenwärterinnen, die nicht konfessionell gebunden waren und die nicht das schwarze Habit der Nonnen trugen. Aber Johanna hatte ihre Ausbildung schon früher durchlaufen, als man am Allgemeinen Krankenhaus wohl noch nicht im Traum daran dachte, offizielle Pflegerinnen auszubilden. Sie hatte im Rudolfinerhaus bei Theodor Billroth gelernt – der ersten interkonfessionellen Krankenpflegeschule Österreichs. Und Johanna war sehr stolz darauf, aus einer so fortschrittlichen Einrichtung zu kommen, die nicht unter dem Einfluss der Kirche stand. Und daher ärgerte sie es umso mehr, dass Ärzte wie Doktor Wilhelm anscheinend nur darauf gewartet zu haben schienen, Krankenschwestern ohne Nonnentracht um sich zu haben.

In diesem Augenblick ertönte auf dem Flur das Quietschen von gummierten Rädern und von Schritten. Eine männliche Stimme rief nach Dr. Wilhelm, und gleich darauf wurde auch nach ihr gerufen. Sie hastete nach draußen.

In die Ambulanzabteilung des Allgemeinen Krankenhauses wurden Tag und Nacht Menschen eingeliefert. Fabrikarbeiter, denen der Arm von einer Maschine zerquetscht worden war. Halb verhungerte Prostituierte. Kinder, die von ihren Eltern fast totgeprügelt worden waren. Säufer, die sich bei einem Sturz das Gesicht aufschlugen. Johanna war in der ersten Zeit dort beschäftigt. Mittlerweile arbeitete sie auf einer der Stationen für Schwerverletzte. Doch nun war sie hier und musste das tun, was sie gelernt hatte.

Zwei Sanitäter der Rettungsgesellschaft schoben eine Rollbahre in den Flur des Ambulanzraums, begleitet von einem schwarz gekleideten Mann mit Melone, der besorgt auf die Sanitäter einredete, ohne eine Antwort zu erhalten.

Dort angekommen krempelte Dr. Wilhelm die Ärmel seiner weißen Jacke hoch und fragte: »Was ist mit ihm passiert?«

»Schwere Gehirnerschütterung«, sagte einer der Sanitäter.

»Danke, meine Diagnosen stelle ich schon selbst«, blaffte Doktor Wilhelm. »Also?«

Der Sanitäter verschränkte die Hände vor dem massigen Brustkorb und verdrehte die Augen. »Na, er war in Polizeigewahrsam, da haben s' uns hingerufen.«

»Und weiter?«

»Er hat viel Blut verloren.«

»Ist er unterwegs zu sich gekommen?«

Der Mann schüttelte den Kopf. Dann drehte er sich um und verließ mit seinem Kollegen den Ambulanzraum. Dr. Wilhelm setzte seine Brille auf und untersuchte den Mann auf der Bahre. Johanna trat zaghaft näher. Der Bewusstlose sah furchtbar aus. Sein ganzes Gesicht war mit Blut verkrustet, der Anzug ebenfalls … dieser Anzug. Johanna stutzte.

Dr. Wilhelm zog dem Mann die Augenlider hoch und richtete das Licht der Untersuchungslampe darauf. Die Pupillen zogen sich erschrocken zusammen. Er schien auch selbstständig zu atmen. So weit gab es also keinen Grund zur Besorgnis.

»Holen Sie den Karbol-Irrigator und Kompressen, schnell!«, rief Dr. Wilhelm ihr zu, und Johanna hastete zu einem Schrank für die Notfallversorgung.

Ein Pfleger half dem Arzt, den Verletzten auf einen Operationstisch zu heben. Schlaff und totenbleich lag der Verunglückte nun vor ihnen.

»Rasieren Sie ihm die Haare da ab«, befahl Dr. Wilhelm.

Johanna nahm eine Schere und schnitt rasch die blutverkrusteten Haare an der Seite des Kopfes ab. Trotz des zerschundenen Gesichts kamen ihr diese Züge bekannt vor. Sie konzentrierte sich auf die Wunde und rasierte vorsichtig alle Haare darum herum. Dr. Wilhelm schob den Schlauch des Irrigators auf die Karbolflasche. Sie ließen die Flüssigkeit über die Wunde rieseln, bis das verkrustete Blut abgewaschen war.

»Ach du meine Güte«, murmelte der Arzt. »Der hat aber einen anständigen Schlag abbekommen.«

»Sagen Sie mir, ob er überlebt!«, rief in diesem Moment der schwarz gekleidete Mann aus dem Hintergrund.

»Sie müssen draußen warten, mein Herr«, sagte Johanna bestimmt und deutete auf die Tür. »Ich sage Ihnen Bescheid, wenn wir fertig sind. Bitte gehen Sie.«

»Ich bin Polizeiagent«, begehrte der Mann auf.

»Für uns hier sind Sie nur ein Keimträger. Wenn Sie also bitte hinausgehen würden.«

Johanna wandte sich wieder ihrem Patienten zu. Mit einem feuchten Wattebausch wischte sie über das Gesicht des Mannes. Ein Schauder erfasste sie, als sie begriff, wer da vor ihr lag. Dieser Anzug ... dieser feingliedrige Mann. Und sie hatte so gehofft, dass er sich nicht in Schwierigkeiten bringen würde ...

Dr. Wilhelm betastete den Schädel von Julius Pawalet und drückte gegen die Kopfhaut. »Wahrscheinlich kein Schädelbruch«, verkündete er. »Aber einen Riss im Knochen können wir nicht ausschließen. Ich werde einen Arzt vom Röntgenlaboratorium anrufen. Er wird absolute Ruhe brauchen. Lassen Sie uns diese Sauerei schön zunähen.«

Johanna holte eine sichelförmige Nadel und einen Faden, und Dr. Wilhelm nähte die klaffende Wunde routiniert zu. Sie stillte die Restblutung und legte Julius einen Verband an. »Sollten wir nicht versuchen, dass er wieder zu sich kommt?«, fragte sie.

»Sie nehmen ihn am besten mit sich hinauf auf die Station, wenn er vom Röntgen kommt. Geben Sie ihm Hirschhornsalz zum Einatmen, wenn er in seinem Bett liegt. Aber Sie müssen damit rechnen, dass er sich übergibt.«

»Danke, ich kenne die Symptome einer Gehirnerschütterung«, entgegnete Johanna knapp.

»Ich rede dann mit diesem Inspektor«, murmelte Dr. Wilhelm.

Johanna nickte, und gemeinsam hoben sie Julius Pawalet zurück auf die Rollbahre.

»Es tut mir leid, wenn ich Sie vorhin gekränkt habe«, sagte der Arzt.

Johanna nickte nur und schob den reglosen Körper hinaus. Sie übergab Julius Pawalet zwei Assistenten aus dem erst vor wenigen Jahren eingerichteten Röntgenlaboratorium und organisierte anschließend ein Bett auf der Station für Schwerverletzte.

Insgeheim hatte sie sich diesen Moment herbeigewünscht. Wider alle Vernunft hatte sie sich insgeheim vorgestellt, wie es wäre, wenn Julius Pawalet eines Tages ins Allgemeine Krankenhaus eingeliefert werden würde. In der Suppenküche war er nicht mehr aufgetaucht; demnach war sein Vorstellungsgespräch gut verlaufen, und er war nicht mehr angewiesen auf Almosen.

Die Tage nach ihrer ersten Begegnung hatte Johanna in einer schwärmerischen Stimmung für diesen eigenartigen Mann mit den schweren, einsamen Augen verbracht. Etwas an seinem forschen und gleichzeitig schüchternen Auftreten hatte sie gerührt.

Eine Stunde später wurde er aus der Röntgenabteilung zurückgebracht.

»Schwere Gehirnerschütterung, aber keine Verletzung am Schädel«, lautete die Diagnose. Sie schob ihn in einen großen Schlafsaal, in dem andere schwer verletzte Patienten versorgt wurden, die Betten durch dicke Vorhänge voneinander getrennt.

Johanna nahm ein Riechfläschchen und hielt es Julius unter die Nase. Nach wenigen Augenblicken schlug er die Augen auf. Er starrte sie ungläubig an, bevor ein erleichtertes Lächeln sein Gesicht erhellte. Dann erbrach er sich heftig würgend. Johanna hielt seinen bandagierten Kopf über eine Schüssel und strich ihm beruhigend über den Nacken.

Sie hatte noch nie zuvor einen Patienten gestreichelt.

Julius hatte viel Zeit, sich zu fragen, wann die Wirklichkeit aufgehört, und der Traum und die Verwirrung begonnen hatten. Er befand sich zwar in einem warmen Bett, aber alles, was er wahrnahm, war der dumpfe Schmerz in seinem Schädel. Es fühlte sich an, als hätte er mindestens einen Monat lang geschlafen. Zugleich war er körperlich in einem äußerst geschwächten Zustand. Er lag mitten in einem kleinen hellen Rechteck; das konnte nur ein abgetrenntes Bettenabteil in einem Schlafsaal im Krankenhaus sein. Doch in ihm regte sich der schwache Nachhall eines Wunsches. Vielleicht unter einer Glaskuppel aufzuwachen, auf einem weichen Kanapee voller Kissen, unter den lauernden Augen Luise von Schattenbachs.

Julius lag in einem weißen Gitterbett, das aussah wie ein zu groß geratenes Kinderbettchen. Um sich herum nahm er Atemzüge, leises Husten und das Tropfen eines Wasserhahns wahr. Alles an seinem Körper war irgendwie wund und fremd. Aber am schlimmsten war der Verlust der Zeit. Julius tastete nach seiner Erinnerung, doch er konnte nichts finden. Ihm fiel ein waghalsiger Plan ein, den er verfolgt, die Entdeckung, die er gemacht hatte. Und ein Gesicht, das er gut kannte, bevor alles dunkel geworden war. Richtig, jetzt wusste er es wieder. Er hatte einen Schlag auf den Kopf bekommen. Doch das war nicht das Schlimmste. Das Schlimmste war das Wissen, wer zu diesem Schlag ausgeholt hatte. Seine Hände betasteten den Kopf. Sein ganzer

Schädel war bandagiert. Er schloss die Augen. Irgendetwas war da noch gewesen … Julius hatte das Gefühl, als würde er den Nachhall von etwas Süßem, Angenehmem empfinden. Als hätte er während der Ohnmacht einen wunderschönen Traum gehabt.

In diesem Moment öffnete sich der dicke Leinenvorhang neben seinem Bett, und eine Krankenschwester mit einem Tablett voll Verbandszeug kam zu ihm. Julius fühlte eine Welle der Erleichterung in sich aufsteigen, als hätte er Monate auf einer einsamen Insel verbracht, und diese Frau in Schwesterntracht wäre nun der erste Mensch, den er zu Gesicht bekam. Seine drängendsten Fragen brachen sogleich aus ihm heraus. Seine Stimme hörte sich an, als hätte er Sägemehl gegessen. Die Krankenschwester stellte das Tablett auf einen kleinen Nachtschrank und setzte sich auf die Bettkante. Dann nahm sie seine Hand, die unruhig über die Bettdecke fuhr, und beugte sich zu ihm herunter. Julius sah in ihr Gesicht.

»Johanna!«, krächzte er.

»Na, das ist ja eine Erleichterung!«, lächelte die Krankenschwester. »Ihr Gedächtnis hat also nicht gelitten.«

»Wie … wie könnte ich Sie vergessen?«, stammelte er und starrte auf das weiche Gesicht zwischen all dem bedrohlichen Weiß ringsum.

»Ich muss sagen, dass ich sehr enttäuscht war von Ihnen, Julius«, sagte Johanna leise. »Ich dachte, ich konnte ein bisschen mithelfen, dass Sie wieder auf den rechten Weg kommen. Und dann höre ich, dass Sie irgendwo eingebrochen sind. Wollten Sie einen schöneren Anzug stehlen?« Sie lächelte und drückte seine Hand.

Julius verspürte den dringenden Wunsch, sich reinzuwaschen.

»Ich bin nicht eingebrochen, um etwas zu stehlen. Ich wollte ... etwas nachprüfen.«

Johanna hob die Augenbrauen. »Ah. Haben Sie das der Polizei auch so erklärt?«

»Ich gebe zu, das ist etwas schwer zu erklären.«

»Sie haben einen recht anständigen Freund bei der Polizei.«

»Lischka?«

»Ja. Inspektor Lischka hat dafür gesorgt, dass Sie aus dem Gefängnis geholt wurden und ins Krankenhaus kamen. Wenn er das nicht getan hätte, wären Sie jetzt tot.«

Er sah verständnislos zu ihr hoch. Sie verströmte wieder diesen feinen Geruch nach Seife und Leinen.

»Wie lange bin ich schon hier?«, fragte er.

»Seit drei Tagen.«

Julius nickte bedrückt.

»Kommen Sie«, sagte Johanna aufmunternd, »richten Sie sich ein bisschen auf; ich muss den Verband wechseln.«

Julius setzte sich auf und spürte Johannas Hände an seinem Kopf. Während sie behutsam die Binden abwickelte und seine Wunde versorgte, beobachtete er ihren konzentrierten Gesichtsausdruck. Jetzt erst sah er, wie schön sie war.

»Hören Sie auf, mich anzustarren, sonst wickle ich vielleicht aus Versehen noch Ihre Augen zu.« Sie lächelte verschmitzt.

»Ach, das sind Sie bestimmt gewohnt. Sie sehen nicht aus wie jemand, der sich durch Blicke aus der Ruhe bringen lässt.«

»Nicht durch alle Blicke, das stimmt.«

Julius schwieg. Als der Verband fertig war, drückte Johanna ihn zurück in die Kissen und sagte: »Sie müssen Hunger haben wie ein Wolf.«

Julius freute sich auf die Aussicht, von Johanna gefüttert zu werden. Doch als sie verschwand, um etwas zu essen für ihn zu holen, trat ein anderer Besucher an sein Bett. Es war Lischka. Sein Gesicht war steingrau.

»Lischka!«, sagte Julius und verspürte noch einmal eine ähnliche Freude wie beim Auftauchen Johannas. »Haben Sie einen Schwur geleistet, sich erst wieder zu rasieren, wenn ich aus meiner Ohnmacht erwache?«

Ohne ein Wort zu sagen, setzte der sich auf die Bettkante. In diesem Moment erschien Johanna mit einem Teller und sah verwundert den neuen Besucher an. Lischka streckte die Hand aus und sagte: »Wertes Fräulein, Sie werden entschuldigen, aber ich übernehme die Fütterung.«

Seine Worte klangen wie ein Befehl. Julius war sich nicht sicher, ob er sich immer noch über Lischkas Anwesenheit freuen sollte. Doch Johanna lächelte. »Sie beide haben sicherlich eine Menge zu bereden.«

Sie reichte Lischka den Teller, zog den Vorhang zu und verschwand. Der Inspektor nahm die Gabel und spießte etwas auf, das aussah wie eine zerkochte Möhre. Widerstandslos ließ Julius sich das Gemüse in den Mund schieben.

»Sie haben mir einiges zu erklären, Pawalet.« Lischkas Stimme klang sanft und zu Tode erschöpft.

»Sie mir auch«, erwiderte Julius.

Mechanisch schob er Julius ein paar Gabeln Erbsenbrei in den Mund und seufzte. »Eigentlich unterbreche ich meine Arbeit, wenn ich Sie hier besuche, Pawalet. Aber ob Sie es glauben oder nicht – ich hab mir ganz schön Sorgen um Sie gemacht.«

»Was ist eigentlich mit mir passiert?«, wollte er wissen.

»Ja, das frage ich mich auch. Was wollten Sie denn bei diesem Maler … wie hieß er noch?«

»Otto Grimminger. Ich habe gewisse … mit dem Mann stimmt etwas nicht.«

»Ach, und da haben Sie sich gedacht, einfach mal so in seinem Haus herumzustöbern, ja?«

»Es war nicht sein Haus, sondern sein Atelier. Außerdem habe ich nichts beschädigt und auch nicht versucht, etwas zu stehlen. Und der Grund, warum ich mich dort umgesehen habe, wurde bestätigt.«

»Warum?«

»Der Mann, der mich zusammengeschlagen hat …«, sein Gesicht verzerrte sich bei dieser Erinnerung, »war Louis Kranzer. Mein Vorgesetzter am Kunsthistorischen Museum.«

»Na und?«, sagte Lischka verständnislos. »Wenn er dachte, dass Sie ein gemeiner Einbrecher sind, dann war das nichts weiter als Notwehr. Aber was haben Sie denn da gesucht, Pawalet?«

»Das sage ich Ihnen ein anderes Mal, Lischka. Was ist danach passiert?«

»Sie wurden mit halb eingeschlagenem Schädel in den Kotter geworfen, und Sie können von Glück sagen, dass ich davon erfahren habe. Ich hab Sie ins Krankenhaus verlegen lassen, weil Sie mir ja so ein lieber und wichtiger Zeuge sind, nicht wahr.«

Nachdenklich schob er sich eine Gabel von dem Essen in den Mund und begann dann, den ganzen Teller leer zu löffeln, so als brauchte er dringend eine Ablenkung. Zwischen zwei Bissen sagte er: »Ich habe Dr. Kinsky heute Morgen einmal etwas in die Mangel genommen. Und habe ihn gefragt, wie es kommt, dass er als Direktor des Kunsthistorischen Museums gar nicht auf den Gedanken kommt, die Morde könnten etwas mit den Gemälden zu tun haben.«

Julius schauderte. »Lassen Sie mich raten, was dann passiert ist: Sie haben ihm gesagt, dass sein neuer Saaldiener Ihr neuer Informant ist.«

Lischka schüttelte den Kopf und hob abwehrend die Hände. »Nein. Ich habe ihm weisgemacht, dass die Wiener Geheimpolizei selber auf die Idee gekommen ist. Ich habe so getan, als wäre der Zusammenhang offensichtlich und als könnte jeder selber darauf kommen. Ihr Name wurde nicht erwähnt, Pawalet, mein Wort darauf.«

»Und wie hat Kinsky reagiert?«

»Nun, er wurde sehr … nachdenklich.«

Julius nickte vorsichtig. Das war wirklich seltsam. Gustav Kinsky war der Mann, der die Bestände des Kunsthistorischen Museums wahrscheinlich besser kannte als alle Generationen der Habsburger zusammen. Aber vielleicht hatte er gerade ganz andere Sorgen. Wenn das, was Julius in dem Atelier gesehen hatte, wahr sein sollte, dann stand Kinsky unter einem ganz anderen Druck.

»Hat Herr Grimminger Anzeige gegen mich erstattet?«, wollte er wissen. Seine Stimme war dünn und brüchig.

»Ach, wo denken Sie hin! Niemand hat Anzeige gegen Sie erstattet. Ich glaube sogar, dass dieser Louis Kranzer nur die Polizei gerufen hat, weil er Angst hatte, seine *Notwehr* könnte zu Ihrem Tod führen, Pawalet. Und außerdem ist der Herr selber vorbestraft.«

»Kranzer ist vorbestraft?«

»Wegen schwerem Raub und Einbruch!« Lischka kicherte. »Stellen Sie sich das mal vor. Das ist allerdings eine Jugendsünde. Ist schon ein paar Jahre her.«

Lischka kratzte die letzten Reste vom Teller. »Jedenfalls hat er die Sache auf sich beruhen lassen. Er hat behauptet, er würde Sie nicht kennen, soweit ich das Protokoll im

Kopf hab. Eine seltsame Aussage, finden Sie nicht? Wahrscheinlich war es ihm unangenehm, dass er einen Kollegen zusammengeschlagen hat. Er behauptet steif und fest, er habe Sie für einen Einbrecher gehalten. Sagen Sie mir jetzt, was Sie da wollten?«

Julius schüttelte den Kopf. »Ich sag's Ihnen ein anderes Mal, Inspektor. Danke, dass Sie mich da rausgehauen haben.«

Lischka nickte. Dann ließ er plötzlich die Gabel sinken, hörte auf zu kauen und starrte auf den leeren Teller.

»Ich hab Ihnen …«

»… das Essen weggegessen«, stellte Julius fest.

Lischka wurde rot wie ein kleiner Junge, und zwischen den Männern geschah irgendetwas. So etwas wie aufkeimende Komplizenschaft. Julius merkte, dass er den Inspektor mochte. Wie der da zusammengesunken und ratlos auf der Bettkante saß und sich an seinem Essen bedient hatte. Etwas an ihm rührte Julius plötzlich. Eine Empfindung, die er nicht für möglich gehalten hätte.

»Dabei hat es geschmeckt wie zerkochte Socken«, murmelte der Inspektor. Er sah Julius nachdenklich an. »Pawalet, ich weiß gar nicht, warum ich eigentlich hier bin … ich hoffe irgendwie immer, dass Sie mir helfen können.«

»Ich Ihnen helfen?«

»Ja, das klingt nach einer ziemlich schweren Bürde. Ich werde wahrscheinlich demnächst entlassen, weil ich diesen Wahnsinnigen nicht aufhalten kann. Ach, und übrigens gibt es da noch etwas, was ich noch gar nicht erzählt habe.«

»Sie waren bei der Schwarzen Witwe«, sagte Julius.

»Bei wem?«

»Bei Luise von Schattenbach.«

»Sie nennen sie die *Schwarze Witwe*? Warum?«

»Weil sie giftig ist, das weiß ich.«

Lischka nickte nachdenklich. »Ich weiß, was Sie meinen. Also ich hatte heute Morgen eine kleine Unterredung mit ihr. Ich habe sogar ganz höflich am Haupteingang des Hofrats geklingelt, damit sie nicht merkt, dass ich längst über den Nebeneingang für spezielle Gäste Bescheid weiß.«

»Und?« Julius war wieder hellwach.

»Nun, die Dame des Hauses war sichtlich ungehalten, als ich ihr meine Fragen gestellt habe. Ich habe sie gefragt, was sie dazu bringt, jeden Tag ins Kunsthistorische Museum zu gehen, und dass sie das in Bezug auf die Serienmorde sehr verdächtig macht. Sie hat gesagt, dass es ja wohl nicht verboten sei, sich für Kunst zu interessieren.«

»Ich glaube nicht, dass Luise von Schattenbach etwas mit den Morden zu tun hat. Ich glaube eher, dass sie dort ist, weil sie den Kopisten Grimminger beaufsichtigt«, sagte Julius.

»Wie bitte? Dieser alte Kauz, der dieses fürchterliche Schlangenbild malt?«

»Dieses fürchterliche Schlangenbild ist ein Gemälde von Rubens, und er kopiert es so meisterlich, dass einem ganz schwindelig wird.«

»Und was soll diese Schattenbach damit zu tun haben?«, fragte Lischka entgeistert.

»Das habe ich ja eben versucht, herauszufinden im Atelier dieses Grimminger.«

»Das hört sich alles etwas abenteuerlich an, Pawalet. Und ich kann Ihnen nur sagen – halten Sie sich da raus. Es ist zwar Ihre Sache, aber es wird zu meiner, wenn ich Sie beim nächsten Mal wieder aus dem Kotter holen muss.«

Julius nickte. Er musste Lischka ins Vertrauen ziehen. Aber nicht jetzt.

»Jedenfalls«, fuhr der Inspektor fort, »Diese Dame hat wirklich etwas äußerst Diabolisches an sich. Sie weiß etwas. Irgendetwas.«

»Ja, bloß nicht das, was Sie sich erhoffen, Lischka.«

Lischka seufzte und stellte den Teller weg. »Ruhen Sie sich aus, mein Freund. Ich bringe Ihnen … demnächst mal etwas Gescheites zum Essen mit.« Damit erhob er sich.

»Lischka, würden Sie mir einen Gefallen tun, den nur Sie mir tun können?«

»Was auch immer es ist.«

»Und versprechen Sie, keine Fragen zu stellen?«

Lischka schloss die Augen und schüttelte sacht den Kopf. »Das kann ich nicht versprechen.«

»Ich möchte Sie bitten, in Ihren Akten nach jemandem zu suchen. Ich möchte Sie bitten, mir zu sagen, ob irgendetwas gegen diesen Menschen vorliegt. Auch wenn es schon 30 Jahre her wäre. Ist das möglich?«

Lischka hob erstaunt die Brauen. »Nun, und um welchen Menschen handelt es sich?«

»Um Joseph Pawalet. Meinen Vater.«

»Glauben Sie nicht, dass ich das längst getan habe? Haben Sie vergessen, dass seine Akte noch nicht geschlossen ist?«

»Und? Haben Sie etwas herausgefunden?«

»Kommt darauf an, was Sie meinen. Ich habe sogar eine ganze Menge herausgefunden. Mich bringt es nicht weiter. Aber Sie vielleicht.«

Später wachte Julius davon auf, dass jemand seine Hand hielt. Er hatte so tief geschlafen, dass er nur mühsam die

Augen aufbekam und nur langsam erkannte, dass es draußen bereits dunkel war. Der Schlaf umgab ihn immer noch wie eine klebrige Masse, und er hatte das Gefühl, als würden alle Regungen seines Geistes Sirupfäden ziehen. Er versuchte, sich auf die Berührungen an der Hand zu konzentrieren, und stellte sich vor, dass es Johanna war, die ihn so sanft berührte. Doch Julius wechselte nur von einem Traum in einen nächsten, denn dort saß jemand, der dort eigentlich nicht sitzen konnte, nicht sitzen durfte.

Auf seiner Bettkante saß Luise von Schattenbach.

Julius sah und roch sie, sie erfüllte das durch den Vorhang abgetrennte Bett mit dem Duft eines stark riechenden Blumenstraußes. Im Allgemeinen hielt man üppige Blumen doch von Kranken fern, oder? War es nicht so, dass bestimmte Blumen die Sinne verwirrten, wie Lilien etwa? Und gab es nicht Blütenstaub, der besonders für geschwächte Menschen giftig war?

»Nein, bleiben Sie bei mir, Julius!«, forderte sie sanft und tätschelte ihm die Wange. Sie war wirklich hier. Neben ihr auf der Bettdecke stand ein flacher Korb, aus dem es köstlich duftete.

Und dann fing alles wieder von vorn an. Alles war genauso wie vor ein paar Tagen in ihrem Dachsalon. Das gleiche Gefühl der wohligen Hilflosigkeit stellte sich ein, auch wenn er es besser wissen müsste. Die gleiche Bereitschaft, sich dieser Frau auszuliefern, brach seinen ohnehin nur schwachen Widerstand.

Krampfhaft versuchte er, sich innerlich zu wappnen. Doch auch ein schwaches Aufglimmen von Johannas Gesicht in seinem Bewusstsein half nicht. Er lag regungslos, und jede Zelle seines geschwächten Körpers sehnte sich nach der Schwarzen Witwe.

Luise von Schattenbach ergriff den Korb und kippte ihn leicht.

»Ich habe das Gefühl, man isst hier nicht besonders gut. Sehen Sie, was Colette für Sie gezaubert hat, für Ihre baldige Genesung.«

In dem Korb lagen dicke Scheiben von einem dunklen Brot, appetitlich geschnittene Käsestücke, Äpfel und ein kleiner Kuchen.

Luise von Schattenbach fasste Julius unter den Achseln und half ihm, sich aufzurichten. Er sah sie jetzt klarer und entdeckte, dass sie genauso gekleidet war wie damals in ihrer Dachwohnung. Nur ein paar Schichten eines hauchdünnen Stoffes, unter dem ihre weiße Haut schimmerte. Wie konnte es sein, dass man sie in diesem Aufzug überhaupt hereingelassen hatte?

»Wie sind Sie hereingekommen?«, hauchte Julius. Ängstlich dachte er an die anderen Patienten im Schlafsaal. Aber um sie herum war alles so still wie in Luises geheimem Treppenhaus. Statt einer Antwort riss sie eine Brotscheibe in kleine Stücke, belegte sie mit Käse und schob sie Julius in den Mund. Jetzt fehlten nur noch die geheimnisvollen Fragen. Brot und Käse schmeckten vorzüglich. Luise von Schattenbach schob ein paar Apfelstücke hinterher und beobachtete seinen Appetit mit Freude und sogar Erleichterung. Nichts war zu spüren von der unheilvollen Körperlichkeit, die Julius beim letzten Mal an ihr wahrgenommen hatte. Und doch war ihre Sorge nicht einfach nur tröstlich. Julius fühlte, dass irgendetwas in ihr lauerte.

Das Krankenhaus schien in einen Dornröschenschlaf gefallen zu sein. Keine Schritte auf dem Gang. Niemand, der hereinkam und Luise daran hinderte, ihn zu füttern. Nicht einmal ein Schnarchen oder Stöhnen kam von den anderen Betten. Er stellte sich vor, wie Johanna hereinkommen und Luise sehen würde. Er wischte das Bild weg, als wäre es eine Fliege auf seinem leckeren Essen.

Nachdem Julius noch ein paar Bissen vom Kuchen genossen hatte, stellte Luise den Korb auf den Boden und sah ihn sanft an. Jetzt würde es passieren. Jetzt würde sich der wahre Grund für ihren Krankenbesuch offenbaren. Julius lag steif wie ein Brett da, erhitzt und aufgeregt wie vor einer Prüfung. Würde sie ihn wieder prüfen?

Da raunte sie: »Julius, haben Sie etwas dagegen, wenn ich mich zu Ihnen lege?«

Julius schrak heftig zusammen. Sich zu ihm legen? Dieser verschleierte, unerträglich schemenhafte Leib? Luise schien keine Antwort erwartet zu haben. Also lüpfte sie die Decke und glitt neben ihn.

Ein fremdartiges Tier glitt neben ihn. Ein warmes, biegsames, samtiges, schreckliches Tier glitt neben ihn. Und weil das Bett sehr schmal war, musste sie sich eng an Julius schmiegen und schob eine Hand unter die Decke und … fand ihn. Ihre Finger umschlossen ihn, und Julius spürte die selbstverständliche Härte ihrer Hand. Er hielt den Atem an.

»Julius, Sie sind in einer denkbar schwierigen Lage«, flüsterte sie.

Die Schläfe an ihre Stirn gelegt, nickte er vorsichtig. Sie seufzte scheinbar bekümmert und fuhr mit den Fingern über die heiße, trockene Landschaft zwischen seinen Schenkeln.

»Ich werde Ihnen jetzt etwas sagen, mein lieber Freund. Und danach werde ich gehen. Vielleicht sehen Sie mich nie wieder. Vielleicht werde ich Sie aber wieder zu mir rufen, wenn es mir beliebt. Das hängt ganz von Ihnen ab.«

Julius spürte das durchlässige, feine Gewebe neben sich und dahinter die Festung ihres Körpers. Er würde diesen Körper nicht berühren, das wusste er. Sie berührte ihn. Und er ließ es geschehen. Sie drückte einmal fest zu, sodass ihm ein lautes Stöhnen entfuhr.

»Machen Sie sich keine Illusionen darüber, wer hier einen freien Willen hat. Seien Sie versichert, Sie sind es nicht!«

Ihr Flüstern bohrte sich in seinen Kopf und verklebte seine Gedanken. Ein weicher, seidenverhüllter Fuß strich an seiner Wade entlang wie eine Schlange.

Sie löste die Hand nicht von ihm, und Julius fühlte sich wie jemand, der gefoltert wird, damit man ihm ein Geheimnis entreißen konnte oder um ihn zu etwas zu zwingen. Nur dass Luises Wahl der Mittel weitaus schlimmer war als das plumpste aller Folterwerkzeuge. Was auch immer sie von ihm wollte – mit diesen Mitteln würde sie nicht lange darauf warten müssen. Aber vielleicht würde er ihr gar nicht zuhören können. Denn im Moment wollte er einfach nur, dass ihre Hand ihm weiter wehtat.

»Julius, Sie haben sich in eine unmögliche Lage gebracht, das wissen Sie ja. Wenn das so weitergeht, mit Ihrem scharfen Gespür für den falschen Ort und die falsche Zeit, dann werden Sie sich irgendwann in ein Netz hineinmanövrieren, aus dem Sie nicht mehr herauskommen.«

»Und dieses Netz … haben Sie gesponnen?«

»Das tut nichts zur Sache. Sie werden über meine Person nichts erfahren. Glauben Sie, nur weil ich hier unter dieser Decke liege, können Sie irgendwelche Fragen an mich stellen?«

»Warum sind Sie denn unter … meiner Decke?«, wisperte er.

»Nicht, weil ich Ihre Komplizin bin.«

Ein besonders rauer, harter Griff ließ ihn aufjaulen. Danach löste sie ihre Finger und begann, ihn sanft zu massieren, und Julius entspannte sich wieder.

»Bilden Sie sich bloß nicht ein, Sie könnten irgendwie hinter die Geheimnisse kommen. Geben Sie es auf«, zischte sie.

Seltsam, dachte Julius, genau das Gleiche hatte Dr. Kinsky ihm auch eingeschärft.

»Sie … Sie drohen mir!«, stieß Julius hervor. Der Zustand seiner Lenden glich einem einzigen angehaltenen Atem. Er war kurz davor, ihn auszustoßen.

»Ganz recht, Julius, ich drohe Ihnen. Ich sage es nur einmal, Sie kleiner Kunstexperte: Wenn Sie weitersuchen, nach was auch immer Sie da glauben zu suchen, wird das Ganze irgendwann einmal nicht mehr in einem Krankenhausbett enden.«

Sie packte ihn wieder fester, und auch sein übriger Körper erstarrte und wurde hart. Er lag hier mit einer Frau, die er mit jeder Faser seines Leibes begehrte, obwohl er wusste, dass sie wahrscheinlich so harmlos und anschmiegsam war wie ein Skorpion. Aber Luises Gift wirkte bereits.

»Hör zu, Julius!« Sie drängte sich noch dichter an ihn und ließ den kümmerlichen Rest von Förmlichkeit fallen. »Du bist ein Nichts, Pawalet. Es wird ein Leichtes sein, dich erblinden zu lassen. Und dann wirst du wieder dahin zurückfallen, wo du hergekrochen bist. In den Dreck. In das Nichts!«

Im selben Moment riss sie die Hand von seinem Geschlecht, und eine Sekunde später ergoss Julius sich in die Laken und zuckte hinüber in eine halbe Ohnmacht. Sein Kopf tat höllisch weh, und er spürte nur noch einen leichten Kuss auf seiner Wange, hörte das Rascheln von Stoff und das Klappern von Schritten. Dann fiel eine Tür zu.

TEIL 2: BILDERWUT

I

»Es war eine unverzeihliche Dummheit von dir, diesen Pawalet einzustellen!«

Viktor von Schattenbach hieb mit der Faust auf den Tisch, sodass der Cognacschwenker zitterte. Kinsky zuckte zusammen und senkte die Augen.

»Ich weiß nicht, was dich geritten hat, den Sohn von diesem Mann hier ins Museum zu holen. Was hast du dir nur dabei gedacht, Gustav! Ich habe alles versucht, um unsere Probleme zu lösen, und was machst du? Du rollst diesem Kerl den roten Teppich aus!«

Kinsky sah zum Hofrat auf und zog den Kopf immer weiter zwischen die Schultern.

»Hör auf, mich anzuglotzen wie eine verdammte Schildkröte!«, rief der Hofrat. »Ich will wissen, was wir tun sollen!«

»Ich habe doch nicht gewusst, dass dieser Julius so hartnäckig ist. Wenn ich geahnt hätte, dass …«

»Ach, das ist doch Unsinn! Wie kommst du überhaupt dazu? Selbst wenn du Joseph dieses alberne Versprechen gegeben hast – der Alte ist tot! Was bist du nur für ein verweichlichter Dummkopf!«

Kinsky sah sich hektisch in seinem Büro um, als könnte aus irgendeinem Winkel der erzürnte Geist von Joseph Pawalet auftauchen. »Ich habe einfach versucht … es wiedergutzumachen an seinem Sohn …«, flüsterte Kinsky.

Der Hofrat hatte den Museumsdirektor noch nie so elend gesehen. Das Gesicht des Mannes war so schmutzig weiß wie der Wintertag.

»Wir können nicht zulassen, dass du unsere Arbeit aufs Spiel setzt, nur weil du ein sentimentaler Trottel bist!«

»Arbeit nennst du das?«, entgegnete Kinsky und schlug nun ebenfalls auf den Tisch. »Du kannst wohl kaum sagen, dass wir hier *arbeiten!*« Spucketröpfchen landeten auf der Tischplatte.

Der Hofrat lehnte sich vor und bleckte die Zähne. Er spürte den Zorn in den Eingeweiden wie eine eiskalte Flutwelle. Kinsky wurde unter diesem Blick noch kleiner. Schattenbach wusste, dass seine Wut immer noch einen erstaunlichen Eindruck auf den Museumsdirektor machte.

»Was soll das heißen?«, zischte er.

Kinsky starrte den Hofrat nur mit zitternden Lippen an. In diesem Moment wünschte Schattenbach sich, dass Luise bei ihm wäre. Er wusste nicht, wie sie es machte, aber in ihrer Anwesenheit hätte der Museumsdirektor niemals gewagt, sich aufzulehnen. Irgendetwas war in ihrem Blick, das der Hofrat selbst gerne besessen hätte.

»Hast du schon einmal daran gedacht, dass diese Sache irgendwann enden muss? Wir können nicht ewig weitermachen«, murmelte er.

Der Hofrat beugte sich über den Schreibtisch. »Was soll das heißen? Willst du mir etwa sagen, dass dich das schlechte Gewissen gepackt hat? Hast du vergessen, dass du hier überhaupt nichts zu entscheiden hast?«

»Ich sage dir, Viktor, diese Sache mit dem alten Pawalet hätte uns eine Lehre sein müssen. Und jetzt das mit Julius. Es gibt zu viele Gefahren …«

Kinsky kam nicht dazu, den Satz zu beenden. Mit einer Schnelligkeit, die man dem massigen Leib des Hofrats gar nicht zugetraut hätte, schoss dieser vor und schlug dem Museumsdirektor mit der flachen Hand ins Gesicht. Die

Ohrfeige hallte in dem weitläufigen Büro wider wie ein Schuss. Erschrocken zuckte Kinsky zurück und hielt sich die Wange. Zwei Tränen platschten aus seinen Augen. Überrascht starrte er den Hofrat an. Er hatte ihn noch nie geschlagen.

»So, jetzt bist du wohl bereit, mir zuzuhören, du Jammerlappen! Hast du vergessen, dass ich dich in der Hand habe? Vergiss nicht, dass du damals damit angefangen hast. Du weißt, was passiert, wenn herauskommt, was für ein feiner Museumsdirektor du bist, oder?«

»Wie lange willst du mich noch erpressen?«, flüsterte Kinsky mit erstickter Stimme.

»Bis du nach Gottes Ratschluss aus dem Leben scheidest, mein Lieber.«

»Wer sagt dir, dass du nicht vor mir stirbst?«

Der Hofrat schlug gleich noch ein zweites Mal zu. Die fleischige Wange Kinskys fühlte sich unter seiner Hand an wie ein Stück Schinken. Eine Welle der Zufriedenheit durchflutete ihn, als er sah, wie Kinsky versuchte, ihm auszuweichen und dann einen plärrenden Laut ausstieß. Luise wäre stolz auf ihn gewesen.

»Nun hör schon auf, Viktor, was soll das denn?«, wimmerte der Direktor.

»Du hörst wohl nicht recht, Kinsky!«, donnerte der Hofrat. »Wir haben seit 15 Jahren eine Vereinbarung.«

»Da hängst du aber genauso mit drin, wenn es herauskommt!«, begehrte Kinsky auf.

Der Hofrat beugte sich über den Schreibtisch und packte das schillernde blaue Tuch, das Kinsky um den Hals geschlungen hatte. Er zog das schwitzende Gesicht des Museumsdirektors ganz nah zu sich heran und zischte: »So hast du dir das also gedacht, ja? Mich mit anschwärzen.

Ich glaube, du weißt nicht, mit wem du es zu tun hast. Du weißt doch, was passiert, wenn mir jemand in die Quere kommt, oder? Denk an den alten Pawalet.«

Kinsky versuchte, sich aus dem Griff des Hofrats zu befreien. »Bitte, Viktor, ich kann nicht mehr. Ich kann da nicht mehr mitmachen.«

»Na gut, dann ziehst du eben den Schwanz ein und kündigst. Geh in Rente, du bist ohnehin schon alt.« Er lockerte den Griff ein bisschen. »Aber denk dran: Selbst wenn du diesen schönen Posten hier nicht mehr verlieren kannst – wenn du redest, lernst du mich kennen.«

»Das will ich doch gar nicht …«, ächzte Kinsky.

»Gut so. Und noch eins: Stell dir vor, dein möglicher Nachfolger merkt, was du hier gemacht hast. Willst du als gebrandmarkter Mann sterben, im Gefängnis? Du hast gar keine Wahl, Gustav. Nur die Wahl zwischen meiner Strafe und der des Kaisers. Merk dir das.«

Der Hofrat ließ das Halstuch los, und Kinsky sank schwer atmend in seinen Sessel. »Was verlangst du von mir?«, fragte er mit hohler Stimme.

»Ich verlange, dass du dafür sorgst, dass Julius Pawalet aus diesem Museum verschwindet. Vielleicht ist es noch nicht zu spät. Sollte er weiterschnüffeln, nehme ich die Sache selber in die Hand.«

Kinsky nickte unglücklich.

»Kranzer hätte diesen Dummkopf gleich totschlagen sollen!«, murmelte Schattenbach verärgert.

»Warum hat Grimminger denn die Anzeige fallen lassen?«, fragte Kinsky schniefend. »Er muss doch ein Interesse daran haben, dass Pawalet im Gefängnis verschwindet, oder? Das wäre die Chance gewesen.«

Schattenbach schnaubte. »Du weißt doch, wie es damals

war, als der alte Pawalet bei ihm eingestiegen ist. Langsam glaube ich, dass der Joseph seinen Sohn aus dem Jenseits lenkt wie eine Marionette.«

Kinsky schauderte. »Eine schreckliche Vorstellung.«

»Kranzer wollte, dass *wir* die Sache regeln und nicht die Polizei. Wer weiß, was Pawalet denen alles erzählt hätte. Außerdem hat er diesen Freund beim Sicherheitsamt ... Inspektor Lischka. Alles muss man selber machen, Herrgott! Und dann solltest du Grimminger sagen, dass er sich beeilen soll mit der *Medusa*. Es wird langsam eng.«

Kinsky nickte wieder. »Das Bild wird heute abgehängt. Der Kittelberger hat es morgen früh in der Restaurieranstalt. Wir haben zwei gute Wochen, wenn der Grimminger sich beeilt.«

Dann griff er nach seinem Cognacglas und nahm einen tiefen Schluck.

Der Hofrat betrachtete ihn angewidert. Wenn er es recht überlegte, wollte er gar nicht darauf warten, bis Kinsky Julius Pawalet kündigte. Er würde die Sache gleich selbst in die Hand nehmen.

In diesem Moment ertönten vor der Tür hastige Schritte, und es wurde laut an die Tür geklopft.

»Herein!«, rief Kinsky, hörbar erleichtert, dass jemand seine unangenehme Begegnung mit dem Hofrat unterbrach. Die Tür schwang auf, und Prohaska, der Kassierer, erschien. Er sah aus, als wäre er vor einer heranbrausenden Lokomotive davongerannt.

»Prohaska, was haben Sie denn?!«, rief Kinsky und sprang von seinem Sessel auf.

»Herr Direktor ...«, schnaufte der Mann, »unten ... ist die Hölle los, ich weiß nicht, was ich machen soll!«

Durch die offene Tür drangen lautes Stimmengewirr, das

Trampeln Hunderter Füße und ein anschwellendes Dröhnen und Stampfen.

»Was ist das?«, wollte Schattenbach wissen.

»Das sind die Leute, Herr Direktor. Sie kommen zu Hunderten. Sie rennen uns das ganze Haus ein!«

»Sorgen Sie gefälligst für Ordnung da unten!«

Prohaska wischte sich den Schweiß von der Stirn und zuckte hilflos mit den Schultern. »Was soll ich denn machen? Der Kollege Kranzer hat versucht, sie zurückzuhalten, aber es sind einfach zu viele. Manche bezahlen schon gar nicht mehr und schieben sich einfach herein …«

In diesem Moment begriff Schattenbach, was dieser Ansturm bedeutete. Seit die Presse bekannt gegeben hatte, dass dieser unheimliche Mörder, der Wien seit Wochen in Atem hielt, seine Inspiration aus dem Kunsthistorischen Museum bezog, hatten offenbar Hunderte sensationslüsterne Leute beschlossen, sich den Ursprung der Gräueltaten genauer anzusehen.

Beunruhigt kam Kinsky hinter seinem Schreibtisch hervor und ging mit Prohaska in die Museumsräume. Viktor von Schattenbach folgte ihnen.

Was die Männer in den oberen Räumen des Museums erwartete, glich einer Mischung aus Zirkus, Prater und Wochenmarkt. Die Menschen schrien durcheinander, drängten sich aneinander vorbei, reckten die Köpfe und stießen sich in die Rippen. Sie scharten sich um die großen Alten Meister und gafften, wie man sonst nur Schlangenmenschen oder siamesische Zwillinge begaffen würde. Da hingen diese Bilder schon seit 15 Jahren hier, und die meisten dieser Besucher hatten noch nie den Fuß ins Kunsthistorische Museum gesetzt, dachte Schattenbach verächtlich. Doch plötzlich lag ein Hauch von Gefahr und Nervenkitzel um die alten Ölgemälde. Hier hatte er vielleicht gestanden, der Kunstmörder von Wien! Hier, vor der barocken Kreuzigungsgruppe, und hatte sich vielleicht ausgemalt, wie er sie in die Tat umsetzen konnte. Oder da – das schreckliche Cranach-Bild mit Judith und dem abgeschlagenen Haupt des Holofernes!

Der Hofrat sah abgewetzte Jacketts, staubige Mützen und durchgelaufene Schuhe, rotbackige Gesichter und strähnige Haare unter schlaffen Hauben. Im Hintergrund sah man nur wenige feine Damen, die sich an den Arm ihres Begleiters klammerten und sich dem Kitzel aussetzten, etwas Verlockendes, Schauriges mit dem gemeinen Volk zu teilen.

»Lassen Sie unten eine Sperre errichten!«, schrie Kinsky Prohaska zu. »Es dürfen keine Leute mehr ins Museum!«

Prohaska nickte mit weit aufgerissenen Augen und quetschte sich durch die Menschenmassen. In Kinskys Augen stand die Panik, dass die kostbaren Gemälde Schaden nehmen könnten.

Die Menschenmenge zerrte den Hofrat und Kinsky mit sich, trug sie von einem Saal in den nächsten. Und plötzlich standen sie im Rubens-Saal, wo Otto Grimminger mit wutverzerrtem Gesicht seine frisch bemalte Leinwand über die Köpfe hielt und versuchte, sich einen Weg durch die Menschenmenge zu bahnen. Die Staffelei lag zertrampelt auf dem Boden.

»Helfen Sie ihm, los!«, schrie der Hofrat Kinsky zu, und der lotste den Kopisten in einen Seitenflur und in das angrenzende Kabinett. Bevor Schattenbach ihnen folgen konnte, blieb er in einem besonders dichten Gedränge vor der *Medusa* stecken. Was sich vor diesem Bild abspielte, versetzte den Hofrat in solche Abscheu, dass er sich auf die Zunge biss. Kleine Jungen hüpften auf den Armen ihrer Väter auf und ab und machten erschrockene Gesichter. Kleine Mädchen versteckten spielerisch ihre Gesichter zwischen den Rockfalten der Mütter. Man machte »Iiiih!« und »Uuuuhh!« und betrachtete das Rubens-Meisterwerk wie einen haarigen Affen, der die Zähne fletschte und alle in Angst und Schrecken versetzte.

Kinsky schob sich ins angrenzende Kabinett, an dem die Menschen achtlos vorüberzogen.

Schattenbach stieß zu ihnen. Hier waren sie erst einmal sicher vor dem Ansturm.

Grimminger stand schwer atmend an der Wand, die Kopie der Medusa neben sich.

»Herrgott, das ist ein Skandal!«, jammerte Kinsky.

Doch der Hofrat spürte auf einmal wieder die ganze kühle Macht seiner Gedanken.

»Sorgen Sie dafür, dass der Rubens sofort abgehängt wird!«, befahl er dem Museumsdirektor. Dann stahl sich ein zufriedenes Grinsen auf sein Gesicht. »Das ist der perfekte Vorwand, um das Bild verschwinden zu lassen.«

11

»Haben Sie einen Verehrer, Kleines?«, fragte Maria Habermann, als Johanna ihr das Kissen aufschüttelte. Die ausgeblichenen Haare der Frau schwebten wie Gespinste aus Zuckerwatte zu Boden. Ihre Patientin war erst 60 Jahre alt, doch die Krankheit ließ sie aussehen wie eine 80-Jährige.

»Warum fragen Sie?« Johanna wandte das Gesicht ab, damit Maria Habermann nicht sehen konnte, wie sie errötete.

»Letzte Woche haben Sie noch nicht so gestrahlt. Und außerdem haben Sie ganz rote Ohren, Kindchen. Na kommen Sie, mir können Sie nichts vormachen.«

Johanna seufzte und beschloss, die Wahrheit zu sagen. Sie schob der alten Frau behutsam das Kissen unter den Kopf und setzte sich auf die Bettkante.

»Maria, ich muss Ihnen etwas sagen.«

Die Frau ergriff Johannas Hand und drückte sie aufmunternd.

»Ist es ein Patient? Nun sagen Sie schon.«

»Es ist Ihr Sohn.«

Maria Habermann verharrte reglos. Ihre tief liegenden Augen ruckten plötzlich zur Seite, und sie löste den Griff von Johannas Hand, doch Johanna hielt sie fest. »Maria, ich wollte Ihnen nicht verschweigen, dass er hier ist. Ich wollte nicht, dass Sie es irgendwann einmal von anderer Seite erfahren und mich für unaufrichtig halten.«

Statt einer Antwort stieß Maria Habermann einen bellenden Husten aus. Sie litt an einer aggressiven Form der Diphtherie und lag schon seit Monaten im Allgemeinen Krankenhaus. Das helle Einzelzimmer schottete sie von anderen Patienten ab, und ihre gesamten Ersparnisse aus ihrer Zeit als Schauspielerin in Deutschland flossen in diesen Luxus der Abgeschiedenheit. Ihr Körper war von der Krankheit schon so geschwächt, dass er nicht heilte und es immer wieder zu neuen Schüben kam. Und außerdem kamen in letzter Zeit zu diesen Symptomen immer wieder beunruhigende Phasen von Verwirrung. Johanna sah, dass die alte Frau verfiel, auch geistig. Maria Habermann ließ keine andere Pflegerin an sich heran außer Johanna, und sie war sich sicher, dass sie in diesem Raum sterben würde.

»Wie kannst du …«, röchelte Maria Habermann und funkelte die Krankenschwester trotz des Hustens wütend an.

»Er hat mich mit dem Kranz an Josephs Grab gesehen und ist mir damals gefolgt. Er dachte, ich wäre die Geliebte seines Vaters.«

»Du hast ihm doch nicht gesagt, von wem der Kranz kommt, oder?« Maria Habermann atmete schwer und krallte die Finger in die Bettdecke.

Es schmerzte Johanna, dass sie die Kranke durch dieses Geständnis in einen solchen Aufruhr versetzt hatte.

»Nein, natürlich nicht.«

»Warum ist der Junge dann hier?!«, fauchte Maria Habermann. »Hat er sich mit der Syphilis angesteckt?«

»Er hatte einen schweren Unfall und erholt sich von einer Gehirnerschütterung.«

»Warum erzählst du mir das, Johanna? Ich habe dir gesagt, dass ich nichts wissen will von meinem Sohn. Glaubst du, ich fühle mich jetzt hier noch sicher?« Ein neuer Husten schüttelte den ausgemergelten Körper der Frau.

»Beruhigen Sie sich, Maria. Ich verspreche Ihnen, dass ich Julius nicht sagen werde, dass Sie hier sind.«

»Er darf nicht einmal wissen, dass es mich überhaupt gibt!«, rief die Frau und presste die Hand auf den Mund. Ein panischer Ausdruck schlich sich in ihre Augen. »Sagen Sie ihm nichts von mir, ja?«

»Ich werde ihm nichts sagen. Ich verstehe allerdings nicht, warum Sie sich so davor fürchten.«

»Das habe ich Ihnen doch schon gesagt: Ich habe mit diesem Teil meines Lebens abgeschlossen. Schauen Sie sich doch um. In Wien passieren zurzeit beunruhigende Dinge.

Und mein Sohn ist in die Fußstapfen seines Vaters getreten. Aber sein Vater ist verflucht. Und das, was gerade vorgeht, hat seinen Ursprung in diesem ebenfalls verfluchten Museum. Sobald Julius erfährt, dass es mich gibt, wird er mich über die Vergangenheit ausfragen, weil er glaubt, dass er so die Gegenwart besser verstehen kann. Aber das ertrage ich nicht. Ich will in Ruhe sterben.«

Der Redefluss hatte Maria Habermann erschöpft. Johanna nahm ein Tuch, tupfte ihr den Schweiß von der Stirn und reichte ihr ein Glas Wasser. Besorgt betrachtete sie Marias schwer pumpenden Brustkorb und fragte sich, wovor die Frau tatsächlich solche Angst hatte. Sie hatte schon viele Menschen sterben sehen. Fast alle wollten im Angesicht des Todes mit sich und ihrer Umwelt ins Reine kommen. Sie wollten Gewissheit, Vergebung und inneren Frieden. Maria Habermann hatte nun die Gelegenheit, ihren Sohn zu sehen, den sie kurz nach dessen Geburt verlassen hatte.

Johanna deckte die Frau zu und strich ihr über den Kopf. »Machen Sie sich keine Sorgen, Maria. Ruhen Sie sich aus.«

Sie stand auf und wollte das Zimmer verlassen. Doch an der Tür hielt die schwache Stimme der Frau sie noch einmal zurück. »Und Sie haben sich verliebt in Julius?«

Johanna sah zu dem dünnen Körper im Bett und schüttelte den Kopf.

»Ich glaube nicht, dass Sie das wirklich wissen wollen.«

Die Augen der alten Frau weiteten sich. »Er wird sich an mir rächen, wenn er es erfährt«, sagte sie dumpf. »Und er hätte recht damit. So eine Mutter wie ich … ach. Ich muss sowieso in der Hölle brennen für das, was ich getan habe.«

Als Johanna an diesem Nachmittag in den Schlafsaal ihrer Station kam, saß Julius Pawalet auf der Bettkante und knöpfte sein Hemd zu.

»Was haben Sie vor?«, fragte sie erschrocken.

Julius schwieg, und Johanna fühlte einen leichten Schmerz in der Brust.

»Aber Sie waren nicht einmal eine Woche hier. Sie können noch nicht wieder nach Hause!«

»Es geht mir gut«, sagte Julius.

Johanna setzte sich neben ihn. Sie hatte die ganze Woche nicht daran gedacht, wie es werden würde, wenn Julius' Entlassung anstand, denn diese Woche hatte den tristen Krankenhausalltag aufgehellt. Sie hatte den Gedanken an seine Entlassung verdrängt, und nun saß er hier und schickte sich an, sie zu verlassen. Johanna legte ihm die Hand auf den Arm.

»Julius, Sie sind noch viel zu schwach, Sie brauchen Ruhe.«

Er wandte sich zu ihr und lächelte sanft. Johanna spürte die Wirkung dieses Lächelns irgendwo tief im Bauch. Die drohende Leere seines Bettes erzeugte eine nagende Unruhe in ihr.

»Johanna, ich gebe zu, dass ich nur aus einem einzigen Grund bleiben würde, und das sind Sie. Ich würde Sie gern auch außerhalb dieser Mauern treffen.«

Sie senkte beschämt den Blick. »Aber Sie haben doch überhaupt nichts zu tun da draußen. Das Kunsthistorische Museum hat seine Pforten geschlossen.«

»Wie bitte? Woher wissen Sie das?«, fragte er erschrocken.

»Es stand gestern schon in der Zeitung. Auf Anordnung des Kaisers. Die Menschen sind anscheinend zu Hunderten in die Galerie geströmt und haben vor den Bildern ein Volksfest veranstaltet.«

»Oh, das ist gar nicht gut …«, murmelte Julius. Er starrte zwischen den Leinenvorhängen in die Ferne und knöpfte sein Hemd ganz zu. In Windeseile schlüpfte er in Hose und Schuhe.

»Ich schreibe Ihnen meine Adresse auf«, sagte Johanna hastig. »Sie sind ganz allein, niemand kann nach Ihnen sehen. Wenn Sie möchten, melden Sie sich bei mir, falls es Ihnen schlecht geht.«

Julius sah sie erstaunt an. Dann sagte er: »Und ich habe mich schon gefragt, ob ich es wagen kann, Sie genau darum zu bitten.«

Mit steif gefrorenen Fingern umschloss Julius das kleine Stück Papier mit Johannas Adresse, das in seiner Jackentasche steckte. Den ganzen Weg vom Allgemeinen Krankenhaus im Alsergrund bis nach Mariahilf ließ er es nicht los.

In der Elektrischen lehnte er den Kopf gegen die eisige Fensterscheibe. Um ihn herum stieg der metallische Geruch des Schnees aus den Mänteln der anderen Fahrgäste. Vielleicht war es doch keine so gute Idee gewesen, das Krankenhaus zu verlassen, dachte Julius. Der kurze Weg zur Haltestelle hatte ihn so angestrengt, dass er am liebsten sofort wieder ins Bett gesunken wäre. Das Schlimmste war aber nicht die Schwäche, die ihn außerhalb des Krankenhauses überfiel. Es war die Tatsache, dass er nun Johannas Fürsorge missen musste.

Julius versuchte, die sentimentale Sehnsucht nach ihr zu verscheuchen, doch ihr letzter besorgter Blick hatte sich hinter seiner Stirn eingenistet. Neben der Erinnerung an Luises bösartige Wohltaten.

Als Julius in seine Wohnung zurückkehrte, fragte er sich, wie es jetzt weitergehen sollte. Das Kunsthistorische Museum war also bis auf Weiteres geschlossen. Und selbst wenn es wieder geöffnet werden würde, war er mit Sicherheit nicht mehr erwünscht dort. Die Tatsache, dass er in der Wohnung saß, in der der Mörder seinen ersten Mord begangen hatte, tat ein Übriges, dass er nicht zur Ruhe kam. Doch die klirrende Kälte, die in die so lange nicht benutzten Zimmer gekrochen war, beendete sein nervöses Nachdenken.

Er ging hinaus in den Flur, wo ein großer Korb mit Holzscheiten stand, den der Hauswirt seinen Mietern zur Verfügung gestellt hatte. Julius nahm ein paar Scheite, um in dem kleinen Kanonenofen in der Küche ein Feuer anzuzünden. Er kniete sich vor die offene Ofenklappe und wollte gerade Holz und Zeitungspapier hineinschichten, als sein Fuß gegen einen Widerstand stieß. Er beugte sich hinunter. Ein Schwindelgefühl erfasste ihn, und der pochende Schmerz in seiner Schläfe meldete sich wieder. Julius tastete auf dem Boden nach dem Widerstand und sah, dass eine der Bodendielen sich verzogen hatte. An einem Ende stand sie ein ganz klein wenig über, nur einen halben Zentimeter. Augenblicklich schüttelte Julius seine Schwäche ab. Plötzlich überkam ihn die untrügliche Gewissheit, dass der Mann, der seine Vormieterin getötet hatte, sich genau an dieser Bodendiele zu schaffen gemacht hatte. Julius hatte dessen kalte Präsenz in der Wohnung gespürt. Julius verscheuchte den Gedanken, dass die Gehirnerschütterung vielleicht seine Sinne verwirrte, und fasste an das Dielenbrett. Es saß ganz locker zwischen den anderen Brettern und ließ sich überraschend leicht herauslösen. Julius beugte sich vor und schaute in die kleine Vertiefung vor ihm.

Da lag etwas unter dem Fußboden.

Julius meinte, ein elektrisches Kribbeln an seinen Fingern zu spüren. Er schloss die Augen und tastete nach dem hellen eckigen Umriss, der dort unten im Schatten lag.

Es war ein Bild. Die Leinwand war nicht größer als 30 auf 30 Zentimeter.

Der Geruch von frischer Ölfarbe stieg ihm in die Nase.

Liselotte Kromichl war eine schöne Frau gewesen.

Auf der Polizeifotografie, die Lischka Julius vor Kurzem gezeigt hatte, war ihm diese Schönheit entgangen. Hier auf dem Porträt, mit offenem Blick und mit einem weißen, elegant geschlungenen Tuch um den Hals, sah die Frau aus wie eine der langgliedrigen Nymphen, die Klimt malte und deren Reproduktion Julius aus den Kunstmagazinen kannte, die zurzeit in der Auslage jedes Buchhändlers zu betrachten waren. Ein leises Lächeln umspielte ihre breiten, sinnlichen Lippen. Sein Verstand wollte diese einfache, aber blühende Frau nicht mit der vom Tod entstellten barbusigen Gestalt in Einklang bringen, die Lischka ihm gezeigt hatte.

Doch diese Entdeckung war zweitrangig.

Er war es, der mit seinem Pinselstrich Liselotte Kromichl noch zu Lebzeiten erfasste und der sie später vernichtete. Er war es, der mit seiner feinen, plastischen Malweise einen Menschen in porträthafter Schlichtheit auf ein kleines Stück Leinwand gebannt hatte und diesen Menschen später in ein viel komplizierteres Kunstwerk einband und dort erstarren ließ.

Julius hielt das Werk eines Mörders in Händen.

Er drehte es um und betrachtete die Rückseite. Ein einfacher Keilrahmen aus billigem Holz. Er entdeckte jedoch nirgendwo einen Stempel oder sonst einen Hinweis auf denjenigen, der ihn gefertigt hatte. Auch auf dem Porträt selbst war nichts, was einen Anhaltspunkt gab. Der Maler hatte das Bild nicht signiert.

Julius schien es, als saugte das Porträt ihn ein, als bannte es seine ganze Konzentration.

Wenn er ganz aufmerksam war und kein Detail übersah, konnte er dem Wesen des Mannes, der dieses Bild gemalt hatte, näherkommen, das wusste Julius. Wer war dieser Maler, und was konnte die Malweise ihm über ihn sagen? Was war er für ein Mensch, dass er ausgerechnet so und nicht anders malte? Das Bild war gut gemalt, mehr nicht. Die Kunst war in dieser Zeit im Umbruch, und viele Maler ließen gefälliges, dreidimensionales , naturalistisches Malen hinter sich.

Dieser Maler hier legte offenbar keinen Wert auf Neuartigkeit. Das Bild zeigte eine Detailversessenheit wie bei einem barocken Stillleben. Die Darstellung war äußerst wirklichkeitsnah, ja geradezu fotografisch genau. Der Maler hatte Talent, das stand außer Frage. Das Porträt jedoch wirkte seltsam leblos. Der Glanz von Liselotte Kromichls Augen war zwar höchst realistisch, doch mit der irreführenden Wirkung von gläsernen Puppenaugen. Ihr Mund schien allzu starr, obwohl sie lächelte, und das Haar, auf dem man jeden Lockenschwung mit dem Spiel von Schatten und Licht erkennen konnte, sah aus wie eine gestärkte, steife Perücke. Die Kräuselung des Spitzenkragens war mit übertriebener Genauigkeit ausgeführt, als wollte der Maler auf jeden Fall sein Können unter Beweis stellen. Julius fragte sich, ob der Maler an der Kunstakademie studiert hatte. Er wusste, dass das Dogma der Akademie immer noch vorschrieb, gegenständlich und plakativ realistisch zu malen.

Dort brachte man den Studenten die Maltechniken bei und baute die handwerklichen Fähigkeiten aus. Doch den Ausdruck, das innere Leuchten eines Bildes konnte man auch einem technisch noch so begabten Maler nicht beibringen. Diese Ansichten kannte Julius aus den Kunstzeitschriften, die er manchmal gebraucht bei einem Papierhändler gekauft hatte. Und er fand, dass das Porträt in seinen Händen ein gutes Beispiel war für die Seelenlosigkeit eines Meisterwerks. Dieser Maler hier hatte zweifellos eine künstlerische Gabe, doch es war ihm nicht gelungen, es auch lebendig werden zu lassen. Das Bild war die bloße Abspulung technischer Raffinesse, mehr nicht.

Plötzlich glaubte Julius zu erkennen, dass auch dem Maler selbst diese Seelenlosigkeit bewusst war. Er weiß, dass seine Kunst keinerlei Einzigartigkeit besitzt, dachte er.

Als hätte das Porträt der toten Frau Kromichl ein unsichtbares Türchen in die Seele des Mannes geöffnet, sah Julius plötzlich, dass die Suche nach Einzigartigkeit, die jeder Maler anstrebt, diesen hier zum Mörder gemacht hatte. Er weiß, dass er mit dem Pinsel zwar sehr ausgefeilt ist, aber ohne jede Tiefe. Keiner wird sich an ihn erinnern. Er muss sich mit Gelegenheitsarbeiten wie dieser hier über Wasser halten. Und er hat durch Mord einen Weg gefunden, sich als Künstler unsterblich zu machen. Und so näherte er sich wahrscheinlich seinen Opfern. Er zwang sie, Modell in einem Genre zu werden, in dem er glänzen konnte. Auf einmal zitterte Julius am ganzen Leib. Der Schwindel erfasste ihn wieder, und er schleppte sich zu seinem Bett, ohne das Porträt aus der Hand zu legen.

Ich muss es Lischka zeigen … unbedingt …, dachte er, bevor er in einen tiefen, erdrückenden Schlaf fiel.

III

Für einen eisigen Winterabend war das Zelt des Varieté Sprangel im Wiener Prater erstaunlich gut besucht. Rupert Schwarz lugte zwischen dem Bühnenvorhang in den Besucherraum und beobachtete sein Publikum. Viele Männer mit losen Weibsbildern, ein paar Studenten und die unvermeidlichen Betreiber anderer Varietés, die auf der Suche nach neuen Talenten waren, die sie für ihre eigenen Betriebe abwerben konnten. Rupert Schwarz erkannte sie an der auffällig zur Schau getragenen Gleichgültigkeit, hinter der sich harte Geschäftsmänner verbargen.

Serviermädchen huschten mit ihrem Bauchladen durch die Reihen und verkauften Zigaretten und Konfekt. Rupert sah, wie die Kette mit den roten Glühbirnen anging, und erkannte nur noch die Hälfte der Gesichter, die ihn gleich auf der Bühne bewundern würden. Im Saal lag der Geruch von nassen Mänteln, Schneematsch und Zigarrenrauch.

Er schloss die Lücke im Bühnenvorhang und ging nach hinten in die Garderobe. Dort saß Amalie und verteilte weißen Puder auf ihrem runden, kindlichen Gesicht. Gleichzeitig schmetterte sie klagende Töne in die parfumgeschwängerte Luft, um ihre Stimme warm zu singen.

»Ist was los da draußen?«, fragte sie.

»Das Zelt scheint voll zu sein«, sagte Rupert und griff nach einem Kamm.

Amalie machte ein verärgertes Gesicht und befahl: »Mach den Kamm danach aber sauber! Ich hab keine Lust, jedes Mal deine Haare zwischen den Zinken herauszuziehen.«

Rupert brummte etwas Zustimmendes und begann, sein hüftlanges Haar zu kämmen. Das Publikum würde nachher den Atem anhalten, wenn Rupert diese weiche, dichte Pracht, um die ihn jede Frau beneidete, unter einem hohen Zylinder hervorzuholen und an sich herabfließen lassen würde.

Er trat im Varieté Sprangel als Muskelmann auf. Das war an sich nichts Besonderes, denn im Prater gab es Dutzende Muskelprotze, die für Geld Weinfässer, Eisenkugeln und Wagenräder stemmten. Ferdinand Sprangel, der Besitzer des Varietés, hatte Rupert jedoch wegen seiner Haarpracht engagiert. Er war überzeugt gewesen, dass es auf das Publikum eine unwiderstehliche Wirkung haben würde, diese Mischung aus männlicher Kraft und weiblichem Haarwuchs. Rupert ließ sich die Haare seit zehn Jahren wachsen, und Amalie wusch sie einmal in der Woche mit Bier und rohem Eigelb, was ihnen einen seidigen Glanz verlieh. Rupert hatte Sprangel zugesagt unter der Bedingung, dass Amalie auch eine Arbeit als Sängerin bei ihm bekam.

Sie traten jeden Abend auf. Rupert eröffnete die Vorstellung mit seiner Gewichtheber-Nummer, danach folgten ein Zauberer, ein Affen-Dresseur, eine leichtbekleidete Tänzerin und danach Amalie, die eine Reihe populärer Liebeslieder vortrug. Zu den Auftritten spielte ein kleines Schrammel-Orchester.

Das Sprangel-Varieté war nichts Besonderes. Nur ein preiswertes Vergnügen für einfache Menschen, die einfachen Freuden nachhingen. Nichts im Vergleich zu anderen glanzvolleren Zelten auf dem Prater. Aber Rupert beklagte sich nicht. Sprangel bezahlte gut, sodass er und Amalie sich eine kleine Wohnung am Praterstern leisten konnten.

Plötzlich spürte er eine Hand auf dem Rücken.

»Ich liebe deine Haare«, flüsterte Amalie und fuhr ihm mit der Hand in den Nacken und über den Kopf. »Wenn du sie jemals abschneidest, verlasse ich dich!«

Rupert bekam eine wohlige Gänsehaut und griff nach hinten, um die Hand auf Amalies Schenkel zu legen. Amalie trug ein smaragdgrünes Seidenkleid, das ihre Schultern und Arme freiließ und ihre ausladenden Hüften wundervoll betonte. Er spürte ihren weichen Körper unter der Seide und schob sie von sich. »Lass das, Amalie. Ich muss mich konzentrieren.«

Sie lachte spöttisch. »Was? Wie lange spielst du diese Nummer schon, he? Zwei Jahre? Warum musst du dich immer noch konzentrieren?«

Er zog sie an sich und küsste sie. »Du weißt, dass du mich verwirrst. Und dann steht da nachher ein kleiner Junge mit einer riesigen Beule in der Hose auf der Bühne. Willst du das etwa?«

Sie kicherte und strich ihm das Haar glatt. »Ach so ist das. Nein, ich kann gern bis nach der Vorstellung warten.«

Amalie fuhr fort, sich zu schminken, und sang sich weiter ein, während Rupert ein paar Liegestütze zum Aufwärmen machte.

Es war so wie jeden Abend. Das Publikum brach in ein vielstimmiges Ah und Oh aus, als Rupert seine lange Haarpracht löste. Er absolvierte seine Nummer mit geübter Routine und beobachtete die Gesichter in den ersten Reihen. Da fiel ihm ein Mann auf, der mit versteinertem Gesicht und weit aufgerissenen Augen etwas abseits saß. Während alle anderen bewundernd, ungläubig oder überrascht zu ihm hochsahen, starrte dieser Mann Rupert geradezu empört an. Als bereite ihm der Anblick des muskelbepackten, langhaarigen Mannes körperliche Schmerzen.

Vielleicht findet er es weibisch, dass ich solche Haare habe, dachte Rupert und warf eine schwere Eisenstange in die Luft, um sie mit seinen gebirgigen Schultern wieder aufzufangen. Das Publikum klatschte verzückt, und der Muskelmann räumte die Bühne.

Als eine knappe Stunde später Amalie auf der Bühne stand und sang, spähte Rupert wieder durch einen Spalt im Bühnenvorhang. Auch das war etwas, was er jeden Abend tat, obwohl er Amalies Lieder seit Jahren auswendig kannte. Aber er liebte es, sie dabei zu beobachten, ohne dass sie es merkte.

Die Scheinwerfer tauchten ihr langes blondes Haar in einen honiggelben Glanz. Rupert konnte sich nicht sattsehen an seiner Gefährtin. Er liebte sie, und die Vorstellung, dass sein Begehren nach ihr nicht unbeantwortet bleiben würde, dass sie nachher in ihr gemeinsames Bett steigen würden, erfüllte ihn mit freudiger Erregung. Es wurde langsam wirklich Zeit, dass sie heirateten.

Während Rupert sich ganz der Betrachtung seiner Liebsten hingab, fiel ihm plötzlich wieder der seltsame Mann aus der ersten Reihe ein. Er saß kerzengerade auf seinem Stuhl und starrte Amalie mit einer Mischung aus kalter Verachtung und kaum verhohlener Lüsternheit an. Was war das nur für ein merkwürdiger Kerl, fragte sich Rupert. Warum ging er in ein Cabaret, wenn er so offensichtlich keine Freude daran hatte?

Eine Stunde später war die Vorstellung beendet. Alle Künstler kamen noch einmal auf die Bühne und verbeugten sich gemeinsam. Rupert legte den massigen Arm um Amalies Hüfte und drückte ihr einen flüchtigen Kuss auf die Schulter.

Rasch zogen die beiden sich an, und Rupert schob sein Haar unter eine weite Wollmütze. Er wartete, bis Amalie sich abgeschminkt hatte, und half ihr in ihren warmen Wintermantel. Sie verließen das Zelt durch den Hintereingang. Doch plötzlich blieb Rupert wie angewurzelt stehen und hielt Amalie fest, damit auch sie nicht weitergehen konnte.

»Was ist denn?«, wollte sie wissen.

Rupert deutete auf den Mann, der im Schatten des Zeltes ganz offensichtlich auf sie wartete. »Na, der Kerl da vorn. Ich habe vorhin gesehen, wie er dich angestarrt hat. Mit dem stimmt irgendetwas nicht.«

Doch Rupert war gewiss kein Mann, der sich vor irgendjemandem fürchten musste. Entschlossen zog er Amalie weiter und näherte sich dem seltsamen Zuschauer. »Warten Sie auf jemanden?«, fragte er kühl.

Das Gesicht des Mannes erinnerte ihn irgendwie an eine Porzellantasse, die jemand bemalen wollte, dann aber nach den ersten Strichen aufgegeben hatte. Die Züge unter der Hutkrempe vor ihm hatten etwas seltsam Unfertiges, Unangenehmes.

»Sie ahnen es sicher bereits«, sagte der Mann, »ich warte auf Sie beide.«

Seine Stimme klang so trocken wie Asche. Er hob den Kopf, und Rupert sah zwei leuchtende Augen zu ihm aufblitzen.

»Sie müssen entschuldigen, wenn ich Sie vorhin auf der Bühne etwas befremdlich angesehen habe.«

Rupert wunderte sich, dass der Mann bemerkt hatte, dass er beobachtet worden war.

»Sie haben wahrscheinlich etwas Negatives darin vermutet, aber so ist es nicht. Ich war nur so erstaunt, Sie und Ihre bezaubernde Begleitung dort oben zu sehen. Sie beide haben so etwas Außergewöhnliches an sich. Sie strahlen etwas so Archaisches aus, so etwas Kraftvolles, Lebendiges.«

»Was wollen Sie?«, fuhr Amalie den Mann nun an.

Der Mann schüttelte den Kopf. »Verehrteste, ich schlage Ihnen etwas vor. Ich bin Maler und immer auf der Suche nach außergewöhnlichen Motiven und Musen. Sie, mein lieber Rupert, haben mich inspiriert, ob Sie es glauben oder nicht. Darf ich Ihnen vorschlagen, sich von mir porträtieren zu lassen? Sie und Ihre schöne Begleitung natürlich. Ich stelle mir vor, Sie beide als Paar zu malen, in ihrem Bühnenkostüm. Was halten Sie davon?«

Amalie wandte sich zu Rupert hin und sah ihn fragend an. Rupert hoffte inständig, dass seine Gefährtin ablehnen würde. Aber er kannte ihre Eitelkeit, und diese dürfte durch das Angebot des Malers angestachelt worden sein. Und schon redete sie einfach drauflos.

»Oh, das ist wirklich eine wunderbare Idee! Wissen Sie, wir wollen demnächst heiraten, und das wäre ein wunderbarer Anlass für ein Bild von uns beiden, Rupert, was meinst du?«

Rupert schwieg und betrachtete den Mann vor ihnen. Es gefiel ihm nicht, dass er ihnen hier im Schatten aufgelauert hatte. Rupert konnte ihn nicht einmal richtig erkennen. Die Züge des Malers verschwammen irgendwie unter der Hutkrempe und im Zwielicht der Praterbuden. Nur ein paar Lichterketten verstreuten ihr milchiges Licht im Winterabend.

»Wir müssten natürlich wissen, was das Bild kosten würde«, redete Amalie unbeirrt weiter. Rupert kannte sie nur zu gut. Für sie war das Bild bereits eine ausgemachte Sache, und Rupert würde sie nicht mehr davon abbringen können.

»Oh, das Geld soll nicht Ihre Sorge sein«, sagte der Maler, »ich mache Ihnen einen speziellen Preis. Hier ist meine Karte.«

Irrte Rupert sich, oder erschien ein starres Grinsen auf dem Gesicht des Mannes, als er das mit dem Preis gesagt hatte?

Er reichte Amalie eine Visitenkarte, auf der der Name Alois Lanz stand zusammen mit einer Adresse, die jedoch so klein gedruckt war, dass man sie im Dunkeln kaum entziffern konnte.

»Haben Sie ein Atelier?«, wollte Rupert wissen.

»Das habe ich, ja. Aber ich arbeite gern bei meinen Modellen zu Hause. Dort herrscht eine andere Atmosphäre, sodass sie einen viel natürlicheren Ausdruck haben als in einem Atelier.«

»Hören Sie, können Sie Polly auch mit auf das Bild malen?«, fragte Amalie aufgeregt.

»Wer ist Polly?«, fragte der Maler.

»Das ist mein kleiner Hund. Polly muss unbedingt mit aufs Bild!«

Der Maler schien sich ein Lächeln verkneifen zu müssen und sagte leise und wie zu sich selbst: »Noch besser …« Dann straffte er sich und fragte: »Sie haben doch tagsüber gewiss Zeit, oder?«

»Ja, tagsüber sind wir daheim am Praterstern. Wir arbeiten nur abends«, sagte Amalie.

Rupert biss sich auf die Lippen. Warum erzählte sie diesem Kerl, wo sie wohnten? Sein Instinkt sagte ihm, dass es keine gute Idee war, Alois Lanz allzu viel von sich zu verraten. Doch er wischte den Gedanken gleich wieder weg. Ein Gemälde von ihm und Amalie war wirklich eine schöne Idee. Dann würde er ihr eben demnächst den Antrag machen, und dann waren sie endlich ein richtiges Paar mit eigenem Hochzeitsbild.

»Na gut, Sie können ja morgen Mittag vorbeikommen und anfangen, wenn das passt«, sagte Rupert.

Die Augen des Malers begannen zu leuchten, als loderte ein helles Feuer darin. Er reichte dem Muskelmann die Hand.

»Sie werden es nicht bereuen!« Dann gab er Amalie die Hand. »Ich werde Sie als Samson und Dalila malen, das ist ein wunderbares Motiv.«

IV

JULIUS HATTE UNTERSCHÄTZT, wie geschwächt er noch war. Die Entdeckung des Bildes hatte ihn dermaßen erschöpft, dass er fast einen Tag lang schlief und erst aufwachte, als es schon wieder dämmerte. Ein bohrender Hunger hatte ihn aus dem Schlaf geholt. Julius wickelte das Porträt in ein weißes Tuch und versteckte es wieder unter der Bodendiele. Dann zog er seine Jacke an und ging hinunter auf die Straße. Er fragte sich bis zum nächsten Telegrafenamt durch und schickte Inspektor Lischka eine Nachricht. *Habe dringende Neuigkeiten für Sie. Sitze im Westend.*

Dann begab er sich in das Kaffeehaus und bestellte eine große Portion Gulasch mit Tarhonya. Er konnte es kaum erwarten, dass der Ober mit der dampfenden Schüssel an seinen Tisch kam, so ausgehungert war er. Das Gulasch schmeckte so gut, dass ihm die Tränen in die Augen stiegen. Er fühlte, dass er wieder klar denken konnte, und er wusste, dass er auf dem Weg der Besserung war. Nach dem Essen wartete er, dass Lischka auftauchte.

In seinem Kopf vermischte sich das süße Gesicht Johannas mit dem erstarrten Lächeln auf dem Porträt, und im Hintergrund zuckte immer wieder das diabolische Treiben Luises auf wie ein glimmender Docht. Julius wusste, dass er Ordnung in dieses innere Chaos bringen musste, sonst würde er den Verstand verlieren. Zum hundertsten Mal fragte er sich, ob er die nächtliche Begegnung mit Luise nur geträumt hatte oder ob sie tatsächlich neben ihm im Bett gelegen hatte. Ein bitterer Schauer durchfloss ihn, wenn er an ihre Hände auf seinem Körper dachte und an die geflüsterten Drohungen an seinem Ohr. Wenn er an Johanna dachte, empfand er nichts dergleichen. Nur dieses tröstliche Gefühl, das sie ihm durch ihre freundliche, selbstverständliche Anwesenheit im Krankenhaus gegeben hatte. Er hatte Sehnsucht nach Johanna. Vielleicht fühlt sich so Verliebtheit an, dachte Julius. Doch der Gedanke an Luise löste einen Krampf aus, der ihm die Kehle zuschnürte. Sein Innerstes war wie ein immer wieder auflodernedes Stück Holz in der Glut einer Begierde, die er noch nie zuvor empfunden hatte. Er kannte diese bittere, wilde Lust nach Frauen, die ihn unerreichbar von den schwülstigen Postkarten zwielichtiger Fotografen anlächelten. Luise jedoch würde ihn verzehren. Und Julius wurde von dem drängenden Wunsch gepeinigt, sie wiederzusehen. Wenn ihn jemand gefragt hätte, nach welcher der beiden Frauen, die ihn so verwirrten, er sich am meisten verzehrte, er hätte sich für Luise entschieden. Und das Wissen, dass diese Wahl falsch war, falsch sein musste, verursachte ihm körperliche Schmerzen.

In diesem Moment ging die Eingangstür des Café Westend auf, und Lischka betrat, eingehüllt in eine Schneewolke, den Raum. Vor den Fenstern begann es zu dämmern, und ein heftiger Wind trieb neuen Schnee durch die Straßen.

Julius hob den Arm und winkte Lischka zu. Im selben Augenblick erkannte er, dass der Inspektor etwas Schlimmes erfahren haben musste. Er war unrasiert, und sein Gesicht erinnerte ihn an eine Figur, die Kinder mit Kreide auf den feuchten Gehweg malten. Sein Blick loderte unheilvoll.

Er schwieg lange, nachdem er sich gesetzt hatte, und starrte Julius nur an. Ein Ober fragte Lischka nach dessen Wünschen, doch der Inspektor antwortete nicht.

»Einen Punschkrapfen und Kaffee«, sagte Julius und fügte noch hinzu: »Und zwei Trebern.«

»Sehr wohl, der Herr«, sagte der Ober und verließ ihren Tisch mit einem fragenden Blick auf Lischka.

»Was haben Sie?«, wollte Julius wissen.

»Was sagt Ihnen das, Pawalet?«, fragte Lischka. Seine Stimme klang hohl. »Ein Mann und eine Frau liegen auf der Seite auf einem Bett. Der Mann ist nackt bis auf ein braunes Tuch um die Hüften. Die Frau trägt ein weißes Nachthemd mit einem rosa Hausmantel aus Seide …«

Schon bei diesen ersten Worten wusste Julius, was Lischka meinte. Es war ein weiterer Mord geschehen. Das Bild tauchte vor seinem inneren Auge auf. Diese Gabe war also durch die Gehirnerschütterung nicht zerstört worden.

»… Sie ist blond und üppig. Der Mann ist sehr muskulös. Er hat einen Bart …«, fuhr Lischka fort.

»Und ursprünglich wahrscheinlich längere Haare, nicht wahr?«, fragte Julius mit klopfendem Herzen. Der Inspektor starrte ihn an und nickte langsam.

»War die linke Brust der Frau entblößt?«, fragte Julius weiter.

Lischka nickte wieder und schloss die Augen, als übermannte ihn die Müdigkeit.

»Und neben dem Bett der beiden lagen die Haare des Mannes. Abgeschnitten mit einer Schere. Gab es auch einen toten Schoßhund?«

Jetzt riss Lischka die Augen wieder auf. »Pawalet, Sie … Sie sind …«, flüsterte er. »Woher wissen Sie das alles?«

»Ich kenne das Bild«, flüsterte Julius. »Antonius van Dyck hat es gemalt. Es heißt *Samson und Dalila*. Aber ich hätte nie gedacht, dass …«

»Dass der Mörder es als Vorlage benutzen würde?« Fassungslos schüttelte der Inspektor den Kopf. »Sie hatten recht, Pawalet. Er kann theoretisch jedes Bild benutzen.«

»Solange es eines ist, das im Kunsthistorischen Museum hängt.«

Der Ober brachte die Bestellung. Lischka kippte beide Gläser mit dem Tresterbrand hinunter und ließ den Kaffee stehen.

»Wie ist es passiert?«, fragte Julius.

Lischka rieb sich die schwarzen Bartstoppeln.

»Die beiden waren ein Paar und sind in Varieté-Vorstellungen im Prater aufgetreten. Sie als Sängerin, er als Muskelmann. Er war wohl eine Attraktion dort, weil er hüftlange Haare hatte. Sie hatten eine gemeinsame Wohnung am Praterstern. Der Besitzer des Varietés wurde unruhig, als die beiden gestern Abend nicht zur Vorstellung gekommen sind. Man fand sie in ihrer Wohnung.«

»Und wie … wie hat er sie umgebracht?«

»Erschlagen. Ein kurzer, sehr heftiger Schlag in den Nacken. Wahrscheinlich mit einem schweren Metallgegenstand. Den Hund hat er wohl erstickt.«

Lischka spulte diese Informationen mit kühler Routine herunter. Aber in seinen starren Augen sah Julius den Schrecken, den dieser neue Mord in ihm auslöste.

»Es durfte kein Blut fließen, sonst wäre das Bild zerstört worden. Und er wählte den Mann seiner langen Haare wegen aus«, vermutete Julius.

Lischka nickte.

»Ja, allzu viele Männer mit solchen Muskeln und mit langen Haaren gibt's nicht in Wien, glaube ich.«

»Aber woher wusste er das? Meinen Sie, er hat eine solche Varieté-Vorstellung gesehen und sich entschieden, dass der Mann Gegenstand dieses Bildes werden soll? Es ist alles zu perfekt. Die blonde Frau, der kleine Hund, die langen Haare. Woher kannte er diese Details?«

Lischka zuckte die Schultern. »Die Polizei ermittelt noch in dem Zelt, in dem sie unter Vertrag standen. Der Mörder muss die beiden gekannt haben. Oder zumindest muss er einen sehr genauen Einblick in ihre Verhältnisse gehabt haben. Momentan tappen meine ehemaligen Kollegen im Dunkeln, aber das ist nicht mehr mein Problem.«

»Was soll das heißen?«, fragte Julius. Ihm kam ein unangenehmer Verdacht.

»Leutnant Tscherba von der k. u. k. Schlosswache leitet jetzt die Ermittlungen. Ich bin draußen.«

»Man hat Sie entlassen?«, fragte Julius entsetzt.

»Nicht entlassen«, brummte Lischka. »Aber man hat mich von diesem Fall abgezogen. Ich bin anscheinend eine Schande für den Wiener Polizeiapparat, und mit mir als leitendem Ermittler würde der Täter bis in alle Ewigkeit weitermorden. Ich habe an den falschen Stellen ermittelt, den falschen Leuten die falschen Fragen gestellt. Los, bestellen Sie noch zwei Trebern.« Ein bitterer Zug legte sich um Lischkas Mund.

Fahrig winkte Julius den Ober herbei. »Ja, aber heißt das, Sie dürfen in diesem Fall überhaupt nicht mehr ermitteln?«

Lischka schüttelte sarkastisch grinsend den Kopf. »Nein, ich soll mich aus dieser Sache raushalten. Der Polizeiminister hat mich auf Empfehlung Tscherbas außer Dienst gesetzt. Und wissen Sie, was das Schönste daran ist? Ich habe mir das sogar gewünscht! Ich habe mir gewünscht, dass sie mir den Fall entziehen, damit ich mich nicht mehr mit diesem mordenden Künstler herumschlagen muss. Und jetzt wünsche ich mir, ich hätte es mir nicht gewünscht.«

Lischka kippte ein weiteres Glas Tresterbrand und schnappte sich den Punschkrapfen und biss grimmig hinein.

Julius beobachtete ihn. Lischkas Gesicht glich einer Fratze. Die Brauen gerunzelt, kaute er voller Erbitterung. Dieser Mann hat einen alten Schmerz in sich, dachte Julius. Nicht nur die aktuellen Ereignisse waren der Grund, dass der Mensch da vor ihm so zerstört war, sie waren nur der Auslöser. Plötzlich erkannte Julius, dass Lischka, genau wie er selbst, an einem Abgrund stand. Dass er nicht wusste, wie sein Leben weitergehen sollte. Er legte dem Inspektor die Hand auf den Arm und fragte: »Wie geht es jetzt weiter für Sie, Lischka?«

»Ach hören Sie doch auf. Nennen Sie mich Rudolph.«

»Wie geht es jetzt weiter für dich, Rudolph?«

Sein Gegenüber blickte auf und versuchte ein schiefes Lächeln.

»Ich schätze mal, ich bin nicht besser dran als du. Ich habe zwar einen Beruf und dann auch wieder nicht.«

Julius nickte nachdenklich und nippte an seinem Kaffee. »Was wird deine Frau dazu sagen?«, fragte er dann vorsichtig.

»Ich habe keine Frau.«

»Und der Ring an deinem Finger?«

»Der ist nur dazu da, dass andere Weibsbilder sehen, dass sie mich in Ruhe lassen sollen. Ich bin immer noch verheiratet. Mit einer Toten.«

Julius erschrak. Das war also der Schmerz, an dem Rudolph Lischka litt.

»Seit wann?«, fragte er leise.

»Seit zwei Jahren. Es ist noch nicht besser geworden. Wenn ich jetzt nach Hause gehe, wartet ihre Abwesenheit auf mich.«

»Schlaf heute Nacht bei mir, Rudolph. Ich habe noch ein Kanapee. Und in meiner Wohnung wartet eine sehr interessante Information auf dich.«

Doch Lischka schien ihm gar nicht zuzuhören. Er trank noch ein viertes Glas Trebern und starrte hinauf zu den gold-weißen Stuckverzierungen an der Decke, als läge dort die Antwort auf seine drängendsten Fragen.

»Julius, diese Stadt geht vor die Hunde. Unser Mörder ist nur ein Krebsgeschwür, das zu groß geworden ist, als dass man es noch verstecken könnte. Aber es wuchert auf einem durch und durch verrotteten Körper.«

Julius nickte.

Am Ende dieses Abends hakte er Lischka unter und brachte ihn zu sich nach Hause. Er ließ ihn auf das Kanapee sinken und schob ihm ein Kissen unter den Kopf. Dann legte er sich selbst zu Bett, wo er in einen tiefen, wohltuenden Schlaf fiel. Weder ihm noch Lischka war der Mann aufgefallen, der im Schatten des Hauseingangs gestanden und sie beobachtet hatte. Ganz nah war er ihnen gewesen. Nur einen Schritt zur Seite und Julius wäre gegen den dunklen Körper geprallt, der dort in der Finsternis stand. Doch der Mann hatte sich derart vereinigt mit der tiefsten Nachtstunde, dass er nicht mehr auffiel als ein liegen gelassener Mantel im Straßenschmutz.

Am nächsten Morgen schien Lischkas Kater wie von Zauberhand verschwunden zu sein, nachdem Julius ihm seine Entdeckung gezeigt hatte. Minutenlang starrte er das Porträt des ersten Mordopfers an und murmelte: »Maler … natürlich, der Mörder ist ein Maler.«

»Jetzt hast du diesem Leutnant Tscherba gegenüber einen ziemlichen Vorsprung«, sagte Julius und hoffte, dass diese Aussicht die Schatten auf Lischkas Gesicht vertreiben würde.

Doch sein Freund sah ihn nur tadelnd an und sagte: »Das wird ja wohl nicht mein Hauptanliegen sein! Es geht darum, dass wir diesem Mann endlich auf die Spur kommen, und nicht um meine kleinen Machtkämpfe mit diesem Leutnant.«

Doch dann sagte er nachdenklich, »Ich habe mich gestern Abend anders angehört, nicht? Aber vielleicht hast du recht. Soll ich diese neue Erkenntnis wirklich ans Sicherheitsamt weiterleiten? Ich glaube nicht. Ich glaube viel eher, dass ich mir meine Arbeit zurückholen werde.«

»Wir müssen herausfinden, ob die anderen Opfer auch einen Auftrag für ein Bild an einen Maler gegeben haben«, überlegte Julius. »Wenn das stimmt, brauchen wir nur noch seinen Namen.«

Lischka schüttelte den Kopf. »Mach nie den Fehler zu glauben, dass es einfach wird. Ich kann mir nicht vorstellen, dass ein Täter, der so perfide mordet, eine so offensichtliche Spur zu sich selbst legt. Ich denke, dass er Vorkehrungen getroffen hat, um uns weiter in die Irre zu führen.«

»Und wie willst du das herausfinden?«, fragte Julius. »Man hat dich doch abgezogen von dem Fall.«

»Dazu brauchen wir keinen Segen vom Sicherheitsamt«, verkündete er. Er zog seine Schuhe an und fuhr sich durch das zerzauste Haar.

»Aber vielleicht solltest du dich mal rasieren«, sagte Julius. »Mit diesem Bart merkt jeder, dass du kein ordentliches Mitglied der k. und k. Polizei mehr bist!«

Er lieh Rudolph sein Rasierzeug, kochte einen Kaffee, danach machten sie sich auf den Weg zum Spittelberg, in die Wohnung des zweiten Mordopfers, der mit 15 Pfeilen durchbohrten männlichen Leiche.

Die Gegend war ärmlich. In dem fast knietiefen Schnee war ein schmaler Graben freigeschaufelt worden, durch den man ging wie durch einen vereisten Korridor.

»Der zweite Tote, Ludwig Kraisler, war Besitzer einer kleinen Metzgerei«, erklärte Rudolph. »Er dürfte auf jeden Fall das Geld gehabt haben, ein Gemälde in Auftrag zu geben. Wer weiß, vielleicht verlangt unser Mann für so ein Bild auch gar nicht den üblichen Preis. Vielleicht macht er es seinen Opfern schmackhaft, indem er nur einen sehr geringen Betrag von ihnen verlangt.«

Julius trug das Bild bei sich, eingeschlagen in ein weißes Tuch. Unter seinen Schuhen ertönte ein wattiges Knirschen, und in der Luft lag der scharfe Geruch des Schnees. Niemand war zu sehen. Es war, als sei zumindest dieser Teil Wiens eingefroren.

Sie blieben vor einem Geschäft stehen, dessen Fensterscheiben unten halb vom Schnee verweht waren. Drinnen empfing sie warmer Blutdunst. Hinter einem gewaltigen Tresen stand ein junger Mann, der gerade Koteletts zerlegte.

»Inspektor Lischka, Sicherheitsamt«, begrüßte ihn Rudolph. »Ich habe den Mord an Herrn Kraisler, dem Besitzer, untersucht. Sagen Sie, besteht die Möglichkeit, den Schlüssel von Herrn Kraislers Wohnung zu bekommen?«

Der Mann hinter der Theke wischte sich die Hände an einem Lappen ab.

»Da müssen Sie seine Vermieterin fragen. Wenn Sie noch eine Viertelstunde warten, dann kommt sie. Sie holt sich ihren Braten für Weihnachten ab.«

»Weihnachten?«, murmelte Lischka, »Ach, das ist ja schon bald.«

»In einer Woche«, sagte Julius leise.

Sie setzten sich auf die kalte Fensterbank und sahen in Ermangelung anderer Ansichten dem Metzger zu, wie er weiter sein Fleisch schnitt.

Als die Frau endlich erschien, trat Lischka zu ihr. Sie sah ihn unwillig an und stemmte die Hände in die Hüften. »Was denn noch?«, fragte sie.

»Wir brauchen dringend Zugang zu der Wohnung von Ludwig Kraisler. Es gibt neue Erkenntnisse, und wir müssen uns dort noch einmal umsehen.«

Die Frau sah Lischka verständnislos an. »Aber die Wohnung ist schon ausgeräumt worden. Der neue Mieter zieht nächste Woche ein.«

»Wir brauchen auch keine Möbel für die Suche. Kommen Sie bitte mit und öffnen Sie uns die Wohnung.«

Die Wohnung des zweiten Mordopfers war bereits vollständig ausgeräumt. Der Boden war jedoch noch ziemlich schmutzig. Lischka ging auf alle viere und tastete nach losen Bodenbrettern.

»Frau …«, sagte Lischka zu der Vermieterin, die in der Nähe der Tür stand.

»Gabriele Schnurl, bittschön.«

»Frau Schnurl, ist Ihnen aufgefallen, dass Herr Kraisler von jemandem Besuch hatte?

»Er hatte fast jeden Tag Besuch. War ein allseits beliebter Mann und hatte viele Bekannte.«

»Ist Ihnen mal jemand Besonderes aufgefallen?«

Die Frau hob nur die Schultern. In der Wohnung rutschte Lischka über den Boden, als wäre er eine Maus, die ihr Winterversteck sucht.

»Wir haben in Erfahrung gebracht, dass Herr Kraisler ein Bild von sich hat malen lassen. Wissen Sie etwas davon?«, fragte Julius. Das war eine kühne Behauptung.

Frau Schnurl sah ihn nachdenklich an und verengte die Augen. »Ja, da war etwas …«, sagte sie nachdenklich. »Also der Ludwig Kraisler hat ein Mädel gehabt. Ein junges, liebes Ding. In die hat er sich verliebt, zwei Jahre nachdem seine Frau gestorben ist. Die wollt' er heiraten. Und dann ist das arme Ding krank geworden und musste in die Kur nach Böhmen fahren. Da hat der Ludwig beschlossen, sie ein wenig aufzuheitern und ihr ein Bild von sich zu schicken. Da hat er sich einen Kunstmaler zu sich nach Haus bestellt, das ist aber schon Monate her.«

»Woher wissen Sie das?«, fragte Julius.

»No, hier hat's doch ganz penetrant nach Ölfarbe gestunken, im Treppenhaus. Da bin ich zu ihm und hab ihn g'fragt, was er da macht. No, da hat er mir das mit dem Maler g'sagt.«

»Haben Sie den Mann gesehen?« Julius hielt die Spannung kaum noch aus.

»Nein, den hab ich nur mal vom Fenster aus g'sehen. Ein unscheinbarer Bursch, glaub ich.«

»Und das Porträt?«, bohrte Julius weiter. »Haben Sie das gesehen?«

Frau Schnurl schüttelte den Kopf.

»Sagen Sie, so ein Ölbild, das dauert doch sehr lang zum Malen. Und es ist kostspielig. Warum ist denn der Herr Kraisler nicht einfach zum Fotografen gegangen, wenn er seiner Verlobten ein Bild von sich schicken wollte?«

»Ach, der Ludwig war ein eitler Mann. Man soll nicht bös von den Toten reden, aber er war wirklich ein eitler Gockel. Hatte immer die neuesten Hüte auf, der Kraisler.«

Dann, als wäre Frau Schnurl von einer schrecklichen Erinnerung gepackt worden, schauderte sie und stützte sich am Türrahmen ab. »Dass ihm so was Grausames zustoßen muss ... Das hat uns alle ganz erschüttert.«

»Vergesst den Fotografen!«, schrie in diesem Moment Lischka aus dem Hintergrund. Dann kam er um die Ecke, ein gerahmtes Bild in der Hand, schob Frau Schnurl aus dem Flur und knallte ihr die Tür vor der Nase zu.

Das Bild war im Format ein wenig größer als jenes, das der Mörder von Lieselotte Kromichl gemalt hatte. Es zeigte das rosige, leicht schwammige Gesicht eines etwa 40-jährigen Mannes. Die blonden Haare lagen wie pomadisiert um den Kopf, und der edle Glanz seiner Kleidung verriet, dass der Metzger immer viel Wert auf seine äußere Erscheinung gelegt hatte.

Julius vertiefte sich in die Malweise des Bildes und sagte: »Das ist derselbe Maler, ganz eindeutig. Aber wir haben immer noch keinen Namen.«

»Ich bin mir sicher, dass die Familie Juristoff den Namen des Malers kennt!«, sagte Lischka.

Eine Minute später standen sie schon wieder auf der Straße. Julius hatte das zweite Bild zu dem ersten in das Tuch gewickelt. Lischka winkte einen Fiaker heran. Sie fuhren fast eine Stunde durch den Schnee, ehe sie das prachtvolle Anwesen der Juristoffs erreichten. Während der Fahrt schwieg Lischka hartnäckig, und Julius schloss die Augen, den Kopf an die speckigen Lederpolster gelehnt. In seinem Kopf pochte es schmerzhaft, und der Schnee blendete seine Augen, als blickte er direkt in die Sonne. Er dachte an Johanna und an die Lücke, die er in seinem Leben fühlte, seit er das Krankenhaus verlassen hatte. Ich werde sie zu einem Feiertagsspaziergang einladen, dachte er. Nach Weihnachten werde ich sie ausführen, ganz bestimmt.

Der Fiaker hatte vor einem Säulenportal gehalten, das tief verschneit dalag. Die Freitreppe hoch zur Eingangstür war vollkommen von Schnee bedeckt. In diesen Mauern wurden keine Besucher erwartet.

Was sie im Haus der russischen Diplomatenfamilie erwartete, senkte einen düsteren Schatten über die erwartungsvolle Stimmung dieses Tages. Sie wurden durch eine Halle geführt, in der sämtliche Spiegel mit schwarzen Tüchern verhängt waren. Die Dienstboten liefen umher wie unerwünschte streunende Hunde, mit gesenktem Kopf und blassem Gesicht. Die Trauer in diesem Haus war wie eine unhörbare Melodie, die die Gemüter aller mit der Wucht einer Kirchenorgel ergriff. Ein stummer Haushofmeister brachte sie in einen Salon und raunte ihnen vor der Tür zu:

»Die Herrin hat dieses Zimmer nicht mehr verlassen, seit sie aus Russland zurückgekehrt ist.« Dann drückte er die Klinke herunter und öffnete die Tür. Julius und Lischka wichen zurück. Aus dem Salon drang der Gestank nach einem schon lange nicht mehr gelüfteten Zimmer, vermischt mit dem Rauch Dutzender Kerzen. Und nach einem Menschen, der sich schon lange nicht mehr gewaschen hatte.

»Niemand kann sie dazu bewegen, herauszukommen«, raunte der Haushofmeister ihnen zu. Sein Tonfall war entschuldigend und abweisend zugleich. »Bitte machen Sie es kurz.«

Zögernd betraten sie den Raum. In dem Salon befand sich das pulsierende Herz der Trauer, die sich über das ganze Haus gelegt hatte. Emilia Juristoff saß auf dem Boden vor einem Marmorkamin. Das Bild war gegen den Kamin gelehnt, und Julius erkannte augenblicklich die gleiche plakative, gefällige Wirkung, die ihm auch schon auf den Bildern von Ludwig Kraisler und Liselotte Kromichl aufgefallen war. Die Augen der Kinder waren wie Knöpfe aus Glas, so als hätte der Maler von Anfang an den Tod darin gesehen. Die verlassene Mutter hatte zahllose Kerzen um sich herum aufgestellt. Die Fenster waren ebenfalls verhängt, und die Luft in dem Zimmer war so stickig, als gäbe es keinen Sauerstoff mehr darin. Er fragte sich, warum die Kerzen immer noch flackerten.

Vom Kamin her war ein schwaches Wimmern zu hören. Emilia Juristoffs Hände strichen immer wieder über das Bild, über die erstarrten Köpfe ihrer toten Kinder. Lischka fasste Julius am Ellbogen und bedeutete ihm, leise zu sein. Dann flüsterte er: »Frau Juristoff?«

Die Frau regte sich nicht. Sie trug ein graues Reisekleid und einen pelzbesetzten Mantel. Beides hatte sie wohl an, seit sie schreiend aus der Kutsche gestiegen war, um sich über ihre toten Kinder zu werfen. Um sie herum war die Zeit stehen geblieben. Lischka näherte sich ihr seitlich, und Julius schlich hinterher, ängstlich und zögernd, als könnte in der Nähe der Mutter etwas Schreckliches auf ihn warten. Sein Leben war ohne Bindungen verlaufen. Doch in diesem Moment wurde Julius die gewaltige Wucht der Traurigkeit bewusst, die man empfindet, wenn man einen Menschen verliert.

Der Gestank im Salon nahm ihm den Atem. Emilia Juristoff strömte diesen Brodem nach Selbstzerstörung aus, den Geruch des Todes. Die Haare hingen ihr strähnig und wirr in das eisgraue Gesicht, dessen Profil im flackernden Kerzenschein aussah wie eine starre Maske.

»Bringen Sie mir meine Kleinen zurück?«, fragte sie unvermittelt, ohne Lischka anzusehen.

»Nein, leider nicht«, antwortete Lischka. »Aber ich will Ihnen helfen, dass der Mann, der sie Ihnen genommen hat, gefunden und bestraft wird.«

»Bringt er mir dann meine Kleinen zurück?«, fragte sie, und Julius erschrak.

»Frau Juristoff, wer ist der Mann, der dieses Bild gemalt hat?«, fragte Lischka leise drängend.

»Oh, es ist ein schönes Bild, nicht wahr?«, murmelte die Frau. »Es ist alles, was ich noch habe.«

»Wer war der Maler?«

»Ich weiß es nicht. Ich erinnere mich nicht mehr.«

Julius atmete tief ein. »Der Mann, der dieses Bild gemalt hat, ist der Mörder Ihrer Kinder«, sagte er.

Lischka starrte ihn fassungslos an und blickte dann hektisch zu Emilia Juristoff.

»Was sagen Sie da?«, hauchte sie.

»Wir müssen wissen, wer der Mann war, der dieses Familienbild gemalt hat«, wiederholte der Inspektor.

In diesem Moment schien es, als bräche der starre Panzer der Trauer auf. Langsam glitt Emilia Juristoffs Kopf an dem Bild abwärts, sie löste ihre starren Finger von der Leinwand und sank in sich zusammen wie eine leblose Puppe. Eine Haarsträhne geriet in die Kerzenflammen, als sie sich auf dem Boden zusammenkrümmte. Dann fing sie an zu schreien. Augenblicklich flog die Tür auf, und der Haushofmeister stürmte herein. Julius sprang vor, um das brennende Haar der Frau mit den Händen auszuschlagen. Doch sie riss den Kopf hoch und schrie mit weit geöffnetem Mund und panisch aufgerissenen Augen. In ihrem Gesicht erschien aber auch ein Ausdruck von Erstaunen, als hätte sie nie gedacht, dass es noch etwas geben könnte, was ihre Trauer übertraf. Der Diener nahm eine Decke und warf sie rasch über seine Herrin, um die Flammen zu ersticken. Julius stand schaudernd da, und Lischka zog ihn hinaus in die Eingangshalle.

»Warum hast du das getan? Warum hast du es ihr gesagt?«, zischte er ihn mit unterdrückter Wut an.

»Stell dir nur vor, dass sie bis ans Ende ihres Lebens vor einem Bild trauert, das der Mörder ihrer Kinder gemalt hat.«

Lischka nickte nachdenklich. »Ja, vielleicht hast du recht. Ich werde den Haushofmeister nach dem Maler fragen. Irgendjemand muss den Mann bezahlt haben. In diesem Haus muss jemand seinen Namen kennen.«

Kurze Zeit später erschien ein Arzt, und sie sahen, wie die bewusstlose Emilia Juristoff aus dem Zimmer getragen wurde. Es war, als lichte sich die Spinnwebe der Trauer für einen Moment. Nach einer halben Stunde hatte der Haushofmeister eine Rechnung gefunden, die der Maler des Familienporträts vor einem halben Jahr gestellt hatte. Auf dem Papier stand ein Name.

Alois Lanz.

Doch im selben Augenblick wusste Julius, dass dieser Name gestaltlos bleiben würde.

V

Die Wut umtoste seinen Kopf wie ein Schwarm kreischender Raben, die mit dem Schnabel auf ihn einhackten. Er lief mit harten Schritten im Zimmer umher und schlug mit der Faust immer wieder gegen die Wände. Er wusste nicht, wie er dieser peinigenden Wut entkommen sollte.

Sie waren ihm auf der Spur.

Aber nicht die Polizei, sondern diese magere Vogelscheuche. Er kannte ihn. Der Mann arbeitete als Saaldiener im Kunsthistorischen Museum. Und er war in die Wohnung seiner ersten Muse gezogen. In die Wohnung, zu der der Maler noch ein paarmal zurückgekehrt war, um zu sehen, ob jemand Neues eingezogen war.

Zu wissen, dass unter den Fußbodenbrettern das Bild von Lieselotte Kromichl lag, das hatte ihn gereizt. Dass irgendein ahnungsloser Wiener, der angesichts der Schlagzeilen über *seine* Taten erzitterte, nicht wusste, dass seine Schritte über etwas gingen, das der meistgesuchte Mörder der Stadt zurückgelassen hatte.

Der Gedanke, dass jemand dort lebte, wo er seine Spuren hinterlassen hatte, hatte ein erregtes Prickeln in ihm ausgelöst.

Das Gleiche galt für die Wohnung des Metzgermeisters. In jener Nacht, als er den Heiligen Sebastian hingerichtet hatte, war er in die Wohnung zurückgekehrt. Schnell fand er auch hier eine lose Bodendiele, unter die er das Bild schob. Wie leicht war es doch gewesen, noch einmal in Kraislers Wohnung zu gelangen. Er hatte bei Kraisler geklingelt, um diesem zu sagen, dass er ihm zu viel für das Bild berechnet hatte, und um ihm einen Teil des Geldes zurückzugeben. Doch anstatt ihm das Geld zu geben, hatte er den eitlen Ludwig Kraisler mit einem äthergetränkten Tuch überrascht. Am Spittelberg war es nicht weiter aufgefallen, dass der Maler eine Woche später nachgesehen hatte, ob schon ein Nachmieter für die Wohnung gefunden worden war.

Am Haus von Liselotte Kromichl hatte schon bald ein neuer Name am Klingelschild gestanden.

Julius Pawalet.

Ausgerechnet ein Mann, der auf die Originale im Kunsthistorischen Museum aufpasste. Dieser Zufall hatte in dem Maler ein irres, haltloses Lachen ausgelöst. Wie kurios, dass ausgerechnet ein rechtschaffener Kunst-Wachhund in die Wohnung gezogen war!

Doch der Maler konnte sich über diesen Witz nicht sehr lange belustigen.

Die Neugierde über diesen Julius Pawalet hatte ihn auch an diesem Morgen in die Lindengasse geführt, gerade in dem Moment, als der Saaldiener zusammen mit einem anderen Mann das Haus verließ. Und unter dem Arm von Pawalet hatte er es gesehen. Viereckig. Eingeschlagen in weißes Tuch. Genauso groß wie sein Bild.

Dann hatte dieser verdammte Schnüffler es also gefunden. Einfach so.

Die Wut nahm ihm fast den Atem. Da suchte das ganze Wiener Sicherheitsamt nach ihm und fand keine Spur. Auch die Juristoffs würden nicht dazu beitragen können, dass sie ihn entdeckten. Sein Name, Alois Lanz, war nur ein Name. Hinter diesem verbarrikadierte sich der Maler wie hinter einer Festungsmauer. Er war zu gut versteckt.

Und dennoch …

Wenn sogar ein einfacher Saaldiener wie dieser Pawalet ihm auf die Spur kommen konnte … Jetzt hatten sie seine Bilder. Denn nachdem er den beiden Männern unauffällig gefolgt war, musste er mit ansehen, dass sie auch das Porträt von Kraisler gefunden hatten. Jetzt hatten sie zumindest seine zweite Identität.

Nicht, wo er war, aber das würden dieser findige Pawalet und dessen Polizistenfreund vielleicht auch noch herausbekommen.

Wie konnte es sein, dass Pawalet ihm auf die Schliche gekommen war? Nur ein dummer Zufall? Oder hatte er nach dem Porträt gesucht?

Ob Julius Pawalet wohl eine Gefahr darstellte?

Doch plötzlich lächelte der Maler. Er war mit Rupert Schwarz fertig geworden, dem zentnerschweren Muskelmann. Ein gezielter Schlag in den Nacken, und der starke Mann war zu Boden gesunken wie ein erlegter Stier. Die Frau war überhaupt kein Problem gewesen.

Warum sollte er sich vor einem Wurm wie Julius Pawalet in Acht nehmen, wo er doch einen Mann niedergestreckt hatte, der im Varieté mit bloßen Händen Ketten auseinanderriss.

In seinem Magen flatterte die Genugtuung, der Stolz.

Seit dem Mord an Samson und Dalila fühlte er sich erst wie ein wahrer Künstler. Nun gab es keine langen, ermüdenden Porträtsitzungen mehr. Bei diesem Paar hatte er einfach kurzen Prozess gemacht. Und genauso würde er es auch in Zukunft handhaben.

Und dieser Julius Pawalet ... der Maler hatte große Lust, ihm zu zeigen, was er von dessen Herumschnüffeln hielt.

Es gab ohnehin noch ein weiteres Gemälde im Kunsthistorischen Museum, das er unbedingt umsetzen wollte. Dazu brauchte er nur einen einzelnen Mann. Und jetzt, da er sich von dem lästigen Vorspiel des Porträtmalens verabschiedet hatte, wäre es ein Leichtes, Pawalet zu seinem Modell zu machen.

VI

Am nächsten Tag flatterte mit den Zeitungen ein neuer Skandal in die Häuser der Wiener, der für ein paar Stunden von den unheimlichen Taten des Mörders ablenkte. Für kurze Zeit lichtete sich das geflüsterte Grauen, um für etwas Platz zu machen, das Empörung und Ratlosigkeit auslöste. Doch die Nachricht schlug deswegen so ein, weil schon wieder das Kunsthistorische Museum Gegenstand der neuen Schlagzeilen war.

Julius las die Meldung, als er zusammen mit Lischka im Café Westend ein kräftiges Frühstück einnahm. Sie beratschlagten gerade, wie man Alois Lanz aufspüren konnte, und Lischka wollte noch am Mittag ins Kommissariat am Schottenring zurückkehren, um nachzusehen, ob es eine Akte über den Mann gab.

Als sein neuer Freund gerade auf der Toilette war, fiel Julius' Blick auf die Schlagzeile:

Neue Freie Presse – Morgenblatt Nr. 14845
Wien, Dienstag, den 19. Dezember 1905

Echter Rubens auf Auktion aufgetaucht!

Am gestrigen Abend hat sich auf einer Auktion des Nachlasses von Freiherr Wilhelm von Pirnowsky ein unerhörter Vorfall ereignet. Unter den ausgestellten Stücken wurde ein Bild des Meisters Peter Paul Rubens identifiziert, welches zurzeit im Kunsthistorischen Museum Wien hängt. Es handelt sich dabei um ein Gemälde der »Beweinung Christi«, das 1614 entstand. Zu der Auktion war der namhafte Kunstexperte Jan Groukoult geladen, welcher die Echtheit der Exponate bezeugen sollte. Dem Kunsthändler Groukoult fiel die augenfällige Perfektion des Gemäldes auf, und er erbot sich, das Bild genauer zu untersuchen. Sein erster Eindruck war der, dass es sich bei dem Gemälde um ein Original von Rubens handeln musste. Er kannte das Format des Bildes und musste feststellen, dass jenes auf der Auktion dieselben Maße aufwies. Zum Entsetzen der Familie Pirnowsky sprach Groukoult sogar von einer infamen Fälschung, ehe er dafür sorgte, dass das Gemälde bis auf Weiteres untersucht werden sollte.

Pirnowsky war im letzten Monat einem langen Lungenleiden erlegen und starb im Alter von 87 Jahren. Es ist bekannt, dass die Familie durch fehlgeschlagene Immobiliengeschäfte schon seit Längerem finanziell schlecht gestellt ist. Zur Behebung dieser Probleme haben die Enkel des Freiherrn nun eine Auktion veranstaltet, auf welcher die Besitztümer der Familie versteigert werden sollten. Der Verstorbene galt zeit seines Lebens als leidenschaftlicher Sammler von Gemälden und anderen Kunstgegenständen. Seine private Sammlung gilt als eine der wertvollsten der Monarchie. Pirnowsky stand unserem Kaiser Franz Joseph sehr nah und hat auch zur Eröffnung des Kunsthistorischen Museums vor nunmehr 14 Jahren einige besondere Stücke gestiftet, die sich im Laufe der Zeit als alte Geschenke des Hauses Habsburg an die Familie des Freiherrn herausstellten. Pirnowsky weigerte sich zu Lebzeiten, mit Teilen seiner Besitztümer die ungeheuren Schulden seiner Familie zu tilgen. Dies sollte nun also gestern im Palais der Familie geschehen. Nachdem die Provenienz des auffälligen Gemäldes nicht geklärt werden konnte, wurde das Bild in die Restaurationswerkstätten des Kunsthistorischen Museums überführt, wo untersucht werden muss, ob Freiherr von Pirnowsky eine überaus geniale Fälschung besaß. Es muss ebenfalls gesichert werden, ob dieses Bild möglicherweise ein bis dahin unbekannter Rubens ist. Nach Jan Groukoults Expertenmeinung hängt ein absolut identisches Doppel dieses Bildes im Kunsthistorischen Museum. Dies sei verwunderlich, da bereits im Museum von Antwerpen ein ganz ähnliches Bild existiert, und die Kunstwelt bislang nichts von einem derartigen Duplikat in Wien weiß. In den nächsten Tagen soll nun geklärt werden, ob es sich bei dem Gemälde um einen echten Rubens handelt. Die Erben Pirnowskys wurden gebeten, die Korrespondenz des Verstorbenen nach Vermerken dazu zu durchsuchen.

Der Direktor des momentan für die Öffentlichkeit unzugänglichen Kunsthistorischen Museums, Dr. Gustav Kinsky, wurde zu dem Vorfall befragt, war jedoch nicht zu einem Kommentar bereit.

»Das kann ich mir denken …«, murmelte Julius fassungslos und ließ die Zeitung sinken.

»Was ist denn?«, fragte Lischka.

Julius fand, dass es nun an der Zeit war, dem Inspektor von seinem Verdacht zu berichten.

»Ich habe genug damit zu tun, einen Kunstmörder zu fassen«, sagte dieser müde. »Das sind ziemlich ungeheuerliche Verdächtigungen. Bist du sicher, dass du in den paar Wochen, die du da gearbeitet hast, so viel Einblick in das Museum bekommen hast, dass du das wirklich beurteilen kannst?«

»Red nicht so daher, Rudolph«, fuhr Julius ihn an. »Du handelst sicher auch oft aus dem Instinkt heraus, oder etwa nicht?«

»Sicher tu ich das. Aber ist dieses doppelte Bild wirklich Verdacht genug?«

»Keine Ahnung. Aber langsam frage ich mich, ob mein Vater mir genau aus diesem Grund die Lupe geschickt hat. Was sonst kann man damit entdecken als irgendwelche … Fehler bei den Gemälden?«

»Julius, ich bin wahrhaftig kein Kunstexperte und kann die Sache natürlich nicht beurteilen«, warf Lischka bedächtig ein, »aber wie kommt dein Vater auf die Idee, du könntest anhand einer Lupe Kunstfälschungen entdecken? Ich kann mir nicht vorstellen, dass das so einfach ist.«

»Er muss mir in seinem echten Abschiedsbrief dazu etwas verraten haben«, sagte Julius. »Doch dieser Abschiedsbrief wurde wahrscheinlich vernichtet und an seiner Stelle ein harmloser geschrieben, der keinerlei derartige Informationen enthalten hat. Das Begleitschreiben für diese Lupe hatte eine ganz andere Schrift.«

»Wie kam es überhaupt, dass dich Abschiedsbrief und Lupe getrennt erreichten?«, fragte Lischka. »Wenn die Lupe erst nach dem Tod deines Vaters an dich geliefert wurde – wer hat sie dann geschickt?

Julius zuckte mit den Schultern. Dieser Umstand war auch ihm ein Rätsel.

»Wenn du mich nach meinen Motiven fragst …«, sagte er nachdenklich, »ich kenne sie selbst nicht. Eigentlich ist es mir gleichgültig, was mein Vater getrieben hat und was ihn beschäftigt hat. Es ging mich schon lange nichts mehr an. Aber jetzt, wo ich selbst meine Fühler danach ausstrecke, ich weiß nicht … seitdem bin ich hungrig nach einer Antwort. Es ist, als würde er mich leiten …«

In diesem Augenblick beugte Lischka sich über den Tisch und sagte: »Aber vielleicht hast du recht, Julius. Soviel ich weiß haben sich die Ermittlungen der Polizei bislang gar nicht so sehr auf das Kunsthistorische Museum bezogen, sondern eher auf das Umfeld der Opfer. Und dein Arbeitgeber war mir schon immer suspekt. Es gibt jetzt schon drei seltsame Geschichten, in die er verwickelt ist. Ich denke, das genügt, um noch einmal ein intensives Gespräch mit Kinsky zu führen. Aber erst morgen. Zuerst muss ich mir einen Überblick verschaffen, ob es Akten zu Alois Lanz gibt.«

Der renommierte Kunsthändler hatte seinen Sitz in einem Häuserblock am Opernring. Im Erdgeschoss gaben strahlend saubere Schaufenster den Blick frei auf einen marmornen Ausstellungsraum, in dem Bronzeskulpturen auf gläsernen Sockeln darauf warteten, dass ein kunstsinniger Liebhaber sie für viel Geld erwarb. An den Wänden hingen riesige Ölgemälde in goldenen Rahmen, und auf erlesenen antiken Möbeln blitzten Vasen und Nippes unter dem Licht der Kronleuchter.

Auf den ersten Blick konnte Julius nirgendwo ein Preisschild entdecken.

Der Laden wirkte einladend mit all dem warm beschienenen Gold, den satten Farben und dem sahneweißen Marmor. Nur zwei Männer wanderten durch den Ausstellungsraum.

Julius gab sich einen Ruck und öffnete die Tür. Drinnen roch es nach der schweren Würze alter Dinge, die man nur in Verbindung mit sehr viel Geld fand.

Augenblicklich eilte ein Mann im Frack auf ihn zu und fragte ihn nach seinen Wünschen. Dabei hoben sich seine Augenbrauen so rasch wie die Schirme feiner Damen, die sich gegen einen lästigen Regenguss schützen wollten.

»Mein Name ist Julius Pawalet. Ich suche Herrn Groukoult.«

»Jan Groukoult ist im Moment nicht hier. In was für einer Angelegenheit wollen Sie ihn denn sprechen?«

»Ich wollte ihm ein paar Fragen stellen wegen dem Bild, das gestern aufgetaucht ist.«

»In wessen Interesse handeln Sie?«, wollte der Ladenassistent wissen. Seine Stimme war ganz steif vor Misstrauen.

Fast hätte Julius geantwortet: »In meinem eigenen.« Aber er sagte: »In niemandes Interesse. Ich bin Angestellter im Kunsthistorischen Museum und wollte Herrn Groukoult um eine Einschätzung des gestrigen Fundes bitten.«

Der Frackträger schüttelte sacht den Kopf. »Nun, ich bin nicht befugt, Sie darüber zu informieren, und ich kann Ihnen auch nicht sagen, wann Herr Groukoult zurückkommt. Sie müssen auf ihn warten. Am besten in dem Café gegenüber.« Er zeigte mit einer nachlässigen Handbewegung durch das Schaufenster auf die andere Straßenseite. »Im Übrigen glaube ich nicht, dass er Ihnen etwas sagen wird. Wenn Sie vom Kunsthistorischen Museum sind, werden Sie es noch früh genug erfahren. Und wenn nicht …«, jetzt war sein Blick noch argwöhnischer, »lesen Sie es bald in der Zeitung. Wenn ich bitten darf? Ich habe Kundschaft zu betreuen.«

Julius wartete im Café gegenüber und behielt die Kunsthandlung im Auge. Er wusste, dass es eigentlich wenig Sinn hatte, den Experten um eine Meinung zu bitten. Und je mehr Zeit verstrich, desto alberner kam er sich vor. Aber tief in ihm keimte die Unruhe. Etwas hielt ihn auf seinem Stuhl fest, und seine Augen waren auf die andere Straßenseite gerichtet.

Und dann sah er sie.

Zu dritt kamen sie um die Ecke. Es war, als wäre der Mann in ihrer Mitte ein Gefangener, der von zwei Gendarmen abgeführt wird.

Julius riss die Augen auf. Er konnte nicht glauben, was er da sah.

Dort drüben ging Luise von Schattenbach und hatte einen sehr blassen, hageren Mann in schwarzer Kleidung untergehakt.

Julius fuhr fast von seinem Stuhl hoch. Das Gesicht des Mannes schien erstarrt in einem gequälten Zug, als hätte ihn jemand zu einem Spaziergang in der eisigen Kälte gezwungen.

Auf der anderen Seite ging eine Gestalt, die das genaue Gegenteil des widerstrebenden Menschen in der Mitte war. Es war, als hätte dieser massige Mann alles Leben und alles Fett aus dem Mann gesogen, den Luise von Schattenbach so entschlossen untergehakt hatte. Ein unglaublich dicker Mann, dessen Gesicht rot glänzte wie ein mit Rotwein übergossenes Spanferkel am Spieß. Er trug einen schwarzen Mantel mit Pelzbesatz, auf den seine dunklen Locken fielen.

Wer war dieser Mann? War das etwa der Hofrat? Der Mann von Luise? Julius blinzelte. Ihn erschreckte die Vorstellung, dass Luise, diese zartgliedrige, geheimnisvolle Gestalt aus seinen tiefsten, verbotensten Träumen, mit diesem Koloss verheiratet war.

Und wer war der kläglich aussehende Mann zwischen den beiden?

Eine Antwort darauf bekam Julius schon im nächsten Moment, denn die drei steuerten geradewegs auf die Eingangstür der Kunsthandlung zu. Luise schlüpfte zuerst hinein, dann der dünne Mann und schließlich der wuchtige Kerl, der sich vorher noch einmal nach allen Seiten umsah.

War der Mann in der Mitte etwa Jan Groukoult gewesen? Julius wäre ihnen gern nachgelaufen und hätte beobachtet und gelauscht, was Luise von Schattenbach ausgerechnet in dieser Kunsthandlung trieb. Ein neues Geheimnis reihte sich an die alten, auf die er immer noch keine Antwort hatte. Wie eine sich endlos auffädelnde Perlenkette.

Lange Zeit geschah nichts, dann meinte Julius, die Silhouetten von mehreren Menschen in den oberen Stockwerken auszumachen. Was ging dort vor? Warum hatte Groukoult so gequält dreingesehen? Und was hatte er ausgerechnet mit den Schattenbachs zu schaffen?

Julius beschloss, sitzen zu bleiben und das Haus weiter zu beobachten. Gut, dass man in einem Wiener Kaffeehaus über einer längst leer getrunkenen Kaffeetasse so lange sitzen bleiben durfte, wie man wollte.

Eine Stunde später öffnete sich die Tür wieder, und Luise von Schattenbach tauchte in Begleitung des fetten Mannes wieder auf. Sie wandten sich nach links und blieben einen Moment lang auf dem verschneiten Gehsteig stehen. Der Mann winkte einen Fiaker herbei, der das ungleiche Paar aufnahm.

Julius blickte dem Gefährt ratlos hinterher. Was war hier los? Das hatte nicht nach einem harmlosen Galeriebesuch zweier Kunstliebhaber ausgesehen. Julius hätte bezahlen und gehen können, doch sein Blick blieb unverwandt auf den Laden gerichtet. Ob er jetzt hinübergehen und versuchen sollte, mit dem Mann zu sprechen, von dem er dachte, dass es Groukoult war?

Doch in diesem Augenblick kam der hochnäsige Assistent heraus, schloss die Tür ab und ging mit raschen Schritten davon, einen weißen Umschlag in der Hand. Er sah aufgeregt aus, wie jemand, der so schnell wie möglich eine lebensrettende Botschaft überbringen musste. Wenig später gingen plötzlich die Lichter der Kunsthandlung aus. Schlagartig waren die eben noch hell erleuchteten Fenster nur noch eine schwarze, spiegelnde Fläche in der hereinbrechenden Dämmerung.

Julius wurde von einer seltsamen Unruhe erfasst. Er holte ein paar Münzen aus der Tasche und stand auf. Bei der Kassiererin im Eingangsbereich zahlten zwei weitere Gäste, und Julius musste warten.

Voller Unruhe trat er hinaus auf die Straße. Er prallte zurück. Vor ihm waren Passanten stehen geblieben und starrten in den Himmel. Julius hob ebenfalls den Kopf. Eine Frau begann plötzlich hysterisch zu schreien. Da sah er ihn. Im obersten Stockwerk des Hauses löste sich der rabenschwarze, dürre Leib des Mannes vom Fensterrahmen. In einem unendlich langen Moment schien der Körper nach unten zu schweben, ein grabesdunkler Schatten, der vom Abendhimmel fiel. Die Frau hörte nicht auf zu schreien. Der Mann fiel und fiel, mehrere Sekunden lang, und Julius wusste mit einem Mal, dass Luises Drohung in seinem Krankenbett immer noch über ihm schwebte wie ein unsichtbares Messer, das ihn vom Hier und Jetzt abtrennen würde. Julius schloss die Augen. Der Schrei der Frau riss ab.

Luise von Schattenbach löste den Kragen von ihrem steifen Winterkleid und sah in den Spiegel. Ihre Wangen waren erhitzt, aber das lag nicht an der klirrend kalten Winterluft, aus der sie kam. Es war die Erregung, die ihr Gesicht glühen ließ. Luise spürte diese Erregung wie kleine Vögel, die gegen ihre Bauchdecke flogen.

Sie würde an diesem späten Nachmittag keine Männer mehr in ihrem Salon empfangen, aber das, was sie vor einer Stunde erlebt hatte, reichte aus, um ihr ein angenehmes Gefühl von Zufriedenheit zu geben.

Jan Groukoult war in ihren Händen so weich gewesen wie Butter.

Sie hatte dafür gesorgt, dass er tat, was Viktor ihm befahl. Sie wusste, dass der Hofrat einen einschüchternden Zug hatte. Luise selbst war unempfindlich gegen die bedrohlichen Anfälle ihres Gatten. Sie lösten in ihr vielmehr Heiterkeit aus und eine tief empfundene Verachtung. Wie albern und lächerlich waren doch die Männer in ihrer kleinen Welt. Aufgeplusterte Akteure in einem absurden, unbedeutenden Spiel. Nicht mehr als eifrige Sklaven, die eine Rolle auswendig gelernt hatten, um den Mächtigen zu gefallen. Und der Hofrat war auch nicht besser. Er genoss seinen Ruf beim Kaiser und führte seinen Namen und Rang spazieren wie einen braven Schoßhund. Aber sein ungeheurer Reichtum und sein unanfechtbarer Stand in der labyrinthischen Hierarchie der Höflinge reichten ihm nicht. Nein, Viktor war ein Gierschlund, der nach allem lechzte, was er nicht hatte. Wie beim Essen. Luise schauderte beim Gedanken an seine maßlose Fresssucht. Er konnte platzen von Wildbret, Braten und Knödeln – aber wenn an einer Tafel, zu der er eingeladen wurde, auch noch eine siebenstöckige Torte stand, dann gab er sich erst zufrieden, wenn er sich auch von dieser noch ein Stück einverleibt hatte, selbst wenn von seiner Weste bereits die Knöpfe absprangen.

Luise schlüpfte aus ihren Lederstiefeln. Sie steckte zwei Schuhspanner aus feinstem Holz in ihre Stiefel und stellte sie ordentlich zu den anderen Schuhen in den geräumigen Schrank. Doch die Verschwendungs- und Prunksucht des Hofrats hatte ein Gutes. Sie bekam Geld für fast alles, was sie sich wünschte. Zusätzlich zu den Einnahmen aus der Hand ihrer Gönner. Und da der Hofrat sich nach teuren Stoffen, zarter Unterwäsche und vor allem nach knirschendem Leder verzehrte, konnte Luise ihrer eigenen Begierde nach diesen Dingen hemmungslos nachgeben.

Sie bedauerte ihren Gatten von Jahr zu Jahr mehr. Eines Tages musste er doch genug haben von der Macht, die er heimlich hinter der tadellosen Fassade seines Namens ausübte. Seit Jahrzehnten regierte er sein eigenes Imperium, ohne dass jemand etwas davon ahnte. Luise wusste nicht, wie es dazu gekommen war, dass Viktor von Schattenbach die Hände in einem Spiel hatte, das man landläufig als kriminell bezeichnen würde. Denn nachdem Luise dem Werben des Hofrats nachgegeben hatte und seine Frau geworden war, offenbarte sich allmählich das Doppelleben, das ihr Mann führte. Und sie war schon bald ein Teil davon geworden.

Kriminell war die Energie, die in dem scheinbar so unbeweglichen Körper Viktors floss. Diese Energie war Teil seines Wesens ebenso wie der unersättliche Hunger auf Süßes und Fettiges und wie die hündische Demut, die er ihr gegenüber an den Tag legte.

Es war schon immer in ihrem Interesse gewesen, sich selbst auszuleben und ein Leben zu führen, das die feinen Damen von Wien in die Ohnmacht getrieben hätte, wenn sie es gewusst hätten. Sie wollte das Leben einer antiken Königin in einer Gesellschaft von katholischen Lakaien führen. Sie wollte die Gelüste befriedigen, die ihre Standesgenossinnen unter einer dicken Schicht sozialer Ketten abgewürgt hatten. Luise von Schattenbach wollte frei sein vom Anspruch, ein dekorativer Gegenstand mit guten Manieren zu sein. Sie war nicht als Frau auf die Welt gekommen, um in dem Abgrund zwischen ihren Schenkeln einen neuen Sklaven zu züchten und mit ihrer Milch zu füttern. Sie war keine Frau, um Zierde und Freude eines Mannes zu sein.

Nein, Luise von Schattenbach war eine Frau, die die Macht erleben wollte, die ihrem Geschlecht seit Urzeiten zustand. Sie war ein Gefäß der Überlegenheit, die den Frauen längst aberzogen worden war. Luise von Schattenbach wusste um diese Macht schon seit ihren Mädchentagen. Von der Lust, die sie unter ihren weißen Unterröcken empfand bei dem Gedanken, einem Mann wehzutun, ein winziges Stück der jahrhundertealten Ungerechtigkeit durch ihr Handeln wieder auszugleichen. Eine kleine Facette der unnatürlichen Verhältnisse der Menschheit für sich wieder umzukehren. Wie konnte sie sich dann beschweren, dass sie einem Mann begegnet war, der sie gewähren ließ?

Der Hofrat mochte ein Mörder sein, aber solange er das Leben schützte, das sie führen wollte, war es ihr egal. Luise von Schattenbach wusste, dass sie sich mitschuldig gemacht hatte. Sie spielte längst ihre eigene grausame Rolle in seinem Spiel. Und sie genoss diese Rolle über alle Maßen. Warum den wunderbaren Luxus, die Freiheit und das Exklusive aufgeben, wenn man nur ab und zu ein paar Drohungen ausstoßen musste? Warum die Tugendhafte spielen, wenn sie gar nicht tugendhaft war? Warum nicht einen Teil ihrer wunderbaren Verderbtheit, wie der Hofrat es genüsslich nannte, auf die Probleme des Lebens anwenden?

Jan Groukoult war so ein Problem gewesen. Er hätte dem Hofrat und seinem Imperium schaden können. Doch Luise hatte ihren Teil dazu beigetragen, dass er den Mund hielt und ihnen nicht in die Quere kam.

Otto Grimminger war ebenfalls ein Problem. Er war zwar die wichtigste Person in diesem Spiel, aber die Gefahr, die er darstellte, war nicht länger zu leugnen.

Doch solange Luise jeden Tag im Kunsthistorischen Museum war, hielt sich diese Gefahr in Grenzen.

Gustav Kinsky war das größere Problem. Und natürlich Julius Pawalet.

Doch Luise von Schattenbach machte sich keine Sorgen. Sie würde den kleinen abgerissenen Saaldiener schon in den Griff bekommen.

Sie schlüpfte aus ihrem Winterkleid und machte sich daran, das Korsett aufzuschnüren. Andere Frauen hatten zu diesem Zweck Zofen und Dienstmädchen. Doch sie wollte sich das Vergnügen nicht nehmen lassen, ihr Korsett selbst zu schnüren und später auch wieder zu lösen. Manchmal ließ sie es den Hofrat tun, was der mit sabbernder Unterlippe und einem heiseren Stöhnen im Hals ausführte.

Doch an diesem Abend hatte Luise von Schattenbach keine Zeit, den Akt des Entkleidens zu genießen. Sie dachte an Inspektor Lischka.

Vielleicht war dieser unsägliche Polizist das größte Problem.

Sie verspürte ein wütendes Zittern im Magen, wenn sie an Rudolph Lischka dachte. Wie er vor einer Woche hierhergekommen war und sie verhört hatte.

Plötzlich hatte es sich als Fehler erwiesen, dass Luise Julius Pawalet zu sich geholt und ihn ausgefragt hatte. Der kleine Saaldiener hatte beim Inspektor gepetzt. So war bei dem Inspektor der Verdacht aufgekommen, dass Luise etwas mit den Morden zu tun hatte, die derzeit in Wien die Leute beschäftigten. In diesem Moment musste Luise begreifen, was für eine Gefahr durch diese Morde über ihr und dem Hofrat schwebte. Was für eine gefährliche Schnittmenge das Interesse des Inspektors mit den Interessen ihres Mannes hatte. Wie dünn das Eis auf einmal war, auf dem sie sich bewegten. Solange die Aufmerksamkeit der Polizei auf diesem Haus lag, bestand wirklich Gefahr. Dieser Inspektor könnte etwas anderes herausfinden, ein anderes Verbrechen aufdecken, von dem er noch gar nichts ahnte. Aber wenn sie es geschickt anstellte, würde ihr dieser unheimliche Mörder sogar nützlich sein. Luise von Schattenbach erhob sich.

»Colette!«, rief sie.

Sekunden später tauchte ihre schwarze Magd auf, ein bequemes Hauskleid aus weinrotem Musselin über dem

Arm. Wie jedes Mal, wenn Luise ihrer versteckten Freundin gegenüberstand, wurde sie von einer seltsamen Zuneigung durchströmt. Inzwischen war ein dunkles Gesicht in Wiens Straßen keine Kuriosität mehr wie einst, als Schwarze in Käfigen ausgestellt worden waren. Im 18. Jahrhundert hatte der Fürst von Liechtenstein einen schwarzen Kammerdiener, Angelo Soliman, was eine solche Rarität war, dass man die Haut des Afrikaners nach dessen Tod präparierte und im kaiserlichen Naturalienkabinett ausstellte. Ihr gefiel der Gedanke, dass Colette ihr das Leben verdankte und dieses unbeschwerte, exklusive Dasein über den Dächern von Wien. Sie hatte ihr ein wenig Deutsch beigebracht und sie zu ihrer Zofe gemacht. Colette kümmerte sich um Luises Garderobe, um ihre Toilette, und sie war eine diskrete Mitwisserin von Luises Vergnügungen. Luise genoss es, die Frau für sich ganz allein zu haben, sie niemandem zu zeigen und vor allem, dass sie der einzige Mensch in Colettes Leben war. Aber es gab noch einen Grund, warum Colettes Existenz weitgehend geheim gehalten wurde. Der Hofrat verabscheute Menschen mit dunkler Hautfarbe. Bei ihrer Reise nach Amerika war er auf der Straße zurückgewichen vor den vielen Farbigen, die man überall sehen konnte. Er war der Meinung, dass Schwarze in einer zivilisierten Gesellschaft nichts verloren hatten. Dass die *Neger-Kultur* unvereinbar war mit der feinen Wiener Gesellschaft, in der sie lebten. Er hätte es Luise niemals gestattet, eine Schwarze nach Wien zu schmuggeln.

Doch dann hatte er Colette eines Tages doch entdeckt und hätte sie fast aus dem Haus gejagt. Nur mit allergrößter Mühe war es Luise gelungen, ihn umzustimmen.

Seitdem gab es eine stillschweigende Übereinkunft. Colette durfte niemals in den Teil des Hauses kommen, den der Hofrat bewohnte. Ihre Existenz durfte auf keinen Fall mit dem Hause von Schattenbach in Verbindung gebracht werden, und Luise musste ganz allein für Colette sorgen. Viktor würde keine Verantwortung für die Frau übernehmen.

Doch in der letzten Woche hatte der Hofrat Luise auf die dunkelhäutige Frau angesprochen.

Es gab etwas, was Colette für ihn tun musste.

Luise hatte seiner Erklärung zuerst entsetzt und angewidert zugehört. Doch dann hatte sie eingesehen, dass Colette tatsächlich etwas tun konnte in einer sehr heiklen Angelegenheit. Sie hatte es ihrer Dienerin vorsichtig beigebracht, und Colette hatte sich wie erwartet gefügt. Luise machte sich keine Gedanken darüber, ob Colette darüber traurig oder schockiert war. Sie würde alles für ihre Herrin tun, das war die Hauptsache.

Während die Dienerin Luises Haar kämmte, betrachtete die das dunkle Gesicht im Spiegel.

»Colette, du weißt, dass es morgen so weit ist, oder?«

Colette nickte stumm und deutete ein Lächeln an.

»Du wirst einen lieben Freund von uns besuchen und ihm etwas Gesellschaft leisten. Das hast du doch verstanden?«

»Freund von Herrin?«, fragte Colette. Ihre Stimme klang zittrig.

Luise fasste Colette am Handgelenk. »Du musst keine Angst vor ihm haben. Er wird dich sehr zuvorkommend behandeln.«

Colette wich Luises Blick aus. »Guter Mann?«, fragte sie zaghaft. »So wie Master?«

Luise seufzte. Colette hatte ihr in ihrem gebrochenen Deutsch erzählt, dass einer ihrer ehemaligen Herren regelmäßig Liebesdienste von ihr gefordert hatte. Außerdem war sie von ihm geschlagen worden. Nur deswegen konnte sie von Colette solche Dinge verlangen. Weil sie wusste, dass ihre Zofe mit solchen Männern bereits vertraut war.

Sie schüttelte den Kopf. »Nein, Colette, dieser Mann ist anders. Er ist viel netter als dein Master. Er wird dir nicht wehtun.«

»Mag schwarze Frau wie mich?« Jetzt klang Colette wie ein unsicheres Mädchen, das Angst hatte, bei einem Kindergeburtstag nicht mitspielen zu dürfen.

Luise verspürte einen kleinen Stich im Magen, ihre Dienerin so ängstlich zu sehen. Doch sie verscheuchte schnell das schlechte Gewissen und streichelte Colette über den Arm. »Aber ja doch. Du bist wunderschön, meine Liebe. Er wird dich lieben!«

Colette reagierte mit fragendem Schweigen. Luise hielt es kaum noch aus. »Du wirst sehen, es wird schön werden. Morgen werde ich dich baden und dir ein Kleid von mir borgen, ja? Aber heute musst du noch etwas für mich tun.«

Rasch erhob sie sich und schrieb einen kurzen Brief. Sie faltete ihn zusammen und steckte ihn in ein Kuvert.

»Den musst du noch wegbringen heute.«

»Wohin?«, fragte Colette.

»Zum Juwelier Efrussi. Sag ihm, dass ich meine Bestellung dringend bis morgen Mittag brauche.«

VII

»Jetzt glaube ich langsam auch, dass bei dieser Geschichte etwas gewaltig stinkt«, knirschte Inspektor Lischka und zog den Kopf tief in den Mantelkragen. Der Wind schnitt in die Gesichter der Passanten wie eine Klinge aus Eis.

»Langsam?«, echote Julius und schleuderte die Tageszeitung in einen Abfallkorb.

»Sie haben ihn gezwungen, seine Meinung zu dem Gemälde zurückzunehmen. Und wer weiß, was sie ihm sonst noch alles angedroht haben, dass der Mann sich gleich umbringen musste!«

Er war so erregt, dass er die arktische Kälte gar nicht spürte. Sie gingen den Schwarzenbergplatz hinunter und steuerten auf die Heugasse zu, die am Belvedere-Park und an den beiden Belvedere-Schlössern vorbeiführte.

»Und du bist dir ganz sicher, dass diese Luise und ihr Mann kurz zuvor mit Groukoult im Haus verschwunden sind?«, fragte Lischka nach.

»Ich habe alles beobachtet.«

»Das beweist aber noch lange nicht, dass sie ihn tatsächlich unter Druck gesetzt haben.«

»Was sollen sie denn sonst gemacht haben? Sie haben wohl kaum Scharade mit ihm gespielt, wenn er sich gleich danach aus dem Fenster gestürzt hat!«

»Trotzdem«, wandte Lischka ein, »der Hofrat ist ein angesehener Mann, er hat einen untadeligen Ruf. Man kann nicht einfach einen solchen Verdacht aussprechen, ohne Indizien.«

»Sind das etwa keine Indizien?«, rief Julius aufgebracht.

Der Inspektor legte ihm beruhigend den Arm um die Schultern. Wie gut er seinen neuen Freund verstand. Er kannte es ganz genau, dieses Aufkeimen eines Verdachts, das einen fast körperlich quälte. Und dennoch musste er als Polizeiangehöriger eines besonders gut bezähmen: seine Ungeduld. In seiner Lehrzeit hatte man ihm eingebläut, an eine Person niemals auf Verdacht, sondern nur mit belastenden Indizien heranzutreten. Doch darauf konnte er in diesem Fall keine Rücksicht nehmen. Das, was Julius ihm erzählt hatte, in Verbindung mit dem heutigen Zeitungsartikel, alarmierte ihn. Ja, dachte Lischka, irgendetwas war faul am Kunsthistorischen Museum. Irgendetwas hinter den Kulissen war unheimlich und falsch. Dass ein Kunstexperte seine Meinung über das Rubens-Gemälde in einem Schreiben an die Zeitung revidierte und danach Selbstmord beging, und das, nachdem dieses kalte Weib Luise von Schattenbach ihn besucht hatte! Lischka musste nicht lange nachdenken, um zu wissen, dass der Bildermörder nicht der einzige Verbrecher war, der im Umkreis der kaiserlichen Galerie sein Unwesen trieb.

Links von ihnen streckten die Bäume des Belvedereparks die nackten Äste in den dunklen Himmel.

»Aber was genau ist denn dein Verdacht?«, wandte er sich wieder an Julius. »Was genau, denkst du, treiben die Schattenbachs und dieser Kinsky?«, wollte Lischka wissen.

»Ich sage dir, sie fälschen Gemälde und verkaufen die Originale. Die Fälschungen lassen sie im Kunsthistorischen Museum hängen und gaukeln aller Welt vor, das seien die echten Gemälde«, antwortete Julius.

»Aber ... das ist ein sehr schwerwiegender Verdacht. Meinst du nicht, dass irgendein anderer Experte im Kunsthistorischen Museum diese Sache schon aufgedeckt hätte?«

»Nicht, wenn alle sogenannten Experten des Museums

von Schattenbach und Kinsky gekauft sind. Ich weiß, das hört sich verrückt an. Aber wie erklärst du dir sonst, dass die *Grablegung Christi* seit Jahren im Museum hängt, dann aber plötzlich im Privatbesitz eines Sammlers auftaucht und auch noch echt sein soll? Wer sagt uns, ob zum Beispiel der Restaurator Franz Kittelberger in Wahrheit nicht vielleicht ein bezahlter Lügner ist, der nun behauptet, der Rubens von der Auktion sei eine Fälschung?«

Lischka nickte nachdenklich. »Das ist wirklich sehr ungewöhnlich. Wir werden uns ganz schön blamieren, wenn das nicht stimmt. Wer sagt *mir,* dass du nicht ein äußerst fantasiebegabter Spinner bist?«

Julius schüttelte Lischkas Arm verärgert ab. »Ach, du redest die ganze Zeit von Vorsicht und von Indizien! Ich sage dir, dieser Schattenbach und sein Weib haben Dreck am Stecken. Wir müssen herausfinden, was sie planen.«

»Wenn du recht hast, Julius, dann ist es sehr gut, dass das Museum im Moment geschlossen ist«, meinte der Inspektor und blieb stehen. Auf der anderen Straßenseite stand eine prunkvolle Stadtvilla. »Hier ist es. Das ist das Haus von Kinsky.«

Beide blickten hinüber zu dem prächtigen Säulenportal, den hohen erleuchteten Fenstern, den verschwenderischen Stuckverzierungen des Historismus.

»Verdient man als Museumsdirektor so viel, dass man sich so einen Palast leisten kann?«, murmelte Julius. Sein Atem bildete kleine Wölkchen in der Luft.

»Dass er hier wohnt, hat wohl mit seiner früheren Anstellung zu tun«, sagte Lischka. Julius sah ihn fragend an.

»Weißt du denn nicht, dass Kinsky Stellvertretender Direktor im Oberen Belvedere war, gleich hier in der Nachbarschaft?«

Julius schüttelte den Kopf. »Dort, wo früher die Sammlung des Kunsthistorischen Museums war?«

»Genau da. Wundert mich, dass du das nicht wusstest.« Lischka putzte sich die Nase und rieb sich die Hände. »Ich muss diese Befragung allein durchführen, Julius. Geh in das kleine Café um die Ecke und warte dort auf mich.«

»Darin bekomme ich langsam Übung«, knurrte Julius und drehte sich um.

Lischka überquerte die tief verschneite Straße. Ein Fiaker glitt leise rumpelnd an ihm vorbei. Plötzlich fiel ihm auf, was die auffälligste Veränderung war, die der Winter nach Wien brachte. Die Schneedecke dämpfte das Klappern und Rattern von Pferdehufen und Kutschenrädern, die das ganze Jahr über die Straßen mit ohrenbetäubendem Lärm erfüllten. Eine schläfrige Stille und eine Dumpfheit lagen über allem, und der Schnee unter seinen Füßen fühlte sich an wie ein riesiges, fest gestopftes Kissen. Er sog die scharfe Winterluft ein, bevor er zwischen die steinernen Atlanten trat, die den Eingang zu Kinskys Haus flankierten, und an der Klingelschnur zog.

Es dauerte eine Weile, bis ein Diener die Tür öffnete und den Inspektor einließ.

Vor ihm öffnete sich eine weite Eingangshalle, die mit persischen Teppichen, Marmorbüsten und alten Ölgemälden ausgestattet war. Lischka, der eher ein Freund der Moderne war, empfand die großbürgerliche Zurschaustellung dieser Reichtümer als bedrückend.

Der Diener bat ihn zu warten, der gnädige Herr sei gerade beschäftigt. Als der Diener das sagte, glaubte Rudolph Lischka bei ihm ein hochmütiges Kräuseln der Mundwinkel wahrzunehmen.

Er ließ sich auf einem Samtsofa nieder und horchte auf die verhallenden Schritte des Mannes.

Wo bin ich da nur hineingeraten, dachte der Inspektor. Er wollte einen Mörder finden und schlitterte ohne äußeren Anlass in Ermittlungen, die Julius angestoßen und für die er beim Sicherheitsamt noch keinerlei Befugnis eingeholt hatte.

Was hatte der seltsame junge Mann da aufgespürt? Und konnte Lischka ihm überhaupt trauen? Auf der einen Seite beeindruckte ihn Julius' unglaublich gutes Gespür für die Gemälde und dass er die Zitate an den Tatorten erkannt hatte. Auf der anderen Seite beunruhigte ihn dieses Wissen aber auch. Er konnte nicht sicher sein, ob Julius nicht in Wahrheit ein Komplize des Mörders war. War er vielleicht nur bei Lischka aufgetaucht, um ihn abzulenken, ihn auf eine falsche Fährte zu locken?

»Der gnädige Herr empfängt Sie jetzt«, hüstelte der Diener vom oberen Absatz einer geschwungenen Treppe herab.

Lischka erhob sich und stieg zu dem Diener hinauf, der ihn durch einen schmalen Gang mit im pompejanischen Stil bemalten Wänden führte und ihm die Tür zu einem kleinen Salon öffnete.

Direktor Kinsky stand am Fenster und blickte auf die abendliche Straße hinunter. Das Licht einer Gaslaterne tauchte seinen Kopf in einen buttrig gelben Schimmer, was ihm einen irgendwie poetischen, kontemplativen Ausdruck verlieh.

Kinsky fuhr herum, als Lischka eintrat, und starrte den Inspektor an, als hätte er vergessen, dass er selbst ihm Einlass gewährt hatte. Er trug einen weiten Hausmantel aus violetter Seide. Um den Hals hatte er ein rotes Tuch geschlungen, und seine Füße steckten in übergroßen Pantoffeln.

»Was wollen Sie?«, kam es als Begrüßung.

»Mich erst mal setzen«, sagte Lischka und ging langsam und aufmerksam um sich blickend auf einen ausladenden

Sessel zu. »Sie und ich, wir haben nämlich eine Menge zu besprechen, *Herr Direktor.*«

Der Diener zog sich zurück und schloss leise die Tür.

Der Direktor setzte sich nicht, sondern ging vor den Fenstern auf und ab wie ein eingesperrtes Tier. Der Salon war mit grüner Seidentapete ausgekleidet. Auf kleinen Sockeln standen bunt glasierte Porzellantiere.

Der Inspektor fragte sich, warum Kinsky so aufgeregt war. Er lehnte sich in seinem seidengepolsterten Sessel zurück und schlug das Bein über.

»Nun, Dr. Kinsky, Sie sehen, wir sind an einem Punkt angekommen, an dem wir etwas ausführlicher sprechen müssen. Und so leid es mir auch tut, im Moment laufen viele Fäden bei Ihnen zusammen. Zu viele Fäden.«

»Ach, verhaften Sie mich jetzt wegen dieser unsäglichen Morde oder was?«

Lischka machte ein überraschtes Gesicht. »Sollten wir das denn? Haben Sie etwas damit zu tun?«

Kinsky setzte sich jetzt doch in einen der Sessel. Er quoll ein wenig über die Lehnen hinaus. Mit empört aufgerissenem Mund starrte er sein Gegenüber an. Die Farbe seiner Zähne erinnerte Lischka an alte, verwaschene Kernseife, und das Haar stand ihm wirr vom Kopf ab wie eine Wolke aus Draht. Er sah aus, als wäre er gerade eben aus dem Bett gekrochen.

»Also, Herr Kinsky, ich schlage vor, Sie beantworten mir nun folgende Frage: In was für einer Beziehung stehen Sie zu den von Schattenbachs?«

»Zu wem?«, blaffte Kinsky, doch dann sah er offenbar ein, dass seine angebliche Ahnungslosigkeit unglaubwürdig war. »Frau Luise von Schattenbach ist Stammgast im Museum.«

»Ich meinte eigentlich eher, in was für einer privaten Beziehung Sie zu den beiden stehen«, präzisierte Lischka.

Kinsky wand sich etwas und winkte dann betont gleichgültig ab. »Ach, Sie wissen doch, wie das ist! Man sieht sich hin und wieder mal auf einem Empfang oder auf einem Ball. Ich kenne eigentlich nur die Dame, weil sie, wie gesagt …«

»Wie lange kennen Sie Hofrat Viktor von Schattenbach schon? Wann wurde er Ihnen vorgestellt?«, unterbrach Lischka ihn.

»Das weiß ich nicht mehr genau, es ist schon so lange her! Was sollen diese Fragen überhaupt?«

»Wollen Sie sie lieber auf dem Kommissariat beantworten?«

»Vor ein paar Jahren; ich glaube, es war so um 1901.«

»Und wie kam es dazu?«

»Nun, er war eben auch einmal Gast im Kunsthistorischen Museum – ist das so außergewöhnlich?«

»Erzählen Sie mir etwas über Otto Grimminger.«

Kinsky zuckte zusammen und blickte zu einer zweiten Tür auf der anderen Seite des Salons, als würde er sich von dort Hilfe erhoffen.

»Herr Inspektor, ich verstehe, dass Sie sich um das Wohl Ihrer Stadt sorgen, aber ich kann keine weiteren Fragen beantworten, bevor ich nicht weiß, worum es geht. Otto Grimminger hat nichts mit den Morden zu tun, ebenso wenig ich oder das Ehepaar von Schattenbach.«

»Aber nein!«, winkte Lischka lächelnd ab. »Es geht hier gar nicht um die Morde. Haben Sie das etwa gedacht?«

»Was soll das Ganze dann?«, schrie Kinsky jetzt und warf wieder einen besorgten Blick zu der Tür. Lischka wusste plötzlich, dass hinter dieser Tür jemand war. Jemand, der nicht mit Kinsky zusammen gesehen werden sollte. Vielleicht sogar eine der Personen, die gerade Gegenstand der Befragung waren.

Lischka lächelte in sich hinein. »Herr Direktor. Ich würde Sie gern zu dem Vorwurf befragen, dass im Kunsthistorischen Museum Gemälde gefälscht werden.«

Kinsky blitzte Lischka wütend an. »Das ist ja wohl die Höhe! Das hat Ihnen dieser Irre eingeflüstert, was? Dieser ... dieser Julius Pawalet! Der hat mich auch schon offen verdächtigt. Ich sage Ihnen, das ist blanker Unsinn ... wie ... wie kommen Sie überhaupt darauf?«

»Und wie kommt es, dass Sie so nervös sind, Dr. Kinsky?«, fragte der Inspektor fast beiläufig.

Das etwas schwabbelige Gesicht des Museumsdirektors erschien im weichen Licht auf einmal dunkel, als wäre ihm das Blut in den Kopf gestiegen vor Wut.

»Ach, dann finden Sie also nicht, dass die jüngsten Ereignisse Grund zu der Annahme geben, dass in Ihrem Museum Gemälde gefälscht werden?«

»Nur weil auf der Auktion von diesem Pirnowsky eine Fälschung aufgetaucht ist?«

»Eine Fälschung, die immerhin so genial gefertigt wurde, dass ein unabhängiger Kunstexperte sie auf den ersten Blick als Original eingestuft hat.«

»Na und? Was kann ich dafür, dass dieser Mann sich geirrt hat!«

»Hat er sich geirrt? Hat er nicht viel eher sein Urteil revidiert? Und war das nicht auch das Letzte, was er in seinem Leben gemacht hat?«

Kinsky blitzte ihn wieder böse an. »Da sehen Sie es! Der Mann hat sich nicht ohne Grund umgebracht. Wahrscheinlich hat er sich für diesen peinlichen Fehler, diese infame

Unterstellung zu sehr geschämt. Sein Ruf wäre nach dieser Fehleinschätzung ruiniert gewesen!«

»Und wie erklären Sie es sich, dass Hofrat Schattenbach kurz vor dessen Tod bei ihm war?«, fragte Lischka weiter.

»Das müssen Sie den Hofrat schon selber fragen. Warum kommen Sie damit zu mir?«

»Weil ich es sehr seltsam finde, dass ein Kunstexperte wie Sie nicht weiß, dass es von einem Ihrer Gemälde eine Fälschung gibt.«

Irrte er sich oder schluckte Kinsky schwer an diesem Vorwurf. Er fuhr fort: »Und das, obwohl Sie bereits seit mehr als 30 Jahren für diese Galerie arbeiten. Sie wurden zum Direktor des Kunsthistorischen Museums ernannt, als es sich noch im Bau befand. Sie waren bereits Stellvertretender Direktor der Gemäldegalerie im Oberen Belvedere. Und Sie haben den Umzug der Gemälde ins neue Museum koordiniert und überwacht.«

Kinsky rutschte in seinem Sessel nach vorn und blickte den Inspektor scharf an.

»Hören Sie zu, Sie aufdringlicher Schnüffler. Ich weiß nicht, was für Märchen Julius Pawalet Ihnen erzählt hat, aber ich an Ihrer Stelle würde mich lieber darum kümmern, diesen Mörder zu fassen. Ich glaube, die Tatsache, dass Sie auf diesem Gebiet keinen Erfolg haben, beunruhigt Sie, kann das sein?«

Lischka grub die Fingernägel in das Sesselpolster. Kinsky hatte den Finger in die Wunde gelegt. Anstatt etwas zu sagen, erhob er sich und ging langsam zu der Tür hinüber.

Kinsky sprang ebenfalls auf. »Sie haben doch gar keine Ahnung von Kunst, Inspektor Lischka. Und dieser Julius Pawalet hat auch keine. Genauso wenig wie Jan Groukoult.

Und nur aufgrund von ein paar Andeutungen wollen Sie mich jetzt verdächtigen?«

Ohne ihn anzusehen, streckte Lischka die linke Hand aus und strich scheinbar anerkennend über die Ebenholzintarsien auf dem Türblatt und sagte wie zu sich selbst: »Kinsky, Kinsky, Kinsky. Dass Sie das nicht verstehen wollen. Sie sind Hauptverdächtiger im Fall Joseph Pawalet. Sie haben Glück, dass die Morde mich davon abgehalten haben, Sie dazu genauer zu befragen. Ihnen ist nicht aufgefallen, dass der Bildermörder sich an Ihren Gemälden bedient. Und Sie sind der Leiter eines Museums, in dem gerade ein Gemälde verschwunden ist, dessen Herkunft bis jetzt nicht geklärt werden konnte, weil der dafür zuständige Experte Selbstmord begangen hat. Nachdem er Besuch von Ihren Freunden Luise und Viktor von Schattenbach hatte. Ach übrigens –«, er griff nach der Klinke, »haben Sie gerade Besuch von einem der beiden?«

Kinsky atmete scharf ein und wollte die Hand des Inspektors festhalten, doch Lischka hatte die Klinke bereits gedrückt und stieß die Tür auf. Von drinnen ertönte ein leises, unwilliges Geräusch. Der Nebenraum war eine Art Boudoir, wie Damen es zum Ankleiden nutzen. In der Mitte stand ein hohes, breites Bett mit einem seidig behängten Betthimmel. Und in den strahlend weißen Laken zeichnete sich der Körper einer Frau ab. Einer Frau, deren Haut so schwarz war wie die Nacht, die draußen hereinbrach.

»Schließen Sie sofort die Tür!«, presste Kinsky hervor. Die Augen traten ihm aus den Höhlen, und er atmete schwer.

Lischka zog die Tür wieder zu.

»Nun, das ist ja nicht verboten …«, sagte er und lächelte Kinsky zu. »Diese Dame in Ihrem Bett ist allerdings der beste Beweis dafür, dass Sie tatsächlich in einem besonderen Verhältnis zu den von Schattenbachs stehen. Zufälligerweise weiß ich nämlich, dass Luise von Schattenbach eine afrikanische Dienerin hat, und es würde mich doch sehr wundern, wenn diese Frau hier irgendeine beliebige schwarze Prostituierte wäre. Soweit ich weiß, gibt es in Wien nämlich nicht so viele schwarze Frauen.«

Insgeheim dankte der Inspektor Julius, dass der ihm von seinem intimen Besuch bei Luise erzählt und dabei erwähnt hatte, dass ihm dort Colette begegnet war. Er war sich plötzlich absolut sicher, dass nur sie es sein konnte, die dort in Kinskys Bett lag. Hatte Luise von Schattenbach die junge Frau als eine Art Lockmittel, Unterpfand oder Belohnung angeboten?

Lischka bewegte sich langsam in Richtung der Tür, die auf den Flur führte. Der Museumsdirektor stieß einen verärgerten Seufzer aus und eilte neben den Inspektor.

»Hören Sie, Inspektor Lischka, es ist ja wohl meine Sache, wen ich in meinem Bett empfange. Sie werden damit doch nicht irgendwie Schindluder treiben, oder? Ich habe einen Ruf zu verlieren!«

Lischka blieb stehen. »So, Sie haben einen Ruf zu verlieren? Was für eine Art Ruf kann das sein? Der Kaiser, der Sie damals als Verantwortlichen für die Bestände des Kunsthistorischen Museums eingesetzt hat, hat sicher auch gedacht, dass Ihr Ruf tadellos ist. Stellen Sie sich vor, er wüsste, dass Sie einen Säufer und Verbrecher als Saaldiener eingestellt haben! Was würde der Kaiser wohl von Ihrem Ruf halten, wenn herauskäme, dass Joseph Pawalet seinerzeit sogar im Gefängnis gesessen hat? Wie würde es Franz Joseph wohl gefallen, wenn er wüsste, dass Sie einen Trinker auf der Straße aufgelesen haben und ihn auf die Habsburger-

Schätze aufpassen lassen? Und wo wir schon einmal dabei sind – Sie und ich wissen, wen Joseph Pawalet damals töten wollte. Ich habe mir seine Akte ganz genau durchgelesen. Und wenn Sie mir noch einmal erzählen wollen, dass der alte Pawalet sich selbst umgebracht hat, dann werden Sie erleben, was Ihr guter Ruf wert ist!«

Der Museumsdirektor straffte sich.

»Sie haben keine Beweise gegen mich!«, presste er hervor.

Lischka zuckte unbekümmert die Schultern. »Das stimmt. Ich habe keine Beweise gegen Sie. Aber Sie wissen ja – die Zeit wird noch ein paar Tage auf Ihrer Seite sein. Und letztendlich werden Sie versuchen zu retten, was noch zu retten ist. Und dann werden Sie sich verraten. Das ist immer so. Also husch zurück ins Bett zu Ihrem exotischen Abenteuer. Wer weiß, wie lange Sie sich noch an einer Frau wärmen können. Im Gefängnis gibt es derlei Vergnügungen nämlich nicht. Ich finde übrigens selbst hinaus.«

Es war nicht die schneidende Kälte, die Julius innerlich erstarren ließ. Es waren Lischkas Worte, die sein Innerstes verhärteten. Ein Teil seiner Erinnerung versteinerte. Die schwarze Zofe im Bett von Kinsky? Und sie sollten eine Verfolgung aufnehmen?

»Mein Vater hat versucht, den Hofrat zu erstechen?!«, echote er, nachdem Lischka ihm mitgeteilt hatte, was in der Akte über Joseph Pawalet stand.

»Und warum erzählst du mir das jetzt erst?«

»Weil sich jetzt die Ereignisse so verdichtet haben, dass es mir angebracht schien, es dir zu sagen. Ich wusste freilich schon kurz nach dem Tod deines Vaters Bescheid.

Und jetzt glaube ich allmählich auch zu wissen, warum er sterben musste. Allerdings, wenn ich davon ausgehe, dass der Hofrat die Finger im Spiel hat, werde ich stutzig, denn er war es, der deinen Vater damals aus dem Gefängnis geholt hat.«

»Nachdem er einen Mordanschlag auf ihn verübt hat?«

Lischka klappte den Mantelkragen hoch. 200 Meter vor ihnen stapfte eine dunkle Gestalt mit Kapuze durch den Schnee. Es war Colette. Sie hatte eine Viertelstunde nach Lischka eilig das Haus verlassen und war in Richtung Innere Stadt gegangen. Der Inspektor und Julius folgten ihr unauffällig. Es würde ein weiter Weg durch die beißende Kälte werden.

»Es war im Dezember 1894«, begann Lischka.

»Moment mal. Genau in dieser Zeit ist er verschwunden. Kurz nach meinem 16. Geburtstag.«

»Dann hattest du also vor Kurzem Geburtstag?« Inspektor Lischka sah ihn überrascht an.

»Ja, letzte Woche, als ich im Krankenhaus lag. Steht das nicht in deinen Akten?«

»Vergiss nicht, dass es über dich keine Akte gibt, Julius.«

Sie gingen am Schwarzenbergplatz entlang, folgten Colette über den Kärntner Ring und neben dem hell erleuchteten Kaffeehaus am Platz in die Innere Stadt. Lischkas Atem wurde im Licht der Laternen zu goldenen Wölkchen.

»Also, im Dezember 1894 wurde auf dem Stephansplatz ein Mann mit einem Messer angegriffen, nachdem er aus einer Kutsche ausgestiegen war. Es entstand ein Tumult, der Mann mit dem Messer wurde festgehalten, der Verletzte flüchtete zurück in seine Kutsche, die daraufhin wie der Teufel davongejagt ist. Man wusste zuerst nicht, wer der Angegriffene war. Der andere Mann war dein Vater. Er war so betrunken, dass es ein Wunder war, dass er das Messer überhaupt halten konnte. Er wurde sofort in den Arrest gebracht und zu dem Vorfall befragt. Es war allerdings so, dass er nach zwei Tagen ins Delirium fiel, weil er im Gefängnis natürlich nichts zu trinken bekam. Es war also unmöglich, ihn zu befragen. Der Mann, dem er das Messer in den Hals gestoßen hatte, hat sich auch nicht gemeldet, es kam nie zu einer Anzeige in dieser Sache.

Dein Vater war insgesamt acht Monate im Kotter und verfiel dort dermaßen, dass er von einem Arzt betreut werden musste. Er machte in dieser Zeit zwangsläufig eine Entgiftung und wurde allmählich wieder nüchtern. Als er wieder etwas klarer im Kopf war, sollte er erneut befragt werden, aber er hat behauptet, er könne sich an nichts erinnern. Eines Tages kam ein Schreiben von Hofrat von Schattenbach, der mit einem kaiserlichen Dekret die Freilassung deines Vaters erwirkt hat.«

»Mit einem kaiserlichen Dekret?«, rief Julius aus. »Wie, um alles in der Welt, hat er denn das geschafft?«

»Nun, es wird sich zeigen müssen, ob dieses Schreiben gefälscht war. Aber du darfst nicht vergessen, dass der Hofrat großen politischen Einfluss hat. Ich will lieber nicht wissen, was er in seinem Namen alles erwirken kann. Und der Kaiser ist ein vielbeschäftigter Mann. Vielleicht hat er einfach blind seine Unterschrift unter irgendein Dokument gesetzt, das ihm einer seiner Hofräte vorlegt. Jedenfalls gab Schattenbach an, er selbst sei von Pawalet angegriffen worden. Er hat eine Narbe am Hals, die er uns als Beweis gezeigt hat. Er hat behauptet, Joseph Pawalet sei ein alter Freund von ihm, der aufgrund widriger Lebensumstände verwirrt gewesen sei. Er erwirkte die Freilassung deines Vaters. Du weißt ja, dass die Wiener Gefängnisse immer überbelegt sind. Er wurde mit Handkuss entlassen. Und schon ein paar Wochen später bekam er seine Anstellung als Saaldiener im Kunsthistorischen Museum.«

Julius runzelte die Brauen. Er sah kurz hoch und schaute nach Colette. Die Frau war bereits am Ende der Walfischgasse angekommen, bog aber nicht in die Kärntner Straße ein, sondern nahm die Augustinerstraße nach rechts, vorbei an der Hofburg. Sie schien genau den gleichen Weg zu nehmen, den Julius damals bei seinem ersten Besuch bei Luise von Schattenbach genommen hatte.

Diese Geschichte war einfach unglaublich. Er hatte immer gedacht, sein Vater hätte sich aus dem Staub gemacht und ihn einfach im Stich gelassen. Dabei hatte er geistig umnachtet im Gefängnis gesessen.

»Warum hat der Hofrat ihn aus dem Kotter geholt? Was hatte er für einen Grund, einem Mann zu helfen, der ihn fast getötet hat?«

»Ich sage dir, was ich denke, Julius. Dein Vater war ein hoffnungsloser Säufer, den man manipulieren und benutzen konnte. Vielleicht wusste er Dinge, die dem Hofrat gefährlich werden konnten. Und als dein Vater im Gefängnis wieder Herr über seine Sinne zu werden drohte, musste Schattenbach annehmen, dass er vielleicht irgendetwas verraten könnte, was ihm schaden würde. Darum hat er ihn aus dem Gefängnis geholt und ihn irgendwie dazu gebracht zu schweigen und ihn an sich gebunden.«

»Aber warum dann die Anstellung ausgerechnet im Museum? Und woher kannte mein Vater den Hofrat?« Julius fühlte sich immer verwirrter.

»Tja, es gibt wohl in seiner Vergangenheit so Einiges, womit du es jetzt auch zu tun bekommst, mein Freund.«

»Aber sie hätten meinen Vater doch auch umbringen können, wenn sie befürchten mussten, dass er irgendetwas ausplaudert«, wunderte sich Julius.

»Dann war dein Vater wahrscheinlich auf eine gewisse Weise unersetzlich für den Hofrat und vielleicht auch für Kinsky. Denn du hast recht – wieso sonst sollte man einen trinkenden Verbrecher im Museum anstellen?«

Eine Weile lang gingen sie schweigend nebeneinander her. Links erhob sich bereits der abweisende Bau der Augustinerkirche. Sie folgten Colette über den Michaelerplatz. Die junge Frau blieb nun stehen und schien etwas in ihrer Handtasche zu suchen. Lischka zog Julius in einen Hauseingang, wo sie warteten, bis Colette weiterging.

»Ich erinnere mich, dass mein Vater immer wieder tagelang verschwunden war und mich in die Obhut einer Nachbarin gegeben hat«, sagte Julius nachdenklich. »Er hat nie gesagt, wo er hingegangen ist und was er in dieser Zeit gemacht hat.«

»Und wenn er zurückkam, war er dann spendabel?«, fragte Lischka. »Hat er dir was Gutes zum Essen gekauft oder Geschenke gemacht? Oder hat er danach besonders viel gesoffen?«

Julius nickte. »Ja. Wenn er zurückkam, hat er mir meistens irgendwas geschenkt. Es war, als wollte er sich dafür entschuldigen, dass er so lange weggeblieben ist.«

»Dann hat er in dieser Zeit wahrscheinlich Arbeit gehabt. Aber eine Arbeit, von der niemand wissen durfte. Und höchstwahrscheinlich ist der Hofrat der Schlüssel.«

»Steht noch etwas in der Akte, was ich noch nicht weiß?«, fragte Julius mit spöttischem Tonfall.

»Allerdings«, sagte Lischka. »Hast du nicht erwähnt, dass deine Mutter nach deiner Geburt gestorben ist?« Er trat aus dem Hauseingang auf die Straße, und sie nahmen die Verfolgung wieder auf.

»Willst du mir jetzt etwas anderes erzählen?«, fragte Julius atemlos.

»Nicht unbedingt. Also in der Akte deines alten Herrn gibt es den Vermerk zu einer Heiratsurkunde. Ich hab mich nach dem Dokument erkundigt. Er hat im August 1878 eine Frau namens Maria Habermann geheiratet. Das dürfte dann ja wohl deine Mutter sein.«

»Ja und?«, fragte Julius lauernd und spürte ein unheilvolles Zittern in der Magengrube.

»Nun, uns liegt für eine Frau Maria Habermann keine Sterbeurkunde vor. Im Sterberegister gibt es jedenfalls keinen Vermerk über das Ableben dieser Frau.«

Also hat er mich wieder angelogen, schoss es Julius durch den Kopf. Er schwieg, doch Lischka sprach weiter. »Das muss gar nichts heißen. Manchmal gehen solche Papiere verloren, oder der Arzt oder der Bestatter ist schlampig mit den Sterbeurkunden. Ich wollte damit nur sagen, dass deine Mutter höchstwahrscheinlich Maria Habermann hieß, und dass sie, wenn schon nicht tot, jedenfalls unauffindbar ist. Im zentralen Melderegister Wien gibt es sie nicht. Vielleicht lebt sie außerhalb von Österreich.«

Julius vertrieb die Gedanken, die sich in ihm wie ein wütender Wespenschwarm erhoben, und fragte unvermittelt: »Und was hast du über Alois Lanz herausgefunden?«

»Ach ja, Alois Lanz«, antwortete Lischka. »Also, du bist ihm wahrscheinlich schon begegnet.«

Der Inspektor zog ihn weiter, ehe Colette hinter einer Straßenbiegung verschwinden konnte. »Hast du mir nicht erzählt, dass dein Vater dich damals zur Eröffnung des Kunsthistorischen Museums mitgenommen hat?«

»Ja, das stimmt. Da war ich 13.« Plötzlich dämmerte in Julius eine Erinnerung herauf. Es war nur ein unbestimmter Eindruck von einem Ereignis, das ihn damals schockiert hatte. Da war ein Mann gewesen, der irgendetwas getan hatte, was den Regeln des Museums zuwiderlief. Doch das Bild war verschwommen.

»Moment mal«, murmelte er. »Da hat irgendein Besucher ein Gemälde beschädigt, oder? Die *Medusa* von Rubens, das weiß ich noch.«

Inspektor Lischka blieb mitten auf dem verschneiten Gehweg der Herrengasse stehen. Er starrte Julius nur wortlos an. Julius wusste, was der Inspektor dachte. »Dieser Zwischenfall hat mich eben beeindruckt, ich hatte Angst.«

»Angst ... die hätte ich auch gehabt«, murmelte Lischka. »Dieser Mann war Alois Lanz.«

Er ging weiter, und Julius bekam einen Schweißausbruch vor Aufregung. Er spürte die Kälte um sich herum nicht mehr.

»Du hattest auch recht mit der Annahme, dass Lanz Maler ist«, fuhr Lischka fort. »Er wurde an der Akademie der bildenden Künste ausgebildet, und er hat sich 1890 beim Kaiser als Hofmaler beworben. Wenn du mich fragst, ein ziemlich überhebliches Unterfangen, wenn man gerade die Akademie abgeschlossen hat.«

»Lass mich raten«, unterbrach Julius ihn, »er wurde nicht angenommen.«

»Wegen mangelndem Talent. So steht es in der Absage auf die Bewerbung. Dieses Schreiben ist zur Akte von Lanz hinzugefügt worden, nachdem er straffällig geworden war.«

»Und der Sabotageakt im Kunsthistorischen Museum war also die Rache für die kaiserliche Zurückweisung?«, fragte Julius.

»Genau. Er hat auf dieses Bild uriniert und es angespuckt und wurde von zwei Saaldienern überwältigt und der Polizei übergeben.«

Jetzt sah Julius es wieder ganz deutlich vor sich: die uniformierten Museumswächter, die den Mann durch die aufgebrachte Menschenmenge zerrten. Die schreienden, schimpfenden Besucher und sein Vater, der sagte, dass am nächsten Tag alles in der Zeitung stehen würde. Das war also Alois Lanz gewesen. Schaudernd lauschte er den Worten Lischkas.

»Lanz wurde abgeführt und hat üble Beschimpfungen gegen den Kaiser ausgestoßen. Er hat geschrien, dass das Museum nur ein Volksfest wär', um die Leute von der maroden Monarchie abzulenken. Deswegen bekam er auch 15 Jahre.«

»Er ist 15 Jahre im Kotter gesessen?«, fragte Julius ungläubig.

»Wegen Majestätsbeleidigung und schwerer Sachbeschädigung des kaiserlichen Besitzes. Er hat die Strafe im Landesgericht Josefstadt abgesessen. Ich kenn das Gefängnis. Die gehen da nicht gerade sanft mit den Insassen um, vor allem nicht mit denen, die wegen Majestätsbeleidigung einsitzen. Es würd mich also nicht wundern, wenn der Lanz in diesen Jahren der Prügelknabe für ganz eifrige Verteidiger Seiner Majestät geworden wär'. Und laut den Entlassungspapieren aus dem Jahr 1897 ist er in der Gefangenschaft verrückt geworden.«

»Er wurde nach sechs Jahren entlassen?«

»Nein, nur verlegt. Er kam in die Nervenheilanstalt im Brünnlfeld. Dahin haben sie die Insassen vom Narrenturm verlegt, als der zu klein geworden ist. Das Irrenhaus liegt auf dem Gelände des Allgemeinen Krankenhauses …«

Lischka brach ab, und Julius fragte: »Die werden ihn doch nicht etwa als geheilt entlassen haben?«

»Doch, das haben sie. Aber das ist eigentlich unerheblich«, sagte Lischka. »Alois Lanz ist nämlich tot.«

»Tot?«, echote Julius.

»Und zwar durch eigene Hand. Er wurde drei Wochen, nachdem man ihn vorzeitig entlassen hat, in einer von den billigen Pensionen am Spittelberg gefunden. Erhängt.«

Julius blieb stehen und deutete nach vorn.

»Da ist es. Das Haus vom Hofrat. Colette wird den Seiteneingang benutzen. Wir sollten uns jetzt beeilen.«

Schlagartig fiel die Verwirrung über die neuen Erkenntnisse von Julius ab, als er mit Lischka über den knirschenden Schnee hinter Colette herhastete. Sie sahen, wie die Frau einen Schlüssel hervorholte und ihn ins Schloss steckte.

Lischka wollte loslaufen, doch Julius hielt ihn zurück und flüsterte: »Die Eingangstür schließt nur sehr langsam. Wir können hinter ihr ins Haus, ohne dass sie es merkt.«

Sie hörten das rostige Quietschen der Tür, die langsam hinter Colette zuglitt. Kurz bevor sie sich schloss, schob Lischka eine Hand in den Spalt und drückte sie wieder auf. Im Treppenhaus war es stockdunkel.

Sie folgten Colette, deren Schritte auf einmal schneller wurden, als hätte sie die beiden Männer gehört.

»Luise nimmt diesen Weg, um in ihre Gemächer zu gelangen«, klärte Julius seinen Freund auf. Die Erinnerung an seinen Besuch hängte sich wieder mit Bleigewichten an seine Knie, und Julius fühlte die fiebrige Erregung in sich hoch schwappen wie überkochendes Wasser.

»Und was machen wir, wenn der Paradiesvogel ausgeflogen ist?«, wisperte er.

»Dann fragen wir die Dienerin, für welche Gegenleistung Kinskys sie in sein Bett kriechen musste.«

Sie hörten einen Schlüssel im Schloss und beschleunigten den Schritt. Und dann, kurz bevor sie den obersten Treppenabsatz erreicht hatten, hörten sie den Schrei. Einen durchdringenden, entsetzten Schrei.

Lischka schoss an Julius vorbei und griff nach der Klinke. Die Tür war nicht verschlossen. Sie hasteten in die Wohnung, und Julius zog den Inspektor instinktiv in den Salon.

Gleich darauf standen sie unter der gläsernen Kuppel, durch die das trübe Stadtlicht von Tausenden Straßenlaternen drang, das den Himmel über Wien gelblich färbte. Leise fiel der Schnee auf das durchsichtige Gewölbe.

Colette war auf die Knie gesunken und schluchzte, die Arme zu dem roten Diwan hingestreckt, an den Julius sich schmerzhaft erinnerte.

Lischka blieb wie angewurzelt stehen, und Julius spürte den Schreck im Nacken wie ein unsichtbares Beil.

Der Diwan, auf dem er selbst vor nicht allzu langer Zeit Luises tückischer Befragung ausgeliefert war, war nun Schauplatz der Genialität eines Künstlers. Julius hatte noch keinen der Tatorte gesehen. Lischkas Keuchen mischte sich mit dem Wehklagen Colettes. Sie hatte überhaupt nicht reagiert, als die beiden Männer hereinkamen. Vorsichtig trat Julius näher. Das Arrangement, dessen Mittelpunkt Luises nackter Körper bildete, war perfekt.

Sie lag, nackt und schwanenweiß, auf dem Sofa, unter dem Rücken ein üppiges Kissen. Ihr rechter Arm war angewinkelt, die Hand an den Kopf gelegt, als hätte sie Schmerzen. Der linke Arm lag entspannt an der Seite. Das rechte

Bein hing ein wenig über die Kante des Diwans, während das linke leicht angewinkelt war, sodass demjenigen, der sie finden sollte, zuerst kein Blick auf ihre Scham gewährt wurde. So wie bei dem Gemälde, das Luise nachzustellen schien.

Um den Brustkorb verlief ein prächtiger breiter Schmuckgürtel. Mit Gold eingefasste riesige Perlen, Rubine und rauchblaue Edelsteine. Zwischen den Brüsten teilte sich die Leibkette und verlief diagonal zu ihrer linken Brust. Um den Hals lag eine schlichte Perlenkette. Perlen schmückten auch die Ohren und das Haar. Am linken Oberarm verlief über einem Stück weißer Seide ein Band aus massivem Gold, das mit den gleichen Steinen verziert war wie der Rest.

Es stimmte einfach alles. Mit dem Gesäß lag sie auf der weißen Seide, die um den Oberarm geschlungen war. Die Zehen des angewinkelten Fußes verschwanden unter der Wade des ausgestreckten Beins. Der Kopf war zur Seite gedreht, und alle Kissen und Polster so arrangiert, dass die Körperhaltung gestützt wurde und nicht erschlaffen konnte. Lischka trat zu der Toten und kniete sich hin, als würden seine Beine ihn nicht mehr tragen.

Julius schloss die Augen. Das Gemälde deutlich vor Augen merkte er, dass der Mörder wieder ein Motiv umgesetzt hatte, bei dem niemand getötet worden war. Das Bild trug den Titel *Ruhende Venus*. Auf dem kleinen Schild, das im Museum neben dem Bild hing, stand ein Name, an den er sich nicht mehr genau erinnerte und hinter dem ein Fragezeichen gestanden hatte. Die Restauratoren der Gemäldegalerie waren sich nicht einig über den Schöpfer des Bildes. Irgendwann in ein paar Jahrzehnten würde die Urheberschaft der *Ruhenden Venus* vielleicht geklärt sein. Doch die Umsetzung dieses Künstlers hier würde die Welt nachhaltiger beeindrucken als das Gemälde irgendeines flämischen Barockmalers.

Doch während die Formen der Venus eher üppig schwellend wirkten und man auf dem runden, rosigen Gesicht den Schlaf der Göttin sah, starrte sie der Tod von Luises Körper an. Ihr schlanker Wuchs wirkte plötzlich eher mager, der Bauch sah fast eingefallen aus, und das angewinkelte Bein gab den Blick frei auf einen hervorstehenden Beckenknochen. Die Farbe ihrer Haut war bläulich, und auf ihr Gesicht hatten sich bereits die Schatten gelegt.

Da waren sie also, die köstlichen Umrisse, die er bisher unter ihren Gewändern nur erahnen durfte. Warum hatte der Mörder diesmal nur einen Topos gewählt, der nichts Totes darstellte? Nur den süßen Schlaf einer schönen Göttin.

Und als wären seine Gedanken bereits Teil der Wahrheit, rief Lischka plötzlich aus: »Sie lebt! Julius, sie atmet noch! Schnell …«

Julius eilte zu ihm und kniete sich neben ihn. Lischka hatte die Finger an ihren Hals gelegt und meinte dort noch einen schwachen Herzschlag zu fühlen. Julius hielt die Hand unter ihre Nase – und tatsächlich! Er spürte einen ganz schwachen Atem. Wenn Luise noch am Leben war, dann allerdings nicht mehr lange. Auf ihrem Brustkorb schien der Stiefelabsatz des Todes zu stehen, der ihr Herz und ihre Lungen immer weiter erschlaffen ließ.

Lischka näherte sein Gesicht dem ihren, als wollte er sie küssen.

»Ihre Lippen riechen nach Laudanum!«, sagte er. »Schnell, wir müssen sie wiederbeleben!«

Er drehte sich um. Colette saß, noch immer im Mantel und mit nassen Haaren, auf dem Teppich, die Hände vors

Gesicht geschlagen, als würde sie in einer Tragödie von Shakespeare mitspielen.

»Sie! Holen Sie ein Riechfläschchen, los!«, herrschte Lischka sie an. Als ob die Nachricht, dass ihre Herrin doch noch am Leben war, der Zofe neue Kräfte verliehen hätte, sprang diese auf, eilte davon und kam kurz darauf mit einem silbernen Flakon zurück. Lischka riss es ihr aus der Hand. »Und jetzt machen Sie alle Fenster auf!«

Colette bediente mehrere Stäbe neben der Tür, die einige Kippfenster in der Glaskuppel öffneten. Eine kleine Schneelawine fiel ins Zimmer und landete auf den orientalischen Teppichen. Lischka hielt Luise das Riechsalz unter die Nase, und nach einer kleinen Weile begann ihr Brustkorb sich wieder zu heben und zu senken. Kurz darauf versuchte Luise, den Kopf wegzudrehen. Colette ergriff einen Fächer und fächelte ihrer Herrin die kühle Luft zu, die von oben hereindrang.

»Und jetzt machen Sie einen sehr starken Kaffee … ähm, bitte«, trug Lischka der Dienerin auf.

Colette eilte davon, und bald drang der Geruch nach Kaffee in den Salon.

Julius überlegte, ob er eine dünne Decke, die auf dem Diwan lag, über Luises nackten Leib breiten sollte, doch er fühlte sich nicht imstande, ihr so nah zu kommen.

Colette kam mit dem Kaffee zurück und stellte noch zwei Tassen für die beiden Männer auf ein Tischchen.

Julius sah sich um. Er konnte nirgends Laudanum oder ein Opiumbehältnis entdecken. Allerdings entdeckte er andere Dinge in dem Salon, die ihn in eine eigenartige Verlegenheit brachten. Der große Vogelbauer, den er bei seinem einzigen Besuch hier verwundert betrachtet hatte, stand nun offen, und am Boden des Käfigs lag etwas, das aussah wie ein Stück Unterwäsche. Eine der großen Truhen stand offen, und es quollen so eigenartige Dinge hervor, dass Julius aufstand, um sich das Ganze aus der Nähe anzusehen. Da waren bündelweise Seile aus grobem Hanf, aber auch aus gedrehter Seide, dick wie Kordeln. Mehrere lange Schals und eine kleine hölzerne Kugel, an der zwei Ledergurte angebracht waren, die man mit einer Schnalle verschließen konnte. Zögernd ging er zu der nächsten Truhe, öffnete den Deckel und schaute hinein. Er spürte eine plötzliche Enge im Hals. Dort lagen einige mehrschwänzige Peitschen und Riemen, schmale lange Gerten, wie man sie zum Ausreiten mitnahm, und dünne Bambusstecken.

Ganz allmählich fügten sich diese Gegenstände und das geheimnisvolle Auftreten Luises zu einem stimmigen Bild zusammen.

Was war hier geschehen? Wen hatte Luise von Schattenbach empfangen, und wie war dieser Besuch eskaliert?

Lischka hatte es geschafft, die Ohnmächtige aufzurichten und sie im Rücken mit einem Kissen zu stützen. Sie atmete schwer, und unter den halbgeschlossenen Lidern rollten ihre Augen. Colette massierte ihrer Herrin die Handgelenke, und der Inspektor hielt ihr die Tasse mit dem duftenden Kaffee unter die Nase. Das bittere Aroma schien Luise angenehm zu sein, sie atmete tief ein.

»Sie braucht wahrscheinlich noch eine ganze Weile, bis sie das ganze Gift ausgeschieden hat«, sagte Lischka und überließ Luise der Obhut Colettes. Die Dienerin redete in einer fremden Sprache beruhigend auf ihre Herrin ein und strich weiterhin sanft über deren blasse Hände.

»Woher wusstest du, wie man mit einer solchen Vergiftung umgeht?«, fragte Julius.

»Während meiner Laufbahn als Polizeiagent hatte ich genug Gelegenheit, mich mit Opium und dessen Derivaten zu beschäftigen. Das Atemzentrum wird gelähmt, aber das Ammoniak im Riechsalz löst einen Atemreflex aus. So kommt wieder Sauerstoff in den Menschen. Und dann kann man nicht viel mehr tun, als starken Kaffee zu trinken. Irgendjemand muss der Frau Laudanum verabreicht haben. Und wenn sie nie Drogen nimmt, haut sie das um wie einen gefällten Baum.«

»Meinst du, der Mörder hatte vor, Luise zu töten, oder wollte er, dass sie wieder aufwacht?«

Lischka hob die Schultern in einer einzigen stummen Frage. »Nun, die Dame wird uns hoffentlich bald selbst ein paar Fragen beantworten können. Sie muss den Mörder gesehen haben. Ich nehme übrigens an, diese ... diese Verkleidung ist wieder irgendein Zitat aus unserem Lieblingsmuseum?«

Julius nickte. »Es passt wieder genau. Auf dem Bild ist eine schlafende Venus zu sehen, keine tote. Und Luise ist auch nicht tot. Sie hat nur ... ein bisschen tief geschlafen.«

Lischka lachte bitter. »Mir soll es recht sein, wenn der Mörder sich neuerdings darauf verlegt, niemanden mehr umzubringen.«

»Und was sagst du zu diesen Utensilien hier?« Julius zeigte auf die Peitschen und Seile. Nun schien Lischka tatsächlich in Verlegenheit zu geraten.

»Das ... nun, die Dame hat wohl etwas abseitige ... Neigungen.«

Er nahm eine kurze lederne Peitsche in die Hand und betrachtete sie wie ein ausgestopftes Tier, das zu Lebzeiten bissig und gefährlich gewesen war. Dann legte er sie schnell wieder weg. Julius stellte sich die Peitsche in Luises Hand vor und erschauerte. Das passte irgendwie … so gut zu ihr.

In dem Raum lag der Duft nach einem schweren Parfum; ein dicker Strauß Rosen auf dem Tisch verbreitete den Geruch eines sommerlichen Gartens bei Nacht, und nun drang auch das scharfe Aroma des verschneiten Winterabends in den Salon. Was tun wir hier?, dachte Julius. Was für ein grausamer und zugleich wunderbarer Zufall hatte mich und den Inspektor hierher geführt?

»Was ist das hier eigentlich für eine Wohnung?«, fragte Lischka. »Wo ist der Ehemann?«

»Vielleicht weiß der Hofrat nichts davon«, sagte Julius. »Als ich das letzte Mal hier war, ist Luise von Schattenbach wie aus dem Nichts aufgetaucht. Vielleicht gibt es hier eine geheime Tapetentür oder so etwas Ähnliches.«

Lischka trat zur gegenüberliegenden Wand, anscheinend, um sie zu untersuchen, als ein gedämpfter Knall ertönte. Colette zuckte zusammen. Sie hob den Kopf und schien angestrengt zu lauschen. Kurze Zeit später hörten sie deutlich, wie jemand auf der anderen Seite der Wand herumging. Harte Schritte auf knarrenden Holzdielen. Ein dumpfes, schabendes Geräusch, so als wenn ein schwerer Gegenstand verschoben würde, und Julius erstarrte. Gleich würde die Tapetentür aufgehen, und ein wütender Hofrat würde sie zusammen mit seiner nackten Gemahlin erwischen.

»Was soll das?«, fragte Lischka, doch Colette sprang auf und wisperte: »Schscht. Seien leise. Mann darf uns nicht hören.«

»Was für ein Mann? Ist das der Hofrat?«

Colette nickte mit besorgtem Gesicht und legte den Finger auf die Lippen.

»Aber was hat das zu bedeuten? Der Herr Hofrat hat wohl keine Ahnung vom Zeitvertreib seiner werten Gattin?«, spottete Lischka und warf einen verständnislosen Blick auf die Utensilien in den Truhen, die man zu dieser Zeit nur auf illegalen Fotografien aus der untersten Schublade eines zwielichtigen Postkartenverkäufers finden konnte.

In diesem Moment sprang Colette auf und floh aus dem Salon. Julius hörte, wie eine Tür verriegelt wurde, und ihm fiel wieder ein, dass Luise ihre schwarze Dienerin vor dem Hofrat geheim gehalten hatte.

Die schweren Schritte ertönten jetzt ganz dicht hinter der Wand. Ohne Zweifel – hier musste es einen geheimen Zugang geben, von dem nur Luise von Schattenbach etwas wusste. Daher auch der separate Eingang.

Doch im nächsten Moment öffnete sich eine Tür in der Wand. Lischka packte Julius am Arm. Der Hofrat stand plötzlich vor ihnen, doch der Inspektor entspannte sich augenblicklich. Er meinte wahrscheinlich, dass von einem Mann mit derartiger Leibesfülle keine Gefahr ausgehen sollte.

»Was ist hier los?«, rief der Hofrat. »Ich habe einen Schrei gehört!« Dann fiel sein Blick auf die immer noch bewusstlose Luise. »Was haben Sie mit meiner Frau gemacht?«

Er stürzte erstaunlich schnell zu dem Sofa, auf dem Luise halb aufrecht lehnte. Auf dem Gesicht des Hofrats erschien ein ganz eigenartiger Ausdruck, als er den entblößten Körper seiner Gattin sah. Als wäre er hin und her gerissen zwischen überraschter Erregung wegen ihrer Nacktheit und dem Schrecken über ihre leichenblasse Haut. Er fasste Luises Hand. Sie war immer noch in tiefer Betäubung und warf den Kopf hin und her. Es versetzte Julius einen Stich, diese schöne, erhabene Frau so hilflos und elend zu sehen.

Und plötzlich fiel ihm auch noch etwas anderes auf, das er nicht sogleich zuordnen konnte. Es war, als sei an dem Bild von Luises Körper etwas falsch, nachdem der Hofrat zu ihr getreten war. Irgendetwas verwirrte ihn, als wäre ihm nachträglich etwas eingefallen, was er nun aber nicht mehr nachvollziehen konnte. Der Hofrat tat nun das, was Lischka und Julius versäumt hatten. Er breitete eine dünne Decke über seine entblößte Frau.

»Was ist hier los?«, polterte er.

»Es scheint fast so, als gäbe es im Bekanntenkreis Ihrer werten Gattin jemanden, der zurzeit vom gesamten Wiener Polizeiapparat gesucht wird«, verkündete Lischka trocken.

»Was soll das heißen?« Der Hofrat sah Lischka nicht an, sondern tätschelte Luise die Wange. »Liebes, was ist mit dir? Wach auf ... so mach doch die Augen auf!« In seine fleischigen Züge schlich sich tiefe Besorgnis.

So abstoßend die Erscheinung des Hofrats auch sein mochte, so rührend fand Julius seine Sorge um sie. Viktor von Schattenbach war für ihn auf den ersten Blick ein undurchsichtiger, unangenehmer Mensch, doch eins war sicher: Er liebte Luise abgöttisch.

»Haben Sie das zu verantworten?«, schrie der Hofrat unvermittelt und starrte Julius und Lischka mit bebender Unterlippe an.

»Nein, gewiss nicht«, sagte Lischka schnippisch. »Im Übrigen haben Sie Glück, dass wir zufällig vorbeigekommen sind. Sonst wäre Ihre Frau jetzt tot.«

»Und warum sind Sie hier *zufällig* vorbeigekommen?«, blaffte der Hofrat sie an. »Wenn Sie jetzt endlich die Güte hätten, mir zu sagen, wer Sie sind und was Sie hier zu suchen haben!«

»Ich bin Inspektor Lischka und untersuche die Morde des sogenannten Bildermörders, von denen Sie ja sicherlich gehört haben werden. Ihre Frau scheint ihm gefallen zu haben. Sie sollten wirklich besser auf sie aufpassen!«

Lischkas Stimme war ganz glatt vor Spott. Ihn schien die Sorge des Hofrats um seine Frau nicht im Mindesten zu rühren. Schattenbachs Bemühungen zeigten langsam Wirkung. Luise schlug die Augen auf und begann unter der Decke zu zittern wie im Fieber. Ihr Blick huschte umher wie ein benommenes Insekt und blieb an Julius hängen.

»Was macht der hier?«, hauchte sie.

»Der hier«, klärte Lischka sie auf, »war gerade maßgeblich an Ihrer Rettung beteiligt, Frau Hofrat.«

»Liebste, wer hat dir das angetan?«, fragte der Hofrat dringlich. »Wer sind diese beiden Männer?«

Luise von Schattenbach antwortete nicht, sondern ließ ihren fassungslosen Blick über Julius wandern. Die Decke rutschte ein Stück von ihrem Oberkörper und gab ihre nackten Schultern frei. Sie zog die rechte Hand unter der Decke hervor und fasste sich an die Stirn. Julius starrte auf ihr weißes Handgelenk, an dem sich die Adern abzeichneten wie blaue Kabel.

»Was … was ist hier los?«, flüsterte sie ängstlich.

»Frau von Schattenbach, wer hat Ihnen das angetan?!«, drängte nun auch Lischka.

»Was denn?«, fragte sie.

»Liebes, jemand hat dich betäubt. Diese Herren hier behaupten, dass du fast gestorben wärst«, sagte der Hofrat.

»Und was ist das für ein Aufzug?«, fragte Julius. »Empfangen Sie Ihre Gäste neuerdings in Goldketten?«

»Was für Goldketten?«

Luise war so blass, als würde sie gleich wieder in Ohnmacht fallen.

»Nun hören Sie doch mit diesen Fragen auf! Sie sehen doch, dass es meiner Frau schlecht geht!«

»Wo ist Colette?«, flüsterte Luise.

»Sie hat sich irgendwo eingeschlossen. Sie will wohl nicht, dass der Hofrat ihr begegnet«, sagte Lischka. »Wir sind ihr gefolgt, müssen Sie wissen. Uns hat die brennende Frage hierher geführt, was Ihre Zofe im Bett des Museumsdirektors Kinsky zu suchen hatte. Er wird nämlich gerade in Zusammenhang mit dem angeblich gefälschten Gemälde und dem Selbstmord von Jan Groukoult befragt. Wissen Sie etwas darüber?«

Während Lischka sprach, sah er den Hofrat unverwandt an. Der straffte sich und reckte das Kinn vor, dass die Fettmassen in seinem Gesicht bebten. Julius hatte Mühe, das Lachen zu unterdrücken, doch er musste immer wieder auf Luises Handgelenk starren, das schlaff an ihrer Schläfe lag.

Lischka beugte sich unvermittelt vor, sodass Julius dessen Hinterkopf vor sich hatte.

Der Inspektor sagte: »Frau Hofrat, Sie müssen uns sagen, wen Sie zuletzt empfangen haben. Sie sind die Einzige, die den Mörder gesehen hat, also bitte.«

Seine Stimme klang jedoch nicht bittend und verständnisvoll, sondern harsch und fordernd. Für ihn war Luise von Schattenbach offenbar weniger ein Opfer als vielmehr eine unangenehme Zeugin, die ihn endlich auf eine heiße Spur bringen konnte.

Der Hofrat wollte schon wieder auffahren, doch er hielt sich zurück. Ihm schien klar zu werden, in was für einer absurden Situation er war. Er stand mit einem Polizisten und einem ihm unbekannten Mann um seine splitternackte, dem Tode entronnene Frau, die durch ihr abseitiges Gewerbe in die Arme des Bildermörders getrieben worden war.

Julius fragte sich, was der Hofrat wohl empfinden musste bei dem, was seine Frau hier tat. Immerhin schien er es bereits zu wissen. Er hatte von der geheimen Tapetentür gewusst und war nicht erschrocken zurückgewichen angesichts des Sammelsuriums an befremdlichen Gegenständen, die überall herumlagen. Seine nächste Sorge galt wahrscheinlich der Tatsache, dass Inspektor Lischka diese pikante Information an die große Glocke hängen könnte.

Und auf einmal wusste Julius auch, was ihn an Luises Aufzug irritierte. Und er wusste, dass jedes weitere Wort Lischkas, jede weitere drängende Frage Zeitverschwendung war.

Luise wurde allmählich etwas wacher. Sie wandte sich dem Hofrat zu und flüsterte: »Sag diesen Männern, sie sollen gehen. Ich habe ihnen nichts zu sagen.«

Julius fasste Lischka am Unterarm und sagte: »Lass uns verschwinden, Rudolph. Das hier ist eine Farce. Wenn Herr und Frau Hofrat wüssten, wie lächerlich fehlgeschlagen ihr feiner Plan ist.«

Lischka sah seinen Begleiter fragend an. »Was soll das?«, fragte er unwirsch. »Was willst du damit sagen?«

Julius richtete den Blick auf Luise. »Diese Frau versucht uns anzulügen«, sagte er mit leiser Stimme. »Sie hat wohl damit gerechnet, dass den Polizeiagenten, die sie im Laudanum-Rausch finden würden, niemals auffallen würde, dass sie einen Fehler gemacht hat.«

In diesem Moment huschte ein erschrockenes Zucken über Luises bleiche Züge, und sie ließ die rechte Hand wieder unter der Decke verschwinden. Gleichzeitig flatterten ihre Lider, und sie sah aus, als wäre sie wieder in Ohnmacht gefallen. Ob es eine gespielte Ohnmacht war oder eine gnädige echte, wusste Julius nicht. Er war sich sicher, dass seine Worte in ihr Bewusstsein dringen würden wie ätzende Säure, die sich in edlen Marmor frisst.

»Ich weiß nicht, bei welchem Juwelier die Frau Hofrat ihren Schmuck in Auftrag gegeben hat, aber offensichtlich hatte dieser Goldschmied nicht genug Materialien, um ein kleines Detail anzufertigen.«

»Wovon redest du?«, raunte Lischka.

Der Hofrat sah Julius lauernd und mit zusammengekniffenen Äuglein an und bewegte die Zunge im geschlossenen Mund, als wollte er die kommenden Worte zermalmen.

»Ihre Frau hat zweifelsohne versucht, so zu tun, als wäre sie ein Opfer des Bildermörders, und ich gebe zu, es wäre ihr fast gelungen, uns zu täuschen. Aber nur fast. Denn ich bin mir sicher, dass der Mörder ein Perfektionist ist. Dies hier ist nicht das Werk eines Perfektionisten. Denn erstens hätte er sich für die *Ruhende Venus* eine üppiger gebaute Frau ausgesucht und nicht eine mit einem so abgemagerten Körper. Und außerdem – wenn er schon diesen ganzen Gold- und Edelsteinschmuck verwendet hat – warum sollte er dann den Armreif am rechten Handgelenk auslassen? Die *Ruhende Venus* im Kunsthistorischen Museum trägt so einen Armreif. Bei ihr hier fehlt er.«

»Was unterstellen …«, fuhr der Hofrat auf, doch Lischka unterbrach ihn mit einer wütenden Geste.

»Nur dass Ihre Gattin eine gute Schauspielerin ist. Und sie hat verdammtes Glück gehabt, dass ihr kleiner Selbstmordversuch nicht geglückt ist. Wie lange nimmt sie schon Laudanum, dass sie an solche Mengen gewöhnt ist? Und uns diesen kleinen Selbstmordversuch vorspielen konnte?«

»Rudolph, das ist doch unwichtig«, sagte Julius versöhnlich. »Tatsache ist, dass Luise von Schattenbach so dringend verhindern will, in die Ermittlungen zu den Bildermorden hineingezogen zu werden, dass sie zu diesem Ablenkungsmanöver greifen musste. Sie ist zweifelsohne eine große Kunstexpertin und eine Meisterin der Inszenierung.« Er nickte anerkennend in Richtung der offenbar Bewusstlosen, hinter deren Lidern die Augäpfel rollten.

Julius sah, wie Lischka ihm einen eindringlichen Blick zuwarf. Dann wandte der Inspektor sich an Luise und zischte mit höhnisch verzogenem Gesicht: »Frau Hofrat, da haben Sie wohl Pech gehabt, dass Ihr Publikum nicht auf diese Inszenierung hereingefallen ist.« Und an den Hofrat gewandt, fuhr er fort: »Was ist denn schiefgelaufen in Ihrer Planung? Kein Geld mehr für das letzte Schmuckstück? Oder waren Sie einfach nur schlampig?«

»Was zum Teufel reden Sie da, Mann?«, schrie nun der Hofrat und sprang auf. Neben ihm glitt Luise seitlich auf die Sitzfläche des Polsters, sodass das filigrane Krönchen verrutschte, das in ihrem Haar steckte. In diesem Moment erschien sie Julius nur noch wie eine Faschingsprinzessin, die in einem heftigen Rausch lag.

»Wir sind Ihnen auf der Spur, Schattenbach! Ihre Gattin hat wohl gehofft, dass Colette, nachdem sie aus Kinskys Bett zurückgekehrt ist, sie finden und die Polizei rufen würde. Denen wäre niemals aufgefallen, dass hier ein Detail fehlt. Sie hat nicht damit gerechnet, dass er hier«, er deutete auf Julius, »ihren erbärmlichen Trick aufdecken würde.«

Dem Hofrat klappte die Kinnlade herunter. »Sie!«, sagte er und richtete seinen wurstdicken Finger auf Julius. »Sie … Sie sind … der Sohn von …«

»Joseph Pawalet. Ich bin Julius Pawalet, sehr angenehm.«

VIII

DER 23. DEZEMBER war ein strahlend heller Tag, die Sonne stand am Himmel wie ein leuchtender Edelstein und ließ den tief verschneiten Prater funkeln und blitzen, als wäre das weiße Pulver auf den Bäumen und Büschen Diamantenstaub.

Julius Pawalet zitterte in seinem Wintermantel, aber nicht vor Kälte, sondern weil er erschrak vor seinem eigenen Mut.

Vor zwei Tagen hatte er einen kurzen Brief an Johannas Adresse geschickt. In einem Papierkorb in seiner kargen Wohnung lagen ein Dutzend zerknüllte Bemühungen, sich der jungen Krankenschwester erneut anzunähern. Julius hatte keine Ahnung, wie er die Einladung zu einem gemeinsamen Winterspaziergang an eine Frau formulieren sollte. Doch diese Annäherung war nichts als der krampfhafte Versuch, den Anblick von Luises nacktem, milchweißem Körper mit all dem Geschmeide aus dem Kopf zu bekommen.

Doch nachts, wenn er unruhig in seinem Bett lag, meldete sich das Gift, das Luise auf geheimnisvolle Weise in seinen Körper geträufelt hatte. Seine Lenden fühlten sich bei dem Gedanken an sie an wie ein überkochender, unerträglich süßer Pudding über einem Feuer, das immer wieder von Neuem entfacht wurde. Er konnte nichts dagegen tun, außer den glühenden Topf dort unten überquellen zu lassen.

Beschämt starrte er danach in die Dunkelheit und versuchte, das maliziöse, triumphierende Grinsen Luises aus dem Kopf zu verscheuchen. Ihm wurde klar, dass sie in jeder einsamen Minute, die er mit der Hand unter der Bettdecke gedanklich in ihrem Dachsalon zwischen all den fremdartigen Gegenständen verbrachte, einen Sieg über ihn davontrug.

Ein seltsamer, unbekannter Stolz erfasste Julius, als er begriff, dass er diese Frau verabscheute und begehrte zugleich. Sie war wie eine Tollkirsche, die man sich in den Mund steckte, weil ihr schwarzer, feuchter Glanz so verlockend war, nur um sich danach in Todeskrämpfen zu winden.

Ja, Julius Pawalet fürchtete sich vor der Frau des Hofrats.

Und deswegen richtete er seine Gedanken mit aller Macht auf Johanna.

Johanna, die ihn in seiner dunkelsten Stunde getröstet hatte. Die irgendwo in seinem Bewusstsein in einem Kokon aus schönen Gefühlen lag, an die er sich aber nicht herantraute. Johanna nämlich erschien ihm nicht wie eine Tollkirsche, sondern wie ein Strauch voller Beeren, den er hungrig abernten würde, nur um sich dann ängstlich zu fragen, ob je wieder etwas daran wachsen konnte.

Also hatte er ihr einen scheuen Brief geschrieben und sie gebeten, mit ihm einen halben Tag zu verbringen, mit ihm einen Spaziergang zu machen, und ihr vorgeschlagen, in einem kleinen Lokal etwas zusammen zu essen.

Schon am Abend desselben Tages kam Johannas Antwort.

Lieber Julius, es freut mich zu hören, dass Du so gesund bist, dass Du auf solche Gedanken kommst. Und da ich unmöglich meiner Verantwortung als Krankenschwester zuwiderhandeln kann, was die Auswirkungen von frischer Luft und Bewegung auf die Genesung eines Patienten betrifft, sage ich ja. Wir treffen uns am 23. um 1 Uhr am Praterstern. Ich freue mich.

Johanna.

Noch vor einem halben Jahr hätte Julius sich bei dem Gedanken, eine Frau zum Abendessen auszuführen, gefühlt wie ein Kohlenhändler, der mit einer Novizin tanzen soll, ohne ihr weißes Gewand zu beschmutzen. Er hielt diesen Umstand schlichtweg für eine absolute Unmöglichkeit. Doch wie es sich herausstellte, war alles ganz einfach, als Johanna sich bei ihm unterhakte und an dem bescheidenen Blumensträußchen roch, das er ihr mitgebracht hatte. Es waren Blumen aus einem Gewächshaus in Simmering, solche, wie man sie jetzt auf den Gräbern fand.

An diesem strahlend schönen und eisig kalten Nachmittag waren anscheinend alle Familien von Wien in den Prateralleen unterwegs. Kinder bettelten ihre Eltern um den Eintritt in den berühmten Wurstelprater an, doch die Ringelspiele standen wegen des harten Frosts still, und das Riesenrad sah aus wie ein gigantisches Stahlgerippe.

Am Rand einer der Alleen waren Kulissen für Familienporträts aufgebaut. Ein Fotograf kauerte hinter dem Vorhang seines Apparates und lichtete junge Verliebte und Ausflügler ab. Adelige Damen hatten sich mit ihren Reitlehrern unters Volk gemischt und führten ihre edlen Rappen und protzigen Pelze vor. Und alle paar Meter erklangen die schrillen Schreie der Papageien, die auf den Schultern der

Planetenverkäufer saßen. Junge Mädchen ließen sich von den Vögeln Glückszettel aus dem Kasten des Verkäufers ziehen, um zu erfahren, wie es um ihr Schicksal bestellt war.

»Möchtest du auch?«, fragte Julius Johanna und zeigte auf einen der Männer, der ein Schild um den Hals trug, auf dem stand: »Die Sterne sind auf unserer Seite.«

»Du willst wissen, ob es mir Glück bringt, dass ich mit einem Unglücksraben wie dir unterwegs bin?«

Irrte er sich, oder drückte sie ihren Ellbogen unter seinem Arm fester?

»Du denkst, ich bin ein Unglücksrabe?«

»Na, du kannst ja wohl nicht behaupten, dass es glückliche Umstände waren, unter denen wir uns über den Weg gelaufen sind.«

Nein, dachte er, und auch heute sind es keine glücklichen Umstände. Es ist nur ein Ablenkungsmanöver.

»Nein, da hast du recht. Was, wenn ich dir sage, dass es trotzdem einer der glücklicheren Zufälle in meinem Leben war?«, fragte er.

»Du meinst, dass du im Krankenhaus gelandet bist? Wirklich ein glücklicher Zufall! Komm«, rief sie dann, »wir können es bei einem Verkäufer versuchen, der Lose verkauft. Ich halte nichts von Horoskopen.«

Sie zog Julius weiter und kramte ein paar Münzen aus ihrer Handtasche. Ihrem schlichten Kleid entströmte ein leichter Geruch nach Naphthalin, den sie nicht übertünchen konnte durch das billige Lavendelparfum, das sie offenbar benutzt hatte. Wenn es stimmte, dass es die Gerüche sind, die die Armen von den Reichen unterscheiden, dann kam Johanna wohl aus einem nicht allzu vermögenden Haushalt. Eine der adeligen Frauen hoch zu Ross hätte über sie die Nase gerümpft.

»Willst du wirklich nicht einen Blick in die Zukunft werfen?«, neckte er sie weiter.

»Du glaubst doch nicht, dass in Österreich-Ungarn auch nur ein einziger Planetenverkäufer herumläuft, der das weiß!«, antwortete sie.

»Hättest du Angst, etwas über deine Zukunft zu erfahren?«

Johanna blieb stehen und sah Julius vorwurfsvoll an. »Was hast du nur mit der Zukunft und mit dem Schicksal, Julius? Ich dachte, das, was du durchgemacht hast, hat dich eines Besseren belehrt. Bist du vielleicht auch noch gläubig? Ich meine katholisch?«

Julius schüttelte den Kopf und betrachtete ihre geröteten Wangen.

»Da bin ich aber erleichtert«, sagte sie. »Weißt du, was ich glaube? Diese Planetenverkäufer mit ihren Glückszetteln sind genauso große Lügner wie die Pfaffen. Nein, warte, vielleicht sind die Pfaffen sogar noch viel schlimmer.«

Julius sah sich hastig um, ob auch niemand Johannas Worte gehört hatte. In Wien war es zwar nicht unbedingt gefährlich, ein Gegner der Kirche zu sein. Aber laut über die Kirche zu schimpfen, war ungefähr so unerwünscht wie Kritik am Kaiser. Der Katholizismus war wie süßlich stickige Weihrauchschwaden, die die Menschen einlullen sollten, damit sie den Verwesungsgestank der Monarchie nicht wahrnahmen. Johanna schien eine zu feine Nase zu haben, um sich täuschen zu lassen.

»Das hört sich an, als wärst du in der falschen Stadt, meine Liebe. In Paris würde niemand Anstoß nehmen an deinen Worten«, sagte er.

»Das ist mir egal, Julius. Ich kann es nicht leiden, wenn jemand die Menschen glauben lassen will, es gäbe Mächte, die ihr Leben in der Hand haben. Ich meine, was ist denn eine Predigt in der Kirche anderes als so ein Horoskop. Beides ist der Versuch, ein kleines Türchen aufzustoßen in die Dimension, die uns eigentlich nur Angst macht. Und wir dummen Menschen können es nicht ertragen, dass wir keine Antwort auf unsere Fragen haben.« Sie stach mit ihrem behandschuhten Zeigefinger in die Luft. »Und die Planetenverkäufer halten die Hand auf und locken uns mit einem Blick in die Zukunft. Wo ist da der Unterschied?« Sie steuerte auf einen Losverkäufer zu.

»Wann hast du Zeit, dir solche Gedanken zu machen?«, fragte Julius.

»Oh, du meinst, weil ich ein ach so schweres Leben habe?« Der Schalk, der in ihren Augen aufblitzte, war wie ein kleines Tier, das einen im nächsten Augenblick in den Finger beißt.

Julius sah einen leicht verächtlichen Zug um ihren Mund, als sie sagte: »Das passiert ganz von allein, das mit den Gedanken, meine ich.«

Johanna kaufte ein Los und steckte es, ohne hineinzuschauen, in ihren Beutel. Sie gingen weiter in Richtung des Wurstelpraters. Die Wendung, die ihr Gespräch genommen hatte, gefiel ihm nicht. Johannas Arm lag nur noch sehr locker und unverbindlich in seinem, und ihr Blick war ernst. Eine Weile lang sagten sie nichts. Julius begann sich zu fragen, ob sie etwas Bestimmtes von ihm erwartete. Irgendeine Galanterie, irgendein besonderes Gesprächsthema. Er fühlte sich plötzlich wie in einem fremden Land, in dem er weder Sprache noch Sitten kannte.

Sie kamen an eine Wegbiegung unter einer ausladenden Kastanie. Hier war plötzlich Schatten, die Sonne drang nicht durch die Äste, und Julius fröstelte. Und dann brach es plötzlich aus ihm heraus: »Johanna, du … bist die erste Frau, mit der ich eine Verabredung habe.«

Johanna blieb so unvermittelt stehen, als wäre sie gegen ein unsichtbares Hindernis gelaufen.

»Warum erzählst du mir das, Julius?«, fragte sie und sah ihn unverwandt an.

»Weil ich dachte, es wäre besser. Vielleicht hast du keine Lust, die Zeit mit einem glücklosen Strolch wie mir zu verbringen.«

»Wer sagt dir, dass ich Zeit habe, die ich vertreiben will? Das wäre eine Sünde, findest du nicht? Wer weiß, wie viel Zeit ich noch habe.«

»Wenn du dich weiterhin mit mir abgibst, vielleicht nicht mehr allzu viel. Du weißt ja, dass ich mit einem Bein immer in schlechter Gesellschaft bin.«

In Johannas Blick lag ein zärtlicher, aber ernster Ausdruck. »Küss mich«, sagte sie.

Julius traute seinen Ohren nicht.

»Küss mich«, sagte sie noch einmal. Ihre Stimme klang unbekümmert und gleichzeitig streng. Als wäre das, was sie von Julius wollte, eine Pflicht, vor der er sich nicht drücken konnte.

Also beugte er sich vor, näherte sich dem von der Kälte geröteten Gesicht unter der schlichten Wollmütze und küsste Johannas Mund. Ihre Lippen waren kühl und feucht. Er wollte sich schnell wieder von ihr lösen, doch sie schlang ihm die Arme um den Hals und hielt seine Lippen fest. Und dann drängte eine warme, raue Zungenspitze in seinen Mund, sodass er nicht mehr zurückkonnte. Johanna küsste ihn mit der Verzweiflung einer Frau, die seit ihren Mädchentagen auf diesen Moment zu warten schien. Ihre Zunge war wie das Tentakel eines Tieres, das sich jahrelang unter einem Felsen versteckt hatte und nun wild entschlossen hervorschnellte, als wollte es einen verloren gegangenen Teil seines Lebens nachholen. Und er gab sich dieser drängenden, feuchten Wärme hin, in die Johanna ihn zog. Julius war überwältigt. Seine Gedanken leerten sich.

Doch im nächsten Moment war es schon wieder vorbei.

Johanna löste sich von ihm, sah ihn harmlos lächelnd an, als wäre nichts geschehen, und sagte: »So. Jetzt haben wir uns kennengelernt. Jetzt kannst du mir alles erzählen, was wichtig ist.«

Sie hakte sich wieder bei Julius unter, und sie spazierten weiter durch den Schnee. Er wusste nicht, was er sagen sollte.

»Also, Julius, erzähl mir, warum du ein Unglücksrabe bist und so weiter.«

Julius hatte sich immer gefragt, wie zwei Menschen zusammenkommen konnten. Er hatte sich eine lange, mühsame Zeit des Werbens und Wartens vorgestellt. Eine Reise ins Ungewisse, zwischen Hoffen und Bangen. Und jetzt ging er hier neben einer Frau, die ihm gerade offenbart hatte, dass sie mit ihm zusammen sein wollte. Einfach so.

Sie ist verliebt in mich, dachte Julius.

Und so erzählte er. Er ließ nichts aus und vertraute Johanna alles an. Was soll's, dachte er, besser sie erfährt jetzt alles, dann kann sie es sich immer noch anders überlegen. Besser so, als wenn sie später etwas herausfindet und sich dann zurückzieht.

Er erzählte von seinem Vater, von dessen Trunksucht und davon, dass die Verbindung zwischen ihnen abgerissen war. Von dem Vermächtnis, das Julius vor nicht einmal einem Monat angetreten hatte. Von den unheimlichen Vorkommnissen im Kunsthistorischen Museum, von seinem Verdacht gegen den Kopisten, von Lischkas Suche nach dem Mörder, von dem Porträt unter den Dielen in seiner Wohnung.

Nur Luise fand keinen Platz in seiner Erzählung.

Julius redete sich ein, dass sie es nicht verdient hatte, Teil seiner Lebenszusammenfassung zu sein. Doch er wusste, dass nichts, was es über Luise zu sagen gab, Johanna gefallen konnte. Also tat er so, als gäbe es die Schwarze Witwe gar nicht.

»So, dann bist du also ein Mann, der in Gefahr schwebt«, fasste Johanna seinen Bericht zusammen. Sie hatte gebannt gelauscht und ihn kein einziges Mal unterbrochen.

»Ja, es kann sein, dass ich bald wieder arbeitslos bin oder dass ich einfach verschwinde. Und ich hoffe, dass der Bildermörder nicht weiß, dass ich sein Porträt gefunden habe, sonst könnte es sein, dass auch ich bei dem Kerl schlechte Karten habe.«

»Eines versteh ich nicht«, sagte Johanna nachdenklich. »Wie kommt es, dass du diesen … diesen Blick hast? Wie kann ein einfacher Mann wie du das alles … sehen?«

»Jeder andere könnte das auch«, erwiderte er.

»Nein, das stimmt nicht. Wie lange arbeitest du schon im Museum? Einen Monat. In der kurzen Zeit kann man sich doch gar nicht alle diese Details merken!«

»Ich weiß nicht, wie das kommt«, sagte Julius. »Ich erinnere mich nur daran, wie mein Vater mit mir dort war. Ich konnte damals kaum glauben, dass mir etwas so Schönes widerfährt, dass ich an so einen herrlichen Ort darf. Und weil ich traurig war, als ich wieder gehen musste, habe ich versucht, mir alles zu merken, was ich im Kunsthistorischen Museum gesehen habe.«

»Woher wusstest du, dass du nicht mehr hinkommen würdest?«, fragte Johanna.

»Weil wir nie Geld für solche Ausflüge hatten. Frag mich nicht, aber ich wusste einfach, dass ich nach diesem Besuch wieder zurück muss in unsere elende Dachwohnung, und dass alles so weitergehen würde wie vorher. Als ich an dem Abend im Bett lag, bin ich in Gedanken den ganzen Weg durchs Museum noch einmal gegangen. Ich habe versucht, die Bilder noch einmal zu sehen. Ich hatte Angst, ich könnte sie vergessen. Ich wollte mich daran erinnern. Für immer.«

Er starrte nachdenklich in den Schnee. Johanna drückte seine Hand.

»Das ist dir offenbar gelungen.«

Julius blieb stehen. »Damals fand ich die Gemälde schöner als heute.«

Eine eigenartige Traurigkeit breitete sich in ihm aus, und er beugte sich erneut hinunter zu Johanna und suchte ihren Mund. Sie empfing ihn wie selbstverständlich, als wäre dies hier schon immer Teil ihrer beider Leben gewesen.

Julius hatte sich gerade entschlossen, die Freude über Johannas Zuneigung ungehindert in sein Inneres strömen zu lassen, als er neben sich ein leises hämisches Lachen hörte. Er löste sich von Johanna und blickte in die Richtung, aus der das Lachen gekommen war. Hoch über ihm, auf dem Rücken eines schneeweißen Pferdes, saß Luise von Schattenbach und amüsierte sich prächtig. Verwirrt sah Johanna zu Julius und folgte seinem Blick. Sie runzelte die Brauen.

Luise von Schattenbachs Aufzug gewährte Julius jedoch nicht die kleine Freiheit, sich auf seine Begleiterin zu konzentrieren. Sie saß im Herrensitz dort oben und hatte einen nachtschwarzen Samtmantel mit rauchblauem Pelzbesatz an. Wie eine Königin thronte sie auf dem Rücken des Pferdes, das leise schnaubte und seine Nase in den Schnee senkte. Julius' Blick heftete sich auf Luises Stiefel. Glänzende Lederstiefel, die wie gemeißelt in den Steigbügeln steckten. Ihre Hände in ebenfalls ledernen Handschuhen hielten das Zaumzeug. An ihrer rechten Seite wippte eine lange dünne Reitgerte.

»Na wen haben wir denn da?«, sagte sie, als wären sie alte Bekannte. »Julius! Bist du letzte Woche noch gut heimgekommen? Ich habe mir ein bisschen Sorgen um dich gemacht; du warst so außer Atem, als du gegangen bist.«

Verwirrt starrte Johanna zu der elegant gekleideten Reiterin hinauf. Luise war einfach zu schön, zu strahlend, als dass eine einfache Frau sich nicht etwas ganz Bestimmtes gedacht hätte.

Julius spürte den Zentimeter, den sie von ihm abrückte, wie eine aufbrechende Wunde.

Und anstatt Johanna wegzuziehen, stand er stumm da und überlegte, mit welchen Worten er Luise seine Wut ins Gesicht schleudern konnte.

Doch mit einem glasglatten Lächeln sagte Luise: »Julius, ich freu mich ja so, dich hier zu sehen. Es ist so ein schöner Tag. Aber wer ist die Kleine da neben dir? Hast du wieder mal ein Serviermädchen verführt?« Sie musterte Johanna gönnerhaft. »Nein, und was für nette Blumen er Ihnen mitgebracht hat. Mir bringt er so was nie mit; schade eigentlich.«

Sie stieß ein helles Lachen aus. Die Reitgerte zuckte gegen ihre Lederstiefel, als würde sie mitlachen.

»Was erlauben Sie sich?«, zischte Julius.

»Julius, kennst du diese Frau?«, fragte Johanna. Ihre Stimme klang nicht verärgert. Vielmehr so, als hätte ein Teil von ihr bereits erwartet, dass er derartige Wesen kannte.

»Ich kenne sie, aber sie hat nichts anderes im Sinn, als andere zu zerstören. Und deswegen können wir genauso gut weitergehen und sie ihrer Wege ziehen lassen«, verkündete Julius. Er nahm Johanna beim Arm und wollte sie von Luise wegziehen. Doch die stieß ein tadelndes Zischeln aus, hob ihre Reitgerte und schob sie unter den Rand von Johannas Mütze. Dann riss sie sie zurück, und die wollene Mütze fiel in den Schnee. Sie machte ein erstauntes Gesicht und lächelte auf Johanna herab.

»Nein, wie jung Ihr Gesicht aussieht, meine Liebe!«, rief sie aus. »Fast wie bei einer kleinen Bäuerin aus Russland. Ich habe nicht gewusst, dass Julius auf so naturverbundene Mädchen steht!«

Das Wort *naturverbunden* betonte sie, wie nur eine adelige Dame es betonen konnte.

Julius war zu erschrocken, um sich nach Johannas Kopfbedeckung zu bücken. Ungläubig starrte er auf Luise. Er war gebannt vom Anblick der Gerte, die aus Luises lederbehandschuhter Hand herauszuwachsen schien und an Johannas Schläfe verharrte wie das Bein einer übergroßen Spinne.

Der grenzenlose Hochmut, der in dieser Geste lag, erschütterte Julius zutiefst. Da standen sie, die ersten beiden Frauen, die ihn in seinem Leben beschäftigten. Die eine strahlend und bösartig hoch zu Ross und die andere eingeschüchtert und blass auf dem verschneiten Weg, unfähig, sich aus dieser Erniedrigung zu befreien. Doch Luises herablassender Blick auf Johanna erzürnte ihn nicht, sondern verwandelte sein Inneres in zähen, klebrigen Sirup.

Johanna wollte sich nach ihrer Mütze bücken, doch die Gerte zuckte wieder und schob sich unter Johannas Kinn.

»Es wundert mich, dass Julius Gefallen an Ihnen findet, mein Kind. So wie ich diesen Mann hier kennengelernt habe, bevorzugt er eher exklusivere Damen. Sie sollten sich übrigens das Gesicht mit Zitronensaft einreiben, das lässt die Sommersprossen verschwinden.«

»Jetzt reicht es aber!«, stieß Julius endlich hervor und packte die höhnische Gerte. Er wollte sie Luise entreißen, doch deren Griff war unbarmherzig.

»Na, na, jetzt willst du wohl den Gentleman herauskehren, Julius. Glaubst du etwa, du könntest jetzt, wo ich dieses arme Mädchen über dich aufgeklärt habe, noch etwas wiedergutmachen?«

Johanna wich wortlos zurück, weg aus Luises Reichweite. Das Pferd trabte zu Johannas Mütze und schnappte danach. Die Demütigung war perfekt, und Luise klopfte dem Tier lobend den Hals.

»Julius, ich sage dir, dieses blasse Hühnchen hier ist nichts für dich. Halte dich an meinesgleichen. Und lass deine kleinen Ausflüge in die Niederungen bleiben. Außerdem glaubst du doch nicht etwa, dass ich dich noch einmal empfange, nachdem du bei so einer warst.«

Julius fühlte den Hass gegen diese Frau wie Magma, das in seinem Bauch hochstieg. Er griff erneut nach Johannas Arm, doch die entwand sich ihm gleich wieder.

Luise nickte zufrieden, tippte das Pferd mit der Gerte an und trabte davon.

Johanna bückte sich wortlos nach ihrer Mütze und schüttelte den Schnee ab.

»Ich kaufe dir eine neue …«, murmelte Julius beschämt.

Ohne ihn anzusehen, strich sie die Mütze glatt und sagte: »Weißt du, ich mag Überraschungen. Und ich habe mich gefreut, dass du mich mit dieser Einladung überrascht hast. Ich habe dich nämlich für schüchtern gehalten und mir schon überlegt, wie ich es anstellen kann, dich wiederzusehen, ohne schamlos zu wirken.« Bis dahin klang ihre Stimme beherrscht und freundlich, fast verständnisvoll und ein klein wenig traurig. Doch dann wurde ihre Stimme eiskalt und abweisend. »Mit dieser Überraschung hatte ich allerdings nicht gerechnet«, fuhr sie fort. Ihre grauen Augen hatten sich in Bleikugeln verwandelt. »Dass du ein ebenso großer Lügner und Schwächling bist, wie es dein Vater offensichtlich war!«

Julius zuckte zusammen. »Lass mich dir das mit dieser Dame erklären. Sie ist die Frau des Hofrats, und sie hat ...«

»Es ist mir egal, wer *diese Dame* ist«, unterbrach sie ihn. Ihre Stimme klirrte leise. »Niemand hat das Recht, so mit mir zu reden. Und es ist bezeichnend, dass du mit ihr zu tun hast.«

»Aber das habe ich doch gar nicht!«, rief Julius aus. Die Schmach, nun vor Johanna in ein schlechtes Licht gerückt zu werden, drückte ihn nieder. Was hatte er falsch gemacht, dass von einer Minute auf die andere alles zusammenbrach? Warum hatte Johanna nicht erkannt, was die böse Reiterin im Schilde führte? Doch was hatte er erwartet? Luise hatte ja den wunden Punkt getroffen.

Johanna schnaubte verächtlich, dann zischte sie: »Deine Mutter hat recht. Man sollte sich von dir fernhalten. Sie sagt, wenn du auch nur zu einem winzigen Teil so bist wie Joseph, kann man dir nicht über den Weg trauen.«

Jetzt sah sie trotzig aus, und in ihren Augenwinkeln glitzerte es feucht.

»Was sagst du da?«, hauchte Julius. »Meine Mutter?«

»Ja – Mitzi. Sie hat mich mit dem Kranz zum Grab deines Erzeugers geschickt, und ich pflege sie schon seit Monaten. Sie ist deine Mutter und sie weiß, dass du da draußen herumläufst. Und sie will dich nicht sehen, und jetzt verstehe ich auch, warum!«

Plötzlich meinte Julius, in Johannas Gesicht einen Funken Furcht aufflackern zu sehen. Vielleicht dachte sie, dass er sie vor Wut und Ärger anschreien oder schlagen würde. Ihre Stirn war in einem ängstlichen Ausdruck gerunzelt, und sie trat einen Schritt zurück.

»Stimmt das, Johanna?«, fragte Julius. »Stimmt es, was du da sagst?«

Sie starrte ihn nur an und zuckte die Schultern. Dann stieß sie hervor: »Ja, es stimmt. Aber ich hätte es dir nicht sagen sollen. Ich wollte dir wehtun; du scheinst das ja zu genießen. Sonst würdest du nicht mit dieser schrecklichen Frau verkehren, nicht wahr?«

Sie schwieg kurz, dann sagte sie leise: »Es tut mir leid. Vergiss den ganzen Unsinn.«

Dann ließ sie in einer enttäuschten Geste den kleinen Blumenstrauß in den Schnee fallen, drehte sich um und verschwand zwischen den Spaziergängern.

Was hatte Inspektor Lischka gesagt? Maria Habermann sei die Frau aus der Heiratsurkunde seines Vaters?

Natürlich. Der Name Mitzi war nichts anderes als die Koseform von Maria.

Sie lebte also und lag im Allgemeinen Krankenhaus, und Johanna hatte es die ganze Zeit gewusst und ihm nichts gesagt.

Nein, es war ganz gut, dass das Mädchen mit dem wilden Mund in der Allee verschwunden war. Am Ende konnte er Luise von Schattenbach sogar dankbar sein, dass sie den Stein der Erkenntnis ins Rollen gebracht hatte.

Seit Karl Lueger das Wiener Bürgermeisteramt innehatte, machte er sich bei seinen Wählern hauptsächlich dadurch beliebt, dass er dem Groll gegen die Wiener Juden eine laute und aggressive Stimme verlieh. Wohlhabende Juden mussten in diesen Zeiten damit rechnen, dass die Polizeiagenten ihnen eher mit Schadenfreude begegneten, als sie zu unterstützen, und dass sie die Ermittlungen verschleppten oder aus nichtigen Gründen einstellten.

Doch viel schlimmer dran waren die kleinen Leute in der Leopoldstadt. Die Juden, die sich mit einem kleinen Handwerksbetrieb, einer Pfandleihe oder einem Silberwarengeschäft über Wasser halten mussten. Sie hatten ihr karges Auskommen, aber wenn einmal des Nachts ein Schaufenster eingeschlagen und der Laden ausgeraubt wurde, war das meistens das Ende der ärmlichen Existenz.

Alois Lanz hatte es mit eigenen Augen gesehen. Die Polizisten rührten keinen Finger, um bestohlenen Juden zu helfen. Nein, sie freuten sich vielmehr darüber, wenn die Feinde des Wiener Bürgertums zu Schaden kamen.

Und genau aus diesem Grund hatte sich Alois Lanz den Juwelier Efrussi ausgesucht. Der alte Jude würde niemals auf die Idee kommen, ihn anzuzeigen. Er war viel zu sehr auf das Geld angewiesen, das Lanz ihm zahlte. Er betrachtete Efraim Efrussi als Verbündeten, der mit seiner Kunst etwas zu Lanz' Geniestreichen beitrug, ohne natürlich zu wissen, was er da tat. Alois Lanz bezweifelte, dass die grausigen Zeitungsmeldungen über seine Taten bis hinter den verstaubten Tresen des Juweliers drangen. Solche Leute haben doch ganz andere Sorgen, sagte er sich und zog den Hut tief in die Stirn, als er am Praterstern aus der Elektrischen stieg und mit eiligen Schritten in die Kleine Mohrengasse lief. Unter dem Arm trug er eine dünne lederne Mappe. Man würde denken, dass er ein kleiner Beamter auf dem Nachhauseweg war.

Die Kleine Mohrengasse lag um diese Zeit schon im Abendschatten. Es war niemand zu sehen. Morgen war Weihnachten, aber Alois Lanz war sich nicht sicher, ob das Fest in diesem Stadtteil aufwendig gefeiert wurde. Der Laden von Efrussi lag wie ein schief gewachsener, verfaulender Zahn im Gebiss der Häuserreihen. Geduckt und schäbig zwischen einer Wäscherei und einem Gebäude, an dessen Eingangstür eine rote Laterne ihr Licht in die Dämmerung sandte.

Über dem Laden hing ein rostiges Schild, auf dem der Name E. Efrussi stand. Und über dem Schaufenster in von Wind und Wetter verwitterten Buchstaben: ›Gold, Silber, Edelsteine – An- und Verkauf von Edelmetallen aller Art‹.

Der Künstler warf einen Blick in das Schaufenster. Mehrere mit Samt ausgelegte Kästen standen dort unordentlich übereinander mit Schlitzen, in die der Juwelier Ringe, Broschen, Armbänder und Taschenuhren gesteckt hatte. Der Schmuck war stumpf und nicht poliert, und das Schaufenster sah eher aus wie die Auslage eines Schraubenhändlers. Doch plötzlich zog ein Gegenstand zwischen den Kästen seinen Blick auf sich. Es war ein Armreif aus schlichtem Messing, der in der Form aneinandergereihter Blüten gefertigt war. Jede dieser stilisierten Blüten hatte in der Mitte einen roten Edelstein – oder in diesem Fall wahrscheinlich eher Glas, denn Efrussi konnte sich gewiss kein allzu teures Material leisten.

Alois Lanz packte seine Ledermappe etwas fester und starrte angestrengt in das Schaufenster.

Hastig stieß er die Tür auf und trat in die stickige Dämmerung des niedrigen Raumes. Der Laden war vollgestellt mit Vitrinen, deren Scheiben an ungespülte Milchgläser erinnerten.

Am Ende des Ladens brannte eine Lampe und erhellte das Gesicht des alten Juweliers.

Alois Lanz legte die Ledermappe auf den staubigen Tresen, auf dem ein Glas Tee und ein Teller mit einem Stück Brot mit Pflaumenmus standen.

»Erinnern Sie sich an mich?«, fragte der Künstler ohne große Vorrede.

Der Jude nickte und machte mit den Händen eine Geste, als hätte er eine Krone auf dem Kopf. Alois Lanz war erfreut. Der alte Mann war kein Freund vieler Worte, aber sie verstanden sich.

»Wie ist Ihre Geschäftslage? Haben Sie Zeit für einen Auftrag?«

Der Juwelier nickte und breitete lächelnd die Arme aus.

Alois Lanz drehte sich um und sagte: »Warten Sie einen Moment.«

Dann ging er zurück zum Schaufenster und holte den Armreif. »Das da. Wie viel kostet das?«

Der Juwelier runzelte die Brauen und schüttelte den Kopf.

»Ist schon verkauft«, sagte er. »An eine Dame.«

Nun gut, dachte der Künstler, dann war diese verwirrende Ähnlichkeit eben ein seltsamer Zufall, nichts weiter. Er legte den Armreif auf den Tresen, schlug seine Ledermappe auf und breitete drei Bilder vor Efrussi aus. Eines zeigte ein ausladendes, goldenes Geschmeide aus filigranen Blumen, das mit blauen, roten und weißen Steinen besetzt war.

»Das hier muss die Größe von einem Gürtel haben. Man muss es am Oberkörper tragen können.«

Die zweite Zeichnung zeigte einen breiten Armreif, ebenfalls mit Steinen in den drei Farben.

»Für einen Oberarm«, erklärte Lanz.

»Und das hier«, er zeigte auf die dritte Zeichnung, »ist ein einfacher Armreif, so ähnlich wie … dieser hier.« Er deutete erneut auf den Armreif aus dem Schaufenster und wunderte sich, dass dieses Schmuckstück genauso aussah wie jenes, das er in mühevoller Kleinarbeit gezeichnet hatte.

»Dazu brauche ich falsche Perlen für den Hals, dann Ohrringe und noch mal eine kleine Krone, ebenfalls aus falschen Perlen. Wie lange werden Sie dafür brauchen, und was kostet es?« Er hob den Kopf und sah den Juwelier an.

Was ist denn mit dem los?, dachte Lanz verwirrt, als er die aufgerissenen Augen und den zuckenden Mund des Mannes sah.

Der alte Jude starrte entgeistert auf die feinen Skizzen und blinzelte. »Was ist das?«, fragte er und deutete argwöhnisch auf die Bilder. In seinem Gesicht lag ein Ausdruck des Abscheus, so als hätte Lanz ihn gebeten, Schweinefleisch zu essen.

»Das ist Ihr nächster Auftrag, und ich bezahle gut! Also?«

»Aber …«, antwortete Efrussi, »warum zwei Mal? Erst vor zwei Wochen habe ich das Gleiche schon einmal angefertigt.«

Lanz kniff die Augen zusammen. »Genau das Gleiche?«, fragte er lauernd.

»Haargenau. Das da …«, er nahm den Armreif und hielt ihn ins Licht, »ist als Letztes fertig geworden, und die Dame, die es bestellt hat, hat es noch nicht abgeholt.«

»Was für eine Dame war das?«

»Weiß ich nicht. Eine schöne, reiche Dame. Sie hat viel Geld bezahlt. Sie hat mir Glück gebracht. Jetzt kann ich einen Teil meiner Schulden bezahlen …«

»Moment mal!«, unterbrach ihn der Künstler. »Wollte die Dame auch Perlen?«

»Genau wie Sie!«, rief Efrussi und breitete fragend die Arme aus. »Was ist das hier? Ein Wettbewerb? Will jemand meine Handwerkskunst testen?«

Ein langer, mit tausend Zähnen bewaffneter Wurm wand sich das Rückgrat des Künstlers hinauf. Das hier war eine Falle, das wusste er.

Jetzt würde er seinen nächsten Geniestreich nicht durchführen können. Er hatte sich so darauf gefreut, eine blonde, üppige Frau nach dem Vorbild der *Ruhenden Venus* im Kunsthistorischen Museum auszustatten. Die Arbeitszeit des Juweliers hätte den Reiz erhöht, denn die schnell aufeinanderfolgenden und vollkommen problemlosen Morde der letzten Wochen hatten ihn ein wenig ermüdet. Er wollte wieder eine Weile warten, wieder Ungeduld und Spannung spüren. Vielleicht konnte er durch eine längere Pause bei den Menschen die Hoffnung wecken, der Serienmörder hätte aufgehört, nur um dann wieder zuzuschlagen.

Lanz spürte, wie ihm die Kehle eng wurde. Der Juwelier war anscheinend völlig ratlos, was er von diesem seltsamen zweifachen Auftrag halten sollte. Doch der Künstler wusste, dass der Argwohn des Mannes geweckt war. Mit ihm würde er in Zukunft nicht mehr rechnen können.

»Beschreiben Sie mir die Frau, die diese Sachen in Auftrag gegeben hat«, forderte er Efrussi auf.

Jetzt grinste der alte Juwelier und zeigte seinen zahnlosen Mund. Er hob entschuldigend die Hände. »Tut mir leid, ich rede nicht über andere Kunden.«

Deswegen habe ich dich ja auch ausgesucht, dachte Lanz und presste die Lippen aufeinander. Er nickte angespannt und schloss die Ledermappe.

»Eine Frau mit schwarzer Haut hat die Stücke abgeholt«, sagte Efrussi schnell.

Doch der Künstler drückte die Mappe an sich und wandte sich zum Gehen.

»Wären Sie so freundlich und würden das da wieder zurück ins Fenster legen?«, fragte Efrussi und deutete auf den Armreif auf dem Tresen. Lanz lächelte gequält und deutete eine Verbeugung an. Zögernd nahm er das Schmuckstück und legte es in das schwach erleuchtete Schaufenster zurück. Es fühlte sich in seiner Hand an wie eine böse Vorahnung.

»Danke, und frohe Weihnachten«, murmelte Efrussi. Lanz drehte sich zu dem alte Juden um und nickte.

»Eins wollte ich Sie noch fragen«, sagte er und ging die wenigen Schritte zur Theke zurück.

»Was denn noch?«, schnarrte der Juwelier ungeduldig, doch seinem Gesicht war anzusehen, dass er immer noch auf den Auftrag hoffte.

Der Maler machte ein fragendes Gesicht, griff in seine Manteltasche. Dann stieß er Efrussi das kurze, scharfe Messer in den faltigen Hals. Das angedeutete Lächeln des Mannes erstarrte zu einer verzerrten Maske. Ungläubig schaute er auf den rubinroten Strahl, der sich über die rostigen Werkzeuge, Schräubchen und Drähte auf dem armseligen Tresen ergoss.

Geduldig verfolgte Alois Lanz den wilden Strom und sah fasziniert zu, wie er die kleine Welt des kleinen Mannes rot färbte. Er wartete in aller Ruhe, bis der Körper seines unfreiwilligen Komplizen hinter die Theke gesunken war.

Jeder konnte das gewesen sein.

Kaum hatte der Künstler den Laden verlassen, prallte er mit jemandem zusammen.

»Entschuldigen Sie bitte«, murmelte der andere und hob den Kopf.

In diesem Moment war es, als stürzte Alois Lanz im freien Fall in einen Abgrund.

Julius Pawalet.

Lanz murmelte hastig eine Entschuldigung und ging weiter. Sein Herz schlug so heftig, als wollte es davongaloppieren. Beruhige dich, sagte er sich. Der feine Herr Pawalet hat nur dein Gesicht gesehen. Er kennt dich nicht. Es wird nichts passieren … es wird nichts passieren.

Der Maler drückte sich in einen Hauseingang und schaute hinüber zu den fahl erleuchteten Fenstern des Juweliers. Er wollte sehen, ob dieser Mann ihn verfolgte. Die schlanke, etwas geduckte Gestalt von Julius Pawalet stand in dem winzigen Ausschnitt, den die trüben Lampen des Ladens beschienen. Es schien so, als schaute er sich die Auslage an. Der Künstler kniff die Augen zusammen und wartete, ob Pawalet in den Laden gehen würde. Doch es verging eine scheinbare Ewigkeit, in der sein seltsamer Verfolger einfach nur die Auslage betrachtete. Warum kam Pawalet ausgerechnet zu Efrussis Laden?

Da! Jetzt streckte er die Hand nach der Klinke aus! Unbewusst drückte Lanz sich tiefer in den dämmrigen Hauseingang. Gleich würde Julius Pawalet den Laden betreten und Efrussis Leiche finden. Trotzdem empfand der Künstler eine eigenartige Ruhe und Gleichgültigkeit. Was hatte er schon zu befürchten? Was ihn viel mehr aufwühlte, war die Frage, ob dieser kleine Museumswärter ihm auf der Spur war.

Julius Pawalet ging nicht in den Laden. Er drückte die Klinke der Tür nicht bis ganz nach unten, verharrte und ließ sie wieder los. Dann drehte er sich hastig um und ging in dieselbe Richtung, aus der er gekommen war. Im fahlen Laternenlicht erkannte Lanz Unruhe und Anspannung auf Pawalets Gesicht.

Was hat er vor, fragte sich der Künstler, und ohne darüber nachzudenken, löste er sich aus der Nische und folgte dem Mann. Er musste wissen, was Julius Pawalet vorhatte. Am Praterstern stieg der Saaldiener in eine Elektrische, die zum Alsergrund fuhr. Der Alsergrund.

Der Künstler setzte sich fünf Reihen hinter Julius Pawalet und beobachtete ihn durch die Hüte und Mützen der anderen Fahrgäste hindurch. Der junge Mann saß kerzengerade auf seiner Bank und hatte den Kopf zum Fenster gewandt. Die weihnachtlich erhellte Stadt glitt hinter den Scheiben vorüber.

Warum setzt sich Julius Pawalet in diese Straßenbahn, fragte sich der Künstler voller Unruhe. Der Verdacht, dass der kleine Kunstwächter ihm nachspionierte, schnitt ihm in die Eingeweide. Denn die Endhaltestelle dieser elektrischen Straßenbahn war eine weitere Station in Lanz' Leben, die man eigentlich unmöglich zurückverfolgen konnte. Nicht einmal die Polizei konnte das. Aber vielleicht besuchte Pawalet nur einen kranken Freund.

Doch je näher die Elektrische der Endhaltestelle kam, desto größer wurde seine Gewissheit, dass der andere genau dort aussteigen würde.

In der Alser Straße, vor dem Areal des Allgemeinen Krankenhauses.

Er verfolgt mich, dachte er fassungslos. Er verfolgt meine Spur.

Tatsächlich stieg Julius Pawalet vor dem Komplex des Krankenhauses aus und marschierte auf den Haupteingang zu. *Saluti et solatio aegrorum* stand gemeißelt im steinernen Giebel über dem Torbogen, eine Widmung aus der Zeit Josephs II., unter dem die Anlage des Krankenhauses entstanden war. *Zum Heil und zum Trost der Kranken,* dachte Lanz angewidert. Fast hätte er in den Schnee gespuckt, denn die Erinnerung an sein Leben hinter diesen Mauern huschte vorüber wie der Schatten einer giftigen Wolke.

Vor ihm öffnete Julius Pawalet die schwere Tür zur Eingangshalle.

Das ist der falsche Eingang, Bürschchen, dachte Lanz hämisch. Einen Moment lang wollte er glauben, dass Pawalet tatsächlich nur jemanden besuchte.

Er trat nach Pawalet in die prunkvolle Eingangshalle, wo etliche Schwestern hinter einem Tresen über irgendwelchen Unterlagen saßen. Pawalet wandte sich an eine von ihnen und schien ihr eine Frage zu stellen. Sie blätterte in einem Buch und suchte wohl einen Namen, dann schüttelte sie den Kopf. Pawalet beugte sich tiefer zu der Schwester hinunter und schien eindringlich auf sie einzureden. Die Schwester erhob sich und begann zu gestikulieren.

Lanz trat näher heran und hörte, wie sie ihm eine Wegbeschreibung gab. Und dann hatte der Künstler endlich Gewissheit.

Ein rasender Schmerz schoss durch die Sinne des Künstlers. Einen Moment lang stand er reglos da, während Julius Pawalet an ihm vorbeiging. Die Eingangstür schwang knarrend auf, und er sah das leuchtend goldene Viereck des Winterhimmels über dem Hof. Zehn Jahre lang hatte er sich gewünscht, diesen Anblick wiederzuerleben. Doch die, die sich das Heil und den Trost der Kranken auf die Fahne schrieben, hatten ihm sein Leben gestohlen wie gemeine, gedankenlose Diebe. Sie hatten ihn getötet, seine Existenz aus dieser Stadt getilgt. Nun würde sein Schatten sich rächen. Doch Pawalet … wie war der ihm bloß auf die Schliche gekommen?

»Kann ich Ihnen helfen, mein Herr?«, fragte eine lautlos hinzugetretene Schwester. Der Künstler riss sich aus seiner Erstarrung, wandte sich ab, ohne etwas zu sagen, und nahm die Verfolgung wieder auf.

Die Landesirrenanstalt am Brünnlfeld lag gleich auf der anderen Seite des Krankenhauses auf einer kleinen Anhöhe. Er hatte nicht vorgehabt, jemals wieder an diesen Ort zurückzukehren. Dieser Ort war ein dunkler, leerer Fleck in seinem Bewusstsein, an den er nicht mehr rühren wollte.

Und nun stand er doch wieder vor diesem endgültigen, drohenden Tor.

Es fiel gerade wieder zu; Julius Pawalet war schon hindurchgetreten.

Alois Lanz sog tief die Winterluft in seine Lungen und hielt den Atem an. Er ließ die Kälte in sich brennen und stechen, während er mit geschlossenen Augen die Klinke herunterdrückte. Plötzlich fühlte er sich wieder wie das Kind, dem der Vater gesagt hatte, da sei ein schreckliches Ungeheuer. Ein Ungeheuer, das in der leeren Wohnung lauerte, wenn die Eltern nicht da waren. Das ihn bestrafen würde, wenn er sein Zimmer verließ.

Einmal hatte er es gewagt, sich aus der Küche ein Glas Milch zu holen. Er hatte die Küche betreten wie diesen Ort am Brünnlfeld, an dem ein Teil seines Lebens begraben lag: mit angehaltenem Atem, schwitzend, blinzelnd und voller Angst. Natürlich hatte ihn kein Ungeheuer angefallen und dafür bestraft, dass er nicht in seinem Zimmer geblieben war. Doch diese Tatsache hatte nicht genügt, um ihm die Angst zu nehmen. Und hier, in der Anstalt am Brünnlfeld, hatte er es besiegt. Hier hatte er das Ungeheuer zerstört und sich einen Teil von dessen Kraft zunutze gemacht. Doch diese Kraft, das wusste er, wirkte nur draußen. Hier drin war er gelähmt wie ein Falter, dem die Farbschuppen von den Flügeln wehten.

Dann drang ihm der Geruch des Hauses in die Nase, wie ein Giftpfeil aus dem Urwald seiner Erinnerung. Die Luft wich aus seinen Lungen wie aus einem geplatzten Ballon. Ein jäher Impuls trieb ihn fast rückwärts wieder zur Tür hinaus. Dieser Geruch … Eine Mischung aus Putzmitteln und gummierten Schuhsohlen. Dazu der Geruch von Kraut und Bohnen – eine Mahlzeit, die heute anscheinend immer noch gekocht wurde. Die Übelkeit raubte Lanz die Kraft in den Beinen, und fast wäre er getaumelt. Er konzentrierte sich auf Pawalet und sah, dass der an den Empfangstresen der Landesirrenanstalt getreten war. Wollte er etwas über jemanden herausfinden? War er dieser Jemand, fragte sich der Künstler.

Wieder schaute eine Schwester in ein Buch, doch diesmal folgte ein strenges Kopfschütteln. Lanz trat näher. In der Halle war niemand außer dieser Frau, ihm und Pawalet. Der junge Museumswärter schien aufgebracht und gestikulierte ungeduldig vor der versteinerten Schwester in ihrer weißen Tracht. Pawalets Worte hallten verzerrt von den sauberen Steinwänden wider, sodass Lanz nichts verstehen konnte. Schließlich stand die Schwester auf. Drohend wie ein Albatros vor einem vorlauten Pinguinjungen ragte sie über Pawalet auf und sagte etwas, das Lanz den Hals zuschnürte.

»Doktor Brucker hat frühestens am 27. Dezember für Sie Zeit, mein Herr. Ich werde ihm gern sagen, dass Sie ihn sprechen möchten. Er ist zuständig für diesen Fall. Mehr kann ich nicht für Sie tun. Kommen Sie in drei Tagen wieder.«

Ihre Stimme klang mächtig wie eine Kirchenorgel. Pawalet zog die Schultern ein, murmelte so etwas wie *Frohe Weihnachten* und wandte sich zum Gehen. Lanz wartete, bis er die Klinik verlassen hatte.

Dann ging er Richtung Empfangstresen, tat mit einem Mal so, als hätte er es sich anders überlegt, machte auf halbem Wege kehrt und verschwand ebenfalls.

Draußen lehnte er sich an die Mauer der Irrenanstalt und wartete, bis sein Atem sich beruhigt hatte. Es begann wieder zu schneien. Normalerweise hatte man von diesem Platz einen weiten Blick über die Stadt, doch der Winter hatte eine Nebelglocke über den Ort gelegt. Im Wirbel der Schneeflocken sah er die Gestalt von Pawalet den Hügel hinunter auf die Straßenbahnstation zugehen. Er folgte ihm nicht. Er hatte erfahren, was er wissen musste. Julius Pawalet legte nach und nach die Spuren zu seinem Versteck frei. Er hatte nicht nur herausgefunden, dass er die Bilder seiner ersten beiden Opfer in deren Wohnung versteckt hatte. Anscheinend hatte das Schicksal diesen Kerl mit einem besonderen Instinkt ausgestattet. Dann war er hierhergekommen, in die Keimzelle des Verderbens, und hatte sich nach ihm erkundigt. Denn was konnte es anderes bedeuten, wenn er nach Doktor Brucker verlangte?

Beruhige dich, sagte er sich. Du bist gestorben. Vor dem Angesicht der Welt bist du tot, vergiss das nicht. Sie werden dich nicht finden.

Aber Alois Lanz wusste nun auch, dass er verhindern musste, dass Julius Pawalet noch länger hinter ihm herschnüffelte. Er würde seine Pläne bezüglich des neugierigen Saaldieners in die Tat umsetzen müssen.

Er wartete, bis die Elektrische abgefahren war. Dann machte er sich zu Fuß auf den Weg zu seiner Wohnung.

Der Schnee hatte alle Menschen von den Straßen vertrieben. Alois Lanz spürte, wie die Flocken ihm in den Kragen fielen, doch er kümmerte sich nicht darum. Plötzlich konnte er es kaum erwarten, die Wohnungstür hinter sich zu schließen, um über die nächsten Schritte nachzudenken. Er war enttäuscht, dass er seinen Plan mit der *Ruhenden Venus* nicht umsetzen konnte. Doch der neue Plan war weit besser. War es nicht viel reizvoller, statt irgendwelcher namenloser Objekte diesen kleinen hartnäckigen Pawalet zum Gegenstand seines nächsten Kunstwerks zu machen?

Die Pezzlgasse war eine ruhige Wohngegend. Er betrat das Geviert des Innenhofes und zog die Schlüssel aus der Manteltasche.

Da sah er das Ungeheuer.

Riesenhaft und mit tausend Stacheln bewehrt, drängte es sich in den hell erleuchteten Hauseingang und machte dabei grausam schabende, kratzende Geräusche. Es stöhnte und ächzte und stieß furchtbare Flüche aus.

Lanz erstarrte. Genau so hatte er sich das Wesen vorgestellt, damals, als Kind.

Jetzt kommt es und holt mich, dachte er voller Panik. Und Julius Pawalet war dessen hinterhältiger Vorbote. Sein Schlüsselbund fiel lautlos in den Schnee.

Da stürzte das Ungeheuer plötzlich zu Boden, und eine Stimme drang vom Eingang her zu ihm.

»Ach, Herr Rohrbach! Ein Segen, dass Sie kommen! Könnten Sie mir mit dem Weihnachtsbaum helfen? Ich bekomme dieses Ungetüm einfach nicht ins Treppenhaus!«

IX

In einem Krankenhaus ist der 24. Dezember ein Tag wie jeder andere. So zumindest hatte Johanna Kowak es all die Jahre empfunden. Ein Tag, vor dem Leid und Tod nicht haltmachten, sondern wie eh und je die Mauern des Allgemeinen Krankenhauses mit Schreien und Weinen erfüllten.

In diesem Jahr war es besonders schlimm. Eine Bettlerfamilie hatte ihr Kind vorbeigebracht, dessen Unterschenkel erfroren waren. Johanna sah immer noch den leeren Blick der Mutter vor sich, als man ihr gesagt hatte, dass nur eine Amputation infrage kam. Die Leichenhallen waren in diesen Tagen überfüllt von den grauen Leibern erfrorener Säufer und Obdachloser, die Stationen waren voll belegt mit alten Menschen, die sich etwas gebrochen hatten, weil sie auf den spiegelglatten Straßen gestürzt waren.

Mechanisch verrichtete Johanna ihre Arbeit.

»Sie werden doch keine Grippe bekommen?«, fragte Doktor Wilhelm vorsichtig. Seit Johannas Zurückweisung war er wortkarg und verschlossen, worüber die Krankenschwester sehr froh war. Doch an diesem Tag erfüllte die Gegenwart des Arztes sie nicht mit Abscheu. Im Gegenteil. Sie schenkte ihm ein freundliches Lächeln und sagte: »Nein, mir geht es gut. Es liegt an diesem Tag. Es ist schlimmer als an den anderen Tagen im Jahr, finden Sie nicht? Es ist schlimmer, weil alle Welt behauptet, es sei ein Anlass zum Feiern. Und wenn man dann sieht, dass er sich nicht unterscheidet, ist er plötzlich der schrecklichste Tag des Jahres, obwohl sich gar nichts geändert hat.«

Doktor Wilhelm sah Johanna aufmerksam an, und sie schämte sich für ihre sentimentalen Worte. »Ach vergessen Sie, was ich gesagt habe. Vielleicht bin ich einfach ein bisschen überarbeitet.«

»Nein, nein«, sagte Doktor Wilhelm, »ich finde diesen Gedanken sehr interessant. Hier drin sieht man die Welt ganz anders. Aber ich frage mich, was Sie so traurig macht, Fräulein Kowak. Wären Sie lieber bei Ihrer Familie?«

Johanna trat einen Schritt zurück und setzte ein spöttisches Lächeln auf.

»Nein, Herr Doktor. Es ist schon in Ordnung so.«

Doktor Wilhelm seufzte und sah sie fragend an. »Wissen Sie, was aus diesem jungen Kerl geworden ist, den wir neulich hier hatten? Der mit der Gehirnerschütterung.«

Johanna hob den Kopf. »Warum interessiert Sie das?«, fragte sie alarmiert.

»Na, Sie haben ihn doch anschließend gepflegt, oder?«

»Ja, das habe ich. Ich frage mich jedoch, warum Sie ausgerechnet dieser eine Mann interessiert.«

»Ach, er hat mir irgendwie besonders leidgetan«, sagte Dr. Wilhelm.

»Mir nicht«, erwiderte sie.

»Wann werden Sie mich erlösen, Johanna?«, fragte der Arzt und stellte sich vor sie hin. »Sehen Sie, ich frage Sie hier nach vollkommen unwichtigen Patienten, nur um einen Vorwand zu haben, mit Ihnen zu sprechen. Verzeihen Sie mir.«

»Oh!«, rief Johanna aus, und in ihrem Inneren brach eine kleine, mühsam aufrechterhaltene Mauer zusammen. »Dieser Patient war nicht unwichtig, Herr Doktor Wilhelm. Weder für Sie noch für mich!« Ihre wütende Stimme ließ den Arzt aufhorchen.

»Er war genau genommen ein Glücksfall!«

Ihr Herz hämmerte mit einem Mal aufgebracht gegen ihre Brust. Johanna hatte große Mühe, ihre unterdrückte Wut nicht in einem hysterischen Schrei zu entladen.

Doktor Wilhelm fragte irritiert: »Wie darf ich das verstehen?«

»Dieser Mann«, sagte Johanna leise, »ist der einzige Grund, warum ich mir gerade überlege, Sie zu erlösen, Doktor Wilhelm.« Ihre Stimme war ganz brüchig vor lauter Zynismus. »Er war der eine, für den ich mich aufgehoben habe.« Eine Träne lief ihr über die Wange, die keine Selbstbeherrschung der Welt hätte zurückhalten können.

»Ich bin 24, Herr Doktor, und ich habe gedacht, dass dieser Mann mit der Gehirnerschütterung der Grund ist, warum ich bis dahin noch nie geküsst oder berührt worden bin!«

»Johanna …«, Doktor Wilhelm hob hilflos die Hände und sah sich rasch um, als hätte er Angst, dass jemand ihre Worte hörte.

»Nein, lassen Sie mich ausreden! Sie wollten mich doch kennenlernen. Sie wollten mir doch näherkommen. Also bitte schön! Hier bin ich! Eine frustrierte Samariterin mit einer versiegten Quelle zwischen den Schenkeln!«

»Johanna! Bitte sprechen Sie leiser!«

»Ach, das wollen Sie wohl nicht hören, was?«, zischte sie aufgebracht. »Sie finden wohl doch eher Gefallen an den verschämten, braven, reinen Mädchen mit den weißen Hauben.«

Der Arzt ergriff ihre Hände und hielt sie fest, als wollte er sie daran hindern, gleich die Medizinflaschen und Stahlinstrumente umherzuwerfen.

»Johanna, was haben Sie denn?«, fragte er.

»Das, Herr Doktor Wilhelm, nennt man Liebeskummer. Und dagegen hilft weder fasten noch beten, das weiß ich. Dagegen hilft nur ein williger, bedenkenloser Mann, der einer Frau einen Ausschnitt der wahren Welt zeigt, um Sie danach wieder fallen zu lassen. Nun gut, ich bin bereit. Ich weiß, was mich erwartet. Haben Sie keine Scheu, Herr Doktor. Weihen Sie mich ein!«

Der Arzt war blass geworden. Fassungslos starrte er die junge Krankenschwester an.

Johanna straffte sich. »Ich werde den Abend bei meinen alten Eltern verbringen und den ersten Feiertag ebenso. Übermorgen bin ich wieder zur Stelle. Und keine Sorge – ich brauche keine teuren Geschenke. Erlösen Sie mich einfach nur.«

Sie wischte sich mit einer wütenden Geste die Tränen weg und ging davon.

Sie öffnete die Tür zu einer kleinen Abstellkammer und flüchtete sich in die Dunkelheit zwischen Putzzeug und Stapeln frischer Badetücher. Krampfhaft versuchte sie, sich zu beruhigen. Doch es gelang ihr nicht. In ihrem Innern nagte noch immer die Erinnerung an die Begegnung mit Julius und dieser unsäglichen Frau auf dem Pferd. Es wäre alles nicht so schlimm gewesen, wenn sie einfach nur Wut und Enttäuschung empfunden hätte. Aber da war noch ein anderes Gefühl, das sie zutiefst verunsicherte.

Lust. Eine nagende, unterschwellige Lust, die sie begleitete, seit sie sich von Julius getrennt hatte. Diese Lust war falsch, denn sie galt nicht Julius, sondern dieser Frau. Luise von Schattenbach. Bei dem Gedanken an ihren hochmütigen Blick und an den unnachgiebigen Druck der Gerte an ihrer Schläfe durchzuckte sie immer wieder eine heiße Welle verzehrender Schwäche. Sie verscheuchte den Gedanken, doch in manchen Momenten fiel dieses Gefühl sie wieder an wie ein wildes Tier aus den dunkelsten Ecken ihres Bewusstseins. Dann pulsierte etwas in ihrem Bauch, und Johanna wünschte, sie würde wieder auf der verschneiten Allee stehen und unter den Blicken der Frau so klein werden wie eine Maus. Ängstlich und verwirrt blickte sie in den Abgrund, der sich in ihr aufgetan hatte und von dem sie nichts geahnt hatte. Sie ertappte sich bei seltsamen Sehnsüchten, die ihr die Schamesröte ins Gesicht trieben. Diese Gedanken weiterzudenken, der köstlichen Verwirrung nachzuspüren – das kam ihr vor, als würde sie in einen tiefen Schacht stürzen. Sie nahm ihre ganze Kraft zusammen, um sie von sich fortzuschieben.

Eine halbe Stunde später hatte sie sich so weit beruhigt, dass sie Maria Habermann frohe Weihnachten wünschen und sich für die Feiertage verabschieden konnte.

Johanna hatte nicht vor, der alten Frau zu erzählen, dass sie ihrem Sohn in einem Anfall von Gedankenlosigkeit verraten hatte, dass seine Mutter noch lebte. Vor ihr tat sich plötzlich ein nebeliger Abgrund auf, und sie hatte das Gefühl, als wäre sie am Ende ihres Lebens angekommen. Was natürlich vollkommener Unsinn war, das wusste sie. Johanna hatte in Büchern und in den Zeitschriften für junge Damen schon oft von dieser ganz besonderen Marter gelesen und sie immer als überspanntes Hirngespinst abgetan. Nun fühlte sie es selbst – den unbändigen Hass gegen den Verursacher dieser Gefühle. Sie öffnete die Tür zu Maria Habermanns Zimmer und erschrak.

Eine Krankenschwester zog gerade das Bett ab. Das Fenster war weit geöffnet, und im ganzen Raum war keine Spur mehr von seiner Bewohnerin zu finden.

»Wo ist sie hin?«, rief Johanna. Ihr kam ein trauriger Verdacht.

»Drüben«, antwortete die Schwester und deutete auf das offene Fenster.

»Wo drüben?«, drängte Johanna und eilte auf ihre Kollegin zu.

»Sie ist vorgestern Nacht verlegt worden«, sagte sie. »Ins Brünnlfeld.«

Johanna konnte es nicht glauben. Warum sollte man Mitzi in die Irrenanstalt verlegt haben? Als sie das letzte Mal nach der alten Frau gesehen hatte, war sie noch wohlauf gewesen. »Warum?«, fragte sie fassungslos.

Die Schwester bezog das Kopfkissen und schüttelte es aus. »Nervenfieber. Sie hat stundenlang herumgebrüllt und unzusammenhängendes Zeug geschrien. Sie hat mich geschlagen, schau, hier.« Sie drehte sich um und zog ihren Kragen auseinander.

Johanna sah ein dunkelblaues Hämatom über dem Schlüsselbein.

»Meine Güte …«, murmelte sie.

»Sie ist hysterisch geworden, aus heiterem Himmel. Wusste nicht mehr, wie sie hierhergekommen ist, und hat ganz seltsame Sachen gesagt.«

»Was für Sachen?«, fragte Johanna alarmiert.

»Dass sie in die Hölle kommt für ihr Schweigen …« Die Krankenschwester wiederholte Frau Habermanns Worte mit hörbarem Unbehagen in der Stimme, und Johanna fühlte eine steinerne Schwere in ihren Eingeweiden.

»Außerdem hat sie immer wieder nach ihrem Sohn gerufen. Ich weiß nicht … hatte sie denn einen?«

Vor dem schmucklosen Eingang eines Zinshauses in der Lenaugasse stand ein einsamer Mann mit einem schlecht verpackten Paket unter dem Arm und sah so jämmerlich und verloren aus, als hätte er gerade erfahren, dass man ihn von dem Weihnachtsfest, zu dem er eingeladen war, soeben wieder ausgeladen hatte.

Unschlüssig blickte er an der Fassade hinauf, in der die hellen Ausschnitte der Fenster leuchteten und ihn mit ihrem heimeligen Kerzenschimmer zu verhöhnen schienen. Als wäre jedes warme goldene Viereck dort oben ein ausgestreckter Finger, der ihn in die dunkle Ecke der Einsamkeit zurückwies.

Julius Pawalet traute sich kaum, die Hand nach dem Klingelknopf auszustrecken, auf dem der Name *R. Lischka* stand.

Zitternd fasste er das Paket unter dem Arm fester und nahm seinen ganzen Mut zusammen. Er drückte auf den Klingelknopf und wartete. Das blecherne Schellen hallte durch das Haus. Dann blieb es lange still.

In dieser Nacht hält alles den Atem an, dachte Julius.

Grimminger wird gewiss nicht an seiner Fälschung arbeiten. Der Bildermörder ruht sich vielleicht von seinen Taten aus. Kinsky wird sich bei einer ahnungslosen Familie den Bauch vollschlagen, und der Hofrat wird im Angesicht seiner festlich gekleideten Frau vergessen haben, dass er mir ans Leben will. Und Johanna wird über ihrem hart erarbeiteten Abendessen alles tun, um mich aus ihren Gedanken zu verbannen.

Alles schien erstarrt und brüchig. Als wären alle Menschen in dieser Nacht zu Mumien geworden. Es gab nichts zu tun. Er war zur Untätigkeit verdammt. Er konnte den Gedanken, allein zu sein, plötzlich nicht mehr ertragen und fragte sich, warum er nach all den Jahren der Vereinzelung so plötzlich keine Kraft mehr dafür hatte.

Er wusste, dass es in dieser Nacht nur einen gab, der ebenso zur Untätigkeit verurteilt war wie er selbst. Und so hatte Julius sich in ein Ladengeschäft gedrängt, dessen Besitzer gerade schließen wollte, und noch eine Dose Räucherhering, ein Brot, einen kleinen Kuchen und eine Flasche billigen Wein gekauft. Der Verkäufer hatte alles eingepackt und unter die Verpackungsschnur sogar ein Tannenzweiglein gesteckt. Mit diesem Gastgeschenk stand Julius Pawalet nun also vor der Tür des Inspektors in der stillen Josefstadt und hoffte inständig, dass Lischka auch der Meinung war, dass sie beide längst Freunde waren.

Doch im Haus blieb alles still.

Dann öffnete sich eines der dunklen Fenster, und der Kopf des Inspektors tauchte hoch oben an der Fassade auf. Julius schaute hinauf und winkte. Irrte er sich oder lächelte Lischka?

Es dauerte endlos lang, bis die Eingangstür aufging und Rudolph im Morgenrock vor ihm stand. Wortlos winkte er ihn herein, und sie stiegen schweigend in den vierten Stock hinauf.

»Ich wollte dir sowieso vorschlagen, dass du eine Weile bei mir wohnst«, sagte der Inspektor beiläufig. »Der Hofrat will dir ans Leder, das weiß ich. Du solltest kein unnötiges Risiko eingehen.«

»Dann störe ich dich also nicht?«, fragte Julius mit einem Zittern, und er musste sich beherrschen, um dem anderen nicht um den Hals zu fallen. Die Erleichterung legte sich um ihn wie ein warmer Mantel.

»Ach was. Ich habe mich nur gerade selbst bemitleidet. Da kommt deine Störung gerade recht.«

Die Wohnung des Inspektors war groß, mit vielen Türen zu weiteren Räumen, und sie war eiskalt. Rasch zündete er ein Feuer im Kamin im Wohnzimmer an und wusch verlegen ein paar Teller ab. Die Küche war nur spärlich erhellt und lag im Dämmerlicht, aber Julius vermutete, dass sie in das typische Chaos eines Mannes ohne Frau zwischen Leere und altem Schmutz getaucht war.

»Wie lange feierst du Weihnachten schon so?«, wollte Julius wissen.

»Seit Charlotte tot ist.«

»Hast du keine Familie?«

»Und du? Hast du Mitleid mit mir, dass du das fragst? Du hast doch auch niemanden.«

Der Inspektor reichte Julius einen Teller mit kaltem Braten, Hähnchenkeulen und Käse, alles in einem Bett aus Erbsen, Kohl und Kartoffeln. Er schämte sich für sein armseliges Mitbringsel und fragte: »Hattest du vor, das allein zu verdrücken?«

»Nein«, winkte der Inspektor ab, »das ist noch von gestern. Ich war gestern zu müde, um zu essen. Ich hab es von einer Schmauswaberl gekauft. Das ist billig, praktisch und spart eine Menge Arbeit.«

»Einer was?« Julius hatte das Wort noch nie gehört.

»Schmauswaberl. Das sind die Frauen, die die Reste von großen Tafeln und Banketten aufkaufen und sie in billigen Wirtshäusern günstig weiterverkaufen. Weißt du, ich bin es gewohnt, gut zu essen, aber ich bin zu faul, selber zu kochen. Und seit Charlotte … nicht mehr da ist … na ja, da bin ich eben auf diese Möglichkeit gekommen.«

Sie setzten sich im Wohnzimmer an einen Tisch und aßen eine Weile schweigend. Julius war verlegen. Er hatte noch nie in der Wohnung eines anderen Menschen am Tisch gesessen, und die Nähe zu Lischka verwirrte ihn. Doch dieser erweckte den Anschein, als freute er sich tatsächlich über Julius' Besuch.

»Ich kann dir leider keine Neuigkeiten aus den letzten Tagen berichten, Julius. Seit ich von diesem Fall abgezogen wurde, hat man mich mit tausend Kleinigkeiten zugeschüttet. Überfälle, Diebstähle, verschwundene Kinder. Ich hab mir die Hacken abgelaufen und bin kaum zum Schnaufen gekommen.«

»Ist das nicht erniedrigend?«, fragte Julius. »Ich meine, du bist doch ein Mordermittler. Warum geben sie den Kleinkram an dich?«

Lischka lachte. »Ach, schau an, du kennst ja schon die Logik meines geliebten Berufs. Der Kleinkram soll bloß einen unfähigen Mordermittler beschäftigen. Aber weißt du, was das Gute daran ist? Ich habe für ein paar Stunden doch tatsächlich vergessen, was alles passiert ist. Glaub mir, das hat gutgetan!«

Julius war viel zu aufgewühlt von den jüngsten Ereignissen, um sich nach Ruhe und Ereignislosigkeit zu sehnen. Er erzählte Rudolph Lischka von seiner unseligen Begegnung mit Luise von Schattenbach im Prater und davon, dass er erfahren hatte, wo seine Mutter war.

Sein Freund hörte mit angespanntem Gesichtsausdruck zu.

»Aber dann habe ich etwas entdeckt …«, fuhr Julius fort. »Danach bin ich einfach ziellos durch die Leopoldstadt gelaufen. Ich war so aufgewühlt und wusste nicht, was ich tun sollte.«

»Ich frage mich gerade …«, unterbrach Lischka ihn, »warum deine Mutter, Maria Habermann, im Allgemeinen Krankenhaus liegt, aber in Wien nicht gemeldet ist. Kann es sein, dass sie jahrelang im Ausland war? Hat Johanna etwas darüber gesagt?«

Julius schüttelte den Kopf.

»Erzähl weiter.«

»Ich bin an einem Juwelierladen in der Kleinen Mohrengasse vorbeigekommen, und da hab ich etwas im Schaufenster gesehen, was dich interessieren dürfte.«

Lischka sah ihn fragend an.

»Kannst du dich an die Schmuckstücke erinnern, die Luise getragen hat? Stell dir vor, in diesem Schaufenster lag der fehlende Armreif.«

Julius beobachtete Lischka aufmerksam. Fast erwartete er, dass der Inspektor ungläubig den Kopf schütteln würde. Doch es schien, als habe der inzwischen ein eigenartiges Vertrauen in Julius' Fähigkeiten, Dinge wiederzuerkennen.

Lischkas Augen weiteten sich, und er sagte: »Dann war dein Gang in die Leopoldstadt doch nicht ganz so ziellos.«

»Es ist genau die gleiche Art, Rudolph. In dem Schaufenster lagen lauter billige alte Schmuckstücke. Der Armreif war ganz neu, und er sah ganz genauso aus wie die Sachen, die Luise getragen hat. Oder besser gesagt, wie sie bei der *Ruhenden Venus* auf dem Gemälde zu sehen sind.«

»Also hat sie die Schmuckstücke bei diesem – wie heißt der Juwelier ...?«, fragte Lischka.

»Efrussi.«

»... bei diesem Efrussi anfertigen lassen. Du warst aber doch bestimmt im Laden und hast gefragt, oder?«

Julius schüttelte den Kopf. »Ich wollte hinein, aber dann hab ich plötzlich eine solche Unruhe verspürt. Verstehst du – das mit meiner Mutter ... ich musste der Sache auf den Grund gehen.«

Lischka nickte verständnisvoll, aber um seinen Mund lag ein enttäuschter Zug.

»Du hast also vor der Tür kehrtgemacht.«

»Ja. Ich bin in die nächste Straßenbahn gestiegen und zum Allgemeinen Krankenhaus gefahren. Und weißt du, was sie mir dort gesagt haben?«

»Sie ist doch nicht etwa gestorben?«

»Nein, aber anscheinend liegt sie in der Landesirrenanstalt.«

»Am Brünnlfeld?« Lischka fuhr aus seinem Stuhl hoch.

Julius nickte. »Da, wo auch Alois Lanz gewesen ist.«

»Und hast du sie gesehen?«, fragte der Inspektor.

»Nein, man hat mir gesagt, dass es ihr nicht gut geht. Ich soll mit Doktor Brucker reden, am 27. Das ist der behandelnde Arzt.«

Lischka stand auf und trat ans Fenster. »Mein Freund, langsam glaube ich, dass du so etwas wie ein Werkzeug des Schicksals bist. So ein Zufall ... Doktor Brucker. Er hat auch Alois Lanz behandelt.«

Julius nickte nachdenklich. Lischka hatte recht. Sein Weg schien sehr seltsamen Verwicklungen zu folgen und stets die unglaublichsten Zufälle bereitzuhalten.

»Bist du denn bereit, mit deiner Mutter zu sprechen?«

»Wann, wenn nicht jetzt? Johanna hat mich schon darauf vorbereitet, dass sie nicht allzu erpicht darauf ist, mir zu begegnen. Aber sie ist wahrscheinlich die Einzige, die mir ein paar Antworten geben kann.«

Lischka legte die Stirn an die Scheibe und schaute hinaus. Die Laternen waren umgeben vom dichten Fall der Schneeflocken, und Julius fühlte allmählich eine ungeheure Müdigkeit in sich aufsteigen.

»Welchen Sinn siehst du in dem Ganzen?«, flüsterte

Lischka plötzlich gegen die Fensterscheibe. Julius wusste nicht, ob er ihn meinte oder ob er zu sich selbst sprach.

»Was meinst du?«

»Warum jagst du der Lösung dieses Falls nach? Was treibt dich an, was versprichst du dir davon? Was, wenn sich alles auflöst? Was wartet am Ende auf dich, wenn der Knoten entwirrt ist?«

Julius zuckte zusammen. Etwas in seinem Inneren schreckte davor zurück, sie zu beantworten. Doch er sagte: »Nun ... ich weiß, das hört sich erbärmlich an, aber das ist die erste Aufgabe in meinem Leben, die über die Nahrungsbeschaffung und das Geldverdienen hinausgeht. Ich habe plötzlich etwas ... zu tun. Durch diese ganzen Umstände habe ich plötzlich diesen schrecklichen Trott der letzten Jahre verlassen.«

Lischka nickte, sah ihn aber noch immer nicht an.

»Das heißt, das alles beschäftigt dich und reißt dich aus deinem alten Leben heraus. Aber was ist, wenn es vorbei ist? Stell dir vor, der Mörder wird gefunden, und die Geheimnisse um das Kunsthistorische Museum werden gelüftet. Was bleibt dir dann noch?«

Darauf wusste Julius keine Antwort. Er hatte noch nicht darüber nachgedacht, was wäre, wenn diese atemberaubende Jagd nach Antworten und Gewissheiten zu Ende wäre. Plötzlich hatte er Angst, dass Lischka ihm diese Frage nur stellte, weil er wusste, dass am Ende einer solchen Geschichte eine Leere wartete, die die ganze gehetzte Suche auf einmal sinnlos erscheinen lassen würde. Deshalb stellte Julius eine Gegenfrage: »Und was bedeutet es für dich? Als Polizeiagent lebst du doch für diesen Moment, für die Auflösung.«

Rudolph Lischka stieß ein kleines freudloses Lachen aus. »Das ist ja das Schlimme: Ich frage nach dem Sinn des

Ganzen nicht von der Warte des Polizisten aus, sondern als Mensch. Was habe ich davon, dass ich diesen Irrsinnigen jage, nur um in einem halben Jahr einen neuen Fall von einem Serienmörder zu bekommen? Was bedeutet es, dass ich mein Leben dieser Aufgabe widme? Stell dir vor, dass diese Monarchie in zehn Jahren vielleicht untergeht. Mit Pauken und Trompeten in den Abgrund stürzt. Wer wird sich dann noch dafür interessieren, dass ein Rudolph Lischka einmal einen Mörder gefasst und ihn an den Galgen gebracht hat?«

Aus einem seltsamen Impuls heraus fragte sich Julius, was Johanna zu diesen schwermütigen Überlegungen gesagt hätte.

»Du … also, du rettest immerhin Menschenleben«, sagte Julius.

»Wenn es doch nur so wäre …«, murmelte Lischka. »Ich war einmal der Meinung, ein Einzelner könnte, wenn der Ausschnitt seiner Welt nicht allzu groß ist, diesen Teil der Welt verändern. Deswegen bin ich Polizist geworden.«

Julius fragte sich, ob andere Polizeiagenten Wiens es ebenso empfanden. Oder ob Lischka einer der wenigen war, die sich überhaupt Gedanken darüber machten.

»Du empfindest doch sicher erst seit dem Tod deiner Frau so, oder?«, sagte er vorsichtig.

Lischka nickte. »Am Anfang hab ich gedacht, der Wunsch, die Welt zu verbessern, ist durch nichts zu erschüttern. Und dann geht ein Teil der eigenen Welt vor die Hunde, und schon hat dieser Wunsch nicht mehr Bestand. Kann das sein? Kann man nur etwas Sinnvolles tun, wenn man selbst sicher und glücklich ist? Und … verliert man seine ganzen Ideale, nur weil man mit dem Schicksal hadert?«

Julius war sich nicht mehr sicher, ob Lischka ihm die anfängliche Frage nur als Auftakt zu seinen eigenen Reflexionen gestellt hatte. Und es rührte ihn, dass Lischka offensichtlich keinen Gedanken daran verschwendete, durch seine Arbeit dem Kaiser und dem Vaterland zu dienen, wie viele andere Polizeiagenten es taten. Er hätte Rudolph nicht so respektiert und geschätzt, wenn er das gesagt hätte.

Als hätte der Inspektor seine Gedanken gelesen, sagte er: »Ich bin es leid, diesem Polizeiapparat anzugehören. Langsam kommt es mir so vor, als wäre dieses k. u. k. Sicherheitsamt nichts anderes als ein riesiger müder Wal, der irgendwo angeschwemmt wurde und versucht, nicht von seinem eigenen Gewicht erdrückt zu werden. All diese unsinnigen Vorschriften, all diese Bürokratie, all das penibel ausgefüllte Papier. Das kommt mir alles so stumpfsinnig vor. Ich kann es kaum noch ertragen.«

»Du weißt nicht, ob du weitermachen willst?«, fragte Julius.

»So ist es.«

»Aber du bist nun mal Polizist. Das ist das Einzige, was du kannst. Wie könntest du den kleinen Ausschnitt deiner Welt denn verändern mit den Mitteln, die du hast?«

»Wer sagt dir denn, dass ich nicht vorhabe, mich demnächst umzubringen?«, sagte Lischka tonlos.

»Dann hättest du mir wohl kaum die Tür geöffnet«, entgegnete Julius.

»Du hast recht. Ich bin schwermütig wie jedes Jahr an Weihnachten. Verzeih mir. Ich wollte dich nicht belasten. Weißt du, was? Ich denke schon länger daran, nach diesem Fall aufzuhören und etwas ganz anderes zu machen.«

»Wie meinst du das?«

»Ich spiele mit dem Gedanken, eine Detektei zu eröffnen. Ich habe so gute Verbindungen zum Sicherheitsamt, so viele Männer, die mir gute Dienste leisten können. Ich hätte ein gutes Standbein in Wien.«

»Und was kommt dir daran sinnvoller vor?«, fragte Julius.

»Ich wäre mein eigener Herr.«

»Und würde dich das zufriedener machen?«

Lischka kam zurück zum Tisch und spießte mit dem Messer ein Stück kalten Braten auf und steckte es sich genüsslich in den Mund. Er lächelte Julius an. In seinen Augenwinkeln glänzte es feucht.

»Glaub mir, Julius, jedes Stückchen Freiheit, das ich gewinne, bricht vielleicht dieses unselige Gefängnis auf, in dem ich seit Charlottes Tod eingesperrt bin.«

Julius nickte. Rudolphs Zukunftspläne nötigten ihm Bewunderung ab. Dass dieser wusste, wie sein Leben weitergehen konnte nach dieser Etappe. Er, Julius, konnte das von sich nicht behaupten. Plötzlich spürte er eine nervöse Unruhe in sich aufsteigen.

»Warum vertraust du mir das alles an?«, fragte er misstrauisch.

Doch der Inspektor war wie verwandelt. In seinem Gesicht lag ein erleichtertes Leuchten, als er sagte. »Weil du, mein lieber Julius, mir dabei helfen wirst. Jeder Detektiv braucht einen Assistenten, der die Drecksarbeit für ihn macht!« Er grinste verschwörerisch wie ein Schuljunge, der mit seinem besten Freund einen Streich ausheckt. »Natürlich nur, wenn du willst. Glaub mir, das mit dem Mörder wird sich bestimmt auflösen. Aber ob wir den Dreck aus dem Kunsthistorischen Museum rausfegen, ist fraglich. Und als Saaldiener will dich da bestimmt niemand mehr haben.«

Julius sah seinen Freund ungläubig an. »Ist das dein Ernst? Du willst mit mir eine Detektei aufmachen?«

Der Inspektor zuckte sorglos mit den Schultern. »Du bist der geeignete Partner dafür. Du hast Augen wie ein Raubvogel und das Gedächtnis von einem Elefanten. Beides Qualitäten, die ich zum Beispiel nicht habe. Außerdem bist du unvoreingenommen. Du bist kein kaisertreuer Speichellecker, und ich nehme an, dass du auch nicht allzu große moralische Bedenken hast, ungewöhnliche Wege zu beschreiten, was mir deine Bekanntschaft mit dieser Frau von Schattenbach beweist. Ich kann mir keinen Besseren vorstellen.«

Hofrat von Schattenbach freute sich auf Heiligabend wie ein kleiner Junge. Er überlegte, wo er das hübsch verpackte Geschenk für Luise hinlegen sollte. Unter den Zweigen des prachtvoll geschmückten Weihnachtsbaumes oder doch lieber auf ihrem Stuhl an der festlich gedeckten Tafel? Er entschied sich für den Baum und rückte die längliche Schachtel hin und her, dass sie sofort ins Auge sprang. Bei dem Gedanken daran, was zum Vorschein kommen würde, wenn Luise das Geschenk auspackte, überlief ihn ein prickelnder Schauder.

Ein Paar Stiefel aus feinstem elfenbeinweißen Leder, die er aus Rom geliefert bekommen hatte. An den Seiten schlossen sie mit schwarzen Glasknöpfen, und er hatte sich vorgestellt, wo der Schaft enden würde. Bei Luises Körpergröße mussten ihr diese Stiefel bis über die Knie reichen. Er war so aufgeregt wegen des Geschenks, dass er das Papier am liebsten selbst heruntergerissen und die Stiefel auf allen Vieren im Mund in Luises Ankleidezimmer getragen hätte. Er konnte es nicht mehr erwarten – ihren betont kühlen, zweideutigen Blick beim Öffnen der Schachtel, ihren lustvollen Ausdruck im Gesicht, wenn sie langsam das Seidenpapier zurückschlagen und mit einem genießerischen Lächeln die teuren Stücke herausnehmen würde.

Das Speisezimmer war perfekt vorbereitet für einen festlichen, intimen Abend. Dutzende Kerzen beleuchteten das beste Porzellan und das schwere uralte Tafelsilber. Auf dem Teller des Grammofons drehte sich eine Platte mit Chopinwalzern, und aus der Küche drang der Duft von Gänsebraten. Der Hofrat schwitzte in seinem samtenen Gehrock und lauschte angestrengt auf Luises spitze, klackende Schritte auf dem Gang.

Dann war es endlich so weit.

Seine Gattin nahte, und Viktor von Schattenbach eilte zur Tür, um ihr zu öffnen. Es verschlug ihm den Atem, als er sie sah. Luise trug das neue brombeerfarbene Seidenkleid, das letzte Woche aus London gekommen war. Das Korsett darunter war so eng geschnürt, dass sich der schimmernde Stoff an ihren Oberkörper schmiegte wie eine zweite Haut. Der schneeweiße Hals ragte aus den ausladenden Flügeln des Kragens. Der Saum des Rockes war vorn etwas kürzer als hinten, und der Hofrat lächelte, als er ihre zarten Füße in den blutroten Lackpantöffelchen sah. Beim Anblick ihrer Knöchel sank er beinahe auf die Knie, doch in diesem Moment öffnete sich die andere Tür zum Speisezimmer, und die Köchin trug gemeinsam mit einem Mädchen das Festmahl auf.

Als der Hofrat Luise zum Tisch führte, wurde er von ihrem Anblick etwas abgelenkt, denn was sich da vor ihm auftat, war einfach zu verlockend. Es gab goldbraun glänzenden Gänsebraten in einem Bett aus Maronen und Äpfeln. Dazu einen wohlgeformten Laib böhmische Knödel, in Scheiben geschnitten, und duftendes Zimtkraut. Dem Hofrat schwanden fast die Sinne vor lauter Vorfreude und Lust. All diese Schönheit um ihn herum, all diese Genüsse. Er war wirklich ein glücklicher Mann, dass das Leben ihm diese wunderbaren Freuden schenkte. Nun, er hatte auch hart dafür gearbeitet, und an diesem Abend wollte er alle Ärgernisse der letzten Wochen vergessen und einfach nur genießen.

Die Köchin verabschiedete sich, und das Mädchen, das keine Familie hatte, verschwand in das Dienstbotenstockwerk, wo man nach ihr klingeln konnte. Das arme Ding hatte nichts von diesem Weihnachtsabend, dachte der Hofrat, verscheuchte den Gedanken an die Einsamkeit unter seinem Dach aber schnell wieder.

Dann begann das Fest. Doch schon nach den ersten Bissen bemerkte er, dass Luise ihr Essen kaum anrührte.

»Du hast dir wohl das Korsett zu eng geschnürt, meine Liebe«, sagte er schelmisch und zerkaute genießerisch eine perfekt gegarte Marone. In seinem Bauch zog sich etwas erwartungsvoll zusammen. Das war die beginnende Erregung, denn es gab noch ein Ritual, das er und Luise an Heiligabend zelebrierten. Er hielt nichts von der inszenierten Beschaulichkeit dieses Festes, und er konnte nichts Feierliches, Ernstes in diesem Tag sehen. Er glaubte nicht an den Erlöser, sondern nur an den Genuss, den dieser Tag bereithielt. Gutes Essen, Geschenke, langes Aufbleiben und das Gefühl, dass an diesem Tag mehr erlaubt war als sonst. Anstatt um Mitternacht in die Christmette zu gehen und zu beten, würde Luise ihn nachher an einen Stuhl oder vielleicht sogar auf den stabilen Beistelltisch fesseln und ihm ihr neues Weihnachtsgeschenk vorführen. Dann würde sie ihn mit einer schlanken Reitgerte für alle Sünden und Versäumnisse des ganzen Jahres züchtigen wie der weihnachtliche Racheengel, von dem er als Kind geträumt hatte.

»Soll ich das Korsett ein wenig lockern? Du ahnst ja gar nicht, was du verpasst, mein Schatz. Die Gans ist ein Gedicht!«

Er lächelte das unergründliche Gesicht an, das ihn da durch die Kerzenflammen ansah. Wollte Luise denn schon jetzt ihre strenge Seite herauskehren? Wollte sie nicht erst noch ein wenig mit ihm essen, plaudern und sich über die reichen Früchte des alten Jahres freuen?

Luise streckte langsam die Hand aus, und der Hofrat glaubte, sie wollte nach dem Weinglas greifen. Er fragte sich, warum sie noch nicht miteinander angestoßen hatten, und fasste nach seinem Glas. Doch dann ging alles so verwirrend schnell, und es geschah etwas Seltsames, Falsches. Etwas, das im Weihnachtstraum des Hofrats nicht vorgesehen war.

Luises Hand packte eine Scheibe der dampfenden Knödel und schleuderte sie mit voller Wucht auf ihren Mann. Der heiße Knödel klatschte an die Wange des Hofrats.

»Du grässlicher Vielfraß!«, schrie Luise und sprang von ihrem Stuhl auf. Der Hofrat war so verblüfft, dass er sich nicht bewegen konnte. Er dachte immer noch, dass dieser Angriff vielleicht irgendeine neue Spielart von Luise war. Eine eher gewöhnungsbedürftige Spielart, aber nichts, was er nicht mit ihr geteilt hätte. Doch dann griff Luise mit der Hand in die Krautschüssel und warf die heiße Ladung auf ihren Mann. Das Kraut verfehlte ihn und klatschte hinter ihm an die Wand.

»Luise …!«

»Halt den Mund, Viktor. Ich habe dich so satt!« Sie stützte die Ellbogen drohend auf den Tisch und starrte ihn an.

»Aber, Liebes, was … was ist denn auf einmal los?«, stammelte der Hofrat.

»*Auf einmal*?«, zischte sie. »Du fragst mich, was *auf einmal* los ist? Wie kannst du nur hier sitzen und dich vollstopfen und nicht sehen, was sich über uns zusammenbraut?«

Der Hofrat stemmte sich mühsam von seinem Stuhl hoch. Seine Knie zitterten auf einmal wie vor einer Prüfung. Der letzte Bissen schien ihm noch im Hals zu stecken. »Meinst du wegen … dieser Sache vor ein paar Tagen?«, fragte er vorsichtig.

»Ich meine diese ganze schreckliche Situation! Hast du dir schon einmal überlegt, dass die Polizei jeden Moment vor der Tür stehen und uns beide verhaften könnte? Und du sitzt hier und frisst Gans!«

Eine gewaltige Welle von Zorn ging von Luise aus wie von einem heißen Ofen. Sie beugte sich über den Tisch und ergriff die angeschnittene, immer noch dampfende Gans.

»Luise … nicht …«, keuchte der Hofrat, doch die Gans flog im hohen Bogen über den Tisch und landete auf dem orientalischen Teppich.

»Wie kannst du hier sitzen und Weihnachten feiern?«, schrie Luise. »Aber Liebes. Es *ist* Weihnachten.«

Als Antwort darauf segelte die Platte mit den Knödeln durch den Raum in die Zweige des Tannenbaumes.

»Ich halte es nicht mehr aus, Viktor!« Luise rannte um den Tisch herum und knallte dem Hofrat ihre heiße, glitschige Hand ins Gesicht. »Du widerst mich an! Wegen dir wird alles auffliegen, weil du nicht in der Lage bist, zu handeln. Stattdessen hoffst du auf eines deiner perversen Spielchen. Aber nicht mit mir, du fettes Schwein!«

Mit einer sensenartigen Bewegung wischte sie die Weingläser vom Tisch. Viktor von Schattenbach wich zurück.

»Was … was verlangst du von mir?«, stammelte er. Er hatte noch nie solche Angst vor Luise gehabt. Das war nicht die Luise, die er kannte, diese leise, gefährliche, maliziöse Zauberin. Das hier war eine Furie, der er alles zutraute. Auch dass sie ihm mit dem Tranchiermesser die Augen ausstechen würde.

»Du weißt, was ich verlange!«, zischte sie. »Du hast es einmal getan, also tu es wieder, oder ich lasse mich von dir scheiden. Und dann wirst du bluten. Du glaubst doch wohl nicht, dass ich dein Spiel mitspiele, weil ich deine Verbündete bin! Ich tue das alles nur für mich. Und ich habe entschieden, dass ich deine träge, dumpfe Genusssucht nicht mehr ertragen kann. Du bist kein Mann mehr, Viktor! Du bist eine Witzfigur. Eine fette, impotente Witzfigur, die nicht merkt, dass sie auf den Abgrund zutreibt.«

Der Hofrat hob beschwichtigend die Hände. Luises Worte verletzten ihn nicht. Nein, ihre Beschimpfungen, die erniedrigenden Worte und ihr gemeiner Tonfall erregten ihn. Er kannte dieses Thema. Er wusste, was sie von ihm verlangte.

»Luise, bitte lass uns vernünftig miteinander reden. Ich habe dir gesagt, dass ich es nicht noch einmal tun kann. Setz dich, wir rufen das Mädchen, sie soll aufräumen, und dann essen wir unser schönes Weihnachtsmahl. Ich esse auch vom Boden, wenn du das möchtest, Liebes. Und unter dem Baum liegt ein wunderbares Geschenk für dich … du wirst dich sehr freuen.«

Er verstummte, als er Luises Blick spürte, der sich wie eine glühende Nadel in seinen Kopf bohrte. Sie wich ein paar Schritte von ihm zurück und starrte ihn an.

»Dein Geschenk«, zischte sie, »kannst du dir in deinen fetten, hässlichen Arsch schieben.«

Der Hofrat schluckte.

»Ich will das Geschenk nicht«, fuhr sie fort. »Es sind ja doch nur wieder irgendwelche geilen Stiefelchen. Wie du weißt besitze ich schon Dutzende. Du schenkst mir jedes Jahr zu Weihnachten welche. Es wird allmählich langweilig!«

Sie raffte den Saum ihres Rockes, und der Hofrat starrte atemlos auf ihre perfekten schlanken Knöchel in den Lackschuhen.

»Ich sage dir, mit welchem Geschenk du mir eine richtige Freude machen würdest. Ich will Julius Pawalet. In einem Sarg!« Und dann rammte sie den spitzen Absatz ihres Schuhes direkt in den Körper der Gans.

»Das ist es, was ich will, und du wirst es mir erfüllen. Wenn du es nicht tust, wirst du noch bereuen, dass du mich geheiratet hast.« Dann verließ sie ohne ein weiteres Wort den Salon. Auf dem Gang verklangen ihre hastigen Schritte.

Mit einem gequälten Seufzen sank er auf die Knie. Er hatte Luise wieder einmal unterschätzt. Sie hatte ihn schon so oft auf diese Weise bestraft, und er wusste, dass sie es bitterernst meinte.

Bisher hatte er seiner Frau jeden Wunsch erfüllt. Doch diesen Wunsch?

Traurig und wie gelähmt starrte er auf die Krautfäden, die wie ein Unterwassergewächs langsam an der Wand nach unten rutschten. Er musste etwas tun, am besten jetzt gleich. Der Abend war nicht mehr zu retten. Und wenn er nicht tat, was Luise verlangte, wäre auch der Rest seines Lebens nicht mehr zu retten.

Der Duft der Weihnachtsgans drang ihm in die Nase und löste eine schmerzhafte Sehnsucht in ihm aus. Für einen Moment erwog er, die Gans zu nehmen und ein Stück davon abzubeißen. Doch dann sah er sich einen Moment lang mit den Augen Luises und zuckte zusammen. Er wäre nicht mehr als ein armseliger, verfressener Schwächling, wenn er das täte. Also rappelte er sich keuchend auf, klingelte nach dem Mädchen und verließ den Salon. Zum ersten Mal in seinem Leben hatte die Wut seinen Hunger besiegt.

Die tief verschneiten Straßen waren menschenleer. Ohne aufzusehen, stieg der Hofrat aus seiner Kutsche und tastete nach seinem dicken Schlüsselbund.

»Haben S' noch was zum Schaffen, der Herr?«, fragte der Kutscher.

»Genauso wie Sie!«, zischte der Hofrat, warf ihm ein paar Münzen hin und strebte auf das riesenhafte Gebäude zu, das unbeleuchtet vor ihm aufragte. Die Stille der Heiligen Nacht schnürte ihm die Kehle zu. Er war ganz allein auf der Ringstraße. Vom Turm der Karlskirche wehten schwermütig zehn Glockenschläge zu ihm herüber, und Viktor von Schattenbach beschleunigte den Schritt. Blind zog er einen Schlüssel hervor und steckte ihn ins Schloss der Hintertür. Rasch schlüpfte er durch den dunklen Spalt und erschrak, als die Tür krachend ins Schloss fiel. Das Echo verhallte wie eine Geisterstimme in den marmornen Korridoren des Kunsthistorischen Museums.

Der Hofrat schauderte vor der tiefen Stille in dem Gebäude. Fast war es ihm, als beträte er ein riesiges Grab, doch er wusste, dass er nicht allein im Museum war.

Schnaufend stieg er eine Nebentreppe hinauf und sah sich immer wieder ängstlich um. Er musste ohne Licht auskommen, denn von draußen durfte auf keinen Fall zu erkennen sein, dass sich jemand in dem geschlossenen Gebäude aufhielt. Eine dämmrige Mischung aus Mondschein und Laternenlicht sickerte ins Treppenhaus und beleuchtete gerade einmal die nächsten zwei Stufen.

Der Hofrat fühlte eine gespenstische Stimmung ringsum. Er war mit den Räumen des Prunkbaus so vertraut wie mit den Gängen der Hofburg. Doch er war noch nie nachts hier gewesen. Und nie mit solchen Absichten.

Während er schwer atmend Stufe um Stufe erklomm, stieg ein schrecklicher Gedanke in ihm auf. Was, wenn es sich rächen würde?

Das Museum? Oder der Geist der Kunst, der darin wohnte? Die Enge in seiner Brust wurde beklemmend. Ja, dachte er, das hier ist ein Grab, ein riesiges, geplündertes Grab. Und falls es einen Fluch barg, wäre er wohl der Erste, der davon getroffen wurde.

Keuchend erreichte er den Treppenabsatz der Hauptebene. Ein kaum wahrnehmbarer Lichtschein war unter der Tür zu sehen.

Der Hofrat betrat den Saal mit der Nummer XI und zog fröstelnd die Schultern hoch. Um ihn herum lauerten gespenstische Gesichter in der Dunkelheit. Totenbleiche Finger griffen nach ihm. Er fing an zu laufen. Schaudernd senkte Viktor von Schattenbach den Blick und eilte durch das Spalier der stummen Ankläger. Es war wie ein Spießrutenlauf, und als er durch die Tür des Rubenssaals trat, war er schweißgebadet. »Ist recht gruselig hier drin um diese Stunde«, erklang eine Stimme aus einer hell ausgeleuchteten Ecke des Saales. »Ich arbeite auch lieber tagsüber hier, aber den Herrschaften brennt wohl ein wichtiger Termin auf den Nägeln.«

Die spöttische Stimme von Otto Grimminger troff wie giftiger Schlamm in Schattenbachs Hirn. Was war nur los mit ihm? Woher kam auf einmal dieses pochende Unbehagen in seiner Brust? In all den Jahrzehnten hatte er noch nie solche Angst empfunden.

»Ach, Schattenbach!« Der Museumsdirektor saß auf einer der Samtbänke und winkte mit einem Glas Wein. »Fröhliche Weihnachten wünsch ich auch!«

Kinskys alkoholgeschwängerter Atem schlug ihm entgegen. Er hing schief wie ein schlecht gepackter, überquellender Seesack auf dem blauen Samt und hatte die Beine weit gespreizt von sich gestreckt. Neben ihm lag auf einer Silberplatte ein halb gegessener Bratfisch, dessen Gestank durch den Raum wehte.

Die Anwesenheit des Direktors irritierte den Hofrat. Er hatte Otto Grimmingers Honorar beträchtlich erhöht, damit der während der Weihnachtstage die *Medusa* endlich zu Ende malte. Dafür war das Original aus der Restaurierwerkstatt im Keller geholt und auf eine Staffelei gestellt worden. Grimminger bevorzugte es, im Rubenssaal zu malen, da er sich dort am wohlsten fühlte. Sollte der Restaurator Kittelberger wieder zur Arbeit erscheinen, würde die *Medusa* in der Werkstatt ordentlich auf dem Untersuchungstisch unter der großen Lampe liegen. Aber der Hofrat hatte Kinsky aufgetragen, dem Restaurator über die Tage nach Weihnachten freizugeben, sodass Grimminger auch tagsüber malen konnte. Um ihn herum brannten

Lampen und Kerzen, und der Kopist malte schon wieder mit chirurgischer Konzentration, als wären seine beiden Auftraggeber gar nicht da.

Der Hofrat blickte erschöpft zwischen dem unheimlichen Maler und Kinsky hin und her. Plötzlich hatte er vergessen, warum er eigentlich hier war. Warum war er an Heiligabend zu so später Stunde hierhergekommen? Die wütende Unruhe, die ihn aus dem Speisezimmer getrieben hatte, war versickert wie der Wein, den Kinsky auf den Samtpolstern verschüttet hatte.

»Ha!«, brach es aus Kinsky heraus, und er schwenkte sein Glas. »Die Heilige Dreifaltigkeit … was?!« Er stieß ein grölendes Lachen aus.

Der Hofrat wich einen Schritt zurück. Wie armselig das doch alles war. Anstatt mit Frau und Familie zu feiern, saßen sie hier, unter dem gläsernen Gewölbe ihres Schlachtfelds. Auf einmal kam ihm diese eingeschworene Gemeinschaft verrucht und anstößig vor.

Der Hofrat verdrängte diesen längst verloren geglaubten Rest von altem Ehrgefühl und trat zu Otto Grimminger. Er sah dem Maler über die Schulter. Sah auf die Leinwand und auf den noch etwas blassen Ausschnitt, der den Kopf der Medusa umgab. Grimminger malte wie besessen, und dennoch stimmte jedes Detail, jede Schattierung und jede noch so kleine Abstufung der Farben.

Dieser Mann, dachte Viktor von Schattenbach, treibt uns noch alle ins Verderben. Wenn er nicht gewesen wäre, wären sie heute alle nicht in dieser Lage. Dieser Mann war ein Teufel, der sein unerhörtes Talent im Tausch gegen Schattenbachs Seele bot.

»Wie lange noch?«, flüsterte er dem Maler zu.

»Nun, der Rand ist bald fertig«, sagte Grimminger beiläufig und ohne aufzusehen. »Ich wäre allerdings glücklich, wenn dieser schmatzende, lallende Mensch nicht hier wäre. Sie wissen ja, Schattenbach, nur ein zufriedener Maler ist ein schneller Maler, und wie ich hörte, drängt die Zeit.«

»Ja schon gut, ich werde ihn gleich nach Hause bringen«, versprach der Hofrat.

»Nach Hause?«, dröhnte Kinsky. »Das hier ist mein Zuhause.«

»Nicht mehr lange!«, schrie der Hofrat ihn an. »Nicht mehr lange.«

»Gibt es Schwierigkeiten, Herr Hofrat?«, fragte der Maler mit einem überheblichen, gönnerhaften Tonfall.

»Das hat Sie nicht zu interessieren, Grimminger. Malen Sie das Bild fertig. Und sagen Sie mir, wo der Kranzer ist.«

»Kranzer? Heute ist Weihnachten. Na hören Sie mal, denken Sie, nur weil wir drei Gespenster an Weihnachten im Kunsthistorischen Museum sitzen, muss es uns Kranzer gleichtun? Der Mann hat Familie.«

Einen Moment lang dachte der Hofrat voller Neid an seinen zuverlässigsten Mitarbeiter. Kranzer war ein nützlicher Mann, ein Mann fürs Grobe. Er war perfekt ausgesucht, um als Saaldiener im Kunsthistorischen Museum Ohren und Augen offen zu halten. Er war es, der Kinsky mit seiner ständigen muskelbepackten Anwesenheit an ihre Vereinbarung erinnerte. Er war es, der Grimminger in sein Atelier begleitete, wenn der die Kopien der Gemälde mitnahm. Und Kranzer war unschätzbar bei der Beseitigung Joseph Pawalets gewesen. Der Mann war eine Waffe in Saaldieneruniform. Unauffällig und zuverlässig. Kaum vorstellbar, dass derselbe Louis Kranzer in diesem Moment mit seiner Frau Geschenke auspackte. Die würde es dieses Jahr bei ihnen reichlich geben. Der Hofrat hatte ihn fürstlich bezahlt.

»Warum sind Sie denn so angespannt?«, wollte der Maler wissen. »Seien Sie doch dankbar für diesen irren Mörder, dem wir die Schließung des Museums zu verdanken haben. Ich habe noch nie so ungestört arbeiten dürfen. Das sind traumhafte Bedingungen.«

Der Hofrat ging nicht darauf ein. Grimminger wusste nichts von dem Mann, der sein Auftraggeber war. Er wusste nichts von dessen ungeduldiger Willkür und von seinem gierigen Arm, der bis über den Atlantik reichte und den Hofrat am Kragen packen konnte. Schattenbach wagte nicht an die astronomische Summe zu denken, die er dem Amerikaner immer noch schuldete.

»Sagen Sie dem Kranzer, wenn er das nächste Mal kommt, dass es so weit ist.«

»Was ist soweit?«, fragte Grimminger unschuldig.

»Die Sache mit dem Pawalet. Er soll es in Angriff nehmen.«

Grimminger seufzte in gespielter Wehmut. »Muss das wirklich sein? So eine Verschwendung von Talent und Größe. Der Junge kommt ganz nach seinem Vater.«

»Und eben deswegen wird Kranzer sich um ihn kümmern«, zischte der Hofrat.

»Können Sie es ihm nicht selbst sagen? Ich soll hier ein Gemälde kopieren und nicht einen Mord in Auftrag geben«, sagte Grimminger wehleidig.

»Wir sind im Verzug. Es wird langsam brenzlig. Sagen Sie es ihm einfach; er wird wissen, was zu tun ist.«

Eine Weile schwiegen sie. Nur das Knarren der Holzdielen war zu hören und das Glucksen, das aus Kinskys Brust drang. Dann fragte Grimminger: »Was ist denn aus der Sache mit dem Rubens-Gemälde geworden. Mit der *Beweinung*. Wird der Fall weiterverfolgt?«

Der Hofrat schnaubte. Das war noch so eine Angelegenheit, die ihn drückte wie ein spitzer Stein im Schuh.

»Na was glauben Sie wohl? Wir haben Groukoult eingeschärft, dass er seine Meinung öffentlich zurückziehen soll. Er hat sich geirrt. Ich gebe zu, dass wir ihn dabei ein wenig … hart angefasst haben. Aber ich konnte ja nicht wissen, dass der Mann sich gleich umbringt.«

»Und was ist mit dem Bild?«

Der Hofrat seufzte. Er hatte *Die Beweinung Christi* vor 15 Jahren an Pirnowsky verkauft. Das war zu der Zeit gewesen, als die Gemälde aus dem Oberen Belvedere verpackt und ins neu errichtete Museum am Ring gebracht worden waren. Kinsky war damals Stellvertretender Direktor des Belvedere gewesen und wusste bereits seit Längerem, dass er für den Posten des Direktors im Kunsthistorischen Museum vorgesehen war. Der Umzug der kaiserlichen Gemäldesammlung wurde zwar streng überwacht, aber dennoch war es Kinsky gelungen, dem Kunstsammler Pirnowsky einzureden, dass es von Rubens' *Beweinung Christi* einen Doppelgänger gebe. Das Bild hing in geringer Abänderung bereits in Amsterdam, und in einer anderen Privatsammlung in Wien gab es ein werksverwandtes Bild, das seinerzeit van Dyck gemalt hatte. Warum also nicht auch ein Doppel aus der Hand von Rubens?

Die Herkunft vieler Bilder der Gemäldesammlung war zu diesem Zeitpunkt noch nicht hinreichend geklärt. Es gab viele Leerstellen bei den Herkunftsnachweisen, und Kinsky behauptete gegenüber dem Sammler, dass dieses Bild in der Galerie aufgetaucht, aber in keinem Verzeichnis vermerkt sei. Er als Museumsdirektor habe beschlossen, das Bild lieber an einen diskreten Kunstliebhaber zu veräußern, als dass es im Depot des Museums dem Vergessen anheimfallen würde. Und da Pirnowsky keine genauen Nachforschungen anstellte und Kinsky ihn als gierigen und verschwiegenen Mann kannte, gab es bei der Abwicklung des Verkaufs keine Schwierigkeiten. In Wahrheit aber verkaufte Kinsky das echte Gemälde an den Mann. Das Bild, das offiziell im Gemäldeverzeichnis auftauchte, wurde als Original angesehen. Als es jedoch aufgehängt wurde, bemerkte niemand, dass das Bild genauso wenig mit Peter Paul Rubens zu tun hatte wie ein rußgeschminkter Othellodarsteller mit einem echten Afrikaner. In Wahrheit war es ein waschechter Grimminger. Und bis jetzt war der Betrug niemandem aufgefallen. Bis jetzt ... Kinsky hatte ja nicht ahnen können, dass der Nachlass Pirnowskys in einer öffentlichen Auktion auftauchen würde.

»Ich habe die Bilder wieder ausgetauscht, mein lieber Grimminger«, antwortete der Hofrat. »Das Original hängt zum ersten Mal seit 15 Jahren wieder an seinem vorgesehenen Platz.« Er kicherte. »Und deine Kopie liegt jetzt beim Kittelberger auf dem Tisch. Jeder denkt, das ist das Bild, das auf der Auktion aufgetaucht ist. Kittelberger wird die Fälschung aufdecken; mal sehen, wie lange er dazu braucht.«

»Und Sie sind sicher, dass es bei Pirnowsky keinen Nachweis für diesen Verkauf gibt?«, fragte der Kopist.

Schattenbach schüttelte den Kopf. »Keine Angst. Niemand wird herausfinden, woher die Fälschung kommt. Diese Wege sind für niemanden mehr nachvollziehbar.«

»Wollen wir es hoffen«, murmelte Grimminger. Dann legte er den Pinsel weg und drehte sich langsam zu seinem Auftraggeber um. »Schaffen Sie den Kinsky weg. Er widert mich an.« Dann fuhr der Maler fort: »Ach übrigens, ich weiß, dass es mich nichts angeht, was Sie für Schwierigkeiten in Übersee oder auch hier in Wien haben, da ich ja nur Ihr Handlanger bin.« Er starrte den Hofrat aus seinen kleinen Augen hinter der riesigen Brille an wie ein lauernder Wolf. »Aber ich hoffe, Sie vergessen nicht, dass auch ich Teil Ihres Imperiums bin, Herr Hofrat. Sollte also etwas schiefgehen, will ich Ihnen eines sagen: Ich werde nicht mit Ihnen zusammen zur Verantwortung gezogen. Ich werde nicht büßen für Ihr Unvermögen, dieses Projekt erfolgreich zu Ende zu bringen, denn ich bin nur ein Künstler. Sollten Sie je belangt werden, verlange ich, dass Sie meinen Namen nicht nennen.«

In einem Anfall von schlagartiger Verachtung für dieses eisige Genie stieß der Hofrat ein hämisches Lachen aus. »Was fällt Ihnen ein, Grimminger? Jeder Besucher hier im Haus hat Sie gesehen. Jeder weiß, dass Otto Grimminger der fleißigste und genialste Kopist von ganz Wien ist. Der zudem hartnäckig darüber schweigt, was er mit den fertigen Kopien anstellt, und der sie niemandem zeigt. Deswegen ist Julius Pawalet auch bei Ihnen im Atelier eingebrochen. Der Junge wollte nachsehen, ob es stimmt, dass Sie ihre Bilder dort horten. Ich kann mir denken, was er glauben muss. Und man wird sich schnell zusammenreimen, dass Sie auch genial genug sind, eine Methode zu ersinnen, die Leute glauben zu lassen, dass Sie nur kopieren, wo Sie doch die ganze Zeit fälschen. Man wird Ihren Anteil an der ganzen Sache erkennen, so schnell können Sie Ihre Staffelei gar nicht zusammenbauen!«

Unbewegt nahm Grimminger diese Worte auf. Er blinzelte nicht einmal, als er antwortete. »Das ist eine sehr interessante Theorie, Herr Hofrat. Sie denken anscheinend, ich bin der brave Hund, der Ihnen das Stöckchen apportiert. Nun, ich will Sie gern in dem Glauben lassen. Ich werde weiterhin der brave Hund sein. Ich werde niemandem verraten, was Sie seit Jahrzehnten mit den Habsburger Schätzen anstellen. Was Sie alles haben verschwinden lassen. Sie haben all die Jahre gedacht, dass Kinsky sich zu einer undichten Stelle entwickeln könnte, nicht wahr? Weil er ein träger, ängstlicher Schwächling ist.« Er nickte hinüber zu der zusammengesunkenen, schnarchenden Gestalt des Museumsdirektors. »Haben Sie nie daran gedacht, dass Sie alle befrieden müssen, die an Ihrem Krieg teilnehmen?«

»Ich habe Sie immer anständig bezahlt!«, fuhr der Hofrat auf.

»Das bestreite ich auch gar nicht. Aber ich habe denkbar wenig Lust auf ein Leben in Furcht. In Furcht davor, dass Sie demnächst versagen und dass alles auffliegt. Ich will mich nicht sorgen müssen, dass man mich bald zusammen mit Ihnen zur Verantwortung zieht. Deswegen tun Sie, was Sie tun müssen. Räumen Sie Pawalet aus dem Weg, und hoffen Sie, dass Ihnen niemand anderes auf die Schliche kommt. Aber für mich endet die Zusammenarbeit mit Ihnen nach der *Medusa*. Ich habe Ihnen lange genug gedient, Hofrat.«

Viktor von Schattenbach hatte das Gefühl, als würde sich eine unsichtbare Würgeschlange um seine Kehle legen. Was zum Teufel sollte das nun wieder heißen?

»Wollen Sie mir drohen, Grimminger?«, herrschte er den Kopisten an.

»Im Gegenteil. Ich mache Ihnen einen Vorschlag in aller Freundschaft. Sie bezahlen mich nach dieser Arbeit aus. Und zwar so anständig, dass ich nie wieder in meinem Leben ein Gemälde kopieren muss. Ich will nicht für meine Dienste in den letzten 25 Jahren bezahlt werden, sondern für die Gefahr, in die Sie mich dadurch gebracht haben. Ich werde aus Wien verschwinden, keine Sorge. Und niemand wird je erfahren, dass wir beide etwas miteinander zu tun hatten. Wenn man auf eine Zusammenarbeit zwischen Ihnen und mir schließen sollte …« Der Kopist zog bedauernd die Schultern hoch. »Nun, ich rechne schon damit. Aber ich werde mich irgendwohin absetzen, wo man mich nicht findet. Ich habe allerdings den Verdacht, dass Sie mich mit ins Verderben reißen werden, wenn ich den ängstlichen Ausdruck in Ihren Augen richtig deute.«

Der Hofrat schnappte nach Luft. Er war nicht fähig, einen klaren Gedanken zu fassen. Am liebsten hätte er seiner Wut freien Lauf gelassen, Grimminger gepackt und gegen die Staffelei geschleudert. Doch die jahrelange Selbstbeherrschung verhinderte, dass die Lava seines Zorns hochkochte. Er zwang ein einvernehmliches Lächeln auf seine Lippen. Grimminger wollte also aufhören. Er meinte es ernst, das wusste der Hofrat. Eine undichte Stelle – das hatte der Hofrat gelernt – ließ sich auch nicht mit Geld abdichten.

»Nun, darüber sprechen wir am besten, wenn dieses Projekt zu einem glücklichen Ende gebracht wurde, nicht wahr?«

Er drehte sich halb zu Kinsky um, der schlafend auf der Bank lag. Ein glänzender Speichelfaden lief ihm über das stoppelige, aufgedunsene Kinn. »Ich werde jetzt erst einmal dafür sorgen, dass Sie nicht weiter gestört werden, und diesen unglücklichen Mann hier nach Hause bringen. Arbeiten Sie weiter, Grimminger, ich werde Ihnen diesmal ein höheres Honorar zahlen, für den zeitlichen Druck.«

Grimminger sah ihn ungerührt an. Sein Gesichtsausdruck erinnerte den Hofrat an die Fossilien von Urzeitfischen, die im gegenüberliegenden Naturhistorischen Museum ausgestellt waren. »Sie waren schon immer gut im Versprechen machen, Hofrat«, stellte er fest. »Honig ums Maul schmieren, das können Sie. Das hat Ihnen wahrscheinlich Ihre reizende Gattin beigebracht. Aber bei mir verfängt das nicht. Betrachten Sie mich ab sofort als Damoklesschwert, das über Ihnen schwebt. In fünf Tagen will ich mein Geld haben und nichts mehr von Ihnen hören, sonst sorge ich dafür, dass die ganze Sache hier auffliegt.«

X

»Du machst ein Gesicht, als würdest du zu einer Beerdigung gehen«, sagte Rudolph Lischka und stieß Julius in die Seite.

Der stieß ein trockenes Lachen aus und antwortete: »Noch schlimmer – ich gehe zu einer Auferstehung. Warst du schon einmal bei einer Auferstehung? Wird es schlimm?«

Lischka grinste und sah aus dem Fenster in den ersten Tag nach Weihnachten. Die Straßenkehrer kamen nicht damit nach, die gewaltigen Schneemassen fortzuräumen. Die Menschen standen bis zu den Knien in den weißen Verwehungen, und der Inspektor sah frierende, abgerissene Obdachlose, die sich in diesen Tagen ein wenig Geld verdienen konnten, indem sie mithalfen, die Straßen freizuschaufeln.

»Meine Eltern sind schon eine ganze Weile tot, und ich habe beide im Sarg gesehen. Mit Auferstehungen habe ich keine Erfahrung«, sagte er.

Julius blickte wortlos aus dem Fenster und knetete seine klammen Hände.

»Nun mach nicht so ein Gesicht, es wird schon nicht so schlimm werden. Oder hast du Angst, ihr zu begegnen?«

Julius nickte. »Was mache ich, wenn sie vergessen hat, dass es mich überhaupt gibt?«

»Du wirst ihr doch keine Vorwürfe machen!«, ermahnte ihn sein Freund.

Julius schüttelte den Kopf. Er wusste nicht, was er tun sollte, wenn er erst vor dem Bett seiner Mutter stand.

Lischka klopfte ihm aufmunternd auf den Oberschenkel. »Sieh es mal so: Für überschwängliche Mutterliebe ist es wahrscheinlich zu spät. Aber vielleicht erfährst du etwas, was dir weiterhilft. Du solltest nicht zu viel erwarten.«

Julius nickte wieder. Er war sehr froh, dass Rudolph Lischka ihn zu diesem Termin begleitete, auch wenn er in der Irrenanstalt Brünnlfeld anderweitig beschäftigt war. Er würde versuchen, aus Doktor Brucker etwas über dessen ehemaligen Patienten Alois Lanz herauszubekommen.

Das Krankenhaus lag auf einer kleinen Anhöhe, auf der im Frühling wieder ein Park erblühen würde. Ein Springbrunnen hielt Winterschlaf, und ein paar Patienten wurden von dick vermummten Pflegern vor dem Gebäude spazieren geführt.

Das Hauptgebäude war zweistöckig mit hohen Bogenfenstern und einem einladenden Säulenportal. Von außen deutete nichts darauf hin, dass man sich auf ein Irrenhaus zubewegte. Doch einige Fenster waren vergittert, wie Julius sah.

In der Halle meldeten sie sich bei einer der streng auftretenden Schwestern an und trennten sich kurz darauf. Es war noch früh am Vormittag, und als Julius endlich atemlos die Treppe zum zweiten Stock hinaufgestiegen war, kroch ihm der Duft von frischen Semmeln und Kaffee in die Nase.

Er dachte daran, dass ihn dieser Duft noch vor wenigen Wochen wahnsinnig gemacht hätte, weil solche Dinge für ihn unerreichbar waren. Aber an diesem Morgen hatte es bei Lischka ebenfalls frische Kaisersemmeln mit Honig gegeben, und der Inspektor hatte zur Feier der Wiederaufnahme ihrer Ermittlungen heiße Schokolade gekocht und zwei Gläschen mit einem teuren Rum aus Übersee auf den Tisch gestellt. Julius hoffte, dass der Schnaps ihm helfen würde, die Nerven zu behalten.

Er hatte herausgefunden, dass im oberen Stockwerk der Anstalt die etwas besser gestellten Patienten in Einzelzimmern untergebracht waren, mit allem Komfort, den diese Menschen von ihrem Zuhause gewohnt waren. Er fragte sich, was seine Mutter gemacht hatte, dass sie sich ein solches Zimmer leisten konnte. Er wurde immer nervöser.

Als er vor dem Zimmer seiner Mutter angekommen war, öffnete sich die Tür mit der Nummer, die ihm die Empfangsschwester im Erdgeschoss genannt hatte, und Johanna trat heraus. Eine Welle der Scham schwappte über Julius hinweg. Johanna trug den grauen Wintermantel, in dem er sie zum ersten Mal auf dem Friedhof gesehen hatte. Julius erschrak, als er sah, wie sich Johanna heimlich eine Träne wegwischte. Im nächsten Moment hob sie den Kopf und sah ihn. Julius wäre am liebsten im Erdboden versunken. Doch plötzlich begriff er, dass Johanna der einzige Mensch war, der ihm jetzt helfen konnte. Offensichtlich wusste sie, was mit Maria Habermann los war. Vielleicht konnte sie es ihm ein klein wenig leichter machen. Voller Hoffnung sah er sie an. Johanna lächelte ihm zu. Es war ein kleines, wehmütiges Lächeln, aber es galt eindeutig ihm. Julius trat auf sie zu und versuchte ebenfalls, den Mund zu einem Lächeln zu verziehen. Sie deutete mit dem Kopf zu der Tür und sagte:

»Du hast dir einen guten Tag ausgesucht. Es geht ihr nicht gar zu schlecht.«

»Warum ist sie überhaupt hier?«, fragte Julius, der froh war, dass Johanna so unverkrampft mit ihm redete.

»Der Arzt meint, dass sie sich in einer schweren Phase der Demenz befindet. Weißt du, sie ist schon, seit ich sie kenne, vergesslich und verwirrt. Manchmal hat sie mich nicht erkannt und behauptet, ich wäre irgendeine berühmte Schauspielerin. Manchmal hat sie laut geschimpft und geschrien, dass die Ärzte sie umbringen wollen. Wir haben das auf ihr Alter geschoben. Aber in den letzten Tagen gab es wohl einen Schub in eine wahnhafte Richtung. Sie hat die Krankenwärterinnen geschlagen und die Ärzte bespuckt und versucht, im Nachthemd aus dem Fenster zu steigen. Du darfst nicht erschrecken, wenn du sie siehst, Julius.«

»Ich habe sie doch nie gesehen, wieso sollte ich da erschrecken?«

Dann schwiegen sie. Julius beschloss, etwas Freundliches zu sagen.

»Danke, dass du mich aufgeklärt hast.«

Johannas Augen weiteten sich. »Hör mir zu, Julius. Ich ... ich habe dir das über deine Mutter nicht deswegen gesagt, um dich zu verletzen. Es war nicht richtig, es dir einfach so ins Gesicht zu schleudern. Vielleicht habe ich irgendwie einen Weg gesucht, es loszuwerden. Weißt du, Maria hat mir verboten, dir etwas zu verraten, aber das ist jetzt wohl nicht mehr wichtig. Wenn du willst, komm ich mit hinein.«

Das war er, der Strohhalm, nach dem Julius gesucht hatte. Er tastete nach Johannas Hand. »Darf ich dir irgendwann erklären, was es mit dieser Situation im Prater auf sich hatte?«

Johanna lächelte zaghaft. »Ach weißt du, das ist mir egal. Ich habe mich ja aufgeführt wie eine eifersüchtige alte Ehefrau. Du bist ein freier Mensch und kannst tun, was du willst. Komm jetzt, sonst schläft sie vielleicht wieder ein.«

Julius war so erstaunt über Johannas Gelassenheit, dass er sich wie ein kleiner Junge zur Tür führen ließ.

»Warte noch«, sagte er und hielt sie zurück. »Inspektor Lischka sagt, dass meine Mutter schon lange nicht mehr in Wien gemeldet war. Weißt du, wo sie in dieser Zeit war?«

»Sie ist nach der Trennung von deinem Vater nach Deutschland gegangen und hatte dort ein Engagement in Berlin am Opernhaus. Aber vor ein paar Jahren bekam sie Diphtherie und musste in Berlin aufhören. Sie hat beschlossen, nach Wien zurückzukehren, weil sie hier sterben will. Sie hat aus der Zeitung vom Tod deines Vaters erfahren und ihm diesen Kranz bringen lassen. Mehr weiß ich auch nicht.«

Sie öffnete die Tür und zog ihn hinein. In dem Zimmer würde auch im Mai noch Winter sein. Das Wesen des Winters schien hier zu wohnen und sich an die Wände zu saugen wie hartnäckige Muscheln. Alles war weiß. Sogar das Kruzifix an der Wand war weiß lackiert.

Julius musste blinzeln und konnte die Gegenstände im Zimmer zuerst nicht unterscheiden, so sehr verschwamm alles in dieser eintönigen Patina der Farblosigkeit. Weiße Vorhänge vor einem weißen Winterhimmel, weiße Rohrstühle und ein von weißem Metall umgebenes Bettengebirge. Und zwischen den Hügeln und Schneeverwehungen der Laken und Kissen thronte still und erhaben die Bewohnerin des Zimmers. Maria Habermanns auffälligstes Merkmal war ein Kranz schlohweißer Haare, der um ihren Kopf geschlungen war. Ihre Augen, fahl und farblos wie Austernfleisch, lagen in einem Netz aus Falten. Sie zuckten zur Tür, als die Besucher eintraten. Julius' Magen krampfte sich zu einem harten Klumpen zusammen. Johanna schien seine Unruhe zu spüren und legte ihm die Hand auf die Schulter. Aufmunternd schob sie ihn auf das Bett zu.

»Maria, schauen Sie mal, wer da ist«, hörte er ihre freundliche Stimme.

Einen Moment lang schien es so, als könnten Maria Habermanns Augen keinen festen Punkt erfassen, doch dann starrten ihn diese hellen, durchscheinenden Augen direkt an.

Ihr Mund öffnete sich zu einem stummen, anklagenden Loch. Julius erschrak so heftig vor diesem Gesicht, dass er am liebsten sofort aus dem weißen Zimmer geflohen wäre. Aber Johannas Blick war stark und tröstlich. Julius brachte ein nervöses Räuspern zustande. Dann hob Maria Habermann die Hand und wies mit einem zittrigen Finger auf ihn.

»Du!«, krächzte sie. »Dass du es wagst, hier aufzutauchen, nachdem ich mich ein Leben lang von dir ferngehalten habe!«

Ihre Stimme war dunkel und schleppend wie ein einfahrender Zug, den man aus der Ferne hört.

»Aber Maria, Sie wissen doch noch gar nicht, wer das ist«, tadelte Johanna sanft.

»Das weiß ich sehr wohl«, fauchte die alte Frau. »Du bist Joseph Pawalet, mein persönlicher Teufel, mein Verderben ... Joseph! Wenn du doch nur schon tot wärst!«

Julius spürte, wie Johanna sich neben ihm verkrampfte.

»Maria, das ist sehr unhöflich von Ihnen«, sagte sie leise, aber bestimmt. »Dieser junge Mann ist nicht Joseph, sondern Ihr Sohn. Erinnern Sie sich nicht?«

»Ich habe keinen Sohn!«, zischte die alte Frau. Julius wäre gern gegangen, aber Johannas Griff an seiner Schulter war fest. Sie schob ihn näher zum Bett. »Maria, das hier ist Julius, Ihr Sohn. Joseph ist doch schon eine Weile tot. Wissen Sie noch? Sie haben mich mit einem Kranz an sein Grab geschickt.«

Wütend schlug die alte Frau mit der Faust auf ihre Bettdecke ein. »Dieser Hund hat keine Blumen verdient, sondern den Galgen. Also, warum bist du hier, Joseph? Willst du mich um Vergebung bitten?« Sie starrte Julius mit ihren durchscheinenden Augen herausfordernd an.

Bevor Johanna etwas sagen konnte, straffte Julius sich und schob ihre Hand von seiner Schulter. Er setzte sich auf die Bettkante und sagte mit fester Stimme: »Ja, ich will dich um Vergebung bitten.«

»Dafür ist es jetzt zu spät, du elender Verbrecher! Du siehst ja, dass du mein Leben zerstört hast. Gestern noch war ich ein junges Mädchen. Aber du hast mich in ein Gespenst verwandelt.«

Und dann schoss ihre bleiche Hand vor und knallte gegen Julius' Kopf. Der zuckte erschrocken zurück. Johanna packte entsetzt die Hand der alten Frau und hielt sie fest. »Mitzi, bitte beruhigen Sie sich.«

»Lass nur«, sagte Julius mit mühsam beherrschter Stimme. »Maria hat ganz recht, dass sie mich schlägt. Du hast ja gehört. Ich habe ihr Leben zerstört. Maria …«

Er wandte sich wieder zu seiner Mutter. »Ich weiß, dass ich ein schlechter Ehemann war. Ich habe dich oft allein gelassen, und ich habe getrunken.«

»Gesoffen hast du. Weil du nicht mehr ausgehalten hast, was du getan hast«, schimpfte die alte Frau. Speichel spritzte aus ihrem Mund.

Johanna versuchte weiter, sie zu beruhigen, indem sie ihr über die Hand strich. Julius sah sie bittend an. Seine Nervosität war verflogen. Maria Habermann erschien ihm in diesem Moment nicht mehr wie seine tot geglaubte Mutter, und alle befürchtete Sentimentalität war weg. Sie war für ihn nur noch ein unbestimmter Teil aus einer dunklen Vergangenheit, die er unbedingt ergründen wollte.

»Maria, es tut mir so leid, dass mein damaliges Leben uns dahin gebracht hat. Aber ich war jung«, sagte Julius so eindringlich wie möglich. »Ich wusste damals nicht, dass die Männer … mit denen ich gearbeitet habe, nicht gut für mich waren.«

Maria Habermann starrte ihn an, und zuerst glaubte Julius, dass sie erkannte, dass er unmöglich sein Vater sein konnte.

»Bitte, Julius«, flüsterte Johanna. »Dieses Spiel ist nicht gut für sie.«

Doch Julius redete weiter. »Ich wusste damals nicht, dass die Sache mit dem Museum so enden würde.«

»Ja, weil du geldgierig bist und dumm!«, kam die Antwort von Maria. »Du hättest dich nie mit dem Schattenbach einlassen dürfen. Kluge Menschen wussten damals schon, dass er ein Verbrecher ist.«

Julius verspürte einen unerträglichen Druck auf der Brust. Das war eine richtige Spur! »Ich weiß, dass es Unrecht war, was wir getan haben«, fuhr er fort. »Ich hätte dich gern davor bewahrt, aber du hast alles mitbekommen, nicht wahr?«

»Das war nicht zu verheimlichen. Es hat dich viel zu sehr belastet, Joseph!« Jetzt fing Maria Habermann an zu weinen.

Johanna drückte ihre Hand ganz fest und redete beruhigend auf sie ein.

Maria schluchzte leise auf. »Wir hätten so ein schönes Leben haben können, Joseph. Du und ich … Und dann kam dieser Maler und hat alles kaputtgemacht.«

Julius' Körper spannte sich an. »Was für ein Maler?«, fragte er beunruhigt.

»Na der Grimminger, oder wie der Teufel hieß!«, fuhr die alte Dame auf. Sie zerknüllte die Bettdecke zwischen den knochigen Fingern. »Du musstest ja unbedingt mit ihm zusammenarbeiten. Du wärst so gern selbst ein Künstler gewesen! Du hast nie akzeptiert, dass es andere gibt, die besser und begabter sind als du. Und dann kommt dieser widerwärtige Mensch und nimmt dich mir weg!«

»Julius«, raunte Johanna, »das ist nicht gut für sie. Sie regt sich zu sehr auf.«

»Warte noch ein bisschen, bitte!«, flehte er. Die verwirrte Tirade gegen ihren toten Ehemann kam Julius vor wie eine kostbare Quelle aus Antworten, die womöglich bald versiegen würde.

Doch in diesem Moment hellte sich der Gesichtsausdruck der alten Frau auf, und sie fasste Johannas Arm. »Meine Liebe«, sagte sie und sah sie mit großen Augen an, »wer ist der Mann da an meinem Bett?«

Julius wollte etwas sagen, doch Johanna kam ihm zuvor. »Das ist Julius, Maria. Ihr Sohn. Wissen Sie noch? Sie haben ihn verlassen, als er noch ganz klein war, weil es Ihnen schlecht ging, nicht wahr?«

»Ah, Julius …«, sagte sie mit tonloser Stimme. Sie sah ihren Besucher jedoch nicht an, sondern schien den Blick nach innen zu richten, als suchte sie dort nach den richtigen Worten.

Julius schwieg. Es wäre ihm lieber gewesen, wenn sie ihn für Joseph gehalten hätte.

Maria Habermann holte tief Luft und sagte: »Sogar dieses Kind hat er mir weggenommen. Ich hätte doch nie ... mit einem solchen Ungeheuer ein kleines Kind aufziehen können ... kein Geld, der Schnaps ... immer diese Unsicherheit ... und dann die Polizei. Ständig kamen sie zu mir ... Dieser elende Säufer ... Herumtreiber ...«

Als sie schließlich anfing, sich über maßlose Fleischeslust ihres toten Ehemannes auszulassen, gebot Johanna ihr Einhalt.

»Maria, Sie regen sich zu sehr auf. Wollen Sie Julius denn nicht Guten Tag sagen? Er ist hergekommen, um Sie zu sehen. Freuen Sie sich denn gar nicht?«

Maria Habermanns Gesicht fuhr herum, und wieder starrte sie Julius mit ihren bleichen Augen an.

Ihm schürte sich die Kehle zu. Diese Frau – seine Mutter – ängstigte ihn wie ein Gespenst, das plötzlich aus einer unbeleuchteten Ecke seines Lebens aufgetaucht war und sich ihm in den Weg stellte. Er wusste nicht, was er sagen sollte, um noch mehr zu erfahren. Schließlich machte er einen neuen Versuch: »Maria, ich wollte dir nichts Schlimmes zumuten, aber ...«

Doch sie ließ ihn nicht ausreden. »Du!«, schrie sie, und Julius wich zurück. »Du verlogener Mistkerl! Du wolltest bei diesen Verbrechern mitspielen und hast dafür das Glück deiner Familie zerstört!«

Johanna beugte sich vor und drückte sie vorsichtig in die Kissen zurück. »Ich verzeihe einem gewissenlosen Schuft wie dir nicht. Du hast den Kaiser betrogen. Ich konnte nicht in Österreich leben, nachdem du unserem Kaiser das angetan hast ...«

»Was angetan?«, fragte Johanna fassungslos.

»Dieser Betrug ... dieser Diebstahl ...«, flüsterte sie. Ihr

Gesicht war rot angelaufen, und Tränen strömten ihr über die Wangen. »Du verdienst die Hölle.«

»Julius, ihr Puls rast«, sagte Johanna und schob ihn von der Bettkante. »Bitte, wir müssen jetzt aufhören. Wir … wir versuchen es ein andermal weiter, ja?« Johanna zog an der Klingelschnur über dem Bett, und kurze Zeit später eilte eine Wärterin in den Raum und zog eine Spritze auf. Sie und Johanna redeten beruhigend auf die alte Frau ein. Julius stand wie angewurzelt daneben und versuchte, seine pochende Unruhe zu vertreiben. Seine Mutter hatte genau das gesagt, was er selbst vermutet hatte. Sein Vater, Joseph, war in irgendwelche kriminellen Machenschaften mit dem Hofrat und dem Kopisten verwickelt gewesen. Sie hatte von einem Betrug am Kaiser gesprochen, und damit konnte nur das Kunsthistorische Museum gemeint sein. Julius fragte sich, wie viel Bedeutung er ihren Worten beimessen konnte, schließlich hatte Johanna behauptet, sie hätte wahnhafte Phasen. Was, wenn sie nur wirres Zeug redete? Er schaute auf das weiße Bett, in dem der ausgemergelte Körper seiner Mutter lag, während ihr Blick langsam trübe wurde. Die Krankenwärterin zog behutsam die Nadel der Spritze aus der Armbeuge seiner Mutter und bedeutete Johanna, die Patientin zuzudecken.

»Keinen Sohn …«, flüsterte Maria Habermann schwach und warf den Kopf hin und her. »Ich habe doch gar keinen Sohn … Joseph.« Dann fielen ihr die Augen zu, und sie schien eingeschlafen zu sein.

Die Wärterin wandte sich an Johanna. »Sie als Krankenschwester müssten doch wissen, dass sie sich nicht aufregen darf!« Anklagend zeigte sie auf Julius.

Ohne ein weiteres Wort ging er aus dem Zimmer und wartete zitternd auf Johanna. Sie erschien wenig später und führte ihn wieder hinunter in die große Eingangshalle.

»Es tut mir leid …«, stammelte Julius. Er schämte sich plötzlich vor Johanna, dass er den hilflosen, verwirrten Zustand der alten Frau ausgenutzt hatte. Aber er konnte nicht anders.

»Erklärst du mir, was da los war?«, fragte Johanna, doch Julius schwieg.

»Ich werde nach ihr sehen. Sie war monatelang Patientin im Allgemeinen Krankenhaus und hat sonst niemanden, der sich um sie kümmert.

Julius nickte düster. »Ich versuche, Antworten zu finden auf Dinge, die mich sehr belasten, Johanna. Und meine Mutter ist die einzige Person, die sie mir geben könnte. Meinetwegen braucht sie auch gar nicht zu wissen, wer ich bin. Ich wollte nur wissen, was sie über meinen Vater zu sagen hat. Und das hat sich ziemlich genau mit dem gedeckt, was ich vermute.«

Johanna seufzte unglücklich. »Es tut mir so leid, Julius. Du wirst deine Mutter vermutlich nie mehr in einem Zustand erleben, dass du dich ihr offenbaren kannst.«

Julius zuckte mit den Schultern. »Halte mich ruhig für herzlos, aber das ist mir gleichgültig.«

»Kannst du verstehen, dass sie dich allein gelassen hat?«, fragte Johanna leise.

»Ja und nein.«

»Warum ja und warum nein?«, bohrte sie weiter.

»Weil ich glaube, dass aus mir ein besserer Mensch geworden wäre, wenn ich sie gehabt hätte. Und weil ich mir vorstellen kann, wie schrecklich es für eine Frau gewesen sein muss, mit jemandem wie meinem Vater zu leben. Sie wollte ihn aus ihrem Leben verbannen. Und deswegen glaube ich, dass meine Mutter mich auch in einem klaren Moment nicht erkennen wird. Sie hat keinen Sohn, das hat sie doch gesagt.«

Johanna nickte betrübt. »Ich glaube aber auch, dass sie ein schlechtes Gewissen hat. Sie lebt mit der Schuld, dass sie ihr einziges Kind bei einem schlechten Menschen zurückgelassen hat. Und wahrscheinlich wird sie bald sterben. Ich kann mir vorstellen, dass sie diese Schuld vor ihrem Tod noch begleichen will.«

Zur gleichen Zeit, als Julius nervös das Zimmer seiner Mutter betrat, ließ Inspektor Lischka sich ins Büro von Doktor Brucker führen. Eine junge Nonne brachte ihn in einen etwas abgelegenen, ruhigen Flur und öffnete eine weiß lackierte Tür. Lischka machte sich darauf gefasst, einem abweisenden, unpersönlichen Arzt zu begegnen, der versuchen würde, ihn abzuwimmeln. Doch als er das Büro betrat, in dem es durchdringend nach Salmiakpastillen roch, sah er in dem mit Büchern und Papieren vollgestopften Zimmer einen kleinen weißhaarigen Mann, der ihm durch eine Brille mit winzigen, golden umrandeten Gläsern aufmerksam entgegenblickte.

Doktor Joachim Brucker war klein und spindeldürr. Sein großer Kopf mit den wirren weißen Haaren stand in einem seltsamen Missverhältnis zu seinen Körpermaßen. Er trug einen gepflegten dunklen Anzug und ein blaues seidenes Halstuch. Sein weißer Kittel war achtlos über den Garderobenständer geworfen.

Der Mann war Psychiater, ermahnte Lischka sich. Er bildet sich wahrscheinlich ein, in dich hineingucken zu können. Er wird jetzt nett und zuvorkommend sein, aber wenn deine Fragen ihm unangenehm sind, schleudert er dir irgendwelche obskuren Erkenntnisse an den Kopf.

Lischka war misstrauisch gegen jede Art von Kopfdoktoren im Allgemeinen und gegen diesen Doktor Sigmund Freud im Besonderen, wie die meisten Leute. Er fragte sich, womit diese Zunft sich die Doktorwürde überhaupt verdient hatte, und ärgerte sich über sein eigenes Unbehagen, als die Nonne die Tür hinter ihm schloss.

»Herr Inspektor Lischka«, begrüßte ihn der Arzt und erhob sich hinter seinem Schreibtisch, um ihm eine trockene, kühle Hand zu reichen. »Sie wurden mir schon angekündigt. Wie kann ich behilflich sein?« Er wies auf einen Besucherstuhl, und Lischka setzte sich. Der Arzt lächelte ihn freundlich an.

»Herr Doktor Brucker, ich bin hier, um Sie zu einem ehemaligen Patienten zu befragen. Sie haben sicher von den schrecklichen Morden gehört, die in letzter Zeit geschehen sind.«

Brucker nickte und runzelte die Brauen. »Haben Sie den Verdacht, dass es sich bei dem Mörder um einen ehemaligen Patienten dieser Anstalt handelt?«, fragte er.

Lischka räusperte sich und zog eine Fotografie aus seiner Ledermappe.

»Sagt Ihnen der Name Alois Lanz etwas?«

Brucker starrte das Bild an und wiegte nachdenklich den Kopf, als könnte er sich nicht recht entsinnen.

»Der Mann war in den Neunzigern im Brünnlfeld«, erklärte Lischka. »Er wurde aus dem Landesgericht überstellt, nachdem im Gefängnis wahnhafte Phasen bei ihm aufgetreten sind. Er war der Mann, der im Kunsthistorischen Museum randaliert hat.«

Bruckers Gesicht hellte sich auf. »Aber natürlich!«, sagte er und tippte auf das Bild. »Ist ja ein ziemlich unauffälliger Bursche. Aber warten Sie mal …« Er nahm die Brille ab und sah Lischka misstrauisch an. »Das kann nicht sein. Alois Lanz ist doch tot! Der Arme … er hat sich das Leben genommen, nachdem er von hier entlassen wurde.«

Bruckers Stimme nahm einen betrübten Tonfall an, als fühle er sich für Lanz' Selbstmord persönlich verantwortlich.

»Das ist uns bereits bekannt«, erwiderte Lischka. »Deswegen bin ich hier.«

»Aber was hat das zu bedeuten, Inspektor. Ich weiß nicht, wie Sie darauf kommen …«

»Es gibt ein paar Ungereimtheiten«, unterbrach Lischka ihn. »Wir wissen, dass der Mörder sich seinen Opfern als Porträtmaler genähert hat. Er hat in ihrem Auftrag Porträts gemalt und sich als Alois Lanz vorgestellt. Wir haben Visitenkarten bei den Opfern gefunden, die das belegen. Es muss jemand sein, der wusste, dass Lanz ebenfalls Maler war. Meine Vermutung ist, dass es jemand aus der psychiatrischen Anstalt ist, der Lanz in den Jahren seines Aufenthalts hier gut kannte. Fällt Ihnen jemand ein, der in dieses Muster passen könnte?«

Der Arzt blinzelte Lischka an. »Nun, ich weiß nicht, ob ich Sie recht verstehe.«

Lischka stöhnte innerlich auf. »Sie sind doch ein logisch denkender Mensch. Ist es denn so abwegig, dass ein anderer, mittlerweile entlassener Insasse aus Brünnlfeld im Namen von Lanz diese Morde begeht?«

Der Arzt machte ein unglückliches Gesicht.

»Oder fällt es Ihnen schwer, sich vorzustellen, dass einer Ihrer ehemaligen Patienten zu so etwas fähig ist?«

Brucker zuckte zusammen. Dann stand er langsam von seinem Sessel auf und öffnete einen Schrank. Er suchte eine Weile in alphabetisch geordneten Mappen, dann zog er zwei dicke, gebundene Papierstapel hervor und legte sie auf den Tisch. Er blätterte eine Weile darin herum und räusperte sich verlegen. Lischka fühlte die Ungeduld wie einen juckenden Ausschlag.

Endlich sagte der Arzt: »Nun, mir fällt eigentlich nur eine einzige Person ein, die mit Alois Lanz näher bekannt war.«

»Name?«

»Der Mann hieß Ludwig Rohrbach. Er war drei Jahre in dieser Anstalt. Er erholte sich von einem schweren Trauma, das er bei einem schrecklichen Zugunglück in Ungarn erlitten hat. Seine Frau und seine beiden kleinen Söhne sind vor seinen Augen verbrannt. Der Mann verfiel daraufhin in einen schweren katatonischen Zustand. Verwandte haben ihn bei sich aufgenommen und versucht, ihn gesund zu pflegen, aber Rohrbach verfiel körperlich derart, dass sie die Pflege aufgeben mussten. Er war finanziell sehr gut gestellt und hatte bei uns ein Einzelzimmer. Ich kann mit Stolz sagen, dass wir Ludwig Rohrbach als gesunden Mann wieder entlassen haben.«

Der Arzt lächelte zufrieden und klopfte mit den Fingerspitzen auf die Akte.

»Und dieser Ludwig Rohrbach«, sagte Lischka, »in was für einer Beziehung stand er zu Alois Lanz?«

»Nun, die beiden haben sich hier kennengelernt. Sie haben ziemlich viel Zeit miteinander verbracht. Ich möchte sogar sagen, dass Alois Lanz dazu beigetragen hat, dass Herr Rohrbach sich seiner Umgebung wieder geöffnet hat.«

»Wie hat er das denn geschafft?« Lischka konnte nicht verhindern, dass in seiner Stimme ungläubiger Spott mitschwang.

»Wie meinen Sie das?« Brucker reagierte auf Lischkas spöttischen Tonfall mit einer gewissen empörten Schärfe, wie der Inspektor fand. Der nette, geduldige Arzt zog sich langsam zurück und machte einem kühlen, abweisenden Mann Platz, der nicht zulassen wollte, dass ein Polizist sich kritisch über die Anstalt äußerte.

Lischka straffte sich. »Ich frage mich, wie das geht. Ich lasse mich gerne eines Besseren belehren, Herr Doktor, aber ich habe immer gedacht, dass in einer Irrenanstalt die Insassen streng voneinander getrennt werden. Ich kann mir nicht recht vorstellen, dass ein Verbrecher wie Lanz, der aus dem Gefängnis kommt, und ein wohlhabender Traumapatient miteinander plaudern.«

Das Gesicht des Arztes nahm einen vorwurfsvollen Zug an. »Das sieht Ihnen ähnlich!«, sagte er anklagend. »Sie glauben wohl, dass die Psychiatrie immer noch in den Narrenturm-Tagen steckt, was? Dass man seelisch gestörte Menschen absondert und ankettet. Aber die Zeiten sind vorbei, mein Herr. Wir unternehmen hier große Anstrengungen, um diesen Menschen zu helfen und sie in ein gesundes Leben zurückzuführen. Und dazu gehört nun einmal, dass die friedfertigen, gutartigen Insassen zusammen im Anstaltsgarten spazieren gehen und die Mahlzeiten gemeinsam einnehmen. Wie sollen sie lernen, sich erneut in die Gemeinschaft einzugliedern, wenn man ihnen den Kontakt zu ihren Mitmenschen verwehrt?«

»Schon gut, ich habe Sie verstanden«, beschwichtigte Lischka. »Und Sie haben also beobachtet, dass Lanz und Rohrbach viel Zeit miteinander verbracht haben.«

Der Arzt nickte.

»Wie würden Sie den Kontakt zwischen den beiden beschreiben?«

»Sie haben viel miteinander geredet. Die Beziehung zwischen den beiden machte einen gefestigten, freundschaftlichen Eindruck auf mich.«

»Und was ist dann passiert?«

»Nun, wie gesagt, Rohrbach wurde nach drei Jahren entlassen. Sein Zustand hatte sich so gebessert, dass er wieder auf eigenen Beinen stehen konnte. Er hatte ein beträchtliches Vermögen und konnte gut für sich sorgen.«

»Und Lanz? Wie hat er auf den Weggang seines Freundes reagiert?«

Ein angestrengter Ausdruck erschien auf Bruckers Gesicht. Er dachte einen Moment lang nach und blätterte dann in der anderen Akte. Lischka nahm an, dass er die Protokolle aus der damaligen Zeit las.

Der Arzt blickte auf und kratzte sich am Kopf. »Nun … also hier steht, dass Lanz im darauffolgenden Jahr beachtliche Fortschritte gemacht hat.«

»Was heißt das genau?«, fragte Lischka.

»Er wurde ruhiger und …«

»Warten Sie«, unterbrach ihn der Inspektor. »Mich interessiert, was Lanz für Symptome hatte. Worin genau bestand seine geistige Störung? Was waren das für wahnhafte Phasen? Warum wurde er aus dem Gefängnis in die Irrenanstalt verbracht?«

Brucker lehnte sich zurück und schob die Akten beiseite. »Alois Lanz war eine zutiefst tragische Person. Er hatte eine erstklassige Ausbildung an der Akademie hinter sich und nur den einen Wunsch, am Hof des Kaisers zu malen.«

»Jaja«, unterbrach Lischka ihn wieder. »Die Vorgeschichte ist mir bekannt.«

»Nein, sie ist Ihnen *nicht* bekannt!«, fauchte der Arzt und beugte sich vor. »Dieser Mann ist Ihnen als Verbrecher bekannt, Herr Inspektor, aber für mich war er ein Mensch mit einer gewissen Vorgeschichte, die zu dieser traurigen Wendung in seinem Leben geführt hat.«

»Sie meinen, dass er versucht hat, auf ein wertvolles Gemälde zu pissen?«

»Jeder hat seine persönliche Strategie, mit Zurückweisungen und Misserfolgen umzugehen«, antwortete Brucker ungerührt.

»Was ist im Gefängnis Ihrer Meinung nach passiert?«

»Sie mögen glauben, dass Lanz ein verrückter, zerstörerischer Mensch war, aber er war auch ein zutiefst sensibler Künstler. Und dieses Naturell wurde im Gefängnis natürlich vollständig zerstört. Sie kennen die Rituale und Gepflogenheiten im Kotter, Herr Inspektor. Die Wärter nehmen nur wenig Rücksicht auf eine empfindsame Seele wie Lanz.«

»Warum sollten sie auch?«, murmelte Lischka missbilligend.

»Die Wärter haben Lanz gequält. Sie haben ihn gedemütigt und schikaniert. Und sie haben ihn von der wichtigsten Quelle ferngehalten, die ihm in diesen schlimmen Jahren hätte helfen können.«

»Sie wollen mir jetzt nicht erzählen, dass die bösen Wärter ihm Leinwand und Ölfarben verweigert haben?«, lachte der Inspektor.

»Ihr Spott ist gänzlich unangebracht«, seufzte der Arzt. »Aber gut, ich habe nicht damit gerechnet, dass Sie die komplexen Mechanismen der menschlichen Seele verstehen.«

»Na dann beleuchten Sie mir die komplexe Seele des guten Herrn Lanz, Gott hab ihn selig. Ich werde Sie nicht mehr unterbrechen. Und geben Sie mir bitte eine von Ihren Salmiakpastillen. Ich habe so einen staubigen Geschmack im Mund.«

Brucker reichte ihm die Schachtel mit einem versöhnlichen Lächeln und begann zu erzählen. »Wir bekamen eine Überführungsanfrage vom Landesgericht. Der Gefängnisdirektor bat mich, mir Lanz anzusehen, weil sein Zustand besorgniserregend, um nicht zu sagen lebensgefährlich war. Er war vollkommen abgemagert und dehydriert. Im Grunde war auch er in eine Art katatonischen Zustand gefallen, ähnlich wie Rohrbach. Die Wärter erzählten, dass er die Wände der Zelle mit seinem Kot beschmiert hatte. Einer Gemeinschaftszelle, wohlgemerkt. Die anderen Insassen haben ihn daraufhin halb totgeprügelt. Lanz hatte anscheinend immer wieder um Papier und Kohle gefleht, doch dieser Wunsch wurde ihm nie gewährt. Nun, ich denke, dass die Verweigerung, ihn malen zu lassen, bei ihm eine schwere psychische Krankheit ausgelöst hat. Als ich ihn in Brünnlfeld aufgenommen habe, war er zutiefst verstört, er hat nicht gesprochen und nicht gegessen, er hat nur vollkommen zwanghaft mit den Fingern auf allen möglichen Flächen herumgemalt. Und das, obwohl sie schon ganz wund und blutig waren. Sein rechter Zeigefinger war … nun, das wollen Sie sicher nicht hören. Selbstverstümmelung ist der richtige Ausdruck für sein Verhalten.«

Lischka hob die Hand, brav wie ein Schüler. Er hatte eine Frage. »Warum haben Sie ihm keine Malsachen gegeben? Sie hätten ihm doch Papier und Kohle bringen können. Hätte das nicht geholfen?«

»Das hätte ich gern getan, aber ich habe zum damaligen Zeitpunkt nicht gedacht, dass ihm das helfen würde. Er war viel zu verbissen und geradezu besessen von dem Gedanken, zu malen. Ich wollte den Ursachen auf den Grund gehen, anstatt nur ein äußeres Bedürfnis zu befriedigen.«

»Sie haben ihm also seine wichtigste Quelle vorenthalten, genau wie die Gefängnisaufseher.«

Der Arzt stöhnte entnervt auf. »Sind Sie gekommen, um über mich zu urteilen?«

Lischka schwieg, und der Arzt fuhr fort: »Ich wollte diesen Zwang heilen. Wenn ich ihn hätte malen lassen, wäre sein Geist möglicherweise verloren gegangen an eine Sphäre, aus der ich ihn nicht mehr hätte zurückholen können, verstehen Sie? Ich wollte ihn heilen, dann hätte er wieder malen können. Aber ich wollte, dass er mit klarem Geist malte, als der erstklassige Künstler, der er früher war, und nicht als dieses leere, geschundene Geschöpf, das nur nach einer Möglichkeit suchte, sich noch mehr abzukapseln.«

»Aha. Und wie ging es dann weiter? Was ist passiert, nachdem Rohrbach entlassen worden war?«

Doktor Brucker begann, seine Brille gründlich zu polieren. »Ja also, das war recht eigenartig, muss ich sagen. Nachdem Rohrbach, der eigentlich seine einzige Bezugsperson in der Anstalt war, entlassen wurde, hat sich sein Zustand allmählich deutlich gebessert.«

»Inwiefern?«

»Er hat aufgehört mit den zwanghaften Malbewegungen und sich langsam wieder normal benommen. Er hat wieder etwas mehr gegessen, und sein Gemüt hat sich aufgehellt. Er hat zum ersten Mal seit seiner Einlieferung darauf bestanden, mit mir zu sprechen, und er hatte einen großen Erklärungsbedarf. Er hat versucht zu verstehen, was er da getan hatte, und nach einer Weile kam er in eine Phase der Selbstreflexion und hat sich geschämt für sein Vergehen. Und in der ganzen Zeit hat er mir versichert, dass er seinen Fehler eingesehen habe.«

»Was für einen Fehler?«, fragte Lischka.

»Den Fehler, zu glauben, dass er für die Kunst geschaffen sei. Er erzählte mir, dass er zu lange in der Annahme gelebt habe, er sei ein Künstler. Hier, ich kann Ihnen eine wortwörtliche Aussage von ihm vorlesen.« Brucker zog die Akte wieder zu sich heran und blätterte in den Papieren. »Ah, hier ist es. Er sagte wortwörtlich bei einer Sitzung am 12. Februar 1899: *Nicht jeder Mann, der die bildenden Künste studiert, ist automatisch ein guter Künstler. Aber nicht jeder wahrhaft große Meister muss die Künste studieren. Ich denke nun, dass ich weiß, warum man mich bei Hofe abgelehnt hat. Ich bin wahrscheinlich ein technisch begabter Maler, aber kein Künstler, und das hat der Kaiser erkannt. Wer bin ich, dass ich dieses Urteil nicht akzeptiere? Ich werde es mir in meinem Leben nie mehr anmaßen, einen Pinsel in die Hand zu nehmen. Und ich denke, es ist angebracht, dass ich beim Kaiser wegen des Vorfalls um Entschuldigung bitte. Ich bin jung und gesund. Ich kann arbeiten. Ich muss mir nicht einreden, dass ich ein Künstler bin …* Warum lachen Sie, Inspektor?«

»Weil es sich in meinen Ohren ganz genau danach anhört, was die Verantwortlichen, die ihn begnadigen und freilassen könnten, gern hören wollen.«

»Oh, da liegen Sie ganz falsch. Es ist noch nie ein Straffälliger einfach so freigelassen worden, nur weil er Reue zeigt. Aber letztendlich hat die überraschende Heilung und Einsicht von Lanz dazu beigetragen, dass er ganze vier Jahre früher in die Freiheit entlassen wurde.«

»Er muss sich in dieser Freiheit verdammt wohlgefühlt haben, wenn er sich nach drei Wochen umbringt.«

Doktor Brucker senkte betreten den Kopf und seufzte. »Auch mir ist das ein Rätsel, Inspektor. Ich kann es mir nicht erklären. Obwohl … nun ja, der Abschiedsbrief, den er hinterlassen hat, war sehr aussagekräftig.«

»Was stand drin?«, fragte der Inspektor.

»Nun, er hat geschrieben, dass die Welt sich gewandelt habe in der Zeit, während er im Gefängnis war, und dass er sich nicht mehr zurechtfinde und keinen Weg für sich sehe … Dabei machte er so einen gefestigten Eindruck. Sein Entschluss ist mir ein Rätsel.«

»Oh, mir ist das kein Rätsel«, erwiderte Lischka. »Ich finde sogar, dass die Sache ziemlich klar ist. Auch wenn es Ihre Berufsehre als Psychoanalytiker untergräbt, aber ich glaube, Alois Lanz hat sie an der Nase herumgeführt. Sagen Sie, hat sein alter Freund Rohrbach ihn denn besucht, nachdem er entlassen worden war?«

Der Arzt nickte.

»Und wissen Sie, was Rohrbach heute macht?«

Brucker verneinte.

»Gut, haben Sie ein Bild von Rohrbach in dieser Akte?«

Brucker blätterte in den Seiten und zog eine verblichene Fotografie hervor. Lischka legte sie neben das Bild von Alois Lanz.

Er betrachtete die Gesichtszüge von Lanz und empfand ein seltsames Bedauern, dass der Mann eine derart leere, fast schon unfertige Physiognomie hatte. So sollte ein Mensch nicht aussehen, dachte er. So flach und nichtssagend. Die Augen erschienen auf dem Bild wie zwei fahle Flecken, sein Mund war nur ein dicker Fleischwulst. Die Augenbrauen wie zwei lieblos hingepinselte Striche. Nichts hielt dieses Gesicht zusammen. Es war nur eine lose Verbindung menschlicher Merkmale, aber dahinter konnte sich genauso gut Stroh oder Stoff befinden. Ja, das Gesicht von Alois Lanz wirkte wie ein hastig gefertigter Rohling, als hätte die eigentliche Ausarbeitung des Gesichtes nie stattgefunden.

Und doch war diese verstörende Unauffälligkeit genau

das, was Alois Lanz gebraucht hatte, um unerkannt weiterzumachen. Lischka betrachtete die beiden Aufnahmen. Ludwig Rohrbachs Gesichtszüge ähnelten denen von Lanz verblüffend. Nicht dass sie aussahen wie Zwillinge, nein. Aber in Rohrbachs Gesicht fand sich der gleiche leblose Ausdruck wie bei Lanz. Die beiden Männer waren nichts als unpersönliche Masken. Austauschbar.

Lischka drehte die Bilder so, dass der Arzt sie sehen konnte. »Fällt Ihnen etwas auf?«

»Ja, die beiden sehen sich ziemlich ähnlich. Aber worauf wollen Sie hinaus?«

In diesem Moment empfand Lischka ein tiefes Bedauern für den Arzt. Brucker sah das Offensichtliche nicht. Er hatte sich von Lanz hinters Licht führen lassen. Wie dieser das gemacht hatte, blieb jedoch ein Rätsel. Er würde Nachforschungen über Ludwig Rohrbach anstellen müssen. Oder gab es einen schnelleren Weg, der zur Wahrheit führte?

»Trauen Sie Ludwig Rohrbach zu, dass er Alois Lanz' Namen angenommen hat und mordend alte Gemälde zitiert?«, fragte er den Arzt.

Brucker schüttelte den Kopf, und seine Augen weiteten sich.

»Wem trauen Sie so etwas sonst zu?«, fragte Lischka weiter. »Nehmen wir an, Lanz hat Sie getäuscht, um als geheilt entlassen zu werden.«

»Man kann nicht so tun, als wäre man geheilt!«, empörte sich Brucker.

»Doch. Wenn man eine Geisteskrankheit spielt, kann man auch die Heilung spielen. Und ich nehme an, Alois Lanz war ein hervorragender Schauspieler. Wahrscheinlich spielt er auch seit einigen Jahren höchst erfolgreich Ludwig Rohrbach.«

Der Arzt sah Lischka an, als hätte der verkündet, dass seine Patienten hinter seinem Rücken eine Mondkapsel bauten und demnächst vom Dach der Anstalt losfliegen würden.

Doch Lischka ließ ihm keine Zeit, sich zu wundern, sich zu rechtfertigen oder sich zu wehren. »Sagen Sie mir, ob Ludwig Rohrbach ein auffälliges körperliches Merkmal hatte. Irgendetwas.«

Brucker überlegte. Mit zitternden Fingern griff er wieder nach der Akte.

»Ja«, sagte er tonlos. »Er hatte einen ziemlich großen Naevus flammeus am Rücken.«

»Einen was?«

»Ein sogenanntes Feuermal. Das sind feine Blutgefäße unter der Haut, die krankhaft erweitert sind und Wucherungen bilden. Nichts Bösartiges, aber sehr auffällig. Es zieht sich bei ihm über den ganzen Rücken. Aber … warum wollen Sie das wissen?«

Lischka ging nicht auf die Frage ein, sondern stellte die nächste. »Ist Ihnen bekannt, wo Alois Lanz bestattet ist?«

»Sie wollen ihn doch nicht etwa ausgraben!«, entrüstete sich Doktor Brucker.

»Ich tue alles, was notwendig ist, um diesen Mörder zu fassen. Also?«

Der Arzt schüttelte bedauernd den Kopf und sagte: »Ja nun, der Leichnam wurde damals entsprechend einem Testament, das Lanz noch hier in der Anstalt verfasst hat, nicht beerdigt, sondern der Anatomie übergeben.«

Inspektor Lischka hätte am liebsten laut herausgelacht. Er musste Lanz bittere Anerkennung zollen, wie geschickt der alles eingefädelt hatte. Er seufzte tief und sah den Arzt an. Auch diesem schien allmählich zu dämmern, welche Schlüsse man aus seinen Informationen ziehen musste.

»Sie meinen … der Mann, der sich umgebracht hat, war gar nicht Alois Lanz?«

Lischka hob beschwichtigend die Hände. »Immer langsam mit solchen Vermutungen. Aber im Moment sieht es wohl ganz danach aus. Wären Sie so freundlich, mir zu sagen, an welchen Arzt im Anatomischen Institut die Körper, die der Wissenschaft übergeben werden, für gewöhnlich gehen? Sie werden verstehen, dass ich dieser Sache erst nachgehen muss, bevor ich womöglich den unbescholtenen Bürger *Ludwig Rohrbach* des Mordes verdächtige.«

Plötzlich wich alle Farbe aus Bruckers Gesicht. Er schien erst jetzt die ganze Tragweite der Geschichte erfasst zu haben. Anstatt Lischkas Frage zu beantworten, murmelte er fassungslos vor sich hin: »Dann hat Lanz also Rohrbach umgebracht und dessen Platz eingenommen … und den armen Rohrbach in der Anatomie verschwinden lassen. Und mehr noch: Er war überhaupt nie … krank.«

Diese Erkenntnis schien ihn zutiefst zu erschüttern. Seine Hände zitterten, und seine Augen nahmen einen glasigen Ausdruck an.

»Herr Doktor Brucker, machen Sie sich keine Vorwürfe«, sagte Lischka. Er wusste, wie hohl und leer seine Worte in den Ohren des Arztes klingen mussten. Der hatte geglaubt, einen Menschen von einem Wahn zu heilen, der gar nicht real gewesen war. Plötzlich spürte er eine rasende Ungeduld in sich aufsteigen. Er wiederholte seine Frage nach dem Verantwortlichen des Anatomischen Instituts.

»Das ist Doktor Melching«, antwortete Brucker, und seine Stimme klang mit einem Mal trocken und spröde. »Er führt Buch über jeden Körper, der dem Institut vermacht wird, und schreibt genau auf, was damit geschieht. Er wird sich ganz sicher an einen Mann mit Feuermal erinnern, denke ich.«

XI

Plötzlich war das Ungeheuer da.

Völlig unvermittelt setzte es sich auf seine Brust. Er wachte davon auf, dass schlagartig alle Luft aus seinen Lungen gepresst wurde. Mit einem Keuchen öffnete er die Augen und starrte einen Moment lang panisch ins Dunkel des fremden Schlafzimmers. Noch in keiner Nacht zuvor hatte er den begangenen Diebstahl derart schmerzhaft empfunden. In keiner einzigen Nacht war das Ungeheuer so nah gewesen. Hastig setzte er sich auf, zog krampfhaft die Luft ein, um den schrecklichen Druck auf seiner Brust zu lösen. Er zitterte in der abgestandenen Luft, die nach Ölfarben und Terpentin stank. Es schien so, als wollte der zentimeterdicke Staub auf dem Boden in kleinen giftigen Wolken aufsteigen und ihn ersticken. Hastig sprang er aus dem Bett und öffnete das Fenster. Die eiskalte Luft beruhigte ihn sofort. Er atmete die stechende Kälte so lange ein, bis er das Ungeheuer nicht mehr spürte.

Der Mond war wie ein erbarmungsloses Auge in einer Höhle aus schwarzen Wolken. Er senkte den Blick und beobachtete stattdessen eine Katze, die durch den tiefen Schnee huschte. Irgendwo schwankten die einsamen Töne einer Kirchenglocke zu ihm herüber. Es war vier Uhr. Und dann drang die Erkenntnis zu ihm durch.

Seine Zeit war um.

Seltsamerweise erfüllte ihn diese Erkenntnis nicht mit Furcht. Er hatte schon am Anfang dieser Reise gewusst, dass sie hier enden würde. Und bei einem großen Künstler gehörte es dazu, dass große Taten von einem würdevollen Tod gekrönt wurden.

Doch wäre dieser Tod würdevoll, wenn man ihn aufs Schafott führen würde? Das stand ihm nämlich bevor, wenn dieser Inspektor ihm hierher folgte. Er traute dem Mann durchaus zu, dass er von Doktor Brucker die richtigen Informationen erhalten hatte und dass er die richtigen Schlüsse ziehen konnte. Früher oder später würde die Polizei Ludwig Rohrbach finden. Und dann würde man ihn hängen. In Wien war man nämlich der Meinung, dass er dieses Ende verdient hatte – trotz seiner großen Kunst.

Allmählich wurde es zu kalt am offenen Fenster. Er schloss es, tappte über den staubigen Boden in die Küche. Auf dem Tisch stand ein Teller mit Brot; der kleine Kanonenofen in der Ecke glühte immer noch sacht vor sich hin.

Alois Lanz setzte sich und aß das Brot. Das mechanische Kauen half ihm beim Nachdenken. Denn einmal noch musste er nachdenken, bevor es zu Ende ging. Er würde nämlich nicht hier sitzen und auf seine Vollstrecker warten. Nein – es war immer noch genug Zeit, sich noch tiefer und nachhaltiger ins Gedächtnis dieser Stadt einzubrennen. Das Werk konnte erweitert werden. Seinem Œuvre fehlten noch ein paar wichtige Ergänzungen. Es war noch nicht vollständig. Danach konnte man ihn seinetwegen vierteilen oder bei lebendigem Leib verbrennen, aber dann war es wenigstens vollbracht und er, der Künstler, am Ende seines Werks angekommen. Wie schön musste es sich doch anfühlen, nach dieser herrlichen Schaffensperiode abzutreten. Ja, wenn er so darüber nachdachte, freute er sich auf den letzten Vorhang.

Er hatte keine Angst vor dem Tod.

Aber vorher musste er noch zwei Dinge erledigen. Es gab noch zwei wundervolle Gemälde im Kunsthistorischen Museum, die er gern umsetzen wollte. Eines davon war geheimnisvoll und rätselhaft, das andere brachial und blutrünstig. Und er wusste genau, wer ihm dabei als Modell dienen würde.

XII

Otto Grimminger prüfte mit zusammengebissenen Zähnen die Temperatur des großen Backofens, der in einer Ecke seiner dunklen Werkstatt stand. Die Hitze war nicht sehr groß. Auf der mittleren Schiene des Ofens lag seine letzte Arbeit. In der behutsam eingestellten, wohlabgestimmten Wärme lag das, was Besucher des Kunsthistorischen Museums bald wieder als die schauerliche *Medusa* von Rubens bestaunen würden. Mit etwas Glück würde dieser irre Mörder erst in etlichen Wochen gefasst werden, sodass das Kunsthistorische Museum noch eine Weile geschlossen blieb. Das käme dem künstlichen Alterungsprozess des Bildes sehr entgegen.

Normalerweise hätte Otto Grimminger sich niemals zu so einem übereilten, schlampigen Verfahren hinreißen lassen. Früher hatte er die Fälschungen bis zu einem Jahr trocknen lassen und dann erst in den Ofen gelegt. Und erst wenn er restlos überzeugt war, dass niemand den Unterschied bemerken würde, gab er sein Werk frei. Doch dieses Vorgehen hatte der Hofrat schon seit geraumer Zeit nicht mehr gestattet. Von Schattenbachs Gier war immer weiter gewachsen, und die Zeit, die es brauchte, um eine erstklassige Fälschung herzustellen, zunehmend beschnitten worden. Sie waren immer größere Risiken eingegangen, und die Gefahr, dass das Ganze aufflog, war mit jedem Mal gestiegen, da sie ein Bild im Museum ausgetauscht hatten.

»Was sagen wir, wenn einmal jemandem der Ölgeruch auffällt?«, hatte Grimminger Kinsky gefragt.

»Dann sagen wir, dass das Bild frisch restauriert wurde. Dass es einen neuen Firnis erhalten hat. Und das ist noch nicht mal gelogen!«

Das stimmte. Die Bilder wurden nämlich immer zu einem bestimmten Zeitpunkt ausgetauscht. Sobald Kinsky entschieden hatte, welches Gemälde er als Nächstes verkaufen würde, setzte sich Grimminger in den Saal, in dem es hing, und kopierte es. Dafür nahm er sich ein Dreivierteljahr Zeit. Ein halbes Jahr später verschwand das Original von der Wand und landete auf dem Tisch von Doktor Franz Kittelberger, dem Chefrestaurator des Kunsthistorischen Museums. Nun konnte Grimminger nur noch nachts kopieren. Er kam, wenn Kittelberger schlief, und malte unter dem gleißenden Schein der Speziallampe, mit der der Restaurator die Gemälde untersuchte. In den darauffolgenden Monaten, in denen Kittelberger das Original bei sich hatte, kümmerte Grimminger sich um die künstlichen Spuren der Alterung. Und wenn der große Tag kam und das frisch restaurierte Bild wieder ins Museum zurückkehren sollte, wurde es einfach ausgetauscht. So fielen auch wirklich niemandem der Ölgeruch und das neue Aussehen des Gemäldes auf, und sie konnten sichergehen, dass der Restaurator nichts bemerkte, denn er hätte sie sofort enttarnen können. Und bis ein Gemälde wieder restauriert wurde, vergingen Jahrzehnte.

Ein Kinderspiel, wenn man es sich genau überlegte.

Der Museumsdirektor war während der ganzen Zeit überzeugt gewesen, dass niemand ihren Betrug aufdecken würde. Außerdem kam ohnehin niemand so nah an die Gemälde heran, dass er sich einer allzu gründlichen Betrachtung hingeben konnte. Dafür gab es Leute wie Kranzer, die verhinderten, dass jemand zu nah an ein Bild herantrat. Bisher gab es keinen Grund, sich zu sorgen. Und er hatte recht. Warum sollte jemand in den Räumen der großartigen Habsburger Kunstsammlung Verdacht schöpfen? Dies war schließlich nicht die Ausstellungshalle eines unbekannten Auktionators, sondern das Kunsthistorische Museum, der Louvre von Österreich-Ungarn. Ein Verdacht in diese Richtung war so ausgeschlossen wie der Gedanke, dass Kaiser Franz Joseph Kreidebilder auf den Platz vor der Hofburg malte und darauf Hüpfspiele veranstaltete. Absolut abwegig.

Doch Joseph und Julius Pawalet schienen eine besondere Gabe zu besitzen, sodass sie spürten, was der große Gustav Kinsky und sein Stammkopist Grimminger seit Jahrzehnten veranstalteten. Diese beiden, vor allem aber der junge Pawalet, schienen von Anfang an gewusst zu haben, was es mit den Alten Meistern im Kunsthistorischen Museum auf sich hatte.

Warum nur war ihnen diese Familie Pawalet in die Quere gekommen? Waren sie Vorboten des Endes? Die Krieger, die Kinskys und Schattenbachs falsches Spiel beenden würden? Grimminger war vernünftig genug, um zu wissen, dass jetzt der Zeitpunkt gekommen war, aufzuhören.

Und deswegen störte es ihn auch nicht, dass die *Medusa* sein bisher schlechtestes Werk war. Nun, es war eine hervorragende Fälschung. Aber nur, was das malerische Handwerk betraf. Er hatte die Farben von Anfang an dunkler angerührt, um dem Werk das künstliche Alter zu verleihen. Er hatte das Bild genauso grundiert und vorgezeichnet, wie es aus der Werkstatt von Peter Paul Rubens überliefert war. Er hatte das Gemälde tagelang mit der Lupe studiert und analysiert und sich für die Ausführung viel Zeit genommen. Zu viel Zeit, wie der Hofrat fand. Denn nun blieb keine Zeit mehr, um das Gemälde wirklich *alt* zu machen.

Das mit der künstlichen Rissebildung würde sicher schiefgehen. Die Farbe war viel zu frisch und würde auch im Ofen nicht hinreichend aushärten. Auf der Rückseite konnte man sehen, dass die Leinwand neu war. Grimminger hatte sie zwar abgeschliffen und doubliert, sodass er im Zweifelsfalle sagen konnte, dass dies eine notwendige restauratorische Maßnahme war, doch ein Experte würde auf den ersten Blick sehen, dass das Gemälde auf zwei unterschiedlich großen Keilrahmen aufgespannt gewesen war.

Das alles nagte an ihm und lastete auf seinem Gewissen. Und das war auch der Grund, warum er aussteigen wollte. Es war nicht mehr vereinbar mit seiner Ehre, einen solchen Schund abzuliefern. Sollte Kinsky doch allein dafür geradestehen, wenn eines Tages jemand fragte, warum die *Medusa* so neu aussah, und den Direktor aufforderte, die Rückseite des Bildes zu zeigen. Sollte er doch Rechenschaft ablegen über die seltsam anmutenden Nägel, die die Leinwand am Keilrahmen befestigten. Denn ein Experte würde sofort erkennen, dass die Nägel zwar rosteten – dafür hatte Grimminger stets einen kleinen Wassertank mit Eisennägeln darin –, aber keinesfalls mehrere Hundert Jahre alt waren. Früher hatte er alte Nägel beschaffen können, indem er sie aus der Polsterung von antiken Möbeln entfernte, aber auch diese Täuschung konnte auffliegen.

Wie dem auch sei, das war nicht länger Grimmingers Sorge. In ein paar Tagen würde er die *Medusa* zähneknirschend freigeben und von diesem Moment an die Verantwortung abgeben. Wenn der ganze Schwindel aufflog, wäre er längst im Gelobten Land von Schattenbachs Auftraggebern. Sein Schiff in die Vereinigten Staaten würde nächste Woche in Triest ablegen. Er hatte die Passage dafür schon vor Monaten gekauft, als absehbar war, dass es so nicht weitergehen würde.

Was kümmerte es ihn dann noch, dass er mehr als ein Dutzend der bedeutendsten Gemälde aus dem habsburgischen Kunstschatz gefälscht hatte? Das war Kinskys Problem. Er war der rückgratlose, bestechliche Hund gewesen. Außerdem hatte er mit diesem unsäglichen Spiel angefangen. Vor mehr als 30 Jahren, als das Kunsthistorische Museum gebaut worden war, hatte alles angefangen. Damals hatte Grimminger im Oberen Belvedere, dessen Stellvertretender Direktor Kinsky damals war, ein Selbstporträt von Rembrandt kopiert. Einfach so, nur aus Lust an der Sache selbst. Wochenlang war Kinsky um ihn herumgeschlichen. Eines Tages war er an ihn herangetreten und hatte gefragt: »Würden Sie es mir verkaufen?«

»Was?«, hatte Grimminger geknurrt. »Diese Kopie? Was wollen Sie damit?«

»Ich will es in mein Büro hängen. Es fasziniert mich über alle Maßen, dass jemand so etwas kann. Sie sind ein Genie.«

Und dann war etwas passiert, was Grimminger heute kaum noch nachvollziehen konnte. Er bekam von Kinsky ein derart unwiderstehliches Angebot, dass sämtliche moralischen Alarmglocken, die in seinem Innern hätten schrillen müssen, schwiegen wie kleine, verschlafene Kinder. Eine exorbitante Summe im Gegenzug für die Fälschung eines bestimmten Gemäldes. Der Hofrat hatte sich damals für Correggios *Jupiter und Io* entschieden, und Grimminger hatte sich ans Werk gemacht.

Seitdem hatte Kinsky Schattenbach in der Hand. Damals hatte die Erpressung ihren Anfang genommen, und der Maler hatte seitdem fürstlich davon profitiert. Nicht, dass er mit dem vielen Geld etwas anfangen konnte – es wäre viel zu auffällig gewesen, wenn ein einfacher Künstler einen solchen Reichtum zur Schau gestellt hätte. Das Geld lag fest verschlossen in einer Truhe in der Werkstatt. Und von diesem Geld konnte man in den Vereinigten Staaten das schönste Haus kaufen. Es wurde wirklich Zeit, dass er die Früchte für seine hervorragende Arbeit und für sein jahrelanges Schweigen ernten durfte.

Grimminger schob die Gedanken an früher beiseite und begann, ein wenig aufzuräumen. Auf dem Tisch lag der fertige Keilrahmen, der nur noch auf die notdürftig getrocknete Leinwand wartete.

Da klopfte es plötzlich an die Werkstatttür, und im nächsten Augenblick schob sich ein regelmäßiger Besucher in den dämmrigen Raum.

»Kranzer, du bist hartnäckiger als mein Schatten«, knurrte der Maler. Er hasste es, dass der Hofrat ihm Kranzer als Aufpasser schickte. Der muskelbepackte Hüne stieß mit dem Kopf fast an den Türrahmen und duckte sich darunter hindurch.

In letzter Zeit war ihm Kranzers Anwesenheit immer lästiger geworden. Grimminger war es leid, dass Kranzer ihn behandelte wie ein begabtes Kind, das jeden Tag begleitet werden musste, damit einem dessen wertvolle Fähigkeiten nicht abhandenkamen.

Der Maler atmete tief durch und mahnte sich zu Geduld. Auch diese unangenehme Sache wäre in wenigen Tagen erledigt.

»Wie weit bist du?«, fragte Kranzer. Seine Stimme klang drängend und ungeduldig, und Grimminger hasste es, wenn man ihn hetzte.

»Du kannst es dir aussuchen«, antwortete er. »Entweder ihr wartet noch ein paar Tage, dann gibt's eine solide Fälschung. Oder ihr reißt sie mir aus der Hand, und ich kann für nichts garantieren. Aber das werden unsere Auftraggeber wohl selbst am besten wissen.«

Kranzers Gesicht blieb unbewegt.

»Was musst du noch machen, bis du fertig bist?«, fragte er.

»Seit wann interessierst du dich für die Details dieser Arbeit?«, höhnte Grimminger. »Du bist zuständig fürs Grobe, also langweile mich nicht mit deinem gespielten Interesse.«

Kranzer ging nicht darauf ein und wiederholte seine Frage: »Wann können wir es austauschen?«

»Jetzt sofort, wenn das gewünscht wird«, sagte Grimminger voller Verachtung. »Die Qualität ist ja ohnehin längst ins Bodenlose gesunken.«

»Dann würde ich es gern heute schon mitnehmen«, verkündete Kranzer.

Fassungslos sah Otto Grimminger den Mann an. Kranzer stand unbewegt mitten in der Werkstatt wie ein menschlicher Hinkelstein. Irrte er sich, oder hatte die Aura des Handlangers etwas Bedrohliches angenommen? Es sah so schrecklich unpassend aus, wie der Saaldiener zwischen den Regalen mit den feinen Fläschchen und Tiegeln stand. Sein breiter Brustkorb verdeckte eines der fast blinden Fenster und nahm dem Raum noch mehr Licht. Eben noch hatten die ausgesuchten Öle in ihren säuberlich beschrifteten Flaschen golden geschimmert, jetzt schien alles im Schatten zu liegen. Als wäre Kranzer eine Gewitterwolke. Plötzlich fragte sich Grimminger, wozu Louis Kranzer fähig war. Zweifellos zu Schlimmerem, als ihn zur Eile anzutreiben, das ahnte der Maler mit einem unangenehmen Ziehen im Bauch.

Und auf einmal kam ihm die Forderung nach der Fälschung gerade recht. Sollte er die verfluchte *Medusa* doch mitnehmen, dann hätte er endlich seine Ruhe. Es war nicht mehr an ihm, die Maskerade des angeblichen Originals aufrechtzuerhalten. Er hätte es perfekt gemacht, aber der Hofrat wollte es nicht. Also sollten sie selbst zusehen, wie sie mit dieser Qualität den Schein wahren wollten.

Ohne ein Wort zu sagen, öffnete er die Ofenklappe, nahm eine flache Zange und zog das Gemälde vorsichtig aus der behaglichen Wärme, in der seine Farben trocknen sollten. Er legte es auf einen sauberen Teil des Tisches und starrte Kranzer herausfordernd an.

»Auf eure Verantwortung«, sagte er.

Der Hüne lächelte nur nachsichtig und setzte sich langsam auf einen Stuhl und ließ Grimminger nicht aus den Augen. Dabei schob er wie zufällig eine Geldkassette über den Tisch. Grimminger wusste, dass darin so viel Geld war, dass er sich nie wieder würde um Arbeit bemühen müssen. Er holte tief Luft und nickte.

»Ich muss dir noch ein paar Anweisungen zu dem Bild geben.«

Kranzer nickte.

»Ich habe die Leinwand mit sehr viel Leim imprägniert und schnell getrocknet. Damit erreiche ich, dass die Farbe innerhalb kürzester Zeit abzublättern und zu reißen beginnt. Kinsky soll die Rissebildung unbedingt genau beobachten. Wenn sich genug Risse gebildet haben, so wie es beim Original der Fall ist, muss dieser Prozess aufgehalten werden. Die Leinwand muss auf der Rückseite unbedingt mit Wachs imprägniert werden, damit sich keine weiteren Risse mehr bilden. Ich gebe dir ein Fläschchen mit einer Harz-Wachs-Mischung mit. Kinsky kennt sich ja ein wenig aus. Er soll die Rückseite der Leinwand damit bestreichen.«

Grimminger sah seinen Gast eindringlich an, konnte auf dessen Gesicht jedoch nicht das geringste Anzeichen von Zustimmung oder Verständnis erkennen.

»Kranzer, hast du das verstanden? Wenn diese Methode nicht angewendet wird, hat Kinsky in ein paar Monaten nur noch Brösel und kein Gemälde mehr!«

Kranzer nickte mit einem widerlich milden Lächeln. »Keine Sorge, das geht dich ja bald nichts mehr an.«

Ja, Gott sei Dank, dachte Otto Grimminger und wandte Kranzer den Rücken zu. Vorsichtig legte er den Keilrahmen aus alten Holzleisten auf die Rückseite der Leinwand. Er richtete ihn fadengerade aus; ein äußerst wichtiges Detail, bei dem die Gewebefäden der Leinwand parallel zu den Rahmenseiten verliefen.

»Kranzer, gib mir den Schmutzeimer unter der Bank da drüben«, wies er seinen Gast an und deutete in eine Ecke der Werkstatt.

Kranzer erhob sich lautlos und reichte Grimminger einen kleinen Holzeimer, in dem nichts zu sehen war außer schwarzem Staub. Diesen Schmutz sammelte Grimminger seit Jahren. Ein Grund, warum der Boden der Werkstatt stets staubig und ungeputzt war. So konnte er den *Staub der Jahrhunderte* bewahren, der sich in einem alten Gemälde immer ansammelte.

Mit einem kleinen Löffel nahm er eine winzige Menge Staub aus dem Eimer und zerrieb ihn zwischen Daumen und Zeigefinger. Dann streute er ihn ganz vorsichtig zwischen Rahmen und Leinwand. Diese Prozedur dauerte fast eine Stunde, während Louis Kranzer schweigend und regungslos neben ihm saß und ihn beobachtete.

Normalerweise genoss Grimminger den Moment, wenn er einem Gemälde den Anstrich falschen Alters verleihen konnte. Es war ein Moment, da ihm seine seltsame Macht bewusst wurde und er sich vorkam wie ein Gott des falschen Scheins. Doch heute erledigte er diesen Schritt mit kalter Routine, getrieben von dem Wunsch, Kranzer und die *Medusa* nie wiederzusehen.

Als der Staub verteilt war, nahm er die Spannzange, legte sie am Keilrahmen an und schlug den ersten Spannnagel ein. Das Gleiche wiederholte er auf der Gegenseite und dann auf den restlichen Seiten. Anschließend arbeitete er sich mühsam weiter vor, immer zwei Nägel neben den ersten vier einschlagend. Konzentriert fasste er die Leinwand immer wieder von Neuem und spannte sie fest um den Rahmen. Nur das leise, gedämpfte Hämmern des speziellen Werkzeugs war zu hören. Kranzer war so still, dass der Fälscher ihn zwischenzeitlich fast vergaß.

Grimminger konzentrierte sich auf die raue Leinwand in seinen Händen und schlug die letzten Nägel ein. Dann nahm er vier sorgfältig zugeschnittene Keile und drückte sie in die Ecken, bis alle fest saßen und die Leinwand straff gespannt war. Jetzt musste Kinsky nur noch den Rahmen auswechseln und das gute Stück an die Wand hängen und hoffen, dass es niemandem auffiel.

Mit einem wehmütigen Seufzen legte er die *Medusa* vor sich auf den Tisch und betrachtete sie. Plötzlich fühlte er in der Brust ein leichtes Reißen. Ein eigentümlicher Schmerz kroch ihm an der Wirbelsäule hinauf. War das so etwas wie Abschiedsschmerz für sein letztes Werk? Das Bedauern über das Ende von etwas, das in den letzten Jahrzehnten viel zu selbstverständlich geworden war?

Grimminger hielt den Atem an. Auf einmal fand er, dass der schockstarre Ausdruck im Gesicht der Gorgone etwas zu theatralisch geraten war. Hatte Rubens sie tatsächlich so gemalt? Dieser Ausdruck des vollkommen unerwarteten Schmerzes über den eigenen Tod – als wäre die Medusa in diesem Moment noch bei Bewusstsein, wie ein Huhn ohne Kopf, das noch eine Weile herumläuft, bevor es umfällt.

In diesem Moment war es, als griffe der Todeskampf der Medusa aus der Leinwand nach ihm und drücke ihm das Herz zusammen. Grimminger erschrak über das körperliche Empfinden dieses seltsamen Schmerzes. Es war, als wollte sein Herz für ein paar Schläge aussetzen, um endlich dem schlechten Gewissen Platz zu machen. Auf einmal sah er ganz deutlich, dass er mit der Fertigstellung der *Medusa* etwas besiegelt hatte. Irgendetwas Unwiderrufliches. Und warum wollte sein Herz nicht mehr normal weiter schlagen? War der Moment der Überraschung nicht irgendwann einmal wieder vorüber? Er hörte ein Rascheln und merkte, wie er auf den schmutzigen Boden der Werkstatt sank. Ein seltsamer Frieden überkam ihn und erstickte die Panik in dem zusammenfallenden Gewölbe des Muskels, der das Blut – sein Blut – auf den schmutzigen Werkstattboden pumpte. Er begriff, dass Rubens mit der *Medusa* einem ganz speziellen Moment ein Denkmal gesetzt hatte. Einem Moment, den der antike Perseus der schrecklichen Gorgone und gleichzeitig dem Fälscher geschenkt hatte … zu sterben, wenn man es am wenigsten erwartete.

TEIL 3: BILDERTOD

I

Die grosse Wohnung hallte wider vor Leere, und es gab kein Brennholz mehr, um den Ofen zu heizen.

Julius saß am Fenster und starrte auf die weiße Straße. Seine Unterlippe war wund, weil er in seiner Unruhe immer wieder darauf herumkaute.

Seit dem frühen Morgen hatte er nichts mehr von Rudolph Lischka gehört. Der war dem Bildermörder auf der Spur und konnte sich nicht um Julius' Belange kümmern.

Er spürte die Unruhe wie ein ganzes Heer Ameisen unter seiner Kleidung. Lischka würde heute die Frage klären, ob Alois Lanz seinen eigenen Selbstmord vorgetäuscht hatte, um die Identität eines unbescholtenen und wohlhabenden Bürgers anzunehmen. Dazu musste er den Leiter des Anatomischen Instituts befragen und das Testament von Lanz prüfen. Wie schrecklich es sein musste, einen Mörder zu verfolgen. Es kam ihm vor wie die Jagd nach einer Trophäe, deren Erringen aber keine Freude versprach, sondern nur schmerzhafte Erleichterung und lang entbehrten Frieden.

»Wir kümmern uns um den Hofrat, sobald Lanz beziehungsweise Rohrbach gefasst ist«, hatte er atemlos verkündet, und Julius konnte ihm diese Prioritäten nicht übel nehmen.

»Du bleibst hier und übst dich in Geduld!«, hatte Lischka ihm befohlen. »Denk dran, Geduld ist die größte Tugend des Detektivs. Du unternimmst nichts auf eigene Faust, ist das klar?«

Julius hatte mit verkniffenem Lächeln genickt. Er hatte nie vorgehabt, auf seinen Freund zu hören. Er wusste, dass er es nicht schaffen würde, tagelang zu warten und sich auszumalen, was der Hofrat und Kinsky trieben.

Plötzlich kam ihm eine Idee. Er suchte ein Blatt Papier und tat etwas, das ein künftiger Detektiv wohl unter *Absicherung* verstand.

»Rudolph, ich gehe zum KHM und schaue mich um. Irgendetwas wird dort in den nächsten Tagen passieren. Entschuldige, wenn ich deinen Rat nicht befolge. Sieh es als Übung im selbstständigen Ermitteln für deinen zukünftigen Assistenten. Ich zähle auf deine Hilfe, sollte ich mich erwartungsgemäß in Schwierigkeiten bringen, Julius.«

Julius wusste, dass er den Inspektor damit verärgern würde. Aber er vertraute auf Lischkas Verständnis, dass er keine andere Wahl hatte.

Während der Fahrt mit der Elektrischen versuchte er, dem Gefühl nachzuspüren, was ihn antrieb. Waren es tatsächlich die Worte seiner verwirrten Mutter gewesen? Hatten sie wirklich seinen alten Verdacht bestätigt? Julius schob den Gedanken erschöpft beiseite.

Nein, er war einfach nur neugierig auf die Umstände eines alten Unglücks, das zwangsläufig nun an ihm zehrte. Und vielleicht war diese Neugier nichts anderes als seine Initiation als Privatdetektiv. Vielleicht lag seine Bestimmung dort, in ferner Zukunft.

Inzwischen war es schon spät am Abend. Doch irgendetwas hielt ihn auf einmal davon ab, gleich zum Museumsplatz zu fahren. Er hatte das Gefühl, er sollte noch warten.

Julius vertrieb sich die zähe Zeit bei einem belegten Brot und einem Tee in einem Kaffeehaus in der Nähe des Rings. Er las die Zeitungen. Die Meldungen über den Bildermörder flauten schon wieder ab. Er fand nur noch halbherzige Randartikel. Nachtgestalten strömten in den Gastraum. Eine Traube junger Operettensängerinnen und ihre üblichen Bewunderer nahmen in der Nähe des Klaviers Platz. Die Leute, die aus dem Theater oder aus der Oper kamen, fanden sich zu einem späten Imbiss hier ein. Studenten tranken noch ein letztes Bier. Die Luft war erfüllt vom Geruch nach Parfüm, Zigaretten und nassen Kleidern. Als die Wärme und der Geräuschpegel des Cafés ihn einzulullen begannen, zahlte Julius und machte sich auf den Weg.

Auf den Straßen war fast niemand mehr zu sehen. Es war die Kälte, die an diesem Abend die üblichen Herumtreiber im Warmen hielt. Würde die Leere der Straßen einem großen, geheimen Verbrechen entgegenkommen?

Nachdem er eine Viertelstunde durch den knirschenden Schnee gestapft war, fand er sich an der Seite des Museums wieder, wo der Eingang für das Personal lag. Die Ringstraße, die direkt an diesem Nebeneingang vorbeiführte, war ebenfalls so verlassen wie eine Friedhofsallee um Mitternacht. Das Tor zu den Innenhöfen war geschlossen.

Was jetzt, du Idiot?, dachte er.

Der dunkle Kasten des Museums lag auf dem Schnee wie ein Licht schluckendes Ungeheuer. Eine Kirchenglocke durchbrach die Stille.

Doch dann sah er etwas. Ein zaghaftes Licht flammte in einem der ebenerdigen Fenster auf. Zuerst dachte Julius, es sei vielleicht ein Zimmer des Reinigungspersonals, oder dass irgendjemand nachts im Kunsthistorischen Museum Wache hielt. Doch in der nächsten Sekunde knirschte der Schnee, und er sah eine kleine, schlanke Kutsche mit gummierten Rädern die Ringstraße entlanggleiten. Sie bog in die kurze Einfahrt ein und hielt direkt vor dem Tor, das die Straße von den inneren Höfen des Museums trennte. Julius duckte sich hinter ein Gebüsch, das sich unter einer dicken Schneemütze verbarg.

Plötzlich zitterten alle seine Nerven. Es war, als wäre die heimliche zappelnde Gewissheit plötzlich ein Körper, der neben ihm im Schnee kauerte und flüsterte: »Ja, du bist genau zum richtigen Zeitpunkt gekommen.«

Julius achtete nicht auf die eisige Kälte, die ihm in die Beine kroch, und beobachtete die Kutsche. Eine Weile geschah nichts, dann öffnete sich der Hintereingang des Museums. Ein buttergelber Schein legte sich über den Schnee, und das Gefährt fuhr wieder an und verschwand in der Hofeinfahrt. Julius sah, dass die Schneedecke in diesem Bereich völlig zertreten war. Es hatte den Anschein, als wäre dort in den letzten Tagen reger Verkehr gewesen.

Er huschte ein Stück weiter und spähte um die Ecke. Das Tor war immer noch geöffnet. Er hastete hindurch und verbarg sich im Schatten der Torflügel. In diesem Bereich des Museums war er nie gewesen. Über ihm spannte sich ein schlichtes Gewölbe, zwei schmale Treppenaufgänge führten zu verschlossenen Türen. Die Kutsche hatte ein Stück weiter im ersten Innenhof gehalten. Der Verschlag wurde geöffnet, und eine dunkle Gestalt stieg aus. Der massige Leib schob sich aus dem Gefährt wie ein wachsendes Geschwür. Dann stand der Hofrat im Schnee und marschierte auf den Lichtstreifen zu, der aus einer der Türen zum Hof schien. Julius hätte sich gern ein wenig näher herangeschlichen, aber vor ihm lag eine zu große freie Fläche. Oder sollte er bis zum nächsten Hof huschen und sich dort verstecken? Auf einmal verließ ihn der Mut. Was, wenn er etwas beobachtete, was seinen Verdacht bestätigte? Was konnte er tun? Wie konnte er es verhindern? Er bereute schon, dass er sich ohne Lischka aufgemacht hatte, und beschloss dennoch, ein Stück weiter vorzuhasten, damit er besser sehen konnte. Rasch löste er sich aus dem Schatten des Torflügels und rannte lautlos zu dem Bereich, in dem der überwölbte Vorhof in den ersten Innenhof überging. Dort wartete die Kutsche.

Hinter dem Hofrat stiegen zwei weitere Männer aus. Julius beachtete sie nicht weiter, sondern starrte auf den hellen Lichtstreifen vor der Tür. In diesem Moment löste sich ein unförmiger Schatten aus der Tür, der mit etwas Großem, Kastenförmigem beladen zu sein schien. Als er Kinsky erblickte, fühlte Julius sich in seinem Verdacht bestätigt, dass ein Gemälde weggebracht wurde. Der Museumsdirektor schwankte. Er stellte den länglichen Kasten ab, und Julius hörte ihn stöhnen. Irgendwo im Hinterkopf nahm er die Schritte wahr, doch er war so gebannt von der Szene vor der Hintertür, dass er nicht darauf achtete.

Er sah, dass der Kasten eine große schmale Holzkiste war, mit Seilen umwickelt und mit einer Art metallenen Versiegelung an der Seite. Julius schätzte die Längsseite auf etwas mehr als einen Meter und die Höhe auf eine gute Armlänge. Zusammen mit dem Rahmen war Rubens' *Medusa* von beachtlicher Größe gewesen, doch wenn man den Rahmen abzog, dann mochte das Gemälde genau in diese Kiste passen.

Er beobachtete, wie Kinsky sich auf die Stufe vor der Hintertür sinken ließ. Der Museumsdirektor stieß seltsame weinerliche Laute aus, die dem Hofrat zu gelten schienen. Der Hofrat beachtete Kinsky nicht weiter, sondern nahm eine kleine Mappe aus der Manteltasche und hielt sie diesem hin. Darin musste sich der auf Papierscheine gedruckte Gegenwert für Rubens' Meisterwerk befinden.

Der Museumsdirektor schüttelte den Kopf. Auf diese Entfernung sah es so aus, als wackle eine missgestaltete Puppe mit einem mechanischen Kopf, der nicht zu ihrem Körper passte. Eine Weile hielt von Schattenbach das Mäppchen in der Hand, dann ließ er es achtlos in den Schnee fallen, trat zur Seite und hievte den Holzkasten hoch, als wäre es ein Stück Sperrholz, drehte sich um und marschierte damit zurück zur Kutsche. Einer der Männer kam ihm auf halbem Wege entgegen und nahm ihm die Kiste ab. Die ganze Zeit war kein Laut zu hören gewesen, nur das leise Wimmern des Direktors.

Julius' Blick huschte zwischen diesem und dem Hofrat hin und her. Plötzlich wurde ihm bewusst, dass seine Füße auf dem gefrorenen Untergrund inzwischen völlig taub waren. Doch in diesem Moment schoss ein rasender Schmerz durch seinen Kopf und riss ihn zu Boden. Er spürte kalten Schnee in seinem Ohr und fragte sich einen endlosen Augenblick lang, warum sich der Raum verschoben hatte wie eine Pappkulisse, die langsam zusammenklappte.

Oben und unten verschwammen zu einem trägen Wirbel, und Julius wusste plötzlich nicht mehr, wie man die Augen schloss. Er hätte es gern getan, um dem Gefühl zu entrinnen, dass sein Schädel ein rohes Ei war, das immer wieder zerplatzte, aber es gelang ihm nicht. Ein Gesicht schob sich in sein verzerrtes Blickfeld, und er hörte eine Stimme.

»Ich hab doch gleich gewusst, dass du ein Problem bist.«

Die schmale Verbindung, die er noch zur Welt hatte, sagte ihm, dass dies die Stimme und das Gesicht von Louis Kranzer sein mussten. Dann stürzte sich ein tintenschwarzer Krake auf ihn und begrub ihn unter sich.

Der Obduktionssaal in der Sensengasse war ein Ort, der Rudolph Lischka so vertraut war wie anderen Menschen die Wäscherei oder der Lebensmittelladen. Er hatte schon oft die pathologischen Befunde der Leichenärzte entgegengenommen und einen unfreiwilligen Blick auf die Toten werfen müssen, die er gern aus seinem Gedächtnis verbannt hätte. Es erfüllte ihn mit grimmiger Genugtuung, dass er sich an diesem Tag keine frische Leiche ansehen, sondern Nachforschungen in einem früheren Todesfall anstellen musste.

»An einen Mann mit Naevus flammeus sollte man sich hier erinnern, denke ich doch«, sagte Professor Melching, ein weiß gelockter älterer Herr, der Vorlesungen über Rechtsmedizin hielt und die Lehrobduktionen für Medizinstudenten leitete.

»Bekommt Ihr Institut öfters freiwillige Körperspenden?«, fragte Lischka, während der Arzt die Rücken der Ordner in seinem Aktenschrank studierte.

»Oh, wir sind sogar darauf angewiesen. Doch es kommt leider nicht sehr oft vor. Nur ab und zu gibt es einen ungläubigen Wiener, der sich kein Begräbnis leisten kann und dem es egal ist, was mit seiner Leiche passiert. Und dann sind da noch die anonymen Selbstmörder. Die werden manchmal auch für Lehrzwecke hierher gebracht. Wie, sagten Sie, war noch gleich der Name?«

»Alois Lanz«, sagte Lischka mit mühsam unterdrückter Ungeduld.

»Ah, da haben wir ihn ja«, verkündete der Arzt und zog eine dünne Mappe aus dem Schrank.

Der Weg zu diesem Mörder ist mit medizinischen Aktenblättern gepflastert, dachte Lischka.

»Der Mann hat sich aufgehängt am 27. April 1903, seine Leiche wurde in der Pension *Stadelmey* am Spittelberg gefunden. Seine Identität konnte damals zweifelsfrei durch den Abschiedsbrief festgestellt werden, der mit seinem Namen unterschrieben war.«

»Was, wenn ich Ihnen sage, dass man die Leiche damals ordnungsgemäß hätte identifizieren müssen? Dadurch hätten viele unschuldige Menschen ihr Leben behalten können.«

Lischka empfand grenzenlose Empörung über die Schlampigkeit der zuständigen Behörden. Auf der anderen Seite – warum hätte man Verdacht schöpfen sollen? Es war schließlich nichts Verdächtiges daran, dass ein seelisch labiler Mensch, der jahrelang in der Irrenanstalt gesessen hatte, sich in Freiheit umbrachte und seinen unglücklichen Leib den Skalpellen der Anatomen überantworten wollte.

»Das geht mich nichts an, Herr Inspektor«, erwiderte Melching trocken und ein klein wenig beleidigt. »Hier in der Akte steht, dass die Leiche zuerst an unseren leitenden Präparator gegangen ist, wegen auffälliger körperlicher Merkmale, die sich hervorragend zu Studienzwecken eignen.«

»Und was für auffällige körperliche Merkmale das waren, steht da nicht?« Lischka konnte seine Ungeduld kaum noch bezähmen.

»Dazu müssen wir die Kollegen aus der Präparations-Sammlung fragen«, sagte Doktor Melching.

Eine Stunde später wurde er in einen kleinen Raum geführt, an dessen Wänden deckenhohe Regale standen. Auf den Regalbrettern standen Glasbehälter, die dem Betrachter einen Einblick in die gnadenlosen Launen der Natur gaben.

Fassungslos starrte Lischka auf einen eingelegten Embryo, der aussah, als wäre seine Mutter von einer Echse schwanger gewesen. Ein anderer kleiner Körper hatte die Form eines Hundes. Daneben stand das Skelett eines winzigen Kindes mit einem riesigen Schädel. Lischkas Blick huschte angewidert über Flaschen mit verkrümmten Füßen und mit Händen mit zusammengewachsenen Fingern. Hier gab es schwarz glänzende Organe, Gebisse mit übergroßen Zähnen und eingelegte Gehirne. Ihn schauderte zwischen all den grotesken Auswüchsen, die ein Gottesfürchtiger nur mit einem Eingreifen des Satans hätte erklären können, die für die Mediziner am Allgemeinen Krankenhaus jedoch nur einen faszinierenden Einblick in die menschliche Natur darstellten. Hier war also ein Teil von Alois Lanz verschwunden, oder von demjenigen, der an seiner statt gestorben war.

Ein weiterer weißhaariger Mediziner führte Lischka zu einem Tisch mit gläsernen Schubladen und zog eine der Laden auf. Darin befand sich ein flacher verschlossener Glaskasten mit einer bernsteinfarbenen Flüssigkeit.

»So etwas meinten sie doch, oder?«, fragte er.

Auf dem Boden des Kastens schien ein purpurner Schwamm zu wachsen. Die Oberfläche sah aus wie die eines runzligen Pilzes.

»Ist das dieses … dieses Feuermal?«

»Das ist der größte Naevus flammeus, der der medizinischen Fachwelt bisher bekannt ist«, sagte der Arzt stolz.

Lischka beugte sich über das eingelegte Hautstück. Er stellte sich vor, wie die Ärzte den Leichnam des armen Ludwig Rohrbach betrachtet und ihm die Haut vom Rücken abgelöst hatten, bevor er von den Medizinstudenten zerlegt werden durfte. So hatte die Leiche des falschen Alois Lanz sogar noch ihren Zweck für die Wissenschaft erfüllt.

»Können Sie mir bestätigen, dass dieses Hautstück zu dem Körper gehört hat, der unter dieser Akte geführt wird?«, fragte Lischka.

Der Arzt las das Aktenkürzel vor und verglich es mit dem Kürzel, das an dem Glaskasten angebracht war. Lischka dachte schaudernd, dass er hier in einer Art Bibliothek war, nur dass hier keine Buchrücken beschriftet und katalogisiert wurden, sondern Leichenteile.

Der Arzt nickte. »Ja, dieses Stück Rückenhaut gehörte zu dem Körper, der uns unter dem Namen Alois Lanz zur Verfügung gestellt wurde.« Er sagte das mit routinierter Langeweile, als fragte er sich, warum die Polizei so großes Interesse an seinem schönen Feuermal hatte.

Lischka bedankte sich und verabschiedete sich rasch. Als er auf der Straße stand, fiel ihm nichts anderes ein, als Lanz für dieses Versteckspiel eine gewisse Achtung zu zollen.

Wie würde man jetzt weiter vorgehen als guter Mordermittler? Nun, Lischka konnte mit mehreren Polizeiagenten Rohrbachs Wohnung stürmen und den Mann festnehmen. Aber das war zu riskant. Ein solches Vorgehen gegen *Ludwig Rohrbach* barg zu viele Gefahren. Was, wenn der Mann bereits Bescheid wusste, dass man ihm auf der Spur war? Die Möglichkeit, dass er flüchtete, wuchs mit jedem Tag.

Inspektor Lischka nahm sich einen Fiaker, der ihn zurück zum Schottenring brachte. Während der Fahrt dachte er daran, dass er Ermittlungen führte, die er eigentlich gar nicht führen durfte. Zugleich fragte er sich mit boshafter Genugtuung, warum Leutnant Tscherba nicht schon längst auf dieselbe Spur gestoßen war. Er empfand eine Art trotzigen Triumph bei dem Gedanken, dass er derjenige war, der den Bildermörder zur Strecke bringen würde. Dann wäre es nicht mehr von Bedeutung, dass er auf eigene Faust und ohne Genehmigung gehandelt hatte.

Als Lischka ins Präsidium kam, legte sein Assistent Schindl ihm einen Bericht auf den Tisch mit den Worten: »Da ist schon wieder so ein Jud' in seinem Juwelierladen abgestochen worden, drüben in der Leopoldstadt. Du sollst dir das mal anschauen.«

Lischkas Ungeduld, die in den letzten Tagen eine Art eigene, losgelöste Lebensform angenommen hatte und sich in seinen Eingeweiden krümmte wie eine wütende Katze, machte sich bereit, aus seiner Haut zu fahren und Schindl an die Kehle zu springen. Wie kam der Mann dazu, ihn mit so etwas zu behelligen? Mit einem ganz gewöhnlichen Mord, wahrscheinlich aus Habgier, wie es alle Tage vorkam, vor allem in den ärmeren Gegenden der Stadt. Doch etwas ließ ihn innehalten.

»Sagtest du in der Leopoldstadt? Ein jüdischer Juwelier? Wie ist der Name?«

Schindl nickte gelangweilt. »Der Mann heißt Efraim Efrussi, 59 Jahre alt. Die Sache ist schon ein paar Tage her. Der ist mindestens schon seit Heiligabend tot. Glatter Schnitt durch die Kehle. Ist lustig, gell? Einen Juden an Weihnachten zu ermorden …«

Er stieß ein staubtrockenes, blödes Lachen aus, das Lischka wieder in Erinnerung rief, was für ein tumber Trottel sein Assistent doch war.

»Und es ist nicht mal was gestohlen worden«, fuhr Schindl fort. »Aber in dem Drecksloch gab's auch nichts zu holen außer Blech und Glasperlen. Ein armseliger Laden ist das, sag ich Ihnen …«

»Halten Sie das Maul, Schindl!«, fuhr Lischka den Polizeiassistenten an. »Geben Sie mir die Adresse, ich fahre da sofort hin. Ohne Sie!«

Die Kleine Mohrengasse war voller Schaulustiger, die in das Schaufenster des Juwelierladens spähten. Armselig gekleidete Menschen in falschen Pelzen und mit Wollmützen starrten stumm auf die offene Tür zu Efrussis bescheidenem Geschäft.

Durch die schmutzigen Fenster erkannte Lischka zwei Mitglieder der Rettungsgesellschaft und einen der polizeilichen Leichenbeschauer, die gerade einen Körper auf die Bahre hoben. Am Ende der Gasse wartete bereits der Leichenfiaker.

Das war der Ort, den Julius ihm vor ein paar Tagen beschrieben hatte. Das Geschäft, in dem anscheinend ein Armreif auslag, der zu dem Schmuck passte, den Luise von Schattenbach bei ihrem verwirrenden kleinen Schauspiel getragen hatte.

Inspektor Lischka schob sich an den Schaulustigen vorbei und betrat den Laden. Trotz der frischen Winterluft, die von draußen hereinströmte, herrschte drinnen ein unbeschreiblicher Gestank. Der schreckliche Geruch eines sich seit Tagen zersetzenden menschlichen Körpers.

Lischka warf einen raschen Blick auf die Leiche, bevor ein Tuch über den Körper gebreitet wurde. Efrussis Augen waren weit aufgerissen, erstarrt im Moment seiner Ermordung. An der Kehle hatte er eine klaffende Schnittwunde.

Konnte Luise von Schattenbach das Messer geführt haben?, fragte sich Lischka. War die Frau des Hofrats zu einer solchen Gräueltat fähig? Efrussi schien ein alter, gebrechlicher Mann gewesen zu sein. Körperlich war die junge Frau ihm eindeutig überlegen. Aber warum hätte Luise von Schattenbach so etwas tun sollen?

Lischka wandte sich um und trat auf die Schaufensterauslage zu. Er hatte nicht die gleichen Fähigkeiten wie Julius, aber er erkannte sofort den filigranen Armreif, den er gemeint haben musste. Er nahm ihn an sich und trat wieder auf die Straße.

»Ist irgendjemandem etwas Besonderes aufgefallen?«, wandte er sich an die Umstehenden.

Die Wand aus stummen Gesichtern vor ihm blieb reglos und starrte den Inspektor fragend an.

Eine alte Frau knuffte einen neben ihr stehenden Jungen in die Seite. »Du hast doch was erzählt, Miroslav. Sag's dem Inspektor.«

Der Junge druckste eine Weile herum und sagte dann mit verlegenem Gesicht: »Vor ein paar Wochen hab ich Efrussi ein Brot vorbeigebracht. Und da war eine Frau in seinem Laden. Eine schöne Frau. So eine, die sonst nicht in unser Viertel kommt.«

»Da sagst du was«, murmelte Lischka. Er ließ sich die Frau beschreiben und bekam das Äußere von Luise von Schattenbach aus dem Mund des Jungen zu hören.

»Und habt ihr diese Dame in den letzten Tagen noch einmal gesehen?«

Allgemeines Kopfschütteln.

Konnte es tatsächlich sein, dass Luise den Juwelier ermordet hatte, um ihn als Zeugen ihres Einkaufs bei ihm aus dem Weg zu räumen? Würde sie tatsächlich so weit gehen? Aber warum? Lischka hatte mit Julius' Hilfe doch längst herausgefunden, dass sie diesen Mordanschlag des Bildermörders nur inszeniert hatte. Warum, war ihm allerdings immer noch ein Rätsel. Und war es so wichtig, dass sie deswegen einen Menschen töten würde? War es das Geheimnis, das auch Julius hinter den Türen des Kunsthistorischen Museums vermutete?

In der Pezzlgasse reihten sich die sauberen Fassaden bürgerlicher Zinshäuser aneinander und sprachen der Vorstellung Hohn, dass hier ein Massenmörder wohnen sollte.

Inspektor Lischka hatte im zentralen Melderegister nach Ludwig Rohrbach gesucht und ihn gefunden. Der Mann war in dem Jahr hier eingezogen, als er aus Brünnlfeld entlassen worden war.

Lischka trat durch einen Hofdurchgang, in dem der Schnee sauber zur Seite geschaufelt worden war. Seine Schritte knirschten laut unter dem Gewölbe. Im Hof selbst war die weiße Schneedecke zertrampelt. Zwei Laternen beleuchteten die beiden Hauseingänge, in deren Schatten der Inspektor die Namensschilder vermutete.

Er trat an den rechten Eingang und studierte die Messingschilder. *L. Rohrbach* stand auf dem zweituntersten Schild.

Dann fragte er sich, wie er weiter vorgehen sollte. Plötzlich war es, als erstarrte sein Tatendrang in der eisigen Kälte. Lischka wusste, dass dieser Hof eine Sackgasse war und dass dies nicht die richtige Methode war, um einen Mörder zu fassen. Er trat einen Schritt zurück.

»Kann ich Ihnen helfen?«, fragte plötzlich eine Stimme hinter ihm. Lischka fuhr herum. Der Anblick des Mannes, der wie aus dem Boden gewachsen zu sein schien und regungslos vor ihm stand, jagte dem Inspektor einen eisigen Schauder durch die Glieder.

Der Mann trug einen Hut, dessen Krempe das Gesicht in Schatten tauchte. Und dennoch reichte das spärliche Licht der Hoflaternen aus, um die Züge von Alois Lanz bloßzulegen. Selbst durch das Zwielicht schien die Quelle all des Wahnsinns, der Inspektor Lischka am Schlafen hinderte, durchzuscheinen.

Und der Schauder, der ihn im Bann hielt, kam nicht vom Erschrecken, sondern von der schlagartigen Erkenntnis, dass ein wahrhaft unheimliches Wesen vor ihm stand. Ein Agent von etwas unbegreiflich Bösem. Etwas, das es nicht geben durfte, dachte Lischka.

Es wäre ein Kinderspiel gewesen, den Arm auszustrecken und den Mann festzuhalten. Ihn zu überwältigen. Doch Lischka fühlte plötzlich eine Hemmung, als säße vor ihm im Schnee ein Lamm, das er zertreten sollte. Er konnte es nicht. Das eigenartige Zwielicht des Hofes und das Wissen, dass es eigentlich Alois Lanz war, der da vor ihm stand, banden Lischka die Hände.

Er räusperte sich hilflos »Bittschön, ich suche jemanden«, antwortete er hastig, ohne dass er eine Ahnung hatte, warum.

»Jemanden aus diesem Haus?«, fragte sein Gegenüber.

Ein leichter Duft nach Kaffee ging von ihm aus. Wie seltsam menschlich ihn das macht, dachte Lischka.

»Ja. Er heißt Ludwig Rohrbach.« Jetzt war es heraus. Und Lischka spann seine Geschichte weiter. »Er ist ein Verwandter von Emilie Rohrbach. Die Dame ist wohl seine Großtante. Sie ist leider verstorben, und im Testament ist Ludwig Rohrbach als einer der Erben genannt. Ich frage mich, ob er derjenige ist, den ich suche.«

Lischka fragte sich, wie Alois Lanz auf diese erfundene Geschichte reagieren würde. War er gierig genug, das angebliche Erbe anzunehmen? Oder war es ihm wichtiger, von sich abzulenken?

»Und wer sind Sie, wenn die Frage gestattet ist?«, fragte der Mann im Hof. Seine Stimme war leise und etwas brüchig, als zerquetschte er unter seiner Zunge eine Eierschale.

»Oh, ich kann mich im Moment leider nicht ausweisen«, sagte Lischka bedauernd. »Ich bin Notariatsgehilfe. Ich wurde beauftragt, die lebenden Verwandten von Emilie Rohrbach in Wien ausfindig zu machen. Mein Name ist Robert Luschek.«

Fast hätte Lischka gelacht über die Kapriolen, die sein Hirn schlug. »Ich habe gelesen, dass hier ein Herr Rohrbach wohnt. Das wird er ja wohl sein«, fuhr er mit hoffnungsvollem Lauern fort. Er versuchte, eine Regung im beschatteten Gesicht seines Gegenübers auszumachen. Der Schrecken und die Lähmung waren einem erwartungsvollen Beben gewichen. Er war so nah dran, und doch wusste er, dass er Alois Lanz heute gehen lassen musste. Er wollte sich nur überzeugen, redete Lischka sich ein. Wollte nur herausfinden, wie der Mann handelte, wie er dachte.

»Ich fürchte, Sie kommen zu spät«, antwortete der Mann. »Ludwig Rohrbach ist mein Nachbar, wissen Sie. Und er ist vor ein paar Tagen verreist. Nach Kroatien. Er tätigt dort irgendwelche Importgeschäfte. Er hat mich gebeten, auf seine Wohnung aufzupassen.«

Lischka unterdrückte ein Lächeln. So machte Lanz es also. Er hielt den ungebetenen Besucher natürlich auf Abstand. »Und wann darf man ihn zurückerwarten?«, fragte er.

»Er hat mir keinen festen Zeitpunkt genannt. Wenn seine Geschäfte abgeschlossen sind, nehme ich an.«

Lischka trat einen Schritt zur Seite und tippte sich an die Hutkrempe. »Dann versuche ich es in zwei Wochen noch einmal. Vielen Dank für die freundliche Hilfe.«

II

Harte Stösse erschütterten Julius, rissen ihn hoch und warfen ihn nieder. Er fühlte sich, als wäre er eine schlaffe Puppe, die von einem ausgelassenen Kind hin und her geschüttelt wurde. Irgendwann begriff Julius, dass die Erschütterungen vom Rumpeln und Holpern einer schlecht gepolsterten Kutsche kamen. Im nächsten Moment bemerkte er, mit welcher Geschwindigkeit das Gefährt durch die Landschaft raste, und glaubte, dass man ihn aus dem Fenster werfen würde. Er würde bei voller Fahrt hinausstürzen und auf einer hart gefrorenen Ackerscholle den letzten, endgültigen Stoß erleiden, ehe die Dunkelheit ihn wieder an sich riss. Doch das geschah nicht. Vielmehr wurde er von hinten gehalten, sein Kopf hing aus dem Fenster und ein Schwall warmer, übel riechender Flüssigkeit ergoss sich in die Landschaft. Julius hatte sich aus einem Kutschenfenster erbrochen. Die eisige Luft brachte wieder Leben in ihn. Nach dem krampfhaften Würgen empfand er eine kurzzeitige Linderung und spürte, wie sich die Leere in seinem Kopf allmählich mit pochenden Schmerzen füllte. Und er sah Johannas besorgtes Gesicht vor sich.

In diesem Augenblick wurde er wieder in die Kutsche gezogen, wo er unsanft auf der harten Bank landete. Zwei Augen in einem teigigen Gesicht starrten ihn aus der Dunkelheit an.

Das aufgedunsene Gesicht seines Reisegefährten gehörte sicherlich dem Hofrat. Ein gnädiges Stückchen Erinnerung kam zurück.

Das war gar nicht gut, fiel ihm ein. Diese Begegnung mit Schattenbach würde er nicht überleben.

Dann bemerkte er noch eine Person, die in dem irrsinnig rumpelnden Gefährt saß. Links von ihm, das musste Kranzer sein. Sein Nachbar hielt ihn am Arm fest, als würde er im nächsten Moment entwischen wollen.

»Nicht nötig«, murmelte Julius und versuchte seinen Arm zu befreien.

Doch Kranzers Griff war wie eine Eisenklammer.

»Das war sehr dumm von dir, Pawalet!« Die Stimme kam von dem fahlen Mondgesicht auf der anderen Seite der Kabine.

Julius fragte sich, warum der Hofrat ihn nicht schon längst umgebracht hatte. Und obwohl sein Kopf sich anfühlte, als hätte darin ein Ringelspiel vom Prater eine neue Zweigstelle aufgemacht, sagte er mit erstaunlich fester Stimme: »Von Ihnen auch, Schattenbach … von Ihnen auch. Sehr dumm sogar …«

Plötzlich glaubte er, dass der nahende Tod ihm jede Kühnheit erlauben würde. Doch schon im nächsten Moment winkten wieder die Zipfel der dunklen Decke, und er sackte erneut weg.

Das Nächste, was er sah, war ein fahles Licht, das

irgendwo außerhalb der Kutsche herumgeisterte. Er wurde gepackt und aus dem Wagen gezerrt. Er betastete seinen Kopf, ob er irgendwo blutete. Doch er konnte nichts spüren.

Kranzer bückte sich, nahm eine Handvoll Schnee und rieb damit Julius' Gesicht ab.

Ich bin nicht so schwer verletzt wie damals, dachte er erleichtert.

Er wurde durch den Schnee geschleift und versuchte herauszufinden, wo er sich befand. Eines stand fest – er war außerhalb von Wien. Die Luft roch nach den Ausdünstungen von Pferden und nach scharfem, frischem Schnee.

Julius sah ein weitläufiges Gebäude mit Fenstern, durch die rötliches Licht fiel. Und eine schnurgerade Reihe schwarzer Bäume – das musste eine Allee sein. Hatte der Hofrat einen Landsitz außerhalb der Stadt? Wie soll Lischka mich finden und hier herausholen, wenn wir so weit von Wien entfernt sind, fragte sich Julius. Was hatten sie mit ihm vor?

Sie gingen um das große dunkle Gebäude herum und steuerten auf eine Art Remise zu. Ein weit geöffnetes Tor schickte Licht auf den verschneiten Vorplatz, und Julius konnte im Schein von Fackeln mehrere Fuhrwerke erkennen, Kutschen, offene Landauer und etwas, das aussah wie ein Pflug. Eine der Kutschen stand bereits draußen, ein gepflegtes, blank geputztes Gefährt mit schwarzen Seiten und einem silbrig schimmernden Dach. Von links vernahm er das Schnauben von Pferden. Jemand schickte sich an, die Tiere vor das Gefährt zu spannen.

Julius' Kopf schwirrte von der Fülle der neuen Eindrücke. Er spürte, dass Aufbruchsstimmung in der Luft lag. Etwas würde geschehen … Und er war hier, um daran teilzuhaben. Doch das, was Kranzer tat, ließ wenig Hoffnung auf eine positive Wendung des Geschehens. Er zerrte ihn in die Remise und stieß ihn auf einen feuchten Strohballen, der direkt neben dem großen Rad eines Fiakers lag. Und im nächsten Moment schloss sich etwas Kaltes um seine Hände. Handschellen, die ihn fest an die Radspeichen ketteten. Dann wandte Kranzer sich wortlos ab und bezog Posten am Eingang der Remise.

Verwirrt starrte Julius nach draußen. Er sah, wie der Hofrat mit zwei Männern im Schlepptau auf die wartende Kutsche zusteuerte. Die Männer trugen den großen Kasten, in dem Julius die *Medusa* vermutete. Der Kasten verschwand im Innern des Gefährts. Also würde es weggebracht werden. Weit weg. Doch warum ließ der Hofrat zu, dass er alles mit ansehen konnte?

»He, Hofrat!«, brüllte Julius in einem Anflug von todesverachtendem Wagemut. »Vergessen Sie nicht, mir den Hals umzudrehen und mich in die Donau zu werfen, nach allem, was ich gesehen habe!« Seine Stimme hallte blechern durch die Remise.

Kranzer drehte sich um und starrte ihn drohend an. »Halt den Mund, du verdammter Idiot!«

Kranzer schoss auf ihn zu und hob die Hand. Julius zog den Kopf ein.

»Lass ihn in Ruhe!«, rief die Stimme des Hofrats, und im nächsten Moment stand der Fettwanst neben Kranzer und hielt dessen Arm fest. »Stell dich vorn an die Einfahrt und warte auf Delaunie. Wenn er kommt, bring ihn gleich her.«

Kranzer knurrte wie ein enttäuschter Hund und verschwand.

Viktor von Schattenbach stellte sich vor Julius, und der musste unwillkürlich lächeln, weil der Hofrat eine so lächerliche Figur abgab. Seine Nase war rot gefroren von der Kälte, und der weite Wintermantel sah aus wie ein schwarzes Zelt über dem massigen Körper. Der Hofrat stemmte die Fäuste in die Hüften.

»Du solltest das Maul nicht so weit aufreißen, Pawalet. Du weißt doch, dass das deinem Vater auch nicht gut bekommen ist.«

»Ich weiß nichts über meinen Vater. Die Drohung ist also ein *bisschen* schwach.«

Seine Handgelenke fühlten sich an, als wachse eine Eisschicht darum. Der Hofrat starrte ihn an. »Es freut mich, dass es dir so gut geht, dass du noch freche Sprüche parat hast, aber ich muss dich enttäuschen. Kranzer wird dir diesbezüglich nicht zur Verfügung stehen.«

»Ach ja, Sie warten ja auf Delaunie«, stieß Julius höhnisch hervor. »Wer auch immer der Kerl ist.«

»Der Kerl«, erwiderte Schattenbach, »ist mein Gewährsmann für einen äußerst wichtigen Transport. Er wird in einer halben Stunde hier sein und in diese Kutsche da draußen steigen. Die Fahrt geht nach Triest. Und in Triest wartet ein Schoner der *Austro-Americana*. Das ist eine Schiffsverbindung in die Neue Welt. Morgen Abend wird das Schiff nach New York ablegen. Und mit an Bord der loyale Delaunie. Er weiß nicht, was sich in dem Kasten befindet, den er Tag und Nacht bewachen wird. Ich hoffe nur, dass die kleine Medusa nicht seekrank wird. Das wäre äußerst bedauerlich, nicht wahr?« Viktor von Schattenbach lächelte versonnen.

»Warum, zum Teufel, erzählen Sie mir das alles?!«, keuchte Julius.

»Was glaubst du wohl?«, fragte der Hofrat geduldig. »Meinst du nicht, dass du schon lange tot wärst, wenn ich das gewollt hätte?«

Der Hofrat blickte anerkennend auf Julius herunter. »Julius, du bist noch viel schlauer und viel begabter, als dein Vater je war. Der hat sich durch den Schnaps alles zerstört, was er hätte gewinnen können. Und jetzt denke ich, dass du eine klügere Entscheidung triffst als er.«

Julius sah den Hofrat verständnislos an. Der ließ sich seufzend neben seinen Gefangenen auf den Strohballen sinken.

»Ich werde dir eine Geschichte erzählen, Julius. Und dann mache ich dir ein Angebot.« Der Hofrat lächelte Julius aufmunternd an.

Der versuchte trotz der gefesselten Hände, ein Stück von ihm abzurücken. »Ich mag es nicht besonders, wenn jemand, den ich nicht kenne, zu wissen meint, was ich denke«, zischte er.

Doch Schattenbach sah hinaus auf den Hof, wo zwei Pferde herumgeführt wurden, die Kutschenlaternen ein heimeliges Licht aussandten und der Wind die Baumkronen schüttelte. Sein Gesicht nahm einen verklärten Ausdruck an. »Ich kann mir denken, dass du glaubst, du wärst einem schweren Verbrechen auf der Spur. Aber es gibt auch noch eine andere Sichtweise auf die Dinge. Meine Sichtweise. Bist du kaisertreu?«

»Wie bitte?« Die unerwartete Frage ließ Julius zusammenfahren.

»Ob du ein Anhänger des Kaisers bist?«

Julius schüttelte irritiert den Kopf. Er hatte bisher immer gedacht, dass Wiener zu sein automatisch bedeutete, kaisertreu zu sein.

»Na siehst du«, erwiderte der Hofrat erfreut. »Und so wie du empfinden noch eine ganze Menge andere Wiener. Viele glauben, dass der Kaiser ein alter starrsinniger Greis ist, der keine Ahnung hat von den Problemen der Monarchie und der sich bloß darin gefällt ... na, eben Kaiser zu sein. Ich will jetzt kein politisches Gespräch mit dir führen, Julius. Ich will dir nur sagen, dass es in dieser schönen Stadt Menschen gibt, die nicht davor zurückschrecken, das Eigentum unseres lieben Monarchen zu stehlen und zu Geld zu machen. Aber die Idee war nicht von mir, sondern von Gustav Kinsky.«

Julius vergaß das Schwindelgefühl und die Schmerzen in den Handgelenken. Plötzlich fühlte er sich wie ein kleiner Junge, der den haarsträubenden Geschichten seines Großvaters lauschte.

»Du musst wissen, dass ich mich schon immer für Kunst begeistert habe. Ja, ich war regelmäßig auf Auktionen und habe mir das eine oder andere unbekannte Werk gekauft. Ich bin zwar Hofrat, aber ich bin nicht so reich, dass ich mir ein berühmtes Gemälde leisten könnte.«

Der Hofrat lächelte verlegen. »Eines Tages bekam ich einen Brief von einem engen Freund, der mit seiner Familie in Prag lebte. Ein Baron, dessen Name nichts zur Sache tut. Seine Familie war seit mehr als 100 Jahren im Besitz einiger Bilder, die ihnen das Hause Habsburg geschenkt hatte. Und als sie hörten, dass das Kunsthistorische Museum gebaut wird, gaben sie die Bilder als Spende zurück, damit sie ihren Platz in dem neuen Museum einnehmen. Mein Freund kam sich dabei sicherlich sehr großzügig vor. Oder er war beim Kaiser in Ungnade gefallen und wollte sich wieder einkratzen, was weiß ich.«

Schattenbach machte eine ratlose Handbewegung. »Daher habe ich mich sehr gewundert, als ich Monate später auf einer Privatauktion genau diese Bilder wiederentdeckt habe. Ich wusste sofort, dass das unmöglich mit rechten Dingen zugehen konnte. Ich weiß nicht, warum, aber mein Instinkt sagte mir, ich solle diese Bilder kaufen. Und ich bekam den Zuschlag. Dann habe ich nachgeforscht. Ich wollte unbedingt wissen, wie die Bilder meines Freundes aus Prag aus dem Kunsthistorischen Museum bei einer Privatauktion auftauchen konnten. Und so habe ich von Gustav Kinsky erfahren. Er war damals Stellvertretender Direktor des Belvedere und war von der Akademie der schönen Künste als zukünftiger Direktor vorgeschlagen worden. Durch das Auktionshaus habe ich erfahren, dass Kinsky wenige Tage vor der Auktion unter dem Siegel der Verschwiegenheit die Bilder dort abgeliefert und darum gebeten hatte, sie unter den Nachlass des verstorbenen Mannes zu mischen, der in den nächsten Tagen versteigert werden sollte. Er wollte anonym bleiben und hat mit dem Auktionshaus vereinbart, dass er das Geld für die Bilder – wenn sie einen Besitzer fanden – nachträglich ausgehändigt bekommen sollte. Die Verantwortlichen kamen seiner Bitte um Anonymität natürlich nicht nach.«

»Das muss ja ein überaus seriöses Auktionshaus gewesen sein!«, stieß Julius hervor.

Der Hofrat lächelte.

»In der Tat. Aber für mich hatte es sich als Glücksgriff erwiesen. Ich kam zu Kinsky und stellte ihn zur Rede. Du musst wissen, dass unser Museumsdirektor ein schwacher Mensch ist. Er ist sofort eingeknickt und hat mich angefleht, ich solle ihn beim Kaiser nicht verraten. Ich als Hofrat muss dem Kaiser gegenüber natürlich loyal sein, auch wenn ich dazu schon seit Jahren keine Veranlassung mehr sehe. Dieser Mann wird Europa eines Tages ins Unglück stürzen. Nun, und so hat sich mir eine Möglichkeit geboten, das Beste aus dieser Sache zu machen.«

Das genüssliche Schmunzeln floss über Schattenbachs Gesicht wie geschmolzene Butter.

»Sie haben ihn erpresst«, stellte Julius fest.

»Nun, es wäre mir lieber, wenn man es anders nennt. Ich habe Kinsky ein Angebot gemacht, dem er nicht widerstehen konnte. Was glaubst du wohl, wie viel Geld ich für die *Medusa* bekomme? Ich werde es dir sagen. Ich bekomme dafür einen fünfstelligen Betrag, was so viel ist, dass ich es unmöglich allein ausgeben kann. In New York gibt es genug reiche Männer, für die dieser Betrag nur Kleingeld ist. Bei einem dieser Männer habe ich eine Menge Schulden, weil ich mich einmal an der Börse verspekuliert habe, aber das ist lange her.« Er zuckte unbekümmert die Schultern. »Von dem Geld, das übrig bleibt, wird Grimminger fürstlich entlohnt und natürlich auch Kinsky und Kranzer und der loyale Delaunie. Und auch dein Vater hat damals sehr gut an unserer kleinen Übereinkunft verdient. Jeder, der davon weiß und der schweigt, bekommt seinen Anteil. Verstehst du das Angebot, das ich dir machen will?«

Julius starrte den Hofrat fassungslos an. »Sie bieten mir an, in Ihrer Fälscherbande mitzumachen?«

Schattenbach nickte knapp. »Sonst wäre ich tatsächlich gezwungen, dich Kranzer zu überlassen.«

Julius hätte am liebsten ausgespuckt, um seine Verachtung zu zeigen. Doch dann besann er sich auf die wichtigste Frage, die immer noch in ihm brannte. »Und was haben Sie mit meinem Vater gemacht?«

Der Blick des Hofrats schweifte in die Ferne, als erinnerte er sich an eine lang zurückliegende Geschichte. »Joseph hatte Glück, dass wir überhaupt auf ihn aufmerksam geworden sind. Du wirst sicher verstehen, dass diese Sache nach allen Seiten abgesichert werden musste. Wir brauchten vor allem loyale Leute, die in einer Art Abhängigkeitsverhältnis standen. Männer, die mir oder Kinsky so dankbar waren, dass man sich ihrer Zuverlässigkeit auf ewig sicher sein konnte. Dein Vater war so ein Mensch. Während das Kunsthistorische Museum gebaut wurde, habe ich ihn als Aufpasser für Kinsky und Grimminger eingesetzt. Außerdem hat er die damalige Fälscherwerkstatt bewacht und mich zu wichtigen … nun, sagen wir mal, Treffen, begleitet.«

»Sie haben ihn zu Ihrem Schergen gemacht«, stieß Julius hervor.

»Wenn du es so nennen willst. Dein Vater selbst hätte nie etwas auf die Beine stellen können. Er war selbst Maler, hast du das gewusst? Aber kein sehr guter, wenn ich das sagen darf. Eines Tages ist er wohl in Wut geraten, oder vielleicht hatte er auch so etwas wie ein Gewissen. Jedenfalls hat er mich im Suff auf offener Straße angegriffen und versucht, mich zu ermorden.«

Der Hofrat zuckte bedauernd die Schultern. »Mittlerweile glaube ich, dass Joseph ein anständiger Künstler geworden wäre, wenn sein Leben eine andere Richtung genommen hätte. Er hat die Kunst geliebt. Und ich habe ihm erlaubt, in einem ihrer Tempel zu arbeiten.«

»In einem Tempel, den Sie entweiht haben!«, zischte Julius.

Der Hofrat kicherte. »Ja, das fand dein Vater wohl auch. Er war ein undankbarer Mensch. Durch mich und Kinsky hatte er eine angenehme Stelle, Geld und Sicherheit. Und was macht der irrsinnige Kerl? Er redete von Gewissen und Verantwortung, obwohl er den Kaiser gehasst hat!«

Er erhob sich ruckartig und baute sich wieder vor seinem Gefangenen auf.

»Wir haben keines dieser Bilder beschädigt. Die Originale sind immer noch da. Nur eben nicht mehr in Wien. Kein einziger Rubens, kein Tizian und auch sonst kein alter Meister ist je unsachgemäß behandelt worden.« Er stach mit dem Zeigefinger in Julius' Richtung. »Worin besteht also unser Verbrechen? Gut, wir haben ein paar Bilder aus dem Kunsthistorischen Museum durch Fälschungen ersetzt. Aber wir haben nie ein Verbrechen an der Kunst an sich begangen. Was ist so verwerflich daran, Kunst zu verkaufen, die einem Kaiserhaus gehört, das sich einen Dreck um diese Schätze schert? Du hättest Franz Joseph sehen müssen, als er zur Einweihung des Museums kam. Der Mann versteht so wenig von Kunst wie du und ich vom Kinderkriegen. Er ist ein Banause ohne jeden Sinn für die Alten Meister. Ihm war nur daran gelegen, vor seinem Volk zu protzen und seine Schätze standesgemäß zu präsentieren. Dem Kaiser bedeuten diese Gemälde nur etwas als Wertgegenstände, nicht als Kunstwerke!«

Der Hofrat hatte sich dermaßen ereifert, dass ihm Spucketröpfchen von den Lippen spritzten. Dann schien er sich zu besinnen und wurde etwas ruhiger. Seine Stimme wurde belehrend. »Weißt du, die Kunstschätze sind seit der Geburt der modernen Museen nicht mehr reine Repräsentationsgegenstände. Sie sind nicht mehr so eng mit der Kirche oder dem Hof verknüpft. Seit der Habsburgische Kunstschatz im 18. Jahrhundert aus der Stallburg ins Obere Belvedere verlagert wurde, fort vom Umfeld des Hofes, hat sich das ganze Bewusstsein zur Kunst verändert. Die Gemälde *gehören* zwar den Habsburgern, aber nicht mehr nur noch ihnen allein. Sie sind in öffentliche Bildungseinrichtungen übergegangen, die jeder besichtigen kann. Und wenn du mich fragst, dann empfindet

Franz Joseph das als Schmähung. Er nimmt es hin, weil die Zeiten sich geändert haben. Aber insgeheim wurmt es ihn. Er hat das Museum seit der Eröffnung nie wieder betreten!«

»Und die Menschen?«, fragte Julius. »Bestehlen Sie nicht die Menschen, die ein Recht auf dieses Kulturgut haben? Ihr belügt sie, indem ihr ihnen Fälschungen vorsetzt!«

Schattenbach verzog angewidert das Gesicht. »Ach, das ist doch Unsinn! Was schert es die Besucher, ob der Rubens echt ist oder nicht, wenn sie es nur glauben! In ein paar Jahrzehnten werden Wissenschaftler kommen und den Schwindel aufdecken. Dann lebe ich längst nicht mehr, und Kinsky und alle anderen Beteiligten auch nicht. Ich habe eine wunderbare Möglichkeit gefunden, dem dummen Kaiser zu beweisen, wie unfähig er ist. Er merkt seit zehn Jahren nicht, dass viele Angestellten des Kunsthistorischen Museums von mir bezahlt werden und dass unser Restaurator blind ist, denn Kittelberger hat bis jetzt nichts bemerkt.«

»Es ist aber nicht im Sinne eines Museums, dass so etwas passiert!«, sagte Julius und merkte gleichzeitig, wie albern und leer seine Worte klangen. Er kam sich vor wie eine Nonne, die ein halb nacktes Liebespaar im Klostergarten entdeckt.

Der Hofrat machte eine wegwerfende Handbewegung und sagte: »Ach, damit ist mir dein Vater auch immer gekommen. Mit dem Betrug an den Menschen. Mit der Vergewaltigung der Kunst ... oho! Er war ein Idealist, und ein versoffener noch dazu.«

»Und deswegen musste er sterben«, stellte Julius fest. Seine Finger waren zu Eisklumpen erstarrt; er hatte überhaupt kein Gefühl mehr darin.

Der Hofrat starrte ihn schnaufend an und nickte.

»Er war eine zu große Gefahr für das Geschäft. Ich habe mir lange überlegt, wie ich ihn dazu bringe, zu schweigen. Ich habe ihn aus dem Gefängnis geholt, obwohl er mir ans Leben wollte. Damit habe ich ihn an mich gebunden, denn ohne mich wäre er wieder auf der Straße gelandet. Dein Vater wusste das. Und weil er unbedingt wieder ein normales Leben führen wollte, hat er stillgehalten. Aber irgendwann hat er mir gedroht, dass er uns alle auffliegen lässt. Weil er dachte, das sei er der heiligen Kunst schuldig.«

Julius starrte den Hofrat immer noch fassungslos an. So einfach war das also gewesen.

»Ich weiß, dass er krank war und bald gestorben wäre. Ihn und Kinsky hatte in den letzten Jahren eine Art Freundschaft verbunden. Und aus dieser Sentimentalität heraus hat Kinsky wohl gemeint, er müsse dich einstellen.«

»Und was ist mit dem Abschiedsbrief?«

»Ich habe Kinsky gezwungen, ihn mir zu geben.« Der Hofrat prustete. »Mir war natürlich klar, dass dein Vater dir die Wahrheit offenbaren würde. Er hatte Kinsky angefleht, sich um dich zu kümmern, Julius. Weil er wusste, dass es dir schlecht ging. Und Kinsky war so weich, dass er es getan hat. Aber der Abschiedsbrief wurde gefälscht, und Kinsky hat das Original vernichtet.

Der Hofrat senkte den Kopf und seufzte.

»Ich will dich nicht töten, Julius. Ich bin kein Mörder. Ich bin Händler. Und ich hadere damit, dass ich für den Erfolg dieses Geschäftes gewisse Zugeständnisse machen muss. Sei kein Dummkopf, Julius. Ich biete dir eine Menge Geld für deine Loyalität und Unterstützung.«

»Was, wenn ich jetzt Ja sage?«, fragte Julius. »Und morgen zur Polizei gehe und alles verrate, was Sie mir gerade erzählt haben?«

Das Gesicht des Hofrats verzog sich zu einer Maske der Aufmunterung. »Oh nein, das glaube ich nicht«, sagte er. »Du bist kein Verräter. Was hättest du davon?« Schattenbach stieß ein ungläubiges Lachen aus. »Du machst dich zum Ehrenretter für einen abstrakten Begriff, Julius. Glaubst du etwa, dass du der Kunst etwas schuldig bist, he?«

Der Hofrat stemmte die Fäuste in die Hüften. »Die Kunst, mein Freund, existiert auch ohne uns. Ein Gemälde von Rubens braucht uns Menschen nicht. Es braucht alle paar Jahre mal jemanden, der es abstaubt und restauriert, aber mehr nicht. Die Kunst braucht keinen kleinen Julius Pawalet, der sie beschützt und verteidigt! Mach dich nicht lächerlich.«

»Hören Sie auf!«, schrie Julius den Hofrat an. »Diese Erklärungen kann niemand nachvollziehen außer Ihnen!«

Er riss an den Handfesseln. Der Hofrat schwieg. Er schaute Julius eine Weile mit starren Augen an. Julius konnte förmlich sehen, wie hinter dessen Stirn die Möglichkeiten auf und ab spazierten.

»Du schlägst mein Angebot also aus?«, fragte der Hofrat wie beiläufig.

»Was für ein Angebot?«, schleuderte Julius ihm entgegen. »Sie haben mir kein Angebot gemacht, Schattenbach! Sie haben sich selbst eins gemacht. Und nein, ich habe keine Lust mitzuhelfen, Ihre Gier zu befriedigen!«

Die Augen des Hofrats standen wie schlecht eingesetzte Glasmurmeln in der aufgeworfenen Wüste seines Gesichtes.

»Dann muss es also sein«, murmelte er und klang dabei so, als täte es ihm tatsächlich ein wenig leid um Julius. »Aber ich kann dich beruhigen. Es wird nicht Kranzer sein, der dich beseitigt. Es gibt noch jemand anderen, der diesen Wunsch schon viel länger hat.«

Damit drehte der Hofrat sich um und stapfte hinaus in den Schnee. Seine klobige Gestalt verschmolz mit der Dunkelheit hinter den Laternen. Für eine Weile waren nur das Schauben der Pferde zu hören und das seltsam hohe Pfeifen des Windes, der durch Fallrohre und Baumwipfel irrte. Die Kälte fraß sich durch seinen dünnen Mantel wie Säure und legte sich eisenhart um seine Glieder.

Eine Weile trieb er gleichgültig im erzwungenen, quälenden Warten, als auf einmal eine Gestalt auf ihn zukam. Und die schlagartige Woge von Hitze in seinem Innern fühlte sich an wie das Versprechen auf einen Ausweg. Doch dann begriff er, dass die Quelle dieses unverhofften Hitzeschubs nichts anderes war als der Tod, der ihn aus dunklen, hungrigen Augen anstarrte. Der Tod hatte seine schönste Agentin geschickt, und sie verstand es, Julius' Widerstand zu brechen wie einen der Strohhalme, die auf dem Boden unter ihren Stiefelspitzen lagen.

Er sank in einen süßen Strudel der Selbstaufgabe und fühlte eine neue, dunkle Lust durch seine Adern pulsieren. Todessehnsucht? Seine frühere halbherzige Gegenwehr war verschwunden, und Julius ging auf in einem Rausch aus Hingabe und Gleichgültigkeit. Dann bohrte sich Luises Stimme in sein Ohr. »Du ahnungsloser Dummkopf! Du glaubst wohl, ich bin gekommen, um dir eine Gutenachtgeschichte zu erzählen?«

III

Jetzt, wo seine künstlerische Laufbahn zu Ende ging, konnte er sich ruhig die eine oder andere Unvorsichtigkeit erlauben. In ein paar Tagen würde man ihn gefasst haben. Der Besuch des scheinheiligen Inspektors, der sich als Notariatsgehilfe ausgegeben hatte, war der Vorbote seines Schicksals gewesen. Und deswegen war es dem Künstler gleichgültig, ob der Holzhändler sich an ihn erinnern würde oder nicht. Alois Lanz legte den verlangten Geldbetrag in die schmutzigen Hände des Schreiners und ließ sich versichern, dass die Ware im Laufe des Tages geliefert wurde. Mehrere massive Holzbalken und eine dicke Spule aus glatt poliertem Kiefernholz.

Nachdem diese Vorbereitungen getroffen waren, ging Lanz in einen Laden für Jagd- und Fischereibedarf. Es war nicht allzu verdächtig, wenn man einen einzigen Angelhaken kaufte, nicht wahr? Lächelnd legte er die Münzen auf den Tisch und verlangte noch ein Stück dünnes Seil. Mit einer unscheinbaren Papiertüte trat er hinaus auf die Straße. Das Werkzeug – Hammer, Säge, Nägel und eiserne Winkel – wartete schon in seiner Wohnung auf ihn. Sobald der Schreiner die Ware geliefert hatte, würde er sich ans Werk machen. Doch zuvor gab es noch eine kleine Kapriole. Ein erfrischender kleiner Ausflug, das genaue Gegenteil dessen, was er für den Schlussakt geplant hatte. Ein Kinderspiel. Dazu brauchte er nichts weiter als einen Glasschneider und ein wenig Körperkraft.

Ein Schreinergehilfe rumpelte mit seinem Karren in den Hof, und Lanz trug die einzelnen Teile in den Schuppen, der in einer wenig beachteten Ecke des Gevierts stand. Dann ging er zurück in die Wohnung, um sich für einen Besuch fertigzumachen.

Er reinigte seine Hände von Holzspänen, zog einen dunkelblauen Anzug mit Halstuch an und kämmte sich die Haare. Ein wenig Duftwasser, damit er angenehm auffiel, dann verließ er das Haus. In einem Blumengeschäft kaufte er ein putziges kleines Bouquet aus Winterblumen und bestieg eine Elektrische.

Die Fahrt zum Alsergrund durchlebte er in der Vorfreude auf seine künftigen Pläne.

Am Anmeldetresen der Landesirrenanstalt wurde er nach seinen Wünschen gefragt.

»Mein Name ist Julius Pawalet. Ich möchte Maria Habermann besuchen. Sie ist meine Mutter.«

IV

Luise von Schattenbach betrachtete schweigend den zusammengekrümmten, zitternden Körper vor sich. Von dem kleinen aufsässigen Julius war nicht mehr viel übrig. Nur noch ein zerschundenes, frierendes Häuflein Elend, das sich einbildete, sein Tod sei ein erotisches Erlebnis. Luise wusste, dass alles in Julius danach gierte, ihr zu gehören. Der schäbig gekleidete Bursche hätte jedes Strohhälmchen auf dem Boden der Remise mit dem Mund aufgeklaubt, wenn sie es ihm befohlen hätte. In diesem Moment belustigte sie diese jämmerliche männliche Eigenart jedoch nicht wie sonst, nein, es ermüdete sie. Eine Sekunde lang sah sie mit seltsamer Klarheit die absolute Leere des Augenblicks und wusste nicht mehr, warum sie überhaupt hier stand.

Seufzend setzte sie sich auf den Rand des Strohballens und fuhr Julius abermals an: »Du ahnungsloser Dummkopf! Du glaubst wohl, ich bin gekommen, um dir eine Gutenachtgeschichte zu erzählen?«

Julius riss die Augen auf. Der ernüchterte Ausdruck darin erheiterte Luise so sehr, dass sie ein bitteres Lachen ausstieß. »Was schaust du denn so enttäuscht drein?«

Julius musterte sie verwirrt.

»Sag mir was du gerade gedacht hast«, verlangte sie.

»Ich habe gedacht, dass Sie mich …«

»Was? Töten? Glaubst du vielleicht, ich mache mich unglücklich wegen dir?«

In Julius' Gesicht tobte ein Kampf widerstreitender Gefühle. Angst, Unruhe, Schmerz. Und dann waren da die Anzeichen einer völlig absurden Lust. Wie kann der Kerl jetzt an etwas Lustvolles denken, dachte sie verärgert und hätte Julius am liebsten eine Ohrfeige gegeben, damit er aufwachte.

Unvermittelt stand sie auf und eilte zum Tor der Remise. Sie schloss die beiden schweren Holzflügel und sperrte den kalten Wind aus und alle anderen Dämonen, die an diesem Abend dort draußen ihr Unwesen trieben. Als sie sich Julius wieder näherte, sah sie in seinem Gesicht Erleichterung und diese Enttäuschung, die sie so erboste.

»Hast du eine Ahnung, was von dir übrig bleiben würde, wenn ich das täte, worauf du so albern hoffst?«, zischte sie.

»Nichts«, stellte Julius fest. Seine Stimme war so dünn wie das Häutchen einer Zwiebel.

»Du sagst es. Warum siehst du dann aus wie eine enttäuschte Jungfrau?«

Julius zuckte ein wenig zusammen unter ihrem Zorn.

Na also, dachte Luise. Das war ihr allemal lieber als der sehnsüchtige Glanz in seinen Augen und der schlaffe Ausdruck seines Mundes. Sie setzte sich wieder neben ihn auf den Strohballen.

»Hör mir gut zu, Julius. Du hast dich durch deine dumme Neugierde in eine sehr ungute Situation gebracht, und ich habe keine Ahnung, wie ich dir da wieder heraushelfen soll.«

Julius sah sie verdutzt an. »Warum sollten Sie mir heraushelfen wollen?«

Luise seufzte. »Verstehst du das denn nicht? Glaubst du nicht, es ist an der Zeit, sich von ihm loszusagen?«

»Von wem?«

»Von meinem ruhmreichen Gatten. Ich habe es satt, für ihn die böse Zauberin zu spielen, die für ihn die unliebsamen Elemente von der Klippe stößt.«

»Aber er hat gerade behauptet, dass Sie meinen Tod wünschen«, sagte Julius und runzelte verständnislos die Stirn.

Luise verzog das Gesicht. »Ah, und darauf hast du dich gefreut, du dummer kleiner Junge, was?«

Unwillkürlich musste sie lächeln. In einer anderen Situation, unter anderen Umständen hätte sie Julius gern gesagt, was in diesem Moment in ihr vorging. Dass sie sich insgeheim schämte, weil sie den Tod dieses abgemagerten Hahns gewünscht hatte. War Julius Pawalet wirklich so eine große Bedrohung für sie?

»Ich wollte deinen Tod, Julius. Ich habe mir dein Sterben in grellen Farben vorgestellt, und es hat sich gut angefühlt. Du fragst dich, warum ich mir das gewünscht habe?«

Sie bohrte ihren Blick in seine Augen und wartete auf das zaghafte Nicken.

»Du hast mich gedemütigt, weißt du noch?«, fuhr sie fort. »Du hattest recht. Ich habe mir eingebildet, ich könnte die Polizei in die Irre führen, um den Verdacht deines Freundes Rudolph Lischka von unserem Haus abzulenken. Er hätte dabei nämlich das Gleiche herausgefunden, was du entdeckt hast: Mein Gatte verdient unser Geld, indem er Bilder aus dem kaiserlichen Museum an alle Welt verscherbelt und Fälschungen zurücklässt.«

Sie zuckte die Schultern und lachte leise. Wenn sie so darüber nachdachte, war es, als wäre sie seit Jahren Teil einer völlig unmöglichen Geschichte. Aber diese Geschichte war ihr Leben. Luise fröstelte bei der Vorstellung, dass sie nichts anderes war als eine Schauspielerin, die das Spiel ihres Mannes spielte.

»Ich mag es nicht, wenn man mich demütigt, Julius. Denn für gewöhnlich demütige *ich* die anderen, wie du sicher herausgefunden hast. Aber du hast das Spiel durchschaut. Und ich habe begriffen, wie anstrengend es ist, ständig Fallen zu stellen.«

Ohne es zu merken, hatte sie angefangen, Julius' Knie zu streicheln. Gedankenverloren sah sie in die Flammen der beiden Fackeln, die neben den Torflügeln tanzten. »Du hast mich daran erinnert, dass ich seit Jahren so tue, als würde ich dem Hofrat den Rücken stärken. Dabei hasse ich diesen verfressenen Speichellecker.«

Sie studierte Julius' Gesicht. Er hatte den Kopf zurückgelegt und sah so überrascht aus, als hätte sie ihm eben eine Wahrheit offenbart, mit der er niemals gerechnet hätte.

»Da staunst du. Du brauchst nicht zu denken, dass ich dir mein Herz ausschütte, indem ich dir das sage. Ich sage es dir, weil ich es dir schuldig bin, mein kleiner Pawalet. Ich habe gedacht, dass du sterben musst, weil du eine Bedrohung für mein Leben bist, das, zugegeben, sehr außergewöhnlich ist. Ich lebe mitten in einer erzkatholischen, verklemmten und neidischen Stadt und habe den Status einer heimlichen Königin mit Hofstaat und Günstlingen. Und mit einem nimmermüden Hofnarren, dessen Rolle mein Gatte so vortrefflich ausfüllt. Ich liebe diesen Luxus und will nicht darauf verzichten. Deswegen habe ich mir eingebildet, dass deine Neugierde eine Gefahr für mich darstellt. Aber das war ein Fehler. Ich kann für meinen Luxus auch allein sorgen. Du wirst schon sehen: In ein paar Monaten wirst du über hundert verschiedene Ecken hören, dass ich mir mein eigenes kleines Imperium aufgebaut habe. Ohne Hofnarr.«

Sie lächelte Julius an, als spürte sie der merkwürdigen Freude nach, die diese Worte in ihr auslösten.

»Heißt das, ich werde in ein paar Monaten noch leben?«, fragte Julius vorsichtig.

Luise nickte langsam.

»Könnten Sie bitte dafür sorgen, dass ich dann meine Hände noch habe?«

Mit starren Fingern zerrte er an den Handschellen. Luise sah, dass die Haut dort eisgrau war. Sie griff in ihre Manteltasche und hielt Julius einen kleinen Schlüssel hin.

»Warum haben Sie einen Schlüssel?«, fragte er.

»Weil das meine Handschellen sind. Kranzer hat sie sich geborgt.«

Sie beugte sich vor und öffnete das Schloss.

Mit einem Aufstöhnen zog Julius die Hände aus den Fesseln und ließ sie in seinen Schoß fallen. Steif und verkrümmt wie erfrorene Vögel ragten sie aus den Ärmeln. Julius versuchte, die Finger zu bewegen, und stieß einen schmerzerfüllten Laut aus.

Luise steckte den Schlüssel wieder ein und ergriff Julius' eiskalte Finger. Sie umschloss sie mit ihren Händen und hielt sie fest. Julius sah sie an, als wäre sie eine Marienstatue, die eben begonnen hatte, blutige Tränen zu weinen.

»Nun schau mich nicht so an, als wäre ich vom Himmel herabgestiegen. Ich will dir gerade beweisen, dass ich keine so böse Hexe bin, wie ich dich glauben machen wollte.«

»Und warum wollten Sie mich glauben machen, dass Sie eine böse Hexe sind?«, fragte er.

»Oh, täusche dich nicht. Ich bin schon eine. Aber ich werde nicht zur Mörderin, nur weil der Hofrat sein Gewissen nicht weiter belasten will. Wer weiß? Vielleicht wird es unterhaltsam mit dir, Julius. Irgendwann ... später ...«

Luise drückte die kalten Hände und rieb die Finger einzeln warm. Sie spürte die Frage, noch ehe Julius sie aussprach.

»Warum ... warum wollen Sie das?«

»Was?«

»Königin von diesem ... diesem Imperium sein?«

»Hast du damit ein moralisches Problem, Kleiner?«

Julius schüttelte den Kopf. »Nein. Ich frage mich nur, wie so etwas funktioniert.«

Luise lächelte spöttisch. »Ich glaube nicht, dass jetzt der richtige Zeitpunkt für eine Geschichte ist. Du solltest langsam schauen, wie du von hier wegkommst.«

Julius schüttelte den Kopf. »Ich kann unmöglich fliehen, wenn ich meine Hände nicht spüren kann«, sagte er. »Ich glaube, Sie müssen sie noch ein bisschen reiben.« Seine Stimme war leise und rau. Und in seinem Tonfall lag eine

Eindringlichkeit, die weit über das Bedürfnis hinausging, wieder ein Gefühl in den Fingern zu bekommen.

Luise hob den Kopf und sah ihren seltsamen Gefangenen an. Julius' Augen schienen hinter einem Nebel zu liegen. So einen Blick hatte sie noch nie gesehen. Bittend und gierig und auf eine eigenartige Weise wissend. Luise lächelte vor Überraschung. Plötzlich sah sie ihn mit anderen Augen. Dieser junge Mann – so abgerissen und vernachlässigt er auch aussehen mochte, aber in seinem Gesicht lag eine Intensität, die sie nur selten bei einem Mann sah.

»Hör zu, Julius«, sagte sie. »Ich weiß, dass du glaubst, du kannst es mit mir aufnehmen. Aber da irrst du dich. Ich hoffe, das Mädchen, mit dem ich dich erwischt habe, ist nicht gekränkt. Du solltest ihr sagen, dass ich einfach nur eine Frau bin, die ihre Freunde nicht von den Feinden unterscheiden kann. Das sollte als Entschuldigung genügen.«

Draußen hörte sie das Schnauben der Pferde. Bald würde der Gewährsmann Delaunie eintreffen. Und sie wusste, dass der Hofrat, wenn er mit seiner Geduld am Ende war, Julius ebenso leicht töten würde, wie er es mit dessen Vater getan hatte. Aber noch war Zeit.

»Du fragst dich, warum ich auch ohne das Geld dieses gierigen Menschen eine Königin sein werde?«, nahm sie den Faden wieder auf. »Weil die Männer jemanden wie mich brauchen. Oh, nicht so, wie sie eine gewöhnliche Hure brauchen. Sie brauchen mich auf einer ganz anderen, geheimen Ebene, die nichts mit ihrer üblichen Geilheit zu tun hat.«

»Sie meinen im Unterbewusstsein?«, hauchte Julius.

»Wenn du dieses neue Wort benutzen möchtest, ja. Und weißt du auch, warum? Weil Männer seit Jahrtausenden im Krieg mit der Frau liegen. Das Weib wurde schon immer unterdrückt und voller Verachtung behandelt. Männern ist immer nur eins eingefallen, was sie mit Frauen machen können: sie dämonisieren oder ausbeuten, sie verbrennen oder schwängern. Und in unserer heutigen Zeit beschränkt es sich darauf, dass sie uns zu Dekorationsobjekten machen. Sie halten uns für dumm und unmündig. Ich glaube ja, dass sich das einmal ändern wird, aber das werde ich wohl nicht mehr erleben.«

»Woher wissen Sie so genau Bescheid über die Geschichte?«, fragte Julius, aber Luise ging nicht darauf ein.

»Jedenfalls glaube ich, dass in diesem falschen Gleichgewicht, das seit Jahrhunderten das Schicksal der Menschen bestimmt, ein Fluch liegt. Es ist unnatürlich. Und die Männer wissen das. Sie spüren es. Sie fühlen ganz tief drin die Unvollkommenheit ihres Geschlechts wie eine versteckte Krankheit.«

Julius' Gesicht zeigte nicht die geringste Ablehnung bei diesen Worten. Er sah Luise so interessiert an, als hätte er sich diese Gedanken selbst schon einmal gemacht.

»Nun, manche Männer spüren diesen Fehler wohl stärker als andere und kommen deswegen zu mir. Um wieder ins Gleichgewicht zu kommen. Um sich in eine Rolle zu begeben, die sie aus der anerzogenen Dominanz befreit. Natürlich nur für ein paar Stunden. Aber glaub mir, Julius, ich tue nichts anderes, als das verlorene Gleichgewicht wieder ins Lot zu bringen.«

Julius nickte stumm. Luise riss den Blick von seinem Gesicht los und schob seine Hände von sich. »Mir ist es gleich, ob du das verstehst. Du solltest jetzt gehen. Vielleicht schaffst du es ja. Dann erzähle ich dir irgendwann einmal mehr.« Sie stand auf und half ihm auf die Füße. Sie wies in die Dunkelheit zwischen den Fuhrwerken.

»Da hinten gibt es eine zweite Tür. Von dort kommst du direkt in den Wald. Da kannst du dich verstecken, bis es hell wird.« Dann griff sie nach einer Pferdedecke und hielt sie Julius hin. »Mehr kann ich nicht für dich tun.«

In diesem Moment ertönte vom Tor her ein Geräusch. Luises Kopf fuhr herum. In der nächsten Sekunde blies der kalte Nachtwind herein, und in der Remise wurde es heller. Und dann hörten sie die wutentbrannte Stimme des Hofrats.

»Mehr kannst du also nicht für ihn tun, was?«

Er stand zwischen den Torflügeln wie ein aus dem Boden gewachsener Troll. Die Haare standen ihm wirr vom Kopf ab, und das Gesicht war derart verzerrt, als würden sich seine Züge im nächsten Moment auflösen. Luise versuchte unauffällig, Julius zwischen die Kutschen zu schieben, doch es war zu spät. Neben ihrem Gatten tauchte Kranzer auf, und der hatte einen Revolver, das wusste Luise.

»Du falsche Schlange!«, schrie der Hofrat. »Das machst du also hinter meinem Rücken!« Seine Stimme überschlug sich.

»Pass auf, dass du keinen Herzanfall bekommst«, bemerkte Luise.

Es war seltsam – sie hatte keine Angst. Weder vor Viktor noch vor seinem Handlanger. Vielleicht endet hier alles, dachte sie, und fühlte sich sehr ruhig dabei. Nur um Julius tat es ihr ein wenig leid. Es wäre ein Jammer, wenn er einem derart plumpen Wesen wie dem Hofrat zum Opfer fallen würde.

»Warum tust du mir das an?«, schrie der Hofrat.

»Warum ich dir das antue?«, erwiderte sie mit ruhiger Stimme. »Weil ich keine Lust mehr habe auf dieses Spielchen. Es ist mir zu anstrengend. Und du langweilst mich.

Du kannst dieses Theater auch allein dirigieren. Du brauchst mich nicht dafür.«

Plötzlich übermannte die Enttäuschung den Hofrat, und sein Gesicht wurde zu einer weinerlichen Maske. »Aber Luise!«, jammerte er. »Noch vor ein paar Tagen hast du dir seinen Tod gewünscht. Wie kannst du …«

»Ich habe mich geirrt. Mehr noch als seinen Tod wünsche ich mir, dass du aus meinem Leben verschwindest. Wieso sollte er also sterben müssen?«

»Luise, Schluss jetzt!«, schrie der Hofrat, doch Luise fühlte nur dieses traurige Lächeln in sich. Keinen Zorn und keine Angst. Dann wandte sie sich zu Julius um, der wie erstarrt dastand. »Es tut mir leid, dass wir so lange geplaudert haben. Du hättest längst über alle Berge sein können.«

Der Hofrat stieß ein fassungsloses Geräusch aus. »Luise, es reicht!« Er fuchtelte wild mit den Händen in der Luft herum. Und dann: »Kranzer, erschieß ihn. Erschieß alle beide!«

Als hätte der Handlanger es gar nicht erwarten können, diesen Befehl zu hören, zog er den kleinen Revolver aus seiner Manteltasche und zielte damit auf Julius. Luise spürte, wie er sich neben ihr noch mehr versteifte. Wie sinnlos das alles ist, dachte sie. Sie fühlte nichts von der Theatralik dieser Situation. Nur eine gleichgültige Leere.

»Hier wird niemand erschossen!«

Die Stimme war neu und mischte sich so plötzlich in die Szene, als hätte jemand eine grelle Farbe auf ein nicht fertig gemaltes Bild geschüttet. Luise starrte zum Tor. Dort stand dicht hinter dem Hofrat ein Mann, der ebenfalls einen Revolver gezückt hatte. Er zielte auf den Hinterkopf von Kranzer.

»Lischka!«, hauchte Julius und entspannte sich augenblicklich.

Luise roch seinen Angstschweiß.

Dann war es, als hätte ein unsichtbarer Regisseur mit einem Schlag die Konstellation der Schauspieler auf dieser Bühne verstellt. Der Hofrat fuhr herum und brauchte ein paar Sekunden, bis er begriff, dass dieser Mann ihm nicht beispringen würde. Hilflos sah er zu Kranzer, der nicht zu wissen schien, wen er zuerst erschießen sollte. Luise verfolgte gebannt das Schauspiel und tastete nach Julius' Hand.

»Hinter die Kutsche, schnell!«, flüsterte sie und zog ihn rückwärts.

Doch Kranzer hatte die Bewegung wahrgenommen, drehte sich blitzschnell um und hob den Revolver. Ein Schuss zerschnitt die angespannte Stille, und draußen begannen die Pferde angstvoll zu wiehern.

Luise starrte Julius an und versuchte herauszufinden, warum er immer noch auf zwei Beinen stand. Ihre Augen tasteten seinen Mantel nach dunklen, größer werdenden Flecken ab, aber da war nichts. Dann hörte sie ein leises Scheppern, und am Rande ihres Gesichtsfeldes sank jemand zu Boden. Es war Kranzer, der sich auf dem Boden wand und sich das Bein hielt. Aus dem Revolver des Inspektors stieg Rauch auf. Als würde Kranzer erst jetzt spüren, was mit ihm geschehen war, fing er an, aus vollem Hals zu schreien. Hilflos blickte der Hofrat zu seinem am Boden liegenden Schergen, und der Inspektor steckte seine Waffe wieder ein.

»Wo ist Ihre Frau, Schattenbach?«, fragte er den Hofrat.

»Was … welche Frau?«, antwortete er fahrig.

Luise hielt den Atem an.

»Was gibt es, Inspektor?«, fragte sie aus der Dunkelheit heraus. Sie merkte plötzlich, dass Lischka sie im Zwielicht nicht erkennen konnte. Er kniff die Augen zusammen und starrte in den Schatten zwischen den Kutschen in der Remise.

»Julius, geht es dir gut?«, rief er.

Julius nickte fahrig und sah Luise an.

»Du hast Glück, dass dieses Weib sich wegen ihrer kleinen Zurschaustellung letzte Woche sogar zur Mörderin gemacht hat! Sonst wäre ich jetzt nicht hier.«

Julius warf einen irritierten Seitenblick auf Luise. Was meinte der Inspektor?

»Was sagen Sie dazu, Frau Hofrat?«, rief der Inspektor, und kam zum Eingang der Remise.

Kranzer stöhnte und jammerte immer noch. Und der Hofrat stand wie angewurzelt da und schien nicht zu begreifen, was um ihn herum geschah.

»Ich sage dazu, dass ich keine Ahnung habe, was Sie damit meinen!«, sagte Luise, und die Empörung trieb sie zwischen den Kutschen hervor.

»Sie sind hervorragend darin, die Ahnungslose zu spielen, das wissen wir schon!«, schleuderte Lischka ihr entgegen. »Sie haben sich doch sicherlich gefragt, wann die Leiche des armen Juweliers gefunden wurde. Glückwunsch, meine Liebe. Es hat fast fünf Tage gedauert. Was haben Sie denn gedacht? Dass ich ein Idiot bin und Ihnen nicht auf die Schliche komme?«

»Nein, ich sage, dass Sie ein Idiot sind, weil sie denken, dass ich es gewesen bin!«, antwortete Luise und versicherte sich mit einem Seitenblick auf Julius, dass er den Worten Lischkas keinen Glauben schenkte. Doch der Junge sah schon wieder misstrauisch drein.

»Was wird hier gespielt?«, wollte Lischka wissen. »Was soll diese kleine Versammlung bei Nacht und Nebel?«

»Damit hat Luise nichts zu tun!«, mischte sich Julius

ein. »Sie hat mir gerade das Leben gerettet. Der Hofrat und Kranzer haben –«

»Halten Sie den Mund, Pawalet!«, krähte der Hofrat. »Sie wissen gar nichts!«

»Nein? Sie haben mir doch gerade die ganze Geschichte erzählt, Schattenbach!«, schrie Julius zurück.

»Julius, was ist hier los?«, drängte der Inspektor.

»Du weißt doch, was ich dir erzählt habe!«, sagte Julius. Seine Stimme klang gepresst. »Du kommst genau richtig, um es zu verhindern.«

Aus den Augenwinkeln sah Luise, dass ihr Mann sich langsam rückwärtsbewegte, doch sie achtete nicht darauf. Sie wollte wissen, was Lischka als Nächstes tun würde.

Julius trat vor und ging auf den Inspektor zu. Atemlos stieß er hervor: »Sie holen Bilder aus dem Museum und verscherbeln sie auf der ganzen Welt. Es ist alles wahr, ich habe –«

Zu Luises grenzenloser Verwunderung wedelte Lischka ungeduldig mit den Händen und verzog das Gesicht.

»Darum kümmern wir uns später!«, unterbrach er Julius ungehalten. »Ich bin wegen ihr gekommen.« Er zeigte auf Luise. »Sie werden verdächtigt, den Juwelier Efraim Efrussi ermordet zu haben. Wir wissen, dass Sie die Requisiten für Ihren freizügigen Auftritt bei ihm in Auftrag gegeben haben. Und jetzt musste er sterben, damit er sie nicht verraten kann!«

»Dass er sterben musste, ist überaus bedauerlich!«, zischte Luise. »Aber haben Sie schon einmal daran gedacht, dass es noch andere Gründe gibt, warum er sterben musste? Gründe, die nichts mit mir zu tun haben?«

»Das werden wir nicht hier feststellen, Madame. Dazu gibt es spezielle kleine Zimmerchen mit vergitterten Türen und Fenstern. Das müsste Ihnen doch zusagen, nicht wahr? Ihren Vorlieben nach zu urteilen, werden Sie sich dort wohlfühlen. Und dann finde ich einen Weg, Sie gleich dort drin zu lassen.«

»Schau an, er will mich ins Gefängnis werfen!« Luise lachte, und Julius sagte. »Lischka, sie hat bestimmt nichts damit zu tun, sie hat …«

»Spar dir die Mühe, mein kleiner edler Ritter!«, kicherte Luise. »Du wirst mich nicht retten vor diesem übereifrigen Polizisten. Soll er mich ruhig festnehmen, das gefällt ihm sicherlich. Wo sind denn die Handschellen?«

Sie schaute sich um und entdeckte die beiden Eisenschellen auf dem Strohballen.

»Schauen Sie hier, Inspektor. Sie haben bestimmt keine eigenen dabei, oder?« Und mit spöttischem Grinsen wedelte sie mit den Handschellen vor ihrem Gesicht herum. »Ach, und falls Sie Interesse haben, einen richtigen Verbrecher zu fangen …« Sie zeigte auf den Hof. »Mein werter Gatte möchte sich gerade aus dem Staub machen.«

Nun hatte auch Julius es bemerkt. Der Hofrat hatte sich auf den Kutschbock geschwungen, und im nächsten Moment knallte die Peitsche, die Pferde wieherten und bäumten sich auf. Dann zog das Gefährt mit einem Ruck an, und eine Sekunde später preschte es in voller Fahrt über den Hof.

»Halt!«, brüllte Lischka und zog seinen Revolver erneut aus der Tasche. Doch er schien nicht zu wissen, was er damit anfangen sollte. Auf die Pferde schießen? Auf das Kutschenfenster zielen? Auf die Achse des Wagens? Doch er kam nicht mehr dazu, irgendwohin zu schießen, denn die Kutsche war schon außer Schussweite. Alles, was man hörte, war das gedämpfte Rumpeln der Räder.

»Nein!«, entfuhr es Julius, und er schlug wütend mit der halb erfrorenen Faust gegen die Tür eines der geparkten Gefährte. »Lischka, er fährt nach Triest und will das Bild nach New York verschiffen. Du … wir müssen ihn aufhalten.«

Luise lächelte still in sich hinein. Nun hatte es also angefangen. Die Hatz, vor der sich der Hofrat so gefürchtet hatte. Zu deren Verhinderung er Unsummen an Saaldiener und Boten, an Aufpasser und an Leute wie Kranzer bezahlt hatte. Und nun war er mit seiner Beute geflohen wie ein feiger Dieb.

Mal sehen, wie weit er kommt, dachte Luise und fühlte bittere Schadenfreude in sich aufsteigen.

Der Inspektor war so abgelenkt von der Flucht des Hofrats, dass sie unbemerkt zurück in den Schatten treten konnte. Ihre Anwesenheit war nicht länger vonnöten. Sie würde zurück ins Herrenhaus gehen, eine Tasche packen und so lange warten, bis es hell war. Dann wurde es Zeit, sich langsam von ihrem alten Leben zu lösen.

Doch in diesem Moment sah sie etwas, was ihr den Atem stocken ließ. Etwas, was sich über sie legte wie die unheimliche Ahnung aus einer Schauergeschichte. Jenseits des Hofes, zwischen den schwarzen Baumstämmen, schälten sich ein paar dunkle Gestalten aus der Nacht. Sie bewegten sich mit der Sicherheit von Urwaldtieren und schlichen sich an. Ihre Anwesenheit war bedrohlich. Viel bedrohlicher als die reflexartigen Gewaltausbrüche des Hofrats und viel schlimmer als Lischkas Anklage. Sie sah, dass deren Aufmerksamkeit den beiden Männern vor der Remise galt.

Zum ersten Mal an diesem Abend fühlte Luise sich ängstlich. Zeit zu gehen, dachte sie und bezwang ihre Nervosität. Das alles geht dich jetzt nichts mehr an. In Gedanken wünschte sie Julius alles Gute. Dann glitt sie leise zur hinteren Tür.

V

KRANZERS BLUT SICKERTE in einem dicken Rinnsal in den Schnee. Die Kugel war seitlich in den Oberschenkel eingedrungen. Der starke Handlanger des Hofrats krümmte sich mit zusammengebissenen Zähnen auf dem Boden und hielt sich das verletzte Bein.

»Lassen Sie mich da ran!«, befahl der Inspektor.

»Sie Scheißkerl …«, presste Kranzer hervor. »Ich werde nie mehr normal gehen können!«

»Das müssen Sie auch nicht. Im Gefängnis gibt es nur sehr begrenzte Notwendigkeit dazu.« Lischka band seinen Schal um die Wunde, zog ihn fest, sodass Kranzer noch einmal laut aufjaulte.

Julius stand daneben und beobachtete die Szene. Kranzer hatte nicht sonderlich viel Blut verloren. Er würde es überleben. Julius fragte sich, ob er Genugtuung empfunden hätte, wenn Kranzer durch den Schuss getötet worden wäre. Doch er fand keine Antwort darauf. Er bebte vor Erleichterung.

»Wie hast du mich denn gefunden?«, fragte er den Inspektor.

»Zuerst hab ich die Leiche vom Efrussi gefunden. Und weil du mir erzählt hast, dass die Schattenbach dort ihre

Schmuckstücke gekauft hat, liegt es für mich nahe, dass sie es auch war, die ihm die Kehle durchgeschnitten hat.«

»Warum sollte sie das tun?« Julius' Einwand war nur dahingemurmelt. Er stand noch immer unter dem Eindruck, dass Luise von Schattenbach ihm das Leben gerettet hatte. Die Überraschung lähmte ihn angenehm, und er konnte an nichts anderes denken als ihre kräftigen Hände, die das Leben in seine eigenen zurückbrachten. An ihre seltsam offenen Worte und an die unverhoffte Zuneigung, die sie ihm entgegengebracht hatte. Doch noch immer lag irgendwo die Saat des Zweifels. Konnte es wirklich sein, dass diese Frau ihn ganz uneigennützig befreit hatte und ihm zur Flucht verhelfen wollte? Oder gab es auch hier wieder einen doppelten, geheimen Sinn, von dem er nichts ahnte?

»Ich hatte eigentlich vor, Luise direkt in der Stadtwohnung damit zu konfrontieren, aber dann habe ich deinen Brief gefunden«, sagte Lischka, während er sich neben den stöhnenden Kranzer hockte und ihn mit dem Rücken gegen den offenen Torflügel lehnte. »Und da hat mir meine Nase gesagt, dass du dumm genug warst, im Dreck zu wühlen. Auch wenn du es als Lektion in Sachen Detektivarbeit ausgegeben hast. Ich wusste, dass die Schattenbachs ein Anwesen auf dem Land haben. Und da in der Stadtwohnung alles dunkel und still war, bin ich hier herausgefahren. Ich war also kurz davor, zwei Fliegen mit einer Klappe zu schlagen. Genau im rechten Moment, wie ich sehe.«

Plötzlich ertönte hinter Julius ein Knirschen, und eine Stimme sagte: »Oder auch nicht!«

Als er herumfuhr und den zweiten Revolver an diesem Abend sah, der auf ihn gerichtet war, dachte er erschöpft: Nicht schon wieder.

Der Mann, der diesmal auf ihn zielte, war ihm nicht bekannt. Er hatte ihn noch nie zuvor gesehen. Der Mann hatte noch drei weitere Männer als Rückendeckung dabei, die allesamt sehr entschlossen aussahen. Die schwarzen Mäntel und Hüte sagten Julius, dass es Polizeiagenten sein mussten.

Aber warum zielte dann einer der anderen Männer auf Lischka, fragte er sich und drehte sich irritiert zu seinem Freund um. Der stand stöhnend auf und hob mehr resigniert als erschrocken die Hände und sagte: »Leutnant Tscherba. Muss das wirklich sein?«

»Halten Sie den Mund, Lischka! Mit Ihnen spreche ich später.«

»Was soll das?«, fragte Julius. Er kam gar nicht auf die Idee, die Hände zu heben. Er starrte auf den verbissenen Mund seines Gegenübers, das den Revolver noch ein wenig höher hob und die Schultern straffte, als würde er zu einer wichtigen Rede ansetzen.

»Julius Pawalet, Sie werden beschuldigt, den Maler Otto Grimminger ermordet zu haben. Sie sind festgenommen.«

Einer der Begleiter Tscherbas löste sich von der Gruppe, und im nächsten Moment waren Julius' Hände schon wieder in den stählernen Schellen gefangen.

»Was?«, rief Inspektor Lischka fassungslos aus.

»Die Leiche des Malers wurde vor wenigen Stunden gefunden. Es hat keinen Sinn, das abzustreiten, Pawalet. Sie selbst sind vor ein paar Wochen in die Werkstatt dieses Mannes eingebrochen und sind arretiert worden. Wahrscheinlich wollten Sie den Mann damals schon umbringen, wurden aber daran gehindert. Jetzt haben Sie Ihr Vorhaben in die Tat umgesetzt, aber ich kann mit großer Freude sagen, dass es kein großer Aufwand war, Ihnen auf die Schliche zu kommen.«

Ein selbstzufriedenes Grinsen überzog das Gesicht des Leutnants. Seine Finger lagen fast zärtlich auf der Schusswaffe. Seine Begleiter warfen ihm einen anerkennenden Blick zu, und wenn sie keine Handschuhe getragen hätten, sie hätten ihm zweifelsohne applaudiert.

»Es ist ein schöner Zufall, dass ich Sie gefunden habe, Pawalet. Ich musste nur Ihrem neuen Freund Inspektor Lischka folgen. Ach übrigens, Lischka: Ich bescheinige Ihnen offiziell, dass Sie der schlechteste Polizeiagent von ganz Wien sind. Sie haben nicht gemerkt, dass ich Ihnen seit einer Woche folge und Sie beschatten lasse.«

»Kein Wunder, dass der Bildermörder dann immer noch frei herumläuft!«, knurrte Lischka.

Der Leutnant lachte leise. »Ja, das mag sein. Es ist interessant zu beobachten, wie Sie mit einem eindeutigen Befehl umgehen. Sie haben bewusst eine Dienstvorschrift missachtet, indem Sie eigenmächtig entgegen den Anweisungen Ermittlungen im Fall des Bildermörders angestellt haben.«

»Alois Lanz«, sagte Lischka.

»Was?«, bellte Tscherba.

»Alois Lanz. Der Mörder heißt Alois Lanz.«

»Das wissen wir bereits! Dank Ihrer bewundernswerten Vorarbeit. Sie werden trotzdem von ihrem Posten als Inspektor entbunden. Sie werden meinem Assistenten Ihre Waffe aushändigen und ihren Dienstausweis abgeben.«

Lischka schwieg und starrte den Leutnant an. »Lassen Sie Julius frei. Er hat niemanden ermordet.«

Tscherba stieß wieder ein belustigtes Lachen aus und schüttelte in gespieltem Bedauern den Kopf. »Ich muss sagen, ich bin ein richtiger Glückspilz. Ich habe zwei Fliegen mit einer Klappe geschlagen. Erst finde ich den unartigen Inspektor Lischka und in seinem Schlepptau auch einen gesuchten Mörder.« Bei diesen Worten äffte er spöttisch die Stimme Lischkas nach, der vor wenigen Minuten fast das Gleiche zu Julius gesagt hatte.

»Hören Sie auf, das ist Unsinn!«, rief Julius. »Ich habe Otto Grimminger nicht getötet.«

Die Erkenntnis traf ihn wie ein Vorschlaghammer. Wenn Grimminger tot war, dann hatte der Hofrat niemanden mehr, der für ihn die Bilder fälschte! Warum hatte er ihm, Julius, dann angeboten, für ihn zu arbeiten, wo er doch gar keine Grundlage mehr dafür hatte? Julius starrte den Leutnant verständnislos an. Dann sickerte ein schrecklicher Gedanke in sein Bewusstsein. Was, wenn der Hofrat ihn gar nicht hatte töten wollen? Wenn es eine viel bessere Möglichkeit gab, ihn auszuschalten? Wenn Julius für einen Mord Jahrzehnte im Gefängnis saß, konnte er ihm nicht gefährlich werden. Und es stimmte – er war verdächtig. Viel zu verdächtig, als dass der Leutnant ihn hätte gehen lassen können. Und offensichtlich hatte Inspektor Lischka bei seinen Kollegen einen so schlechten Stand, dass die ihm kein Wort glauben würden. Plötzlich erkannte Julius, wie hoffnungslos seine Lage war. Lischka würde ihm nicht helfen können. Eiskalte Verzweiflung übermannte ihn.

Dafür hatte Luise ihn also befreit. Damit man ihn in einem Gefängnis verschwinden ließ. Das Dröhnen in seinem Kopf wurde wieder stärker, und auf einmal kamen auch die Übelkeit wieder und die Schwäche. Er taumelte. Der Polizeiagent hinter ihm packte ihn an den Schultern. Leutnant Tscherba machte ein Zeichen in Richtung der Dunkelheit jenseits des Hofes, und der andere schob ihn fort.

»Lischka!«, rief Julius, verzweifelt wie ein Tier, das ahnt, dass es geschlachtet werden soll.

»Keine Sorge, ich kümmere mich darum«, antwortete der Inspektor.

Doch Julius hörte das Zögern in dessen Stimme.

»Sie werden gar nichts tun, Inspektor Lischka!«, sagte Tscherba. »Sie sind von Ihren polizeilichen Befugnissen entbunden. Machen Sie Ihrem armen jungen Freund also keine falschen Hoffnungen.«

Julius versuchte, sich von seinem Bewacher loszureißen, als er diese Worte hörte.

»Lischka, du musst den Hofrat aufhalten. Er fährt nach Triest!«

»Red keinen Unsinn. Du willst doch bloß von dir ablenken«, zischte der Polizist und zog Julius mit sich. Gut versteckt unter Bäumen stand ein Arrestantenwagen. Dort wurde er hineingeschoben und die Tür verschlossen.

Als Julius die harte Bank unter sich spürte, entrang sich ihm ein Stöhnen. Der Hofrat hatte sicherlich dafür gesorgt, dass am Tatort von Grimmingers Leiche Beweise zu finden waren, die zu Julius führten. Aber warum hatte er den Maler umbringen lassen? Was hatte Schattenbach davon?

In diesem Moment öffnete sich die Tür zum Innenraum, und Leutnant Tscherba setzte sich ihm gegenüber. Er hieb mit der Faust gegen die Decke des Wagens, und das Gefährt zog an. Julius musste unwillkürlich lächeln bei dem Gedanken, dass er im Wagen eines Verbrechers aus Wien hinausgefahren wurde, um mit einem Polizeifahrzeug wieder zurückzukommen.

Er holte tief Luft und wollte etwas sagen, doch seine Worte zerfielen wie Asche, als er dem Blick des Leutnants begegnete. Er starrte in die Augen einer Marmorstatue. Kalt und ahnungslos. Er hätte gern darauf gehofft, dass dieser Vertreter der Gerechtigkeit Interesse daran hatte, den Hofrat zu verfolgen. Doch der steinharte Blick des Leutnants war glatt wie eine Fensterscheibe. Julius' Einwände und Bitten würden daran abprallen wie kleine Vögel.

Der Klingelknopf bohrte sich hart und kalt in Johannas Fingerkuppe. Irgendwo in den Weiten des Hauses hörte sie das Schrillen, doch niemand öffnete. Johanna biss sich auf die Unterlippe. Sie hatte bereits einen langen Weg durch die Stadt hinter sich. Und dies war schon der zweite Klingelknopf, den sie voller Ungeduld drückte. Bei der Adresse, die sie von Julius wusste, war eine alte Frau am Fenster erschienen und hatte sie angeschrien: »Der Rumtreiber ist nicht zu Haus!«

Johanna hatte in das verkniffene Gesicht der Alten geblickt und begriffen, dass sie Julius umsonst gesucht hatte. Mit gesenktem Kopf ging sie fort. Sie fühlte einen unbekannten Schmerz in sich. Verstohlen wischte sie sich eine Träne weg und stapfte durch den Schnee zur nächsten Straßenbahnhaltestelle. Was hast du denn erwartet, du dumme Gans?, schalt sie sich. Was hast du denn erwartet von einem Mann, der lebt wie ein Sandler, der nichts über seine Familie weiß, der in anderer Leute Häuser einbricht und einen Säufer zum Vater hat?

Als Johanna in dem stickigen Waggon saß wurde ihr bewusst, dass sie Julius hinterherrannte wie eine besorgte Mutter. Oder wie eine eifersüchtige Geliebte, die ihn zur Rede stellen wollte. Johanna fragte sich, was sie für Julius war. Wahrscheinlich nur irgendein dahergelaufenes spätes Mädchen.

Doch es musste einen Grund haben, warum sie sich an

einem ihrer seltenen freien Tage so aufrieb für diesen Mann. Vielleicht wollte sie sich beweisen, dass Julius Pawalet doch ein anständiger, guter Mensch war. Dass es einen Sinn hatte, dass sie nachts nicht mehr schlief und sich benahm wie eine Verrückte. Ein bitterer Geschmack stieg in ihrer Kehle hoch. Ich bin nicht mehr ich selbst, dachte sie. Dieser Mann hat mich ausgewechselt. Er hat mich zu einer blinden, naiven Schlampe gemacht. Sie fragte sich, warum sie Julius nicht loslassen und ihn seiner Wege gehen lassen konnte. Doch sie fand keine Antwort. Da fiel ihr plötzlich der einzige Ort ein, an dem Julius sich noch aufhalten konnte.

Eine Stunde später hatte sie die Adresse von Inspektor Rudolph Lischka gefunden und drückte auch hier den Klingelknopf – umsonst.

Sie wollte sich gerade abwenden und gehen, als sie einen dunkel gekleideten Mann die Straße herunterkommen sah. Er steuerte auf das Haus zu, und als er nah genug war, erkannte sie den Inspektor.

»Suchen Sie jemanden, junge Dame?«, sagte der und legte den Kopf schief, als fragte er sich, woher er Johanna kannte. »Waren Sie … Sie sind die Krankenschwester, die meinen Freund Julius gerettet hat!«

»Ich wünschte, es wäre so«, murmelte sie verlegen. »Aber woher wissen Sie das?«

»Nach dem, was er von Ihnen erzählt hat. *Johanna*, nicht wahr? Er hat gesagt, dass sie eine wunderschöne junge Frau sind, die viel zu gut ist für ihn.«

Trotz ihrer düsteren Stimmung stahl sich ein Lächeln auf Johannas Gesicht. »Wissen Sie, wo er ist?«, fragte sie den Inspektor, während der seinen Schlüssel hervorholte.

»Im Gefängnis, meine Liebe. Im Gefängnis.« Er stieß einen unglücklichen Seufzer aus.

»Was?« Die aufkeimende Hoffnung wurde erneut zerstört.

»Ich nehme an, auch Sie kennen ihn nicht gut genug, um ausschließen zu können, dass er zu einem Mord fähig ist?« Der Inspektor war einen Schritt näher getreten und musterte Johanna eindringlich.

»Zu einem Mord?«

»Ja. Er wird beschuldigt, einen Maler getötet zu haben, der in enger Verbindung zum Kunsthistorischen Museum stand.«

»Diesen Kopisten?«, fragte Johanna. »Er soll ihn umgebracht haben?«

»Nun, meine Liebe, Sie müssen wissen, dass Julius damals nur deswegen zu Ihnen ins Krankenhaus kam, weil er in der Werkstatt eben dieses Malers bei einem Einbruch erwischt wurde.«

Johanna spürte, wie sie blass wurde. »Dann glauben Sie also, dass er noch einmal dorthin zurückgekommen ist und diesen Maler ermordet hat?«

Der Polizist zuckte hilflos mit den Schultern. »Ich kann Ihnen leider nicht sagen, was genau sich abgespielt hat. Wissen Sie, ich kenne Julius nicht sehr gut. Ich kann nur nach dem gehen, was mir mein Instinkt sagt.«

»Und?« Johanna legte plötzlich all ihre Hoffnung in diesen Instinkt eines fremden Mannes.

»Mein Instinkt sagt mir, dass Julius unschuldig ist. Und ich kann ein wenig dazu beitragen, das zu beweisen. Deswegen muss ich Sie leider enttäuschen, Johanna – ich habe nur sehr wenig Zeit für Sie.«

Johanna dachte eine Weile nach. »Wann genau soll er den Mord denn begangen haben?«, fragte sie.

»Er wurde gestern festgenommen. Die Leiche des Malers wurde ebenfalls gestern gefunden. Der Pathologe sagt, dass man den Mann am Abend zuvor erstochen hat.«

»Erstochen …«, murmelte Johanna. Ein Hauch von Grauen streifte sie bei der Vorstellung, dass Julius …

»Hören Sie, Johanna!«, sagte der Inspektor plötzlich aufgeregt. »Sie denken doch nicht etwa daran, Julius ein Alibi zu geben!«

Er starrte sie entgeistert an, und Johanna verfluchte sich, dass er ihre Absicht sofort durchschaut hatte. Sie schwieg.

Der Inspektor fasste nach ihrem Arm. »Das dürfen Sie nicht!«

Johanna riss sich los. »Wer sagt Ihnen denn, dass ich nicht tatsächlich mit ihm zusammen war? Wir haben vorgestern den Abend miteinander verbracht.«

»Das ist nicht wahr. Julius wohnt seit Heiligabend bei mir.«

»Aber Sie sind Polizist und nur selten zu Hause. Woher wollen Sie wissen, dass Julius nicht mit mir irgendwo in einem Separee war?«

Der Inspektor kniff die Augen zusammen. Er packte Johanna bei den Armen, schob sie in den Hauseingang und drückte sie gegen die Wand. Dann stützte er die Hände neben ihre Schultern, sodass sie nicht entkommen konnte, und zischte: »Warum tun Sie das? Lieben Sie Julius? Das kann ich mir kaum vorstellen, denn Sie kennen ihn bestenfalls seit zwei Wochen.«

Johanna starrte in seine braunen, ernsten Augen und nahm den Geruch nach Mottenpulver wahr, der aus seinen Ärmelaufschlägen stieg. Schlagartig erfasste sie, dass der Inspektor ein einsamer, ahnungsloser Mann war, in dessen Welt ganz andere Regeln galten als in ihrer.

»Was wissen Sie denn über die Liebe?«, fragte sie leise und abfällig.

»Dass man sich in ihr täuschen kann!«, schleuderte der Inspektor ihr entgegen.

»Und Sie glauben, dass ich mich täusche.«

Lischka seufzte. »Nein, Johanna. Ich frage mich nur, warum Sie das tun wollen, obwohl Sie Julius gar nicht kennen. Tun Sie das, weil Sie in Ihrem Herzen wissen, dass mein Freund Pawalet kein Mörder ist?« Er hielt inne und lockerte seine Hände neben ihren Schultern, als sei er plötzlich zu schwach, diese Barriere aufrechtzuerhalten. »Oder tun Sie es, weil Sie sich in ein Phantom verliebt haben, das Sie um Ihrer selbst willen zurückhaben wollen?«

Johanna schob seine Arme zur Seite und starrte ihn wütend an. Inspektor Lischka hatte sie durchschaut. Er hatte sie erkannt und mit vernichtender Leichtigkeit ihre wahren Motive aufgedeckt. Johanna dachte an die beiden Küsse, die sie ihm im Prater abgerungen hatte. An seine kindliche Hilflosigkeit im Krankenhaus. Sie schüttelte verärgert den Kopf. Warum nur konnte sie an nichts anderes mehr denken als an diesen verlorenen Mann?

Sie drehte sich um und wandte sich zum Gehen. In ihren Augenwinkeln wurde es heiß. Plötzlich ertrug sie die Nähe des Inspektors nicht länger und eilte davon.

»Tun Sie, was Sie nicht lassen können!«, rief Lischka ihr hinterher. »Aber tun Sie es nur, wenn er Ihnen wirklich etwas bedeutet.«

VI

Die Fahrt zur Landesgerichtsstraße dauerte wohl nur eine Stunde, aber Julius kam es vor wie eine endlose Reise über die holprige Landstraße. Irgendwann zogen vor den Fenstern wieder die Lichter Wiens vorbei, und dann hielt die Kutsche vor dem Landesgericht.

Er wurde aus dem Wagen gezerrt wie ein Stück Vieh und auf einen von trüben Birnen beleuchteten Eingang zugeschoben.

Vor ihm ragte das massige graue Bossenwerk in den Nachthimmel. Julius fühlte sich wie eine Maus, die in eine riesige Falle tappt.

Drinnen roch es durchdringend nach Kohlsuppe, Schmieröl und ungewaschener Straßenkleidung.

Auch zu dieser späten Stunde war das Gebäude hier nicht verlassen. Ein Polizist hatte eine junge Frau am Nacken gepackt und schob sie vor sich her. Sie trug zerrissene Strümpfe und hochgeschürzte Röcke. Ihre Arme waren trotz der Nachtkälte bloß, ihre Brust in dem engen Korsett war mager, und sie schrie aus Leibeskräften. Eine Prostituierte. Sie würde in einer der Zellen des Gefangenenhauses verschwinden. Für wie viele Nächte und unter welchen Bedingungen mochte Julius sich nicht ausmalen. Er sah eine Gruppe abgerissen aussehender betrunkener Jugendlicher, einen blutverschmierten Mann mit Bärenfellmütze und zwei Frauen, die auf Serbisch schimpften und schrien.

Julius wurde eine Treppe hinuntergeführt. Links und rechts in dem düsteren Korridor glänzten Eisentüren.

Am Ende des Gangs öffnete sich auf der rechten Seite die massive Eisentür zu einer Zelle. Nackter, feucht glänzender Stein war alles, was er auf den ersten Blick erkannte. Dann landete er unsanft auf einer Holzpritsche, auf der ein Packen alter Zeitungen als Kopfkissen diente. Die Tür fiel mit einem dröhnenden Scheppern zu, als sollte sie sich nie wieder öffnen.

Julius sah sich in der Zelle um: ein Aborteimer, ein rostiges Abflussgitter, aus dem es stank wie aus einer Sickergrube, und ein weit oben in die Wand eingelassener Luftschacht – das war alles, was es hier gab.

Er ließ sich auf die Pritsche sinken und zog zitternd die Beine an. An der Decke warf eine nackte Glühlampe in einem Gitterkäfig trübes Licht auf ihn herab. Sein Herz raste, und kalter Schweiß lief an ihm herunter.

Dann hörte er die Stille. Jenseits des Rauschens in seinen Ohren schien es nichts mehr zu geben, was zu ihm drang. Nur eine kalte dröhnende Stille wie in längst vergessenen Katakomben. Nur ab und zu ertönte ein dumpfer Schlag; wahrscheinlich, wenn sich eine der massiven Eisentüren hinter einem anderen Pechvogel schloss.

Bei jedem Schlag zuckte Julius zusammen. Eingehüllt in diese absolute Lautlosigkeit kam es ihm vor, als säße er in einem unendlich langsam tickenden Uhrwerk, das eine ihm unbekannte Zeit maß. Vielleicht würde er durch seine Räder irgendwann nach draußen befördert werden. Vielleicht würde ihn einer der nächsten Schläge zermalmen.

Julius wusste nicht, was ihn erwartete. Er hatte keine Ahnung, wie in Wien mit seinesgleichen verfahren wurde. Er wusste nur, dass er vom Erdboden verschluckt war.

Als er, den Kopf auf die Zeitungen gebettet, versuchte, Schlaf zu finden, dachte er an den erstarrten Mund und an die aufgerissenen Augen der Medusa, die jetzt in einer kleinen Kiste an einen unbekannten Ort gebracht wurde.

Als Julius wieder aufwachte, wusste er nicht, wie viel Zeit vergangen war. Auf dem Boden neben der Zellentür standen eine Blechschüssel mit etwas, das aussah wie Erbrochenes, ein Krug Wasser und ein offenbar steinhartes Stück Brot.

Sein Kopf schmerzte immer noch und fühlte sich dumpf an, so als wäre sein Gehirn ein mit Wasser vollgesogenes Stück Watte. Alles war still. Nicht einmal mehr das Echo der Türen war zu hören.

Julius schleppte sich zur Tür und holte den Blechnapf, das Brot und den Krug und setzte sich wieder auf die Pritsche.

Der Inhalt, eine Art Eintopf, war kalt, schmeckte aber nicht so unangenehm, wie er aussah. Ohne über seine Lage nachzudenken, aß er den Eintopf und das Brot und spülte alles mit dem abgestandenen Wasser herunter.

Danach fühlte er sich erstaunlich gestärkt und wohl. Doch dann ging auf einmal die Lampe an der Decke aus. Die Schwärze, in der Julius mit einem Schlag saß, war so absolut wie das Ende der Welt. Panik kroch in ihm hoch, und er verharrte minutenlang völlig erstarrt. Vielleicht war es nur ein Fehler in der Elektrizität des Gefängnisses, und das Licht würde gleich wieder angehen, dachte er. Doch die Finsternis umgab ihn wie ein Grab. Er konnte nichts erkennen, nicht die Hand vor Augen und auch keine Umrisse.

Er tastete nach dem Rand seiner Pritsche und stand auf. Seine Beine fühlten sich an wie verkochtes Gemüse. Er taumelte in Richtung der Tür und begann dagegenzuhämmern. Er schrie.

Da erklang von draußen der verzerrte Ruf eines Mannes: »Halt's Maul und schlaf!«

Da begriff Julius. Es war Nacht. Und das Gefängnis vergeudete keinen Strom an seine Gäste. Wie lange dauerte so eine Nacht in einer Zelle? Er tastete sich zurück zur Pritsche und legte sich wieder hin. Sein Körper pochte, und in seinem Innern breitete sich etwas Schreckliches aus. Es war wie ein Schmerz, den man sofort abstellen möchte, aber Julius wusste, dass er nun lange Zeit so in der Dunkelheit zubringen musste. Das alles wäre nicht so schlimm gewesen, wenn er hätte schlafen können. Aber an Schlaf war nicht zu denken. Er fühlte sich erstaunlich ausgeruht und frisch und voller Tatendrang. Er dachte an Inspektor Lischka. Vielleicht schaffte er es, Julius' Unschuld zu beweisen. Aber was, wenn dieser Leutnant Tscherba seinen ehemaligen Kollegen nicht weiterermitteln ließ, wenn er ihn daran hinderte, den Hofrat zu suchen? Die Ungewissheit quälte ihn so sehr, dass er wieder aufsprang und rastlos in der dunklen Zelle herumlief. Vielleicht dient diese Isolation in der Finsternis auch dazu, dass ich etwas zugebe, was ich nicht getan habe, dachte Julius.

Erschöpft legte er sich wieder auf die Pritsche und überlegte fieberhaft, wie er sich verteidigen würde, wenn man ihn denn ließe. Irgendwann fiel er in einen dünnen, unruhigen Schlaf.

Es war die Glühbirne, die ihn jäh zurück ins Bewusstsein riss. Ihr Licht erhellte schlagartig die Zelle, und Julius fuhr mit einem Schrei hoch.

Im nächsten Moment hörte er ein metallisches Knirschen, und die Tür wurde aufgerissen. Ein Wärter erschien und kam auf ihn zu.

»Zeit, sich hübsch zu machen. Sie haben ein Rendezvous.«

Er legte Julius Handschellen an und führte ihn hinaus auf den Gang.

»Was … was haben Sie vor?«, fragte er den Wärter.

Er taumelte neben dem Uniformierten her wie ein Kind, das im Morgengrauen zur Kirche geschleppt wird. Der Mann antwortete nicht, sondern führte ihn in einen abzweigenden Gang und öffnete eine Tür zu einem kleinen, gekachelten Raum. Darin befand sich nichts als ein Wasserschlauch und ein Eimer. Auf einem Stuhl lag ein Stapel grauer Stoffsachen, säuberlich zusammengelegt.

»Da gehen S' jetzt rein und waschen S' Ihnen den Dreck ab. Sie stinken ja erbärmlich.«

Mit angewidertem Gesicht nahm der Wärter Julius die Handschellen ab und schob ihn in den Raum. Die Tür wurde geschlossen und von außen verriegelt.

Julius schöpfte augenblicklich Hoffnung. Wenn er sich waschen sollte, dann würde er bestimmt zu einer Art Anhörung geführt.

In dem Eimer schwammen ein Stück Seife und ein Waschlappen, und erfreulicherweise war das Wasser warm. So gut es ging, wusch er sich. Es war eine völlig unerwartete Wohltat, als würde er zum ersten Mal in seinem Leben die Annehmlichkeit von heißem Wasser genießen.

Auf dem Stapel Stoff, einer Garnitur frischer Sträflingskleidung aus festem, hartem Stoff, lag ein kratziges Handtuch. Julius trocknete sich ab und schlüpfte in die verwaschene Kluft. Als hätte der Wärter ihn von draußen beobachtet, ging im selben Augenblick die Tür auf, und Julius wurden wieder die Handschellen angelegt. Dann wurde er denselben Weg entlang geführt, auf dem er vor zwei Tagen gekommen war. Der Anblick des Tageslichts, das die Eingangshalle des Landesgerichts erfüllte, trieb ihm fast die Tränen in die Augen vor Erleichterung.

»Wo bringen Sie mich hin?«, fragte er den Wärter hoffnungsvoll.

»Werden S' schon sehen«, sagte der knapp und schob Julius zu einem Seiteneingang hinaus.

In einem Hof wartete ein grüner Arrestantenwagen, vor den zwei Pferde gespannt waren. Mit gesenktem Blick stieg er ein, und der Wagen fuhr an. Da sah er vor dem Eingang des Landesgerichts eine Frau, die auf einen Wachmann einredete. Es war Johanna.

»Warten Sie!«, drängte er den Wärter, der mit ihm im Wagen saß. »Dort steht jemand, der zu mir will!« Er wies mit dem Kopf aus dem Fenster. »Halten Sie an, bitte!«

Der Mann warf einen kurzen Blick aus dem Fenster. »Das Frauenzimmer da?«

»Ja!«

»Na, die wird schon auf Sie warten, wenn s' sich die Mühe macht, Sie hier zu suchen«, antwortete er ungerührt und lehnte sich an die Rückwand des Wagens, als wäre es der bequemste Sessel. Er lächelte überheblich, und Julius hätte ihm am liebsten einen Tritt gegeben. Er sah aus dem Fenster, bis Johanna außer Sichtweite war.

»Ist das dein Herzliebchen?«, spöttelte sein Aufpasser.

Julius reagierte nicht darauf, sondern gab sich die Antwort darauf im Stillen. »Diese Phase haben wir wohl übersprungen ...«

Kurze Zeit später fragte er sich bei einem Blick aus dem Fenster, wo der Wagen wohl hinfahren mochte. Beim Volksgarten bog er in den Burggraben ein, und schon öffnete sich vor ihnen die symmetrische Anlage des Naturhistorischen und des Kunsthistorischen Museums.

Der Platz zwischen den beiden Gebäuden war tief verschneit. Vor dem Eingang des Naturhistorischen Museums befanden sich ein paar Besucher. Natürlich, dieser Bau war der Öffentlichkeit ja auch noch zugänglich. Als Julius' Blick zur gegenüberliegenden Seite schwenkte, sah er, dass vor dem Eingang des Kunstmuseums Männer in Uniform Posten bezogen hatten. Der Wagen bog in die Hofeinfahrt an der Seite des Museums ein und hielt genau an der Stelle, an der vor zwei Tagen die Kutsche des Hofrats gewartet hatte, während die *Medusa* den Besitzer wechselte.

Verwirrt blickte Julius zu den Uniformierten, die auch hier die Türen im Hof flankierten. Eine schlichte, schwarze Kutsche wartete bereits im ersten Hof.

Warum hatte man ihn hierher gebracht? Zu welchem Zweck? Plötzlich erfasste ein Zittern seinen Körper, und er sah den Wärter fragend an. Doch der Mann schwieg, öffnete den Wagenschlag und entließ Julius auf den vereisten Innenhof. Ihn fror allmählich in der dünnen Gefängniskleidung.

In diesem Moment erschien in einer Tür ein bekanntes Gesicht. Leutnant Tscherba bedeutete dem Wachmann, Julius zu ihm zu bringen. Mit verkniffenem Gesicht stand der Leutnant zwischen zwei Uniformierten und sah so ungeduldig und verärgert aus, als stünde er in einer langen Schlange vor einer öffentlichen Bedürfnisanstalt.

Sein Bewacher nahm Julius die Handschellen ab und führte ihn zu Tscherba. Der packte ihn am Arm und entließ den Rangniederen mit einer ungeduldigen Geste. Der Leutnant zog Julius in das Gebäude und schloss eilig die Tür. Sie standen in einem engen Flur vor einer steinernen Treppe.

»Was soll das alles?«, fuhr Julius ihn an. Er wollte sich losreißen, doch der Griff des Leutnants war wie eine Stahlklammer. Tscherba schien kurzatmig zu sein. Auf seiner Stirn pochte eine Ader, und sein Blick war gehetzt. Seltsam, dachte Julius, als Tscherba ihn vorgestern Nacht in

Gewahrsam genommen hatte, war dessen Miene noch voller Selbstsicherheit und Überlegenheit gewesen. Tscherba spießte Julius förmlich auf mit seinen kühlen Augen, die an diesem Morgen starr waren wie bei einem toten Fisch.

»Wenn es nach mir ginge, müsste man Sie in eine Zelle stecken und Ihnen den Prozess machen, und dann ab an den Galgen!«, zischte der Leutnant.

Julius schöpfte Hoffnung. »Aha«, sagte er mit mühsam gespielter Ruhe. »Dann geht es also nicht nach Ihnen? Nach wem denn dann?«

»Sparen Sie sich Ihre frechen Fragen, Pawalet! Sie können sich bestimmt vorstellen, warum Sie hier sind.«

Julius schüttelte in ehrlicher Ahnungslosigkeit den Kopf. Der Leutnant stieß ein ärgerliches Schnauben aus und öffnete eine Seitentür, die in die prunkvolle Eingangshalle des Museums führte.

»Kommen Sie mit. Und wehe, wenn Sie mir vorgestern Nacht ein Lügenmärchen erzählt haben. Gnade Ihnen Gott, wenn das alles erfunden war!«

Julius verstand immer noch nicht. Er ging neben dem Leutnant die Marmorstufen hinauf und hatte kaum Augen für den erhabenen Aufgang. Plötzlich kam es ihm vor, als hätte er diesen Teil des Museums noch nie betreten. Die Zwickelbilder im Stiegenhaus wirkten seltsam abweisend, obwohl sie von Gustav Klimt gemalt worden waren. Julius bemerkte, dass sie ihm heute zum ersten Mal auffielen. Die golddurchwirkten Schmuckornamente und die rote Marmorbalustrade neben der Treppe schienen Elemente einer Welt zu sein, der er nie angehört hatte. Was für einen Anblick musste er bieten in seiner Sträflingskleidung neben dem hochdekorierten Leutnant und unter den erhabenen Fresken.

»Vielleicht wollen Sie mir erklären, warum ich hier bin!«, forderte er und blieb mitten auf der Treppe stehen. Der Leutnant schnaubte verärgert.

»Warum Sie hier sind? Das kann ich Ihnen beim besten Willen nicht sagen, Pawalet! Wahrscheinlich muss ich für meine Dummheit, Ihnen überhaupt zugehört zu haben, teuer bezahlen.«

»Aber warum?«

»Das werden Sie gleich sehen. Ich bin ein Trottel, dass ich mein Amt und meine Verantwortung so ernst nehme.«

Julius verstand nicht, was Tscherba meinte. Er war so verwirrt, dass ihm langsam schwindelig wurde. Er hatte an diesem Morgen nichts zu essen bekommen, und er fühlte sich schwach.

»Jetzt kommen Sie schon weiter, damit ich es endlich hinter mir habe!«, forderte der andere ihn auf.

Julius erkannte, dass Leutnant Tscherba nicht bereit war, sich zu erklären. Er folgte ihm weiter die Treppe hinauf. Da hörte er in den Weiten der Säle Stimmengewirr. Kinskys weinerliche Stimme war deutlich herauszuhören.

Ein mulmiges Gefühl breitete sich in Julius' Magen aus. Tscherba bog nicht nach links ab in Richtung der Säle, sondern drehte oben an der Treppe um und führte Julius in Richtung der prunkvollen marmornen Rotunde. Von dort konnte man auf das Marmormosaik im Erdgeschoss blicken. Ein paar Meter von der Einfassung entfernt lag der Eingang zum Rubenssaal. An der Tür erkannte Julius schon wieder Uniformierte, die die Türen flankierten und ihnen mit blicklosem Gesicht entgegenstarrten. Ihm war immer noch nicht klar, was diese seltsamen Sicherheitsvorkehrungen bedeuten sollten.

Sie betraten den Saal mit der Nummer XV.

»Nehmen Sie gefälligst Haltung an!«, zischte Tscherba und versetzte Julius einen Stoß in den Rücken.

Die Blicke der Anwesenden richteten sich auf ihn, und der Leutnant sagte mit tonloser Stimme: »Der Zeuge Julius Pawalet ist eingetroffen!«

Julius erkannte Direktor Gustav Kinsky, der, die Hände hinter dem Rücken verschränkt, etwas abseits stand. Seinem Äußeren nach zu schließen war er inzwischen wieder nüchtern. Seine fleischigen Züge jedoch glänzten unter dem hellen Oberlicht wie nasse Seife. Seine Haare waren schlecht gekämmt, und an seinem Frack fehlte ein Knopf. Er sah Julius mit einem so giftigen Blick an, als wollte er ihn in Säure auflösen.

Um die Museumsbank in der Mitte standen ein paar unauffällig gekleidete Männer, unter ihnen ein großer, spindeldürrer Mann. Sein Schädel war vollkommen kahl, im linken Auge trug er ein Monokel, und er hatte die feingliedrigen Finger um den Knauf eines Spazierstocks gelegt. Er sah Julius mit hochgezogenen Augenbrauen an und rang sich ein säuerliches Lächeln ab, als würde er ein hässliches Insekt unter dem Mikroskop betrachten.

Auf den Samtpolstern des Bankrondells saß ein alter Mann in einem unauffälligen dunklen Anzug, der ein Bein elegant übergeschlagen hatte und die Hände im Schoß gefaltet hielt, als wartete er geduldig. Er kam Julius irgendwie bekannt vor, und er fragte sich, wo er den Alten schon einmal gesehen haben könnte. Der Kopf des Mannes war ebenso kahl und spiegelglatt wie der des Monokelträgers. Mit dem dichten weißen Backenbart und dem spitz zulaufenden weißen Schnurrbart hatte er Ähnlichkeit mit einem Hund. Der Mund verschwand vollkommen unter dem weißen Gestrüpp. Viele Männer trugen in dieser Zeit einen solchen Bart, genau wie Franz Joseph I. …

Er stutzte und erschrak im nächsten Moment zutiefst. Da spürte er, wie Tscherbas harte Hand gegen sein Rückgrat drückte. Doch Julius hatte keine Ahnung, wie man sich vor dem Kaiser von Österreich-Ungarn verbeugte.

VII

Jetzt machte sich endlich auch die scheinbar sinnlose Zeit bezahlt, in der der Künstler als Ausmister in der kaiserlichen Menagerie gearbeitet hatte. Damals, als er die Akademie abgeschlossen hatte und sich seine Bilder so schlecht verkauften, als hätte er sie mit Exkrementen bemalt. Als er in seiner Not aus dem angenehmen Status eines Künstlers in die Niederungen gewöhnlicher Arbeit hinabsteigen musste. Wie demütigend war es gewesen, mit Schaufel und Mistgabel die Scheiße der Elefanten und Giraffen wegzuschaffen. Wie unsagbar beleidigend der Anblick der gaffenden Ausflügler, die die eingesperrten Affen ausgelacht hatten. Und dann dieser Gestank! Er war kaum aus den Kleidern gegangen, der Dunst nach Urwaldtieren und Vögeln. Doch während ihm das damals als verlorene Zeit erschienen war, wusste er nun – auch dieser Abstieg hatte einen höheren Sinn gehabt. Denn nun kannte Alois Lanz sich im Zoologischen Garten bestens aus.

Inzwischen hatte sich einiges geändert in der Menagerie. Die hohen Trennmauern zwischen den großen Gehegen waren beseitigt und durch kunstvolle Gitter ersetzt worden. Der Zoo sollte dadurch weiter und heller wirken. Außerdem gruben sie seit Jahren neue Kanäle für das Abwasser, bauten Toiletten für die Besucher, legten neue Wege und Bepflanzungen an. Und um den ursprünglichen Kern entstanden neue Gehege für andere Tierarten. Kurzum – die kaiserliche Menagerie war seit Jahren eine Baustelle.

So war es kein Problem für ihn, mit seinem Handkarren durch den versteckt liegenden Lieferanteneingang in den Zoo zu kommen. Ein müde aussehender und frierender Wärter schaute fragend auf den Wagen, den Lanz mit einer Plane zugedeckt hatte. Er trug den schäbigen Arbeitsanzug eines Schreinereiangestellten.

»Ich habe hier eine Lieferung Kleinholz abzugeben«, sagte er.

»Morgen ist doch aber Neujahr. Da arbeitet hier niemand«, sagte der Mann.

Lanz lächelte nachsichtig. »Ja, das stimmt. Aber das macht ja dem Holz nichts aus. Ich stelle es nur schnell ab. Die Zuständigen wissen, was damit zu tun ist.«

Und er schwenkte den gefälschten Lieferschein eines Sägewerks, auf den der Wärter nur einen flüchtigen Blick warf. Er winkte ihn einfach durch.

Mit freudig klopfendem Herzen schob der Künstler seine Requisiten durch den Hintereingang und sah sich um. Es war der 31. Dezember, und die Bauarbeiten ruhten. In der Ferne sah er nur ein paar Zoobesucher, die an diesem Tag und bei der Kälte irgendwelche Tiere aus tropischen Gefilden sehen wollten.

Er hörte die abgerissenen Schreie der Papageien, die

sicher wie die Hühner auf der Stange hockten, um nicht vor Kälte umzukommen. In der Luft lag der scharfe Gestank von Tierexkrementen.

Einen Moment lang war ihm fast schwindelig vor Dankbarkeit, dass er die gefrorenen Haufen jetzt nicht wegschaufeln musste. Eilig blickte er über das Areal. Es gab einen großen Schuppen, in dem Werkzeug und Material für die Bauarbeiter lagen. Hinter dem Schuppen, fast verdeckt von dichtem Gebüsch, lagerten Holz und Steine, Latten, Zaunteile, Eisenstangen, Kisten mit Schrauben und Karren voller Sand. Lanz lächelte entzückt und zog seinen Wagen hinter den Schuppen.

Er schob seinen Karren an den Rand, sodass der fast ganz von den Zweigen verdeckt wurde. Dann sah er sich kurz um, hob die Plane hoch und warf einen prüfenden Blick darunter. Alles war perfekt vorbereitet. Die Holzbalken waren mit Eisenwinkeln zusammengefügt, das dünne Seil war auf die dicke Holzspule gerollt. Einen Moment lang blitzte ein Bild vor seinem inneren Auge auf. Er verscheuchte es rasch, weil die schlagartige Erregung an seiner Konzentration nagte.

Lanz warf die Plane wieder über den Wagen und beugte sich dann zu einer Schneewehe hinab. Er häufte ein paar Armvoll Schnee auf den Wagen, damit niemand bemerkte, dass der Wagen erst seit Kurzem dort stand. Es war kalt, und die Erde war sicherlich steinhart gefroren. Lanz bezweifelte, dass in den nächsten Tagen Bauarbeiter kommen würden. Vielleicht wurde sogar der große Schuppen in den nächsten Tagen nicht genutzt.

Vorsichtig sah er sich um, ob ihn auch niemand beobachtete. Dann rüttelte er einmal kräftig an der Tür. Die Tür war zwar abgeschlossen, aber es schien ein sehr schlechtes, nur behelfsmäßig angebrachtes Schloss zu sein. Was für eine glückliche Fügung! Es wäre ein Kinderspiel, in den Schuppen zu gelangen.

Lanz schüttelte in freudigem Unglauben den Kopf. Dass das Schicksal so zuvorkommend mit ihm war!

Er lief zurück zum Tor, während in seinem Kopf ein Plan reifte. Er konnte sie fast riechen, die Polizeiagenten, die in diesem Moment im Hof vor seiner Wohnung lauerten. Er konnte ihre schwarzen festen Stiefel im Schnee beinahe knirschen hören. Und er sah sie förmlich vor sich: die gehetzten, angespannten Blicke der Gendarmen unter dem Befehl irgendeines eifrigen Inspektors, der sie ans Ziel geführt hatte. Ja, Lanz wusste, dass die Falle aufgestellt war, um zuzuschnappen. Deswegen war dieser Schuppen ein geradezu unverschämt großzügiger Wink des Schicksals.

Der Wärter stand vor seinem Häuschen und rauchte eine Zigarette. Als er Lanz kommen sah, warf er sie rasch in den Schnee und sah ihm aufmerksam entgegen.

»Das hätten Sie nicht tun müssen«, sagte Lanz freundlich und wies auf die Zigarette.

Der Wärter lächelte verlegen. »Alles nur wegen der Kälte. Aber die sehen es nicht gern, wenn unsereins im Dienst raucht. Ich bin ja immerhin im Dienst des Kaisers, und in letzter Zeit müssen wir besonders aufpassen, heißt es.«

»Wie meinen Sie das?«, fragte Lanz und hoffte, dass seine Stimme nicht allzu lauernd klang.

»Na wegen diesem Mörder, der da rumläuft. Der Kerl war schon zwei Mal in der Menagerie, heißt es.«

»So?« Lanz spürte ein elektrisierendes Kribbeln, das seine Wirbelsäule umspielte wie die Finger einer zärtlichen Geliebten. Er musste seine ganze Kraft aufbieten, um den Wachmann nicht gierig aufzufordern, ihm mehr zu erzählen. Er zog nun selbst ein Päckchen Zigaretten aus der Manteltasche und bot ihm eine an.

»Wirklich, wegen mir hätten Sie sie nicht wegschmeißen müssen«, sagte er und gab dem dankbaren Raucher Feuer. »Sie langweilen sich bestimmt. Kommt ja wahrscheinlich niemand hier vorbei bei dem Wetter.« Der Plauderton gelang ihm gut, wie er fand.

Der Wachmann nickte. »Wem sagen Sie das! Aber wenn einer von der Schlosswache einen beim Rauchen erwischt, dann heißt es immer gleich, dass man keine gescheite Arbeitsmoral hätt'. Ich bitt' schön, ich halt' den ganzen Tag Ausschau, so wie man mir's gesagt hat. Aber der Mörder wird sicher nicht so blöd sein und sich hier noch mal blicken lassen.«

Lanz machte ein ungläubiges Gesicht. »Wirklich? Hat man Ihnen wirklich aufgetragen, die Augen offen zu halten?«

»Wenn ich's sage. Der Kerl hat doch diese giftige Schlange hier rausgeklaut und dieses Mädel damit umgebracht. Und dann die Geschichte mit den Tigern und den Krokodilen. Ein kranker Unmensch ist das, sag' ich Ihnen. Na, und weil er halt zwei Mal hier im Tiergarten war, haben sie gesagt, dass man hier besonders aufpassen muss. Grad hier am Hintereingang.«

Lanz musste sich ein Schmunzeln verkneifen. »Gut aufpassen tut's Ihr aber nicht, gell! Schauen S', ich könnt' zum Beispiel der Mörder sein!«

Der Mann stutzte, dann lachte er und machte eine wegwerfende Handbewegung. »Sie? Also wenn Sie der Mörder sind, dann lass ich mich zu den Affen sperren!«

Lanz stimmte laut in das Lachen des Mannes ein. Er musterte das rot gefrorene Gesicht des Rauchenden und dankte dem Schicksal, dass es seinen Weg immer wieder mit gutgläubigen, dummen Menschen und damit Mittätern wider Willen zu säumen schien.

»Wann haben S' denn Feierabend?«, fragte er den Mann.

»Am Abend. Nachts ist niemand hier. Da wird das Tor verriegelt. Und die Bauarbeiten gehen eh erst weiter, wenn's aufhört, so arg zu schneien. Sind auch nicht zu beneiden, die armen Männer.«

Lanz nickte mit ernstem Gesicht. Die Glut seiner Zigarette verbrannte ihm beinahe die Finger, und er warf sie in den Schnee. Der Wächter blickte kurz auf die Zigarettenkippe, deren Glut mit einem leisen Zischen erlosch, zog noch ein letztes Mal gierig an seiner und warf sie hinterher.

»Na, dann wünsche ich Ihnen einen schönen Jahreswechsel«, sagte er zu dem Mann und drückte ihm die Hand. »Und halten S' schön weiter Ausschau.«

»Mach ich. Der Mistkerl – wenn der hier noch mal vorbeikommt, der entwischt mir nicht!«

»So ist's recht«, antwortete Lanz und legte die Hand an die Mütze.

VIII

»Julius Pawalet, Sie sind hier, weil Sie die Möglichkeit erhalten sollen, sich zu den ungeheuerlichen Vorwürfen zu äußern, die Sie gegen die Verantwortlichen der Galerie des allerhöchsten Kaiserhauses vorgebracht haben. Das Kunsthistorische Museum steht in diesen Tagen im Kreuzfeuer der Kritik wegen einem irrsinnigen Mörder, der die herrlichen Werke dieses Hauses zu schrecklichen Schandtaten missbraucht. Und nun erreicht den Hof zu Wien der Vorwurf, dass hinter den Mauern dieses Museums auch schändliche Fälschungen angefertigt werden, ja dass sogar die wertvollsten und unersetzlichen Originale Alter Meister aus dem Besitz der kaiserlichen Familie aus dem Museum entfernt und veräußert wurden. Damit beschuldigen Sie niemand Geringeren als den vom Kaiser persönlich ins Amt gehobenen Verantwortlichen, Dr. Gustav Kinsky, des Kunstdiebstahls. Ferner beschuldigen Sie den hervorragend beleumundeten Hofrat Viktor von Schattenbach, verantwortlich für diese Vorgänge zu sein. Dies sind Beschuldigungen, die sich ferner gegen den Hof selbst richten, und unsere allerhöchste Majestät, der Kaiser, ist entschlossen, diese absonderlichen Geschehnisse vollständig aufzuklären.

Durch den Rapport des treuen Hofsicherheitsinspektors Leutnant Tscherba kamen Ihre hartnäckigen Anschuldigungen dem Kaiser zu Ohren, der dieser Sache hier und heute auf den Grund gehen wird. Sie sind also vorgeladen worden, um sich zu erklären oder für immer zu schweigen.«

Der schwarz gekleidete Mann, der vor Julius Aufstellung genommen hatte, ließ die kaiserliche Depesche sinken und faltete sie wieder zusammen. Er knallte die Hacken zusammen und wandte sich um, um wieder seinen Platz neben Franz Joseph einzunehmen, der mit teilnahmslosem Gesicht dasaß und ein Gemälde hinter Julius zu betrachten schien.

Julius brach der Schweiß aus. Ungläubig starrte er auf dieses Untersuchungskomitee und schluckte hart an der wüstenartigen Trockenheit, die sich in seinem Mund ausgebreitet hatte.

Das hast du jetzt davon, schalt er sich. Und plötzlich wusste er auch, was Leutnant Tscherba auf der Treppe zu den Kunstsälen gemeint hatte.

... Und wehe, wenn Sie mir vorgestern Nacht ein Lügenmärchen erzählt haben. Gnade Ihnen Gott, wenn das alles erfunden war ... Wahrscheinlich muss ich für meine Dummheit, Ihnen überhaupt zugehört zu haben, teuer bezahlen.

Julius hatte dem Leutnant während der ganzen nächtlichen Rückfahrt nach Wien in den Ohren gelegen, dass man veranlassen sollte, die Kutsche des Hofrats zu verfolgen. Er hatte ihn angefleht, ihm zu glauben, und ihm in einem Anfall von Verzweiflung alles offenbart. Und das, obwohl die steinerne Miene des Leutnants keinen Anlass zu der Hoffnung gab, dass der ihm überhaupt zuhörte. Tscherba hatte die ganze Zeit kein Wort gesagt, sondern Julius nur mit einer Mischung aus Mitleid und Verachtung angesehen. Mitleid mit einem offensichtlich geistesverwirrten Irren und Verachtung für einen mittellosen Habenichts, der solche ungeheuerlichen Beschuldigungen gegen Mitglieder des Hofes erhob.

Aber anscheinend hatten Julius' Worte doch Zweifel bei Tscherba gesät. Und nun musste er Rede und Antwort stehen.

Der spindeldürre Mann mit der Glatze trat aus der Gruppe auf Julius zu und räusperte sich. »Gestatten Sie, mein Name ist Leander Blauenstein. Ich bin Direktor der *Modernen Galerie* im Schloss Belvedere.« Und mit einem Seitenblick auf den Direktor des Kunsthistorischen Museums fuhr er fort: »Also ein Kollege des geschätzten Dr. Kinsky.«

Kinsky stieß nur ein missbilligendes Grunzen aus und wandte den Blick ab. Hinter seiner Stirn schien ein Glutofen zu arbeiten. Der Kaiser schaute immer noch schweigend von seiner Bank aus auf die Vorstellung, die sich vor seinen Augen abspielte.

»Sie fragen sich sicher, was ein Betreuer der neuen Kunst zu dieser Angelegenheit zu sagen hat, Herr Pawalet«, sagte Blauenstein und lächelte Julius offen an.

Der Mann schien nicht im Geringsten hochmütig oder ablehnend zu sein. Im Gegenteil – seine Stimme war leise und höflich. »Lassen Sie mich Ihnen erklären«, fuhr er fort, »warum ich hier bin. Ich habe lange Jahre an der Akademie der bildenden Künste die Lehrmittelsammlung betreut und dort als Restaurator für alte Gemälde gearbeitet. Ich darf also behaupten, dass ich in Bezug auf Ihre … nun, Vermutungen ein kundiger Ansprechpartner bin. Seine Majestät hat sich aus diesem Grund entschlossen, mich als unabhängigen Fachmann zu dieser … sagen wir, Untersuchung hinzuzuziehen. Ich möchte Sie bitten, mich über Ihre Beobachtungen ins Bild zu setzen, Herr Pawalet.«

Der Museumsdirektor des jüngsten Museums Wiens legte seine Fingerspitzen aneinander und lächelte Julius aufmunternd zu. Der warf einen fragenden Seitenblick auf Leutnant Tscherba. Dessen Mund war zu einem missbilligenden Strich zusammengepresst, dass der Direktor einen Sträfling so ungewöhnlich zuvorkommend behandelte. Julius sah fragend in das freundliche Gesicht des Mannes und wusste nicht, was er sagen sollte.

Kinsky konnte seine Ungeduld nicht länger zügeln und rang die Hände über dem Kopf.

»Bei allem gebotenen Respekt, Eure Majestät! Das erscheint mir doch zu sehr wie ein albernes Theater.« Er wedelte mit der Hand zu Julius hinüber. »Einen Straftäter hier ins Museum zu lassen. Und außerdem – Herr

Blauenstein ist Sezessionist! Er betreut die Sammlung der modernen Künstler! Ich bezweifle doch sehr, dass er in unserer Sache etwas zu sagen hat. Hat er denn überhaupt die nötige Kompetenz, die Alten Meister zu beurteilen?« Seiner Stimme war die Missbilligung über die neuen Strömungen der Künstlergruppe um Gustav Klimt anzuhören.

Julius freute sich über das nachsichtige Lächeln Blauensteins, der fragend zum Kaiser sah. Franz Joseph murmelte etwas, das klang wie: *Fahren Sie fort, Blauenstein*, und besah sich weiter die Bilder ringsum. Er sah merkwürdig unbeteiligt aus. Er wird doch nicht etwa nur hier sein, weil er denkt, es sei seine Pflicht, wunderte sich Julius.

Blauenstein deutete eine kleine Verbeugung in Richtung Kinsky an und flötete: »Lieber Kollege, wenn diese Angelegenheit geklärt ist, können wir uns gern über Kunst unterhalten. Aber nun möchte ich Sie bitten, abzuwarten und Herrn Pawalet nicht aus dem Konzept zu bringen.«

Warum ist der so nett zu mir?, fragte sich Julius. Der auffordernde Blick des Mannes half Julius', seinen ganzen Mut zusammenzunehmen. Sollte er tatsächlich vor all diesen Männern sprechen? Er räusperte sich krampfhaft.

Der Kaiser schaute auf und verschränkte die Hände vor der Brust. Sein Blick ruhte abwartend und ohne sichtbare Regung auf dem Mann in Gefängniskleidung. Julius hob die Hand und wies auf die Tür zum angrenzenden Saal. »Sehen Sie diesen leeren Fleck an der Wand?«

Alle wandten den Kopf. Nur Kinsky starrte Julius mit wutverzerrtem Gesicht an und mahlte mit den Kiefern.

»Hier hängt normalerweise *Das Haupt der Medusa* von Peter Paul Rubens. Fragen Sie Herrn Direktor Kinsky, wo das Bild jetzt ist.«

Die Aufforderung war an niemand Bestimmten gerichtet, doch im nächsten Moment wandten sich alle Gesichter dem Direktor zu. Stumme Fragen schossen durch den Raum. Kinsky fuchtelte verärgert mit den Händen.

»Na, wo wird es wohl sein, wenn es nicht hier ist!«, sagte er barsch. »Es wird restauriert natürlich! Der große Besucheransturm vor einigen Wochen hat dem Bild zugesetzt. Und es ist auch schon Jahrzehnte her, seit es gereinigt wurde.«

»Und jetzt fragen Sie ihn, wer im Kunsthistorischen Museum für die Restaurierungen zuständig ist«, forderte Julius die Männer auf.

»Halten Sie sich zurück!«, zischte Tscherba neben ihm, aber Blauenstein stellte die Frage tatsächlich.

»Doktor Franz Kittelberger ist zuständig für die Restaurierungen«, antwortete Kinsky trotzig.

Der Kaiser nickte ernst. »Das ist der Mann, der damals in der Bauphase des Hauses als Restaurator eingesetzt wurde«, bestätigte er.

»Moment!«, sagte Blauenstein und kniff die Augen zusammen. »Wollen Sie damit sagen, dass dieser Franz Kittelberger seit mehr als 20 Jahren für die Pflege der Gemälde zuständig ist? Wurde denn in der Zwischenzeit niemand Neues eingestellt? Keine Assistenten? Keine Absolventen der Akademie? War es immer nur Kittelberger?«

Blauensteins beißende Fragen trafen Kinsky wie kleine Bleikugeln. Der wich ein paar Schritte zurück und schlang die Arme um den massigen Oberkörper, als wäre ihm plötzlich kalt. »Der Mann ist hervorragend!«, wehrte er sich. »Ein Genie mit allen Fähigkeiten, die es braucht. Ich habe keinen Grund gesehen, ihn zu ersetzen oder ihm einen Assistenten zur Seite zu stellen. Er hat so am besten gearbeitet.«

Der Kaiser beugte sich zu einem der stummen schwarz gekleideten Männer neben sich hinüber und raunte ihm etwas zu.

»Seine Majestät fragt, ob im Budget für das Kunsthistorische Museum nicht ein Etat vorgesehen ist, mit dem mehrere Restauratoren und Assistenten beschäftigt werden können«, fragte der Mann mit unbeteiligter Stimme.

Kinsky schwieg. Sein Gesicht jedoch nahm die Farbe von Roten Beeten an.

»Das ist ein sehr interessantes Detail«, stellte Blauenstein mit dieser verwirrenden, zustimmenden Höflichkeit fest und wandte sich wieder zu Julius.

»Uns wurde mitgeteilt, dass Sie vor einigen Wochen in die Werkstatt des Mannes eingebrochen sind, der seit Jahren Werke der kaiserlichen Gemäldegalerie kopiert. Otto Grimminger – ich hatte ein paar Mal die Gnade, seinem meisterhaften Schaffen zuzuschauen.«

»Und haben Sie sich gefragt, warum keine dieser sogenannten Kopien je wieder aufgetaucht ist? Man sollte doch meinen, solche Meisterwerke würden verkauft oder anderweitig ausgestellt, oder?«, fragte Julius.

Leutnant Tscherba hob ungeduldig die Hand. »Also bevor die Herren es vergessen oder falls es nicht jeder weiß – Otto Grimminger wurde vor drei Tagen tot in seiner Werkstatt aufgefunden. Ihm wurde ein gezielter Messerstich ins Herz versetzt.«

Jetzt zeigte Kinsky deutliche Anzeichen eines Schocks. Die tiefe Röte seines Gesichts schlug blitzartig um in seifige Blässe, und seine Hände begannen zu zittern. »Tot? Der Grimminger?«, hauchte er fassungslos.

»Ach, das wussten Sie noch nicht?«, frage Julius. Seine Angst war auf einmal wie weggeblasen, und er spürte, dass er Oberwasser bekam durch den Beistand von Leander Blauenstein. »Ich bin mir sicher, dass der Hofrat es schon seit Tagen wusste. Und er wusste auch, dass ich als Hauptverdächtiger damit entlastet bin.«

Blauenstein machte eine Geste, die Julius beschwichtigen sollte. »Darf man erfahren, warum Sie überhaupt in Grimmingers Atelier eingebrochen sind?«

Julius senkte den Kopf. Jetzt durfte er nichts sagen, was sich unsinnig anhörte. »Weil ich nach Beweisen gesucht habe. Nach Beweisen für seine Fälschungsabsichten.«

»Und haben Sie sie gefunden, Herr Pawalet?«, fragte Blauenstein.

»Das weiß ich leider nicht!«, gab er kleinlaut zu. »Ich kenne mich mit Kunstfälschungen nicht aus.«

Tscherba und Kinsky stießen gleichzeitig ein missbilligendes Knurren aus.

»Sie wollen doch nicht etwa behaupten, dass Sie auf ein vages Gefühl hin dort eingebrochen sind! Erzählen Sie uns keine Märchen!«, sagte der Leutnant drohend. »Sie geben das doch nur an, um nicht mit dem Mord in Verbindung gebracht zu werden!«

Blauenstein hob die Hand. »Erzählen Sie uns bitte, was Sie in Grimmingers Werkstatt gefunden haben, Herr Pawalet. Anhand dieser Dinge lässt sich sehr leicht feststellen, ob der Maler Fälschungsabsichten hatte oder nicht.«

Julius hob erstaunt den Kopf.

»Nun schauen Sie mich nicht so an, mein Herr!« Blauenstein schien belustigt zu sein. »Was glauben Sie, wie groß das Problem unlauteren Kunsthandels inzwischen auf der ganzen Welt ist? Ich selbst habe in der Akademie mehrere Fälschungen alter Miniaturen entdeckt.«

Julius biss sich auf die Unterlippe. Falls es ihm gelang,

seine Argumente einleuchtend darzulegen, würde dieser Blauenstein ihm das Leben retten. »Ich habe verschiedene Flaschen mit allen möglichen Ölen gefunden und Tiegel mit Pigmenten«, begann er hoffnungsvoll.

Blauenstein zuckte mit den Schultern. »Das beweist nur, dass er seine Farben nach den Rezepturen der alten Maler selbst angerührt hat, anstatt fertige zu kaufen«, erwiderte er. »Das kann von Perfektionismus zeugen, mehr aber auch nicht.«

Julius schluckte. Der Schweiß rann ihm über den Rücken. Fieberhaft versuchte er, sich die Gegenstände in Grimmingers Werkstatt ins Gedächtnis zu rufen.

»Er hatte Schmirgelpapier …« Blauenstein nickte. »Und einen ganzen Eimer voll schwarzen Staub und Dreck.«

Julius schluckte und warf einen Blick auf den Kaiser. Er erschrak. Franz Josephs Kopf ruhte auf der Brust, und der Blick des Monarchen war gesenkt, als würde er der Befragung gar nicht mehr folgen.

»Staub und Dreck!«, schnaubte Kinsky. »Na und? Das beweist wohl nur, dass Grimminger keine Putzfrau hat, die in seinem Atelier den Dreck wegräumt!«

Julius fuhr unbeirrt fort: »Ich habe ein Wassergefäß entdeckt, in dem ein Haufen Nägel lagen. Rostige Nägel …«

Blauenstein sah Julius aufmerksam an. »Was noch?«

»Einen sehr großen Backofen mit mehreren Schienen.«

»Aha. Haben Sie auch Chemikalien gesehen?«

Julius zuckte die Schultern. Er erinnerte sich nicht. »Na ja … Wachse und Harze waren dabei. Und ich habe Kaffeepulver gesehen.«

Blauenstein winkte ab. »Lassen wir das. Ich denke, wir müssen veranlassen, dass ein paar Fachleute auf diesem Gebiet die Werkstatt durchforsten. Ein paar Dinge, die Sie genannt haben, hören sich tatsächlich etwas verdächtig an, aber das müssen wir hier nicht besprechen.«

»Was soll denn das!«, krähte Kinsky unleidlich aus seiner Ecke. »Otto Grimminger hat natürlich alles getan, was notwendig ist, um Bildern eine möglichst authentische Wirkung zu geben. Er hat mir selbst erzählt, dass er dazu manchmal verschiedene Kunstgriffe angewandt hat.«

»Und warum?«, hakte Blauenstein nach. »Was hat er mit den Kopien eigentlich gemacht? Wo sind sie? In der Akademie als Lehrstücke? Oder hat er sie daheim gehortet oder gar verkauft?«

»Das weiß ich nun wirklich nicht. Das ist seine Privatsache!«, entgegnete Kinsky.

Blauenstein nickte geduldig und wandte sich wieder an Julius.

»Herr Pawalet, bitte sagen Sie mir, wie Sie überhaupt auf die Idee gekommen sind, dass Otto Grimminger Gemälde aus dem Museum fälschen könnte. Soweit ich informiert bin, sind Sie ein einfacher Saaldiener gewesen und haben keinerlei kunsthistorische Vorbildung.«

Julius holte tief Atem und hoffte, dass das, was er sagen wollte, Blauenstein überzeugen würde. Zugleich beschloss er, alles, was er über seinen Vater erfahren hatte, zu verschweigen. Doch neben allen Verdachtsmomenten, die die geheimnisvolle Lupe und der Lebenslauf seines Vaters in ihm geweckt hatten, gab es nur einen einzigen Grund für sein tiefes Misstrauen: »Ich weiß, dass eine Kopie nur dann keine Fälschung ist, wenn es in einem anderen Maßstab gemalt wird als das Original.«

Blauenstein nickte anerkennend. »Nun, ich weiß, dass Otto Grimminger den Rubens in einem deutlich kleineren Maßstab kopiert hat, das ist wahr …«

»Natürlich hat er das!«, rief Kinsky. »Ich erlaube auch nicht, dass in meinem Museum gefälscht wird!«

Julius fuhr ungerührt fort. »Doch dann habe ich einmal näher hingesehen, und mir ist etwas Seltsames aufgefallen. Grimminger hat zwar in einem kleineren Maßstab kopiert, aber der Bildausschnitt, den er kopiert hat, also das abgeschlagene Haupt der Medusa und die Schlangen ringsum, stimmten vollkommen mit dem auf dem Original überein. Er hatte nur auf ein breites Stück des Hintergrundes verzichtet und den Rand um einige Zentimeter beschnitten. Aber der Mittelgrund war genauso groß wie bei Rubens. Und da habe ich mich gefragt, was wäre, wenn seine Leinwand in Wirklichkeit viel größer ist und nur über einen kleineren Keilrahmen gespannt wird, ohne Nagelung, versteht sich. Wenn … wenn …«

Er geriet ins Stocken, als er die ungläubigen Gesichter der Männer wahrnahm. »Wenn diese Leinwand eigentlich so groß ist wie das Original und am Ende auf einen Keilrahmen gespannt wird, der ebenfalls den Maßen des Originals entspricht? Dann könnte Grimminger den Rest des Bildes einfach dazu malen, und schon hätte er eine Kopie im Format der echten *Medusa*. Man müsste allerdings die Abdrücke des alten, kleineren Keilrahmens auf der Rückseite der Leinwand sehen, oder …« Er verstummte und schaute Leander Blauenstein verunsichert an. Der hatte den Kopf schief gelegt und musterte Julius mit konzentrierter Aufmerksamkeit, wie es schien.

Blauenstein sagte eine Weile nichts und schaute dann hinüber zum Kaiser. Es folgte ein nachdenklicher Blick zu Kinsky, dann sagte er. »Julius Pawalet, das, was Sie gerade dargelegt haben, sind hervorragende Beobachtungen. Ich habe zwar noch nie von einer solchen Methode gehört –

die natürlich nur den Zweck hat, das Museumspublikum zu täuschen, aber prinzipiell ist das nicht abwegig. Natürlich müssen wir das anhand des Bildes klären. Herr Direktor Kinsky – wenn Sie so freundlich sein wollen, uns das Bild zu zeigen.«

Kinsky starrte den Mann an, als hätte der ihn gebeten, sich vor allen Anwesenden auszuziehen. Seine Hände waren zu Fäusten geballt. Der Kaiser, der immer noch unbewegt auf der Bank saß und die Last seines Kopfes auf der Brust abzulegen schien, murmelte: »Direktor Kinsky, lassen Sie sich nicht erst lange bitten. Sie sind nicht der Besitzer dieses Gemäldes, nicht wahr?«

»Natürlich, Majestät«, beeilte sich Kinsky zu sagen und machte die unbeholfene Geste eines Kindes, das seine Spielkameraden widerstrebend zu einem gut gehüteten Versteck führt.

Dann bewegte sich die Gruppe in einen Bereich des Museums, den Julius noch nie zuvor betreten hatte – das Tiefparterre. Hier befanden sich die schlichten Säle und Kabinette für die Museumslogistik, lichtlose Büros und Abstellkammern. Aber auch das geräumige Depot, in dem sorgsam verpackte Gemälde schlummerten und auf bessere Zeiten warteten, denn nicht alle Bilder aus der Kunstsammlung hingen tatsächlich an den Museumswänden. Und dann gab es dort unten die Räume, in denen die prunkvollen Bilderrahmen und die Gemälde selbst restauriert wurden.

Tscherba hielt sich dicht neben Julius, als befürchtete er, dieser könnte versuchen zu fliehen. Sie blieben vor einer hohen Tür stehen, hinter der das Reich von Franz Kittelberger lag. Über der Tür prangte ein schwarzes Schild, auf dem in goldenen Lettern *Restaurieranstalt* stand.

Kinsky streckte die Hand nach der Klinke aus und drückte sie heftig herunter. Die Tür war verschlossen. Unter den verwirrten Blicken der anderen begann er, in seinen Taschen zu suchen.

»Oh, das tut mir leid, meine Herren … Majestät …«, stammelte Kinsky. »Der Schlüssel … Franz Kittelberger hat ihn als Letzter bei sich gehabt.«

»Gibt's keinen Ersatzschlüssel?«, fragte Blauenstein freundlich.

»Doch, sicher … irgendwo …«

»Na hören Sie mal, Sie sind doch der Direktor dieses Hauses! Wollen Sie etwa behaupten, dass Sie keinen Schlüssel zu dieser Tür besitzen?« Blauensteins freundliche Stimme bekam erste Risse der Ungeduld.

»Natürlich, meine Herren. In meinem Büro gibt es Ersatzschlüssel«, beschwichtigte Kinsky. »Ich werde einen holen. Einen Moment noch …«

Er drängte sich an den Männern vorbei und eilte katzbuckelnd den Gang hinunter zu der Tür, durch die sie eben gekommen waren.

Julius sah dem beleibten Direktor hinterher. Bis zu seinem Büro musste der zwei Stockwerke überwinden. Es würde eine ganze Weile dauern, bis er zurückkam.

An der gegenüberliegenden Wand verwies ein anderes Schild auf das *Mumiendepot*, was einigen der Männer einen schauernden Blick abnötigte. Dort wurden die ägyptischen Mumien aus der Antikensammlung aufbewahrt. Doch diese Kammer hatte niemanden zu interessieren. Die Gesichter der Umstehenden wirkten betreten. Es war ein Affront, den Kaiser einfach so im Flur stehen zu lassen.

Julius warf einen verstohlenen Seitenblick auf Franz Joseph, den der Gang durchs Museum wieder aufgeweckt zu haben schien. Er bedachte Julius mit einem schwachen Kopfnicken und sagte: »Es wird sich schon alles aufklären, hoffe ich.«

Na wunderbar, dachte Julius. Wenn der Kaiser das sagt … Dabei machte der Monarch allerdings ein Gesicht, als wiederholte er in Gedanken seinen berühmt gewordenen traurigen Satz: »Mir bleibt auch nichts erspart«, den er nach dem Attentat auf die Kaiserin von sich gegeben hatte. Ein leerer Trost. In Julius zog sich alles zusammen, wenn er daran dachte, dass er nun minutenlang in seiner Sträflingskleidung zwischen Kaiser, Leutnant, Kunstexperten und Leibwächtern stehen musste. Was für eine absurde Situation.

Doch in diesem Moment sagte einer der unauffälligen Männer in Schwarz: »Aber die Tür ist ja offen!«

Julius sah zu ihm hin. Der Mann hatte die Klinke zur Restaurieranstalt gedrückt und die Tür aufgestoßen. Sie führte in einen Raum, in dem völlige Dunkelheit herrschte. Die Umstehenden sahen sich stirnrunzelnd an. Leander Blauenstein war der Erste, der den Raum betrat und Licht machte.

»Anscheinend befindet sich hier etwas, was der Direktor lieber niemandem zeigen wollte«, sagte er scheinbar unbekümmert und winkte den anderen, ihm zu folgen.

»Vielleicht hat die Tür geklemmt, und Herr Kinsky bekam sie nicht auf?«, mutmaßte einer der Schwarzgekleideten.

»Ach was«, knurrte der andere, »die Tür ist ganz leicht aufgegangen. Da stimmt was nicht.«

Julius bekam allmählich das Gefühl, dass das Suchen des Schlüssels nur ein Vorwand war, damit er schnellstens das Weite suchen konnte. Schon wieder entkommt ein wichtiger Akteur dieses Komplotts, dachte er.

Er spürte seinen galoppierenden Herzschlag als Widerhall in seinem Kopf. Er wurde von Tscherba hinter dem Kaiser, der seltsam zaghaft durch die Tür trat, in den Raum geschoben. Von der Decke hingen mehrere große Kugellampen, die ein grelles weißes Licht verströmten. Der vor ihnen liegende Raum war eigentlich eher eine Flucht aus mehreren Räumen, und der Boden war in der linken Hälfte dieser Flucht etwa einen Meter höher als auf der anderen Seite. Im linken Teil führten aus verschiedenen verglasten Kabinetten Stufen auf die Ebene der Eingangstür hinunter. Oben in den kleineren Räumen standen Staffeleien mit schadhaften Gemälden, unten warteten Rahmen auf die Restaurierung. Auf großen fahrbaren Gestellen standen Leinwände und Holzstücke. Es roch nach Leinöl und Lack. Der Boden war an manchen Stellen mit Holzspänen übersät.

Leander Blauenstein stellte sich an die Spitze des Zuges und sah sich um. Schließlich ging er zu einem großen Tisch, auf dem schmutzige Lappen und verschiedene Pinsel zahlreiche Fläschchen und Dosen lagen. Unter einem weißen Leintuch lugte die Ecke eines Gemäldes hervor.

Der Kaiser räusperte sich.

»Ich nehme einmal an, das ist unsere *Medusa*«, sagte Blauenstein und zog das Tuch weg. Tatsächlich – dort auf dem Tisch lag Rubens' verstörendes Bildnis der geköpften Gorgone.

Der Kaiser trat neben Blauenstein und betrachtete es, als hätte er es noch nie in seinem Leben gesehen. Sein Backenbart schien sich zu sträuben, und zwischen den Augen bildete sich eine tiefe Falte. Julius konnte den Blick nicht von dem missbilligenden Gesicht des Monarchen abwenden. Dass er das Bild schrecklich und grausig fand, war offensichtlich. Vielleicht fragt er sich sogar, was dieser gruselige Anblick in seinem Museum zu suchen hat, dachte Julius.

Franz Joseph wandte sich schnell wieder ab und sah sich in dem Raum um wie ein gelangweiltes Kind, das einen neuen Gegenstand sucht, dem es seine Aufmerksamkeit schenken kann.

Leander Blauenstein winkte Julius zu sich.

»Ist das das Bild, das Sie gemeint haben?«

»Hat Rubens sonst noch eine *Medusa* gemalt?«, erwiderte Julius, und es klang gereizter als beabsichtigt. Er starrte auf das Gemälde, das ohne den Rahmen sehr nackt und unspektakulär aussah. Blauenstein nahm die Leinwand und drehte sie um.

»Sehen Sie irgendwo ein Viereck, das auf eine ursprüngliche, kleinere Spanngröße hindeutet?«

Julius starrte auf die blütenweiße, vollkommen regelmäßige Leinwand, auf der nur wenige Staubflecken zu erkennen waren.

»Es ... es sieht so neu aus auf der Rückseite«, stellte er fest.

Auf einmal überfiel ihn eine lähmende Verzagtheit. Am liebsten hätte er Blauenstein gebeten, ihn nichts mehr zu fragen. Widersinnigerweise stellte er sich die Stille in der Gefängniszelle vor und wünschte sich dorthin zurück.

»Nun, wenn Direktor Kinsky sagt, dass das Bild gerade restauriert wird, ist das nichts Ungewöhnliches«, sagte Blauenstein, und in seiner Stimme lag wieder dieser aufmunternde Ton. Als wäre er ein geduldiger Lehrer, der einen Schüler seine eigenen Schlüsse ziehen lassen will, um ihn auf den Weg der Erkenntnis zu führen. »Wenn es stimmt, dass die *Medusa* Schaden genommen hat, dann wird unser guter Herr Kittelberger diese Leinwand sicherlich doubliert haben.«

»Was heißt das?«

»Man klebt ein Stück neue Leinwand unter die Originalleinwand, um dem Bild mehr Festigkeit zu geben.«

»Aber dadurch kann man nicht mehr feststellen, ob die Leinwand alt ist oder neu!«, warf Julius ein. Ihm dämmerte langsam, dass manche Restaurationsverfahren wahrscheinlich die Spuren eines Fälschers zuverlässig verwischen konnten.

Blauenstein nickte lächelnd. »Sie wären ein guter Kunstdetektiv, Pawalet, das muss ich sagen. Es stimmt. Wenn Otto Grimminger die Leinwand doubliert hat, kann man nicht mehr feststellen, ob der eigentliche Malgrund neu ist oder alt. Die Leinwände zur Zeit von Rubens wurden nicht maschinell gewebt und sehen sehr unregelmäßig aus. Diese Spur führt also nicht weiter. Und natürlich sehen wir hier somit auch keine Abdrücke eines kleineren Spannrahmens.«

Julius' Schultern fielen herab. Er hatte überhaupt keine Ahnung, wie man an diesem Gemälde feststellen konnte, ob es eine Fälschung war. Leander Blauenstein legte das Gemälde wieder mit der Bildseite nach oben auf den Tisch und beugte sich darüber. Dann winkte er Julius und bedeutete ihm, es ihm gleichzutun.

»Nehmen Sie eine Lupe, Herr Pawalet«, forderte er ihn auf.

Und dann sah sich Julius wieder in derselben Situation wie vor ein paar Wochen – durch das Lupenglas die Alterungsrisse auf der Farboberfläche studierend.

Während Blauenstein schnüffelte und das Bild auf seine eigene Weise untersuchte, machte Julius eine erschreckende

Entdeckung. Die Krakelüre war genauso wie die, die er sich eingeprägt hatte. Ihm wurde klar, dass er die Landkarte jener Risse, die er vor Kurzem so eingehend studiert hatte, genau wiedererkannte.

Das Bild vor ihm auf dem Tisch war das Original.

Eine plötzliche Schwäche überkam ihn, und er musste sich an der Tischkante festhalten. Wenn diese *Medusa* aber echt war, welches Gemälde hatte dann der Hofrat transportiert?

»Es versteht sich wohl von selbst, dass dieses Gemälde keine Fälschung ist, oder, Herr Pawalet?«, sagte Blauenstein.

Julius nickte dumpf.

»Was soll der Unsinn?«, zischte Leutnant Tscherba und drängte sich zu dem Tisch durch.

»Wo bleibt denn Direktor Kinsky?«, murmelte der Kaiser. Dann knurrte sein Magen vernehmlich, und die Männer in den schwarzen Anzügen wurden unruhig.

»Meine Herren«, verkündete der Mann, der die Depesche vorgelesen hat, »ich nehme an, diese Angelegenheit ist hiermit erledigt.«

»Moment noch«, sagte Blauenstein und hob die Hände.

»Herr Pawalet, wie stellen Sie sich das Ganze vor? Haben Sie gedacht, Kinsky und Grimminger und der Hofrat veräußern Originale aus diesem Haus und lassen stattdessen Fälschungen aufhängen? Wie kommen Sie denn auf so einen ungeheuerlichen Gedanken?«

Blauenstein sah ihn jetzt mitleidig und mahnend an. Julius wünschte sich, augenblicklich im Erdboden zu verschwinden. Ihm drehte sich der Kopf. Er war überzeugt gewesen, dass das Gemälde, das hier unten lag, eine Fälschung sein musste. Noch dazu eine frische, die man sofort erkennen konnte.

In diesem Augenblick schlug irgendwo in den Tiefen des Museums eine Tür zu. Ein lauter, hohler Knall hallte durch die Gänge.

»Ah, das wird der Kinsky sein!«, sagte Blauenstein. »Er ist bestimmt erleichtert, dass die Vorwürfe haltlos sind … also wirklich! Was Sie betrifft, mein lieber Pawalet … ich fürchte, man wird Sie zurück ins Gefängnis bringen müssen.«

Blauensteins Stimme klang bedauernd. »Leider konnte Ihre Anwesenheit nicht wirklich zur Klärung dieser Angelegenheit beitragen. Und das alles ist ja auch völlig unabhängig von diesem Mord, nicht wahr?«

Tscherbas Hand tastete nach Julius' Schulter.

»Das Einzige, was ich an diesem Museum Seltsames finden kann, sind die Personalentscheidungen. Die sollten vielleicht einmal untersucht werden.«

Der Kaiser nickte, und sein Magen knurrte erneut.

Julius wäre am liebsten vor den Versammelten zu Boden gesunken. Er fühlte sich auf einmal so schwach, als wäre er erst vor einer Stunde aus dem Bett aufgestanden, in dem Johanna ihn vor Wochen gesund gepflegt hatte. Jetzt würde es wahrscheinlich Wochen, wenn nicht Monate dauern, bis jemand herausfand, was der Hofrat getrieben hatte. Und selbst das würde ihn nicht von der Mordanklage befreien.

Doch mit einem Mal wurde er wieder hellwach.

»Moment noch!«, rief er und schaute zum Kaiser hinüber, der gerade seine Fingernägel betrachtete. »Der Hofrat selbst hat mir vor zwei Tagen verraten, dass er die Gemälde durch Fälschungen ersetzt! Er hat mich gefragt, ob ich bei seiner Organisation mitarbeiten will. Nur deswegen hat er mich überhaupt als Saaldiener eingestellt. Er hat mir alles erzählt. Die echte *Medusa* befindet sich auf dem Weg nach

New York, und deswegen war ich sicher, dass diese hier die Kopie ist.«

Sein Herz raste, und seine Stimme überschlug sich fast vor Aufregung.

»Das kann jeder behaupten«, meinte Tscherba. »Das müssen Sie uns erst einmal beweisen.«

»Aber Schattenbach ist in dieser Nacht überstürzt aufgebrochen. Wenn Sie veranlasst hätten, ihn zu verfolgen, wüssten Sie, was er im Schilde führt!«

»Warum sollte ich einen unbescholtenen Mann verfolgen, nur weil *Sie* es sagen, Pawalet?« Tscherba lächelte spitz.

»Warum sollte der Schattenbach sich an den Bildern bereichern?«, fragte nun auch der Kaiser, und der Tonfall beider Männer machte deutlich, wie absonderlich sie diese Vorstellung fanden.

»Warum sollte die Erde eine Kugel sein!«, fauchte Julius in Richtung des Leutnants. »Es ist so, ich habe es mit eigenen Ohren gehört!«

Julius wusste, dass er mit seinen Vorwürfen auch den Kaiser angriff.

»Junger Mann, nun beruhigen Sie sich doch!«, sagte Franz Joseph. »Wir haben in Bezug auf dieses Museum größere Schwierigkeiten zu bewältigen, als einen vermeintlichen Fälscher zu finden. Sie wissen, dass eine schreckliche Mordserie dieses Haus erschüttert. Und Leutnant Tscherba muss sich in erster Linie darum kümmern.«

»Dann kann er das ab heute auch in aller Ruhe tun!«, ertönte plötzlich Inspektor Lischkas Stimme von der Tür her.

Julius fuhr herum. Zuerst glaubte er, die verschwitzte, atemlose Gestalt seines Freundes dort sei nur ein Produkt seiner Fantasie, seines sehnlichsten Wunsches. Doch er irrte sich nicht. Rudolph Lischka lehnte sich abgekämpft und mit schmutzigem Jackett gegen den Türrahmen und deutete eine Verbeugung vor dem Kaiser an. Hinter ihm erschienen zwei Gendarmen und balancierten einen Gegenstand zwischen sich. Lischka bedeutete ihnen, ihn abzusetzen. Julius traute seinen Augen nicht. Plötzlich war es, als wäre diese schlichte Holzkiste das Schönste, was es auf der Welt gab.

»Sie!«, empörte sich Leutnant Tscherba. »Falls Sie glauben, Sie könnten hier als Polizist auftreten …«

»Das weiß ich!«, unterbrach Lischka ihn. »Ich weiß, dass ich entlassen bin. Danke, dass Sie mich daran erinnern. Machen Sie jetzt bitte trotzdem diese Kiste auf?«

»Das ist sie!«, rief Julius. »Diese Kiste hat der Hofrat nachts vom Museum abgeholt!«

»Was ist da drin?«, fragte Tscherba und näherte sich der Kiste, als wäre sie ein bosnischer Anarchist, den er erschießen musste.

»Das wissen Sie nicht?«, fragte Lischka belustigt. Dann wandte er sich an Julius und zwinkerte ihm zu. »Hast du es ihnen nicht gesagt?«

Blauenstein trat neben den Leutnant und reichte ihm wortlos ein Papiermesser vom Tisch. Gemeinsam durchtrennten sie die Schnüre und lösten das metallene Siegel an der Seite der Kiste. Behutsam hoben sie den Deckel ab.

Julius hielt den Atem an. Nach einer ganzen Lage Holzwolle und etlichen Lagen Schutzpapier kam endlich der Inhalt zum Vorschein. Blauenstein legte das Bild auf den Tisch.

Die Umstehenden schienen aufgehört haben, zu atmen. Eine Weile betrachteten die Anwesenden andächtig oder hingerissen das unerhörte Genie des toten Kopisten. Die

Fälschung war perfekt. Es gab keinen augenfälligen Unterschied zwischen dieser und der echten *Medusa*.

Sogar der Kaiser starrte bewundernd auf das Gemälde.

Blauenstein war der Erste, der pragmatisch handelte. Er sagte: »Das Bild riecht stark nach Öl.« Dann drückte er einen Fingernagel in eine Ecke der Leinwand. »Und die Farbe gibt nach.«

»Das Ergebnis würde genauso ausfallen, wenn das Bild frisch restauriert worden wäre«, murmelte Julius. »Dann hätte man es problemlos austauschen können.«

»Man hat es aber nicht ausgetauscht!«, rief Blauenstein nun ungeduldig. »Sie haben sich offenbar geirrt, Pawalet. Aber damit ist die Sache noch nicht erledigt. Tatsache ist, dass in diesem Museum Gemälde gefälscht wurden und verschifft werden sollten. Und das ist so ungeheuerlich und schändlich, dass es schon genügt …« Der Direktor des Belvedere war so aufgebracht, dass er mit dem Zeigefinger fast die Fälschung durchbohrte, als wolle er sie anklagen. Dann drehte er die Leinwand um und hielt sie gegen das Licht.

»Abgesehen davon hatten Sie recht, Pawalet. Sehen Sie hier? Man erkennt deutlich den Abdruck eines kleineren Keilrahmens.«

»Und was passiert nun?«, fragte Tscherba verwirrt.

Der Magen des Kaisers knurrte. »Wo bleibt denn der Kinsky?«, fragte er wieder.

In diesem Moment erschien ein weiterer Gendarm. Er drängte sich durch die Gruppe und knallte vor Leutnant Tscherba die Hacken zusammen. Dann überreichte er ihm ein Schreiben.

Tscherba riss den Umschlag auf und runzelte die Brauen.

Dann sah er Julius mit fassungslosem Blick an und verkündete in Richtung des Kaisers: »Majestät, ich muss Sie darüber in Kenntnis setzen, dass das Kunsthistorische Museum einer gründlichen Überprüfung unterzogen werden muss. Was in diesem Brief steht …« Er schüttelte den Kopf und blickte zu Boden. »Ein Mann namens Louis Kranzer hat offensichtlich beschlossen, die wahre Geschichte ans Licht zu bringen. Julius Pawalet, Sie sind ab sofort wieder ein freier Mann.«

Wenige Minuten später hatte Tscherba die Gruppe wieder über den Hof geführt und die Tür zur Eingangshalle geöffnet. Um Julius herum raunten die Männer, Lischka redete mit ernster Stimme auf die Gendarmen ein. Der Kaiser schüttelte betreten den Kopf und beriet sich mit seinen Begleitern. Julius fühlte sich von den aufgeregten Gesprächsfetzen umspült wie von einer Woge.

Er hob den Blick zur Decke und verlor sich einen Moment in der Betrachtung der wunderschönen Ornamente, die ihm vorkamen wie ein Applaus des wiedergewonnenen Lebens. Doch dann erstarrte er. Einer der Männer stieß einen erschrockenen Schrei aus, und der Kaiser wich zurück.

»Gütiger Himmel …«, entfuhr es Leander Blauenstein.

Und Lischka stellte knochentrocken fest, »Das dürfte dann als Beweis wohl genügen.«

Hoch über ihnen, vom Rand der Rotunde, baumelte an einem Strick der Körper von Gustav Kinsky.

IX

Neue Freie Presse – Morgenblatt Nr. 14857
Wien, Mittwoch, der 3. Januar 1906

Selbstmord im Kunsthistorischen Museum

Die negativen Berichte, die uns aus der Galerie des Allerhöchsten Kaiserhauses erreichen, reißen nicht ab. Jüngst wurde bekannt, dass das Kunsthistorische Museum und einige seiner Verantwortlichen im Kreuzfeuer höchst skandalöser Verdächtigungen stehen. Wie wir aus einer anonymen Quelle erfahren haben, soll der Museumsdirektor Dr. Gustav Kinsky einige der Gemälde aus der Habsburgischen Sammlung entwendet und aus dem Museum entfernt haben. Näheres ist hierzu jedoch noch nicht bekannt. Am 31. Dezember traf sich eine eilig zusammengestellte Untersuchungskommission in Begleitung des Kaisers im seit geraumer Zeit geschlossenen Kunsthistorischen Museum. Nach unabhängiger Expertenmeinung verstoßen die personellen Zustände des Museums gegen alle staatlichen Regelungen und sämtliche Bestimmungen des Kaiserhauses. Erst jüngst wurde der Kunstmaler Otto Grimminger, der ein ständiger Gast des Museums war, in seiner Werkstatt ermordet aufgefunden. Ein Täter wurde erst jetzt überführt, nachdem die Ermittlungen zu Anfang in die falsche Richtung gingen. Dessen Aussagen zufolge reicht der Skandal selbst bis in die höchsten Kreise. Es wurden einige hochrangige Persönlichkeiten am Hofe verhaftet. Weitere Hintergründe sind noch nicht bekannt. Dass Museumsdirektor Kinsky sich in Anwesenheit der Kommission selbst entleibte, mag als schreckliches Schuldeingeständnis gesehen werden. Der Direktor erhängte sich an der marmornen Balustrade der berühmten Rotunde. Der Anblick seiner Leiche erschütterte alle Anwesenden um den Kaiser zutiefst. Wie uns berichtet wurde, konnte ein in der Zwischenzeit seines Amtes enthobener Inspektor, Leutnant Rudolph Lischka, wesentlich zur Aufklärung des Falles beitragen. Das Kunsthistorische Museum bleibt nun so lange geschlossen, bis alle Fragen geklärt sind. Weiter bleibt zu hoffen, dass auch der Wiener Bildermörder bald gefasst wird. Es ist bedauerlich, dass eine so schöne und sinnvolle Einrichtung wie das Kunsthistorische Museum nicht zur Ruhe kommt und dass sich unlautere Zeitgenossen in materieller Weise an seinen Schätzen bereichern. Wir werden weiterhin über diese Angelegenheit berichten.

Johanna ließ die Zeitung sinken und sah zu Julius hoch. Sie lag ausgestreckt auf dem klapprigen Diwan, der in Julius' Gästezimmer in Lischkas Wohnung stand.

»In dem ganzen Artikel steht ja nicht ein Wort über dich!«, sagte sie.

»Doch!«, erwiderte Julius. »Da stand: *Wie wir aus anonymer Quelle erfahren haben*. Damit bin ich gemeint. Ich hätte nie gedacht, dass mal was über mich in der Zeitung steht.«

Er saß auf der Armlehne am Fußende des Möbels und sah zerstreut aus dem Fenster.

Johanna stieß ihn sanft mit dem Fuß in die Seite und schob die Zeitung zu Boden. »Ich finde es ungeheuerlich, dass sie nicht schreiben, dass du die ganze Sache aufgedeckt hast.«

Julius seufzte und fasste nach ihrem Fuß. Eine eher fahrige Berührung, wie Johanna feststellte.

»Wie würde es denn aussehen, wenn sie schreiben würden: *Saaldiener Julius Pawalet ist unser Held, er hat alles aufgeklärt*? Außerdem ist noch überhaupt nichts aufgeklärt. Ich konnte ja nicht beweisen, dass dort Originale gegen Fälschungen ausgetauscht werden.«

Johanna betrachtete ihn aufmerksam und spürte, wie sich ihre Zähne langsam in die Unterlippe gruben. In der Wohnung des Inspektors war es still. Rudolph Lischka war nicht da. Von draußen hörte man das Kratzen einer Schneeschaufel auf dem Trottoir. Die junge Krankenschwester wusste, dass sie sich in einer eigenartigen Situation befand. Ganz allein in einer Wohnung mit einem unverheirateten Mann, den sie erst seit Kurzem kannte.

Auf einem kleinen Tisch neben dem Diwan standen Teegeschirr und ein Teller mit Brotscheiben mit Marmelade. Johanna hatte nur einmal an ihrer Tasse genippt, ehe sie diese lässige und, wie sie hoffte, sanft herausfordernde Haltung einnahm. Julius war daraufhin nervös aufgesprungen und hatte ihr die Zeitung zum Lesen gegeben.

Es war seltsam – unter anderen Umständen wäre es Johanna verrucht vorgekommen, sich ganz allein mit ihm zu treffen. Der Anstand und die Vernunft verboten es ihr. Und dennoch war sie hier. Nach allem, was Julius durchgemacht hatte, nach all dem Leid der letzten Wochen erschien ihr diese Situation angebracht und notwendig. Ein Moment, in dem man die Sitten der Zeit nicht beachten musste. Die Erleichterung über den guten Ausgang dieser Sache schien die Peinlichkeit ihres Treffens beiseitezuschieben.

Sie betrachtete ihren Gastgeber. In seinem Gesicht lag keinesfalls das glückliche Strahlen, das man erwarten konnte, sondern der fiebrige Ausdruck eines vollkommen abgekämpften Menschen.

»Ich bin glücklich, dass du alles überstanden hast«, sagte Johanna leise.

Julius zuckte mit den Schultern. »Eigentlich war es Lischka, der den entscheidenden Zug getan hat. Er hat mit der Sicherheitswache in Triest telegrafiert und verfügt, dass Schattenbach aufgehalten wird. Sie haben im Hafen bereits auf ihn gewartet. Er hat die Strecke in neun Stunden geschafft und war schon am nächsten Morgen dort. Er muss seine Pferde so gehetzt haben, dass eines gleich darauf tot umgefallen ist. Die Hafenpolizei hat ihn ohne Begründung festgenommen und das Bild beschlagnahmt. Es wurde auf direktem Weg zurück nach Wien gebracht. Gerade rechtzeitig …«

Die Worte brachen aus ihm heraus, als könnte er sie nicht aufhalten. Johanna setzte sich auf und schlang die Arme von hinten um Julius. Er fühlte sich an wie ein ausgestopftes Tier. Starr und irgendwie leblos.

»Schscht«, sagte sie. »Sei froh, dass es vorbei ist. Denkst du denn immer noch daran?«

»Es ist nicht vorbei.«

»Warum nicht? Was soll denn noch kommen?«, fragte Johanna und bereute es im selben Moment. Damit hatte sie Julius eine neue Gelegenheit gegeben, seinen Redefluss fortzusetzen. Einen Redefluss, der zwischen ihnen stand wie eine Mauer, die sie nicht durchdringen konnte.

»Man wird Untersuchungen im Kunsthistorischen Museum anstellen und den Hofrat befragen. Es gibt anscheinend noch immer keine stichhaltigen Beweise für die Machenschaften Schattenbachs. Vielleicht kommen sie ihm nie auf die Spur. Grimminger war einfach zu gut in dem, was er getan hat. Und dieser Museumsdirektor, Leander Blauenstein – stell dir vor, er hat mir angeboten, sich für ein Stipendium an der Akademie für mich einzusetzen.«

Johanna entfuhr ein ungläubiges Lachen. »Du und ein Kunststudium?«, brach es aus ihr heraus.

Julius sah sie verwirrt an. »Weißt du, dass ich mir so etwas als Junge immer gewünscht habe? Einen Platz an der Akademie. Und die Möglichkeit, dort alles zu lernen, was ich wissen möchte. Das war damals mein größter Traum.«

»Und jetzt?«, fragte Johanna, »Ist es jetzt nicht mehr dein Traum?«

Julius schüttelte den Kopf. »Jetzt habe ich einen Blick in diese Welt getan. Und plötzlich verstehe ich nicht mehr, warum ich jemals dazugehören wollte.«

»Warum?«, wollte sie wissen.

»Ich habe die Akademie verherrlicht. Sie kam mir immer vor wie das unerreichbare Paradies. Rein und edel. Und jetzt merke ich, dass diese alten kostbaren Schinken auch nichts anderes sind als Objekte, an denen die menschliche Gier hängt.«

»Hast du denn jemals versucht, zu malen?«, fragte Johanna.

»Nein. Es war nicht diese Art von Interesse. Ich wollte einfach nur in der Nähe dieser Bilder sein. Sie sehen und verstehen. Und jetzt bereue ich, dass ich es geschafft habe.«

Johanna sah die Enttäuschung in seinen Zügen wie die ungesunde Gesichtsfarbe eines Kranken. »Was hätten sie denn tun müssen, damit du mit dem Ausgang der Geschichte zufrieden gewesen wärst?«, fragte sie, löste die Arme von ihm und begann, seinen Rücken zu streicheln. Wie beiläufig fasste sie von hinten an seinen Hemdkragen und öffnete den ersten Knopf. Er schien es nicht zu bemerken.

»Das ist es ja!«, antwortete er. »Ich weiß nicht, was mich zufriedengestellt hätte. Ich wollte unbedingt, dass mein Verdacht sich bewahrheitet, und dass die Welt sieht, was seit Jahren in dem Museum vorgeht. Aber es hätte mir eigentlich egal sein müssen. Ich weiß nicht, woher dieser Eifer kam.«

»Vielleicht von deinem Vater«, sagte Johanna mit schläfriger Stimme. Sie wollte ihm Aufmerksamkeit und Interesse schenken. Doch gleichzeitig seine Stimmung langsam und geschickt in eine andere Richtung lenken. »Vielleicht hast du geahnt, dass er derselben Sache auf der Spur war und deswegen sogar sterben musste.«

Julius stieß ein verächtliches Lachen aus. Johanna nahm sich den zweiten Knopf vor, doch das zynische Blitzen in Julius' Augen gefiel ihr nicht.

Es schien mit dem toten Vater eine alte Verstrickung zu geben, irgendeine unsichtbare, verweste Nabelschnur. Sie sah das müde Flackern in Julius' Augen und nahm seine Hand. Sie wusste, dass sie niemals hinter seine Beweggründe kommen würde. Und sie *wollte* auch nicht dahinterkommen.

»Vielleicht hast du das tun müssen, um Klarheit darüber zu bekommen, wohin dein Weg führt«, versuchte sie es weiter. »Vielleicht ist das ja deine Belohnung. Kein Zeitungsartikel, der dich rühmt, und auch kein Stipendium. Sondern einfach nur das Wissen, das du jetzt hast.«

Julius lächelte versöhnlich und begann, ihr über den Handrücken zu streicheln.

»Na ja, Inspektor Lischka behauptet, dass ich ein guter Detektiv wäre …«

»Oh, das glaube ich auch. Du bist sicher gut darin, verborgene Dinge ans Licht zu holen.« Ihre Stimme wurde zu einem Gurren.

Julius wandte ihr das Gesicht zu und sah sie fragend an. »War das ein eindeutiges Angebot, Fräulein Kowak?«, fragte er belustigt.

»Fühlt sich das hier irgendwie zweideutig an?«

Er wich ein Stück zurück und betrachtete sie. Johanna fühlte ein Ziehen in ihrem Bauch. Sein Blick war interessiert, aber kühl. So musste sich ein Fisch fühlen, der zappelnd am Haken hing und von einem Angler betrachtet wurde.

»Ich verstehe immer noch nicht, was für eine Art Frau du bist«, sagte er.

»Das wirst du auch nie herausfinden«, lächelte sie.

Ohne sich zu wehren, ließ Julius es zu, dass ein Knopf nach dem anderen durch ihre Hände wanderte. Irgendwann konnte sie ihre Hände auf seine Haut legen. Sie streichelte seine harte, schmale Brust und sah ihn fragend an.

»Wenn es mehr Frauen gäbe wie dich, müsste ich dir jetzt nicht sagen, dass ich noch ziemlich unschuldig bin«, stellte Julius fest.

Johanna schmunzelte. Sie hatte es nicht anders erwartet.

»Was willst du damit sagen … Frauen wie mich?«

»Freizügig … direkt … weißt du? Ich hätte vielleicht etwas mehr Mut, wenn ich Geld zum Üben und Ausprobieren gehabt hätte.«

Johannas Hände stockten auf seiner heißen, trockenen Haut.

»Willst du damit sagen, dass ich eine …?«

»Nein, ich denke nicht, dass du eine Schnepfe bist. Auch wenn du dich ein bisschen wie eine benimmst.« Er fasste ihre Hände und führte sie an seinen Mund. Sein Kuss auf ihren Fingern war eher tröstend als hungrig.

Johannas Wangen wurden warm. »Du findest, dass ich mich benehme wie eine Hure?«

»Na hör mal, kennst du irgendein Mädchen in Wien, das eigentlich anständig lebt, das aber einfach zu einem Mann geht und ihm das Hemd aufknöpft? Oder ist das gerade eine Modeerscheinung, von der ich nichts weiß?«

Sein belustigter Tonfall erschreckte sie. »Du fragst dich, warum ich keine Angst davor habe, meinen Ruf zu verlieren?«

Er nickte fahrig.

»Weil ich als medizinisch aufgeklärte Frau gegen unangenehme Begleiterscheinungen eines solchen Treffens gewappnet bin.«

Sie griff in ihre Handtasche und zog ein kleines Pappschächtelchen hervor.

»Was ist das?«, fragte er.

»Etwas Wunderbares. Man nennt es *Pessavium occlusivum*, ein Pessar.« Sie hielt es ihm vor die Nase und zog etwas heraus. Julius bestaunte den kleinen gummiüberzogenen Ring und verzog das Gesicht.

»Schau nicht so. Damit lässt sich verhindern, dass wir es bereuen.«

»Was bereuen?«

Da ließ sie ihre Hand zwischen seine Schenkel gleiten und versuchte, irgendwelche Anzeichen zu finden. Johanna wurde schnell klar, warum Julius immer noch stocksteif und mit schiefem Lächeln auf der Lehne saß. Das Ding zwischen seinen Beinen ruhte. Doch war das wirklich eine endgültige Antwort? Johanna beachtete ihn nicht weiter, sondern begann nun, auch dort unten die Knöpfe zu öffnen.

Julius wehrte sich nicht. Und schon bei der ersten Berührung spürte sie, dass er aus seiner seltsamen Teilnahmslosigkeit erwachte.

»Warum tust du das?«, raunte er.

»Weil es dir offensichtlich guttut. Vergiss nicht, ich bin deine ehemalige Krankenschwester …«

»Und wirst du deswegen ein Leben lang Interesse an meinem Wohlbefinden haben?«, fragte er zweifelnd.

Johannas Verwunderung mündete langsam in der peinlichen Frage, warum Julius sich nicht längst auf sie gestürzt hatte. Warum fühlte er sich unter ihren Händen so unerträglich geduldig an?

»Wo ist denn der Teil von dir, der Detektiv werden will?«, flüsterte sie und begann, seinen Hals zu küssen. »Ist er gerade hier? Oder weilt er immer noch in seinem staubigen Museum?«

Da streckte er endlich die Hand aus, und mit einer einzigen Bewegung hatte er sie auf den Diwan geworfen und war über ihr. Sein Geschlecht rutschte aus ihrem Griff, doch sie spürte es hart durch den Stoff ihres Kleides.

»Du bietest dich mir an?«, zischte er.

Johanna nickte atemlos.

»Warum? Seit wann ist ein arbeitsloser Pechvogel für ein sauberes Mädchen wie dich von Interesse?«

Darauf wusste sie keine Antwort. Sie hatte sich diese Frage oft genug selbst gestellt und nur das leere Echo ihrer Gedanken gehört.

»Ich nehme an, dass du eine enttäuschte Jungfrau bist, wenn du es so eilig hast.«

Fassungslos starrte Johanna zu dem vollkommen veränderten Mann hoch, der sie mit seinem Gewicht festhielt und sie zu studieren schien wie ein seltsames Insekt. Sie fühlte plötzlich einen Stachel, der zuvor noch nie da gewesen war. Wollte er sie demütigen?

»Sag schon«, forderte Julius.

Johanna beschloss, ihm die ganze skurrile Wahrheit ihrer 23 Jahre zu sagen.

»Ich hab es selbst gemacht.«

»Was hast du selbst gemacht?«

»Mich selbst entjungfert. Du brauchst also keine Sorge zu haben, dass du mir wehtust.«

Julius' Gesicht war so entsetzt, dass es sie belustigte. »Was schaust du so entgeistert? Glaubst du, ich weiß nicht, wie schlimm es sein muss beim ersten Mal?«

»Wie hast du es gemacht?«, flüsterte er.

Jetzt habe ich ihn, dachte Johanna. Der Triumph, dass ihre Waffen ihn geschlagen hatten, verlieh ihr neue Kraft.

»Ich hab' mir einen Luststab gekauft. Aus Ebenholz. In einem entsprechenden Laden. Es gibt ein paar davon in Wien. Die Dirnen kaufen dort ihre Utensilien. Man muss ihn vorher in warmes Öl tauchen, dann ist es ganz leicht.«

Sie funkelte ihn an und ließ ihn ganz kurz ihre Zungenspitze sehen. Sie wusste, dass über ihren Augen jetzt ein feuchter Glanz lag und dass ihre Wangen gerötet waren. Schöner als jetzt werde ich niemals sein, dachte sie wehmütig und reckte sich nach oben, um ihn zu küssen. Doch plötzlich wich Julius jäh zurück und packte sie bei den Schultern. Er zog sie hoch und schob sie vom Diwan herunter. Schlagartig flackerte in seinen Augen die Wollust. Johanna erschrak vor diesem wilden Blick und vor den Händen, die grob an ihrem Schultertuch rissen und die Knöpfe an ihrem Kleid suchten.

»Zieh dich aus, los!«, zischte er.

Er stieß sie weg. Johanna taumelte und stieß gegen den Teetisch. Das Geschirr fiel mit lautem Scheppern zu Boden. Johanna warf ihr Schultertuch fort und raffte ihre Röcke, um die Stiefel auszuziehen.

»Die kannst du anlassen!«, befahl Julius, suchte zwischen den Kissen nach dem Pessar und warf es Johanna in den Schoß.

»Damit hast du dann wahrscheinlich auch schon jede Menge Übung!«

Mit schweißnassen Fingern nahm Johanna den kleinen Gummiring und löste das Band, von dem ihre Unterhose gehalten wurde. Julius hingegen machte keine Anstalten, sich auszuziehen. Sie sah jedoch die Beule, die das starke, geduldige Tier in seiner Hose gebildet hatte.

Johanna verfiel in einen Zustand, der ihr vollkommen neu war und der sie bis ins Mark erschreckte. Sie wusste plötzlich, dass die ganze Sache außer Kontrolle geraten würde. Dass Julius nur noch das gierige, verzweifelte Angebot wahrnahm, das sie ihm seit Wochen unterschwellig machte. Sie ließ ihre Unterwäsche auf den Boden gleiten und wollte sich das Kleid ausziehen, doch Julius drängte: »Lass es an. Und setz dieses Ding ein. Ich will es sehen.«

Ohne nachzudenken, hockte sie sich auf die Kante des Bettes an der gegenüberliegenden Wand des Zimmers.

»Was ist, wenn Lischka heimkommt?«, fragte sie zaghaft.

»Er wird es verstehen.«

Als sie seinem verlangenden Blick begegnete, schien ihr Fleisch zu zerfließen. Sie spreizte die Beine und sah ihn herausfordernd und zugleich mit der gebotenen Scheu an. Sie bot seinen Augen den Anblick ihrer geöffneten Frucht dar und führte das Pessar mit einer fließenden, geschickten Bewegung ein. Ihre Finger verharrten tastend in ihr, um den Ring an der richtigen Stelle zu platzieren.

Sie sah, wie Julius aufstand und auf sie zukam, langsam und schwer atmend wie ein Löwe kurz vor dem entscheidenden Sprung. Johanna zog die Finger heraus und steckte sie ihm in den Mund. Er warf sie auf das Bett, biss ihr in die sirupgetränkten Finger, ließ sie wieder los und schlug ihr einmal kurz und verärgert ins Gesicht.

»Wo hast du das gelernt? Sind alle Krankenschwestern so?«

Dann schlug er den Stoff ihrer Röcke zurück und suchte sich seinen Weg.

Es wird wehtun, dachte Johanna mit einer unerklärlichen Angst. Julius nestelte an seiner Hose herum. Er wollte ihr nicht gestatten, ihn nackt zu sehen.

Dann spürte sie den Stoß, schwer und kraftvoll rannte er ihre offene Tür ein und unterdrückte einen Schrei. Sein Gesichtsausdruck schwankte zwischen maßloser Überraschung und animalischer Konzentration.

Johanna hielt den Atem an. Sie tastete nach ihm, wollte ihn berühren, während er wieder zustieß. Doch Julius schob ihre Hände weg und hielt sie mit ungeahnter Kraft fest.

Er nahm sie ohne Eile, sodass sie jeden einzelnen Anlauf spürte. Sie schloss die Augen und fragte sich, ob es immer so sein würde. So hart und unverbindlich. Sie hatte sich in vielen Nächten vorgestellt, wie es wäre, vor Lust zu vergehen. Sie hörte ihr eigenes klagendes Stöhnen, das aus einer anderen Tiefe kam als aus dieser vorgestellten Lust. Dies hier war fremd. Enttäuschung mischte sich in ihr Empfinden, und sie versuchte, etwas Angenehmeres zu spüren als diese raue, mechanische Begegnung.

Als sie die Augen öffnete, sah sie, dass Julius über ihr an die Wand starrte. Da wusste Johanna, dass sie in diesem Moment der gierigen Nähe so allein war wie noch nie zuvor. Sie wartete darauf, dass es endete.

Plötzlich wurden Julius' Stöße geschmeidiger, fast weich,

und dann bewegte er sich überhaupt nicht mehr. Er wartete keuchend, bis es vorbei war, und zog sich rasch zurück.

Johanna blieb liegen und lauschte auf das ruhiger werdende Atmen neben sich.

Wortlos richtete Julius sich auf und brachte seine Kleider in Ordnung. Dann stellte er sich ans Fenster und schaute hinaus. Im Haus war es immer noch still. Irgendwo rauschte eine Wasserleitung. Benommen richtete sie sich auf.

»Warum hast du das gemacht?«, flüsterte sie in das dämmrige Zimmer.

»Was gemacht?«, seufzte Julius.

»Du … du begehrst mich doch überhaupt nicht.«

»Woher willst du das wissen? Denkst du, das hätte sonst funktioniert?«

»Woran hast du gedacht?«

»Ich weiß nicht mehr.«

Johanna schob sich über die Kante des Bettes. Von dem Pessar spürte sie nichts mehr. Sie tastete nach ihrer Unterhose, ihre Hände fühlten sich taub an.

Auf dem Boden hatte sich eine Teepfütze gebildet, das Geschirr war zerbrochen.

Sie zog sich eilig an, ohne das Pessar zu entfernen. Die Stelle zwischen ihren Beinen fühlte sich an, als hätte dort ein Feuer gewütet, dessen Asche bereits abkühlte. Der Gedanke, dorthin zu fassen, flößte ihr einen seltsamen Ekel ein. Das Schweigen schien im ganzen Zimmer zu wuchern wie eine Schlingpflanze, und deswegen sagte sie: »Sag mal, jetzt wo der Hofrat hinter Schloss und Riegel ist … was wird denn da aus seiner reizenden Frau? Sie ist doch jetzt ganz allein.«

Wenn Julius nur wüsste, dass diese Frau etwas in Johannas Innerem verseucht hatte, seit sie im Prater mit der Ledergerte ihr Gesicht gestreift hatte. Wenn Julius nur wüsste, dass diese Hexe seitdem in Johannas Kopf herumspukte wie eine Wahnvorstellung. Dass sie sich seitdem fragte, was sie tun konnte, um genauso zu sein wie Luise von Schattenbach.

Julius antwortete nicht.

»Sag schon. Du bist ihr doch sicher begegnet in dieser Nacht draußen auf dem Landsitz«, sagte sie herausfordernd.

»Sie wird ihre eigenen Wege gehen, nehme ich an«, sagte Julius.

»Und du kennst diese Wege?«, fragte sie. »Wirst ihr auf diesen Wegen folgen bis ans Ziel?«

»Johanna, bitte lass das«, murmelte er.

»Ist es dir gelungen?«

»Was?« Jetzt drehte er sich um und musterte sie mit gerunzelter Stirn.

»An sie zu denken, als du in mir warst.«

Julius schnaubte verärgert. »Johanna, du solltest jetzt lieber gehen. Was hast du erwartet? Du hast dich angeboten wie ein ... ein leichtes Mädchen. Ich habe dieses Angebot angenommen, auch wenn es wenig romantisch war. Denkst du, ich hätte dich daran erinnern sollen, dass wir vielleicht alle Zeit der Welt gehabt hätten, wenn alle Schwierigkeiten überwunden sind? Ritterlich verzichten sollen angesichts deines Hungers? In ein paar Wochen, Johanna, wäre ich ... Aber vielleicht ist es besser so.«

»Wie meinst du das?«

Er drehte sich wieder zum Fenster um und verschränkte die Hände.

»Vergiss es. Du solltest jetzt gehen.«

Die Scham breitete sich über sie wie ein schwerer muffiger Mantel. Es gab nichts mehr zu sagen. Sie fühlte sich genauso wie damals im Prater, als die Demütigung durch

Luise von Schattenbach in ihr die Lust geweckt hatte, zu verletzen. Sie wünschte, sie könnte Julius die Scherbe einer Teetasse ins Fleisch stoßen, ihn verstören, so wie an dem Tag, als sie ihm die Existenz seiner Mutter entgegengeschleudert hatte. Zugleich wusste sie, dass dieser Moment heute Abend vor dem Einschlafen in ihr nachsickern würde wie bei einer tropfnassen schweren Blüte. Sie schob diese gespenstische Lust empört von sich.

Sie hob ihr Schultertuch auf und legte es sich um. Dann nahm sie ihren Mantel. »Ach übrigens, ich würde dir raten, dich zu beeilen. Deine Mutter wird nicht mehr lange leben. Du könntest ausnahmsweise einmal etwas richtig machen und ihr sagen, was aus deinem Vater geworden ist. Das würde ihr helfen, in Frieden zu sterben.«

X

ALS JULIUS AUS der Elektrischen stieg und durch den abendlichen Schneefall zur Irrenanstalt am Brünnlfeld eilte, schien in seinem Brustkorb ein panischer kleiner Vogel zu wüten wie in einem Käfig. Was Johanna gesagt hatte, befeuerte die unterschwellige Unruhe, die ihn seit seiner Freilassung quälte. Julius wusste nicht, woher das nagende Gefühl kam, das nichts Bestimmtem galt. Seit Leutnant Tscherba ihn offiziell für unschuldig erklärt hatte, war keine erleichterte Ruhe mehr in ihn eingekehrt. Zu viele Fragen, zu viele Sackgassen taten sich in seinen Gedanken auf.

Man hatte ihm im Namen des Kaisers eine Abfindung von sechs Monatsgehältern als Saaldiener ausbezahlt und ihn verpflichtet, über die Angelegenheit des Museums Stillschweigen zu bewahren. Seitdem lag Julius nachts wach und fragte sich, was geschehen würde. Die Ereignisse der letzten Wochen hatten ihn gelehrt, auf dieses seltsame, bohrende Gefühl von Unruhe zu hören. Irgendetwas schien immer noch im Unreinen zu sein. Irgendwo schwelte etwas, das spürte Julius. Er ertappte sich dabei, wie er auf den Straßen Ausschau nach Luise hielt. Ein anderer Teil wiederum fieberte neuen Berichten über den Bildermörder entgegen, der um den Jahreswechsel wohl den Feiertagen Respekt zollte. Es war, als läge über Wien eine Glocke aus ängstlicher Erwartung auf den nächsten dramatischen Leichenfund.

Inspektor Lischka war kaum noch zu Hause, weil er dem polizeilichen Protokoll genügen und seinen Abschied aus der Sicherheitswache amtlich machen musste. Außerdem wurde er als Zeuge im Fall des Hofrats zu der Nacht befragt, in der dieser nach Triest geflohen war. Und nun verstärkte auch noch Johanna seine unbestimmte innere Unruhe.

Er verdrängte die Eindrücke ihrer intimen Begegnung. Als Johanna die Wohnung verlassen hatte, war Julius erschrocken über die Leere in seinem Innern. Er verscheuchte krampfhaft die Erinnerung an sein viehisches, rücksichtsloses Verlangen.

Und seine Mutter? Julius hatte nicht vorgehabt, die alte Frau in ihrem weißen Zimmer noch einmal zu besuchen. Es war, als hätte in seinem Innern jemand ein dickes Buch mit einem satten, zufriedenen Knall zugeschlagen. Doch nun flatterten schon wieder lose Seiten mit unangenehmen

Leerstellen im Wind, und Julius spürte, dass das Geheimnis, das ihn zu umgeben schien, immer noch nicht bis in den letzten Winkel ausgeleuchtet war.

Als Julius die Anhöhe, auf der das Krankenhaus lag, überwunden hatte, spürte er heißen Schweiß auf seinem Rücken. Er spähte hinauf zum Dach des Hauptgebäudes, auf dem es eine Art Aussichtsplattform für Wachpersonal gab. Er nahm an, dass von hier aus nach ausgebrochenen Insassen Ausschau gehalten wurde. Doch jetzt war der Ausguck leer, und auf der Brüstung bauschte sich der Schnee wie dicke Kissen.

Seine Mutter lag in einem Zimmer im obersten Stock im linken Flügel des Gebäudes. Er ließ den Blick an der Fassade entlangwandern und versuchte sich vorzustellen, hinter welchem der Fenster sie langsam starb.

Im winterlichen Licht wirkten die Scheiben wie Metallplatten, hinter denen sich unmöglich Leben abspielen konnte.

Dann sah er etwas, was ihm eigenartig vorkam. Irgendwie verkehrt und unpassend für diesen Ort. Dort oben schaute jemand aus einem geöffneten Fenster zu ihm herunter.

Es war seine Mutter.

Trotz der eisigen Kälte und dem Wind hatte sie den Kopf herausgestreckt. Doch etwas an ihrem Anblick war seltsam. Julius kniff die Augen zusammen und starrte nach oben. Langsam hob er die Hand und winkte. Doch der Kopf dort oben blieb eigenartig reglos im Fensterviereck.

Julius schloss einen Moment lang die Augen. Seine Knie gaben nach, als er begriff, was er da gerade sah. Er zwang sich, das Bild in seinem Kopf zu verscheuchen, und schlug die Augen wieder auf. Die beiden Fensterflügel waren nicht geöffnet. Nein, das Fenster sah geschlossen aus. Wie konnte es dann aber sein, dass ihr Kopf herausschaute? Es war, als wäre der Kopf außen an der Scheibe angebracht.

Im selben Moment ertönte irgendwo hinter den Fenstern ein lauter Schrei, und die Spaziergänger blieben stehen. Einige folgten seinem Blick nach oben. Ein offensichtlich verwirrter Mann stieß weinerliche Laute aus. Da öffnete sich neben dem Kopf endlich der Fensterflügel, und eine Krankenwärterin mit weißem Häubchen erschien. Ihr Gesicht war nur ein bleicher Fleck, so wie schmutziger Schnee. Wieder ertönte ein Schrei, diesmal gellend und so fassungslos, dass die gesamte Szenerie am Fuß des Haupthauses einfror. Die Wärter, die ihre Patienten spazieren führten, ein Lieferant mit Milchflaschen, eine Nonne, vereinzelte Besucher und Julius selbst. Und jetzt sah er auch ganz deutlich das schwarze Rinnsal, das an der Fensterscheibe herunterlief.

Julius drehte sich um. Er hatte genug gesehen.

»Was, um Gottes willen, ist da oben los?«, hauchte ein blasser Mann neben ihm und presste die Fäuste auf den Mund.

»*Alter Mann im Fenster*. Von Samuel van Hoogstraten«, sagte Julius.

Der Mann starrte ihn verständnislos an. »Was haben Sie gesagt?« In seiner Stimme schwang der Verdacht mit, dass Julius möglicherweise selbst ein unbeaufsichtigter Insasse der Anstalt war.

»*Alter Mann im Fenster*. So heißt ein Gemälde von Van Hoogstraten aus dem Kunsthistorischen Museum.« Er starrte in den zertretenen Schnee zu Füßen des Mannes. Seine Gedanken schweiften ab zu dem Bild; er sah es in allen Einzelheiten vor sich. »Es ist ein ganz erstaunliches Trompe-l'œil.«

»Ein was? Junger Mann, was reden Sie denn da!«, herrschte der Spaziergänger ihn an und stemmte herausfordernd die Fäuste in die Hüften.

Julius hob entschuldigend die Hände und zuckte mit den Schultern.

»Ein Trompe-l'œil ist ein Gemälde, das das Auge täuscht. Bei dem Bild, das ich meine, sieht man das Gesicht eines alten Mannes, der aus einem Fenster mit Butzenscheiben schaut. Das Gesicht ist allerdings so in eine Scheibe zwischen den Sprossen eingepasst, dass es aussieht, als würde der Kopf dort … feststecken. Als könnte der Mann ihn nicht mehr zurückziehen. Man muss sehr genau hinsehen, um zu erkennen, dass da eine Öffnung ist, durch die sein Kopf passt. Und dieser Mörder, der das da oben …«, er deutete vage auf die Fassade, »… getan hat, scheint ebenfalls ein großer Künstler zu sein.«

Der Mann schwieg. Es war ein sehr anklagendes Schweigen. Julius hob den Kopf. »Kennen Sie das Bild?«

»Warum fragen Sie mich das? Denken Sie, dass der Bildermörder wieder zugeschlagen hat?« Jetzt klang der Besucher richtig aufgeregt.

Julius nickte. »Für mich ist das ein sehr eindeutiges Bildzitat.«

»Und woher wissen Sie das?«, fragte der Mann.

Julius vergrub die Hände in den Manteltaschen. Ihm ging auf, dass er sich gerade wahrscheinlich sehr verdächtig machte.

»Ich … kenne es eben.«

Der Mann schwieg. Wahrscheinlich würde er gleich auf der nächsten Polizeistation eine Beschreibung von Julius geben. Doch stattdessen verschränkte er die Arme vor der Brust und sah nachdenklich zu dem Fenster hinauf. In diesem Moment erschienen zwei Sanitäter, die versuchten, den Körper von Maria Habermann aus der Scheibe zu lösen.

»Aber ... wenn auf diesem Bild nur ein Mann abgebildet ist, der aus einem engen Fensterausschnitt schaut ...«, sagte der Mann nachdenklich, »warum nimmt der Bildermörder es dann als Vorbild für einen Mord? Darauf ist dort doch nichts zu sehen, was irgendwie mit dem Tod zu tun haben könnte ... Es ist doch eine ziemlich große Abstraktionsleistung, so etwas daraus abzuleiten. Außerdem ist das da oben eine Frau, wenn ich das recht erkenne.«

Julius drehte den Kopf und schaute den Mann, der so gewählte Worte für seine Analyse gefunden hatte, erstaunt an. Eine Ader an der blassen Stirn pochte heftig wie ein sich unter der Haut windender Wurm.

»Im Gegenteil«, sagte Julius. »Ich glaube, er wird langsam beliebig.«

Sein Gesprächspartner fuhr herum. »Was? Wie meinen Sie das?«

»Nun, ich denke, der Bildermörder – was für ein alberner Name übrigens – hat allmählich keine Geduld mehr für seine früheren großen, ausgeklügelten Inszenierungen. Er kann aus irgendeinem Grund nicht mehr auf die großen dramatischen Tatorte der Alten Meister im Kunsthistorischen Museum zurückgreifen. Und da sucht er sich eben beliebigere Motive aus, und leitet daraus rein physikalische Todesarten ab. Bald wird er anfangen, seine Opfer ans Kreuz zu schlagen. Kreuzigungsbilder gibt es genug im Museum.«

Der Mann starrte ihn fassungslos an und kam einen Schritt näher.

»Ah. Das wissen Sie also genau, was?«

»Nein«, sagte Julius bemüht unbekümmert, »ich stelle nur Vermutungen an.«

Zum ersten Mal seit Beginn der seltsamen Unterhaltung betrachtete er sein Gegenüber nun genauer. Der Mann war wohl etwas älter als 40 und hatte ein glattes farbloses Gesicht ohne den geringsten Bartschatten. Die Augen lagen tief in den Höhlen. Der Mund war nur ein schmaler Strich, eigentlich nur eine flache Hautöffnung.

Julius legte den Kopf schief. »Ich kenne Sie«, sagte er. Im selben Augenblick konnte er das dazu passende Bild in seinem Kopf abrufen. »Sie waren im Kunsthistorischen Museum. Bei dieser Gruppe, die sich Rubens' *Die vier Erdteile* angeschaut hat.«

»Na und?«, fragte der Mann, »warum erwähnen Sie das?«

Julius zuckte die Achseln. Er hoffte inständig, dass er gelassen aussah, denn in seinem Innern geriet plötzlich alles aus dem Gleichgewicht. Sein Speichel wurde schlagartig bitter, als er begriff, wen er vor sich hatte.

»Ich habe mich nur an Ihr Gesicht erinnert«, sagte er. Seine Lippen bebten. »Ich habe ein sehr gutes Gedächtnis, mehr nicht.«

Die Kälte des Anstaltsparks drang unter seinen Mantel. Seine Füße schienen im Schnee festgewachsen zu sein. Oben am Fenster ertönte wieder ein Schrei. Der Kopf war verschwunden. Man sah jetzt deutlich, dass aus dem einen Fensterflügel ein Stück der Scheibe herausgetrennt worden war. Jemand hatte mit einem Glasschneider unglaublich präzise Arbeit geleistet, ohne dass alles zersprungen war. Dann war der Hals der alten Frau wahrscheinlich in die Öffnung gesteckt und auf den Rand des Glases gepresst worden, sodass sie sich mit ihrem eigenen Gewicht die Kehle durchtrennt hatte.

Julius erschauerte beim Gedanken daran, dass ihm etwas Derartiges beim Betrachten des Hoogstraten-Gemäldes ebenfalls schon eingefallen war. Irgendetwas in ihm bewunderte die klare, kalte Leistung des Mörders. Doch er verharrte stumm und unbehaglich neben dem Mann.

»Ein paar Tage später sind die Kinder in das Tiergehege gefallen«, stellte Julius tonlos fest.

Der Mann schwieg. Eine Frau weinte. Abgehackte Schluchzer wehten durch die kalte Luft zu ihnen. Der Mann holte tief Atem und sagte: »Es wundert mich, dass Sie so viel über den Bildermörder wissen. Diese Zusammenhänge … das weiß kein normaler Zeitungsleser.«

»Ich lese keine Zeitung.«

Der Mann sah sich ein wenig hektisch um. »Ich sollte langsam gehen.«

Julius nickte. »Die Polizei wird gleich hier sein.«

»Wir werden uns wiedersehen«, sagte der Mann.

»Ich weiß. Das muss wohl so sein. Wie haben Sie es diesmal angestellt?«

Der Mann lachte leise und hob die Augenbrauen.

»Oh, das war nicht allzu schwierig. Eine verwirrte alte Frau, Krankenschwestern, die keine Zeit haben, einen Namen zu überprüfen, unklare Familienverhältnisse. Du glaubst nicht, wie einfach es war, mich als deinen verschollenen Bruder auszugeben. Ein Glasschneider, ein geschicktes Händchen. Du musst zugeben, dass ich diese günstige Gelegenheit kaum verstreichen lassen konnte.«

Verschollener Bruder? Julius nickte langsam. Er hatte verstanden. Er fragte sich nicht einmal, wie es dazu gekommen war, dass der Bildermörder in seine Nähe kommen konnte. Es war, als erschlafften langsam all seine Gedanken. Nicht einmal ein Fluchtinstinkt oder die Vorstellung, den Mann einfach niederzuschlagen, fanden in seinem Kopf Platz.

»Dann haben Sie mir sicher auch schon eine höhere Bestimmung zugedacht?«, wisperte er.

»Du erkennst einfach alles, Julius Pawalet. Ich bewundere dich. Deine Mutter wusste nicht, was sie an dir gehabt hätte.«

In Julius' Augenwinkel stieg ein feuchtes Brennen. Er räusperte sich krampfhaft und sagte: »Wen wundert das? Wo wir doch Brüder sind.«

Inspektor Lischka zwang sich, seinem Freund ruhig zuzuhören. Er musste sich beherrschen, um ihn nicht bei den Schultern zu packen und zu schütteln. Doch die Enttäuschung darüber, dass es ganz leicht gewesen wäre, den Mann zu schnappen, der Wien ein weiteres Mal erzittern ließ, raubte ihm fast den Verstand.

Er nahm einen großen Schluck aus der Schnapsflasche, bevor er sich steif auf einen Stuhl setzte und Julius anfunkelte.

»Du bist der größte Trottel, der mir jemals untergekommen ist … mein Repertoire an Flüchen und Verwünschungen reicht überhaupt nicht aus, um dir klarzumachen, was du da getan hast!«, presste er hervor. Jedes Wort fühlte sich auf seiner Zunge an wie saures Erbrochenes. Er trank noch einen Schluck Weinbrand.

»Wie konntest du diesen Kerl nur entkommen lassen?«

»Überleg doch mal, was passiert wäre, wenn ich das getan hätte, was du gesagt hast!«

»Du hättest ihm eins überziehen und ihn so lange festhalten sollen, bis die Gendarmen eingetroffen wären, du granatenmäßig dummer … Du wirst niemals mein Assistent als Detektiv, wenn du in so einem Moment nicht handelst!«

Julius hätte ihm eigentlich leidtun müssen, wie er da zitternd und blass vor ihm stand. In diesem Moment fiel Lischka ein, dass das neueste Mordopfer ja Julius' eigene Mutter war. Er schüttelte kurz den Kopf und streckte die Hand aus.

»Komm her, Julius. Setz dich, und trink was. Du stehst ja unter Schock.«

Er goss ein Glas mit Weinbrand voll und nötigte Julius, nachdem der sich ebenfalls gesetzt hatte, einen Schluck zu trinken. Julius kippte das ganze Glas hinunter und verzog das Gesicht.

»Wenn ich das getan hätte, was du sagst, weißt du, was dann passiert wäre? Du vergisst wohl, dass ich in dem Fall selbst verdächtig bin. Ich habe der Polizei die Zusammenhänge mit dem Kunsthistorischen Museum aufgezeigt. Du hast damals selber eine Weile gebraucht, bis du dein Misstrauen abgelegt hast. Ich bin der Sohn der Frau, die ermordet worden ist. Ich kenne mich mit den Gemälden im Museum aus. Man hätte mich sofort festgenommen. Wer hätte mir geglaubt?«

Er rieb sich mit den Händen über das Gesicht. »Außerdem … es war fast so, als hätte er mich hypnotisiert. Ich war wie gelähmt, als ich erkannt habe, wer das war. Ich war vollkommen unfähig, etwas zu tun.«

Lischka nickte und tätschelte Julius die Schulter. Seine Wut legte sich langsam. Aber in seinem Innern tobte die Ungeduld wie ein Wirbelsturm. Es kostete ihn seine ganze Kraft, auf dem Stuhl sitzen zu bleiben.

»Wie hast du ihn erkannt?«, fragte er leise. Er wusste, dass sein Freund recht hatte. Es war so, als hätte er die geheimnisvolle Fähigkeit, Dinge zu spüren, zu sehen, auf die der Inspektor nur durch Indizien und Beweise kommen konnte. Er war überzeugt, dass Julius dem Bildermörder tatsächlich gegenübergestanden hatte.

»Ich weiß nicht. Er hat so provozierende Dinge gesagt und unser Gespräch in eine Richtung gelenkt, sodass er sich zu erkennen geben konnte. Ich habe es einfach gespürt. Außerdem ist das der Mann, den ich damals im Museum gesehen habe. Er sieht wirklich sehr unauffällig aus. Ganz blass, und sein Gesicht wirkt irgendwie unfertig.«

Lischka seufzte und schwieg eine Weile. Dann sagte er: »Wir können nichts tun. Und ich schon gar nicht. Ich bin raus aus dem Fall.«

»Aber du hast doch trotzdem ein Interesse, ihn zu finden, oder etwa nicht?«, fragte Julius vorwurfsvoll.

»Natürlich. Meine ehemaligen Kollegen um Leutnant Tscherba haben die Wohnung von Ludwig Rohrbach aufgebrochen und umstellt. Der Bewohner kann nicht mehr dorthin zurückkommen, ohne dass er gefasst wird. Und nach allem, was ich über meine Quellen weiß, hat er das bis jetzt auch nicht getan. Er wird den Teufel tun …«

»Vielleicht hat er ein anderes Versteck«, sagte Julius.

Lischka stieß ein spöttisches Lachen aus. »Und wie sollen wir das finden? Wo es doch schon so lange gedauert hat, bis wir seine jetzige Behausung gefunden haben? Der Mann ist schrecklich gerissen und sehr schlau. Ich habe keine Ahnung, wo er sich aufhalten könnte.«

»Es muss ein Ort sein, an dem er sich auskennt, der ihm vertraut ist«, sagte Julius nachdenklich.

»Ach, und wo soll das sein? Vielleicht im Keller von Brünnlfeld? Oder in den Katakomben unter dem Museum? Nein warte, vielleicht versteckt er sich in der Wohnung eines seiner Mordopfer!« Lischka schnaubte. Die Erkenntnis, dass sämtliche Ermittlungen und alle gesammelten Informationen wertlos geworden waren, machte ihn wahnsinnig. Der Zorn auf Julius flammte wieder auf. Alles hätte schon vorbei sein können.

Plötzlich sagte Julius, »Er versteckt sich im Zoo.«

»Was?«

»Er ist in der Menagerie in Schönbrunn. Ganz bestimmt.«

»Und wieso glaubst du das?«

»Warum so ungläubig, Inspektor?«, lächelte Julius und stellte das Schnapsglas auf den Tisch. »Du fragst dich, wo er sich aufhalten könnte. Alles, was wir über ihn wissen, sind die Orte, mit denen er einigermaßen vertraut ist. Er hat zwei Morde begangen, die mit der Menagerie in Zusammenhang stehen. Er hat sich diese Schlange besorgt, als wäre es ein Stück Brot in einem Ladenregal. Es scheint so, als hätte ihn das überhaupt keine Mühe gekostet. Und er hat diese kleinen Kinder in den Zoo gebracht und einfach so in das Raubtiergehege geworfen. Das schafft niemand, der mit der Anlage des Zoologischen Gartens nicht irgendwie vertraut ist und sich dort auskennt.«

Lischka nickte widerstrebend. Auf diesen Gedanken war er noch gar nicht gekommen.

»Und wo genau soll er sich da aufhalten, bei der Kälte? Glaubst du, dass er irgendwo bei einem Tier schläft, das ihn mit seinen Ausdünstungen wärmt?«

Julius zuckte mit den Schultern. »Er wird schon eine Möglichkeit gefunden haben, dort irgendwo unterzuschlüpfen.«

Lischka stand auf. »Ich leih' dir was Warmes zum Anziehen«, sagte er.

Doch Julius blieb sitzen und starrte nachdenklich ins Leere. »Weißt du, was er zu mir gesagt hat?«

»Was?«

»Dass wir uns wiedersehen werden.«

»Woher will er das wissen?«

»Das frage ich mich auch.«

Lischka ließ sich wieder auf den Stuhl sinken. Er erschrak über die Düsternis, die plötzlich über Julius' Gesicht lag. »Es könnte eine Drohung gewesen sein«, überlegte er.

»Oder er glaubt aus irgendwelchen Gründen, dass ich ihn aufspüren kann.«

»Na, du bist ja auch kurz davor. Aber warum ist sich der Dreckskerl so sicher, dass er dich wiedersehen wird?«

»Er wusste von meiner Mutter und hat sie publikumswirksam getötet. Er wollte mir damit sagen, dass er mich kennt. Dass er es auf mich abgesehen hat.«

»Gibt es noch jemanden, den er benutzen kann, damit du zu ihm kommst?«

Julius schüttelte den Kopf.

»Und Johanna?«

Julius hob abwehrend die Hände. »Sie bedeutet mir nichts.«

»Deine Mutter auch nicht. Es ist egal, ob sie dir etwas bedeutet. Solange er glaubt, dass sie zu dir gehört, wird er sie benutzen.«

»Und was soll das heißen?« Julius sprang auf und trat ans Fenster. »Dass ich jetzt hier sitzen soll, bis ein Brief kommt, in dem steht, dass er sie in seine Gewalt gebracht hat?«

Lischka wusste darauf nichts zu sagen.

»Schick ein Telegramm an einen deiner ehemaligen Kollegen und beantrage Polizeischutz für sie, wenn du denkst, dass das sein Weg ist. Ich werde ihm zeigen, dass es keine Johanna braucht, damit ich ihn finde.«

Lischka stand auf. »Ich hatte noch nie so viel Lust auf einen Zoobesuch wie heute …«

Eine Stunde später standen sie vor dem Pförtnerhäuschen des Zoologischen Gartens. Es war vier Uhr, bald würde es dämmern, und so wie es aussah, waren nur wenige Menschen in der Menagerie unterwegs. Lischka legte einen Geldschein auf den Tresen. Der Pförtner sah sie mit unverhohlenem Misstrauen an.

»So spät noch?«, fragte er mit der nörgelnden Stimme eines Kaffeehausobers. »Wir schließen in einer Stunde.«

»Eine Stunde reicht völlig aus für unser Vorhaben«, beeilte Julius sich zu sagen.

»Was haben S' denn vor, die Herren, wenn ich fragen darf?« Ein anzügliches Grinsen spaltete den Mund des Pförtners. Er machte keine Anstalten, den Schein zu nehmen und ihnen die Eintrittskarten auszuhändigen.

»Tierstudien«, sagte Julius. »Wir machen Tierstudien. Wir sind Künstler.«

Lischka verdrehte die Augen. Das war zwar eine geschickte Ausrede, aber den Pförtner schien sie noch misstrauischer zu machen. Er nahm den Schein und sah sie dabei fragend an. Widerwillig gab er Lischka das Wechselgeld und schob zwei Karten über den Tresen. Plötzlich sah Lischka sich vor der Schwierigkeit, keinen Verdacht zu erregen, wenn der Zoo tatsächlich schloss. Der Pförtner hatte doch sicher ein Auge darauf, dass sie durch den Ausgang gingen. Was, wenn er merkte, dass sie keinesfalls vorhatten, den Zoo zu verlassen, sondern sich einschließen lassen wollten?

Lischka schlug einen unauffälligen Spaziergang an den Tiergehegen vorbei vor, wobei sie die Umgebung nach allen möglichen Unterschlupfen absuchen sollten, wo ein Mensch sich mehrere Tage lang verstecken konnte.

Doch bisher schien dafür nichts infrage zu kommen. In der Mitte des kreisförmigen Zentrums stand ein kleiner Pavillon auf einer Anhöhe. Dort pflegte der Kaiser, wenn er in Schönbrunn weilte, das Frühstück einzunehmen. Es dämmerte bereits, und die barocke gelbe Fassade verblasste.

Rund um diesen künstlichen Hügel waren die Tiergehege angelegt, als wären es die Ränge einer Manege, die dem Geschehen in der Mitte beiwohnten.

»Hier ist ja alles voller Wärter!«, stellte Lischka ernüchtert fest.

In fast allen Anlagen oder Käfigen waren Männer in schmutziger Latzhose dabei, Tiere zu füttern und Ställe auszumisten. In der Luft lag der strenge Geruch von Löwen, vermischt mit dem metallisch klaren Aroma des Winters.

Lischka fragte sich, wie die Tiere bei dieser Kälte überleben konnten. Sie sahen sich etwas abseits das neue Affenhaus an, in dem die kleinen Primaten aneinandergeschmiegt auf den Ästen hockten. Die Papageien hatten den Kopf unter das Gefieder gesteckt und schienen sich in einer Kältestarre zu befinden. Einzig die Robben und Zwergpinguine in einem Wasserbecken genossen die Temperaturen. Es stank nach Fisch bei diesem Becken, und Lischka sah sich angestrengt nach weiteren Möglichkeiten um, wo Alois Lanz sich verstecken könnte.

»Er kann unmöglich in einer der Tieranlagen sein; die Wärter hätten ihn längst entdeckt«, sagte er.

Sie drehten eine weitere Runde und hielten Ausschau nach einem Ort, an dem man sich nach der Schließung des Zoos verbergen konnte. Endlich war es so weit. Die wenigen Besucher strebten Richtung Ausgang, der Himmel wurde dunkel, und die Laternen gingen an.

Lischka und Julius entschieden sich für eine riesige Vogelvoliere als Unterschlupf. Sie stand auf eisernen Stelzen und war umgeben von niedrigen Büschen. Sie krochen zwischen dem kahlen Gestrüpp unter den Boden des Käfigs. Von dort aus hatte man einen Blick auf den fernen Frühstückspavillon des Kaisers und auf den Geräteschuppen ganz in der Nähe. Der Schuppen war einer der wenigen Plätze, die für ein Versteck infrage kamen. Sie versuchten, eine einigermaßen bequeme Haltung einzunehmen. Über ihnen krächzten ein paar Vögel.

»Hast du gar keine Angst?«, raunte Lischka seinem Freund zu.

Er wunderte sich, wie ruhig und gefasst Julius neben ihm saß und wie konzentriert er auf seine Uhr sah, als wartete er auf den Beginn einer Vorstellung in der Ringstraßen-Oper.

»Das hier muss sein«, antwortete er leise.

»Ja, das ist mir auch klar. Ich habe dich aber gefragt, ob du gar keine Angst hast.«

»Du bist doch bei mir.«

Lischka seufzte. »Du fühlst irgendeine Verbindung zu ihm«, stellte er fest. »Sag schon! Es muss einen Grund geben, warum du dir nicht in die Hosen machst.«

»Höre ich da einen Vorwurf aus deiner Stimme heraus?«, wisperte Julius.

Lischka verlagerte das Gewicht. Er hielt die geduckte Stellung unter dem Vogelbauer kaum noch aus. Julius' Gesicht neben ihm schimmerte weiß in der Dunkelheit, und in seinen Augen lag ein eigenartig entschlossener Ausdruck.

»Glaubst du, dass er dich will? Als sein letztes Modell?«, flüsterte Lischka.

Julius nickte. »Er weiß, dass seine Zeit abgelaufen ist. Er hält nicht mehr lange durch. Aber er will seinen letzten großen Auftritt, und ich werde dabei eine tragende Rolle spielen. Als er mit mir geredet hat, war es, als … als würde er in mir eine Art Gleichgesinnten sehen.«

»Und, schmeichelt dir das?«, stichelte Lischka.

»Ja.«

»Aha.« Lischka schluckte. Er kannte die Gefühle, die Julius umtrieben, nur zu genau. Diese Faszination für den Mörder, den man nicht nur zur Strecke bringen, sondern auch kennenlernen und verstehen wollte. Diese Gier, eine Rolle in seiner tödlichen Planung zu spielen, um ihm möglichst nahezukommen. Dieser verachtungsvolle Leichtsinn, um ihn wissen zu lassen, dass man seine Furcht vor ihm überwinden konnte. Bei dieser Erkenntnis empfand Lischka eine fast brüderliche Nähe zu Julius. Julius war genau wie er. Und wenn sie die kommenden Ereignisse überleben würden, wären sie ein gutes Gespann.

»Hast du gewusst, dass der Standort und die Planung des Tiergartens astronomischen Berechnungen folgen?«, flüsterte Lischka. Er deutete auf den Hügel, der den Pavillon trug. Plötzlich kam eine große Ruhe über ihn. »Die Wissenschaftler im 18. Jahrhundert haben kabbalistische Zahlenmagie angewandt, um einen Ort der Kraft zu entdecken, auf dem man den Tiergarten errichten konnte. Hier soll anscheinend eine besondere Lebensenergie fließen, zum Wohl der Tiere. In dem Pavillon gibt es ein geheimes Labor; dort wurde früher nach dem Stein der Weisen geforscht.«

»Tatsächlich?« Julius' Stimme klang neugierig, und Lischkas Worte schienen ihn einen Moment lang aus seiner Starre zu lösen.

»Ja, vom Dach aus kann man die Sterne beobachten. Dieser ganzen Anlage liegt die alchemistische Hauptthese zugrunde, nach der alles in der Welt eins ist und aus demselben Grundstoff stammt. Laut dieser These sind Mensch und Tier gleich.«

Lischka glaubte plötzlich zu spüren, dass sich unter der Vogelvoliere eine eigenartige Stimmung ausbreitete. Eine Stimmung, die ihre Sinne schärfen sollte. Als könnten die beiden Männer in diesem Moment jede weitere Lüge der Menschheit aufdecken, wenn sie nur gut genug hinhörten.

»Du wirst sehen«, sagte Julius leise. »Wenn das hier vorbei ist, werden die Zeitungen ihn dennoch als Tier darstellen, das dem Menschen gefährlich geworden ist.«

Lischka antwortete nicht. Er konzentrierte sich auf ein Geräusch, das näherkam. Knirschende Schritte im vereisten Kies. Und dann sah er zwei schwere schwarze Stiefel, die an der Vogelvoliere vorbeistapften. Ein schwankender Lichtschein bewegte sich nach links. Leise schob Lischka sich unter dem Käfig hervor. Julius folgte ihm. Über ihnen hörten sie das Krächzen und Rascheln der Vögel.

»Das ist der Pförtner. Er sucht uns«, flüsterte er. Sie sahen den Lichtschein einer Laterne, der zwischen die Großkäfige huschte und verschwand. Lischka zog Julius mit sich.

»Solange der hier unterwegs ist, wird Lanz nicht herauskommen.«

»Was hast du vor?«

»Ihn einweihen. Oder eine Zeit lang ruhigstellen. Das sehen wir dann, wenn wir näher dran sind.«

Er führte Julius in die Richtung, in der er den Pförtner

vermutete. Doch in diesem Moment hörte er etwas. Eine laute meckernde Stimme. Ein empörtes Schimpfen, das sich unter die verschlafenen Laute der Tiere mischte.

Hinter einer Biegung tauchte der Lichtschein wieder auf. Dort stand der Geräteschuppen, durch dessen Fenster ein schwaches Licht leuchtete. Der Pförtner mit seiner Laterne stand am Fenster und klopfte laut gegen die verschlossenen Läden.

»Ihr verdammten Schwuchteln! Ich weiß, dass ihr da drin seid!«

Julius unterdrückte ein Lachen neben ihm. Lischka biss sich auf die Unterlippe, um nicht ebenfalls herauszuplatzen. Doch dann versteiften sich seine Glieder. Wenn der Pförtner glaubte, dort drin würden sich zwei Männer vergnügen, dann bedeutete das, dass niemand Befugtes dort drin sein konnte, den der Pförtner kannte.

Wieder schlug er mit der Faust gegen die Läden und rief: »Kommt raus, ihr warmen Schweine, ich hab' doch gleich gesehen, was ihr für welche seid! Ich ruf' die Polizei, ihr Dreckslumpen.«

»Und ich habe schon gedacht, dass ich ihn rauslocken muss«, flüsterte Julius mit zitterndem Kehlkopf. Die Vorstellung des Mannes war zu komisch. Es quälte Lischka, seine Heiterkeit zu unterdrücken. Der Pförtner wartete noch eine Weile, dann stapfte er zur Schuppentür und rüttelte daran. Er stieß wüste Beschimpfungen aus und spie in den Schnee vor Abscheu.

Lischka überlegte kurz, ob er den Mann warnen sollte, doch es war zu spät.

Mit einem metallischen Kreischen flog die Tür auf, etwas Dunkles wirbelte durch die Luft, und der Pförtner sackte zusammen.

Lischka hielt den Atem an. Alles war so schnell gegangen, dass er kaum wahrgenommen hatte, was genau den Mann getroffen hatte.

»Du bleibst hier!«, zischte er Julius zu, zückte seinen Revolver und stürzte auf den Schuppen zu, als würde er von einer unsichtbaren Kraft vorwärts gepeitscht. Mit einer Kraft, die er seit Jahren nicht mehr empfunden hatte, hastete er auf das kleine Gebäude zu und spürte ein grimmiges Grinsen im kältestarren Gesicht.

Der Triumph schien schon ihm zu gehören, Lischka hörte bereits die anerkennenden Worte seiner ehemaligen Kollegen. Vielleicht lag es an diesem Rausch der makabren Euphorie, der ihn unvorsichtig werden ließ. Wer wollte ihn denn daran hindern, wie ein Windstoß durch diese Tür zu fahren und den Irrsinnigen endlich zu stellen? Lischka näherte sich der Tür nicht frontal, sondern er schoss um die Ecke, auf die Tür zu. Da durchfuhr es ihn wie ein eisiger Blitz, er prallte gegen ein Hindernis und erstarrte. Der Revolver glitt ihm aus der Hand, die ins Leere zuckte. Atemlos sah er, was ihn aufgehalten hatte. Zwei stechende Augen, ein aufgerissener Mund, der übel riechende Atemzüge in die Nachtluft stieß, und ein vor Hass verzerrtes Gesicht. Ich sterbe, dachte Lischka. Seltsamerweise war in diesem Moment sein sehnlichster Wunsch, dieses Gesicht aus seinem Bewusstsein zu verbannen. Er wollte nicht mit diesem Eindruck auf der Netzhaut sterben. Deswegen ließ er sich auf die Knie fallen und zur Seite sinken. Und so war es nicht das dumpfe Innere der Hütte und sein Bewohner, denen sein letzter Blick galt, sondern die bläuliche Oberfläche des Schnees. Seine Fußspuren, die ihn zertreten hatten. Und irgendwo im Hintergrund zwischen den dunklen Käfigen das mondweiße erschrockene Gesicht seines Freundes. Dann verzog sich alles, und das Bild zerriss.

XI

»Weisst du, langsam denke ich, dass mir das Schicksal … oder der liebe Gott wirklich gewogen ist. Alles ist so unglaublich einfach.«

Lanz' Stimme klang fast andächtig, als er das sagte, nachdenklich über den Körper des Inspektors gebeugt. Julius sah im Näherkommen, dass eine eiserne Zaunstrebe in Lischkas Brust steckte. Die Erkenntnis, dass Lischka diese Verletzung nicht überleben würde, legte sich wie eine Würgeschlange um seinen Hals. Er wurde fast hysterisch vor Wut, Enttäuschung und Trauer. Er konnte nicht erkennen, ob sein Freund noch lebte. Der lag in einer kleinen Schneewehe, die die tröstliche Wirkung eines weißen, sauberen Bettes vorgaukelte, und Julius hoffte, dass die Kälte dafür sorgen würde, dass die Wunde nicht zu heftig blutete. Das Gesicht des Inspektors war reglos.

Mit vorgeschobenem Kopf stand Alois Lanz neben den beiden leblos daliegenden Körpern und sah dabei aus wie jemand, der beim Spazierengehen einen überfahrenen Frosch begutachtet. Seine Hände waren leer, er trug keine Waffe bei sich. Julius stolperte vorwärts, ohne zu wissen, warum.

»Warum so unvorsichtig, Julius?«, fragte Lanz, aber die

Frage schien mehr an sich selbst gerichtet zu sein. »Weißt du, ich hatte eigentlich vorgehabt, deine kleine Freundin Johanna hierher zu bringen, damit du einen Anreiz hast. Aber das war gar nicht nötig. Du hast eine bessere Kombinationsgabe als jeder verdammte Kommissar in Wien.«

Julius trat noch näher und verfluchte sich, dass er nicht ebenfalls eine Schusswaffe bei sich hatte. So wie der Bildermörder da stand, wäre es schnell vorbei gewesen. Doch er spürte, dass über ihm in der kalten Luft eine Glocke dieses anscheinend so wohlwollenden Schicksals lag, über das Alois Lanz sich so freute. In dieser Winternacht schien alles von der Notwendigkeit zu vibrieren, dass die beiden Männer sich jetzt gegenüberstanden.

»Ich frage mich, was du bist«, sagte Lanz, und wandte das Gesicht Julius zu. »Bist du nur ein neugieriger Trottel, der Detektiv spielen wollte? Wenn ja, dann wird dir das hier nicht gefallen.« Er wies auf die beiden erstarrten Männer zu seinen Füßen. »Oder bist du der Einzige, der mich versteht? Dann wirst du die Rolle spielen, die ich dir zugedacht habe.«

»Was hast du vor mit mir?«, flüsterte Julius.

»Oh, etwas, worauf du anscheinend bereits sehnsüchtig wartest. Sonst wärst du nicht hier. Sonst würdest du wegrennen. Und da du das nicht tust, werte ich deine Anwesenheit als Zustimmung. Leg dich auf den Rücken.«

»Was?«

»Leg dich da drüben hin. Ich habe den Schnee dort weggeschaufelt. Leg dich hin.«

Julius starrte den blassen Mann an, der ganz ernst zu ihm sprach und sich fast so geduldig anhörte wie ein Vater, der seinem Kind die Notwendigkeit des Fiebermessens erklären will.

Julius rührte sich nicht. In seinem Kopf kreiste die Frage, wie er dieser Situation entkommen konnte. Er wollte nicht glauben, dass Lanz ihn töten würde. Die ganze Situation war so absurd, dass er einfach stehen blieb und wartete. Die Geduld des anderen riss so jäh wie eine überspannte Klaviersaite. Noch bevor Julius erkannte, was geschah, schnellte Lanz vor und schlug ihm die Faust gegen den Kopf.

Julius taumelte nach hinten und sank in den Schnee. Das Nächste, was er sah, war das Gesicht, das sich über ihn beugte und ihn mit blinzelnden Augenlidern musterte. »Aber bitte, ich helfe doch gern nach«, säuselte es mit eisiger Stimme, und dann wurde Julius an den Knöcheln gepackt. Durch die Betäubung des Schlages nahm er wahr, wie er durch den Schnee geschleift wurde. Eine kurze gnädige Ohnmacht umfing ihn, doch als er wieder erwachte, hatte sich die Umgebung verändert. Sein Körper lag ausgestreckt auf dem Boden, Arme und Beine gespreizt. Er konnte sie nicht bewegen. Julius hob den Kopf und sah, dass er an Armen und Beinen mit einem dünnen Seil an vier Holzpflöcke gefesselt war, die aus dem Boden ragten. Von irgendwoher ertönte ein leises Lachen. Und dann sah Julius den Apparat links von ihm, aber er konnte nicht erkennen, was es war. Eine Holzkonstruktion, in deren Mitte eine Art Spule hing. Das ganze Ding sah so klobig und schlecht gebaut aus, dass Julius nicht hätte sagen können, was für einen Sinn es hatte. Fieberhaft rasten die Gemälde des Kunsthistorischen Museums an seinem inneren Auge vorbei. Wo war das Bild, das hier umgesetzt werden sollte? Er ahnte Grausames, doch in seiner Erinnerung fand er kein passendes in Öl gemaltes Gegenstück.

»Da staunst du, was?«, kam die Stimme des anderen aus der Dunkelheit. »Du kennst dich in den Schatzkammern deines geliebten Museums wohl doch nicht so gut aus, wie du gedacht hast, Pawalet.«

Julius spürte die Anwesenheit des Mannes hinter sich. Ihm stockte der Atem in der eisigen Kälte, und er verdrehte den Kopf, um ihn zu sehen. Da trat Alois Lanz langsam und gemächlich in sein Blickfeld. Er winkte ihm zu wie einem alten Freund. In seiner Hand lag ein langes Messer. Fehlt nur, dass das Mondlicht auf die Klinge fällt, dachte Julius. Er hatte immer noch nicht ganz erfasst, was mit ihm geschehen sollte. Krampfhaft versuchte er, sich an das Bild zu erinnern, für dessen Umsetzung er hier das Modell war.

»Lass mich raten, Julius: Du fragst dich verzweifelt, welches Gemälde diesmal an der Reihe ist? Verständlich. Man will als Modell doch wissen, wozu man verwendet wird, nicht wahr?«

»Sag es mir!«, krächzte Julius.

»Du solltest froh sein, dass du das Gemälde nicht kennst. Wenn du es nämlich wüsstest, würden das Grauen und die Angst dich übermannen.«

Julius schauderte vor dem leisen belustigten Lachen, das der Mann ausstieß. Der ließ sich neben ihm in die Hocke sinken und zeigte ihm das Messer. Es war lang und an der Spitze ein wenig gebogen.

»Kennst du die Geschichte des Heiligen Thimeo von Salzburg?«

»Nein«, presste Julius hervor. »Aber wenn es ein Heiliger war, nehme ich an, dass er auf entsprechende Weise umgekommen ist.«

Lanz lächelte auf ihn herab. »Du sagst es. Ein schöner brutaler Märtyrertod. Du weißt ja, was man sich für unsere Heiligen so alles ausgedacht hat. Du kennst wirklich kein Bild, auf dem Thimeo abgebildet ist?«

Julius zerrte an den Fesseln und hätte dem anderen ins Gesicht gespuckt, wenn er nicht auf dem Rücken gelegen hätte. Seine Erinnerung stürzte sich verzweifelt auf verschüttete Ahnungen, um wen es sich bei jenem Heiligen Thimeo handeln konnte. Wie war der Mann gestorben? Welchen tödlichen Ausgang versprach diese merkwürdige Holzkonstruktion? Zugleich suchte sein zitternder Verstand nach Möglichkeiten, Lanz von seinem Vorhaben abzubringen. Zeit gewinnen, dachte Julius ... Ich muss Zeit gewinnen.

»Du willst es unbedingt wissen, nicht wahr?«, säuselte der Mann. »Du scheinst einen ausgeprägten Hang zum Masochismus zu haben. ....Der Heilige Thimeo von Salzburg war ein bedauernswerter Zeitgenosse. Er begab sich kurz nach 1100 auf einen Kreuzzug in die Türkei. Dort starb er den Märtyrertod. Weißt du, was eine Darmspindel ist?«

»Eine was?«, stöhnte Julius. Immer noch sickerte kein Bild in sein Gedächtnis. Doch plötzlich wusste er, wozu das grobe Holzgestell neben ihm gedacht war.

»Ah, ich sehe an deinem Gesicht, dass du langsam begreifst, Julius«, stellte der andere zufrieden fest. »Schau, dieses Messer in meiner Hand – dem Heiligen Thimeo wurde damit in einem Schnitt von oben nach unten der Bauch aufgeschlitzt. Und dann nahmen seine Peiniger ein Stück seines Darms, nagelten es an die Spule und kurbelten – natürlich schön langsam – Zentimeter für Zentimeter das Gekröse aus seinem Leib. Wie sich das wohl angefühlt haben mag? Und der Anblick erst? Wenn Thimeo Glück hatte, ist er rasch ohnmächtig geworden und an einem Schock gestorben. Oder er ist schnell verblutet. Aber er war ein starker, kämpferischer Mann. Was meinst du wohl, wie lange er durchgehalten hat?«

Die starren Augen richteten sich auffordernd auf Julius. Der Mund verzog sich zu einem fast heiteren Lächeln.

»Dieses … Bild kenne ich nicht«, sagte Julius tonlos.

Das Grauen schnürte ihm die Kehle zu. Doch er wollte nicht, dass Alois Lanz diese Todesangst bemerkte und sich daran weidete. »Wahrscheinlich hast du dir dieses Bild nur ausgedacht … in deiner kranken Fantasie …«

Lanz machte ein enttäuschtes Gesicht. »Warum so kurzsichtig, Julius? Nur weil du dieses Bild nicht kennst, heißt das nicht, dass es nicht existiert. Hat man dir nie das Depot im Kunsthistorischen Museum gezeigt, nein? Nun, als ich seinerzeit ein hoffnungsvoller Student der Akademie war, hat man uns durch die Magazine des Belvedere geführt und vor der Eröffnung des neuen Museums auch durch dessen Lagerräume. Das Gemälde befindet sich dort, ich habe es gesehen. Es wurde nur nie ausgestellt. Es ruht seit Jahrzehnten in einer Kiste mit Holzwolle. Vielleicht ist es zu grausam für das zarte Wiener Publikum.«

»Wer hat es gemalt?«, flüsterte Julius. Er spürte, dass seine Aufmerksamkeit dem Mann schmeichelte. Solange er nicht in Panik verfiel und sich von dem Grauen übermannen ließ, das an seinen Eingeweiden fraß, würde Lanz mit ihm sprechen.

»Christopher Paudiß. Es ist natürlich ein barockes Gemälde, wie du dir sicher denken kannst. Stell dir vor, Paudiß hat sogar eine Zeit lang in Wien gearbeitet. Ich habe mir dieses schrecklich-schöne Motiv eigens für den Schluss aufgehoben. Und für dich, Julius Pawalet. Nur für dich.«

Eine schwere Hand legte sich auf Julius' Bauch. Alois Lanz starrte ihn an, als erwartete er eine weitere Frage oder gar die Zustimmung, dass er anfangen durfte. Doch Julius schwieg. Jetzt hatte die Angst ihm endgültig den Mund verschlossen. Mit einer beinahe zärtlichen Bewegung öffnete der Mann die Knöpfe an Julius' Mantel, schlug die Seiten zurück und zog behutsam das Hemd aus der Hose. Dann legte sich die Hand auf Julius' nackte Bauchdecke. Lanz' Augen glänzten metallisch in der Finsternis. Julius wusste nicht, was ihn mehr erschreckte – die arktische Nachtluft auf seiner Haut, oder der gierige, wollüstige Blick, der auf ihm ruhte.

»Weißt du, der Heilige Thimeo war auf dem Bild natürlich nackt. Er trug nur ein Lendentuch, wie unser geliebter Heiland am Kreuz. Er hat dort, wo er starb, auch sicherlich nicht frieren müssen. Aber keine Angst – das werde ich noch nachholen, sobald du dich nicht mehr rührst. Ich bin ein Perfektionist, wie du weißt, und …«

»Dann fang doch endlich an!«, schrie Julius und bäumte sich seinem Peiniger entgegen. »Hör auf zu schwätzen wie ein altes Weib, und zeig, was du kannst! Oder hast du Angst vor meinen Eingeweiden? Hast du Angst, dass du in Ohnmacht fällst?«

Julius bog seinen Leib noch mehr durch. Und da sah er auch das erste Anzeichen von Verwirrung in den stahlgrauen Augen über ihm. Der andere zog die Hand von Julius' Bauch fort und wich ein Stück zurück. Nervös sah er sich um, als hätte er Angst, dass das Geschrei seines Opfers irgendjemanden herbeirufen könnte. Doch in der Nachtstille riefen nur ein paar der eingesperrten Vögel, und ein Affe kicherte.

Er ließ sich zurücksinken und sagte noch einmal mit leiser Stimme: »Hör auf zu reden. Wenn du so ein großer Künstler bist, wie du behauptest, dann tu es endlich.«

Dann schloss er die Augen. Julius wusste selbst nicht, woher er die Gewissheit nahm, dass Alois Lanz noch nicht so weit war. Er betete, dass in der Zwischenzeit irgendjemand das Verschwinden des Pförtners bemerkt hatte und der Sache nachging. Es konnte doch nicht sein, dass diese Menagerie tatsächlich der ungestörteste Ort in Wien war, an dem der Wahnsinnige sein letztes Werk vollendete!

Julius' Hoffnung schien sich zu erfüllen, denn Lanz begann wieder zu sprechen.

»Damit du es besser verstehst, Julius, muss ich dir sagen, dass du die Krönung meines Werkes bist. Du bist der, der mich erkannt hat. Du hast erkannt, wer ich bin und was ich tue. Du bist mir gefolgt auf einer Fährte, die die Polizei nicht gefunden hat.«

Julius öffnete die Augen. »Was erzählst du da? Ich bin dir nicht gefolgt.«

Lanz lachte. »Oh doch, das bist du. Du bist mir zu dem Juwelier gefolgt und hast seine Leiche gesehen. Du wusstest, dass ich ihn getötet habe, hast aber nicht die Polizei benachrichtigt.«

Verständnislos sah Julius zu ihm hoch und schüttelte den Kopf. »Das … stimmt nicht …«

Lanz fuhr unbeirrt fort. »Und du bist mir zur Anstalt am Brünnlfeld gefolgt. Du weißt, was mir dort widerfahren ist, nicht wahr? Wie ich dort gelitten habe. Wie sie mich dort vernichtet haben. Aber ich bin aus eigener Kraft am Leben geblieben.«

Eine kalte Hand legte sich wieder auf Julius' Bauch. »Du wusstest es die ganze Zeit und bist mir dorthin gefolgt. Außerdem hast du meine Bilder gefunden, die ich unter dem Boden versteckt habe. Allein, dass dein Weg dich in diese Wohnung geführt hat, zeigt mir, was für eine Bedeutung du für mich hast. Und dieser Bedeutung kannst du dich nicht entziehen.«

Es dauerte ein paar Sekunden, ehe Julius begriff, dass Lanz das Porträt seines ersten Opfers meinte, das er unter den Bodendielen seiner letzten Wohnung gefunden hatte. »Ach, diese stümperhaften Dinger!«, warf er ihm entgegen. »Ich habe sie billig verkauft. Wenn ich gewusst hätte, dass sie von dir sind …« Julius hoffte inständig, dass ihm eine Mischung aus Verachtung und erzwungener Bewunderung gelang.

Alois Lanz zuckte ganz kurz zurück. Die Beleidigung seines Opfers grub ganz kurz zwei scharfe Linien in seine Stirn. Doch dann lächelte der dünne Mund wieder, und er schüttelte den Kopf, unbekümmert und siegessicher.

»Du glaubst, nur weil der Hof mich damals als Maler abgelehnt hat, bin ich ein schlechter Maler?«

»Du bist ein schlechter Maler«, betonte Julius. »Na und? Ich kann auch nicht malen. Deswegen versuche ich es erst gar nicht.«

Alois Lanz schloss kurz die Augen, als wollte er sich zur Ruhe mahnen. »Sag, warum bist du mir dann gefolgt, wenn du mich für so unwürdig hältst?«

»Ich bin dir nicht gefolgt!«, stieß Julius hervor und zerrte wieder an seinen Fesseln. Plötzlich merkte er, dass das Seil an seiner rechten Hand lockerer saß als an den anderen Gliedmaßen.

»Du bist mir gefolgt!«, beharrte Alois Lanz. »Ich habe dich gesehen, die ganze Zeit über. Warum hast du das getan?«

»Dir folgen? Warum sollte ich einem geistesgestörten Amateurmaler folgen? Wie kommst du darauf, dass ich dir so viel Beachtung schenken würde?«

Julius hätte gern gelacht beim Anblick des gerade noch so gefährlichen Gesichts über ihm. Die kalte Hand auf seinem Bauch wurde hart, er spürte Fingernägel, die sich in seine Haut gruben. Wo eben noch selbstsichere Verachtung und dieser tödliche Eifer waren, huschte nun ein schmerzlicher Ausdruck über Lanz' Züge. Er sog die Luft ein wie ein bitteres Gas, und sein Gesicht verzerrte sich. Nur einen Augenblick lang, dann gewann wieder die dunkle, konturlose Maske des Bildermörders die Oberhand. Aber Julius hatte genug gesehen. Er gestattete sich ein erstauntes Lächeln und riss einmal heftig an seiner rechten Fessel.

»Du erstaunst mich, Lanz. Ich dachte immer, du bist überzeugt von dem, was du tust?«

»Was meinst du?«, blaffte der andere.

»Ich dachte immer, du bist ein wahrhaft überzeugter Mörder. Aber du bist bloß ein armer verkannter Künstler, den niemand achtet außer dir selbst.«

Lanz riss seine Hand zurück und starrte Julius hasserfüllt an. Es gelang ihm nicht länger, sein belustigtes, belehrendes Grinsen beizubehalten.

»Wo kommt dieser ganze Schmerz her?«, fragte Julius spöttisch. »Ist das die einzige Wahl, die du hast, um deine Identität als Künstler aufrechtzuerhalten? Du wärst besser Tierwärter geworden – man sagt, dass du das gut kannst. Und eines solltest du noch wissen: In ein paar Minuten werden Polizeiagenten hier sein. Mein Freund, den du ermordet hast, hat sie informiert.«

Allmählich wurde sein Körper ganz steif auf dem gefrorenen Boden. Doch er spürte die Kälte kaum. Die Möglichkeit, dem Bildermörder durch gezielte Demütigungen zu entkommen, elektrisierte ihn. Denn offensichtlich zeigten sie Wirkung. Immer wieder zeigte sich ein mutloser Ausdruck in dem Gesicht über ihm. Vielleicht, so hoffte Julius, würde Lanz von ihm ablassen und einfach flüchten. Doch Julius irrte sich. Die Mutlosigkeit verflog wie ein Federwölkchen am Sommerhimmel, und plötzlich blitzte die gebogene Klinge in Lanz' Hand auf. Das kalte Metall berührte seinen Bauch, hart und spitz wie der Biss einer kleinen Schlange. Julius rang nach Atem.

»Das schaffst du nicht!«, flüsterte Alois Lanz und bohrte die Messerspitze in die gespannte Haut der Bauchdecke.

Julius spürte, wie der Stahl durch die Haut drang.

»Natürlich schaffe ich das!«, stöhnte Julius und versuchte, vor dem Messer zurückzuweichen. Sein rechtes Handgelenk ließ sich schon freier bewegen. »Bevor du mich umbringst, musst du mir noch etwas erklären!«, rief er und versuchte, den herumirrenden Blick des Mannes einzufangen.

»Du musst mir erklären, warum du das tust! Ich meine … das hier ist die Moderne, und viele Künstler machen seltsame Dinge … aber du? Sag es mir!«

Lanz' Augen richteten sich auf Julius. Er blinzelte, als überlegte er, ob er antworten sollte. »Das willst du wissen?«, presste er hervor. Der Schmerz auf Julius' Bauchdecke verstärkte sich.

»Ja, das will ich …«, flüsterte er. »Ich habe zwar eine Theorie, aber … aber ich kann nicht glauben, dass deine Motive wirklich so nieder und albern sind … also musst du mich jetzt eines Besseren belehren.«

Er schaffte ein entschuldigendes Lächeln. Erleichtert nahm er wahr, dass der Druck auf seinem Bauch nachließ.

»Wie lautet denn deine sogenannte Theorie?«, zischte Lanz und starrte ihn mit aufgerissenen Augen an.

»Ich weiß, dass man dich am Hof abgelehnt hat. Du wolltest Hofmaler werden nach der Akademie. Man hat dich abgewiesen, und jetzt versuchst du, dich durch diese

Interpretation der kaiserlichen Kunstschätze am Hof zu rächen. Ist es nicht so?« Julius konnte nur noch hechelnd atmen, weil jeder tiefere Atemzug ihn näher an die Klinge brachte.

Über ihm nickte der Kopf des Mörders. Langsam und gewichtig, als wäre ihm durch Julius' Worte die Rechtmäßigkeit seines Handelns bestätigt worden.

»Ja, das hast du richtig erkannt«, sagte er. »Ich drücke jedem Gemälde in habsburgischem Besitz meinen Stempel auf. Niemals wird man diese Bilder wieder ansehen können, ohne an mich zu denken. Sie haben mich davongejagt wie einen streunenden Hund ... Untalentiert haben sie mich geschimpft. Meine Ausbildung an der Akademie – alles war damit nichtig geworden. Zuerst wollte ich mich auf plumpe Art und Weise am Kaiser rächen. Indem ich eines seiner wertvollsten Gemälde zerstöre.«

»Ich weiß«, hauchte Julius. »Ich habe dich gesehen ... damals. Ich war noch klein. Aber ich erinnere mich an dich. Wie du versucht hast *Das Haupt der Medusa* zu zerstören. Ich habe jahrelang immer wieder von dir geträumt.«

Jetzt wurden die zu Schlitzen verengten Augen über ihm rund und staunend. Julius ahnte, was hinter Lanz' Stirn vorging.

»Umso logischer ist es, dass du auch bei meinem letzten Meisterstück bei mir bist, Julius.« Er verstärkte den Druck des Messers. Julius spürte, wie ihm warmes Blut über den Bauch lief.

»Meisterstück?«, krächzte er. »Das soll ein Meisterstück sein! Du willst mich töten und glaubst, du könntest dich damit am Kaiser rächen? Glaubst du, das macht dich zu einem besseren Künstler?« Julius zitterte. Ein scharfer Schmerz zog sich über seine bebenden Bauchmuskeln.

»Ich mache mich dadurch unsterblich!«, verkündete Lanz mit zusammengepressten Zähnen. »Dieser Mann hat mein Leben zerstört und dafür gesorgt, dass ich in der Bedeutungslosigkeit versinke. Ich widersetze mich ihm. Der Tod dieser Menschen ist mein Sieg über sein Urteil. Ich werde der Künstler sein, an den man sich noch in tausend Jahren erinnert.«

Julius wagte ein Lachen, auch wenn der Schmerz fast unerträglich wurde. »Bedeutungslosigkeit?«, schleuderte er Lanz entgegen. »Du bist der bedeutungsloseste Künstler, den ich je gesehen habe. Willst du wissen, warum?«

Statt einer Antwort setzte Alois Lanz den ersten Schnitt. Julius brüllte auf. Irgendein Tier antwortete mit einem ähnlich verzweifelten Schrei. Julius fühlte den Schmerz kaum noch, weil die eisige Kälte ihn betäubte. Er hoffte nur, er würde noch so lange leben, dass er sagen konnte, was er unbedingt loswerden wollte.

»Jeder Künstler, der Wert auf das Urteil eines anderen Menschen legt, ist bedeutungslos!«, keuchte er. »Schau dich um in Wien … die Moderne … die Sezession. Glaubst du, dass Klimt und die anderen sich um die Meinung dieses alten Mannes scheren? Du hasst den Kaiser? Aber du verleihst nicht dir Bedeutung, sondern auch ihm, indem du … ihm so viel Macht zugestehst. Du hast … umsonst getötet.«

Der nächste Schnitt ging noch tiefer, und der Schmerz trieb Julius die Tränen in die Augen. Ein heftiges Schluchzen schüttelte ihn.

»Halt … den … Mund!«, zischte Lanz und drückte die Klinge unbarmherzig in Julius' Fleisch. »Du weißt gar nichts!«

»Doch!«, keuchte Julius. »Ich weiß … mehr, als du denkst … zum Beispiel … das hier!«

Und dann schmetterte er ihm mit aller Kraft die rechte Faust gegen die Schläfe. Das Handgelenk brannte von dem abgestreiften Seil, aus dem er sich herausgearbeitet hatte. »Du bist nicht nur ein miserabler Maler, sondern auch ein miserabler Fesselungskünstler!«, schrie er und drosch noch einmal voller Wut auf den Schädel über ihm ein.

Lanz kippte zur Seite, die Augen aufgerissen vor Überraschung. Julius holte die ganze verbliebene Kraft aus seinem halb erfrorenen blutenden Körper und richtete sie gegen seinen Peiniger. Er landete noch zwei gezielte Schläge gegen den Hals und auf die Nase des anderen, dann schaffte es Lanz, sich aus Julius' Reichweite zu retten.

Lanz keuchte, und seine Lippe blutete, aber Julius erkannte voller Grauen, dass er keineswegs bewusstlos liegen blieb. Mit hassverzerrtem Gesicht stürzte er sich auf ihn. Er packte die befreite Hand und suchte nach dem Messer, um sein Werk schnell zu vollenden.

Julius wand sich mit aller Kraft. »Du kranker Irrer!«, schrie er. »Du bildest dir ein, dass dich das unsterblich macht? Ich hoffe, sie hängen dich auf wie Abschaum!«

Der Kampf blieb unentschieden, obwohl Julius heftig blutete und Lanz seine freie Hand umklammert hielt wie ein Schraubstock. Durch die Schreie waren offenbar einige der Tiere erwacht und stießen unruhige Laute aus. Das Krächzen der Vögel und das Fauchen der Großkatzen mischten sich unter Julius' Gebrüll.

Die Palastwache des angrenzenden Schönbrunner Schlosses musste längst alarmiert sein. Doch da hob Lanz plötzlich sein Messer und ließ es in einem einzigen schnellen Stoß herabsausen.

Im selben Augenblick krachte ein Schuss. Noch mehr Vögel begannen erschrocken zu kreischen, und Julius sah, wie das Messer kurz über seinem Bauch mit den Schnittwunden innehielt.

Der Körper über Julius zuckte zur Seite, und hinter ihm ertönten die geflüsterten Worte: »Spar dir deine Kräfte, Julius.«

Er erkannte, dass es Lischka war, der geschossen hatte. Julius drehte den Kopf nach hinten. Dort lag der Inspektor auf der Seite im Schnee, der Eisenstab ragte noch immer aus seiner Brust. Hinter ihm zeigte eine zehn Meter lange dunkle Schleifspur an, wie sein Freund herangekrochen war. Doch der Revolver fiel ihm aus der Hand, und der Kopf sank entkräftet in den Schnee.

Endlich war Julius' linke Hand ebenfalls frei. Er starrte auf den keuchenden, zitternden Lanz, der sich die Schulter hielt. Irgendwo bellte ein Hund, und Stimmen drangen durch die Nachtluft zu ihnen.

»So, und jetzt zeig uns, wie schnell du rennen kannst!«, schrie Julius und machte sich an den Beinfesseln zu schaffen. Er achtete nicht auf das Blut, das von seinem Bauch in den Schnee rann.

»Lauf weg, du Scheißkerl!«, brüllte Julius und fuchtelte mit den Händen, als wollte er einen bettelnden Köter verjagen. Und es war, als würden auch die Zootiere Lanz durch ihr Krächzen, Knurren und Kreischen von ihrem Territorium vertreiben wollen. Denn Alois Lanz schleppte sich ein paar Schritte weg und humpelte zwischen die ersten beiden großen Käfige. Dann verschwand er in der Finsternis.

»Lischka … Lischka!«, flüsterte Julius und tastete nach dem Hals seines Freundes. Doch seine Hand war wie Eis, er spürte nichts mehr, keine Wärme und keinen Puls. »Halte durch! Sie kommen und helfen dir … halte durch!«

Dann waren seine Beine frei, und Julius kam auf die Füße. Ihm schwindelte, doch die leiser werdenden Schritte seines Peinigers gaben ihm neue Kraft. Er humpelte dem Mann hinterher, hinein in den Schatten zwischen die Käfige. Gelbe Augen starrten ihn durch die Gitterstäbe hindurch an.

»Helft mir«, wisperte er wie in einem Gebet an die Tiere, die ihn in der Dunkelheit zu beobachten schienen.

Er lauschte auf das Knirschen im Kies. Wo war Lanz hingelaufen? Oder war er irgendwo zusammengebrochen und lag bereits im Sterben? Julius unterdrückte sein Keuchen, das ihm vorkam wie das schwere Atmen eines Bären, und hastete weiter. Er hoffte inständig, dass Gendarmen den Zoo stürmten und sich als Erstes darum kümmern würden, dass Lischka versorgt wurde. Er wagte nicht zu denken, dass er sterben könnte.

»Wo bist du?«, zischte er in die Finsternis.

Er näherte sich einem der großen neuen Gebäude, in denen Aquarien und Terrarien zu bestaunen waren. War da nicht ein Schatten durch den Eingang gehuscht? Ohne nachzudenken, setzte er dem dunklen Schemen nach und fand sich in einem dämmrigen Gewölbe wieder. Der Mond leuchtete schwach durch das Glasdach und warf bizarre Schatten. Julius verfluchte sich, dass er und Lischka dieses Haus bei ihrem Rundgang nicht betreten hatten. Er hatte keine Ahnung, wie groß das Gebäude war, und wusste nicht, wo man sich hier verstecken konnte.

Als seine Augen sich an das eigenartige Licht gewöhnt hatten, sah er, dass ringsum ein hüfthohes Gitter verlief, hinter dem eine Vertiefung zu sein schien. Wahrscheinlich befanden sich dort die Gehege der Echsen.

Julius blieb regungslos stehen und lauschte in die Finsternis, ob er das Atmen des anderen hörte, doch alles blieb still. Nur ein gespenstisches Zirpen und Knacken ertönte zwischen den Glaskästen und den Wasserbecken. In der Luft lag ein erdiger, fremdartiger Geruch.

Er machte die majestätischen Konturen eines Leguans aus, der in seinem Terrarium hockte und sich nicht bewegte.

Julius schlich weiter und blickte aufmerksam in alle Ecken und Winkel, ob Alois Lanz sich irgendwo versteckt hielt.

Ein raues Züngeln hallte zwischen den Glaswänden wider, und Julius zuckte zusammen. Plötzlich wurde ihm die Präsenz der Tiere bewusst, Tiere, die er noch nie zuvor gesehen hatte, von deren Existenz er keine Ahnung gehabt hatte. Sie mochten zwar sicher in ihren Terrarien sitzen, doch ihre bloße Anwesenheit löste in Julius eine tiefe Beklemmung aus. In dieser gespannten Stille spürte er mit einem Mal wieder die Schmerzen in seiner Bauchdecke, die in den letzten Minuten geschwiegen hatten. Jetzt durchzuckten ihn die tiefen Schnitte wie Blitze, und als er seine Hand darauflegte, waren seine Finger nass von Blut.

Da raste, wie ein Albtraum, der unerwartet aus den Tiefen der Nacht kommt, der Schatten auf Julius zu und packte ihn. Als hätte der andere minutenlang die Luft angehalten, ergoss sich nun ein animalisches, gieriges Keuchen über ihn.

Lanz hatte immer noch genug Kraft, um Julius gegen das umlaufende Gitter zu drücken, hinter dem ein unbekannter Abgrund lauerte. Julius ertappte sich bei der Vorstellung, welche Tiere dort unten wohl ihrem Schauspiel zusahen und sich bereits das ledrige Maul leckten. Lanz' Atem ging röchelnd, und er versuchte mit letzter Kraft, Julius über die Absperrung zu drücken.

»Was für ein Bild … soll das denn jetzt … darstellen …?«,

presste Julius hervor und versuchte, seinen Körper von dem gebogenen Eisengitter wegzustemmen. Das Blut aus seiner Bauchwunde vermischte sich mit dem aus Lanz' Schusswunde. Sie waren beide am Ende, das wusste Julius. Es war nur noch eine Sache von Sekunden, und einem von ihnen würden die Kräfte schwinden.

Die starken, sehnigen Hände, die ihn hielten, waren glitschig vom Blut und rutschten immer wieder ab. Lanz stieß grollende Laute aus, und ein Röcheln drang aus seiner Brust.

Da vernahm Julius plötzlich ein Zischen. Es kam aus der Grube, um die das Gitter herumlief. Aus den Augenwinkeln nahm er dort unten die Schatten von Steinen und Sträuchern wahr. Und dann sah er die huschenden Leiber, hörte ein feindseliges Fauchen und das zarte Rascheln von Blättern. Irgendetwas in der Grube richtete sich schwankend auf und reckte sich empor.

Die Panik überwältigte Julius mehr, als es die Gegenwart der Darmspindel je vermocht hätte. Lanz gelang es, Julius ein Stück hochzuheben und ihn so näher an den zischelnden Abgrund zu bringen. Das Gesicht des anderen war jetzt ganz dicht vor seinem. Und Julius sah, dass dieser ebenso mit dem Blutverlust zu kämpfen hatte wie er selbst.

Da tat Julius das Einzige, was ihm einfiel, um das Blatt noch einmal zu wenden. Er suchte mit den Fingern nach dem Loch, das Lischkas Kugel gerissen hatte. Er schloss die Augen und bohrte sich in diese nasse, zerfetzte Mulde. Das Brüllen seines Widersachers erfüllte das Glasgewölbe mit tausend Echos.

Lanz taumelte zur Seite, und plötzlich war es Julius, der ihn gegen das Gitter drückte. Aus dem Abgrund zischte und fauchte es. Julius' Hände waren nass von Blut, er rutschte ab, seine Knie knickten ein, und er sackte gegen den anderen. Im nächsten Moment fand er sich allein auf dem Boden vor dem Absperrgitter wieder. Ein Schrei verebbte gerade. Diesmal klang er nicht wütend, nicht rasend. Es war ein Schrei voll unbegreiflicher Angst.

Dann war es still.

Erst jetzt erkannte Julius, dass Lanz über das Gitter gefallen war. Er hatte ihn nicht gestoßen. Irgendetwas hatte ihn nach unten gezogen.

Im nächsten Moment war das Echsengehege von hellem Licht erfüllt. Julius vergrub den Kopf zwischen den Armen. Die plötzliche Helligkeit schmerzte ihn. Um ihn herum waren die Stimmen vieler Männer, er hörte das Hecheln eines Hundes. Dann wurde er auf den Rücken gedreht. Worte prasselten auf ihn nieder. Doch er konnte nichts sagen und nahm mit Erleichterung wahr, dass jemand ihm einen Verband auf den Bauch drückte.

»Wo ist er?«, fragte er verzweifelt.

Dann brandete ein Schwall von Entsetzenslauten auf, der ihn fortspülen wollte wie eine Flutwelle. Im nächsten Moment wurde er hochgehoben und schaute blinzelnd in den hell erleuchteten Abgrund hinter dem Gitter. Dort, auf der Erde zwischen Steinen und Gestrüpp, lag der verdrehte Körper des Bildermörders. Die Augen weit aufgerissen, der Mund in einem stummen Schrei des Entsetzens geöffnet. Und um ihn herum wimmelte es von seltsam schimmernden Leibern. Eine armdicke Schlange hatte sich um den Oberschenkel geschlungen. Ein kleineres Tier biss wütend in den Kehlkopf des Mannes. Eine andere hatte nach seinem Ohr geschnappt.

Julius würgte. Er ruderte schwach mit den Armen, und das Bild verschwand. Er spürte noch, wie er hinausgetragen wurde, dann wurde es dunkel.

XII

Die Sonne fiel in einem goldenen Strahl schräg ins Zimmer und auf die weiße Bettdecke über seinen Füßen. Als Julius zum ersten Mal das Bewusstsein länger als nur wenige Minuten wiedererlangte, spürte er die Wärme an seinen Füßen und blinzelte in die Helligkeit.

Er sah gleich, dass es wieder ein Zimmer im Allgemeinen Krankenhaus war. Im selben Augenblick schossen ihm zwei Fragen durch das erwachende Bewusstsein. Was war mit Lischka? Und war es wieder Johanna, die ihn pflegte?

Er wandte sich zur Seite und sah, dass er allein im Zimmer lag. Vorsichtig betastete er seinen Bauch. Er fühlte einen dicken Verband, doch er spürte keinen Schmerz. Nur ein dumpfes Ziehen und Pochen.

Wie viel Zeit war vergangen? Die letzten Bilder, bevor er das Bewusstsein verloren hatte, stürmten auf ihn ein. Der Bildermörder in diesem tödlichen Schlangennest ... Die Erleichterung, dass er noch am Leben war, breitete sich nur zaghaft aus. Zu übermächtig war das schreckliche Gefühl, dass sein Freund es wahrscheinlich nicht geschafft hatte.

Kurze Zeit später tauchte eine Krankenschwester auf – es war nicht Johanna – und gab ihm etwas zu trinken. Dann erschien ein Arzt, der sich lächelnd an sein Bett setzte und ihm den Verband am Bauch abnahm.

»Also das hätte ich mir nicht verziehen, wenn Sie es nicht geschafft hätten!«, sagte er und drückte Julius kräftig die Hand. Der sah ihn verwirrt an.

»Na, wo doch jeder weiß, dass Sie den Bildermörder zur Strecke gebracht haben!«

Julius schloss die Augen. »Er hat sich selbst zur Strecke gebracht«, murmelte er.

»Ach was, die Zeitungen sind voll von dieser Geschichte. Sie werden als Held gefeiert, Julius Pawalet! Nur schade, dass sie alles verschlafen haben.«

»Wie lange war ich weg?«, fragte er.

»Heute ist der 5. Januar. Aber das ist auch kein Wunder.«

Der Arzt zog behutsam ein großes Mullstück von Julius' Bauch und begutachtete die Verletzung. Julius nahm nur eine rote, verkrustete Fläche wahr. »Sie haben viel Blut verloren. Der Wahnsinnige hat Ihnen ja fast die Eingeweide rausgeschnitten. Jedenfalls verheilt der Schnitt gut. Sie werden allerdings noch ein wenig bei uns bleiben müssen.«

»Was ist mit Inspektor Lischka?«, hauchte Julius.

Wie erwartet erstarb das aufmunternde Lächeln im Gesicht des Arztes, und er wurde ernst.

»Tja, Ihr Freund hatte nicht so viel Glück.«

»Er ist tot, nicht wahr?«

»Nein, aber er schwebt immer noch in Lebensgefahr. Diese Eisenstange ... Sie hat den linken Lungenflügel durchbohrt. Die Lunge ist zusammengefallen. Pneumothorax. So was kann man überleben. Aber nur mit etwas Glück. Inspektor Lischka liegt auf der Station für Schwerstverletzte. Aber er hat die letzten Tage überlebt, also denke ich, dass seine Chancen ganz gut stehen.«

Julius nickte. Er spürte, wie Tränen der Dankbarkeit ihm in die Augen stiegen.

Der Arzt tupfte eine rotbraune Tinktur auf Julius' Bauchwunde und verband sie sorgfältig.

»Haben Sie Hunger?«, fragte er. Julius nickte erneut.

»Nun, feste Nahrung ist momentan noch nicht erlaubt, mein Freund. Ihr Darm war verletzt und soll erst in ein paar Tagen die Arbeit wieder aufnehmen. Aber wie wäre es mit einer Kraftbrühe?«

»Wo ist Johanna Kowak?«, fragte Julius statt einer Antwort. »Sie war Krankenschwester hier.«

»Johanna Kowak? Ja nun, das Mädel hat vor ein paar Tagen ihre Stelle gekündigt.«

»Was?«, entfuhr es Julius. »Aber warum?«

Der Arzt hob ratlos die Schultern. »Sie hat angegeben, sie habe eine andere Anstellung gefunden. Vielleicht ist sie in die Privatpflege gegangen. Dort wird so eine junge Frau besser bezahlt als bei uns.«

Julius wusste nicht recht, ob ihm diese Auskunft gefiel.

Der Arzt verabschiedete sich, doch kurz bevor er aus der Tür war, sagte er: »Ach, da ist noch ein Polizist, der fragt seit Ihrer Einlieferung jeden Tag, ob Sie wieder ansprechbar sind.«

»Heißt er zufälligerweise Leutnant Tscherba?«, stöhnte Julius.

Nachdem eine Krankenschwester ihn liebevoll mit einer köstlichen, heißen Fleischbrühe gefüttert hatte, klopfte es an die Tür.

Leutnant Tscherba nahm sich wortlos einen Stuhl und setzte sich an Julius' Bett.

Julius konnte kaum die Augen offenhalten, so erschöpft fühlte er sich nach der Mahlzeit. Doch was Tscherba dann zu ihm sagte, ließ ihn schlagartig wieder wach werden.

»Pawalet, ich bin hier, um mich offiziell und in aller Form bei Ihnen zu entschuldigen.« In seinem Gesicht stritten sich amtliche Ernsthaftigkeit und ein versöhnliches Lächeln um den Vorrang.

Julius wusste nicht, was er sagen sollte.

»Es ist mir eine Ehre, sagen zu dürfen, dass ohne Sie einer der größten Skandale in der Geschichte der Wiener Kunstmuseen niemals aufgedeckt worden wäre.«

Deswegen war Tscherba also gekommen. Und Julius hatte schon gedacht, er wollte ihm zu seinem Triumph über den Mörder gratulieren. Er krächzte: »Dann haben Sie also etwas herausgefunden?«

Tscherba nickte und rückte mit dem Stuhl näher ans Bett. Plötzlich sah er aus wie ein Junge, der seinem Freund nachts im Schlafsaal eines Internats ein Geheimnis anvertrauen will. »Ich weiß gar nicht, wo ich anfangen soll«, gestand er mit verlegenem Lächeln.

»Sagen Sie mir, ob ich recht hatte«, forderte Julius, und Tscherba nickte zerknirscht. Dann begann er zu erzählen.

»Das Museum wurde in der letzten Woche einer gründlichen Untersuchung unterzogen. Man hat Restauratoren und Experten aus der ganzen Monarchie herberufen, um alle Bilder zu prüfen.«

»Aber warum?«, fragte Julius.

»Weil Kranzer ausgepackt hat. Er wurde in jener Nacht von meinen Kollegen in die Stadt zurückgebracht, und dabei fiel auf, dass der Revolver, den er bei sich hatte, zu einer Waffenladung gehörte, die vor einem Jahr aus dem k. u. k. Artillerie-Arsenal gestohlen wurde. Tja, somit ist der Kranzer erst mal ins Gefängnisspital gewandert und danach hinter Gitter. Und dann kam nach und nach raus, dass der Mann erheblich mehr Dreck am Stecken hat, als wir zu diesem Zeitpunkt geahnt haben. Er ist kein sehr verschwiegener Verbrecher«, stellte Tscherba zufrieden fest.

»Ich kann mir nicht vorstellen, dass Kranzer einfach so alles ausgeplaudert hat«, wandte Julius zweifelnd ein.

»Hat er auch nicht. Er hat sich nur so arg in Widersprüche verwickelt, dass es sehr verdächtig wurde. Und allmählich wussten die Kollegen, die ihn verhört haben, wonach sie fragen mussten. Es war schnell klar, dass alles, was der Kranzer gesagt hat, den feinen Herrn Hofrat in die Sache mit hineingezogen hat.«

»Er hat den Grimminger umgebracht, nicht?«, fragte Julius.

Wieder nickte Tscherba.

»Aber warum?«, fragte Julius weiter. »Damit konnte der Hofrat …, was auch immer er getrieben hat, nicht mehr weitermachen. Er brauchte den Grimminger doch.«

Tscherba hob die Hände. »Langsam, langsam, Pawalet, jetzt lassen Sie mich doch alles der Reihe nach erzählen. Sie hatten recht mit Ihrer Vermutung. Den entscheidenden Hinweis hat allerdings die Aussage des Hofrats ergeben, als man ihn fragte, warum er mit einer erstklassigen Rubensfälschung im Gepäck nach Triest abgehauen ist. Als er das mit der Fälschung hörte, ist ihm die Kinnlade runtergefallen, und er hat gesagt: ›Wieso Fälschung?‹

Das hat als Indiz gereicht. Der Herr Blauenstein hat daraufhin eine Untersuchungskommission eingerichtet, die die Gemälde im Museum überprüft hat. Und jetzt halten Sie sich fest, Julius.«

Julius krallte die Hände in das Bettlaken.

»Es wurden 28 gefälschte Gemälde entdeckt!«

Julius schloss die Augen. »28 …«, murmelte er.

»Also, ich kenne mich damit ja nicht aus, aber es sind ein paar wirklich wichtige Werke dabei. Von Brueghel, Raffael und Rubens und noch von ein paar anderen Malern. Es wurden aber nur Gemälde gefälscht, die ein mittelgroßes oder kleines Format hatten. Bei den ganz großen Bildern wäre es zu auffällig gewesen.«

»Wer waren die Abnehmer dieser Bilder?«, krächzte Julius. »Wer hat an so etwas Interesse, und woher kannte Schattenbach diese Leute?«

»Er hat es uns verraten, der Herr Hofrat«, sagte Tscherba. »Wir mussten allerdings ganz schön Druck machen, damit er geredet hat. Der Mann hat bis zum Schluss versucht, alles abzustreiten. Aber als dann der Kranzer ausgepackt hat, wurde es eng für Schattenbach. Er hat verraten, dass der Hofrat die Ermordung Ihres Vaters und Grimmingers angeordnet und Kranzer fürstlich dafür entlohnt hat. Von Schattenbach hatte Kontakte auf der ganzen Welt, aber vor allem in Amerika. Dort sitzt irgendein Immobilien-Mogul, der so viel Geld hat, dass er nicht weiß, wohin damit. Und der Hofrat hat bei diesem Mann anscheinend astronomische Schulden. Dieser Amerikaner hat halbseidene Kontakte in die Unterwelt auf allen Kontinenten. Er hat Gemälde nach Bombay, Shanghai, Moskau und Havanna geschmuggelt. Und der arme Schattenbach war seine gehorsame Marionette. Können Sie sich das vorstellen, Pawalet?« Tscherbas Stimme klang so ungläubig, als könnte er das ganze Ausmaß des Skandals immer noch nicht fassen.

»Und was geschieht nun mit dem Museum?«, fragte Julius.

»Nun, momentan streitet man sich darüber, ob die Presse darüber schreiben darf. Der Schaden für den Ruf des Kunsthistorischen Museums wäre unabsehbar. Man versucht, diesen Auftraggeber festzusetzen. Das ist aber Sache der Behörden in New York. Und dann wird die Suche nach den gestohlenen Originalen beginnen. Wer weiß, in welchen Villen überall auf der Welt die Bilder verteilt sind.«

»Aber warum hat Schattenbach Grimminger töten lassen?«, fragte Julius erneut. »Das hätte das Ende dieser Geschäfte bedeutet.«

»Das stimmt. Er hat gesagt, dass Grimminger alles verraten wollte. Und dass der Mord eine Affekthandlung gewesen sei. Wissen Sie, Schattenbach ist in den letzten Jahren wohl zu sehr unter Druck geraten. Er wurde schlampig und fahrig und hat immer mehr die Kontrolle verloren. Er sah sich gezwungen, Ihren Vater zu ermorden, einen Kunstexperten in den Selbstmord zu treiben und sogar seine Frau – die übrigens spurlos verschwunden ist seitdem – als Helfershelferin zu missbrauchen. Er hatte sich einen ganzen Hofstaat an Schergen aufgebaut, aber irgendwann musste das alles ja zusammenbrechen.«

Die Erwähnung Luises fiel schwer in Julius' Bewusstsein. Was mochte Luise von Schattenbach jetzt wohl tun? Wo war sie jetzt ohne ihren Ehemann?

»Aber eins verstehe ich nicht«, sagte Julius. »Warum hat Kinsky dann das Original der *Medusa* im Museum gelassen und dem Hofrat die Fälschung mitgegeben. Ich meine, dieses Bild war ja noch nicht einmal vollständig getrocknet. Das wäre jedem aufgefallen!«

Tscherba nickte. »Das ist uns ebenfalls ein Rätsel. Ich habe die Vermutung, der Direktor war ein äußerst labiler Mann. Er hat seit Jahren getrunken. Und er wurde von Schattenbach erpresst und hatte keine Möglichkeit, sich daraus zu befreien. Das viele Geld, das er für seine Kooperation bekam, hat ein Übriges getan, um ihn bei der Stange zu halten. Aber ich denke, dass Kinsky insgeheim einen Ausweg aus dieser Situation gesucht hat. Wahrscheinlich hat er dem Hofrat die Fälschung eingepackt, damit endlich alles ein Ende hat. Ein Ende mit Schrecken. Er hat es nicht mehr ausgehalten und eine Situation heraufbeschworen, in der alles zusammenbrechen konnte. Vielleicht hat er sich so sehr danach gesehnt, dass er sogar seinen eigenen Tod als die bessere Lösung angesehen hat.«

Dann griff Tscherba in seine Uniformtasche. »Ach ja, das hier wird Ihnen Ihre Fragen beantworten, Pawalet, und es untermauert meine Theorie über Kinsky.« Er reichte Julius ein Kuvert.

»Was ist das?«, fragte der verwirrt.

»Das haben wir bei der Durchsuchung von Kinskys Büro gefunden. Es ist das Original des Abschiedsbriefs von Ihrem Vater.«

Julius nahm den Brief, öffnete ihn aber nicht.

»Soll ich ein paar Minuten nach draußen gehen?«, fragte Tscherba höflich.

Julius schüttelte den Kopf. »Ich glaube, ich weiß genau, was in diesem Brief steht.«

Eine Weile schwiegen sie, und Julius spürte den seltsam widersprüchlichen Gefühlen in seinem Innern nach.

»Weinen Sie?«, fragte Tscherba.

Julius sah aus dem Fenster und presste die Lippen aufeinander. »Ich habe ihn gehasst. Die ganze Zeit. Ich wollte ihn hassen. Und jetzt … weiß ich, dass das falsch war.«

Eine Weile lag er stumm da und ließ seinen Tränen freien Lauf. Der Leutnant blieb still und wartete, bis Julius sich wieder gefasst hatte. Seltsamerweise kam es dem nicht peinlich oder falsch vor, vor diesem Mann zu weinen wie ein unglückliches Kind.

Tscherba räusperte sich, und Julius wischte sich hastig die Tränen weg.

»Und was gibt es noch zu erzählen von den vielen Schlachtfeldern in Wien in diesen Tagen?«, fragte er.

»Nun, die Ermittlungen zum Fall Alois Lanz sind noch nicht vollständig abgeschlossen. Ich kann noch nicht viel dazu sagen, außer dass Ihr Freund Lischka uns wohl immer eine Spur voraus war.«

»Ich kann Ihre Zähne knirschen hören, Tscherba«, grinste Julius.

Doch Tscherba zuckte nur die Schultern und winkte ab. »Ist mir gleich, ob diese alberne Bissigkeit zwischen uns zu seinen Gunsten ausgegangen ist. Ich kann allmählich verstehen, warum er sich aus dem Polizeidienst verabschiedet hat. Und ich hoffe, dass er bald wieder gesund wird.«

»Wollen Sie damit sagen, dass wir beide ein gutes Gespann sind und diese unselige Stadt noch weiter mit unseren Großtaten beglücken sollen?«

»Das muss ich neidlos anerkennen, ja.«

Julius stieß ein Lachen aus, doch der Schmerz in seinem Bauch ließ ihn gleich wieder innehalten. Nachdenklich sahen sich die beiden Männer an.

»Haben Sie noch etwas über den Mann herausgefunden? Warum kamen die Gendarmen in den Zoo? Ich habe die ganze Zeit gehofft, dass meine Schreie jemanden anlocken.«

Tscherba zuckte mit den Schultern. »Die Schlosswache hatte den Hinweis bekommen, dass ein Mann zum Hintereingang der Menagerie gekommen war, der sich sehr verdächtig verhalten hatte. Ich muss leider gestehen, dass das Sicherheitsamt erst zu diesem Zeitpunkt auf die Idee kam, die ehemaligen Angestellten des Zoos zu überprüfen. Und siehe da, Alois Lanz hat, bevor er ins Gefängnis kam, mehrere Monate lang dort gearbeitet. Er kannte sich aus. Und da er nicht mehr in seiner Wohnung war, wollte man den Zoo durchsuchen. Genau zum richtigen Zeitpunkt, wie sich herausstellte.«

»Was sagt die Presse?«, fragte Julius.

»Dass es eine Schande ist, dass sich die Landesirrenanstalt und die Polizei von diesem Ungeheuer haben täuschen lassen.«

»Ungeheuer …«, wiederholte Julius nachdenklich.

Er dachte an die Nacht im Zoo zurück, doch in seiner Erinnerung schien ein schwarzer Fleck zu wabern und alle Eindrücke auszulöschen. Alles in ihm blieb ruhig. Er empfand nur ein leises, trauriges Mitleid.

Leutnant Tscherba schien seine Gedanken gelesen zu haben, denn er machte eine wegwerfende Handbewegung. »Ach was! Es gibt so viele Menschen, denen etwas Ähnliches widerfahren ist. Es kann doch nicht angehen, dass jeder unbegabte Maler, der in Wien abgewiesen wird, später zum Massenmörder wird!«

EPILOG

Durch die geöffneten Fenster des Büros strich der erste laue Märzwind und brachte den Geruch von frischem Grün mit sich. Seit drei Wochen war der Schnee von den Straßen Wiens verschwunden, und in den Beeten zwischen den noch kahlen Kastanien blühten die ersten Schneeglöckchen.

An der Wand zwischen den Fenstern hinter einem einfachen Schreibtisch hing eine Fotografie. Sie zeigte zwei Männer mit entblößtem Oberkörper. Der eine hatte fingerdicke längliche Narben in der Mitte des Bauches. Bei dem anderen war es ein wulstiger dunkler Knoten, der direkt unter dem linken Rippenbogen prangte. Julius Pawalet und Rudolph Lischka hatten sich zu dieser makabren Aufnahme entschieden, nachdem sie ein neues Klingelschild an den Eingang von Lischkas Wohnung geschraubt hatten. *Lischka & Pawalet, Privatdetektei* stand dort in schlichten schwarzen Buchstaben. Die Fotografie sollte sie an die Umstände erinnern, denen sie gemeinsam entronnen waren.

Die ersten Kunden des Detektivbüros starrten staunend auf das Bild über dem Schreibtisch. Doch da ganz Wien mittlerweile die Geschichte des ehemaligen Inspektors und des einstigen Saaldieners kannte, wurde das Bild von denen, die es zu Gesicht bekamen, als schaurige Dokumentation derjenigen angesehen, die als Einzige den heimtückischen Angriff des Bildermörders überlebt hatten.

Anfang März schaltete Lischka eine große Anzeige in der

Neuen Freien Presse, in der er für die Detektei warb. Schon am nächsten Tag traten sich die Kunden vor der Wohnung die Füße platt, und die Nachbarn drohten mit einer Anzeige wegen Ruhestörung. An den ersten Tagen gelang es den beiden Männern kaum, die Termine der zahlreichen Klienten sinnvoll zu koordinieren. So groß war der Andrang der Männer und Frauen, die herausfinden wollten, ob ihr Ehepartner sie hinterging, der verzweifelten Menschen, die ein verschwundenes Familienmitglied suchten, und derjenigen, die geheimnisvollen Dingen nachspüren wollten, bei denen man die Polizei nicht einschalten konnte. Mitte März gab es eine erste Kundenkartei, und Lischka wies Julius in die Grundlagen dieser Arbeit ein.

Eines Tages, Julius war gerade allein im Büro, klingelte es an der Tür. Er ging und öffnete. Vor ihm stand Colette.

Der Schreck über den unverhofften Anblick der schwarzhäutigen Frau fuhr ihm wie ein Schlag in die Glieder.

»Colette …«, stammelte er und erschrak über die Angst, die in seinem Innern aufkeimte wie ein vergessenes Samenkorn.

»Ich soll etwas abgeben«, verkündete sie und überreichte Julius einen Umschlag. »Und Grüße bestellen.«

»Von wem?«, fragte er argwöhnisch.

Da verzog Colette ihr Gesicht zu einem wissenden, herablassenden Lächeln, das er der unterwürfigen Frau niemals zugetraut hätte.

»Sie wissen, von wem«, sagte sie und wandte sich zur Treppe.

Mit zitternden Fingern öffnete Julius den Umschlag. Darin befanden sich nur eine kleine Visitenkarte und ein Brief. Er faltete ihn auseinander und las die zierlich hingeschriebenen Worte, während sich in seinem Nacken ein grausames Insekt bis in seine Wirbelsäule biss.

Julius,

es freut mich zu hören, dass auch Du nun den Segen der Selbstständigkeit genießt. Eine Freiheit von unschätzbarem Wert für Wesen, die wie Du und ich geartet sind. Schau Dir die beigelegte Karte an. Ich weiß, dass Du kommen wirst.

Luise

Mit klopfendem Herzen nahm Julius die kleine Karte. Das seidenglatte Papier wurde sofort feucht in seinen Händen. In zarten Lettern stand dort:

L. S.
Sprachenschule
Sterngasse, Ecke Marc-Aurel-Straße

Irritiert starrte Julius auf die Schrift. Luise tarnte ihr Etablissement also als Sprachenschule. Er hatte von derartigen Fällen schon gehört – dass selbstständige Frauen, die in jenem Milieu tätig waren, ganze Bordelle unter den unverfänglichsten Firmennamen verbargen. Er schluckte. Und natürlich behielt Luise recht: Zwei Wochen später hatte er seine Skrupel und seinen Stolz so weit besiegt, dass er sich auf den Weg machte, natürlich ohne Lischka etwas davon zu erzählen.

Es war ein trüber, aber milder Apriltag. Die Amseln sangen unermüdlich in den Ästen. Die Bäume waren vom flirrenden Hellgrün des Frühlings umsponnen. Die Straßen lagen in jenem zaghaften Licht, das die Erleichterung, dem Winter entkommen zu sein, an jede Hauswand malte.

Er verließ die Elektrische am Burgtheater und machte sich mit gesenktem Blick auf den Weg in die Innere Stadt. Am Hohen Markt begann sein Herz so heftig zu schlagen, dass er den Widerhall seiner Aufregung bis unter die Schädeldecke spürte.

Er sah auf, um sich zu orientieren – und wäre fast zurückgeprallt. Direkt vor ihm schlenderte Johanna über den Platz. Ein feiger Impuls sagte ihm, er solle in einen Hauseingang schlüpfen, doch da hatte sie ihn schon entdeckt. Jetzt war es zu spät, sich noch zu verstecken.

Johanna winkte ihm unauffällig zu und blieb stehen. Er näherte sich ihr. Und gleich auf den ersten Blick nahm er die Veränderung an ihr wahr. Sie hatte irgendetwas mit ihrem Haar gemacht. Die früher hellen, unauffälligen Strähnen leuchteten in einem tiefdunklen Braun wie der verlockende Guss auf einer Sachertorte. Sie trug ein strenges graues Kostüm aus glänzendem Stoff.

Als sie sich wortlos die Hand gaben, spürte er mit Verwunderung den dünnen Lederhandschuh über ihren Fingern. Atemlos bemerkte er, dass sie blutroten Lippenstift aufgetragen hatte und dass von ihrem Hals ein betörender Duft nach fremdartigen Blumen ausging. Er wunderte sich, dass er sie überhaupt erkannt hatte, denn sie glich in nichts mehr der Johanna, die er in Erinnerung hatte.

»Julius, wie schön, dich zu sehen!«, sagte sie. Ihr Tonfall war nicht etwa bemüht neutral, sondern tatsächlich sehr höflich, so als wäre er ein ehemaliger Nachbar, der vor einiger Zeit weggezogen war.

»Ich … freue mich auch«, brachte er heraus.

Johanna lächelte unverbindlich und ohne jeden Schmerz und fragte: »Wie ist es dir ergangen, Julius? Ich habe gehört, dass du schwer verletzt wurdest.«

Er nickte fahrig. »Ja, es war schon alles … sehr turbulent.«

Johanna ging langsam weiter, und Julius schlenderte mit steifen Knien neben ihr her.

»Du siehst sehr schön aus«, sagte er.

»Und du siehst aufgeräumt aus. Geht es dir endlich besser?«

»Ja, ich habe jetzt …«

»… mit dem ehemaligen Inspektor eine Detektei gegründet.«

»Woher weißt du das?«

»Die ganze Stadt weiß das«, antwortete sie knapp.

Eine Weile gingen sie schweigend über den Hohen Markt und bogen in die Tuchlauben ein. Julius fragte sich, wie diese Begegnung wohl enden würde. Plötzlich hatte er das Gefühl, dass er es nicht ertragen könnte, wenn Johanna einfach so wieder weggehen würde, unbeschwert und fröhlich, als wäre nichts geschehen.

»Du arbeitest nicht mehr im Allgemeinen Krankenhaus«, stellte er fest.

»Ach, hattest du gehofft, dass ich dir wieder die Wunden verbinde?«, fragte sie leichthin ohne Vorwurf in der Stimme. Dabei warf sie ihm einen eigenartigen Seitenblick zu, sodass er fast über einen Kanaldeckel gestolpert wäre. Ihre früher so weiten, klaren Augen sahen ihn schelmisch an. Ihr Mund war leicht verzogen, so als hätte sie ein saures Sorbet gekostet. Sie sah aus wie eine Katze, die einen Hund aus der Ferne betrachtet, voller Argwohn und Verachtung. Irrte er sich, oder war das derselbe Blick, mit dem auch Colette sich von ihm verabschiedet hatte?

»Wo arbeitest du denn jetzt?«, fragte er.

»Wer sagt dir, dass ich überhaupt arbeite?«, gab sie lachend zurück.

»Dann musst du einen wohlhabenden Mann geheiratet haben.«

»Ach ja?«, fragte sie. »Glaubst du, man braucht einen Mann, um wohlhabend zu sein?«

»Entschuldige bitte. Ich wollte dir nicht zu nahe treten. Ich wollte nur …«

»Was?«, fragte sie ihn und bog unvermittelt in die Tuchlauben ab. »Suchst du nach Worten, um an unsere letzte Begegnung anzuknüpfen?«

»Nein, ich wollte nur sichergehen, dass … es dir gut geht.«

Sein Stammeln schien sie zu erheitern. »Mach dir keine Sorgen. Ich habe mir um dich auch keine gemacht.«

»Ja, natürlich …«, murmelte er.

Eine Weile ging er schweigend neben ihr her und fragte sich, warum er das eigentlich tat. Offensichtlich war die zarte, gutherzige Johanna in der Zwischenzeit verschwunden. Sie hatte einem Wesen Platz gemacht, das ihn auf Abstand hielt wie eine kranke Stadttaube, der man ein paar Krumen hinschmeißt.

»Wohin führt dich dein Weg?«, fragte sie unbekümmert.

»In die … nirgendwohin. Ich geh' nur ein bisschen spazieren.«

Sie warf ihm wieder diesen seltsam wissenden Seitenblick zu und sagte: »Na dann werden wir uns wohl verabschieden müssen. Ich bin da angekommen, wo ich hinwollte.« Sie blieb stehen. In ihrer Stimme lag eine seltsame Zweideutigkeit.

Vor Julius ragte ein prachtvolles Eckhaus auf. Hohe Fenster spiegelten die frischen Wolken, die über den Himmel wanderten. Eine große Kuppel wölbte sich über der abgerundeten Biegung des Hauses, und in Julius' Erinnerung blitzte etwas auf.

»Wohnst du hier?«, fragte er. Sein Kragen schien immer enger zu werden, aber er wusste nicht, woher dieses Unbehagen auf einmal kam. Johannas Mund verzog sich zu einem durchtriebenen Lächeln. Dann reichte sie ihm noch einmal ihre kleine lederbehandschuhte Hand.

»Wenn du manchmal hier entlang spazierst, werden wir uns sicher öfter begegnen«, sagte sie leise, und ihr Mund kräuselte sich dabei voller Wissen und Verachtung. Dann drehte sie sich um und ging auf einen der Eingänge zu. Julius sah das Straßenschild an der Hauswand, aber seine Gedanken gerieten ins Stocken und bewegten sich nicht weiter. Bevor die Tür sich schloss, winkte Johanna ihm noch einmal zu, wie ein leichtherziges Mädchen nach einem unverbindlichen Rendezvous.

Julius stand wie versteinert auf der Straße und starrte der grau gekleideten Gestalt nach, die in dem kleiner werdenden Türspalt verschwand. Dann riss er den Kopf herum und versuchte festzustellen, wo er sich befand. Er hatte, während er neben Johanna ging, nicht darauf geachtet, wohin ihn der Weg geführt hatte. Dann klärten sich seine wirbelnden Gedanken etwas, und er begriff. Er stand an der Kreuzung der Sterngasse mit der Marc-Aurel-Straße. Als wäre sein Körper an unsichtbaren Fäden aufgehängt, fiel ihm der Kopf in den Nacken. Sein Blick wanderte an der Fassade empor, bevor er im obersten Stock direkt unter der Kuppel hängen blieb. Die Fenster dort oben waren mit dunkelblauen Vorhängen verhängt. Nur in einem Fenster nahm er den Schemen einer Person wahr, die auf die Straße hinunterblickte. Erschrocken senkte er den Kopf und krallte die Finger ins Futter seiner Manteltaschen. Doch weil er sich so unsäglich feige vorkam, hob er den Kopf erneut und lieferte sich diesem Anblick aus. Diesem Anblick, der sein Herz stolpern und seinen Mund trocken werden ließ. Dieser Anblick Luise von Schattenbachs, wie sie dort oben hinter der Scheibe stand und vor Lachen bebte.

ENDE

Weitere historische Romane finden Sie auf den folgenden Seiten und im Internet:

WWW.GMEINER-SPANNUNG.DE

DAGMAR FOHL
Der Schöne im Mohn

978-3-8392-1908-9 (Paperback)
978-3-8392-5073-0 (pdf)
978-3-8392-5072-3 (epub)

OBSESSION Berlin 1901. Die junge Aktmalerin Emma Bendes arbeitet in ihrem Atelier. Geprägt von einem traumatischen Kindheitserlebnis treibt sie unerbittlich ihren eigenwilligen künstlerischen Stil voran. Immer stärker gerät sie in eine manische Schaffensphase. Zwischen Malerin und Modell entspinnt sich eine verhängnisvolle Dynamik. Ihr letztes Werk »Der Schöne im Mohn« ist Zeuge für alles, was sich ereignet hat …

Das Neueste aus der Gmeiner-Bibliothek

Unser Lesermagazin

Bestellen Sie das kostenlose Krimi-Journal in Ihrer Buchhandlung oder unter www.gmeiner-verlag.de

Informieren Sie sich …

www … auf unserer Homepage:
www.gmeiner-verlag.de

@ … über unseren Newsletter:
Melden Sie sich für unseren Newsletter an unter www.gmeiner-verlag.de/newsletter

f … werden Sie Fan auf Facebook:
www.facebook.com/gmeiner.verlag

Mitmachen und gewinnen!

Schicken Sie uns Ihre Meinung zu unseren Büchern per Mail an gewinnspiel@gmeiner-verlag.de und nehmen Sie automatisch an unserem Jahresgewinnspiel mit »mörderisch guten« Preisen teil!